吾輩は猫である

夏目漱石

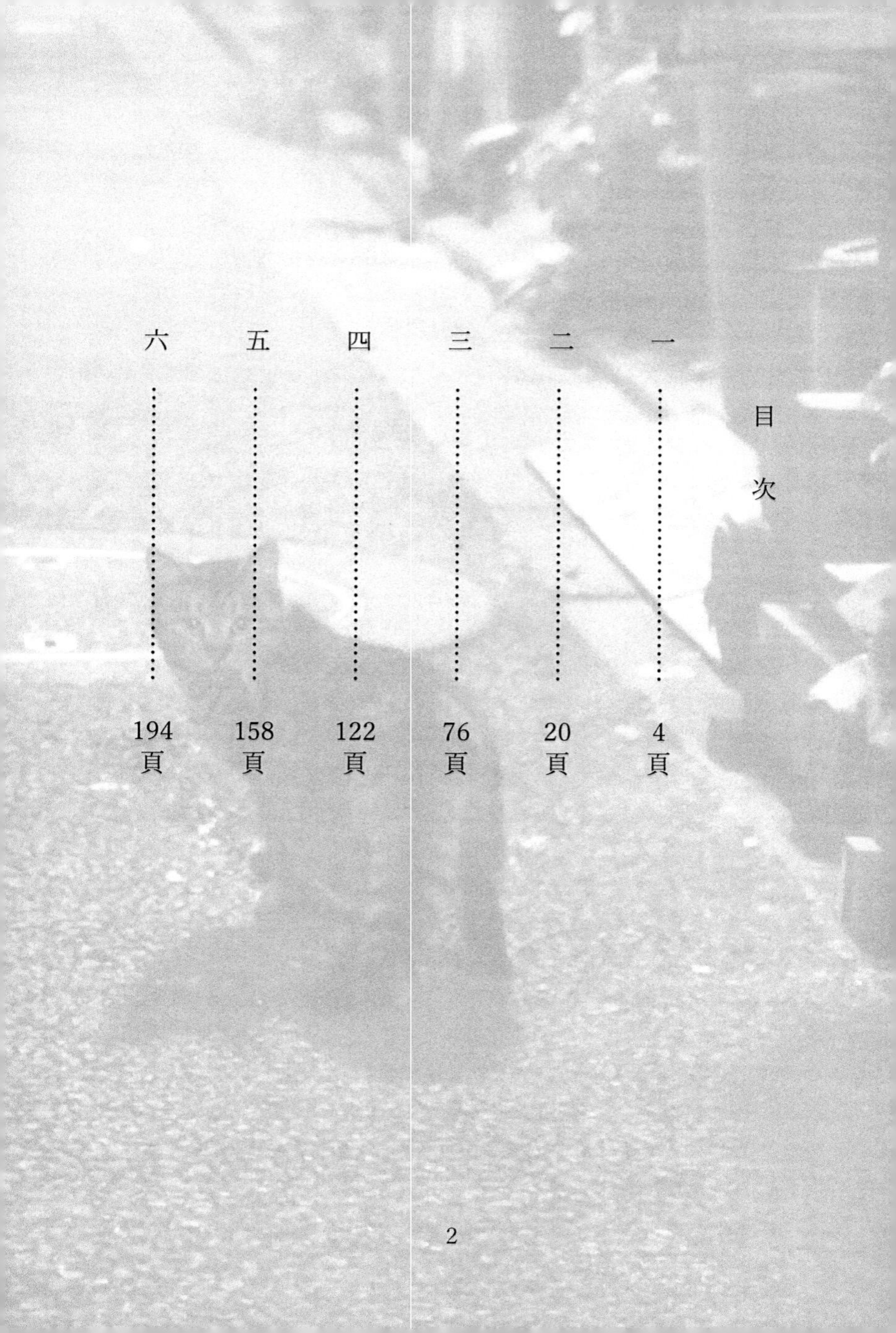

目次

一

吾輩《わがはい》は猫である。名前はまだ無い。

どこで生れたかとんと見当《けんとう》がつかぬ。何でも薄暗いじめじめした所でニャーニャー泣いていた事だけは記憶している。吾輩はここで始めて人間というものを見た。しかもあとで聞くとそれは書生という人間中で一番獰悪《どうあく》な種族であったそうだ。この書生というのは時々我々を捕《つかま》えて煮《に》て食うという話である。しかしその当時は何という考もなかったから別段恐しいとも思わなかった。ただ彼の掌《てのひら》に載せられてスーと持ち上げられた時何だかフワフワした感じがあったばかりである。掌の上で少し落ちついて書生の顔を見たのがいわゆる人間というものの見始《みはじめ》であろう。この時妙なものだと思った感じが今でも残っている。第一毛をもって装飾されべきはずの顔がつるつるしてまるで薬缶《やかん》だ。その後《ご》猫にもだいぶ逢《あ》ったがこんな片輪《かたわ》には一度も出会《でく》わした事がない。のみならず顔の真中があまりに突起している。そうしてその穴の中から時々ぷうぷうと煙《けむり》を吹く。どうも咽《む》せぽくて実に弱った。これが人間の飲む煙草《たばこ》というものである事はようやくこの頃知った。

この書生の掌の裏《うち》でしばらくはよい心持に坐っておったが、しばらくすると非常な速力で運転し始めた。書生が動くのか自分だけが動くのか分らないが無暗《むやみ》に眼が廻る。胸が悪くなる。到底《とうてい》助からないと思っていると、どさりと音がして眼から火が出た。それまでは記憶しているがあとは何の事やらいくら考え出そうとしても分らない。

ふと気が付いて見ると書生はいない。たくさんおった兄弟が一疋《ぴき》も見えぬ。肝心《かんじん》の母親さえ姿を隠してしまった。その上今《いま》までの所とは違って無暗《むやみ》に明るい。眼を明いていられぬくらいだ。はてな何でも容子《ようす》がおかしいと、のそのそ這《は》い出して見ると非常に痛い。吾輩は藁《わら》の上から急に笹原の中へ棄てられたのである。

ようやくの思いで笹原を這い出すと向うに大きな池がある。吾輩は池の前に坐ってどうしたらよかろうと考えて見た。別にこれという分別《ふんべつ》も出ない。しばらくして泣いたら書生がまた迎に来てくれるかと考え付いた。ニャー、ニャーと試みにやって見たが誰も来ない。そのうち池の上をさらさらと風が渡って日が暮れかかる。腹が非常に減って来た。泣きたくても声が出ない。仕方がない、何でもよいから食物《くいもの》のある所まであるこうと決心をしてそろりそろりと池を左《ひだ》りに廻り始めた。どうも非常に苦しい。そこを我慢して無理やりに這《は》って行くとようやくの事で何となく人間臭い所へ出た。ここへ這入《はい》ったら、どうにかなると思って竹垣の崩《くず》れた穴から、とある邸内にもぐり込んだ。縁は不思議なもので、もしこの竹垣が破れていなかったなら、吾輩はついに路傍《ろぼう》に餓死《がし》したかも知れんのである。一樹の蔭とはよく云《い》ったものだ。この垣根の穴は今日《こんにち》に至るまで吾輩が隣家《となり》の三毛を訪問する時の通路になっている。さて邸《やしき》へは忍び込んだもののこれから先どうして善《い》いか分らない。そのうちに暗くなる、腹は減る、寒さは寒し、雨が降って来るという始末でもう一刻の猶予《ゆうよ》が出来なくなった。仕方がないからとにかく明るくて暖かそうな方へ方へとあるいて行く。今から考えるとその時はすでに家の内に這入っておったのだ。ここで吾輩は彼《か》の書生以外の人間を再び見るべき機会に遭遇《そうぐう》したのである。第一に逢ったのがおさんである。これは前の書生より一層乱暴な方で吾輩を見るや否やいきなり頸筋《くびすじ》をつかんで表へ抛《ほう》り出した。いやこれは駄目だと思ったから眼をねぶって運を天に任せていた。しかしひもじいのと寒いのにはどうしても我慢が出来ん。吾輩は再びおさんの隙《すき》を見て台所へ這《は》い上《あが》った。すると間もなくまた投げ出された。吾輩は投げ出されては這い上り、這い上っては投げ出され、何でも同じ事を四五遍繰り返したのを記憶している。その時におさんと云う者はつくづくいやになった。この間おさんの三馬《さんま》を偸《ぬす》んでこの返報をしてやってから、やっと胸の痞《つかえ》が下りた。吾輩が最後につまみ出されようとしたときに、この家《うち》の主人が騒々しい何だといいながら出て来た。下女は吾輩をぶら下げて主人の方へ向けてこの宿《やど》なしの小猫がいくら出しても出しても御台所《おだいどころ》へ上《あが》って来て困りますという。主人は鼻の下の黒い毛を撚《ひね》りながら吾輩の顔をしばらく眺《なが》めておったが、やがてそんなら内へ置いてやれといったまま奥へ這入《はい》ってしまった。主人はあまり口を聞かぬ人と見えた。下女は口惜《くや》しそうに吾輩を台所へ抛《ほう》り出した。かくして吾輩はついにこの家《うち》を自分の住家《すみか》と極《き》める事にしたのである。

吾輩の主人は滅多《めった》に吾輩と顔を合せる事がない。職業は教師だそうだ。学校から帰ると終日書斎に這入ったぎりほとんど出て来る事がない。家のものは大変な勉強家だと思っている。当人も勉強家であるかのごとく見せている。しかし実際はうちのものがいうような勤勉家ではない。吾輩は時々忍び足に彼の書斎を覗《のぞ》いて見るが、彼はよく昼寝《ひるね》をしている事がある。時々読みかけてある本の上に涎《よだれ》をたらしている。彼は胃弱で皮膚の色が淡黄色《たんこうしょく》を帯びて弾力のない不活溌《ふかっぱつ》な徴候をあらわしている。その癖に大飯を食う。大飯を食った後《あと》でタカジヤスターゼを飲む。飲んだ後で書物をひろげる。二三ページ読むと眠くなる。涎を本の上へ垂らす。これが彼の毎夜繰り返す日課である。吾輩は猫ながら時々考える事がある。教師というものは実に楽《らく》なものだ。人間と生れたら教師となるに限る。こんなに寝ていて勤まるものなら猫にでも出来ぬ事はないと。それでも主人に云わせると教師ほどつらいものはないそうで彼は友達が来る度《たび》に何とかかんとか不平を鳴らしている。

　吾輩がこの家へ住み込んだ当時は、主人以外のものにははなはだ不人望であった。どこへ行っても跳《は》ね付けられて相手にしてくれ手がなかった。いかに珍重されなかったかは、今日《こんにち》に至るまで名前さえつけてくれないのでも分る。吾輩は仕方がないから、出来得る限り吾輩を入れてくれた主人の傍《そば》にいる事をつとめた。朝主人が新聞を読むときは必ず彼の膝《ひざ》の上に乗る。彼が昼寝をするときは必ずその背中《せなか》に乗る。これはあながち主人が好きという訳ではないが別に構い手がなかったからやむを得んのである。その後いろいろ経験の上、朝は飯櫃《めしびつ》の上、夜は炬燵《こたつ》の上、天気のよい昼は椽側《えんがわ》へ寝る事とした。しかし一番心持の好いのは夜《よ》に入《い》ってここのうちの小供の寝床へもぐり込んでいっしょにねる事である。この小供というのは五つと三つで夜になると二人が一つ床へ入《はい》って一間《ひとま》へ寝る。吾輩はいつでも彼等の中間に己《おの》れを容《い》るべき余地を見出《みいだ》してどうにか、こうにか割り込むのであるが、運悪く小供の一人が眼を醒《さ》ますが最後大変な事になる。小供は——ことに小さい方が質《たち》がわるい——猫が来た猫が来たといって夜中でも何でも大きな声で泣き出すのである。すると例の神経胃弱性の主人は必《かなら》ず眼をさまして次の部屋から飛び出してくる。現にせんだってなどは物指《ものさし》で尻ぺたをひどく叩《たた》かれた。

　吾輩は人間と同居して彼等を観察すればするほど、彼等は我儘《わがまま》なものだと断言せざるを得ないようになった。ことに吾輩が時々同衾《どうきん》する小供のごときに至っては言語同断《ごんごどうだん》である。自分の勝手な時は人を逆さにしたり、頭へ袋をかぶせたり、抛《ほう》り出したり、へっついの中へ押し込んだりする。しかも吾輩の方で少しでも手出しをしようものなら家内《かない》総がかりで追い廻して迫害を加える。この間もちょっと畳で爪を磨《と》いだら細君が非常に怒《おこ》ってそれから容易に座敷へ入《い》れない。台所の板の間で他《ひと》が顫《ふる》えていても一向《いっこう》平気なものである。吾輩の尊敬する筋向《すじむこう》の白君などは逢《あ》う度毎《たびごと》に人間ほど不人情なものはないと言っておらるる。白君は先日玉のような子猫を四疋産《う》まれたのである。ところがそこの家《うち》の書生が三日目にそいつを裏の池へ持って行って四疋ながら棄てて来たそうだ。白君は涙を流してその一部始終を話した上、どうしても我等猫族《ねこぞく》が親子の愛を完《まった》くして美しい家族的生活をするには人間と戦ってこれを剿滅《そうめつ》せねばならぬといわれた。一々もっともの議論と思う。また隣りの三毛《みけ》君などは人間が所有権という事を解していないといって大《おおい》に憤慨している。元来我々同族間では目刺《めざし》の頭でも鰡《ぼら》の臍《へそ》でも一番先に見付けたものがこれを食う権利があるものとなっている。もし相手がこの規約を守らなければ腕力に訴えて善《よ》いくらいのものだ。しかるに彼等人間は毫《ごう》もこの観念がないと見えて我等が見付けた御馳走は必ず彼等のために掠奪《りゃくだつ》せらるるのである。彼等はその強力を頼んで正当に吾人が食い得べきものを奪《うば》ってすましている。白君は軍人の家におり三毛君は代言の主人を持っている。吾輩は教師の家に住んでいるだけ、こんな事に関すると両君よりもむしろ楽天である。ただその日その日がどうにかこうにか送られればよい。いくら人間だって、そういつまでも栄える事もあるまい。まあ気を永く猫の時節を待つがよかろう。

我儘《わがまま》で思い出したからちょっと吾輩の家の主人がこの我儘で失敗した話をしよう。元来この主人は何といって人に勝《すぐ》れて出来る事もないが、何にでもよく手を出したがる。俳句をやってほととぎすへ投書をしたり、新体詩を明星へ出したり、間違いだらけの英文をかいたり、時によると弓に凝《こ》ったり、謡《うたい》を習ったり、またあるときはヴァイオリンなどをブーブー鳴らしたりするが、気の毒な事には、どれもこれも物になっておらん。その癖やり出すと胃弱の癖にいやに熱心だ。後架《こうか》の中で謡をうたって、近所で後架先生《こうかせんせい》と渾名《あだな》をつけられているにも関せず一向《いっこう》平気なもので、やはりこれは平《たいら》の宗盛《むねもり》にて候《そうろう》を繰返している。みんながそら宗盛だと吹き出すくらいである。この主人がどういう考になったものか吾輩の住み込んでから一月ばかり後《のち》のある月の月給日に、大きな包みを提《さ》げてあわただしく帰って来た。何を買って来たのかと思うと水彩絵具と毛筆とワットマンという紙で今日から謡や俳句をやめて絵をかく決心と見えた。果して翌日から当分の間というものは毎日毎日書斎で昼寝もしないで絵ばかりかいている。しかしそのかき上げたものを見ると何をかいたものやら誰にも鑑定がつかない。当人もあまり甘《うま》くないと思ったものか、ある日その友人で美学とかをやっている人が来た時に下《しも》のような話をしているのを聞いた。

「どうも甘《うま》くかけないものだね。人のを見ると何でもないようだが自《みずか》ら筆をとって見ると今更《いまさら》のようにむずかしく感ずる」これは主人の述懐《じゅっかい》である。なるほど詐《いつわ》りのない処だ。彼の友は金縁の眼鏡越《めがねごし》に主人の顔を見ながら、「そう初めから上手にはかけないさ、第一室内の想像ばかりで画《え》がかける訳のものではない。昔《むか》し以太利《イタリー》の大家アンドレア・デル・サルトが言った事がある。画をかくなら何でも自然その物を写せ。天に星辰《せいしん》あり。地に露華《ろか》あり。飛ぶに禽《とり》あり。走るに獣《けもの》あり。池に金魚あり。枯木《こぼく》に寒鴉《かんあ》あり。自然はこれ一幅の大活画《だいかつが》なりと。どうだ君も画らしい画をかこうと思うならちと写生をしたら」

「へえアンドレア・デル・サルトがそんな事をいった事があるかい。ちっとも知らなかった。なるほどこりゃもっともだ。実にその通りだ」と主人は無暗《むやみ》に感心している。金縁の裏には嘲《あざ》けるような笑《わらい》が見えた。

その翌日吾輩は例のごとく椽側《えんがわ》に出て心持善く昼寝《ひるね》をしていたら、主人が例になく書斎から出て来て吾輩の後《うし》ろで何かしきりにやっている。ふと眼が覚《さ》めて何をしているかと一分《いちぶ》ばかり細目に眼をあけて見ると、彼は余念もなくアンドレア・デル・サルトを極《き》め込んでいる。吾輩はこの有様を見て覚えず失笑するのを禁じ得なかった。彼は彼の友に揶揄《やゆ》せられたる結果としてまず手初めに吾輩を写生しつつあるのである。吾輩はすでに十分《じゅうぶん》寝た。欠伸《あくび》がしたくてたまらない。しかしせっかく主人が熱心に筆を執《と》っているのを動いては気の毒だと思って、じっと辛棒《しんぼう》しておった。彼は今吾輩の輪廓をかき上げて顔のあたりを色彩《いろど》っている。吾輩は自白する。吾輩は猫として決して上乗の出来ではない。背といい毛並といい顔の造作といいあえて他の猫に勝《まさ》るとは決して思っておらん。しかしいくら不器量の吾輩でも、今吾輩の主人に描《えが》き出されつつあるような妙な姿とは、どうしても思われない。第一色が違う。吾輩は波斯産《ペルシャさん》の猫のごとく黄を含める淡灰色に漆《うるし》のごとき斑入《ふい》りの皮膚を有している。これだけは誰が見ても疑うべからざる事実と思う。しかるに今主人の彩色を見ると、黄でもなければ黒でもない、灰色でもなければ褐色《とびいろ》でもない、さればとてこれらを交ぜた色でもない。ただ一種の色であるというよりほかに評し方のない色である。その上不思議な事は眼がない。もっともこれは寝ているところを写生したのだから無理もないが眼らしい所さえ見えないから盲猫《めくら》だか寝ている猫だか判然しないのである。吾輩は心中ひそかにいくらアンドレア・デル・サルトでもこれではしようがないと思った。しかしその熱心には感服せざるを得ない。なるべくなら動かずにおってやりたいと思ったが、さっきから小便が催うしている。身内《みうち》の筋肉はむずむずする。最早《もはや》一分も猶予《ゆうよ》が出来ぬ仕儀《しぎ》となったから、やむをえず失敬して両足を前へ存分のして、首を低く押し出してあーあと大《だい》なる欠伸をした。さてこうなって見ると、もうおとなしくしていても仕方がない。どうせ主人の予定は打ち壊《ぶこ》わしたのだから、ついでに裏へ行って用を足《た》そうと思ってのそのそ這い出した。すると主人は失望と怒りを掻《か》き交ぜたような声をして、座敷の中から「この馬鹿野郎」と怒鳴《どな》った。この主人は人を罵《ののし》るときは必ず馬鹿野郎というのが癖である。ほかに悪口の言いようを知らないのだから仕方がないが、今まで辛棒した人の気も知らないで、無暗《むやみ》に馬鹿野郎呼《よば》わりは失敬だと思う。それも平生吾輩が彼の背中《せなか》へ乗る時に少しは好い顔でもするならこの漫罵《まんば》も甘んじて受けるが、こっちの便利になる事は何一つ快くしてくれた事もないのに、小便に立ったのを馬鹿野郎とは酷《ひど》い。元来人間というものは自己の力量に慢じてみんな増長している。少し人間より強いものが出て来て窘《いじ》めてやらなくてはこの先どこまで増長するか分らない。

我儘《わがまま》もこのくらいなら我慢するが吾輩は人間の不徳についてこれよりも数倍悲しむべき報道を耳にした事がある。

吾輩の家の裏に十坪ばかりの茶園《ちゃえん》がある。広くはないが瀟洒《さっぱり》とした心持ち好く日の当《あた》る所だ。うちの小供があまり騒いで楽々昼寝の出来ない時や、あまり退屈で腹加減のよくない折などは、吾輩はいつでもここへ出て浩然《こうぜん》の気を養うのが例である。ある小春の穏かな日の二時頃であったが、吾輩は昼飯後《ちゅうはんご》快よく一睡した後《のち》、運動かたがたこの茶園へと歩《ほ》を運ばした。茶の木の根を一本一本嗅ぎながら、西側の杉垣のそばまでくると、枯菊を押し倒してその上に大きな猫が前後不覚に寝ている。彼は吾輩の近づくのも一向《いっこう》心付かざるごとく、また心付くも無頓着なるごとく、大きな鼾《いびき》をして長々と体を横《よこた》えて眠っている。他《ひと》の庭内に忍び入りたるものがかくまで平気に睡《ねむ》られるものかと、吾輩は窃《ひそ》かにその大胆なる度胸に驚かざるを得なかった。彼は純粋の黒猫である。わずかに午《ご》を過ぎたる太陽は、透明なる光線を彼の皮膚の上に抛《な》げかけて、きらきらする柔毛《にこげ》の間より眼に見えぬ炎でも燃《も》え出《い》ずるように思われた。彼は猫中の大王とも云うべきほどの偉大なる体格を有している。吾輩の倍はたしかにある。吾輩は嘆賞の念と、好奇の心に前後を忘れて彼の前に佇立《ちょりつ》して余念もなく眺《なが》めていると、静かなる小春の風が、杉垣の上から出たる梧桐《ごとう》の枝を軽《かろ》く誘ってばらばらと二三枚の葉が枯菊の茂みに落ちた。大王はかっとその真丸《まんまる》の眼を開いた。今でも記憶している。その眼は人間の珍重する琥珀《こはく》というものよりも遥《はる》かに美しく輝いていた。彼は身動きもしない。双眸《そうぼう》の奥から射るごとき光を吾輩の矮小《わいしょう》なる額《ひたい》の上にあつめて、御めえは一体何だと云った。大王にしては少々言葉が卑《いや》しいと思ったが何しろその声の底に犬をも挫《ひ》しぐべき力が籠《こも》っているので吾輩は少なからず恐れを抱《いだ》いた。しかし挨拶《あいさつ》をしないと険呑《けんのん》だと思ったから「吾輩は猫である。名前はまだない」となるべく平気を装《よそお》って冷然と答えた。しかしこの時吾輩の心臓はたしかに平時よりも烈しく鼓動しておった。彼は大《おおい》に軽蔑《けいべつ》せる調子で「何、猫だ？　猫が聞いてあきれらあ。全《ぜん》てえどこに住んでるんだ」随分傍若無人《ぼうじゃくぶじん》である。「吾輩はここの教師の家《うち》にいるのだ」「どうせそんな事だろうと思った。いやに瘠《や》せてるじゃねえか」と大王だけに気焔《きえん》を吹きかける。言葉付から察するとどうも良家の猫とも思われない。しかしその膏切《あぶらぎ》って肥満しているところを見ると御馳走を食ってるらしい、豊かに暮しているらしい。吾輩は「そう云う君は一体誰だい」と聞かざるを得なかった。

「己《お》れあ車屋の黒《くろ》よ」昂然《こうぜん》たるものだ。車屋の黒はこの近辺で知らぬ者なき乱暴猫である。しかし車屋だけに強いばかりでちっとも教育がないからあまり誰も交際しない。同盟敬遠主義の的《まと》になっている奴だ。

吾輩は彼の名を聞いて少々尻こそばゆき感じを起すと同時に、一方では少々軽侮《けいぶ》の念も生じたのである。

吾輩はまず彼がどのくらい無学であるかを試《ため》してみようと思って左《さ》の問答をして見た。

「一体車屋と教師とはどっちがえらいだろう」

「車屋の方が強いに極《きま》っていらあな。御めえのうちの主人を見ねえ、まるで骨と皮ばかりだぜ」

「君も車屋の猫だけに大分《だいぶ》強そうだ。車屋にいると御馳走《ごちそう》が食えると見えるね」

「何《なあ》におれなんざ、どこの国へ行ったって食い物に不自由はしねえつもりだ。御めえなんかも茶畠《ちゃばたけ》ばかりぐるぐる廻っていねえで、ちっと己《おれ》の後《あと》へくっ付いて来て見ねえ。一と月とたたねえうちに見違えるように太れるぜ」

「追ってそう願う事にしよう。しかし家《うち》は教師の方が車屋より大きいのに住んでいるように思われる」

「箆棒《べらぼう》め、うちなんかいくら大きくたって腹の足《た》しになるもんか」

　彼は大《おおい》に肝癪《かんしゃく》に障《さわ》った様子で、寒竹《かんちく》をそいだような耳をしきりとぴく付かせてあららかに立ち去った。

吾輩が車屋の黒と知己《ちき》になったのはこれからである。

　その後《ご》吾輩は度々《たびたび》黒と邂逅《かいこう》する。邂逅する毎《ごと》に彼は車屋相当の気焔《きえん》を吐く。先に吾輩が耳にしたという不徳事件も実は黒から聞いたのである。

或る日例のごとく吾輩と黒は暖かい茶畠《ちゃばたけ》の中で寝転《ねころ》びながらいろいろ雑談をしていると、彼はいつもの自慢話《じまんばな》しをさも新しそうに繰り返したあとで、吾輩に向って下《しも》のごとく質問した。「御めえは今までに鼠を何匹とった事がある」智識は黒よりも余程発達しているつもりだが腕力と勇気とに至っては到底《とうてい》黒の比較にはならないと覚悟はしていたものの、この問に接したる時は、さすがに極《きま》りが善《よ》くはなかった。けれども事実は事実で詐《いつわ》る訳には行かないから、吾輩は「実はとろうとろうと思ってまだ捕《と》らない」と答えた。黒は彼の鼻の先からぴんと突張《つっぱ》っている長い髭《ひげ》をびりびりと震《ふる》わせて非常に笑った。元来黒は自慢をする丈《だけ》にどこか足りないところがあって、彼の気焔《きえん》を感心したように咽喉《のど》をころころ鳴らして謹聴していればはなはだ御《ぎょ》しやすい猫である。吾輩は彼と近付になってから直《すぐ》にこの呼吸を飲み込んだからこの場合にもなまじい己《おの》れを弁護してますます形勢をわるくするのも愚《ぐ》である、いっその事彼に自分の手柄話をしゃべらして御茶を濁すに若《し》くはないと思案を定《さだ》めた。そこでおとなしく「君などは年が年であるから大分《だいぶん》とったろう」とそそのかして見た。果然彼は墻壁《しょうへき》の欠所《けっしょ》に吶喊《とっかん》して来た。「たんとでもねえが三四十はとったろう」とは得意気なる彼の答であった。彼はなお語をつづけて「鼠の百や二百は一人でいつでも引き受けるがいたちってえ奴は手に合わねえ。一度いたちに向って酷《ひど》い目に逢《あ》った」「へえなるほど」と相槌《あいづち》を打つ。黒は大きな眼をぱちつかせて云う。「去年の大掃除の時だ。うちの亭主が石灰《いしばい》の袋を持って椽《えん》の下へ這《は》い込んだら御めえ大きないたちの野郎が面喰《めんくら》って飛び出したと思いねえ」「ふん」と感心して見せる。「いたちってけども何鼠の少し大きいぐれえのものだ。こん畜生《ちきしょう》って気で追っかけてとうとう泥溝《どぶ》の中へ追い込んだと思いねえ」「うまくやったね」と喝采《かっさい》してやる。「ところが御めえいざってえ段になると奴め最後《さいご》っ屁《ぺ》をこきゃがった。臭《くせ》えの臭くねえのってそれからってえものはいたちを見ると胸が悪くならあ」彼はここに至ってあたかも去年の臭気を今《いま》なお感ずるごとく前足を揚げて鼻の頭を二三遍なで廻わした。吾輩も少々気の毒な感じがする。ちっと景気を付けてやろうと思って「しかし鼠なら君に睨《にら》まれては百年目だろう。君はあまり鼠を捕《と》るのが名人で鼠ばかり食うものだからそんなに肥って色つやが善いのだろう」黒の御機嫌をとるためのこの質問は不思議にも反対の結果を呈出《ていしゅつ》した。彼は喟然《きぜん》として大息《たいそく》していう。「考《かん》げえるとつまらねえ。いくら稼いで鼠をとったって――一てえ人間ほどふてえ奴は世の中にいねえぜ。人のとった鼠をみんな取り上げやがって交番へ持って行きゃあがる。交番じゃ誰が捕《と》ったか分らねえからそのたんびに傍点」に五銭ずつくれるじゃねえか。うちの亭主なんか己《おれ》の御蔭でもう壱円五十銭くらい儲《もう》けていやがる癖に、碌《ろく》なものを食わせた事もありゃしねえ。おい人間てものあ体《てい》の善《い》い泥棒だぜ」さすが無学の黒もこのくらいの理窟《りくつ》はわかると見えてすこぶる怒《おこ》った容子《ようす》で背中の毛を逆立《さかだ》てている。吾輩は少々気味が悪くなったから善い加減にその場を胡魔化《ごまか》して家《うち》へ帰った。この時から吾輩は決して鼠をとるまいと決心した。しかし黒の子分になって鼠以外の御馳走を猟《あさ》ってあるく事もしなかった。御馳走を食うよりも寝ていた方が気楽でいい。教師の家《うち》にいると猫も教師のような性質になると見える。要心しないと今に胃弱になるかも知れない。

教師といえば吾輩の主人も近頃に至っては到底《とうてい》水彩画において望《のぞみ》のない事を悟ったものと見えて十二月一日の日記にこんな事をかきつけた。

○○と云う人に今日の会で始めて出逢《であ》った。あの人は大分放蕩《だいぶほうとう》をした人だと云うがなるほど通人《つうじん》らしい風采《ふうさい》をしている。こう云う質《たち》の人は女に好かれるものだから○○が放蕩をしたと云うよりも放蕩をするべく余儀なくせられたと云うのが適当であろう。あの人の妻君は芸者だそうだ、羨《うらや》ましい事である。元来放蕩家を悪くいう人の大部分は放蕩をする資格のないものが多い。また放蕩家をもって自任する連中のうちにも、放蕩する資格のないものが多い。これらは余儀なくされないのに無理に進んでやるのである。あたかも吾輩の水彩画に於けるがごときもので到底卒業する気づかいはない。しかるにも関せず、自分だけは通人だと思って済《すま》している。料理屋の酒を飲んだり待合へ這入《はい》るから通人となり得るという論が立つなら、吾輩も一廉《ひとかど》の水彩画家になり得る理窟《りくつ》だ。吾輩の水彩画のごときはかかない方がましであると同じように、愚昧《ぐまい》なる通人よりも山出しの大野暮《おおやぼ》の方が遥《はる》かに上等だ。

通人論《つうじんろん》はちょっと首肯《しゅこう》しかねる。また芸者の妻君を羨しいなどというところは教師としては口にすべからざる愚劣の考であるが、自己の水彩画における批評眼だけはたしかなものだ。主人はかくのごとく自知《じち》の明《めい》あるにも関せずその自惚心《うぬぼれしん》はなかなか抜けない。中二日《なかふつか》置いて十二月四日の日記にこんな事を書いている。

昨夜《ゆうべ》は僕が水彩画をかいて到底物にならんと思って、そこらに抛《ほう》って置いたのを誰かが立派な額にして欄間《らんま》に懸《か》けてくれた夢を見た。さて額になったところを見ると我ながら急に上手になった。非常に嬉しい。これなら立派なものだと独《ひと》りで眺め暮らしていると、夜が明けて眼が覚《さ》めてやはり元の通り下手である事が朝日と共に明瞭になってしまった。

主人は夢の裡《うち》まで水彩画の未練を背負《しょ》ってあるいていると見える。これでは水彩画家は無論夫子《ふうし》の所謂《いわゆる》通人にもなれない質《たち》だ。

主人が水彩画を夢に見た翌日例の金縁眼鏡《めがね》の美学者が久し振りで主人を訪問した。彼は座につくと劈頭《へきとう》第一に「画《え》はどうかね」と口を切った。主人は平気な顔をして「君の忠告に従って写生を力《つと》めているが、なるほど写生をすると今まで気のつかなかった物の形や、色の精細な変化などがよく分るようだ。西洋では昔《むか》しから写生を主張した結果今日《こんにち》のように発達したものと思われる。さすがアンドレア・デル・サルトだ」と日記の事はおくびにも出さないで、またアンドレア・デル・サルトに感心する。美学者は笑いながら「実は君、あれは出鱈目《でたらめ》だよ」と頭を掻《か》く。「何が」と主人はまだ謔《いつ》われた事に気がつかない。「何がって君のしきりに感服しているアンドレア・デル・サルトさ。あれは僕のちょっと捏造《ねつぞう》した話だ。君がそんなに真面目《まじめ》に信じようとは思わなかったハハハハ」と大喜悦の体《てい》である。吾輩は椽側でこの対話を聞いて彼の今日の日記にはいかなる事が記《しる》さるるであろうかと予《あらかじ》め想像せざるを得なかった。この美学者はこんな好《いい》加減な事を吹き散らして人を担《かつ》ぐのを唯一の楽《たのしみ》にしている男である。彼はアンドレア・デル・サルト事件が主人の情線《じょうせん》にいかなる響を伝えたかを毫《ごう》も顧慮せざるもののごとく得意になって下《しも》のような事を饒舌《しゃべ》った。「いや時々冗談《じょうだん》を言うと人が真《ま》に受けるので大《おおい》に滑稽的《こっけいてき》美感を挑撥《ちょうはつ》するのは面白い。せんだってある学生にニコラス・ニックルベーがギボンに忠告して彼の一世の大著述なる仏国革命史を仏語で書くのをやめにして英文で出版させたと言ったら、その学生がまた馬鹿に記憶の善い男で、日本文学会の演説会で真面目に僕の話した通りを繰り返したのは滑稽であった。ところがその時の傍聴者は約百名ばかりであったが、皆熱心にそれを傾聴しておった。それからまだ面白い話がある。せんだって或る文学者のいる席でハリソンの歴史小説セオファーノの話《はな》しが出たから僕はあれは歴史小説の中《うち》で白眉《はくび》である。ことに女主人公が死ぬところは鬼気《きき》人を襲うようだと評したら、僕の向うに坐っている知らんと云った事のない先生が、そうそうあすこは実に名文だといった。それで僕はこの男もやはり僕同様この小説を読んでおらないという事を知った」神経胃弱性の主人は眼を丸くして問いかけた。「そんな出鱈目《でたらめ》をいってもし相手が読んでいたらどうするつもりだ」あたかも人を欺《あざむ》くのは差支《さしつかえ》ない、ただ化《ばけ》の皮《かわ》があらわれた時は困るじゃないかと感じたもののごとくである。美学者は少しも動じない。「なにその時《とき》ゃ別の本と間違えたとか何とか云うばかりさ」と云ってけらけら笑っている。この美学者は金縁の眼鏡は掛けているがその性質が車屋の黒に似たところがある。主人は黙って日の出を輪に吹いて吾輩にはそんな勇気はないと云わんばかりの顔をしている。美学者はそれだから画《え》をかいても駄目だという目付で「しかし冗談《じょうだん》は冗談だが画というものは実際むずかしいものだよ、レオナルド・ダ・ヴィンチは門下生に寺院の壁のしみを写せと教えた事があるそうだ。なるほど雪隠《せついん》などに這入《はい》って雨の漏る壁を余念なく眺めていると、なかなかうまい模様画が自然に出来ているぜ。君注意して写生して見給えきっと面白いものが出来るから」「また欺《だま》すのだろう」「いえこれだけはたしかだよ。実際奇警な語じゃないか、ダ・ヴィンチでもいいそうな事だあね」「なるほど奇警には相違ないな」と主人は半分降参をした。しかし彼はまだ雪隠で写生はせぬようだ。

車屋の黒はその後跛《ごびっこ》になった。彼の光沢ある毛は漸々《だんだん》色が褪《さ》めて抜けて来る。吾輩が琥珀《こはく》よりも美しいと評した彼の眼には眼脂《めやに》が一杯たまっている。ことに著るしく吾輩の注意を惹《ひ》いたのは彼の元気の消沈とその体格の悪くなった事である。吾輩が例の茶園《ちゃえん》で彼に逢った最後の日、どうだと云って尋ねたら「いたちの最後屁《さいごっぺ》と肴屋《さかなや》の天秤棒《てんびんぼう》には懲々《こりごり》だ」といった。

赤松の間に二三段の紅《こう》を綴った紅葉《こうよう》は昔《むか》しの夢のごとく散ってつくばいに近く代る代る花弁《はなびら》をこぼした紅白《こうはく》の山茶花《さざんか》も残りなく落ち尽した。三間半の南向の椽側に冬の日脚が早く傾いて木枯《こがらし》の吹かない日はほとんど稀《まれ》になってから吾輩の昼寝の時間も狭《せば》められたような気がする。

主人は毎日学校へ行く。帰ると書斎へ立て籠《こも》る。人が来ると、教師が厭《いや》だ厭だという。水彩画も滅多にかかない。タカジヤスターゼも功能がないといってやめてしまった。小供は感心に休まないで幼稚園へかよう。帰ると唱歌を歌って、毬《まり》をついて、時々吾輩を尻尾《しっぽ》でぶら下げる。

吾輩は御馳走《ごちそう》も食わないから別段肥《ふと》りもしないが、まずまず健康で跛《びっこ》にもならずにその日その日を暮している。鼠は決して取らない。おさんは未《いま》だに嫌《きら》いである。名前はまだつけてくれないが、欲をいっても際限がないから生涯《しょうがい》この教師の家《うち》で無名の猫で終るつもりだ。

二

吾輩は新年来多少有名になったので、猫ながらちょっと鼻が高く感ぜらるるのはありがたい。

元朝早々主人の許《もと》へ一枚の絵端書《えはがき》が来た。これは彼の交友某画家からの年始状であるが、上部を赤、下部を深緑《ふかみど》りで塗って、その真中に一の動物が蹲踞《うずくま》っているところをパステルで書いてある。主人は例の書斎でこの絵を、横から見たり、竪《たて》から眺めたりして、うまい色だなという。すでに一応感服したものだから、もうやめにするかと思うとやはり横から見たり、竪から見たりしている。からだを拗《ね》じ向けたり、手を延ばして年寄が三世相《さんぜそう》を見るようにしたり、または窓の方へむいて鼻の先まで持って来たりして見ている。早くやめてくれないと膝《ひざ》が揺れて険呑《けんのん》でたまらない。ようやくの事で動揺があまり劇《はげ》しくなくなったと思ったら、小さな声で一体何をかいたのだろうと云《い》う。主人は絵端書の色には感服したが、かいてある動物の正体が分らぬので、さっきから苦心をしたものと見える。そんな分らぬ絵端書かと思いながら、寝ていた眼を上品に半《なか》ば開いて、落ちつき払って見ると紛《まぎ》れもない、自分の肖像だ。主人のようにアンドレア・デル・サルトを極《き》め込んだものでもあるまいが、画家だけに形体も色彩もちゃんと整って出来ている。誰が見たって猫に相違ない。少し眼識のあるものなら、猫の中《うち》でも他《ほか》の猫じゃない吾輩である事が判然とわかるように立派に描《か》いてある。このくらい明瞭な事を分らずにかくまで苦心するかと思うと、少し人間が気の毒になる。出来る事ならその絵が吾輩であると云う事を知らしてやりたい。吾輩であると云う事はよし分らないにしても、せめて猫であるという事だけは分らしてやりたい。

しかし人間というものは到底《とうてい》吾輩猫属《ねこぞく》の言語を解し得るくらいに天の恵《めぐみ》に浴しておらん動物であるから、残念ながらそのままにしておいた。

ちょっと読者に断っておきたいが、元来人間が何ぞというと猫々と、事もなげに軽侮の口調をもって吾輩を評価する癖があるははなはだよくない。人間の糟《かす》から牛と馬が出来て、牛と馬の糞から猫が製造されたごとく考えるのは、自分の無智に心付かんで高慢な顔をする教師などにはありがちの事でもあろうが、はたから見てあまり見っともいい者じゃない。いくら猫だって、そう粗末簡便には出来ぬ。よその目には一列一体、平等無差別、どの猫も自家固有の特色などはないようであるが、猫の社会に這入《はい》って見るとなかなか複雑なもので十人十色《といろ》という人間界の語《ことば》はそのままここにも応用が出来るのである。目付でも、鼻付でも、毛並でも、足並でも、みんな違う。髯《ひげ》の張り具合から耳の立ち按排《あんばい》、尻尾《しっぽ》の垂れ加減に至るまで同じものは一つもない。器量、不器量、好き嫌い、粋無粋《すいぶすい》の数《かず》を悉《つ》くして千差万別と云ってても差支えないくらいである。そのように判然たる区別が存しているにもかかわらず、人間の眼はただ向上とか何とかいって、空ばかり見ているものだから、吾輩の性質は無論相貌《そうぼう》の末を識別する事すら到底出来ぬのは気の毒だ。同類相求むとは昔《むか》しからある語《ことば》だそうだがその通り、餅屋《もちや》は餅屋、猫は猫で、猫の事ならやはり猫でなくては分らぬ。いくら人間が発達したってこればかりは駄目である。いわんや実際をいうと彼等が自《みずか》ら信じているごとくえらくも何ともないのだからなおさらむずかしい。またいわんや同情に乏しい吾輩の主人のごときは、相互を残りなく解するというが愛の第一義であるということすら分らない男なのだから仕方がない。彼は性の悪い牡蠣《かき》のごとく書斎に吸い付いて、かつて外界に向って口を開《ひら》いた事がない。それで自分だけはすこぶる達観したような面構《つらがまえ》をしているのはちょっとおかしい。達観しない証拠には現に吾輩の肖像が眼の前にあるのに少しも悟った様子もなく今年は征露の第二年目だから大方熊の画《え》だろうなどと気の知れぬことをいってすましているのでもわかる。

吾輩が主人の膝《ひざ》の上で眼をねむりながらかく考えていると、やがて下女が第二の絵端書《えはがき》を持って来た。見ると活版で舶来の猫が四五疋《ひき》ずらりと行列してペンを握ったり書物を開いたり勉強をしている。その内の一疋は席を離れて机の角で西洋の猫じゃ猫じゃを躍《おど》っている。その上に日本の墨で「吾輩は猫である」と黒々とかいて、右の側《わき》に書を読むや躍《おど》るや猫の春一日《はるひとひ》という俳句さえ認《したた》められてある。これは主人の旧門下生より来たので誰が見たって一見して意味がわかるはずであるのに、迂濶《うかつ》な主人はまだ悟らないと見えて不思議そうに首を捻《ひね》って、はてな今年は猫の年かなと独言《ひとりごと》を言った。吾輩がこれほど有名になったのを未《ま》だ気が着かずにいると見える。

ところへ下女がまた第三の端書を持ってくる。今度は絵端書ではない。恭賀新年とかいて、傍《かたわ》らに乍恐縮《きょうしゅくながら》かの猫へも宜《よろ》しく御伝声奉願上候《ごでんせいねがいあげたてまつりそろ》とある。いかに迂遠《うえん》な主人でもこう明らさまに書いてあれば分るものと見えてようやく気が付いたようにフンと言いながら吾輩の顔を見た。その眼付が今までとは違って多少尊敬の意を含んでいるように思われた。今まで世間から存在を認められなかった主人が急に一個の新面目《しんめんぼく》を施こしたのも、全く吾輩の御蔭だと思えばこのくらいの眼付は至当だろうと考える。

おりから門の格子《こうし》がチリン、チリン、チリリリリンと鳴る。大方来客であろう、来客なら下女が取次に出る。吾輩は肴屋《さかなや》の梅公がくる時のほかは出ない事に極《き》めているのだから、平気で、もとのごとく主人の膝に坐っておった。すると主人は高利貸にでも飛び込まれたように不安な顔付をして玄関の方を見る。何でも年賀の客を受けて酒の相手をするのが厭らしい。人間もこのくらい偏屈《へんくつ》になれば申し分はない。そんなら早くから外出でもすればよいのにそれほどの勇気も無い。いよいよ牡蠣の根性《こんじょう》をあらわしている。しばらくすると下女が来て寒月《かんげつ》さんがおいでになりましたという。この寒月という男はやはり主人の旧門下生であったそうだが、今では学校を卒業して、何でも主人より立派になっているという話《はな》しである。この男がどういう訳か、よく主人の所へ遊びに来る。来ると自分を恋《おも》っている女が有りそうな、無さそうな、世の中が面白そうな、つまらなそうな、凄《すご》いような艶《つや》っぽいような文句ばかり並べては帰る。主人のようなしなびかけた人間を求めて、わざわざこんな話しをしに来るのからして合点《がてん》が行かぬが、あの牡蠣的《かきてき》主人がそんな談話を聞いて時々相槌《あいづち》を打つのはなお面白い。

「しばらく御無沙汰をしました。実は去年の暮から大《おお》いに活動しているものですから、出《で》よう出ようと思っても、ついこの方角へ足が向かないので」と羽織の紐《ひも》をひねくりながら謎《なぞ》見たような事をいう。「どっちの方角へ足が向くかね」と主人は真面目な顔をして、黒木綿《くろもめん》の紋付羽織の袖口《そでぐち》を引張る。この羽織は木綿でゆきが短かい、下からべんべら者が左右へ五分くらいずつはみ出している。「エヘヘ少し違った方角で」と寒月君が笑う。見ると今日は前歯が一枚欠けている。「君歯をどうかしたかね」と主人は問題を転じた。「ええ実はある所で椎茸《しいたけ》を食いましてね」「何を食ったって?」「その、少し椎茸を食ったんで。椎茸の傘《かさ》を前歯で噛み切ろうとしたらぼろりと歯が欠けましたよ」「椎茸で前歯がかけるなんざ、何だか爺々臭《じじいくさ》いね。俳句にはなるかも知れないが、恋にはならんようだな」と平手で吾輩の頭を軽《かろ》く叩く。「ああその猫が例のですか、なかなか肥ってるじゃありませんか、それなら車屋の黒にだって負けそうもありませんね、立派なものだ」と寒月君は大《おおい》に吾輩を賞《ほ》める。「近頃大分《だいぶ》大きくなったのさ」と自慢そうに頭をぽかぽかなぐる。賞められたのは得意であるが頭が少々痛い。「一昨夜もちょいと合奏会をやりましてね」と寒月君はまた話しをもとへ戻す。「どこで」「どこでもそりゃ御聞きにならんでもよいでしょう。ヴァイオリンが三挺《ちょう》とピヤノの伴奏でなかなか面白かったです。ヴァイオリンも三挺くらいになると下手でも聞かれるものですね。二人は女で私《わたし》がその中へまじりましたが、自分でも善く弾《ひ》けたと思いました」「ふん、そしてその女というのは何者かね」と主人は羨《うらや》ましそうに問いかける。元来主人は平常枯木寒巌《こぼくかんがん》のような顔付はしているものの実のところは決して婦人に冷淡な方ではない、かつて西洋の或る小説を読んだら、その中にある一人物が出て来て、それが大抵の婦人には必ずちょっと惚《ほ》れる。勘定をして見ると往来を通る婦人の七割弱には恋着《れんちゃく》するという事が諷刺的《ふうしてき》に書いてあったのを見て、これは真理だと感心したくらいな男である。そんな浮気な男が何故《なぜ》牡蠣的生涯を送っているかと云うのは吾輩猫などには到底《とうてい》分らない。或人は失恋のためだとも云うし、或人は胃弱のせいだとも云うし、また或人は金がなくて臆病な性質《たち》だからだとも云う。どっちにしたって明治の歴史に関係するほどな人物でもないのだから構わない。しかし寒月君の女連《おんなづ》れを羨まし気《げ》に尋ねた事だけは事実である。寒月君は面白そうに口取《くちとり》の蒲鉾《かまぼこ》を箸で挟んで半分前歯で食い切った。吾輩はまた欠けはせぬかと心配したが今度は大丈夫であった。「なに二人とも去《さ》る所の令嬢ですよ、御存じの方《かた》じゃありません」と余所余所《よそよそ》しい返事をする。「ナール」と主人は引張ったが「ほど」を略して考えている。寒月君はもう善《い》い加減な時分だと思ったものか

「どうも好い天気ですな、御閑《おひま》ならごいっしょに散歩でもしましょうか、旅順が落ちたので市中は大変な景気ですよ」と促《うな》がして見る。主人は旅順の陥落より女連《おんなづれ》の身元を聞きたいと云う顔で、しばらく考え込んでいたがようやく決心をしたものと見えて「それじゃ出るとしよう」と思い切って立つ。やはり黒木綿の紋付羽織に、兄の紀念《かたみ》とかいう二十年来着古《きふ》るした結城紬《ゆうきつむぎ》の綿入を着たままである。いくら結城紬が丈夫だって、こう着つづけてはたまらない。所々が薄くなって日に透かして見ると裏からつぎを当てた針の目が見える。主人の服装には師走《しわす》も正月もない。ふだん着も余所《よそ》ゆきもない。出るときは懐手《ふところで》をしてぶらりと出る。ほかに着る物がないからか、有っても面倒だから着換えないのか、吾輩には分らぬ。ただしこれだけは失恋のためとも思われない。

　両人《ふたり》が出て行ったあとで、吾輩はちょっと失敬して寒月君の食い切った蒲鉾《かまぼこ》の残りを頂戴《ちょうだい》した。吾輩もこの頃では普通一般の猫ではない。まず桃川如燕《ももかわじょえん》以後の猫か、グレーの金魚を偸《ぬす》んだ猫くらいの資格は充分あると思う。車屋の黒などは固《もと》より眼中にない。蒲鉾の一切《ひときれ》くらい頂戴したって人からかれこれ云われる事もなかろう。それにこの人目を忍んで間食《かんしょく》をするという癖は、何も吾等猫族に限った事ではない。うちの御三《おさん》などはよく細君の留守中に餅菓子などを失敬しては頂戴し、頂戴しては失敬している。御三ばかりじゃない現に上品な仕付《しつけ》を受けつつあると細君から吹聴《ふいちょう》せられている小児《こども》ですらこの傾向がある。四五日前のことであったが、二人の小供が馬鹿に早くから眼を覚まして、まだ主人夫婦の寝ている間に対《むか》い合うて食卓に着いた。彼等は毎朝主人の食う麺麭《パン》の幾分に、砂糖をつけて食うのが例であるが、この日はちょうど砂糖壺《さとうつぼ》が卓《たく》の上に置かれて匙《さじ》さえ添えてあった。いつものように砂糖を分配してくれるものがないので、大きい方がやがて壺の中から一匙《ひとさじ》の砂糖をすくい出して自分の皿の上へあけた。すると小さいのが姉のした通り同分量の砂糖を同方法で自分の皿の上にあけた。少《しば》らく両人《りょうにん》は睨《にら》み合っていたが、大きいのがまた匙をとって一杯をわが皿の上に加えた。小さいのもすぐ匙をとってわが分量を姉と同一にした。すると姉がまた一杯すくった。妹も負けずに一杯を附加した。姉がまた壺へ手を懸ける、妹がまた匙をとる。見ている間《ま》に一杯一杯一杯と重なって、ついには両人《ふたり》の皿には山盛の砂糖が堆《うずたか》くなって、壺の中には一匙の砂糖も余っておらんようになったとき、主人が寝ぼけ眼《まなこ》を擦《こす》りながら寝室を出て来てせっかくしゃくい出した砂糖を元のごとく壺の中へ入れてしまった。こんなところを見ると、人間は利己主義から割り出した公平という念は猫より優《まさ》っているかも知れぬが、智慧《ちえ》はかえって猫より劣っているようだ。そんなに山盛にしないうちに早く甞《な》めてしまえばいいにと思ったが、例のごとく、吾輩の言う事などは通じないのだから、気の毒ながら御櫃《おはち》の上から黙って見物していた。

寒月君と出掛けた主人はどこをどう歩行《ある》いたものか、その晩遅く帰って来て、翌日食卓に就《つ》いたのは九時頃であった。例の御櫃の上から拝見していると、主人はだまって雑煮《ぞうに》を食っている。代えては食い、代えては食う。餅の切れは小さいが、何でも六切《むきれ》か七切《ななきれ》食って、最後の一切れを椀の中へ残して、もうよそうと箸《はし》を置いた。他人がそんな我儘《わがまま》をすると、なかなか承知しないのであるが、主人の威光を振り廻わして得意なる彼は、濁った汁の中に焦《こ》げ爛《ただ》れた餅の死骸を見て平気ですましている。妻君が袋戸《ふくろど》の奥からタカジヤスターゼを出して卓の上に置くと、主人は「それは利《き》かないから飲まん」という。「でもあなた澱粉質《でんぷんしつ》のものには大変功能があるそうですから、召し上ったらいいでしょう」と飲ませたがる。「澱粉だろうが何だろうが駄目だよ」と頑固に出る。「あなたはほんとに厭きっぽい」と細君が独言のようにいう。「厭きっぽいのじゃない薬が利かんのだ」「それだってせんだってじゅうは大変によく利くよく利くとおっしゃって毎日毎日上ったじゃありませんか」「こないだうちは利いたのだよ、この頃は利かないのだよ」と対句《ついく》のような返事をする。「そんなに飲んだり止《や》めたりしちゃ、いくら功能のある薬でも利く気遣《きづか》いはありません、もう少し辛防《しんぼう》がよくなくっちゃあ胃弱なんぞはほかの病気たあ違って直らないわねえ」とお盆を持って控えた御三《おさん》を顧みる。「それは本当のところでございます。もう少し召し上ってご覧にならないと、とても善《よ》い薬か悪い薬かわかりますまい」と御三は一も二もなく細君の肩を持つ。「何でもいい、飲まんのだから飲まんのだ、女なんかに何がわかるものか、黙っていろ」「どうせ女ですわ」と細君がタカジヤスターゼを主人の前へ突き付けて是非詰腹《つめばら》を切らせようとする。主人は何にも云わず立って書斎へ這入《はい》る。細君と御三は顔を見合せてにやにやと笑う。こんなときに後《あと》からくっ付いて行って膝《ひざ》の上へ乗ると、大変な目に逢《あ》わされるから、そっと庭から廻って書斎の椽側へ上《あが》って障子の隙《すき》から覗《のぞ》いて見ると、主人はエピクテタスとか云う人の本を披《ひら》いて見ておった。もしそれが平常《いつも》の通りわかるならちょっとえらいところがある。五六分するとその本を叩《たた》き付けるように机の上へ抛《ほう》り出す。大方そんな事だろうと思いながらなお注意していると、今度は日記帳を出して下《しも》のような事を書きつけた。

寒月と、根津、上野、池《いけ》の端《はた》、神田辺《へん》を散歩。池の端の待合の前で芸者が裾模様の春着《はるぎ》をきて羽根をついていた。衣装《いしょう》は美しいが顔はすこぶるまずい。何となくうちの猫に似ていた。

何も顔のまずい例に特に吾輩を出さなくっても、よさそうなものだ。吾輩だって喜多床《きたどこ》へ行って顔さえ剃《す》って貰《もら》やあ、そんなに人間と異《ちが》ったところはありゃしない。人間はこう自惚《うぬぼ》れているから困る。

宝丹《ほうたん》の角《かど》を曲るとまた一人芸者が来た。これは背《せい》のすらりとした撫肩《なでがた》の恰好《かっこう》よく出来上った女で、着ている薄紫の衣服《きもの》も素直に着こなされて上品に見えた。白い歯を出して笑いながら「源ちゃん昨夕《ゆうべ》は――つい忙がしかったもんだから」と云った。ただしその声は旅鴉《たびがらす》のごとく皺枯《しゃが》れておったので、せっかくの風采《ふうさい》も大《おお》に下落したように感ぜられたから、いわゆる源ちゃんなるもののいかなる人なるかを振り向いて見るも面倒になって、懐手《ふところで》のまま御成道《おなりみち》へ出た。寒月は何となくそわそわしているごとく見えた。

人間の心理ほど解《げ》し難いものはない。この主人の今の心は怒《おこ》っているのだか、浮かれているのだか、または哲人の遺書に一道《いちどう》の慰安を求めつつあるのか、ちっとも分らない。世の中を冷笑しているのか、世の中へ交《まじ》りたいのだか、くだらぬ事に肝癪《かんしゃく》を起しているのか、物外《ぶつがい》に超然《ちょうぜん》としているのだかさっぱり見当《けんとう》が付かぬ。猫などはそこへ行くと単純なものだ。食いたければ食い、寝たければ寝る、怒《おこ》るときは一生懸命に怒り、泣くときは絶体絶命に泣く。第一日記などという無用のものは決してつけない。つける必要がないからである。主人のように裏表のある人間は日記でも書いて世間に出されない自己の面目を暗室内に発揮する必要があるかも知れないが、我等猫属《ねこぞく》に至ると行住坐臥《ぎょうじゅうざが》、行屎送尿《こうしそうにょう》ことごとく真正の日記であるから、別段そんな面倒な手数《てかず》をして、己《おの》れの真面目《しんめんもく》を保存するには及ばぬと思う。日記をつけるひまがあるなら椽側に寝ているまでの事さ。

神田の某亭で晩餐《ばんさん》を食う。久し振りで正宗を二三杯飲んだら、今朝は胃の具合が大変いい。胃弱には晩酌が一番だと思う。タカジヤスターゼは無論いかん。誰が何と云っても駄目だ。どうしたって利《き》かないものは利かないのだ。

無暗《むやみ》にタカジヤスターゼを攻撃する。独りで喧嘩をしているようだ。今朝の肝癪がちょっとここへ尾を出す。人間の日記の本色はこう云う辺《へん》に存するのかも知れない。

せんだって○○は朝飯《あさめし》を廃すると胃がよくなると云うたから二三日《にさんち》朝飯をやめて見たが腹がぐうぐう鳴るばかりで功能はない。△△は是非香《こう》の物《もの》を断《た》てと忠告した。彼の説によるとすべて胃病の源因は漬物にある。漬物さえ断てば胃病の源を涸《か》らす訳だから本復は疑なしという論法であった。それから一週間ばかり香の物に箸《はし》を触れなかったが別段の験《げん》も見えなかったから近頃はまた食い出した。××に聞くとそれは按腹揉療治《あんぷくもみりょうじ》に限る。ただし普通のではゆかぬ。皆川流《みながわりゅう》という古流な揉《も》み方で一二度やらせれば大抵の胃病は根治出来る。安井息軒《やすいそっけん》も大変この按摩術《あんまじゅつ》を愛していた。坂本竜馬《さかもとりょうま》のような豪傑でも時々は治療をうけたと云うから、早速上根岸《かみねぎし》まで出掛けて揉《も》まして見た。ところが骨を揉《も》まなければ癒《なお》らぬとか、臓腑の位置を一度顛倒《てんとう》しなければ根治がしにくいとかいって、それはそれは残酷な揉《も》み方をやる。後で身体が綿のようになって昏睡病《こんすいびょう》にかかったような心持ちがしたので、一度で閉口してやめにした。A君は是非固形体を食うなという。それから、一日牛乳ばかり飲んで暮して見たが、この時は腸の中でどぼりどぼりと音がして大水でも出たように思われて終夜眠れなかった。B氏は横膈膜《おうかくまく》で呼吸して内臓を運動させれば自然と胃の働きが健全になる訳だから試しにやって御覧という。これも多少やったが何となく腹中《ふくちゅう》が不安で困る。それに時々思い出したように一心不乱にかかりはするものの五六分立つと忘れてしまう。忘れまいとすると横膈膜が気になって本を読む事も文章をかく事も出来ぬ。美学者の迷亭《めいてい》がこの体《てい》を見て、産気《さんけ》のついた男じゃあるまいし止《よ》すがいいと冷かしたからこの頃は廃《よ》してしまった。C先生は蕎麦《そば》を食ったらよかろうと云うから、早速かけともりをかわるがわる食ったが、これは腹が下《くだ》るばかりで何等の功能もなかった。余は年来の胃弱を直すために出来得る限りの方法を講じて見たがすべて駄目である。ただ昨夜《ゆうべ》寒月と傾けた三杯の正宗はたしかに利目《ききめ》がある。これからは毎晩二三杯ずつ飲む事にしよう。

これも決して長く続く事はあるまい。主人の心は吾輩の眼球《めだま》のように間断なく変化している。何をやっても永持《ながもち》のしない男である。その上日記の上で胃病をこんなに心配している癖に、表向は大《おお》に痩我慢をするからおかしい。せんだってその友人で某《なにがし》という学者が尋ねて来て、一種の見地から、すべての病気は父祖の罪悪と自己の罪悪の結果にほかならないと云う議論をした。大分《だいぶ》研究したものと見えて、条理が明晰《めいせき》で秩序が整然として立派な説であった。気の毒ながらうちの主人などは到底これを反駁《はんばく》するほどの頭脳も学問もないのである。しかし自分が胃病で苦しんでいる際《さい》だから、何とかかんとか弁解をして自己の面目を保とうと思った者と見えて、「君の説は面白いが、あのカーライルは胃弱だったぜ」とあたかもカーライルが胃弱だから自分の胃弱も名誉であると云ったような、見当違いの挨拶をした。すると友人は「カーライルが胃弱だって、胃弱の病人が必ずカーライルにはなれないさ」と極《き》め付けたので主人は黙然《もくねん》としていた。かくのごとく虚栄心に富んでいるものの実際はやはり胃弱でない方がいいと見えて、今夜から晩酌を始めるなどというのはちょっと滑稽だ。考えて見ると今朝雑煮《ぞうに》をあんなにたくさん食ったのも昨夜《ゆうべ》寒月君と正宗をひっくり返した影響かも知れない。吾輩もちょっと雑煮が食って見たくなった。

吾輩は猫ではあるが大抵のものは食う。車屋の黒のように横丁の肴屋《さかなや》まで遠征をする気力はないし、新道《しんみち》の二絃琴《にげんきん》の師匠の所《とこ》の三毛《みけ》のように贅沢《ぜいたく》は無論云える身分でない。従って存外嫌《きらい》は少ない方だ。小供の食いこぼした麺麭《パン》も食うし、餅菓子の餡《あん》もなめる。香の物《こうのもの》はすこぶるまずいが経験のため沢庵《たくあん》を二切ばかりやった事がある。食って見ると妙なもので、大抵のものは食える。あれは嫌《いや》だ、これは嫌だと云うのは贅沢《ぜいたく》な我儘で到底教師の家《うち》にいる猫などの口にすべきところでない。主人の話しによると仏蘭西《フランス》にバルザックという小説家があったそうだ。この男が大の贅沢屋《ぜいたくや》で——もっともこれは口の贅沢屋ではない、小説家だけに文章の贅沢を尽したという事である。バルザックが或る日自分の書いている小説中の人間の名をつけようと思っていろいろつけて見たが、どうしても気に入らない。ところへ友人が遊びに来たのでいっしょに散歩に出掛けた。友人は固《もと》より何《なんに》も知らずに連れ出されたのであるが、バルザックは兼《か》ねて自分の苦心している名を目付《めつけ》ようという考えだから往来へ出ると何もしないで店先の看板ばかり見て歩行《ある》いている。ところがやはり気に入った名がない。友人を連れて無暗《むやみ》にあるく。友人は訳がわからずにくっ付いて行く。彼等はついに朝から晩まで巴理《パリ》を探険した。その帰りがけにバルザックはふとある裁縫屋の看板が目についた。見るとその看板にマーカスという名がかいてある。バルザックは手を拍《う》って「これだこれだこれに限る。マーカスは好い名じゃないか。マーカスの上へＺという頭文字をつける、すると申し分《ぶん》のない名が出来る。Ｚでなくてはいかん。Z. Marcus は実にうまい。どうも自分で作った名はうまくつけたつもりでも何となく故意《わざ》とらしいところがあって面白くない。ようやくの事で気に入った名が出来た」と友人の迷惑はまるで忘れて、一人嬉しがったというが、小説中の人間の名前をつけるに一日《いちんち》巴理《パリ》を探険しなくてはならぬようでは随分手数《てすう》のかかる話だ。贅沢もこのくらい出来れば結構なものだが吾輩のように牡蠣的《かきてき》主人を持つ身の上ではとてもそんな気は出ない。何でもいい、食えさえすれば、という気になるのも境遇のしからしむるところであろう。だから今雑煮《ぞうに》が食いたくなったのも決して贅沢の結果ではない、何でも食える時に食っておこうという考から、主人の食い剰《あま》した雑煮がもしや台所に残っていはすまいかと思い出したからである。……台所へ廻って見る。

今朝見た通りの餅が、今朝見た通りの色で椀の底に膠着《こうちゃく》している。白状するが餅というものは今まで一辺《ぺん》も口に入れた事がない。見るとうまそうにもあるし、また少しは気味《きび》がわるくもある。前足で上にかかっている菜っ葉を掻《か》き寄せる。爪を見ると餅の上皮《うわかわ》が引き掛ってねばねばする。嗅《か》いで見ると釜の底の飯を御櫃《おはち》へ移す時のような香《におい》がする。食おうかな、やめようかな、とあたりを見廻す。幸か不幸か誰もいない。御三《おさん》は暮も春も同じような顔をして羽根をついている。小供は奥座敷で「何とおっしゃる兎さん」を歌っている。食うとすれば今だ。もしこの機をはずすと来年までは餅というものの味を知らずに暮してしまわねばならぬ。吾輩はこの刹那《せつな》に猫ながら一の真理を感得した。「得難き機会はすべての動物をして、好まざる事をも敢てせしむ」吾輩は実を云うとそんなに雑煮を食いたくはないのである。否椀底《わんてい》の様子を熟視すればするほど気味《きび》が悪くなって、食うのが厭になったのである。この時もし御三でも勝手口を開けたなら、奥の小供の足音がこちらへ近付くのを聞き得たなら、吾輩は惜気《おしげ》もなく椀を見棄てたろう、しかも雑煮の事は来年まで念頭に浮ばなかったろう。ところが誰も来ない、いくら躊躇《ちゅうちょ》していても誰も来ない。早く食わぬか食わぬかと催促されるような心持がする。吾輩は椀の中を覗《のぞ》き込みながら、早く誰か来てくれればいいと念じた。やはり誰も来てくれない。吾輩はとうとう雑煮を食わなければならぬ。最後にからだ全体の重量を椀の底へ落すようにして、あぐりと餅の角を一寸《いっすん》ばかり食い込んだ。このくらい力を込めて食い付いたのだから、大抵なものなら噛《か》み切れる訳だが、驚いた！もうよかろうと思って歯を引こうとすると引けない。もう一辺《ぺん》噛み直そうとすると動きがとれない。餅は魔物だなと疳《かん》づいた時はすでに遅かった。沼へでも落ちた人が足を抜こうと焦慮《あせ》るたびにぶくぶく深く沈むように、噛めば噛むほど口が重くなる、歯が動かなくなる。歯答えはあるが、歯答えがあるだけでどうしても始末をつける事が出来ない。美学者迷亭先生がかつて吾輩の主人を評して君は割り切れない男だといった事があるが、なるほどうまい事をいったものだ。この餅も主人と同じようにどうしても割り切れない。噛んでも噛んでも、三で十を割るごとく尽未来際方《じんみらいざいかた》のつく期《ご》はあるまいと思われた。この煩悶《はんもん》の際吾輩は覚えず第二の真理に逢着《ほうちゃく》した。「すべての動物は直覚的に事物の適不適を予知す」真理はすでに二つまで発明したが、餅がくっ付いているので毫《ごう》も愉快を感じない。歯が餅の肉に吸収されて、抜けるように痛い。早く食い切って逃げないと御三《おさん》が来る。小供の唱歌もやんだようだ、きっと台所へ馳《か》け出して来るに相違ない。煩悶の極尻尾《きょくしっぽ》をぐるぐる振って見たが何等の功能もない、耳を立てたり寝かしたりしたが駄目である。考えて見ると耳と尻尾《しっぽ》は餅と何等の関係もない。要するに振り損の、立て損の、寝かし損であると気が付いたからやめにした。ようやくの事これは前足の助けを借りて餅を払い落すに限ると考え付いた。まず右の方をあげて口の周囲を撫《な》で廻す。撫《な》でたくらいで割り切れる訳のものではない。今度は左《ひだ》りの方を伸《のば》して口を中心として急劇に円を劃《かく》して見る。そんな呪《まじな》いで魔は落ちない。辛防《しんぼう》が肝心《かんじん》だと思って左右交《かわ》る交《がわ》るに動かしたがやはり依然として歯は餅の中にぶら下っている。ええ面倒だと両足を一度に使う。すると不思議な事にこの時だけは後足《あとあし》二本で立つ事が出来た。何だか猫でないような感じがする。猫であろうが、あるまいがこうなった日にゃあ構うものか、何でも餅の魔が落ちるまでやるべしという意気込みで無茶苦茶に顔中引っ掻《か》き廻す。前足の運動が猛烈なのでややともすると中心を失って倒れかかる。倒れかかるたびに後足で調子をとらなくてはならぬから、一つ所にいる訳にも行かんので、台所中あちら、こちらと飛んで廻る。我ながらよくこんなに器用に起《た》っていられたものだと思う。第三の真理が驀地《ばくち》に現前《げんぜん》する。「危きに臨《のぞ》めば平常なし能《あた》わざるところのものを為《な》し能う。之《これ》を天祐《てんゆう》という」幸《さいわい》に天祐を享《う》けたる吾輩が一生懸命餅の魔と戦っていると、何だか足音がして奥より人が来るような気合《けわい》である。ここで人に来られては大変だと思って、いよいよ躍起《やっき》となって台所をかけ廻る。足音はだんだん近付いてくる。ああ残念だが天祐が少し足りない。とうとう小供に見付けられた。「あら猫が御雑煮を食べて踊を踊っている」と大きな声をする。この声を第一に聞きつけたのが御三である。羽根も羽子板も打ち遣《や》って勝手から「あらまあ」と飛込んで来る。細君は縮緬《ちりめん》の紋付で「いやな猫ねえ」と仰せられる。主人さえ書斎から出て来て「この馬鹿野郎」といった。面白い面白いと云うのは小供ばかりである。そうしてみんな申し合せたようにげらげら笑っている。腹は立つ、苦しくはある、踊はやめる訳にゆかぬ、弱った。ようやく笑いがやみそうになったら、五つになる女の子が「御かあ様、猫も随分ね」といったので狂瀾《きょうらん》を既倒《きとう》に何とかするという勢でまた大変笑われた。人間の同情に乏しい実行も大分見聞《だいぶけんもん》したが、この時ほど恨《うら》めしく感じた事はなかった。ついに天祐もどっかへ消え失《う》せて、在来の通り四つ這《ば》いになって、眼を白黒するの醜態を演ずるまでに閉口した。さすが見殺しにするのも気の毒と見えて「まあ餅をとってやれ」と主人が御三に命ずる。御三はもっと踊らせようじゃありませんかという眼付で細君を見る。細君は踊は見たいが、殺してまで見る気はないのでだまっている。「取ってやらんと死んでしまう、早くとってやれ」と主人は再び下女を顧《かえり》みる。御三《おさん》は御馳走を半分食べかけて夢から起された時のように、気のない顔をして餅をつかんでぐいと引く。寒月《かんげつ》君じゃないが前歯がみんな折れるかと思った。どうも痛いの痛くないのって、餅の中へ堅く食い込んでいる歯を情《なさ》け容赦もなく引張るのだからたまらない。吾輩が「すべての安楽は困苦を通過せざるべからず」と云う第四の真理を経験して、けろけろとあたりを見廻した時には、家人はすでに奥座敷へ這入《はい》ってしまっておった。

こんな失敗をした時には内にいて御三なんぞに顔を見られるのも何となくばつが悪い。いっその事気を易《か》えて新道の二絃琴《にげんきん》の御師匠さんの所《とこ》の三毛子《みけこ》でも訪問しようと台所から裏へ出た。三毛子はこの近辺で有名な美貌家《びぼうか》である。吾輩は猫には相違ないが物の情《なさ》けは一通り心得ている。うちで主人の苦《にが》い顔を見たり、御三の険突《けんつく》を食って気分が勝《すぐ》れん時は必ずこの異性の朋友《ほうゆう》の許《もと》を訪問していろいろな話をする。すると、いつの間《ま》にか心が晴々《せいせい》して今までの心配も苦労も何もかも忘れて、生れ変ったような心持になる。女性の影響というものは実に莫大《ばくだい》なものだ。杉垣の隙から、いるかなと思って見渡すと、三毛子は正月だから首輪の新しいのをして行儀よく椽側《えんがわ》に坐っている。その背中の丸さ加減が言うに言われんほど美しい。曲線の美を尽している。尻尾《しっぽ》の曲がり加減、足の折り具合、物憂《ものう》げに耳をちょいちょい振る景色《けしき》なども到底《とうてい》形容が出来ん。ことによく日の当る所に暖かそうに、品《ひん》よく控《ひか》えているものだから、身体は静粛端正の態度を有するにも関らず、天鵞毛《びろうど》を欺《あざむ》くほどの滑《なめ》らかな満身の毛は春の光りを反射して風なきにむらむらと微動するごとくに思われる。吾輩はしばらく恍惚《こうこつ》として眺《なが》めていたが、やがて我に帰ると同時に、低い声で「三毛子さん三毛子さん」といいながら前足で招いた。三毛子は「あら先生」と椽を下りる。赤い首輪につけた鈴がちゃらちゃらと鳴る。おや正月になったら鈴までつけたな、どうもいい音《ね》だと感心している間《ま》に、吾輩の傍《そば》に来て「あら先生、おめでとう」と尾を左《ひだ》りへ振る。吾等猫属《ねこぞく》間で御互に挨拶をするときには尾を棒のごとく立てて、それを左りへぐるりと廻すのである。町内で吾輩を先生と呼んでくれるのはこの三毛子ばかりである。吾輩は前回断わった通りまだ名はないのであるが、教師の家《うち》にいるものだから三毛子だけは尊敬して先生先生といってくれる。吾輩も先生と云われて満更《まんざら》悪い心持ちもしないから、はいはいと返事をしている。「やあおめでとう、大層立派に御化粧が出来ましたね」「ええ去年の暮御師匠《おししょう》さんに買って頂いたの、宜《い》いでしょう」とちゃらちゃら鳴らして見せる。「なるほど善い音《ね》ですな、吾輩などは生れてから、そんな立派なものは見た事がないですよ」「あらいやだ、みんなぶら下げるのよ」とまたちゃらちゃら鳴らす。「いい音《ね》でしょう、あたし嬉しいわ」とちゃらちゃらちゃらちゃら続け様に鳴らす。「あなたのうちの御師匠さんは大変あなたを可愛がっていると見えますね」と吾身に引きくらべて暗《あん》に欣羨《きんせん》の意を洩《も》らす。三毛子は無邪気なものである「ほんとよ、まるで自分の小供のようよ」とあどけなく笑う。猫だって笑わないとは限らない。人間は自分よりほかに笑えるものが無いように思っているのは間違いである。吾輩が笑うのは鼻の孔《あな》を三角にして咽喉仏《のどぼとけ》を震動させて笑うのだから人間にはわからぬはずである。「一体あなたの所《とこ》の御主人は何ですか」「あら御主人だって、妙なのね。御師匠《おししょう》さんだわ。二絃琴《にげんきん》の御師匠さんよ」「それは吾輩も知っていますがね。その御身分は何なんです。いずれ昔《むか》しは立派な方なんでしょうな」「ええ」

　君を待つ間《ま》の姫小松……………

　障子の内で御師匠さんが二絃琴を弾《ひ》き出す。「宜《い》い声でしょう」と三毛子は自慢する。「宜《い》いようだが、吾輩にはよくわからん。全体何というものですか」「あれ？　あれは何とかってものよ。御師匠さんはあれが大好きなの。……御師匠さんはあれで六十二よ。随分丈夫だわね」六十二で生きているくらいだから丈夫と云わねばなるまい。吾輩は「はあ」と返事をした。少し間《ま》が抜けたようだが別に名答も出て来なかったから仕方がない。「あれでも、もとは身分が大変好かったんだって。いつでもそうおっしゃるの」
「へえ元は何だったんです」「何でも天璋院《てんしょういん》様の御祐筆《ごゆうひつ》の妹の御嫁に行った先《さ》きの御《お》っかさんの甥《おい》の娘なんだって」「何ですって？」「あの天璋院様の御祐筆の妹の御嫁にいった……」「なるほど。少し待って下さい。天璋院様の妹の御祐筆の……」「あらそうじゃないの、天璋院様の御祐筆の妹の……」「よろしい分りました天璋院様のでしょう」「ええ」「御祐筆のでしょう」「そうよ」「御嫁に行った」「妹の御嫁に行ったですよ」「そうそう間違った。妹の御嫁に入《い》った先きの」「御っかさんの甥の娘なんですとさ」「御っかさんの甥の娘なんですか」「ええ。分ったでしょう」「いいえ。何だか混雑して要領を得ないですよ。詰《つま》るところ天璋院様の何になるんですか」「あなたもよっぽど分らないのね。だから天璋院様の御祐筆の妹の御嫁に行った先きの御っかさんの甥の娘なんだって、先《さ》っきから言ってるんじゃありませんか」「それはすっかり分っているんですがね」「それが分りさえすればいいんでしょう」「ええ」と仕方がないから降参をした。吾々は時とすると理詰の虚言《うそ》を吐《つ》かねばならぬ事がある。

障子の中《うち》で二絃琴の音《ね》がぱったりやむと、御師匠さんの声で「三毛や三毛や御飯だよ」と呼ぶ。三毛子は嬉しそうに「あら御師匠さんが呼んでいらっしゃるから、私《あた》し帰るわ、よくって?」わるいと云ったって仕方がない。「それじゃまた遊びにいらっしゃい」と鈴をちゃらちゃら鳴らして庭先までかけて行ったが急に戻って来て「あなた大変色が悪くってよ。どうかしやしなくって」と心配そうに問いかける。まさか雑煮《ぞうに》を食って踊りを踊ったとも云われないから「何別段の事もありませんが、少し考え事をしたら頭痛がしてね。あなたと話しでもしたら直るだろうと思って実は出掛けて来たのですよ」「そう。御大事になさいまし。さようなら」少しは名残《なご》り惜し気に見えた。これで雑煮の元気もさっぱりと回復した。いい心持になった。帰りに例の茶園《ちゃえん》を通り抜けようと思って霜柱《しもばしら》の融《と》けかかったのを踏みつけながら建仁寺《けんにんじ》の崩《くず》れから顔を出すとまた車屋の黒が枯菊の上に背《せ》を山にして欠伸《あくび》をしている。近頃は黒を見て恐怖するような吾輩ではないが、話しをされると面倒だから知らぬ顔をして行き過ぎようとした。黒の性質として他《ひと》が己《おの》れを軽侮《けいぶ》したと認むるや否や決して黙っていない。「おい、名なしの権兵衛《ごんべえ》、近頃じゃ乙《おつ》う高く留ってるじゃあねえか。いくら教師の飯を食ったって、そんな高慢ちきな面《つら》あするねえ。人《ひと》つけ面白くもねえ」黒は吾輩の有名になったのを、まだ知らんと見える。説明してやりたいが到底《とうてい》分る奴ではないから、まず一応の挨拶をして出来得る限り早く御免蒙《ごめんこうむ》るに若《し》くはないと決心した。「いや黒君おめでとう。不相変《あいかわらず》元気がいいね」と尻尾《しっぽ》を立てて左へくるりと廻わす。黒は尻尾を立てたぎり挨拶もしない。「何おめでてえ？　正月でおめでたけりゃ、御めえなんざあ年が年中おめでてえ方だろう。気をつけろい、この吹《ふ》い子《ご》の向《むこ》う面《づら》め」吹い子の向うづらという句は罵詈《ばり》の言語であるようだが、吾輩には了解が出来なかった。「ちょっと伺《うか》がうが吹い子の向うづらと云うのはどう云う意味かね」「へん、手めえが悪体《あくたい》をつかれてる癖に、その訳《わけ》を聞きゃ世話あねえ、だから正月野郎だって事よ」正月野郎は詩的であるが、その意味に至ると吹い子の何とかよりも一層不明瞭な文句である。参考のためちょっと聞いておきたいが、聞いたって明瞭な答弁は得られぬに極《き》まっているから、面《めん》と対《むか》ったまま無言で立っておった。いささか手持無沙汰の体《てい》である。すると突然黒のうちの神《かみ》さんが大きな声を張り揚げて「おや棚へ上げて置いた鮭《しゃけ》がない。大変だ。またあの黒の畜生《ちきしょう》が取ったんだよ。ほんとに憎らしい猫だっちゃありゃあしない。今に帰って来たら、どうするか見ていやがれ」と怒鳴《どな》る。初春《はつはる》の長閑《のどか》な空気を無遠慮に震動させて、枝を鳴らさぬ君が御代《みよ》を大《おおい》に俗了《ぞくりょう》してしまう。黒は怒鳴るなら、怒鳴りたいだけ怒鳴っていろと云わぬばかりに横着な顔をして、四角な顋《あご》を前へ出しながら、あれを聞いたかと合図をする。今までは黒との応対で気がつかなかったが、見ると彼の足の下には一切れ二銭三厘に相当する鮭の骨が泥だらけになって転がっている。「君不相変《あいかわらず》やってるな」と今までの行き掛りは忘れて、つい感投詞を奉呈した。黒はそのくらいな事ではなかなか機嫌を直さない。「何がやってるでえ、この野郎。しゃけの一切や二切で相変らずたあ何だ。人を見縊《みく》びった事をいうねえ。憚《はばか》りながら車屋の黒だあ」と腕まくりの代りに右の前足を逆《さ》かに肩の辺《へん》まで掻《か》き上げた。「君が黒君だと云う事は、始めから知ってるさ」「知ってるのに、相変らずやってるたあ何だ。何だてえ事よ」と熱いのを頻《しき》りに吹き懸ける。人間なら胸倉《むなぐら》をとられて小突き廻されるところである。少々辟易《へきえき》して内心困った事になったなと思っていると、再び例の神さんの大声が聞える。「ちょいと西川さん、おい西川さんてば、用があるんだよこの人あ。牛肉を一斤《きん》すぐ持って来るんだよ。いいかい、分ったかい、牛肉の堅くないところを一斤だよ」と牛肉注文の声が四隣《しりん》の寂寞《せきばく》を破る。「へん年に一遍牛肉を誂《あつら》えると思って、いやに大きな声を出しゃあがらあ。牛肉一斤が隣り近所へ自慢なんだから始末に終えねえ阿魔《あま》だ」と黒は嘲《あざけ》りながら四つ足を踏張《ふんば》る。吾輩は挨拶のしようもないから黙って見ている。「一斤くらいじゃあ、承知が出来ねえんだが、仕方がねえ、いいから取っときゃ、今に食ってやらあ」と自分のために誂《あつら》えたもののごとくいう。「今度は本当の御馳走だ。結構結構」と吾輩はなるべく彼を帰そうとする。「御めっちの知った事じゃねえ。黙っていろ。うるせえや」と云いながら突然後足《あとあし》で霜柱《しもばしら》の崩《くず》れた奴を吾輩の頭へばさりと浴《あ》びせ掛ける。吾輩が驚ろいて、からだの泥を払っている間《ま》に黒は垣根を潜《くぐ》って、どこかへ姿を隠した。大方西川の牛《ぎゅう》を覘《ねらい》に行ったものであろう。

　家《うち》へ帰ると座敷の中が、いつになく春めいて主人の笑い声さえ陽気に聞える。はてなと明け放した椽側から上《あが》って主人の傍《そば》へ寄って見ると見馴れぬ客が来ている。頭を奇麗に分けて、木綿《もめん》の紋付の羽織に小倉《こくら》の袴《はかま》を着けて至極《しごく》真面目そうな書生体《しょせいてい》の男である。主人の手あぶりの角を見ると春慶塗《しゅんけいぬ》りの巻煙草《まきたばこ》入れと並んで越智東風《おちとうふう》君を紹介致候《そろ》水島寒月という名刺があるので、この客の名前も、寒月君の友人であるという事も知れた。主客《しゅかく》の対話は途中からであるから前後がよく分らんが、何でも吾輩が前回に紹介した美学者迷亭君の事に関しているらしい。

「それで面白い趣向があるから是非いっしょに来いとおっしゃるので」と客は落ちついて云う。「何ですか、その西洋料理へ行って午飯《ひるめし》を食うのについて趣向があるというのですか」と主人は茶を続《つ》ぎ足して客の前へ押しやる。「さあ、その趣向というのが、その時は私にも分らなかったんですが、いずれあの方《かた》の事ですから、何か面白い種があるのだろうと思いまして……」「いっしょに行きましたか、なるほど」「ところが驚いたのです」主人はそれ見たかと云わぬばかりに、膝《ひざ》の上に乗った吾輩の頭をぽかと叩《たた》く。少し痛い。「また馬鹿な茶番見たような事なんでしょう。あの男はあれが癖でね」と急にアンドレア・デル・サルト事件を思い出す。「へへー。君何か変ったものを食おうじゃないかとおっしゃるので」「何を食いました」「まず献立《こんだて》を見ながらいろいろ料理についての御話しがありました」「誂《あつ》らえない前にですか」「ええ」「それから」「それから首を捻《ひね》ってボイの方を御覧になって、どうも変ったものもないようだなとおっしゃるとボイは負けぬ気で鴨《かも》のロースか小牛のチャップなどは如何《いかが》ですと云うと、先生は、そんな月並《つきなみ》を食いにわざわざここまで来やしないとおっしゃるんで、ボイは月並という意味が分らんものですから妙な顔をして黙っていましたよ」「そうでしょう」「それから私の方を御向きになって、君仏蘭西《フランス》や英吉利《イギリス》へ行くと随分天明調《てんめいちょう》や万葉調《まんようちょう》が食えるんだが、日本じゃどこへ行ったって版で圧《お》したようで、どうも西洋料理へ這入《はい》る気がしないと云うような大気燄《たいきえん》で――全体あの方《かた》は洋行なすった事があるのですかな」「何迷亭が洋行なんかするもんですか、そりゃ金もあり、時もあり、行こうと思えばいつでも行かれるんですがね。大方これから行くつもりのところを、過去に見立てた洒落《しゃれ》なんでしょう」と主人は自分ながらうまい事を言ったつもりで誘い出し笑をする。客はさまで感服した様子もない。「そうですか、私はまたいつの間《ま》に洋行なさったかと思って、つい真面目に拝聴していました。それに見て来たようになめくじのソップの御話や蛙《かえる》のシチュの形容をなさるものですから」「そりゃ誰かに聞いたんでしょう、うそをつく事はなかなか名人ですからね」「どうもそうのようで」と花瓶《かびん》の水仙を眺める。少しく残念の気色《けしき》にも取られる。「じゃ趣向というのは、それなんですね」と主人が念を押す。「いえそれはほんの冒頭なので、本論はこれからなのです」「ふーん」と主人は好奇的な感投詞を挟《はさ》む。「それから、とてもなめくじや蛙は食おうっても食えやしないから、まあトチメンボーくらいなところで負けとく事にしようじゃないか君と御相談なさるものですから、私はつい何の気なしに、それがいいでしょう、といってしまったので」「へー、とちめんぼうは妙ですな」「ええ全く妙なのですが、先生があまり真面目だものですから、つい気がつきませんでした」とあたかも主人に向って麁忽《そこつ》を詫《わ》びているように見える。「それからどうしました」と主人は無頓着に聞く。客の謝罪には一向同情を表しておらん。「それからボイにおいトチメンボーを二人前《ににんまえ》持って来いというと、ボイがメンチボーですかと聞き直しましたが、先生はますます真面目《まじめ》な貌《かお》でメンチボーじゃないトチメンボーだと訂正されました」「なある。そのトチメンボーという料理は一体あるんですか」「さあ私も少しおかしいとは思いましたがいかにも先生が沈着であるし、その上あの通りの西洋通でいらっしゃるし、ことにその時は洋行なすったものと信じ切っていたものですから、私も口を添えてトチメンボーだトチメンボーだとボイに教えてやりました」「ボイはどうしました」「ボイがね、今考えると実に滑稽《こっけい》なんですがね、しばらく思案していましてね、はなはだ御気の毒様ですが今日はトチメンボーは御生憎様《おあいにくさま》でメンチボーなら御二人前《おふたりまえ》すぐに出来ますと云うと、先生は非常に残念な様子で、それじゃせっかくここまで来た甲斐《かい》がない。どうかトチメンボーを都合《つごう》して食わせてもらう訳《わけ》には行くまいかと、ボイに二十銭銀貨をやられると、ボイはそれではともかくも料理番と相談して参りましょうと奥へ行きましたよ」「大変トチメンボーが食いたかったと見えますね」「しばらくしてボイが出て来て真《まこと》に御生憎で、御誂《おあつらえ》ならこしらえますが少々時間がかかります、と云うと迷亭先生は落ちついたもので、どうせ我々は正月でひまなんだから、少し待って食って行こうじゃないかと云いながらポッケットから葉巻を出してぷかりぷかり吹かし始められたので、私《わたく》しも仕方がないから、懐《ふところ》から日本新聞を出して読み出しました、するとボイはまた奥へ相談に行きましたよ」「いやに手数《てすう》が掛りますな」と主人は戦争の通信を読むくらいの意気込で席を前《すす》める。「するとボイがまた出て来て、近頃はトチメンボーの材料が払底で亀屋へ行っても横浜の十五番へ行っても買われませんから当分の間は御生憎様でと気の毒そうに云うと、先生はそりゃ困ったな、せっかく来たのになあと私の方を御覧になってしきりに繰り返さるるので、私も黙っている訳にも参りませんから、どうも遺憾《いかん》ですな、遺憾極《きわま》るですなと調子を合せたのです」「ごもっともで」と主人が賛成する。何がごもっともだか吾輩にはわからん。「するとボイも気の毒だと見えて、その内材料が参りましたら、どうか願いますってんでしょう。先生が材料は何を使うかねと問われるとボイはへへへへと笑って返事をしないんです。材料は日本派の俳人だろうと先生が押し返して聞くとボイはへえさようで、それだものだから近頃は横浜へ行っても買われませんので、まことにお気の毒様と云いましたよ」「アハハハそれが落ちなんですか、こりゃ面白い」と主人はいつになく大きな声で笑う。膝《ひざ》が揺れて吾輩は落ちかかる。主人はそれにも頓着《とんじゃく》なく笑う。アンドレア・

デル・サルトに罹《かか》ったのは自分一人でないと云う事を知ったので急に愉快になったものと見える。「それから二人で表へ出ると、どうだ君うまく行ったろう、橡面坊《とちめんぼう》を種に使ったところが面白かろうと大得意なんです。敬服の至りですと云って御別れしたようなものの実は午飯《ひるめし》の時刻が延びたので大変空腹になって弱りましたよ」「それは御迷惑でしたろう」と主人は始めて同情を表する。これには吾輩も異存はない。しばらく話しが途切れて吾輩の咽喉《のど》を鳴らす音が主客《しゅかく》の耳に入る。

　東風君は冷めたくなった茶をぐっと飲み干して「実は今日参りましたのは、少々先生に御願があって参ったので」と改まる。「はあ、何か御用で」と主人も負けずに済《す》ます。「御承知の通り、文学美術が好きなものですから……」「結構で」と油を注《さ》す。「同志だけがよりましてせんだってから朗読会というのを組織しまして、毎月一回会合してこの方面の研究をこれから続けたいつもりで、すでに第一回は去年の暮に開いたくらいであります」「ちょっと伺っておきますが、朗読会と云うと何か節奏《ふし》でも附けて、詩歌《しいか》文章の類《るい》を読むように聞えますが、一体どんな風にやるんです」「まあ初めは古人の作からはじめて、追々《おいおい》は同人の創作なんかもやるつもりです」「古人の作というと白楽天《はくらくてん》の琵琶行《びわこう》のようなものでもあるんですか」「いいえ」「蕪村《ぶそん》の春風馬堤曲《しゅんぷうばていきょく》の種類ですか」「いいえ」「それじゃ、どんなものをやったんです」「せんだっては近松の心中物《しんじゅうもの》をやりました」「近松？　あの浄瑠璃《じょうるり》の近松ですか」近松に二人はない。近松といえば戯曲家の近松に極《きま》っている。それを聞き直す主人はよほど愚《ぐ》だと思っていると、主人は何にも分らずに吾輩の頭を叮嚀《ていねい》に撫《な》でている。藪睨《やぶにら》みから惚《ほ》れられたと自認している人間もある世の中だからこのくらいの誤謬《ごびゅう》は決して驚くに足らんと撫でらるるがままにすましていた。「ええ」と答えて東風子《とうふうし》は主人の顔色を窺《うかが》う。「それじゃ一人で朗読するのですか、または役割を極《き》めてやるんですか」「役を極めて懸合《かけあい》でやって見ました。その主意はなるべく作中の人物に同情を持ってその性格を発揮するのを第一として、それに手真似や身振りを添えます。白《せりふ》はなるべくその時代の人を写し出すのが主で、御嬢さんでも丁稚《でっち》でも、その人物が出てきたようにやるんです」「じゃ、まあ芝居見たようなものじゃありませんか」「ええ衣装《いしょう》と書割《かきわり》がないくらいなものですな」「失礼ながらうまく行きますか」「まあ第一回としては成功した方だと思います」「それでこの前やったとおっしゃる心中物というと」「その、船頭が御客を乗せて芳原《よしわら》へ行く所《とこ》なんで」「大変な幕をやりましたな」と教師だけにちょっと首を傾《かたむ》ける。鼻から吹き出した日の出の煙りが耳を掠《かす》めて顔の横手へ廻る。「なあに、そんなに大変な事もないんです。登場の人物は御客と、船頭と、花魁《おいらん》と仲居《なかい》と遣手《やりて》と見番《けんばん》だけですから」と東風子は平気なものである。主人は花魁という名をきいてちょっと苦《にが》い顔をしたが、仲居、遣手、見番という術語について明瞭の智識がなかったと見えてまず質問を呈出した。「仲居というのは娼家《しょうか》の下婢《かひ》にあたるものですかな」「まだよく研究はして見ませんが仲居は茶屋の下女で、遣手というのが女部屋《おんなべや》の助役《じょやく》見たようなものだろうと思います」東風子はさっき、その人物が出て来るように仮色《こわいろ》を使うと云った癖に遣手や仲居の性格をよく解しておらんらしい。「なるほど仲居は茶屋に隷属《れいぞく》するもので、遣手は娼家に起臥《きが》する者ですね。次に見番と云うのは人間ですかまたは一定の場所を指《さ》すのですか、もし人間とすれば男ですか女ですか」「見番は何でも男の人間だと思います」「何を司《つかさ》どっているんですかな」「さあそこまではまだ調べが届いておりません。その内調べて見ましょう」これで懸合をやった日には頓珍漢《とんちんかん》なものが出来るだろうと吾輩は主人の顔をちょっと見上げた。主人は存外真面目である。「それで朗読家は君のほかにどんな人が加わったんですか」「いろいろおりました。花魁が法学士のK君でしたが、口髯《くちひげ》を生やして、女の甘ったるいせりふを使《つ》かうのですからちょっと妙でした。それにその花魁が癪《しゃく》を起すところがあるので……」「朗読でも癪を起さなくっちゃ、いけないんですか」と主人は心配そうに尋ねる。「ええとにかく表情が大事ですから」と東風子はどこまでも文芸家の気でいる。「うまく癪が起りましたか」と主人は警句を吐く。「癪だけは第一回には、ちと無理でした」と東風子も警句を吐く。「ところで君は何の役割でした」と主人が聞く。「私《わたく》しは船頭」「へー、君が船頭」君にして船頭が務《つと》まるものなら僕にも見番くらいはやれると云ったような語気を洩《も》らす。やがて「船頭は無理でしたか」と御世辞のないところを打ち明ける。東風子は別段癪に障った様子もない。やはり沈着な口調で「その船頭でせっかくの催しも竜頭蛇尾《りゅうとうだび》に終りました。実は会場の隣りに女学生が四五人下宿していましてね、それがどうして聞いたものか、その日は朗読会があるという事を、どこかで探知して会場の窓下へ来て傍聴していたものと見えます。私《わたく》しが船頭の仮色《こわいろ》を使って、ようやく調子づいてこれなら大丈夫と思って得意にやっていると、……つまり身振りがあまり過ぎたのでしょう、今まで耐《こ》らえていた女学生が一度にわっと笑いだしたものですから、驚ろいた事も驚ろいたし、極《きま》りが悪《わ》るい事も悪るいし、それで腰を折られてから、どうしても後《あと》がつづけられないので、とうとうそれ限《ぎ》りで散会しました」第一回としては成功だと称する朗読会がこれでは、失敗はどんなものだろうと想像すると笑わずにはいられない。覚えず咽喉仏《のどぼとけ》がごろごろ鳴る。主人はいよいよ柔かに頭を撫《な》でてくれる。人を笑って可愛がられるのはありがたいが、いささか無気味なところもある。「それは飛んだ事で」

と主人は正月早々弔詞《ちょうじ》を述べている。「第二回からは、もっと奮発して盛大にやるつもりなので、今日出ましたのも全くそのためで、実は先生にも一つ御入会の上御尽力を仰ぎたいので」「僕にはとても癪なんか起せませんよ」と消極的の主人はすぐに断わりかける。「いえ、癪などは起していただかんでもよろしいので、ここに賛助員の名簿が」と云いながら紫の風呂敷から大事そうに小菊版《こぎくばん》の帳面を出す。「これへどうか御署名の上御捺印《ごなついん》を願いたいので」と帳面を主人の膝《ひざ》の前へ開いたまま置く。見ると現今知名な文学博士、文学士連中の名が行儀よく勢揃《せいぞろい》をしている。「はあ賛成員にならん事もありませんが、どんな義務があるのですか」と牡蠣先生《かきせんせい》は掛念《けねん》の体《てい》に見える。「義務と申して別段是非願う事もないくらいで、ただ御名前だけを御記入下さって賛成の意さえ御表《おひょう》し被下《くださ》ればそれで結構です」「そんなら這入《はい》ります」と義務のかからぬ事を知るや否や主人は急に気軽になる。責任さえないと云う事が分っておれば謀叛《むほん》の連判状へでも名を書き入れますと云う顔付をする。加之《のみならず》こう知名の学者が名前を列《つら》ねている中に姓名だけでも入籍させるのは、今までこんな事に出合った事のない主人にとっては無上の光栄であるから返事の勢のあるのも無理はない。「ちょっと失敬」と主人は書斎へ印をとりに這入る。吾輩はぼたりと畳の上へ落ちる。東風子は菓子皿の中のカステラをつまんで一口に頬張《ほおば》る。モゴモゴしばらくは苦しそうである。吾輩は今朝の雑煮《ぞうに》事件をちょっと思い出す。主人が書斎から印形《いんぎょう》を持って出て来た時は、東風子の胃の中にカステラが落ちついた時であった。主人は菓子皿のカステラが一切《ひときれ》足りなくなった事には気が着かぬらしい。もし気がつくとすれば第一に疑われるものは吾輩であろう。

東風子が帰ってから、主人が書斎に入って机の上を見ると、いつの間《ま》にか迷亭先生の手紙が来ている。

「新年の御慶《ぎょけい》目出度《めでたく》申納候《もうしおさめそろ》。……」

いつになく出が真面目だと主人が思う。迷亭先生の手紙に真面目なのはほとんどないので、この間などは「其後《そのご》別に恋着《れんちゃく》せる婦人も無之《これなく》、いず方《かた》より艶書《えんしょ》も参らず、先《ま》ず先《ま》ず無事に消光罷《まか》り在り候《そろ》間、乍憚《はばかりながら》御休心可被下候《くださるべくそろ》」と云うのが来たくらいである。それに較《くら》べるとこの年始状は例外にも世間的である。

「一寸参堂仕り度《たく》候えども、大兄の消極主義に反して、出来得る限り積極的方針を以《もっ》て、此千古未曾有《みぞう》の新年を迎うる計画故、毎日毎日目の廻る程の多忙、御推察願上候《そろ》……」

なるほどあの男の事だから正月は遊び廻るのに忙がしいに違いないと、主人は腹の中で迷亭君に同意する。

「昨日は一刻のひまを偸《ぬす》み、東風子にトチメンボーの御馳走《ごちそう》を致さんと存じ候処《そろところ》、生憎《あいにく》材料払底の為《た》め其意を果さず、遺憾《いかん》千万に存候《ぞんじそろ》。……」

そろそろ例の通りになって来たと主人は無言で微笑する。

「明日は某男爵の歌留多会《かるたかい》、明後日は審美学協会の新年宴会、其明日は鳥部教授歓迎会、其又明日は……」

うるさいなと、主人は読みとばす。

「右の如く謡曲会、俳句会、短歌会、新体詩会等、会の連発にて当分の間は、のべつ幕無しに出勤致し候《そろ》為め、不得已《やむをえず》賀状を以て拝趨《はいすう》の礼に易《か》え候段不悪御宥恕被下度候《そろだんあしからずごゆうじょくだされたくそろ》。……」

別段くるにも及ばんさと、主人は手紙に返事をする。

「今度御光来の節は久し振りにて晩餐でも供し度《たき》心得に御座候《そろ》。寒厨《かんちゅう》何の珍味も無之候《これなくそうら》えども、せめてはトチメンボーでもと只今より心掛居候《おりそろ》。……」

まだトチメンボーを振り廻している。失敬なと主人はちょっとむっとする。

「然《しか》しトチメンボーは近頃材料払底の為め、ことに依ると間に合い兼候《かねそろ》も計りがたきにつき、其節は孔雀《くじゃく》の舌《した》でも御風味に入れ可申候《もうすべくそろ》。……」

両天秤《りょうてんびん》をかけたなと主人は、あとが読みたくなる。

「御承知の通り孔雀一羽につき、舌肉の分量は小指の半《なか》ばにも足らぬ程故健啖《けんたん》なる大兄の胃嚢《いぶくろ》を充《み》たす為には……」

うそをつけと主人は打ち遣《や》ったようにいう。

「是非共二三十羽の孔雀を捕獲致さざる可《べか》らずと存候《ぞんじそろ》。然る所孔雀は動物園、浅草花屋敷等には、ちらほら見受け候えども、普通の鳥屋抔《など》には一向《いっこう》見当り不申《もうさず》、苦心此事《くしんこのこと》に御座候《そろ》。……」

独りで勝手に苦心しているのじゃないかと主人は毫《ごう》も感謝の意を表しない。

「此孔雀の舌の料理は往昔羅馬《おうせきローマ》全盛の砌《みぎ》り、一時非常に流行致し候《そろ》ものにて、豪奢《ごうしゃ》風流の極度と平生よりひそかに食指《しょくし》を動かし居候《おりそろ》次第御諒察可被下候《ごりょうさつくださるべくそろ》。……」

何が御諒察だ、馬鹿なと主人はすこぶる冷淡である。

「降《くだ》って十六七世紀の頃迄は全欧を通じて孔雀は宴席に欠くべからざる好味と相成居候《あいなりおりそろ》。レスター伯がエリザベス女皇《じょこう》をケニルウォースに招待致し候節《そろせつ》も慥《たし》か孔雀を使用致し候様《そろよう》記憶致候《いたしそろ》。有名なるレンブラントが画《えが》き候《そろ》饗宴の図にも孔雀が尾を広げたる儘《まま》卓上に横《よこた》わり居り候《そろ》……」

孔雀の料理史をかくくらいなら、そんなに多忙でもなさそうだと不平をこぼす。

「とにかく近頃の如く御馳走の食べ続けにては、さすがの小生も遠からぬうちに大兄の如く胃弱と相成《あいな》るは必定《ひつじょう》……」

大兄のごとくは余計だ。何も僕を胃弱の標準にしなくても済むと主人はつぶやいた。

「歴史家の説によれば羅馬人《ローマじん》は日に二度三度も宴会を開き候由《そろよし》。日に二度も三度も方丈《ほうじょう》の食饌《しょくせん》に就き候えば如何なる健胃の人にても消化機能に不調を醸《かも》すべく、従って自然は大兄の如く……」

また大兄のごとくか、失敬な。

「然《しか》るに贅沢《ぜいたく》と衛生とを両立せしめんと研究を尽したる彼等は不相当に多量の滋味を貪《むさぼ》ると同時に胃腸を常態に保持するの必要を認め、ここに一の秘法を案出致し候《そろ》……」

はてねと主人は急に熱心になる。

「彼等は食後必ず入浴致候《いたしそろ》。入浴後一種の方法によりて浴前《よくぜん》に嚥下《えんか》せるものを悉《ことごと》く嘔吐《おうと》し、胃内を掃除致し候《そろ》。胃内廓清《いないかくせい》の功を奏したる後《のち》又食卓に就《つ》き、飽《あ》く迄珍味を風好《ふうこう》し、風好し了《おわ》れば又湯に入りて之《これ》を吐出致候《としゅついたしそろ》。かくの如くすれば好物は貪《むさぼ》り次第貪り候《そうろう》も毫《ごう》も内臓の諸機関に障害を生ぜず、一挙両得とは此等の事を可申《もうすべき》かと愚考致候《いたしそろ》……」

なるほど一挙両得に相違ない。主人は羨《うらや》ましそうな顔をする。

「廿世紀の今日《こんにち》交通の頻繁《ひんぱん》、宴会の増加は申す迄もなく、軍国多事征露の第二年とも相成候折柄《そろおりから》、吾人戦勝国の国民は、是非共羅馬《ローマ》人に傚《なら》って此入浴嘔吐の術を研究せざるべからざる機会に到着致し候《そろ》事と自信致候《いたしそろ》。左《さ》もなくば切角《せっかく》の大国民も近き将来に於て悉《ことごと》く大兄の如く胃病患者と相成る事と窃《ひそ》かに心痛罷《まか》りあり候《そろ》……」

また大兄のごとくか、癪《しゃく》に障《さわ》る男だと主人が思う。

「此際吾人西洋の事情に通ずる者が古史伝説を考究し、既に廃絶せる秘法を発見し、之を明治の社会に応用致し候わば所謂《いわば》禍《わざわい》を未萌《みほう》に防ぐの功徳《くどく》にも相成り平素逸楽《いつらく》を擅《ほしいまま》に致し候《そろ》御恩返も相立ち可申《もうすべく》と存候《ぞんじそろ》……」

何だか妙だなと首を捻《ひね》る。

「依《よっ》て此間中《じゅう》よりギボン、モンセン、スミス等諸家の著述を渉猟《しょうりょう》致し居候《おりそうら》えども未《いま》だに発見の端緒《たんしょ》をも見出《みいだ》し得ざるは残念の至に存候《ぞんじそろ》。然し御存じの如く小生は一度思い立ち候事《そろこと》は成功するまでは決して中絶仕《つかまつ》らざる性質に候えば嘔吐方《おうとほう》を再興致し候《そろ》も遠からぬうちと信じ居り候《そろ》次第。右は発見次第御報道可仕候《つかまつるべくそろ》につき、左様御承知可被下候《くださるべくそろ》。就《つい》てはさきに申上候《そろ》トチメンボー及び孔雀の舌の御馳走も可相成《あいなるべく》は右発見後に致し度《たく》、左《さ》すれば小生の都合は勿論《もちろん》、既に胃弱に悩み居らるる大兄の為にも御便宜《ごべんぎ》かと存候《ぞんじそろ》草々不備」

何だとうとう担《かつ》がれたのか、あまり書き方が真面目だものだからつい仕舞《しまい》まで本気にして読んでいた。新年匆々《そうそう》こんな悪戯《いたずら》をやる迷亭はよっぽどひま人だなあと主人は笑いながら云った。

それから四五日は別段の事もなく過ぎ去った。白磁《はくじ》の水仙がだんだん凋《しぼ》んで、青軸《あおじく》の梅が瓶《びん》ながらだんだん開きかかるのを眺め暮らしてばかりいてもつまらんと思って、一両度《いちりょうど》三毛子を訪問して見たが逢《あ》われない。最初は留守だと思ったが、二返目《へんめ》には病気で寝ているという事が知れた。障子の中で例の御師匠さんと下女が話しをしているのを手水鉢《ちょうずばち》の葉蘭の影に隠れて聞いているとこうであった。

「三毛は御飯をたべるかい」「いいえ今朝からまだ何《なん》にも食べません、あったかにして御火燵《おこた》に寝かしておきました」何だか猫らしくない。まるで人間の取扱を受けている。

一方では自分の境遇と比べて見て羨《うらや》ましくもあるが、一方では己《おの》が愛している猫がかくまで厚遇を受けていると思えば嬉しくもある。

「どうも困るね、御飯をたべないと、身体《からだ》が疲れるばかりだからね」「そうでございますとも、私共でさえ一日御膳《ごぜん》をいただかないと、明くる日はとても働けませんもの」

下女は自分より猫の方が上等な動物であるような返事をする。実際この家《うち》では下女より猫の方が大切かも知れない。

「御医者様へ連れて行ったのかい」「ええ、あの御医者はよっぽど妙でございますよ。私が三毛をだいて診察場へ行くと、風邪《かぜ》でも引いたのかって私の脈《みゃく》をとろうとするんでしょう。いえ病人は私ではございません。これですって三毛を膝の上へ直したら、にやにや笑いながら、猫の病気はわしにも分らん、抛《ほう》っておいたら今に癒《なお》るだろうってんですもの、あんまり苛《ひど》いじゃございませんか。腹が立ったから、それじゃ見ていただかなくってもようございますこれでも大事の猫なんですって、三毛を懐《ふところ》へ入れてさっさと帰って参りました」「ほんにねえ」

「ほんにねえ」は到底《とうてい》吾輩のうちなどで聞かれる言葉ではない。やはり天璋院《てんしょういん》様の何とかの何とかでなくては使えない、はなはだ雅《が》であると感心した。

「何だかしくしく云うようだが……」「ええきっと風邪を引いて咽喉《のど》が痛むんでございますよ。風邪を引くと、どなたでも御咳《おせき》が出ますからね……」

天璋院様の何とかの何とかの下女だけに馬鹿叮嚀《ていねい》な言葉を使う。

「それに近頃は肺病とか云うものが出来てのう」「ほんとにこの頃のように肺病だのペストだのって新しい病気ばかり殖《ふ》えた日にゃ油断も隙もなりゃしませんのでございますよ」「旧幕時代に無い者に碌《ろく》な者はないから御前も気をつけないといかんよ」「そうでございましょうかねえ」

下女は大《おお》いに感動している。

「風邪《かぜ》を引くといってもあまり出あるきもしないようだったに……」「いえね、あなた、それが近頃は悪い友達が出来ましてね」

下女は国事の秘密でも語る時のように大得意である。

「悪い友達?」「ええあの表通りの教師の所《とこ》にいる薄ぎたない雄猫《おねこ》でございますよ」「教師と云うのは、あの毎朝無作法な声を出す人かえ」「ええ顔を洗うたんびに鵞鳥《がちょう》が絞《し》め殺されるような声を出す人でございます」

鵞鳥が絞め殺されるような声はうまい形容である。吾輩の主人は毎朝風呂場で含嗽《うがい》をやる時、楊枝《ようじ》で咽喉《のど》をつっ突いて妙な声を無遠慮に出す癖がある。機嫌の悪い時はやけにがあがあやる、機嫌の好い時は元気づいてなおがあがあやる。つまり機嫌のいい時も悪い時も休みなく勢よくがあがあやる。細君の話しではここへ引越す前まではこんな癖はなかったそうだが、ある時ふとやり出してから今日《きょう》まで一日もやめた事がないという。ちょっと厄介な癖であるが、なぜこんな事を根気よく続けているのか吾等猫などには到底《とうてい》想像もつかん。それもまず善いとして「薄ぎたない猫」とは随分酷評をやるものだとなお耳を立ててあとを聞く。

「あんな声を出して何の呪《まじな》いになるか知らん。御維新前《ごいっしんまえ》は中間《ちゅうげん》でも草履《ぞうり》取りでも相応の作法は心得たもので、屋敷町などで、あんな顔の洗い方をするものは一人もおらなかったよ」「そうでございましょうともねえ」

下女は無暗《むやみ》に感服しては、無暗にねえを使用する。

「あんな主人を持っている猫だから、どうせ野良猫《のらねこ》さ、今度来たら少し叩《たた》いておやり」「叩いてやりますとも、三毛の病気になったのも全くあいつの御蔭に相違ございませんもの、きっと讐《かたき》をとってやります」

飛んだ冤罪《えんざい》を蒙《こうむ》ったものだ。こいつは滅多《めった》に近《ち》か寄《よ》れないと三毛子にはとうとう逢わずに帰った。

帰って見ると主人は書斎の中《うち》で何か沈吟《ちんぎん》の体《てい》で筆を執《と》っている。二絃琴《にげんきん》の御師匠さんの所《とこ》で聞いた評判を話したら、さぞ怒《おこ》るだろうが、知らぬが仏とやらで、うんうん云いながら神聖な詩人になりすましている。

ところへ当分多忙で行かれないと云って、わざわざ年始状をよこした迷亭君が飄然《ひょうぜん》とやって来る。「何か新体詩でも作っているのかね。面白いのが出来たら見せたまえ」と云う。「うん、ちょっとうまい文章だと思ったから今翻訳して見ようと思ってね」と主人は重たそうに口を開く。「文章？　誰《だ》れの文章だい」「誰れのか分らんよ」「無名氏か、無名氏の作にも随分善いのがあるからなかなか馬鹿に出来ない。全体どこにあったのか」と問う。「第二読本」と主人は落ちつきはらって答える。「第二読本？　第二読本がどうしたんだ」「僕の翻訳している名文と云うのは第二読本の中《うち》にあると云う事さ」「冗談《じょうだん》じゃない。孔雀の舌の讐《かたき》を際《きわ》どいところで討とうと云う寸法なんだろう」「僕は君のような法螺吹《ほらふ》きとは違うさ」と口髯《くちひげ》を捻《ひね》る。泰然たるものだ。「昔《むか》しある人が山陽に、先生近頃名文はござらぬかといったら、山陽が馬子《まご》の書いた借金の催促状を示して近来の名文はまずこれでしょうと云ったという話があるから、君の審美眼も存外たしかかも知れん。どれ読んで見給え、僕が批評してやるから」と迷亭先生は審美眼の本家《ほんけ》のような事を云う。主人は禅坊主が大燈国師《だいとうこくし》の遺誡《ゆいかい》を読むような声を出して読み始める。「巨人《きょじん》、引力《いんりょく》」「何だいその巨人引力と云うのは」「巨人引力と云う題さ」「妙な題だな、僕には意味がわからんね」「引力と云う名を持っている巨人というつもりさ」「少し無理なつもりだが表題だからまず負けておくとしよう。それから早々《そうそう》本文を読むさ、君は声が善いからなかなか面白い」「雑《ま》ぜかえしてはいかんよ」と予《あらか》じめ念を押してまた読み始める。

ケートは窓から外面《そと》を眺《なが》める。小児《しょうに》が球《たま》を投げて遊んでいる。彼等は高く球を空中に擲《なげう》つ。球は上へ上へとのぼる。しばらくすると落ちて来る。彼等はまた球を高く擲つ。再び三度。擲つたびに球は落ちてくる。なぜ落ちるのか、なぜ上へ上へとのみのぼらぬかとケートが聞く。「巨人が地中に住む故に」と母が答える。「彼は巨人引力である。彼は強い。彼は万物を己《おの》れの方へと引く。彼は家屋を地上に引く。引かねば飛んでしまう。小児も飛んでしまう。葉が落ちるのを見たろう。あれは巨人引力が呼ぶのである。本を落す事があろう。巨人引力が来いというからである。球が空にあがる。巨人引力は呼ぶ。呼ぶと落ちてくる」

「それぎりかい」「むむ、甘《うま》いじゃないか」「いやこれは恐れ入った。飛んだところでトチ、メ、ン、ボーの御返礼に預《あずか》った」「御返礼でもなんでもないさ、実際うまいから訳して見たのさ、君はそう思わんかね」と金縁の眼鏡の奥を見る。「どうも驚ろいたね。君にしてこの伎倆《ぎりょう》あらんとは、全く此度《こんど》という今度《こんど》は担《かつ》がれたよ、降参降参」と一人で承知して一人で喋舌《しゃべ》る。主人には一向《いっこう》通じない。「何も君を降参させる考えはないさ。ただ面白い文章だと思ったから訳して見たばかりさ」「いや実に面白い。そう来なくっちゃ本ものでない。凄《すご》いものだ。恐縮だ」「そんなに恐縮するには及ばん。僕も近頃は水彩画をやめたから、その代りに文章でもやろうと思ってね」「どうして遠近無差別黒白平等《えんきんむさべつこくびゃくびょうどう》の水彩画の比じゃない。感服の至りだよ」「そうほめてくれると僕も乗り気になる」と主人はあくまでも疳違《かんちが》いをしている。

ところへ寒月《かんげつ》君が先日は失礼しましたと這入《はい》って来る。「いや失敬。今大変な名文を拝聴して、、、、トチメンボーの亡魂を退治《たいじ》られたところで」と迷亭先生は訳のわからぬ事をほのめかす。「はあ、そうですか」とこれも訳の分らぬ挨拶をする。主人だけは左《さ》のみ浮かれた気色《けしき》もない。「先日は君の紹介で越智東風《おちとうふう》と云う人が来たよ」「ああ上《あが》りましたか、あの越智東風《おちこち》と云う男は至って正直な男ですが少し変っているところがあるので、あるいは御迷惑かと思いましたが、是非紹介してくれというものですから……」「別に迷惑の事もないがね……」「こちらへ上《あが》っても自分の姓名のことについて何か弁じて行きゃしませんか」「いいえ、そんな話もなかったようだ」「そうですか、どこへ行っても初対面の人には自分の名前の講釈《こうしゃく》をするのが癖でしてね」「どんな講釈をするんだい」と事あれかしと待ち構えた迷亭君は口を入れる。「あの東風《こち》と云うのを音《おん》で読まれると大変気にするので」「はてね」と迷亭先生は金唐皮《きんからかわ》の煙草入《たばこいれ》から煙草をつまみ出す。「私《わたく》しの名は越智東風《おちとうふう》ではありません、越智《おち》こちですと必ず断りますよ」「妙だね」と雲井《くもい》を腹の底まで呑《の》み込む。「それが全く文学熱から来たので、こちと読むと遠近と云う成語《せいご》になる、のみならずその姓名が韻《いん》を踏んでいると云うのが得意なんです。それだから東風《こち》を音《おん》で読むと僕がせっかくの苦心を人が買ってくれないといって不平を云うのです」「こりゃなるほど変ってる」と迷亭先生は図に乗って腹の底から雲井を鼻の孔《あな》まで吐き返す。途中で煙が戸迷《とまど》いをして咽喉《のど》の出口へ引きかかる。先生は煙管《きせる》を握ってごほんごほんと咽《むせ》び返る。「先日来た時は朗読会で船頭になって女学生に笑われたといっていたよ」と主人は笑いながら云う。「うむそれそれ」と迷亭先生が煙管《きせる》で膝頭《ひざがしら》を叩《たた》く。吾輩は険呑《けんのん》になったから少し傍《そば》を離れる。「その朗読会さ。せんだってトチメンボーを御馳走した時にね。その話しが出たよ。何でも第二回には知名の文士を招待して大会をやるつもりだから、先生にも是非御臨席を願いたいって。それから僕が今度も近松の世話物をやるつもりかいと聞くと、いえこの次はずっと新しい者を撰《えら》んで金色夜叉《こんじきやしゃ》にしましたと云うから、君にゃ何の役が当ってるかと聞いたら私は御宮《おみや》ですといったのさ。東風《とうふう》の御宮は面白かろう。僕は是非出席して喝采《かっさい》しようと思ってるよ」「面白いでしょう」と寒月君が妙な笑い方をする。「しかしあの男はどこまでも誠実で軽薄なところがないから好い。迷亭などとは大違いだ」と主人はアンドレア・デル・サルトと孔雀《くじゃく》の舌とトチメンボーの復讐《かたき》を一度にとる。迷亭君は気にも留めない様子で「どうせ僕などは行徳《ぎょうとく》の俎《まないた》と云う格だからなあ」と笑う。「まずそんなところだろう」と主人が云う。実は行徳の俎と云う語を主人は解《かい》さないのであるが、さすが永年教師をして胡魔化《ごまか》しつけているものだから、こんな時には教場の経験を社交上にも応用するのである。「行徳の俎というのは何の事ですか」と寒月が真率《しんそつ》に聞く。主人は床の方を見て「あの水仙は暮に僕が風呂の帰りがけに買って来て挿《さ》したのだが、よく持つじゃないか」と行徳の俎を無理にねじ伏せる。「暮といえば、去年の暮に僕は実に不思議な経験をしたよ」と迷亭が煙管《きせる》を大神楽《だいかぐら》のごとく指の尖《さき》で廻わす。「どんな経験か、聞かし玉《たま》え」と主人は行徳の俎を遠く後《うしろ》に見捨てた気で、ほっと息をつく。迷亭先生の不思議な経験というのを聞くと左《さ》のごとくである。

「たしか暮の二十七日と記憶しているがね。例の東風《とうふう》から参堂の上是非文芸上の御高話を伺いたいから御在宿を願うと云う先《さ》き触《ぶ》れがあったので、朝から心待ちに待っていると先生なかなか来ないやね。昼飯を食ってストーブの前でバリー・ペーンの滑稽物《こっけいもの》を読んでいるところへ静岡の母から手紙が来たから見ると、年寄だけにいつまでも僕を小供のように思ってね。寒中は夜間外出をするなとか、冷水浴もいいがストーブを焚《た》いて室《へや》を煖《あたた》かにしてやらないと風邪《かぜ》を引くとかいろいろの注意があるのさ。なるほど親はありがたいものだ、他人ではとてもこうはいかないと、呑気《のんき》な僕もその時だけは大《おお》に感動した。それにつけても、こんなにのらくらしていては勿体《もったい》ない。何か大著述でもして家名を揚げなくてはならん。母の生きているうちに天下をして明治の文壇に迷亭先生あるを知らしめたいと云う気になった。それからなお読んで行くと御前なんぞは実に仕合せ者だ。露西亜《ロシア》と戦争が始まって若い人達は大変な辛苦《しんく》をして御国《みくに》のために働らいているのに節季師走《せっきしわす》でもお正月のように気楽に遊んでいると書いてある。――僕はこれでも母の思ってるように遊んじゃいないやね――そのあとへ以《もっ》て来て、僕の小学校時代の朋友《ほうゆう》で今度の戦争に出て死んだり負傷したものの名前が列挙してあるのさ。その名前を一々読んだ時には何だか世の中が味気《あじき》なくなって人間もつまらないと云う気が起ったよ。一番仕舞《しまい》にね。私《わた》しも取る年に候えば初春《はつはる》の御雑煮《おぞうに》を祝い候も今度限りかと……何だか心細い事が書いてあるんで、なおのこと気がくさくさしてしまって早く東風《とうふう》が来れば好いと思ったが、先生どうしても来ない。そのうちとうとう晩飯になったから、母へ返事でも書こうと思ってちょいと十二三行かいた。母の手紙は六尺以上もあるのだが僕にはとてもそんな芸は出来んから、いつでも十行内外で御免蒙《こうむ》る事に極《き》めてあるのさ。すると一日動かずにおったものだから、胃の具合が妙で苦しい。東風が来たら待たせておけと云う気になって、郵便を入れながら散歩に出掛けたと思い給え。いつになく富士見町の方へは足が向かないで土手三番町《どてさんばんちょう》の方へ我れ知らず出てしまった。ちょうどその晩は少し曇って、から風が御濠《おほり》の向《むこ》うから吹き付ける、非常に寒い。神楽坂《かぐらざか》の方から汽車がヒューと鳴って土手下を通り過ぎる。大変淋《さみ》しい感じがする。暮、戦死、老衰、無常迅速などと云う奴が頭の中をぐるぐる馳《か》け廻《めぐ》る。よく人が首を縊《くく》ると云うがこんな時にふと誘われて死ぬ気になるのじゃないかと思い出す。ちょいと首を上げて土手の上を見ると、いつの間《ま》にか例の松の真下《ました》に来ているのさ」

「例の松た、何だい」と主人が断句《だんく》を投げ入れる。

「首懸《くびかけ》の松さ」と迷亭は領《えり》を縮める。

「首懸の松は鴻《こう》の台《だい》でしょう」寒月が波紋《はもん》をひろげる。

「鴻《こう》の台《だい》のは鐘懸《かねかけ》の松で、土手三番町のは首懸《くびかけ》の松さ。なぜこう云う名が付いたかと云うと、昔《むか》しからの言い伝えで誰でもこの松の下へ来ると首が縊《くく》りたくなる。土手の上に松は何十本となくあるが、そら首縊《くびくく》りだと来て見ると必ずこの松へぶら下がっている。年に二三返《べん》はきっとぶら下がっている。どうしても他《ほか》の松では死ぬ気にならん。見ると、うまい具合に枝が往来の方へ横に出ている。ああ好い枝振りだ。あのままにしておくのは惜しいものだ。どうかしてあすこの所へ人間を下げて見たい、誰か来ないかしらと、四辺《あたり》を見渡すと生憎《あいにく》誰も来ない。仕方がない、自分で下がろうか知らん。いやいや自分が下がっては命がない、危《あぶ》ないからよそう。しかし昔の希臘人《ギリシャじん》は宴会の席で首縊《くびくく》りの真似をして余興を添えたと云う話しがある。一人が台の上へ登って縄の結び目へ首を入れる途端に他《ほか》のものが台を蹴返す。首を入れた当人は台を引かれると同時に縄をゆるめて飛び下りるという趣向《しゅこう》である。果してそれが事実なら別段恐るるにも及ばん、僕も一つ試みようと枝へ手を懸けて見ると好い具合に撓《しわ》る。撓り按排《あんばい》が実に美的である。首がかかってふわふわするところを想像して見ると嬉しくてたまらん。是非やる事にしようと思ったが、もし東風《とうふう》が来て待っていると気の毒だと考え出した。それではまず東風《とうふう》に逢《あ》って約束通り話しをして、それから出直そうと云う気になってついにうちへ帰ったのさ」

「それで市《いち》が栄えたのかい」と主人が聞く。

「面白いですな」と寒月がにやにやしながら云う。

「うちへ帰って見ると東風は来ていない。しかし今日《こんにち》は無拠処差支《よんどころなきさしつか》えがあって出られぬ、いずれ永日《えいじつ》御面晤《ごめんご》を期すという端書《はがき》があったので、やっと安心して、これなら心置きなく首が縊《くく》れる嬉しいと思った。で早速下駄を引き懸けて、急ぎ足で元の所へ引き返して見る……」と云って主人と寒月の顔を見てすましている。

「見るとどうしたんだい」と主人は少し焦《じ》れる。

「いよいよ佳境に入りますね」と寒月は羽織の紐《ひも》をひねくる。

「見ると、もう誰か来て先へぶら下がっている。たった一足違いでねえ君、残念な事をしたよ。考えると何でもその時は死神《しにがみ》に取り着かれたんだね。ゼームスなどに云わせると副意識下の幽冥界《ゆうめいかい》と僕が存在している現実界が一種の因果法によって互に感応《かんのう》したんだろう。実に不思議な事があるものじゃないか」迷亭はすまし返っている。

主人はまたやられたと思いながら何も云わずに空也餅《くうやもち》を頬張《ほおば》って口をもごもご云わしている。

寒月は火鉢の灰を丁寧に掻《か》き馴《な》らして、俯向《うつむ》いてにやにや笑っていたが、やがて口を開く。極めて静かな調子である。

「なるほど伺って見ると不思議な事でちょっと有りそうにも思われませんが、私などは自分でやはり似たような経験をつい近頃したものですから、少しも疑がう気になりません」

「おや君も首を縊《くく》りたくなったのかい」

「いえ私のは首じゃないんで。これもちょうど明ければ昨年の暮の事でしかも先生と同日同刻くらいに起った出来事ですからなおさら不思議に思われます」

「こりゃ面白い」と迷亭も空也餅を頬張る。

「その日は向島の知人の家《うち》で忘年会兼《けん》合奏会がありまして、私もそれへヴァイオリンを携《たずさ》えて行きました。十五六人令嬢やら令夫人が集ってなかなか盛会で、近来の快事と思うくらいに万事が整っていました。晩餐《ばんさん》もすみ合奏もすんで四方《よも》の話しが出て時刻も大分《だいぶ》遅くなったから、もう暇乞《いとまご》いをして帰ろうかと思っていますと、某博士の夫人が私のそばへ来てあなたは○○子さんの御病気を御承知ですかと小声で聞きますので、実はその両三日前《りょうさんにちまえ》に逢った時は平常の通りどこも悪いようには見受けませんでしたから、私も驚ろいて精《くわ》しく様子を聞いて見ますと、私《わたく》しの逢ったその晩から急に発熱して、いろいろな譫語《うわごと》を絶間なく口走《くちばし》るそうで、それだけなら宜《い》いですがその譫語のうちに私の名が時々出て来るというのです」

主人は無論、迷亭先生も「御安《おやす》くないね」などという月並《つきなみ》は云わず、静粛に謹聴している。

「医者を呼んで見てもらうと、何だか病名はわからんが、何しろ熱が劇《はげ》しいので脳を犯しているから、もし睡眠剤《すいみんざい》が思うように功を奏しないと危険であると云う診断だそうで私はそれを聞くや否や一種いやな感じが起ったのです。ちょうど夢でうなされる時のような重くるしい感じで周囲の空気が急に固形体になって四方から吾が身をしめつけるごとく思われました。帰り道にもその事ばかりが頭の中にあって苦しくてたまらない。あの奇麗な、あの快活なあの健康な○○子さんが……」

「ちょっと失敬だが待ってくれ給え。さっきから伺っていると○○子さんと云うのが二返《へん》ばかり聞えるようだが、もし差支《さしつか》えがなければ承《うけたまわ》りたいね、君」と主人を顧《かえり》みると、主人も「うむ」と生返事《なまへんじ》をする。

「いやそれだけは当人の迷惑になるかも知れませんから廃《よ》しましょう」

「すべて曖々然《あいあいぜん》として昧々然《まいまいぜん》たるかたで行くつもりかね」

「冷笑なさってはいけません、極真面目《ごくまじめ》な話しなんですから……とにかくあの婦人が急にそんな病気になった事を考えると、実に飛花落葉《ひからくよう》の感慨で胸が一杯になって、総身《そうしん》の活気が一度にストライキを起したように元気がにわかに滅入《めい》ってしまいまして、ただ蹌々《そうそう》として踉々《ろうろう》という形《かた》ちで吾妻橋《あずまばし》へきかかったのです。欄干に倚《よ》って下を見ると満潮《まんちょう》か干潮《かんちょう》か分りませんが、黒い水がかたまってただ動いているように見えます。花川戸《はなかわど》の方から人力車が一台馳《か》けて来て橋の上を通りました。その提灯《ちょうちん》の火を見送っていると、だんだん小くなって札幌《さっぽろ》ビールの処で消えました。私はまた水を見る。すると遥《はる》かの川上の方で私の名を呼ぶ声が聞えるのです。はてな今時分人に呼ばれる訳はないが誰だろうと水の面《おもて》をすかして見ましたが暗くて何《なん》にも分りません。気のせいに違いない早々《そうそう》帰ろうと思って一足二足あるき出すと、また微《かす》かな声で遠くから私の名を呼ぶのです。私はまた立ち留って耳を立てて聞きました。三度目に呼ばれた時には欄干に捕《つか》まっていながら膝頭《ひざがしら》ががくがく悸《ふる》え出したのです。その声は遠くの方か、川の底から出るようですが紛《まぎ》れもない○○子の声なんでしょう。私は覚えず「はーい」と返事をしたのです。その返事が大きかったものですから静かな水に響いて、自分で自分の声に驚かされて、はっと周囲を見渡しました。人も犬も月も何《なん》にも見えません。その時に私はこの「夜《よる》」の中に巻き込まれて、あの声の出る所へ行きたいと云う気がむらむらと起ったのです。○○子の声がまた苦しそうに、訴えるように、救を求めるように私の耳を刺し通したので、今度は「今直《すぐ》に行きます」と答えて欄干から半身を出して黒い水を眺めました。どうも私を呼ぶ声が浪《なみ》の下から無理に洩《も》れて来るように思われましてね。この水の下だなと思いながら私はとうとう欄干の上に乗りましたよ。今度呼んだら飛び込もうと決心して流を見つめているとまた憐れな声が糸のように浮いて来る。ここだと思って力を込めて一反《いったん》飛び上がっておいて、そして小石か何ぞのように未練なく落ちてしまいました」

「とうとう飛び込んだのかい」と主人が眼をぱちつかせて問う。

「そこまで行こうとは思わなかった」と迷亭が自分の鼻の頭をちょいとつまむ。

「飛び込んだ後《あと》は気が遠くなって、しばらくは夢中でした。やがて眼がさめて見ると寒くはあるが、どこも濡《ぬ》れた所《とこ》も何もない、水を飲んだような感じもしない。たしかに飛び込んだはずだが実に不思議だ。こりゃ変だと気が付いてそこいらを見渡すと驚きましたね。水の中へ飛び込んだつもりでいたところが、つい間違って橋の真中へ飛び下りたので、その時は実に残念でした。前と後《うし》ろの間違だけであの声の出る所へ行く事が出来なかったのです」寒月はにやにや笑いながら例のごとく羽織の紐《ひも》を荷厄介《にやっかい》にしている。

「ハハハハこれは面白い。僕の経験と善く似ているところが奇だ。やはりゼームス教授の材料になるね。人間の感応と云う題で写生文にしたらきっと文壇を驚かすよ。……そしてその○○子さんの病気はどうなったかね」と迷亭先生が追窮する。

「二三日前《にさんちまえ》年始に行きましたら、門の内で下女と羽根を突いていましたから病気は全快したものと見えます」

主人は最前から沈思の体《てい》であったが、この時ようやく口を開いて、「僕にもある」と負けぬ気を出す。

「あるって、何があるんだい」迷亭の眼中に主人などは無論ない。

「僕のも去年の暮の事だ」

「みんな去年の暮は暗合《あんごう》で妙ですな」と寒月が笑う。欠けた前歯のうちに空也餅《くうやもち》が着いている。

「やはり同日同刻じゃないか」と迷亭がまぜ返す。

「いや日は違うようだ。何でも二十日《はつか》頃だよ。細君が御歳暮の代りに摂津大掾《せっつだいじょう》を聞かしてくれろと云うから、連れて行ってやらん事もないが今日の語り物は何だと聞いたら、細君が新聞を参考して鰻谷《うなぎだに》だと云うのさ。鰻谷は嫌いだから今日はよそうとその日はやめにした。翌日になると細君がまた新聞を持って来て今日は堀川《ほりかわ》だからいいでしょうと云う。堀川は三味線もので賑やかなばかりで実《み》がないからよそうと云うと、細君は不平な顔をして引き下がった。その翌日になると細君が云うには今日は三十三間堂です、私は是非摂津《せっつ》の三十三間堂が聞きたい。あなたは三十三間堂も御嫌いか知らないが、私に聞かせるのだからいっしょに行って下すっても宜《い》いでしょうと手詰《てづめ》の談判をする。御前がそんなに行きたいなら行っても宜《よ》ろしい、しかし一世一代と云うので大変な大入だから到底突懸《とうていつっか》けに行ったって這入《はい》れる気遣《きづか》いはない。元来ああ云う場所へ行くには茶屋と云うものが在《あ》ってそれと交渉して相当の席を予約するのが正当の手続きだから、それを踏まないで常規を脱した事をするのはよくない、残念だが今日はやめようと云うと、細君は凄《すご》い眼付をして、私は女ですからそんなむずかしい手続きなんか知りませんが、大原のお母あさんも、鈴木の君代さんも正当の手続きを踏まないで立派に聞いて来たんですから、いくらあなたが教師だからって、そう手数のかかる見物をしないでもすみましょう、あなたはあんまりだと泣くような声を出す。それじゃ駄目でもまあ行く事にしよう。晩飯をくって電車で行こうと降参をすると、行くなら四時までに向うへ着くようにしなくっちゃいけません、そんなぐずぐずしてはいられませんと急に勢がいい。なぜ四時までに行かなくては駄目なんだと聞き返すと、そのくらい早く行って場所をとらなくちゃ這入れないからですと鈴木の君代さんから教えられた通りを述べる。それじゃ四時を過ぎればもう駄目なんだねと念を押して見たら、ええ駄目ですともと答える。すると君不思議な事にはその時から急に悪寒《おかん》がし出してね」

「奥さんがですか」と寒月が聞く。

「なに細君はぴんぴんしていらあね。僕がさ。何だか穴の明いた風船玉のように一度に萎縮《いしゅく》する感じが起ると思うと、もう眼がぐらぐらして動けなくなった」

「急病だね」と迷亭が註釈を加える。

「ああ困った事になった。細君が年に一度の願だから是非叶《かな》えてやりたい。平生《いつも》叱りつけたり、口を聞かなかったり、身上《しんしょう》の苦労をさせたり、小供の世話をさせたりするばかりで何一つ洒掃薪水《さいそうしんすい》の労に酬《むく》いた事はない。今日は幸い時間もある、嚢中《のうちゅう》には四五枚の堵物《とぶつ》もある。連れて行けば行かれる。細君も行きたいだろう、僕も連れて行ってやりたい。是非連れて行ってやりたいがこう悪寒がして眼がくらんでは電車へ乗るどころか、靴脱《くつぬぎ》へ降りる事も出来ない。ああ気の毒だ気の毒だと思うとなお悪寒がしてなお眼がくらんでくる。早く医者に見てもらって服薬でもしたら四時前には全快するだろうと、それから細君と相談をして甘木《あまき》医学士を迎いにやると生憎昨夜《あいにくゆうべ》が当番でまだ大学から帰らない。二時頃には御帰りになりますから、帰り次第すぐ上げますと云う返事である。困ったなあ、今杏仁水《きょうにんすい》でも飲めば四時前にはきっと癒《なお》るに極《きま》っているんだが、運の悪い時には何事も思うように行かんもので、たまさか妻君の喜ぶ笑顔を見て楽もうと云う予算も、がらりと外《はず》れそうになって来る。細君は恨《うら》めしい顔付をして、到底《とうてい》いらっしゃれませんかと聞く。行くよ必ず行くよ。四時までにはきっと直って見せるから安心しているがいい。早く顔でも洗って着物でも着換えて待っているがいい、と口では云ったようなものの胸中は無限の感慨である。悪寒はますます劇《はげ》しくなる、眼はいよいよぐらぐらする。もしや四時までに全快して約束を履行《りこう》する事が出来なかったら、気の狭い女の事だから何をするかも知れない。情《なさ》けない仕儀になって来た。どうしたら善かろう。万一の事を考えると今の内に有為転変《ういてんぺん》の理、生者必滅《しょうじゃひつめつ》の道を説き聞かして、もしもの変が起った時取り乱さないくらいの覚悟をさせるのも、夫《おっと》の妻《つま》に対する義務ではあるまいかと考え出した。僕は速《すみや》かに細君を書斎へ呼んだよ。呼んで御前は女だけれども many a slip 'twixt the cup and the lip と云う西洋の諺《ことわざ》くらいは心得ているだろうと聞くと、そんな横文字なんか誰が知るもんですか、あなたは人が英語を知らないのを御存じの癖にわざと英語を使って人にからかうのだから、宜《よろ》しゅうございます、どうせ英語なんかは出来ないんですから、そんなに英語が御好きなら、なぜ耶蘇学校《ヤソがっこう》の卒業生かなんかをお貰いなさらなかったんです。あなたくらい冷酷な人はありはしないと非常な権幕《けんまく》なんで、僕もせっかくの計画の腰を折られてしまった。君等にも弁解するが僕の英語は決して悪意で使った訳じゃない。全く妻《さい》を愛する至情から出たので、それを妻のように解釈されては僕も立つ瀬がない。

それにさっきからの悪寒《おかん》と眩暈《めまい》で少し脳が乱れていたところへもって来て、早く有為転変、生者必滅の理を呑み込ませようと少し急き込んだものだから、つい細君の英語を知らないと云う事を忘れて、何の気も付かずに使ってしまった訳《せ》さ。考えるとこれは僕が悪《わ》るい、全く手落ちであった。この失敗で悪寒はますます強くなる。眼はいよいよぐらぐらする。妻君は命ぜられた通り風呂場へ行って両肌《もろはだ》を脱いで御化粧をして、簞笥《たんす》から着物を出して着換える。もういつでも出掛けられますと云う風情《ふぜい》で待ち構えている。僕は気が気でない。早く甘木君が来てくれれば善いがと思って時計を見るともう三時だ。四時にはもう一時間しかない。「そろそろ出掛けましょうか」と妻君が書斎の開き戸を明けて顔を出す。自分の妻《さい》を褒《ほ》めるのはおかしいようであるが、僕はこの時ほど細君を美しいと思った事はなかった。もろ肌を脱いで石鹸で磨《みが》き上げた皮膚がぴかついて黒縮緬《くろちりめん》の羽織と反映している。その顔が石鹸と摂津大掾《せっつだいじょう》を聞こうと云う希望との二つで、有形無形の両方面から輝やいて見える。どうしてもその希望を満足させて出掛けてやろうと云う気になる。それじゃ奮発して行こうかな、と一ぷくふかしているとようやく甘木先生が来た。うまい注文通りに行った。が容体をはなすと、甘木先生は僕の舌を眺《なが》めて、手を握って、胸を敲《たた》いて背を撫《な》でて、目縁《まぶち》を引っ繰り返して、頭蓋骨《ずがいこつ》をさすって、しばらく考え込んでいる。「どうも少し険呑《けんのん》のような気がしまして」と僕が云うと、先生は落ちついて、「いえ格別の事もございますまい」と云う。「あのちょっとくらい外出致しても差支《さしつか》えはございますまいね」と細君が聞く。「さよう」と先生はまた考え込む。「御気分さえ御悪くなければ……」「気分は悪いですよ」と僕がいう。「じゃともかくも頓服《とんぷく》と水薬《すいやく》を上げますから」「へえどうか、何だかちと、危《あぶ》ないようになりそうですな」「いや決して御心配になるほどの事じゃございません、神経を御起しになるといけませんよ」と先生が帰る。三時は三十分過ぎた。下女を薬取りにやる。細君の厳命で馳《か》け出して行って、馳《か》け出して返ってくる。四時十五分前である。四時にはまだ十五分ある。すると四時十五分前頃から、今まで何とも無かったのに、急に嘔気《はきけ》を催《もよ》おして来た。細君は水薬《すいやく》を茶碗へ注《つ》いで僕の前へ置いてくれたから、茶碗を取り上げて飲もうとすると、胃の中からげーと云う者が吶喊《とっかん》して出てくる。やむをえず茶碗を下へ置く。細君は「早く御飲《おの》みになったら宜《い》いでしょう」と逼《せま》る。早く飲んで早く出掛けなくては義理が悪い。思い切って飲んでしまおうとまた茶碗を唇へつけるとまたゲーが執念深《しゅうねんぶか》く妨害をする。飲もうとしては茶碗を置き、飲もうとしては茶碗を置いていると茶の間の柱時計がチンチンチンチンと四時を打った。さあ四時だ愚図愚図してはおられんと茶碗をまた取り上げると、不思議だねえ君、実に不思議とはこの事だろう、四時の音と共に吐《は》き気《け》がすっかり留まって水薬が何の苦なしに飲めたよ。それから四時十分頃になると、甘木先生の名医という事も始めて理解する事が出来たんだが、背中がぞくぞくするのも、眼がぐらぐらするのも夢のように消えて、当分立つ事も出来まいと思った病気がたちまち全快したのは嬉しかった」

「それから歌舞伎座へいっしょに行ったのかい」と迷亭が要領を得んと云う顔付をして聞く。

「行きたかったが四時を過ぎちゃ、這入《はい》れないと云う細君の意見なんだから仕方がない、やめにしたさ。もう十五分ばかり早く甘木先生が来てくれたら僕の義理も立つし、妻《さい》も満足したろうに、わずか十五分の差でね、実に残念な事をした。考え出すとあぶないところだったと今でも思うのさ」

語り了《おわ》った主人はようやく自分の義務をすましたような風をする。これで両人に対して顔が立つと云う気かも知れん。

寒月は例のごとく欠けた歯を出して笑いながら「それは残念でしたな」と云う。

迷亭はとぼけた顔をして「君のような親切な夫《おっと》を持った妻君は実に仕合せだな」と独《ひと》り言《ごと》のようにいう。障子の蔭でエヘンと云う細君の咳払《せきばら》いが聞える。

吾輩はおとなしく三人の話しを順番に聞いていたがおかしくも悲しくもなかった。人間というものは時間を潰《つぶ》すために強《し》いて口を運動させて、おかしくもない事を笑ったり、面白くもない事を嬉しがったりするほかに能もない者だと思った。吾輩の主人の我儘《わがまま》で偏狭《へんきょう》な事は前から承知していたが、平常《ふだん》は言葉数を使わないので何だか了解しかねる点があるように思われていた。その了解しかねる点に少しは恐しいと云う感じもあったが、今の話を聞いてから急に軽蔑《けいべつ》したくなった。かれはなぜ両人の話しを沈黙して聞いていられないのだろう。負けぬ気になって愚《ぐ》にもつかぬ駄弁を弄《ろう》すれば何の所得があるだろう。エピクテタスにそんな事をしろと書いてあるのか知らん。要するに主人も寒月も迷亭も太平《たいへい》の逸民《いつみん》で、彼等は糸瓜《へちま》のごとく風に吹かれて超然と澄《すま》し切っているようなものの、その実はやはり娑婆気《しゃばけ》もあり慾気《よくけ》もある。競争の念、勝とう勝とうの心は彼等が日常の談笑中にもちらちらとほのめいて、一歩進めば彼等が平常罵倒《ばとう》している俗骨共《ぞっこつども》と一つ穴の動物になるのは猫より見て気の毒の至りである。ただその言語動作が普通の半可通《はんかつう》のごとく、文切《もんき》り形《がた》の厭味を帯びてないのはいささかの取《と》り得《え》でもあろう。

こう考えると急に三人の談話が面白くなくなったので、三毛子の様子でも見て来《き》ようかと二絃琴《にげんきん》の御師匠さんの庭口へ廻る。門松注目飾《かどまつしめかざ》りはすでに取り払われて正月も早《は》や十日となったが、うららかな春日《はるび》は一流れの雲も見えぬ深き空より四海天下を一度に照らして、十坪に足らぬ庭の面《おも》も元日の曙光《しょこう》を受けた時より鮮《あざや》かな活気を呈している。椽側に座蒲団《ざぶとん》が一つあって人影も見えず、障子も立て切ってあるのは御師匠さんは湯にでも行ったのか知らん。御師匠さんは留守でも構わんが、三毛子は少しは宜《い》い方か、それが気掛りである。ひっそりして人の気合《けわい》もしないから、泥足のまま椽側《えんがわ》へ上《あが》って座蒲団の真中へ寝転《ねこ》ろんで見るといい心持ちだ。ついうとうととして、三毛子の事も忘れてうたた寝をしていると、急に障子のうちで人声がする。

「御苦労だった。出来たかえ」御師匠さんはやはり留守ではなかったのだ。

「はい遅くなりまして、仏師屋《ぶっしゃ》へ参りましたらちょうど出来上ったところだと申しまして」「どれお見せなさい。ああ奇麗に出来た、これで三毛も浮かばれましょう。金《きん》は剥《は》げる事はあるまいね」「ええ念を押しましたら上等を使ったからこれなら人間の位牌《いはい》よりも持つと申しておりました。……それから猫誉信女《みょうよしんにょ》の誉の字は崩《くず》した方が恰好《かっこう》がいいから少し劃《かく》を易《か》えたと申しました」「どれどれ早速御仏壇へ上げて御線香でもあげましょう」

三毛子は、どうかしたのかな、何だか様子が変だと蒲団の上へ立ち上る。チーン南無猫誉信女《なむみょうよしんにょ》、南無阿弥陀仏《なむあみだぶつ》南無阿弥陀仏と御師匠さんの声がする。

「御前も回向《えこう》をしておやりなさい」

チーン南無猫誉信女南無阿弥陀仏南無阿弥陀仏と今度は下女の声がする。吾輩は急に動悸《どうき》がして来た。座蒲団の上に立ったまま、木彫《きぼり》の猫のように眼も動かさない。

「ほんとに残念な事を致しましたね。始めはちょいと風邪《かぜ》を引いたんでございましょうがねえ」「甘木さんが薬でも下さると、よかったかも知れないよ」「一体あの甘木さんが悪うございますよ、あんまり三毛を馬鹿にし過ぎまさあね」「そう人様《ひとさま》の事を悪く云うものではない。これも寿命《じゅみょう》だから」

三毛子も甘木先生に診察して貰ったものと見える。

「つまるところ表通りの教師のうちの野良猫《のらねこ》が無暗《むやみ》に誘い出したからだと、わたしは思うよ」「ええあの畜生《ちきしょう》が三毛のかたきでございますよ」

少し弁解したかったが、ここが我慢のしどころと唾《つば》を呑んで聞いている。話しはしばし途切《とぎ》れる。

「世の中は自由にならん者でのう。三毛のような器量よしは早死《はやじに》をするし。不器量な野良猫は達者でいたずらをしているし……」「その通りでございますよ。三毛のような可愛らしい猫は鐘と太鼓で探してあるいたって、二人《ふたり》とはおりませんからね」

二匹と云う代りに二《ふ》たりといった。下女の考えでは猫と人間とは同種族ものと思っているらしい。そう云えばこの下女の顔は吾等猫属《ねこぞく》とはなはだ類似している。

「出来るものなら三毛の代りに……」「あの教師の所の野良《のら》が死ぬと御誂《おあつら》え通りに参ったんでございますがねえ」

御誂え通りになっては、ちと困る。死ぬと云う事はどんなものか、まだ経験した事がないから好きとも嫌いとも云えないが、先日あまり寒いので火消壺《ひけしつぼ》の中へもぐり込んでいたら、下女が吾輩がいるのも知らんで上から蓋《ふた》をした事があった。その時の苦しさは考えても恐しくなるほどであった。白君の説明によるとあの苦しみが今少し続くと死ぬのであるそうだ。三毛子の身代《みがわ》りになるのなら苦情もないが、あの苦しみを受けなくては死ぬ事が出来ないのなら、誰のためでも死にたくはない。

「しかし猫でも坊さんの御経を読んでもらったり、戒名《かいみょう》をこしらえてもらったのだから心残りはあるまい」

「そうでございますとも、全く果報者《かほうもの》でございますよ。ただ慾を云うとあの坊さんの御経があまり軽少だったようでございますね」「少し短か過ぎたようだったから、大変御早うございますねと御尋ねをしたら、月桂寺《げっけいじ》さんは、ええ利目《ききめ》のあるところをちょいとやっておきました、なに猫だからあのくらいで充分浄土へ行かれますとおっしゃったよ」「あらまあ……しかしあの野良なんかは……」

吾輩は名前はないとしばしば断っておくのに、この下女は野良野良と吾輩を呼ぶ。失敬な奴だ。

「罪が深いんですから、いくらありがたい御経だって浮かばれる事はございませんよ」

吾輩はその後《ご》野良が何百遍繰り返されたかを知らぬ。吾輩はこの際限なき談話を中途で聞き棄てて、布団《ふとん》をすべり落ちて椽側から飛び下りた時、八万八千八百八十本の毛髪を一度にたてて身震《みぶる》いをした。その後二絃琴《ごにげんきん》の御師匠さんの近所へは寄りついた事がない。今頃は御師匠さん自身が月桂寺さんから軽少な御回向《ごえこう》を受けているだろう。

近頃は外出する勇気もない。何だか世間が慵《もの》うく感ぜらるる。主人に劣らぬほどの無性猫《ぶしょうねこ》となった。主人が書斎にのみ閉じ籠《こも》っているのを人が失恋だ失恋だと評するのも無理はないと思うようになった。

鼠《ねずみ》はまだ取った事がないので、一時は御三《おさん》から放逐論《ほうちくろん》さえ呈出《ていしゅつ》された事もあったが、主人は吾輩の普通一般の猫でないと云う事を知っているものだから吾輩はやはりのらくらしてこの家に起臥《やきが》している。

この点については深く主人の恩を感謝すると同時にその活眼《かつがん》に対して敬服の意を表するに躊躇《ちゅうちょ》しないつもりである。御三が吾輩を知らずして虐待をするのは別に腹も立たない。今に左甚五郎《ひだりじんごろう》が出て来て、吾輩の肖像を楼門《ろうもん》の柱に刻《きざ》み、日本のスタンランが好んで吾輩の似顔をカンヴァスの上に描《えが》くようになったら、彼等鈍瞎漢《どんかつかん》は始めて自己の不明を恥《は》ずるであろう。

三

三毛子は死ぬ。黒は相手にならず、いささか寂寞《せきばく》の感はあるが、幸い人間に知己《ちき》が出来たのでさほど退屈とも思わぬ。せんだっては主人の許《もと》へ吾輩の写真を送ってくれと手紙で依頼した男がある。この間は岡山の名産吉備団子《きびだんご》をわざわざ吾輩の名宛で届けてくれた人がある。だんだん人間から同情を寄せらるるに従って、己《おのれ》が猫である事はようやく忘却してくる。猫よりはいつの間《ま》にか人間の方へ接近して来たような心持になって、同族を糾合《きゅうごう》して二本足の先生と雌雄《しゆう》を決しようなどと云《い》う量見は昨今のところ毛頭《もうとう》ない。それのみか折々は吾輩もまた人間世界の一人だと思う折さえあるくらいに進化したのはたのもしい。あえて同族を軽蔑《けいべつ》する次第ではない。ただ性情の近きところに向って一身の安きを置くは勢《いきおい》のしからしむるところで、これを変心とか、軽薄とか、裏切りとか評せられてはちと迷惑する。かような言語を弄《ろう》して人を罵詈《ばり》するものに限って融通の利《き》かぬ貧乏性の男が多いようだ。こう猫の習癖を脱化して見ると三毛子や黒の事ばかり荷厄介にしている訳には行かん。やはり人間同等の気位《きぐらい》で彼等の思想、言行を評隲《ひょうしつ》したくなる。これも無理はあるまい。ただそのくらいな見識を有している吾輩をやはり一般猫児《びょうじ》の毛の生《は》えたものくらいに思って、主人が吾輩に一言《いちごん》の挨拶もなく、吉備団子《きびだんご》をわが物顔に喰い尽したのは残念の次第である。写真もまだ撮《と》って送らぬ容子《ようす》だ。これも不平と云えば不平だが、主人は主人、吾輩は吾輩で、相互の見解が自然異《こと》なるのは致し方もあるまい。吾輩はどこまでも人間になりすましているのだから、交際をせぬ猫の動作は、どうしてもちょいと筆に上《のぼ》りにくい。迷亭、寒月諸先生の評判だけで御免蒙《こうむ》る事に致そう。

今日は上天気の日曜なので、主人はのそのそ書斎から出て来て、吾輩の傍《そば》へ筆硯《ふですずり》と原稿用紙を並べて腹這《はらばい》になって、しきりに何か唸《うな》っている。大方草稿を書き卸《おろ》す序開《じょびら》きとして妙な声を発するのだろうと注目していると、ややしばらくして筆太《ふでぶと》に「香一炷《こういっしゅ》」とかいた。はてな詩になるか、俳句になるか、香一炷《こういっしゅ》とは、主人にしては少し洒落《しゃれ》過ぎているがと思う間もなく、彼は香一炷《こういっしゅ》を書き放しにして、新たに行《ぎょう》を改めて「さっきから天然居士《てんねんこじ》の事をかこうと考えている」と筆を走らせた。筆はそれだけではたと留ったぎり動かない。主人は筆を持って首を捻《ひね》ったが別段名案もないものと見えて筆の穂を甞《な》めだした。唇が真黒になったと見ていると、今度はその下へちょいと丸をかいた。丸の中へ点を二つうって眼をつける。真中へ小鼻の開いた鼻をかいて、真一文字に口を横へ引張った、これでは文章でも俳句でもない。主人も自分で愛想《あいそ》が尽きたと見えて、そこそこに顔を塗り消してしまった。主人はまた行《ぎょう》を改める。彼の考によると行さえ改めれば詩か賛か語か録か何《なん》かになるだろうとただ宛《あて》もなく考えているらしい。やがて「天然居士は空間を研究し、論語を読み、焼芋《やきいも》を食い、鼻汁《はな》を垂らす人である」と言文一致体で一気呵成《いっきかせい》に書き流した、何となくごたごたした文章である。それから主人はこれを遠慮なく朗読して、いつになく「ハハハハ面白い」と笑ったが「鼻汁《はな》を垂らすのは、ちと酷《こく》だから消そう」とその句だけへ棒を引く。一本ですむところを二本引き三本引き、奇麗な併行線《へいこうせん》を描《か》く、線がほかの行《ぎょう》まで食《は》み出しても構わず引いている。線が八本並んでもあとの句が出来ないと見えて、今度は筆を捨てて髭《ひげ》を捻《ひね》って見る。文章を髭から捻り出して御覧に入れますと云う見幕《けんまく》で猛烈に捻ってはねじ上げ、ねじ下ろしているところへ、茶の間から妻君《さいくん》が出て来てぴたりと主人の鼻の先へ坐《す》わる。「あなたちょっと」と呼ぶ。「なんだ」と主人は水中で銅鑼《どら》を叩《たた》くような声を出す。返事が気に入らないと見えて妻君はまた「あなたちょっと」と出直す。「なんだよ」と今度は鼻の穴へ親指と人さし指を入れて鼻毛をぐっと抜く。「今月はちっと足りませんが……」「足りんはずはない、医者へも薬礼はすましたし、本屋へも先月払ったじゃないか。今月は余らなければならん」とすまして抜き取った鼻毛を天下の奇観のごとく眺《なが》めている。「それでもあなたが御飯を召し上らんで麺麭《パン》を御食《おた》べになったり、ジャムを御舐《おな》めになるものですから」「元来ジャムは幾缶《いくかん》舐めたのかい」「今月は八つ入《い》りましたよ」「八つ？　そんなに舐めた覚えはない」「あなたばかりじゃありません、子供も舐めます」「いくら舐めたって五六円くらいなものだ」と主人は平気な顔で鼻毛を一本一本丁寧に原稿紙の上へ植付ける。肉が付いているのでぴんと針を立てたごとくに立つ。主人は思わぬ発見をして感じ入った体《てい》で、ふっと吹いて見る。粘着力《ねんちゃくりょく》が強いので決して飛ばない。「いやに頑固《がんこ》だな」と主人は一生懸命に吹く。「ジャムばかりじゃないんです、ほかに買わなけりゃ、ならない物もあります」と妻君は大《おお》いに不平な気色《けしき》を両頬に漲《みなぎ》らす。「あるかも知れないさ」と主人はまた指を突っ込んでぐいと鼻毛を抜く。赤いのや、黒いのや、種々の色が交る中に一本真白なのがある。大に驚いた様子で穴の開《あ》くほど眺めていた主人は指の股へ挟んだまま、その鼻毛を妻君の顔の前へ出す。「あら、いやだ」と妻君は顔をしかめて、主人の手を突き戻す。「ちょっと見ろ、鼻毛の白髪《しらが》だ」と主人は大に感動した様子である。さすがの妻君も笑いながら茶の間へ這入《はい》る。経済問題は断念したらしい。主人はまた天然居士《てんねんこじ》に取り懸《かか》る。

鼻毛で妻君を追払った主人は、まずこれで安心と云わぬばかりに鼻毛を抜いては原稿をかこうと焦《あせ》る体《てい》であるがなかなか筆は動かない。「焼芋を食うも蛇足《だそく》だ、割愛《かつあい》しよう」とついにこの句も抹殺《まっさつ》する。「香一炷もあまり唐突《とうとつ》だから已《や》めろ」と惜気もなく筆誅《ひっちゅう》する。余す所は「天然居士は空間を研究し論語を読む人である」と云う一句になってしまった。主人はこれでは何だか簡単過ぎるようだなと考えていたが、ええ面倒臭い、文章は御廃《おはい》しにして、銘だけにしろと、筆を十文字に揮《ふる》って原稿紙の上へ下手な文人画の蘭を勢よくかく。せっかくの苦心も一字残らず落第となった。それから裏を返して「空間に生れ、空間を究《きわ》め、空間に死す。空たり間たり天然居士噫《てんねんこじああ》」と意味不明な語を連《つら》ねているところへ例のごとく迷亭が這入《はい》って来る。迷亭は人の家《うち》も自分の家も同じものと心得ているのか案内も乞わず、ずかずか上ってくる、のみならず時には勝手口から飄然《ひょうぜん》と舞い込む事もある、心配、遠慮、気兼《きがね》、苦労、を生れる時どこかへ振り落した男である。

「また巨人引力と立ったまま主人に聞く。「そう、いつでも巨人引力ばかり書いてはおらんさ。天然居士の墓銘を撰《せん》しているところなんだ」と大袈裟《おおげさ》な事を云う。「天然居士と云うなあやはり偶然童子のような戒名かね」と迷亭は不相変出鱈目《あいかわらずでたらめ》を云う。「偶然童子と云うのもあるのかい」「なに有りゃしないがまずその見当《けんとう》だろうと思っていらあね」「偶然童子と云うのは僕の知ったものじゃないようだが天然居士と云うのは、君の知ってる男だぜ」「一体だれが天然居士なんて名を付けてすましているんだい」「例の曾呂崎《そろさき》の事だ。卒業して大学院へ這入って空間論と云う題目で研究していたが、あまり勉強し過ぎて腹膜炎で死んでしまった。曾呂崎はあれでも僕の親友なんだからな」「親友でもいいさ、決して悪いと云やしない。しかしその曾呂崎を天然居士に変化させたのは一体誰の所作《しょさ》だい」「僕さ、僕がつけてやったんだ。

元来坊主のつける戒名ほど俗なものは無いからな」と天然居士はよほど雅《が》な名のように自慢する。迷亭は笑いながら「まあその墓碑銘《ぼひめい》と云う奴を見せ給え」と原稿を取り上げて「何だ……空間に生れ、空間を究《きわ》め、空間に死す。空たり間たり天然居士噫《ああ》」と大きな声で読み上《あげ》る。「なるほどこりゃあ善《い》い、天然居士相当のところだ」主人は嬉しそうに「善いだろう」と云う。「この墓銘《ぼめい》を沢庵石《たくあんいし》へ彫《ほ》り付けて本堂の裏手へ力石《ちからいし》のように抛《ほう》り出して置くんだね。雅《が》でいいや、天然居士も浮かばれる訳だ」「僕もそうしようと思っているのさ」と主人は至極《しごく》真面目に答えたが「僕あちょっと失敬するよ、じき帰るから猫にでもからかっていてくれ給え」と迷亭の返事も待たず風然《ふうぜん》と出て行く。

計らずも迷亭先生の接待掛りを命ぜられて無愛想《ぶあいそ》な顔もしていられないから、ニャーニャーと愛嬌《あいきょう》を振り蒔《ま》いて膝《ひざ》の上へ這《は》い上《あが》って見た。すると迷亭は「イヨー大分肥《だいぶふと》ったな、どれ」と無作法《ぶさほう》にも吾輩の襟髪《えりがみ》を攫《つか》んで宙へ釣るす。「あと足をこうぶら下げては、鼠《ねずみ》は取れそうもない、……どうです奥さんこの猫は鼠を捕りますかね」と吾輩ばかりでは不足だと見えて、隣りの室《へや》の妻君に話しかける。「鼠どころじゃございません。御雑煮《おぞうに》を食べて踊りをおどるんですもの」と妻君は飛んだところで旧悪を暴《あば》く。吾輩は宙乗《ちゅうの》りをしながらも少々極りが悪かった。迷亭はまだ吾輩を卸《おろ》してくれない。「なるほど踊りでもおどりそうな顔だ。奥さんこの猫は油断のならない相好《そうごう》ですぜ。昔《むか》しの草双紙《くさぞうし》にある猫又《ねこまた》に似ていますよ」と勝手な事を言いながら、しきりに細君《さいくん》に話しかける。細君は迷惑そうに針仕事の手をやめて座敷へ出てくる。

「どうも御退屈様、もう帰りましょう」と茶を注《つ》ぎ易《か》えて迷亭の前へ出す。「どこへ行ったんですかね」「どこへ参るにも断わって行った事の無い男ですから分りかねますが、大方御医者へでも行ったんでしょう」「甘木さんですか、甘木さんもあんな病人に捕《つら》まっちゃ災難ですな」「へえ」と細君は挨拶のしようもないと見えて簡単な答えをする。迷亭は一向頓着《いっこう》しない。「近頃はどうです、少しは胃の加減が能《い》いんですか」「能《い》いか悪いか頓《とん》と分りません、いくら甘木さんにかかったって、あんなにジャムばかり甞《な》めては胃病の直る訳がないと思います」と細君は先刻《せんこく》の不平を暗《あん》に迷亭に洩《も》らす。「そんなにジャムを甞めるんですかまるで小供のようですね」「ジャムばかりじゃないんで、この頃は胃病の薬だとか云って大根卸《だいこおろ》しを無暗《むやみ》に甞めますので……」「驚ろいたな」と迷亭は感嘆する。「何でも大根卸《だいこおろし》の中にはジヤスターゼが有るとか云う話しを新聞で読んでからです」「なるほどそれでジャムの損害を償《つぐな》おうと云う趣向ですな。なかなか考えていらあハハハハ」と迷亭は細君の訴《うったえ》を聞いて大《おお》いに愉快な気色《けしき》である。「この間などは赤ん坊にまで甞めさせまして……」「ジャムをですか」「いいえ大根卸《だいこおろし》を……あなた。坊や御父様がうまいものをやるからおいでてって、――たまに小供を可愛がってくれるかと思うとそんな馬鹿な事ばかりするんです。二三日前《にさんちまえ》には中の娘を抱いて箪笥《たんす》の上へあげましてね……」「どう云う趣向がありました」と迷亭は何を聞いても趣向ずくめに解釈する。「なに趣向も何も有りゃしません、ただその上から飛び下りて見ろと云うんですわ、三つや四つの女の子ですもの、そんな御転婆《おてんば》な事が出来るはずがないです」「なるほどこりゃ趣向が無さ過ぎましたね。しかしあれで腹の中は毒のない善人ですよ」「あの上腹の中に毒があっちゃ、辛防《しんぼう》は出来ませんわ」と細君は大《おお》いに気焔《きえん》を揚げる。「まあそんなに不平を云わんでも善いでさあ。こうやって不足なくその日その日が暮らして行かれれば上《じょう》の分《ぶん》ですよ。苦沙弥君《くしゃみくん》などは道楽はせず、服装にも構わず、地味に世帯向《しょたいむ》きに出来上った人でさあ」と迷亭は柄《がら》にない説教を陽気な調子でやっている。「ところがあなた大違いで……」「何か内々でやりますかね。油断のならない世の中だからね」と飄然《ひょうぜん》とふわふわした返事をする。「ほかの道楽はないですが、無暗《むやみ》に読みもしない本ばかり買いましてね。それも善い加減に見計《みはか》らって買ってくれると善いんですけれど、勝手に丸善へ行っちゃ何冊でも取って来て、月末になると知らん顔をしているんですもの、去年の暮なんか、月々のが溜《たま》って大変困りました」「なあに書物なんか取って来るだけ取って来て構わんですよ。払いをとりに来たら今にやる今にやると云っていりゃ帰ってしまいまさあ」「それでも、そういつまでも引張る訳にも参りませんから」と妻君は憮然《ぶぜん》としている。「それじゃ、訳を話して書籍費《しょじゃくひ》を削減させるさ」「どうして、そんな言《こと》を云ったって、なかなか聞くものですか、この間などは貴様は学者の妻《さい》にも似合わん、毫《ごう》も書籍《しょじゃく》の価値を解しておらん、昔《むか》し羅馬《ローマ》にこう云う話しがある。後学のため聞いておけと云うんです」「そりゃ面白い、どんな話しですか」迷亭は乗気になる。細君に同情を表しているというよりむしろ好奇心に駆《か》られている。「何んでも昔し羅馬《ローマ》に樽金《たるきん》とか云う王様があって……」「樽金《たるきん》？　樽金はちと妙ですぜ」「私は唐人《とうじん》の名なんかむずかしくて覚えられませんわ。何でも七代目なんだそうです」「なるほど七代目樽金は妙ですな。ふんその七代目樽金がどうかしましたかい」「あら、あなたまで冷かしては立つ瀬がありませんわ。知っていらっしゃるなら教えて下さればいいじゃありませんか、人の悪い」と、細君は迷亭へ食って掛る。「何冷かすなんて、そんな人の悪い事をする僕じゃない。ただ七代目樽金は振《ふる》ってると思ってね……ええお待ちなさいよ羅馬《ローマ》の七代目の王様ですね、こうっとたしかには覚えていないがタークイン・ゼ・プラウドの事でしょう。まあ誰でもいい、その王様がどうしました」「その王様の所へ一人の女が本を九冊持って来て買ってくれないかと云ったんだそうです」「なるほど」「王様がいくらなら売るといって聞いたら大変な高い事を云うんですって、あまり高いもんだから少し負けないかと云うとその女がいきなり九冊の内の三冊を火にくべて焚《や》いてしまったそうです」「惜しい事をしましたな」「その本の内には予言か何かほかで見られない事が書いてあるんですって」「へえー」「王様は九冊が六冊になったから少しは価《ね》も減ったろうと思って六冊でいくらだと聞くと、やはり元の通り一文も引かないそうです、それは乱暴だと云うと、その女はまた三冊をとって火にくべたそうです。王様はまだ未練があったと見えて、余った三冊をいくらで売ると聞くと、やはり九冊分のねだんをくれと云うそうです。九冊が六冊になり、六冊が三冊になっても代価は、元の通り一厘も引かない、それを引かせようとすると、残ってる三冊も火にくべるかも知れないので、王様はとうとう高い御金を出して焚《や》け余《あま》りの三冊を買ったんですって……どうだこの話しで少しは書物のありがた味《み》が分ったろう、どうだと力味《りき》むのですけれど、私にゃ何がありがたいんだか、まあ分りませんね」と細君は一家の見識を立てて迷亭の返答を促《うな》がす。さすがの迷亭も少々窮したと見えて、袂《たもと》からハンケチを出して吾輩をじゃらしていたが「しかし奥さん」と急に何か考えついたように大きな声を出す。「あんなに本を買って矢鱈《やたら》に詰め込むものだから人から少しは学者だとか何とか云われるんですよ。この間ある文学雑誌を見たら苦沙弥君《くしゃみくん》の評が出ていましたよ」「ほんとに？」と細君は向き直る。主人の評判が気にかかるのは、やはり夫婦と見える。「何とかいてあったんです」「なあに二三行ばかりですがね。苦沙弥君の文は行雲流水《こううんりゅうすい》のごとしとありましたよ」細君は少しにこにこして「それぎりですか」

「その次にね――出ずるかと思えば忽《たちま》ち消え、逝《ゆ》いては長《とこし》えに帰るを忘るとありましたよ」細君は妙な顔をして「賞《ほ》めたんでしょうか」と心元ない調子である。「まあ賞めた方でしょうな」と迷亭は済ましてハンケチを吾輩の眼の前にぶら下げる。「書物は商買道具で仕方もござんすまいが、よっぽど偏屈《へんくつ》でしてねえ」迷亭はまた別途の方面から来たなと思って「偏屈は少々偏屈ですね、学問をするものはどうせあんなですよ」と調子を合わせるような弁護をするような不即不離の妙答をする。「せんだってなどは学校から帰ってすぐわきへ出るのに着物を着換えるのが面倒だものですから、あなた外套《がいとう》も脱がないで、机へ腰を掛けて御飯を食べるのです。御膳《おぜん》を火燵櫓《こたつやぐら》の上へ乗せまして――私は御櫃《おはち》を抱《かか》えて坐っておりましたがおかしくって……」「何だかハイカラの首実検のようですな。しかしそんなところが苦沙弥君の苦沙弥君たるところで――とにかく月並《つきなみ》でない」と切《せつ》ない褒《ほ》め方をする。「月並か月並でないか女には分りませんが、なんぼ何でも、あまり乱暴ですわ」「しかし月並より好いですよ」と無暗に加勢すると細君は不満な様子で「一体、月並月並と皆さんが、よくおっしゃいますが、どんなのが月並なんです」と開き直って月並の定義を質問する、「月並ですか、月並と云うと――さようちと説明しにくいのですが……」「そんな曖昧《あいまい》なものなら月並だって好さそうなものじゃありませんか」と細君は女人《にょにん》一流の論理法で詰め寄せる。「曖昧じゃありませんよ、ちゃんと分っています、ただ説明しにくいだけの事でさあ」「何でも自分の嫌いな事を月並と云うんでしょう」と細君は我《われ》知らず穿《うが》った事を云う。迷亭もこうなると何とか月並の処置を付けなければならぬ仕儀となる。「奥さん、月並と云うのはね、まず年は二八か二九からぬと言わず語らず物思いの間《あいだ》に寝転んでいて、この日や天気晴朗とくると必ず一瓢を携えて墨堤に遊ぶ連中《れんじゅう》を云うんです」「そんな連中があるでしょうか」と細君は分らんものだから好加減《いいかげん》な挨拶をする。「何だかごたごたして私には分りませんわ」とついに我《が》を折る。「それじゃ馬琴《ばきん》の胴へメジョオ・ペンデニスの首をつけて一二年欧州の空気で包んでおくんですね」「そうすると月並が出来るでしょうか」迷亭は返事をしないで笑っている。「何そんな手数《てすう》のかかる事をしないでも出来ます。中学校の生徒に白木屋の番頭を加えて二で割ると立派な月並が出来上ります」「そうでしょうか」と細君は首を捻《ひね》ったまま納得《なっとく》し兼ねたと云う風情《ふぜい》に見える。

「君まだいるのか」と主人はいつの間《ま》にやら帰って来て迷亭の傍《そば》へ坐《す》わる。「まだいるのかはちと酷《こく》だな、すぐ帰るから待っていたまえと言ったじゃないか」「万事あれなんですもの」と細君は迷亭を顧《かえり》みる。「今君の留守中に君の逸話を残らず聞いてしまったぜ」「女はとかく多弁でいかん、人間もこの猫くらい沈黙を守るといいがな」と主人は吾輩の頭を撫《な》でてくれる。「君は赤ん坊に大根卸《だいこおろ》しを甞《な》めさしたそうだな」「ふむ」と主人は笑ったが「赤ん坊でも近頃の赤ん坊はなかなか利口だぜ。それ以来、坊や辛《から》いのはどこと聞くときっと舌を出すから妙だ」「まるで犬に芸を仕込む気でいるから残酷だ。時に寒月《かんげつ》はもう来そうなものだな」「寒月が来るのかい」と主人は不審な顔をする。「来るんだ。午後一時までに苦沙弥《くしゃみ》の家《うち》へ来いと端書《はがき》を出しておいたから」「人の都合も聞かんで勝手な事をする男だ。寒月を呼んで何をするんだい」「なあに今日のはこっちの趣向じゃない寒月先生自身の要求さ。先生何でも理学協会で演説をするとか云うのでね。その稽古をやるから僕に聴いてくれと云うから、そりゃちょうどいい苦沙弥にも聞かしてやろうと云うのでね。そこで君の家《うち》へ呼ぶ事にしておいたのさ——なあに君はひま人だからちょうどいいやね——差支《さしつか》えなんぞある男じゃない、聞くがいいさ」と迷亭は独《ひと》りで呑み込んでいる。「物理学の演説なんか僕にゃ分らん」と主人は少々迷亭の専断《せんだん》を憤《いきどお》ったもののごとくに云う。「ところがその問題がマグネ付けられたノッズルについてなどと云う乾燥無味なものじゃないんだ。首縊りの力学と云う脱俗超凡《だつぞくちょうぼん》な演題なのだから傾聴する価値があるさ」「君は首を縊《くく》り損《そ》くなった男だから傾聴するが好いが僕なんざあ……」「歌舞伎座で悪寒《おかん》がするくらいの人間だから聞かれないと云う結論は出そうもないぜ」と例のごとく軽口を叩く。妻君はホホと笑って主人を顧《かえり》みながら次の間へ退く。主人は無言のまま吾輩の頭を撫《な》でる。この時のみは非常に丁寧な撫で方であった。

　それから約七分くらいすると注文通り寒月君が来る。今日は晩に演舌《えんぜつ》をするというので例になく立派なフロックを着て、洗濯し立ての白襟《カラー》を聳《そび》やかして、男振りを二割方上げて、「少し後《おく》れまして」と落ちつき払って、挨拶をする。「さっきから二人で大待ちに待ったところなんだ。早速願おう、なあ君」と主人を見る。主人もやむを得ず「うむ」と生返事《なまへんじ》をする。寒月君はいそがない。「コップへ水を一杯頂戴しましょう」と云う。「いよー本式にやるのか次には拍手の請求とおいでなさるだろう」と迷亭は独りで騒ぎ立てる。寒月君は内隠《うちがく》しから草稿を取り出して徐《おもむ》ろに「稽古ですから、御遠慮なく御批評を願います」と前置をして、いよいよ演舌の御浚《おさら》いを始める。

「罪人を絞罪《こうざい》の刑に処すると云う事は重《おも》にアングロサクソン民族間に行われた方法でありまして、それより古代に溯《さかのぼ》って考えますと首縊《くびくく》りは重に自殺の方法として行われた者であります。猶太人中《ユダヤじんちゅう》に在《あ》っては罪人を石を抛《な》げつけて殺す習慣であったそうでございます。旧約全書を研究して見ますといわゆるハンギングなる語は罪人の死体を釣るして野獣または肉食鳥の餌食《えじき》とする意義と認められます。ヘロドタスの説に従って見ますと猶太人《ユダヤじん》はエジプトを去る以前から夜中《やちゅう》死骸を曝《さら》されることを痛く忌《い》み嫌ったように思われます。エジプト人は罪人の首を斬って胴だけを十字架に釘付《くぎづ》けにして夜中曝し物にしたそうで御座います。波斯人《ペルシャじん》は……」「寒月君首縊りと縁がだんだん遠くなるようだが大丈夫かい」と迷亭が口を入れる。「これから本論に這入《はい》るところですから、少々御辛防《ごしんぼう》を願います。……さて波斯人はどうかと申しますとこれもやはり処刑には磔《はりつけ》を用いたようでございます。但し生きているうちに張付《はりつ》けに致したものか、死んでから釘を打ったものかその辺《へん》はちと分りかねます……」「そんな事は分らんでもいいさ」と主人は退屈そうに欠伸《あくび》をする。「まだいろいろ御話し致したい事もございますが、御迷惑であらっしゃいましょうから……」「あらっしゃいましょうより、いらっしゃいましょうの方が聞きいいよ、ねえ苦沙弥君《くしゃみくん》」とまた迷亭が咎《とが》め立《だて》をすると主人は「どっちでも同じ事だ」と気のない返事をする。「さていよいよ本題に入りまして弁じます」「弁じますなんか講釈師の云い草だ。演舌家はもっと上品な詞《ことば》を使って貰いたいね」と迷亭先生また交《ま》ぜ返す。「弁じますが下品なら何と云ったらいいでしょう」と寒月君は少々むっとした調子で問いかける。「迷亭のは聴いているのか、交《ま》ぜ返しているのか判然しない。寒月君そんな弥次馬《やじうま》に構わず、さっさとやるが好い」と主人はなるべく早く難関を切り抜けようとする。「むっとして弁じましたる柳かな、かね」と迷亭はあいかわらず飄然《ひょうぜん》たる事を云う。寒月は思わず吹き出す。「真に処刑として絞殺を用いましたのは、私の調べました結果によりますると、オディセーの二十二巻目に出ております。即《すなわ》ち彼《か》のテレマカスがペネロピーの十二人の侍女を絞殺するという条《くだ》りでございます。

希臘語《ギリシャご》で本文を朗読しても宜《よろ》しゅうございますが、ちと衒《てら》うような気味にもなりますからやめに致します。四百六十五行から、四百七十三行を御覧になると分ります」「希臘語云々《うんぬん》はよした方がいい、さも希臘語が出来ますと云わんばかりだ、ねえ苦沙弥君」「それは僕も賛成だ、そんな物欲しそうな事は言わん方が奥床《おくゆか》しくて好い」と主人はいつになく直ちに迷亭に加担する。両人《りょうにん》は毫《ごう》も希臘語が読めないのである。「それではこの両三句は今晩抜く事に致しまして次を弁じ――ええ申し上げます。

この絞殺を今から想像して見ますと、これを執行するに二つの方法があります。第一は、彼《か》のテレマカスがユーミアス及びフヒリーシャスの援《たすけ》を藉《か》りて縄の一端を柱へ括《くく》りつけます。そしてその縄の所々へ結び目を穴に開けてこの穴へ女の頭を一つずつ入れておいて、片方の端《はじ》をぐいと引張って釣し上げたものと見るのです」「つまり西洋洗濯屋のシャツのように女がぶら下ったと見れば好いんだろう」「その通りで、それから第二は縄の一端を前のごとく柱へ括《くく》り付けて他の一端も始めから天井へ高く釣るのです。そしてその高い縄から何本か別の縄を下げて、それに結び目の輪になったのを付けて女の頸《くび》を入れておいて、いざと云う時に女の足台を取りはずすと云う趣向なのです」「たとえて云うと縄暖簾《なわのれん》の先へ提灯玉《ちょうちんだま》を釣したような景色《けしき》と思えば間違はあるまい」「提灯玉と云う玉は見た事がないから何とも申されませんが、もしあるとすればその辺《へん》のところかと思います。――それでこれから力学的に第一の場合は到底成立すべきものでないと云う事を証拠立てて御覧に入れます」「面白いな」と迷亭が云うと「うん面白い」と主人も一致する。

「まず女が同距離に釣られると仮定します。また一番地面に近い二人の女の首と首を繫《つな》いでいる縄はホリゾンタルと仮定します。そこで α_1 α_2……α_6 を縄が地平線と形づくる角度とし、T_1 T_2……T_6 を縄の各部が受ける力と見做《みな》し、T_7 ＝ X は縄のもっとも低い部分の受ける力とします。Wは勿論《もちろん》女の体重と御承知下さい。どうです御分りになりましたか」

迷亭と主人は顔を見合せて「大抵分った」と云う。但しこの大抵と云う度合は両人《りょうにん》が勝手に作ったのだから他人の場合には応用が出来ないかも知れない。「さて多角形に関する御存じの平均性理論によりますと、下《しも》のごとく十二の方程式が立ちます。$T_1\cos\alpha_1=T_2\cos\alpha_2$……(1) $T_2\cos\alpha_2=T_3\cos\alpha_3$……(2)……　」「方程式はそのくらいで沢山だろう」と主人は乱暴な事を云う。「実はこの式が演説の首脳なんですが」と寒月君ははなはだ残り惜し気に見える。「それじゃ首脳だけは逐《お》って伺う事にしようじゃないか」と迷亭も少々恐縮の体《てい》に見受けられる。「この式を略してしまうとせっかくの力学的研究がまるで駄目になるのですが……」「何そんな遠慮はいらんから、ずんずん略すさ……」と主人は平気で云う。「それでは仰せに従って、無理ですが略しましょう」「それがよかろう」と迷亭が妙なところで手をぱちぱちと叩く。「それから英国へ移って論じますと、ベオウルフの中に絞首架《こうしゅか》即《すなわ》ちガルガと申す字が見えますから絞罪の刑はこの時代から行われたものに違ないと思われます。ブラクストーンの説によるともし絞罪に処せられる罪人が、万一縄の具合で死に切れぬ時は再度《ふたたび》同様の刑罰を受くべきものだとしてありますが、妙な事にはピヤース・プローマンの中には仮令《たとい》兇漢でも二度絞《し》める法はないと云う句があるのです。まあどっちが本当か知りませんが、悪くすると一度で死ねない事が往々実例にあるので。千七百八十六年に有名なフヒツ・ゼラルドと云う悪漢を絞めた事がありました。ところが妙なはずみで一度目には台から飛び降りるときに縄が切れてしまったのです。またやり直すと今度は縄が長過ぎて足が地面へ着いたのでやはり死ねなかったのです。とうとう三返目に見物人が手伝って往生《おうじょう》さしたと云う話しです」「やれやれ」と迷亭はこんなところへくると急に元気が出る。「本当に死に損《ぞこな》いだな」と主人まで浮かれ出す。「まだ面白い事がありますます首を縊《くく》ると背《せい》が一寸《いっすん》ばかり延びるそうです。これはたしかに医者が計って見たのだから間違はありません」「それは新工夫だね、どうだい苦沙弥《くしゃみ》などはちと釣って貰っちゃあ、一寸延びたら人間並になるかも知れないぜ」と迷亭が主人の方を向くと、主人は案外真面目で「寒月君、一寸くらい背《せい》が延びて生き返る事があるだろうか」と聞く。「それは駄目に極《きま》っています。釣られて脊髄《せきずい》が延びるからなんで、早く云うと背が延びると云うより壊《こわ》れるんですからね」「それじゃ、まあ止《や》めよう」と主人は断念する。

演説の続きは、まだなかなか長くあって寒月君は首縊りの生理作用にまで論及するはずでいたが、迷亭が無暗に風来坊《ふうらいぼう》のような珍語を挟《はさ》むのと、主人が時々遠慮なく欠伸《あくび》をするので、ついに中途でやめて帰ってしまった。その晩は寒月君がいかなる態度で、いかなる雄弁を振《ふる》ったか遠方で起った出来事の事だから吾輩には知れよう訳がない。

二三日《にさんち》は事もなく過ぎたが、或る日の午後二時頃また迷亭先生は例のごとく空々《くうくう》として偶然童子のごとく舞い込んで来た。座に着くと、いきなり「君、越智東風《おちとうふう》の高輪事件《たかなわじけん》を聞いたかい」と旅順陥落の号外を知らせに来たほどの勢を示す。「知らん、近頃は合《あ》わんから」と主人は平生《いつも》の通り陰気である。「きょうはその東風子《とうふうし》の失策物語を御報道に及ぼうと思って忙しいところをわざわざ来たんだよ」「またそんな仰山《ぎょうさん》な事を云う、君は全体不埒《ふらち》な男だ」「ハハハハハ不埒と云わんよりむしろ無埒《むらち》の方だろう。それだけはちょっと区別しておいて貰わんと名誉に関係するからな」「おんなし事だ」と主人は嘯《うそぶ》いている。純然たる天然居士の再来だ。「この前の日曜に東風子《とうふうし》が高輪泉岳寺《たかなわせんがくじ》に行ったんだそうだ。この寒いのによせばいいのに――第一今時《いまどき》泉岳寺などへ参るのはさも東京を知らない、田舎者《いなかもの》のようじゃないか」「それは東風の勝手さ。君がそれを留める権利はない」「なるほど権利は正《まさ》にない。権利はどうでもいいが、あの寺内に義士遺物保存会と云う見世物があるだろう。君知ってるか」「うんにゃ」「知らない？　だって泉岳寺へ行った事はあるだろう」「いいや」「ない？　こりゃ驚ろいた。道理で大変東風を弁護すると思った。江戸っ子が泉岳寺を知らないのは情《なさ》けない」「知らなくても教師は務《つと》まるからな」と主人はいよいよ天然居士になる。「そりゃ好いが、その展覧場へ東風が這入《はい》って見物していると、そこへ独逸人《ドイツじん》が夫婦連《づれ》で来たんだって。それが最初は日本語で東風に何か質問したそうだ。ところが先生例の通り独逸語が使って見たくてたまらん男だろう。そら二口三口べらべらやって見たとさ。すると存外うまく出来たんだ――あとで考えるとそれが災《わざわい》の本《もと》さね」「それからどうした」と主人はついに釣り込まれる。「独逸人が大鷹源吾《おおたかげんご》の蒔絵《まきえ》の印籠《いんろう》を見て、これを買いたいが売ってくれるだろうかと聞くんだそうだ。その時東風の返事が面白いじゃないか、日本人は清廉の君子《くんし》ばかりだから到底《とうてい》駄目だと云ったんだとさ。その辺は大分《だいぶ》景気がよかったが、それから独逸人の方では恰好《かっこう》な通弁を得たつもりでしきりに聞くそうだ」「何を？」「それがさ、何だか分るくらいなら心配はないんだが、早口で無暗《むやみ》に問い掛けるものだから少しも要領を得ないのさ。たまに分るかと思うと鳶口《とびぐち》や掛矢の事を聞かれる。西洋の鳶口や掛矢は先生何と翻訳して善いのか習った事が無いんだから弱《よ》わらあね」「もっともだ」と主人は教師の身の上に引き較《くら》べて同情を表する。「ところへ閑人《ひまじん》が物珍しそうにぽつぽつ集ってくる。仕舞《しまい》には東風と独逸人を四方から取り巻いて見物する。東風は顔を赤くしてへどもどする。初めの勢に引き易《か》えて先生大弱りの体《てい》さ」「結局どうなったんだい」「仕舞に東風が我慢出来なくなったと見えてさいならと日本語で云ってぐんぐん帰って来たそうだ、さいならは少し変だ君の国ではさよならをさいならと云うかって聞いて見たら何やっぱりさよならですが相手が西洋人だから調和を計るために、さいならにしたんだって、東風子は苦しい時でも調和を忘れない男だと感心した」「さいならはいいが西洋人はどうした」「西洋人はあっけに取られて茫然《ぼうぜん》と見ていたそうだハハハ面白いじゃないか」「別段面白い事もないようだ。それをわざわざ報知《しらせ》に来る君の方がよっぽど面白いぜ」と主人は巻煙草《まきたばこ》の灰を火桶《ひおけ》の中へはたき落す。折柄《おりから》格子戸のベルが飛び上るほど鳴って「御免なさい」と鋭どい女の声がする。迷亭と主人は思わず顔を見合わせて沈黙する。

　主人のうちへ女客は稀有《けう》だなと見ていると、かの鋭どい声の所有主は縮緬《ちりめん》の二枚重ねを畳へ擦《す》り付けながら這入《はい》って来る。年は四十の上を少し超《こ》したくらいだろう。抜け上った生《は》え際《ぎわ》から前髪が堤防工事のように高く聳《そび》えて、少なくとも顔の長さの二分の一だけ天に向ってせり出している。眼が切り通しの坂くらいな勾配《こうばい》で、直線に釣るし上げられて左右に対立する。直線とは鯨《くじら》より細いという形容である。鼻だけは無暗に大きい。人の鼻を盗んで来て顔の真中へ据《す》え付けたように見える。三坪ほどの小庭へ招魂社《しょうこんしゃ》の石灯籠《いしどうろう》を移した時のごとく、独《ひと》りで幅を利かしているが、何となく落ちつかない。その鼻はいわゆる鍵鼻《かぎばな》で、ひと度《たび》は精一杯高くなって見たが、これではあんまりだと中途から謙遜《けんそん》して、先の方へ行くと、初めの勢に似ず垂れかかって、下にある唇を覗《のぞ》き込んでいる。かく著《いちじ》るしい鼻だから、この女が物を言うときは口が物を言うと云わんより、鼻が口をきいているとしか思われない。吾輩はこの偉大なる鼻に敬意を表するため、以来はこの女を称して鼻子《はなこ》鼻子と呼ぶつもりである。鼻子は先ず初対面の挨拶を終って「どうも結構な御住居《おすまい》ですこと」と座敷中を睨《ね》め廻わす。主人は「嘘をつけ」と腹の中で言ったまま、ぷかぷか煙草《たばこ》をふかす。迷亭は天井を見ながら「君、ありゃ雨洩《あまも》りか、板の木目《もくめ》か、妙な模様が出ているぜ」と暗に主人を促《うな》がす。「無論雨の洩りさ」と主人が答えると「結構だなあ」と迷亭がすまして云う。鼻子は社交を知らぬ人達だと腹の中で憤《いきどお》る。しばらくは三人鼎坐《ていざ》のまま無言である。

「ちと伺いたい事があって、参ったんですが」と鼻子は再び話の口を切る。「はあ」と主人が極めて冷淡に受ける。これではならぬと鼻子は、「実は私はつい御近所で――あの向う横丁の角屋敷《かどやしき》なんですが」「あの大きな西洋館の倉のあるうちですか、道理であすこには金田《かねだ》と云う標札《ひょうさつ》が出ていますな」と主人はようやく金田の西洋館と、金田の倉を認識したようだが金田夫人に対する尊敬の度合《どあい》は前と同様である。「実は宿《やど》が出まして、御話を伺うんですが会社の方が大変忙がしいもんですから」と今度は少し利《き》いたろうという眼付をする。主人は一向《いっこう》動じない。鼻子の先刻《さっき》からの言葉遣いが初対面の女としてはあまり存在《ぞんざい》過ぎるのですでに不平なのである。「会社でも一つじゃ無いんです、二つも三つも兼ねているんです。それにどの会社でも重役なんで――多分御存知でしょうが」これでも恐れ入らぬかと云う顔付をする。元来ここの主人は博士とか大学教授とかいうと非常に恐縮する男であるが、妙な事には実業家に対する尊敬の度は極めて低い。実業家よりも中学校の先生の方がえらいと信じている。よし信じておらんでも、融通の利かぬ性質として、到底実業家、金満家の恩顧を蒙《こうむ》る事は覚束《おぼつか》ないと諦《あき》めている。いくら先方が勢力家でも、財産家でも、自分が世話になる見込のないと思い切った人の利害には極めて無頓着である。それだから学者社会を除いて他の方面の事には極めて迂濶《うかつ》で、ことに実業界などでは、どこに、だれが何をしているか一向知らん。知っても尊敬畏服の念は毫《ごう》も起らんのである。鼻子の方では天《あめ》が下《した》の一隅にこんな変人がやはり日光に照らされて生活していようとは夢にも知らない。今まで世の中の人間にも大分《だいぶ》接して見たが、金田の妻《さい》ですと名乗って、急に取扱いの変らない場合はない、どこの会へ出ても、どんな身分の高い人の前でも立派に金田夫人で通して行かれる、いわんやこんな燻《くすぶ》り返った老書生においてをやで、私《わたし》の家《うち》は向う横丁の角屋敷《かどやしき》ですとさえ云えば職業などは聞かぬ先から驚くだろうと予期していたのである。

「金田って人を知ってるか」と主人は無雑作《むぞうさ》に迷亭に聞く。「知ってるとも、金田さんは僕の伯父の友達だ。この間なんざ園遊会へおいでになった」と迷亭は真面目な返事をする。「へえ、君の伯父さんてえな誰だい」「牧山男爵《まきやまだんしゃく》さ」と迷亭はいよいよ真面目である。主人が何か云おうとして云わぬ先に、鼻子は急に向き直って迷亭の方を見る。迷亭は大島紬《おおしまつむぎ》に古渡更紗《こわたりさらさ》か何か重ねてすましている。「おや、あなたが牧山様の――何でいらっしゃいますか、ちっとも存じませんで、はなはだ失礼を致しました。牧山様には始終御世話になると、宿《やど》で毎々御噂《おうわさ》を致しております」と急に叮嚀《ていねい》な言葉使をして、おまけに御辞儀までする、迷亭は「へええ何、ハハハハ」と笑っている。主人はあっ気《け》に取られて無言で二人を見ている。「たしか娘の縁辺《えんぺん》の事につきましてもいろいろ牧山さまへ御心配を願いましたそうで……」「へえー、そうですか」

とこればかりは迷亭にもちと唐突《とうとつ》過ぎたと見えてちょっと魂消《たまげ》たような声を出す。「実は方々からくれくれと申し込はございますが、こちらの身分もあるものでございますから、滅多《めった》な所《とこ》へも片付けられませんので……」「ごもっともで」と迷亭はようやく安心する。「それについて、あなたに伺おうと思って上がったんですがね」と鼻子は主人の方を見て急に存在《ぞんざい》な言葉に返る。「あなたの所へ水島寒月《みずしまかんげつ》という男が度々《たびたび》上がるそうですが、あの人は全体どんな風な人でしょう」「寒月の事を聞いて、何《なん》にするんです」と主人は苦々《にがにが》しく云う。「やはり御令嬢の御婚儀上の関係で、寒月君の性行《せいこう》の一斑《いっぱん》を御承知になりたいという訳でしょう」と迷亭が気転を利《き》かす。「それが伺えれば大変都合が宜《よろ》しいのでございますが……」「それじゃ、御令嬢を寒月におやりになりたいとおっしゃるんで」「やりたいなんてえんじゃ無いんです」と鼻子は急に主人を参らせる。「ほかにもだんだん口が有るんですから、無理に貰っていただかないだって困りゃしません」「それじゃ寒月の事なんか聞かんでも好いでしょう」と主人も躍起《やっき》となる。「しかし御隠しなさる訳もないでしょう」と鼻子も少々喧嘩腰になる。迷亭は双方の間に坐って、銀煙管《ぎんぎせる》を軍配団扇《ぐんばいうちわ》のように持って、心の裡《うち》で八卦《はっけ》よいやよいやと怒鳴っている。「じゃあ寒月の方で是非貰いたいとでも云ったのですか」と主人が正面から鉄砲を喰《くら》わせる。「貰いたいと云ったんじゃないんですけれども……」「貰いたいだろうと思っていらっしゃるんですか」と主人はこの婦人鉄砲に限ると覚《さと》ったらしい。「話しはそんなに運んでるんじゃありませんが——寒月さんだって満更《まんざら》嬉しくない事もないでしょう」と土俵際で持ち直す。「寒月が何かその御令嬢に恋着《れんちゃく》したというような事でもありますか」あるなら云って見ろと云う権幕《けんまく》で主人は反《そ》り返る。「まあ、そんな見当《けんとう》でしょうね」今度は主人の鉄砲が少しも功を奏しない。今まで面白気《おもしろげ》に行司《ぎょうじ》気取りで見物していた迷亭も鼻子の一言《いちごん》に好奇心を挑撥《ちょうはつ》されたものと見えて、煙管《きせる》を置いて前へ乗り出す。「寒月が御嬢さんに付《つ》け文《ぶみ》でもしたんですか、こりゃ愉快だ、新年になって逸話がまた一つ殖《ふ》えて話しの好材料になる」と一人で喜んでいる。「付け文じゃないんです、もっと烈しいんでさあ、御二人とも御承知じゃありませんか」と鼻子は乙《おつ》にからまって来る。「君知ってるか」と主人は狐付きのような顔をして迷亭に聞く。迷亭も馬鹿気《ばかげ》た調子で「僕は知らん、知っていりゃ君だ」とつまらんところで謙遜《けんそん》する。「いえ御両人共《おふたりとも》御存じの事ですよ」と鼻子だけ大得意である。「へえー」と御両人は一度に感じ入る。「御忘れになったら私《わた》しから御話をしましょう。去年の暮向島の阿部さんの御屋敷で演奏会があって寒月さんも出掛けたじゃありませんか、その晩帰りに吾妻橋《あずまばし》で何かあったでしょう――詳しい事は言いますまい、当人の御迷惑になるかも知れませんから――あれだけの証拠がありゃ充分だと思いますが、どんなものでしょう」と金剛石《ダイヤ》入りの指環の嵌《はま》った指を、膝の上へ併《なら》べて、つんと居ずまいを直す。偉大なる鼻がますます異彩を放って、迷亭も主人も有れども無きがごとき有様である。

主人は無論、さすがの迷亭もこの不意撃《ふいうち》には胆《きも》を抜かれたものと見えて、しばらくは呆然《ぼうぜん》として瘧《おこり》の落ちた病人のように坐っていたが、驚愕《きょうがく》の箍《たが》がゆるんでだんだん持前の本態に復すると共に、滑稽と云う感じが一度に吶喊《とっかん》してくる。両人《ふたり》は申し合せたごとく「ハハハハハ」と笑い崩れる。鼻子ばかりは少し当てがはずれて、この際笑うのははなはだ失礼だと両人を睨《にら》みつける。「あれが御嬢さんですか、なるほどこりゃいい、おっしゃる通りだ、ねえ苦沙弥《くしゃみ》君、全く寒月はお嬢さんを恋《おも》ってるに相違ないね……もう隠したってしようがないから白状しようじゃないか」「ウフン」と主人は云ったままである。「本当に御隠しなさってもいけませんよ、ちゃんと種は上ってるんですからね」と鼻子はまた得意になる。「こうなりゃ仕方がない。何でも寒月君に関する事実は御参考のために陳述するさ、おい苦沙弥君、君が主人だのに、そう、にやにや笑っていては埒《らち》があかんじゃないか、実に秘密というものは恐ろしいものだねえ。いくら隠しても、どこからか露見《ろけん》するからな。――しかし不思議と云えば不思議ですねえ、金田の奥さん、どうしてこの秘密を御探知になったんです、実に驚ろきますな」と迷亭は一人で喋舌《しゃべ》る。「私《わた》しの方だって、ぬかりはありませんやね」と鼻子はしたり顔をする。「あんまり、ぬかりが無さ過ぎるようですぜ。一体誰に御聞きになったんです」「じきこの裏にいる車屋の神《かみ》さんからです」「あの黒猫のいる車屋ですか」と主人は眼を丸くする。「ええ、寒月さんの事じゃ、よっぽど使いましたよ。寒月さんが、ここへ来る度に、どんな話しをするかと思って車屋の神さんを頼んで一々知らせて貰うんです」「そりゃ苛《ひど》い」と主人は大きな声を出す。「なあに、あなたが何をなさろうとおっしゃろうと、それに構ってるんじゃないんです。寒月さんの事だけですよ」「寒月の事だって、誰の事だって――全体あの車屋の神さんは気に食わん奴だ」と主人は一人怒《おこ》り出す。「しかしあなたの垣根のそとへ来て立っているのは向うの勝手じゃありませんか、話しが聞えてわるけりゃもっと小さい声でなさるか、もっと大きなうちへ御這入《おはい》んなさるがいいでしょう」と鼻子は少しも赤面した様子がない。「車屋ばかりじゃありません。新道《しんみち》の二絃琴《にげんきん》の師匠からも大分《だいぶ》いろいろな事を聞いています」「寒月の事をですか」「寒月さんばかりの事じゃありません」と少し凄《すご》い事を云う。主人は恐れ入るかと思うと「あの師匠はいやに上品ぶって自分だけ人間らしい顔をしている、馬鹿野郎です」「憚《はばか》り様《さま》、女ですよ。野郎は御門違《おかどちが》いです」と鼻子の言葉使いはますます御里《おさと》をあらわして来る。これではまるで喧嘩をしに来たようなものであるが、そこへ行くと迷亭はやはり迷亭でこの談判を面白そうに聞いている。鉄枴仙人《てっかいせんにん》が軍鶏《しゃも》の蹴合《けあ》いを見るような顔をして平気で聞いている。

悪口《あっこう》の交換では到底鼻子の敵でないと自覚した主人は、しばらく沈黙を守るのやむを得ざるに至らしめられていたが、ようやく思い付いたか「あなたは寒月の方から御嬢さんに恋着したようにばかりおっしゃるが、私《わたし》の聞いたんじゃ、少し違いますぜ、ねえ迷亭君」と迷亭の救いを求める。「うん、あの時の話しじゃ御嬢さんの方が、始め病気になって——何だか譫語《うわごと》をいったように聞いたね」「なにそんな事はありません」と金田夫人は判然たる直線流の言葉使いをする。「それでも寒月はたしかに〇〇博士の夫人から聞いたと云っていましたぜ」「それがこっちの手なんでさあ、〇〇博士の奥さんを頼んで寒月さんの気を引いて見たんでさあね」「〇〇の奥さんは、それを承知で引き受けたんですか」「ええ。引き受けて貰うたって、ただじゃ出来ませんやね、それやこれやでいろいろ物を使っているんですから」「是非寒月君の事を根掘り葉掘り御聞きにならなくっちゃ御帰りにならないと云う決心ですかね」と迷亭も少し気持を悪くしたと見えて、いつになく手障《てざわ》りのあらい言葉を使う。「いいや君、話したって損の行く事じゃなし、話そうじゃないか苦沙弥君——奥さん、私《わたし》でも苦沙弥でも寒月君に関する事実で差支《さしつか》えのない事は、みんな話しますからね、——そう、順を立ててだんだん聞いて下さると都合がいいですね」

鼻子はようやく納得《なっとく》してそろそろ質問を呈出する。一時荒立てた言葉使いも迷亭に対してはまたもとのごとく叮嚀になる。「寒月さんも理学士だそうですが、全体どんな事を専門にしているのでございます」

「大学院では地球の磁気の研究をやっています」と主人が真面目に答える。不幸にしてその意味が鼻子には分らんものだから「へえー」とは云ったが怪訝《けげん》な顔をしている。「それを勉強すると博士になれましょうか」と聞く。「博士にならなければやれないとおっしゃるんですか」と主人は不愉快そうに尋ねる。「ええ。ただの学士じゃね、いくらでもありますからね」と鼻子は平気で答える。主人は迷亭を見ていよいよいやな顔をする。「博士になるかならんかは僕等も保証する事が出来んから、ほかの事を聞いていただく事にしよう」と迷亭もあまり好い機嫌ではない。「近頃でもその地球の――何かを勉強しているんでございましょうか」「二三日前《にさんちまえ》は首縊りの力学と云う研究の結果を理学協会で演説しました」と主人は何の気も付かずに云う。「おやいやだ、首縊りだなんて、よっぽど変人ですねえ。そんな首縊りや何かやってたんじゃ、とても博士にはなれますまいね」「本人が首を縊《くく》っちゃあむずかしいですが、首縊りの力学なら成れないとも限らんです」「そうでしょうか」と今度は主人の方を見て顔色を窺《うかが》う。悲しい事に力学と云う意味がわからんので落ちつきかねている。しかしこれしきの事を尋ねては金田夫人の面目に関すると思ってか、ただ相手の顔色で八卦《はっけ》を立てて見る。主人の顔は渋い。「そのほかになにか、分り易《やす》いものを勉強しておりますまいか」「そうですな、せんだって団栗のスタビリチーを論じて併せて天体の運行に及ぶと云う論文を書いた事があります」「団栗《どんぐり》なんぞでも大学校で勉強するものでしょうか」「さあ僕も素人《しろうと》だからよく分らんが、何しろ、寒月君がやるくらいなんだから、研究する価値があると見えますな」と迷亭はすまして冷かす。鼻子は学問上の質問は手に合わんと断念したものと見えて、今度は話題を転ずる。「御話は違いますが――この御正月に椎茸《しいたけ》を食べて前歯を二枚折ったそうじゃございませんか」「ええその欠けたところに空也餅《くうやもち》がくっ付いていましてね」と迷亭はこの質問こそ吾縄張内《なわばりうち》だと急に浮かれ出す。「色気のない人じゃございませんか、何だって楊子《ようじ》を使わないんでしょう」「今度逢《あ》ったら注意しておきましょう」と主人がくすくす笑う。「椎茸で歯がかけるくらいじゃ、よほど歯の性《しょう》が悪いと思われますが、如何《いかが》なものでしょう」「善いとは言われますまいな――ねえ迷亭」「善い事はないがちょっと愛嬌《あいきょう》があるよ。あれぎり、まだ填《つ》めないところが妙だ。今だに空也餅引掛所《ひっかけどころ》になってるなあ奇観だぜ」「歯を填めるお小遣《こづかい》がないので欠けなりにしておくんですか、または物好きで欠けなりにしておくんでしょうか」「何も永く前歯欠成《まえばかけなり》を名乗る訳でもないでしょうから御安心なさいよ」と迷亭の機嫌はだんだん回復してくる。鼻子はまた問題を改める。「何か御宅に手紙かなんぞ当人の書いたものでもございますならちょっと拝見したいもんでございますが」「端書《はがき》なら沢山あります、御覧なさい」と主人は書斎から三四十枚持って来る。「そんなに沢山拝見しないでも――その内の二三枚だけ……」「どれどれ僕が好いのを撰《よ》ってやろう」と迷亭先生は「これなざあ面白いでしょう」と一枚の絵葉書を出す。「おや絵もかくんでございますか、なかなか器用ですね、どれ拝見しましょう」と眺めていたが「あらいやだ、狸《たぬき》だよ。何だって撰りに撰って狸なんぞかくんでしょうね――それでも狸と見えるから不思議だよ」と少し感心する。「その文句を読んで御覧なさい」と主人が笑いながら云う。鼻子は下女が新聞を読むように読み出す。「旧暦の歳《とし》の夜《よ》、山の狸が園遊会をやって盛《さかん》に舞踏します。その歌に曰《いわ》く、来《こ》いさ、としの夜《よ》で、御山婦美《おやまふみ》も来《く》まいぞ。スッポコポンノポン」「何ですこりゃ、人を馬鹿にしているじゃございませんか」と鼻子は不平の体《てい》である。「この天女《てんにょ》は御気に入りませんか」と迷亭がまた一枚出す。見ると天女が羽衣《はごろも》を着て琵琶《びわ》を弾《ひ》いている。「この天女の鼻が少し小さ過ぎるようですが」「何、それが人並ですよ、鼻より文句を読んで御覧なさい」文句にはこうある。「昔《むか》しある所に一人の天文学者がありました。ある夜《よ》いつものように高い台に登って、一心に星を見ていますと、空に美しい天女が現われ、この世では聞かれぬほどの微妙な音楽を奏し出したので、天文学者は身に沁《し》む寒さも忘れて聞き惚《ほ》れてしまいました。朝見るとその天文学者の死骸《しがい》に霜《しも》が真白に降っていました。これは本当の噺《はなし》だと、あのうそつきの爺《じい》やが申しました」「何の事ですこりゃ、意味も何もないじゃありませんか、これでも理学士で通るんですかね。ちっと文芸倶楽部でも読んだらよさそうなものですがねえ」と寒月君さんざんにやられる。迷亭は面白半分に「こりゃどうです」と三枚目を出す。今度は活版で帆懸舟《ほかけぶね》が印刷してあって、例のごとくその下に何か書き散らしてある。「よべの泊《とま》りの十六小女郎《じゅうろくこじょろ》、親がないとて、荒磯《ありそ》の千鳥、さよの寝覚《ねざめ》の千鳥に泣いた、親は船乗り波の底」「うまいのねえ、感心だ事、話せるじゃありませんか」「話せますかな」「ええこれなら三味線に乗りますよ」「三味線に乗りゃ本物だ。こりゃ如何《いかが》です」と迷亭は無暗《むやみ》に出す。「いえ、もうこれだけ拝見すれば、ほかのは沢山で、そんなに野暮《やぼ》でないんだと云う事は分りましたから」と一人で合点している。鼻子はこれで寒月に関する大抵の質問を卒《お》えたものと見えて、「これははなはだ失礼を致しました。どうか私の参った事は寒月さんへは内々に願います」と得手勝手《えてかって》な要求をする。寒月の事は何でも聞かなければならないが、自分の方の事は一切寒月へ知らしてはならないと云う方針と見える。迷亭も主人も「はあ」と気のない返事をすると「いずれその内御礼は致しますから」と念を入れて言いながら立つ。見送りに出た両人《ふたり》が席へ返るや否や迷亭が「ありゃ何だい」と云うと主人も「ありゃ何だい」と双方から同じ問をかける。奥の部屋で細君が怺《こら》え切れなかったと見えてクツクツ笑う声が聞える。迷亭は大きな声を出して「奥さん奥さん、月並の標本が来ましたぜ。月並もあのくらいになるとなかなか振《ふる》っていますなあ。さあ遠慮はいらんから、存分御笑いなさい」

主人は不満な口気《こうき》で「第一気に喰わん顔だ」と悪《にく》らしそうに云うと、迷亭はすぐ引きうけて「鼻が顔の中央に陣取って乙《おつ》に構えているなあ」とあとを付ける。「しかも曲っていらあ」「少し猫背《ねこぜ》だね。猫背の鼻は、ちと奇抜《きばつ》過ぎる」と面白そうに笑う。「夫《おっと》を剋《こく》する顔だ」と主人はなお口惜《くや》しそうである。「十九世紀で売れ残って、二十世紀で店曝《たなざら》しに逢うと云う相《そう》だ」と迷亭は妙な事ばかり云う。ところへ妻君が奥の間《ま》から出て来て、女だけに「あんまり悪口をおっしゃると、また車屋の神《かみ》さんにいつけと注意する。「少しいつける方が薬ですよ、奥さん」「しかし顔の讒訴《ざんそ》などをなさるのは、あまり下等ですわ、誰だって好んであんな鼻を持ってる訳でもありませんから——それに相手が婦人ですからね、あんまり苛《ひど》いわ」と鼻子の鼻を弁護すると、同時に自分の容貌《ようぼう》も間接に弁護しておく。「何ひどいものか、あんなのは婦人じゃない、愚人だ、ねえ迷亭君」「愚人かも知れんが、なかなかえら者だ、大分《だいぶ》引き掻《か》かれたじゃないか」「全体教師を何と心得ているんだろう」「裏の車屋くらいに心得ているのさ。ああ云う人物に尊敬されるには博士になるに限るよ、一体博士になっておかんのが君の不了見《ふりょうけん》さ、ねえ奥さん、そうでしょう」と迷亭は笑いながら細君を顧《かえり》みる。「博士なんて到底駄目ですよ」と主人は細君にまで見離される。「これでも今になるかも知れん、軽蔑《けいべつ》するな。貴様なぞは知るまいが昔《むかし》アイソクラチスと云う人は九十四歳で大著述をした。ソフォクリスが傑作を出して天下を驚かしたのは、ほとんど百歳の高齢だった。シモニジスは八十で妙詩を作った。おれだって……」「馬鹿馬鹿しいわ、あなたのような胃病でそんなに永く生きられるものですか」と細君はちゃんと主人の寿命を予算している。「失敬な、――甘木さんへ行って聞いて見ろ――元来御前がこんな皺苦茶《しわくちゃ》な黒木綿《くろもめん》の羽織や、つぎだらけの着物を着せておくから、あんな女に馬鹿にされるんだ。あしたから迷亭の着ているような奴を着るから出しておけ」「出しておけって、あんな立派な御召《おめし》はござんせんわ。金田の奥さんが迷亭さんに叮嚀になったのは、伯父さんの名前を聞いてからですよ。着物の咎《とが》じゃございません」と細君うまく責任を逃《の》がれる。

主人は伯父さんと云う言葉を聞いて急に思い出したように「君に伯父があると云う事は、今日始めて聞いた。今までついに噂《うわさ》をした事がないじゃないか、本当にあるのかい」と迷亭に聞く。迷亭は待ってたと云わぬばかりに「うんその伯父さ、その伯父が馬鹿に頑物《がんぶつ》でねえ――やはりその十九世紀から連綿と今日《こんにち》まで生き延びているんだがね」と主人夫婦を半々に見る。「オホホホホホ面白い事ばかりおっしゃって、どこに生きていらっしゃるんです」「静岡に生きてますがね、それがただ生きてるんじゃ無いです。頭にちょん髷《まげ》を頂いて生きてるんだから恐縮しまさあ。帽子を被《かぶ》れってえと、おれはこの年になるが、まだ帽子を被るほど寒さを感じた事はないと威張ってるんです――寒いから、もっと寝《ね》ていらっしゃいと云うと、人間は四時間寝れば充分だ。四時間以上寝るのは贅沢《ぜいたく》の沙汰だって朝暗いうちから起きてくるんです。それでね、おれも睡眠時間を四時間に縮めるには、永年修業をしたもんだ、若いうちはどうしても眠《ねむ》たくていかなんだが、近頃に至って始めて随処任意の庶境《しょきょう》に入《い》ってはなはだ嬉しいと自慢するんです。六十七になって寝られなくなるなあ当り前でさあ。修業も糸瓜《へちま》も入《い》ったものじゃないのに当人は全く克己《こっき》の力で成功したと思ってるんですからね。それで外出する時には、きっと鉄扇《てっせん》をもって出るんですがね」「なにするんだい」「何にするんだか分らない、ただ持って出るんだね。まあステッキの代りくらいに考えてるかも知れんよ。ところがせんだって妙な事がありましてね」と今度は細君の方へ話しかける。「へえー」と細君が差《さ》し合《あい》のない返事をする。「此年《ことし》の春突然手紙を寄こして山高帽子とフロックコートを至急送れと云うんです。ちょっと驚ろいたから、郵便で問い返したところが老人自身が着ると云う返事が来ました。二十三日に静岡で祝捷会《しゅくしょうかい》があるからそれまでに間《ま》に合うように、至急調達しろと云う命令なんです。ところがおかしいのは命令中にこうあるんです。帽子は好い加減な大きさのを買ってくれ、洋服も寸法を見計らって大丸《だいまる》へ注文してくれ……」「近頃は大丸でも洋服を仕立てるのかい」「なあに、先生、白木屋《しろきや》と間違えたんだあね」「寸法を見計ってくれたって無理じゃないか」「そこが伯父の伯父たるところさ」「どうした?」「仕方がないから見計らって送ってやった」「君も乱暴だな。それで間に合ったのかい」「まあ、どうにか、こうにかおっついたんだろう。国の新聞を見たら、当日牧山翁は珍らしくフロックコートにて、例の鉄扇《てっせん》を持ち……」「鉄扇だけは離さなかったと見えるね」「うん死んだら棺の中へ鉄扇だけは入れてやろうと思っているよ」「それでも帽子も洋服も、うまい具合に着られて善かった」「ところが大間違さ。僕も無事に行ってありがたいと思ってると、しばらくして国から小包が届いたから、何か礼でもくれた事と思って開けて見たら例の山高帽子さ、手紙が添えてあってね、せっかく御求め被下候《くだされそうら》えども少々大きく候間《そろあいだ》、帽子屋へ御遣《おつか》わしの上、御縮め被下度候《くだされたくそろ》。縮め賃は小為替《こがわせ》にて此方《こなた》より御送可申上候《おんおくりもうしあぐべきそろ》とあるのさ」「なるほど迂濶《うかつ》だな」と主人は己《おの》れより迂濶なものの天下にある事を発見して大《おおい》に満足の体《てい》に見える。やがて「それから、どうした」と聞く。「どうするったって仕方がないから僕が頂戴して被《かぶ》っていらあ」「あの帽子かあ」と主人がにやにや笑う。「その方《かた》が男爵でいらっしゃるんですか」と細君が不思議そうに尋ねる。「誰がです」「その鉄扇の伯父さまが」「なあに漢学者でさあ、若い時聖堂《せいどう》で朱子学《しゅしがく》か、何かにこり固まったものだから、電気灯の下で恭《うやうや》しくちょん髷《まげ》を頂いているんです。仕方がありません」とやたらに顋《あご》を撫《な》で廻す。「それでも君は、さっきの女に牧山男爵と云ったようだぜ」「そうおっしゃいましたよ、私も茶の間で聞いておりました」と細君もこれだけは主人の意見に同意する。「そうでしたかなアハハハハ」と迷亭は訳《わけ》もなく笑う。「そりゃ嘘《うそ》ですよ。僕に男爵の伯父がありゃ、今頃は局長くらいになっていまさあ」と平気なものである。「何だか変だと思った」と主人は嬉しそうな、心配そうな顔付をする。「あらまあ、よく真面目であんな嘘が付けますねえ。あなたもよっぽど法螺《ほら》が御上手でいらっしゃる事」と細君は非常に感心する。「僕より、あの女の方が上《う》わ手《て》でさあ」「あなただって御負けなさる気遣《きづか》いはありません」「しかし奥さん、僕の法螺は単なる法螺ですよ。あの女のは、みんな魂胆があって、曰《いわ》く付きの嘘ですぜ。たちが悪いです。猿智慧《さるぢえ》から割り出した術数と、天来の滑稽趣味と混同されちゃ、コメディーの神様も活眼の士なきを嘆ぜざるを得ざる訳に立ち至りますからな」主人は俯目《ふしめ》になって「どうだか」と云う。妻君は笑いながら「同じ事ですわ」と云う。

吾輩は今まで向う横丁へ足を踏み込んだ事はない。角屋敷《かどやしき》の金田とは、どんな構えか見た事は無論ない。聞いた事さえ今が始めてである。主人の家《うち》で実業家が話頭に上《のぼ》った事は一返もないので、主人の飯を食う吾輩までがこの方面には単に無関係なるのみならず、はなはだ冷淡であった。しかるに先刻図《はか》らずも鼻子の訪問を受けて、余所《よそ》ながらその談話を拝聴し、その令嬢の艶美《えんび》を想像し、またその富貴《ふうき》、権勢を思い浮べて見ると、猫ながら安閑として椽側《えんがわ》に寝転んでいられなくなった。しかのみならず吾輩は寒月君に対してはなはだ同情の至りに堪えん。先方では博士の奥さんやら、車屋の神《かみ》さんやら、二絃琴《にげんきん》の天璋院《てんしょういん》まで買収して知らぬ間《ま》に、前歯の欠けたのさえ探偵しているのに、寒月君の方ではただニヤニヤして羽織の紐ばかり気にしているのは、いかに卒業したての理学士にせよ、あまり能がなさ過ぎる。と言って、ああ云う偉大な鼻を顔の中《うち》に安置している女の事だから、滅多《めった》な者では寄り付ける訳の者ではない。こう云う事件に関しては主人はむしろ無頓着でかつあまりに銭《ぜに》がなさ過ぎる。迷亭は銭に不自由はしないが、あんな偶然童子だから、寒月に援《たす》けを与える便宜《べんぎ》は尠《すくな》かろう。して見ると可哀相《かわいそう》なのは首縊りの力学を演説する先生ばかりとなる。吾輩でも奮発して、敵城へ乗り込んでその動静を偵察してやらなくては、あまり不公平である。吾輩は猫だけれど、エピクテタスを読んで机の上へ叩きつけるくらいな学者の家《うち》に寄寓《きぐう》する猫で、世間一般の痴猫《ちびょう》、愚猫《ぐびょう》とは少しく撰《せん》を殊《こと》にしている。この冒険をあえてするくらいの義侠心は固《もと》より尻尾《しっぽ》の先に畳み込んである。何も寒月君に恩になったと云う訳もないが、これはただに個人のためにする血気躁狂《けっきそうきょう》の沙汰ではない。大きく云えば公平を好み中庸を愛する天意を現実にする天晴《あっぱれ》な美挙だ。人の許諾を経《へ》ずして吾妻橋《あずまばし》事件などを至る処に振り廻わす以上は、人の軒下に犬を忍ばして、その報道を得々として逢う人に吹聴《ふいちょう》する以上は、車夫、馬丁《ばてい》、無頼漢《ぶらいかん》、ごろつき書生、日雇婆《ひやといばばあ》、産婆、妖婆《ようば》、按摩《あんま》、頓馬《とんま》に至るまでを使用して国家有用の材に煩《はん》を及ぼして顧《かえり》みざる以上は——猫にも覚悟がある。幸い天気も好い、霜解《しもどけ》は少々閉口するが道のためには一命もすてる。足の裏へ泥が着いて、椽側《えんがわ》へ梅の花の印を押すくらいな事は、ただ御三《おさん》の迷惑にはなるか知れんが、吾輩の苦痛とは申されない。翌日《あす》とも云わずこれから出掛けようと勇猛精進《ゆうもうしょうじん》の大決心を起して台所まで飛んで出たが「待てよ」と考えた。吾輩は猫として進化の極度に達しているのみならず、脳力の発達においてはあえて中学の三年生に劣らざるつもりであるが、悲しいかな咽喉《のど》の構造だけはどこまでも猫なので人間の言語が饒舌《しゃべ》れない。よし首尾よく金田邸へ忍び込んで、充分敵の情勢を見届けたところで、肝心《かんじん》の寒月君に教えてやる訳に行かない。主人にも迷亭先生にも話せない。話せないとすれば土中にある金剛石《ダイヤモンド》の日を受けて光らぬと同じ事で、せっかくの智識も無用の長物となる。これは愚《ぐ》だ、やめようかしらんと上り口で佇《たたず》んで見た。

しかし一度思い立った事を中途でやめるのは、白雨《ゆうだち》が来るかと待っている時黒雲共《とも》隣国へ通り過ぎたように、何となく残り惜しい。それも非がこっちにあれば格別だが、いわゆる正義のため、人道のためなら、たとい無駄死《むだじに》をやるまでも進むのが、義務を知る男児の本懐であろう。無駄骨を折り、無駄足を汚《よご》すくらいは猫として適当のところである。猫と生れた因果《いんが》で寒月、迷亭、苦沙弥諸先生と三寸の舌頭《ぜっとう》に相互の思想を交換する技倆《ぎりょう》はないが、猫だけに忍びの術は諸先生より達者である。他人の出来ぬ事を成就《じょうじゅ》するのはそれ自身において愉快である。吾一箇《われ》でも、金田の内幕を知るのは、誰も知らぬより愉快である。人に告げられんでも人に知られているなと云う自覚を彼等に与うるだけが愉快である。こんなに愉快が続々出て来ては行かずにはいられない。やはり行く事に致そう。

向う横町へ来て見ると、聞いた通りの西洋館が角地面《かどじめん》を吾物顔《わがものがお》に占領している。この主人もこの西洋館のごとく傲慢《ごうまん》に構えているんだろうと、門を這入《はい》ってその建築を眺《なが》めて見たがただ人を威圧しようと、二階作りが無意味に突っ立っているほかに何等の能もない構造であった。迷亭のいわゆる月並《つきなみ》とはこれであろうか。玄関を右に見て、植込の中を通り抜けて、勝手口へ廻る。さすがに勝手は広い、苦沙弥先生の台所の十倍はたしかにある。せんだって日本新聞に詳しく書いてあった大隈伯《おおくまはく》の勝手にも劣るまいと思うくらい整然とぴかぴかしている。「模範勝手だな」と這入《はい》り込む。見ると漆喰《しっくい》で叩き上げた二坪ほどの土間に、例の車屋の神《かみ》さんが立ちながら、御飯焚《ごはんた》きと車夫を相手にしきりに何か弁じている。こいつは剣呑《けんのん》だと水桶《みずおけ》の裏へかくれる。「あの教師あ、うちの旦那の名を知らないのかね」と飯焚《めしたき》が云う。「知らねえ事があるもんか、この界隈《かいわい》で金田さんの御屋敷を知らなけりゃ眼も耳もねえ片輪《かたわ》だあな」これは抱え車夫の声である。「なんとも云えないよ。あの教師と来たら、本よりほかに何にも知らない変人なんだからねえ。旦那の事を少しでも知ってりゃ恐れるかも知れないが、駄目だよ、自分の小供の歳《とし》さえ知らないんだもの」と神さんが云う。「金田さんでも恐れねえかな、厄介な唐変木《とうへんぼく》だ。構《かま》あ事《こた》あねえ、みんなで威嚇《おど》かしてやろうじゃねえか」「それが好いよ。奥様の鼻が大き過ぎるの、顔が気に喰わないのって——そりゃあ酷《ひど》い事を云うんだよ。自分の面《つら》あ今戸焼《いまどやき》の狸《たぬき》見たような癖に——あれで一人前《いちにんまえ》だと思っているんだからやれ切れないじゃないか」「顔ばかりじゃない、手拭《てぬぐい》を提《さ》げて湯に行くところからして、いやに高慢ちきじゃないか。自分くらいえらい者は無いつもりでいるんだよ」と苦沙弥先生は飯焚にも大《おお》いに不人望である。「何でも大勢であいつの垣根の傍《そば》へ行って悪口をさんざんいってやるんだね」「そうしたらきっと恐れ入るよ」「しかしこっちの姿を見せちゃあ面白くねえから、声だけ聞かして、勉強の邪魔をした上に、出来るだけじらしてやれって、さっき奥様が言い付けておいでなすったぜ」「そりゃ分っているよ」と神さんは悪口の三分の一を引き受けると云う意味を示す。なるほどこの手合が苦沙弥先生を冷やかしに来るなと三人の横を、そっと通り抜けて奥へ這入る。

猫の足はあれども無きがごとし、どこを歩いても不器用な音のした試しがない。空を踏むがごとく、雲を行くがごとく、水中に磬《けい》を打つがごとく、洞裏《とうり》に瑟《しつ》を鼓《こ》するがごとく、醍醐《だいご》の妙味を甞《な》めて言詮《ごんせん》のほかに冷暖《れいだん》を自知《じち》するがごとし。月並な西洋館もなく、模範勝手もなく、車屋の神さんも、権助《ごんすけ》も、飯焚も、御孃さまも、仲働《なかばたら》きも、鼻子夫人も、夫人の旦那様もない。行きたいところへ行って聞きたい話を聞いて、舌を出し尻尾《しっぽ》を掉《ふ》って、髭《ひげ》をぴんと立てて悠々《ゆうゆう》と帰るのみである。ことに吾輩はこの道に掛けては日本一の堪能《かんのう》である。草双紙《くさぞうし》にある猫又《ねこまた》の血脈を受けておりはせぬかと自《みずか》ら疑うくらいである。蟇《がま》の額《ひたい》には夜光《やこう》の明珠《めいしゅ》があると云うが、吾輩の尻尾には神祇釈教恋無常《しんぎしゃっきょうこいむじょう》は無論の事、満天下の人間を馬鹿にする一家相伝《いっかそうでん》の妙薬が詰め込んである。金田家の廊下を人の知らぬ間《ま》に横行するくらいは、仁王様が心太《ところてん》を踏み潰《つぶ》すよりも容易である。この時吾輩は我ながら、わが力量に感服して、これも普段大事にする尻尾の御蔭だなと気が付いて見るとただ置かれない。吾輩の尊敬する尻尾大明神を礼拝《らいはい》してニャン運長久を祈らばやと、ちょっと低頭して見たが、どうも少し見当《けんとう》が違うようである。なるべく尻尾の方を見て三拝しなければならん。尻尾の方を見ようと身体を廻すと尻尾も自然と廻る。追付こうと思って首をねじると、尻尾も同じ間隔をとって、先へ馳《か》け出す。なるほど天地玄黄《てんちげんこう》を三寸裏《り》に収めるほどの霊物だけあって、到底吾輩の手に合わない、尻尾を環《めぐ》る事七度《ななた》び半にして草臥《くたび》れたからやめにした。少々眼がくらむ。どこにいるのだかちょっと方角が分らなくなる。構うものかと滅茶苦茶にあるき廻る。障子の裏《うち》で鼻子の声がする。ここだと立ち留まって、左右の耳をはすに切って、息を凝《こ》らす。「貧乏教師の癖に生意気じゃありませんか」と例の金切《かなき》り声《ごえ》を振り立てる。「うん、生意気な奴だ、ちと懲《こ》らしめのためにいじめてやろう。あの学校にゃ国のものもいるからな」「誰がいるの？」「津木《つき》ピン助《すけ》や福地《ふくち》キシャゴがいるから、頼んでからかわしてやろう」吾輩は金田君の生国《しょうごく》は分らんが、妙な名前の人間ばかり揃《そろ》った所だと少々驚いた。金田君はなお語をついで、「あいつは英語の教師かい」と聞く。「はあ、車屋の神さんの話では英語のリードルか何か専門に教えるんだって云います」「どうせ碌《ろく》な教師じゃあるめえ」あるめえにも尠《すく》なからず感心した。「この間ピン助に遇《あ》ったら、私《わたし》の学校にゃ妙な奴がおります。生徒から先生番茶は英語で何と云いますと聞かれて、番茶は Savage tea であると真面目に答えたんで、教員間の物笑いとなっています、どうもあんな教員があるから、ほかのものの、迷惑になって困りますと云ったが、大方《おおかた》あいつの事だぜ」「あいつに極《きま》っていまさあ、そんな事を云いそうな面構《つらがま》えですよ、いやに髭《ひげ》なんか生《は》やして」「怪《け》しからん奴だ」髭を生やして怪しからなければ猫などは一疋だって怪しかりようがない。「それにあの迷亭とか、へべれけとか云う奴は、まあ何てえ、頓狂な跳返《はねっかえ》りなんでしょう、伯父の牧山男爵だなんて、あんな顔に男爵の伯父なんざ、有るはずがないと思ったんですもの」「御前がどこの馬の骨だか分らんものの言う事を真《ま》に受けるのも悪い」「悪いって、あんまり人を馬鹿にし過ぎるじゃありませんか」と大変残念そうである。不思議な事には寒月君の事は一言半句《いちごんはんく》も出ない。吾輩の忍んで来る前に評判記はすんだものか、またはすでに落第と事が極《きま》って念頭にないものか、その辺《へん》は懸念《けねん》もあるが仕方がない。しばらく佇《たたず》んでいると廊下を隔てて向うの座敷でベルの音がする。そらあすこにも何か事がある。後《おく》れぬ先に、とその方角へ歩を向ける。

来て見ると女が独《ひと》りで何か大声で話している。その声が鼻子とよく似ているところをもって推《お》すと、これが即ち当家の令嬢寒月君をして未遂入水《みすいじゅすい》をあえてせしめたる代物《しろもの》だろう。惜哉《おしいかな》障子越しで玉の御姿《おんすがた》を拝する事が出来ない。従って顔の真中に大きな鼻を祭り込んでいるか、どうだか受合えない。しかし談話の模様から鼻息の荒いところなどを綜合《そうごう》して考えて見ると、満更人《まんざら》の注意を惹《ひ》かぬ獅鼻《ししばな》とも思われない。女はしきりに喋舌《しゃべ》っているが相手の声が少しも聞えないのは、噂《うわさ》にきく電話というものであろう。「御前は大和《やまと》かい。明日《あした》ね、行くんだからね、鶉《うずら》の三を取っておいておくれ、いいかえ──分ったかい──なに分らない？　おやいやだ。鶉の三を取るんだよ。──なんだって、──取れない？　取れないはずはない、とるんだよ──へへへへへ御冗談《ごじょうだん》をだって──何が御冗談なんだよ──いやに人をおひゃらかすよ。全体御前は誰だい。長吉《ちょうきち》だ？　長吉なんぞじゃ訳が分らない。お神さんに電話口へ出ろって御云いな──なに？　私《わたく》しで何でも弁じます？──お前は失敬だよ。妾《あた》しを誰だか知ってるのかい。金田だよ。──へへへへへ善く存じておりますだって。ほんとに馬鹿だよこの人あ。──金田だってえばさ。──なに？──毎度御贔屓《ごひいき》にあずかりましてありがとうございます？──何がありがたいんだね。御礼なんか聞きたかあないやね──おやまた笑ってるよ。お前はよっぽど愚物《ぐぶつ》だね。──仰せの通りだって？──あんまり人を馬鹿にすると電話を切ってしまうよ。いいのかい。困らないのかよ──黙ってちゃ分らないじゃないか、何とか御云いなさいな」電話は長吉の方から切ったものか何の返事もないらしい。

令嬢は癇癪《かんしゃく》を起してやけにベルをジャラジャラと廻す。足元で狆《ちん》が驚ろいて急に吠え出す。これは迂闊《うかつ》に出来ないと、急に飛び下りて椽《えん》の下へもぐり込む。

折柄《おりから》廊下を近《ちかづ》く足音がして障子を開ける音がする。誰か来たなと一生懸命に聞いていると「御嬢様、旦那様と奥様が呼んでいらっしゃいます」と小間使らしい声がする。「知らないよ」と令嬢は剣突《けんつく》を食わせる。「ちょっと用があるから嬢《じょう》を呼んで来いとおっしゃいました」「うるさいね、知らないてば」と令嬢は第二の剣突を食わせる。「……水島寒月さんの事で御用があるんだそうでございます」と小間使は気を利《き》かして機嫌を直そうとする。「寒月でも、水月でも知らないんだよ――大嫌いだわ、糸瓜《へちま》が戸迷《とまど》いをしたような顔をして」第三の剣突は、憐れなる寒月君が、留守中に頂戴する。「おや御前いつ束髪《そくはつ》に結《い》ったの」小間使はほっと一息ついて「今日《こんにち》」となるべく単簡《たんかん》な挨拶をする。「生意気だねえ、小間使の癖に」と第四の剣突を別方面から食わす。「そうして新しい半襟《はんえり》を掛けたじゃないか」「へえ、せんだって御嬢様からいただきましたので、結構過ぎて勿体《もったい》ないと思って行李《こうり》の中へしまっておきましたが、今までのがあまり汚《よご》れましたからかけ易《か》えました」「いつ、そんなものを上げた事があるの」「この御正月、白木屋へいらっしゃいまして、御求め遊ばしたので――鶯茶《うぐいすちゃ》へ相撲《すもう》の番附《ばんづけ》を染め出したのでございます。妾《あた》しには地味過ぎていやだから御前に上げようとおっしゃった、あれでございます」「あらいやだ。善く似合うのね。にくらしいわ」「恐れ入ります」「褒《ほ》めたんじゃない。にくらしいんだよ」「へえ」「そんなによく似合うものをなぜだまって貰ったんだい」「へえ」「御前にさえ、そのくらい似合うなら、妾《あた》しにだっておかしい事あないだろうじゃないか」「きっとよく御似合い遊ばします」「似あうのが分ってる癖になぜ黙っているんだい。そうしてすまして掛けているんだよ、人の悪い」剣突《けんつく》は留めどもなく連発される。このさき、事局はどう発展するかと謹聴している時、向うの座敷で「富子や、富子や」と大きな声で金田君が令嬢を呼ぶ。令嬢はやむを得ず「はい」と電話室を出て行く。吾輩より少し大きな狆《ちん》が顔の中心に眼と口を引き集めたような面《かお》をして付いて行く。吾輩は例の忍び足で再び勝手から往来へ出て、急いで主人の家に帰る。探険はまず十二分の成績《せいせき》である。

帰って見ると、奇麗な家《うち》から急に汚ない所へ移ったので、何だか日当りの善い山の上から薄黒い洞窟《どうくつ》の中へ入《はい》り込んだような心持ちがする。探険中は、ほかの事に気を奪われて部屋の装飾、襖《ふすま》、障子《しょうじ》の具合などには眼も留らなかったが、わが住居《すまい》の下等なるを感ずると同時に彼《か》のいわゆる月並《つきなみ》が恋しくなる。教師よりもやはり実業家がえらいように思われる。吾輩も少し変だと思って、例の尻尾《しっぽ》に伺いを立てて見たら、その通りその通りと尻尾の先から御託宣《ごたくせん》があった。座敷へ這入《はい》って見ると驚いたのは迷亭先生まだ帰らない、巻煙草《まきたばこ》の吸い殻を蜂の巣のごとく火鉢の中へ突き立てて、大胡坐《おおあぐら》で何か話し立てている。いつの間《ま》にか寒月君さえ来ている。主人は手枕をして天井の雨洩《あまもり》を余念もなく眺めている。あいかわらず太平の逸民の会合である。

「寒月君、君の事を譫語《うわごと》にまで言った婦人の名は、当時秘密であったようだが、もう話しても善かろう」と迷亭がからかい出す。「御話しをしても、私だけに関する事なら差支《さしつか》えないんですが、先方の迷惑になる事ですから」「まだ駄目かなあ」「それに○○博士夫人に約束をしてしまったもんですから」「他言をしないと云う約束かね」「ええ」と寒月君は例のごとく羽織の紐《ひも》をひねくる。その紐は売品にあるまじき紫色である。「その紐の色は、ちと天保調《てんぽうちょう》だな」と主人が寝ながら云う。主人は金田事件などには無頓着である。「そうさ、到底《とうてい》日露戦争時代のものではないな。陣笠《じんがさ》に立葵《たちあおい》の紋の付いたぶっ割《さ》き羽織でも着なくっちゃ納まりの付かない紐だ。織田信長が聟入《むこいり》をするとき頭の髪を茶筌《ちゃせん》に結《い》ったと云うがその節用いたのは、たしかそんな紐だよ」と迷亭の文句はあいかわらず長い。「実際これは爺《じじい》が長州征伐の時に用いたのです」と寒月君は真面目である。「もういい加減に博物館へでも献納してはどうだ。首縊りの力学の演者、理学士水島寒月君ともあろうものが、売れ残りの旗本のような出《い》で立《たち》をするのはちと体面に関する訳だから」「御忠告の通りに致してもいいのですが、この紐が大変よく似合うと云ってくれる人もありますので——」「誰だい、そんな趣味のない事を云うのは」と主人は寝返りを打ちながら大きな声を出す。「それは御存じの方なんじゃないんで——」「御存じでなくてもいいや、一体誰だい」「去る女性《にょしょう》なんです」「ハハハハハよほど茶人だなあ、当てて見ようか、やはり隅田川の底から君の名を呼んだ女なんだろう、その羽織を着てもう一返御駄仏《おだぶつ》を極《き》め込んじゃどうだい」と迷亭が横合から飛び出す。「へへへへもう水底から呼んではおりません。ここから乾《いぬい》の方角にあたる清浄《しょうじょう》な世界で……」「あんまり清浄でもなさそうだ、毒々しい鼻だぜ」「へえ?」と寒月は不審な顔をする。「向う横丁の鼻がさっき押しかけて来たんだよ、ここへ、実に僕等二人は驚いたよ、ねえ苦沙弥君」「うむ」と主人は寝ながら茶を飲む。「鼻って誰の事です」「君の親愛なる久遠《くおん》の女性《にょしょう》の御母堂様だ」「へえー」「金田の妻《さい》という女が君の事を聞きに来たよ」と主人が真面目に説明してやる。驚くか、嬉しがるか、恥ずかしがるかと寒月君の様子を窺《うかが》って見ると別段の事もない。例の通り静かな調子で「どうか私に、あの娘を貰ってくれと云う依頼なんでしょう」

と、また紫の紐をひねくる。「ところが大違さ。その御母堂なるものが偉大なる鼻の所有主《ぬし》でね……」迷亭が半《なか》ば言い懸けると、主人が「おい君、僕はさっきから、あの鼻について俳体詩《はいたいし》を考えているんだがね」と木に竹を接《つ》いだような事を云う。隣の室《へや》で妻君がくすくす笑い出す。「随分君も呑気《のんき》だなあ出来たのかい」「少し出来た。第一句がこの顔に鼻祭りと云うのだ」「それから?」「次がこの鼻に神酒供えというのさ」「次の句は?」「まだそれぎりしか出来ておらん」「面白いですな」と寒月君がにやにや笑う。「次へ穴二つ幽かなりと付けちゃどうだ」と迷亭はすぐ出来る。すると寒月が「奥深く毛も見えずはいけますまいか」と各々《おのおの》出鱈目《でたらめ》を並べていると、垣根に近く、往来で「今戸焼《いまどやき》の狸《たぬき》今戸焼の狸」と四五人わいわい云う声がする。主人も迷亭もちょっと驚ろいて表の方を、垣の隙《すき》からすかして見ると「ワハハハハハ」と笑う声がして遠くへ散る足の音がする。「今戸焼の狸というな何だい」と迷亭が不思議そうに主人に聞く。「何だか分らん」と主人が答える。「なかなか振《ふる》っていますな」と寒月君が批評を加える。迷亭は何を思い出したか急に立ち上って「吾輩は年来美学上の見地からこの鼻について研究した事がございますから、その一斑《いっぱん》を披瀝《ひれき》して、御両君の清聴を煩《わずら》わしたいと思います」と演舌の真似をやる。主人はあまりの突然にぼんやりして無言のまま迷亭を見ている。寒月は「是非承《うけたまわ》りたいものです」と小声で云う。「いろいろ調べて見ましたが鼻の起源はどうも確《しか》と分りません。第一の不審は、もしこれを実用上の道具と仮定すれば穴が二つでたくさんである。何もこんなに横風《おうふう》に真中から突き出して見る必用がないのである。ところがどうしてだんだん御覧のごとく斯様《かよう》にせり出して参ったか」と自分の鼻を抓《つま》んで見せる。「あんまりせり出してもおらんじゃないか」と主人は御世辞のないところを云う。「とにかく引っ込んではおりませんからな。ただ二個の孔《あな》が併《なら》んでいる状体と混同なすっては、誤解を生ずるに至るかも計られませんから、予《あらかじ》め御注意をしておきます。——で愚見によりますと鼻の発達は吾々人間が鼻汁《はな》をかむと申す微細なる行為の結果が自然と蓄積してかく著明なる現象を呈出したものでございます」「佯《いつわ》りのない愚見だ」とまた主人が寸評を挿入《そうにゅう》する。「御承知の通り鼻汁《はな》をかむ時は、是非鼻を抓みます、鼻を抓んで、ことにこの局部だけに刺激を与えますと、進化論の大原則によって、この局部はこの刺激に応ずるがため他に比例して不相当な発達を致します。皮も自然堅くなります、肉も次第に硬《かた》くなります。ついに凝《こ》って骨となります」「それは少し——そう自由に肉が骨に一足飛に変化は出来ますまい」と理学士だけあって寒月君が抗議を申し込む。迷亭は何喰わぬ顔で陳《の》べ続ける。「いや御不審はごもっともですが論より証拠この通り骨があるから仕方がありません。すでに骨が出来る。骨は出来ても鼻汁《はな》は出ますな。出ればかまずにはいられません。この作用で骨の左右が削《けず》り取られて細い高い隆起と変化して参ります——実に恐ろしい作用です。点滴《てんてき》の石を穿《うが》つがごとく、賓頭顱《びんずる》の頭が自《おのず》から光明を放つがごとく、不思議薫不思議臭《ふしぎくんふしぎしゅう》の喩《たとえ》のごとく、斯様《かよう》に鼻筋が通って堅くなります」「それでも君のなんぞ、ぶくぶくだぜ」「演者自身の局部は回護《かいご》の恐れがありますから、わざと論じません。かの金田の御母堂の持たせらるる鼻のごときは、もっとも発達せるもっとも偉大なる天下の珍品として御両君に紹介しておきたいと思います」寒月君は思わずヒヤヤヤと云う。「しかし物も極度に達しますと偉観には相違ございませんが何となく怖《おそろ》しくて近づき難いものであります。あの鼻梁《びりょう》などは素晴しいには違いございませんが、少々峻嶮《しゅんけん》過ぎるかと思われます。古人のうちにてもソクラチス、ゴールドスミスもしくはサッカレーの鼻などは構造の上から云うと随分申し分はございましょうがその申し分のあるところに愛嬌《あいきょう》がございます。鼻高きが故に貴《たっと》からず、奇《き》なるがために貴しとはこの故でもございましょうか。下世話《げせわ》にも鼻より団子と申しますれば美的価値から申しますとまず迷亭くらいのところが適当かと存じます」寒月と主人は「フフフフ」と笑い出す。迷亭自身も愉快そうに笑う。「さてただ今《いま》まで弁じましたのは――」「先生弁じましたは少し講釈師のようで下品ですから、よしていただきましょう」と寒月君は先日の復讐《ふくしゅう》をやる。「さようしからば顔を洗って出直しましょうかな。――ええ――これから鼻と顔の権衡《けんこう》に一言《いちごん》論及したいと思います。他に関係なく単独に鼻論をやりますと、かの御母堂などはどこへ出しても恥ずかしからぬ鼻――鞍馬山《くらまやま》で展覧会があっても恐らく一等賞だろうと思われるくらいな鼻を所有していらせられますが、悲しいかなあれは眼、口、その他の諸先生と何等の相談もなく出来上った鼻であります。ジュリアス・シーザーの鼻は大したものに相違ございません。しかしシーザーの鼻を鋏《はさみ》でちょん切って、当家の猫の顔へ安置したらどんな者でございましょうか。喩《たと》えにも猫の額《ひたい》と云うくらいな地面へ、英雄の鼻柱が突兀《とっこつ》として聳《そび》えたら、碁盤の上へ奈良の大仏を据《す》え付けたようなもので、少しく比例を失するの極、その美的価値を落す事だろうと思います。御母堂の鼻はシーザーのそれのごとく、正《まさ》しく英姿颯爽《えいしさっそう》たる隆起に相違ございません。しかしその周囲を囲繞《いにょう》する顔面的条件は如何《いかが》な者でありましょう。無論当家の猫のごとく劣等ではない。しかし癲癇病《てんかんや》みの御かめのごとく眉《まゆ》の根に八字を刻んで、細い眼を釣るし上げらるるのは事実であります。諸君、この顔にしてこの鼻ありと嘆ぜざるを得んではありませんか」迷亭の言葉が少し途切れる途端《とたん》、裏の方で「まだ鼻の話しをしているんだよ。何てえ剛突《ごうつ》く張《ばり》だろう」と云う声が聞える。「車屋の神さんだ」と主人が迷亭に教えてやる。迷亭はまたやり初める。「計らざる裏手にあたって、新たに異性の傍聴者のある事を発見したのは演者の深く名誉と思うところであります。ことに宛転《えんてん》たる嬌音《きょうおん》をもって、乾燥なる講筵《こうえん》に一点の艶味《えんみ》を添えられたのは実に望外の幸福であります。なるべく通俗的に引き直して佳人淑女《かじんしゅくじょ》の眷顧《けんこ》に背《そむ》かざらん事を期する訳でありますが、これからは少々力学上の問題に立ち入りますので、勢《いきおい》御婦人方には御分りにくいかも知れません、どうか御辛防《ごしんぼう》を願います」寒月君は力学と云う語を聞いてまたにやにやする。「私の証拠立てようとするのは、この鼻とこの顔は到底調和しない。ツァイシングの黄金律を失していると云う事なんで、それを厳格に力学上の公式から演繹《えんえき》して御覧に入れようと云うのであります。まずHを鼻の高さとします。αは鼻と顔の平面の交叉より生ずる角度であります。Wは無論鼻の重量と御承知下さい。どうです大抵お分りになりましたか。……」「分るものか」と主人が云う。「寒月君はどうだい」「私にもちと分りかねますな」「そりゃ困ったな。苦沙弥《くしゃみ》はとにかく、君は理学士だから分るだろうと思ったのに。この式が演説の首脳なんだからこれを略しては今までやった甲斐《かい》がないのだが——まあ仕方がない。公式は略して結論だけ話そう」「結論があるか」と主人が不思議そうに聞く。「当り前さ結論のない演舌は、デザートのない西洋料理のようなものだ、——いいか両君能《よ》く聞き給え、これからが結論だぜ。——さて以上の公式にウィルヒョウ、ワイスマン諸家の説を参酌して考えて見ますと、先天的形体の遺伝は無論の事許さねばなりません。またこの形体に追陪《ついばい》して起る心意的状況は、たとい後天性は遺伝するものにあらずとの有力なる説あるにも関せず、ある程度までは必然の結果と認めねばなりません。従ってかくのごとく身分に不似合なる鼻の持主の生んだ子には、その鼻にも何か異状がある事と察せられます。寒月君などは、まだ年が御若いから金田令嬢の鼻の構造において特別の異状を認められんかも知れませんが、かかる遺伝は潜伏期の長いものでありますから、いつ何時《なんどき》気候の劇変と共に、急に発達して御母堂のそれのごとく、咄嗟《とっさ》の間《かん》に膨脹《ぼうちょう》するかも知れません、それ故にこの御婚儀は、迷亭の学理的論証によりますと、今の中御断念になった方が安全かと思われます、これには当家の御主人は無論の事、そこに寝ておらるる猫又殿《ねこまたどの》にも御異存は無かろうと存じます」主人はようよう起き返って「そりゃ無論さ。あんなものの娘を誰が貰うものか。寒月君もらっちゃいかんよ」と大変熱心に主張する。吾輩もいささか賛成の意を表するためににゃーにゃーと二声ばかり鳴いて見せる。寒月君は別段騒いだ様子もなく「先生方の御意向がそうなら、私は断念してもいいんですが、もし当人がそれを気にして病気にでもなったら罪ですから――」「ハハハハハ艶罪《えんざい》と云う訳《わけ》だ」主人だけは大《おお》いにむきになって「そんな馬鹿があるものか、あいつの娘なら碌《ろく》な者でないに極《きま》ってらあ。初めて人のうちへ来ておれをやり込めに掛った奴だ。傲慢《ごうまん》な奴だ」と独《ひと》りでぷんぷんする。するとまた垣根のそばで三四人が「ワハハハハハ」と云う声がする。一人が「高慢ちきな唐変木《とうへんぼく》だ」と云うと一人が「もっと大きな家《うち》へ這入《はい》りてえだろう」と云う。また一人が「御気の毒だが、いくら威張ったって陰弁慶《かげべんけい》だ」と大きな声をする。主人は椽側《えんがわ》へ出て負けないような声で「やかましい、何だわざわざそんな塀《へい》の下へ来て」と怒鳴《どな》る。「ワハハハハハサヴェジ・チーだ、サヴェジ・チーだ」と口々に罵《のの》しる。主人は大《おお》いに逆鱗《げきりん》の体《てい》で突然起《た》ってステッキを持って、往来へ飛び出す。迷亭は手を拍《う》って「面白い、やれやれ」と云う。寒月は羽織の紐を撚《ひね》ってにやにやする。吾輩は主人のあとを付けて垣の崩れから往来へ出て見たら、真中に主人が手持無沙汰にステッキを突いて立っている。人通りは一人もない、ちょっと狐《きつね》に抓《つま》まれた体《てい》である。

四

例によって金田邸へ忍び込む。

例によってとは今更《いまさら》解釈する必要もない。しばしばを自乗《じじょう》したほどの度合を示す語《ことば》である。一度やった事は二度やりたいもので、二度試みた事は三度試みたいのは人間にのみ限らるる好奇心ではない、猫といえどもこの心理的特権を有してこの世界に生れ出でたものと認定していただかねばならぬ。三度以上繰返す時始めて習慣なる語を冠せられて、この行為が生活上の必要と進化するのもまた人間と相違はない。何のために、かくまで足繁《あししげ》く金田邸へ通うのかと不審を起すならその前にちょっと人間に反問したい事がある。なぜ人間は口から煙を吸い込んで鼻から吐き出すのであるか、腹の足《た》しにも血の道の薬にもならないものを、恥《はず》かし気《げ》もなく吐呑《とどん》して憚《はば》からざる以上は、吾輩が金田に出入《しゅつにゅう》するのを、あまり大きな声で咎《とが》め立《だ》てをして貰いたくない。金田邸は吾輩の煙草《たばこ》である。

忍び込むと云うと語弊がある、何だか泥棒か間男《まおとこ》のようで聞き苦しい。吾輩が金田邸へ行くのは、招待こそ受けないが、決して鰹《かつお》の切身《きりみ》をちょろまかしたり、眼鼻が顔の中心に痙攣的《けいれんてき》に密着している狆《ちん》君などと密談するためではない。——何探偵?——もってのほかの事である。およそ世の中に何が賤《いや》しい家業《かぎょう》だと云って探偵と高利貸ほど下等な職はないと思っている。なるほど寒月君のために猫にあるまじきほどの義侠心《ぎきょうしん》を起して、一度《ひとたび》は金田家の動静を余所《よそ》ながら窺《うかが》った事はあるが、それはただの一遍で、その後は決して猫の良心に恥ずるような陋劣《ろうれつ》な振舞を致した事はない。——そんなら、なぜ忍び込むと云《い》うような胡乱《うろん》な文字を使用した？――さあ、それがすこぶる意味のある事だて。元来吾輩の考によると大空《たいくう》は万物を覆《おお》うため大地は万物を載《の》せるために出来ている――いかに執拗《しつよう》な議論を好む人間でもこの事実を否定する訳には行くまい。さてこの大空大地《たいくうだいち》を製造するために彼等人類はどのくらいの労力を費《つい》やしているかと云うと尺寸《せきすん》の手伝もしておらぬではないか。自分が製造しておらぬものを自分の所有と極《き》める法はなかろう。自分の所有と極めても差《さ》し支《つか》えないが他の出入《しゅつにゅう》を禁ずる理由はあるまい。この茫々《ぼうぼう》たる大地を、小賢《こざか》しくも垣を囲《めぐ》らし棒杭《ぼうぐい》を立てて某々所有地などと劃《かく》し限るのはあたかもかの蒼天《そうてん》に縄張《なわばり》して、この部分は我《われ》の天、あの部分は彼《かれ》の天と届け出るような者だ。もし土地を切り刻んで一坪いくらの所有権を売買するなら我等が呼吸する空気を一尺立方に割って切売をしても善い訳である。空気の切売が出来ず、空の縄張が不当なら地面の私有も不合理ではないか。如是観《にょぜかん》によりて、如是法《にょぜほう》を信じている吾輩はそれだからどこへでも這入《はい》って行く。もっとも行きたくない処へは行かぬが、志す方角へは東西南北の差別は入らぬ、平気な顔をして、のそのそと参る。金田ごときものに遠慮をする訳がない。――しかし猫の悲しさは力ずくでは到底《とうてい》人間には叶《かな》わない。強勢は権利なりとの格言さえあるこの浮世に存在する以上は、いかにこっちに道理があっても猫の議論は通らない。無理に通そうとすると車屋の黒のごとく不意に肴屋《さかなや》の天秤棒《てんびんぼう》を喰《くら》う恐れがある。理はこっちにあるが権力は向うにあると云う場合に、理を曲げて一も二もなく屈従するか、または権力の目を掠《かす》めて我理を貫くかと云えば、吾輩は無論後者を択《えら》ぶのである。天秤棒は避けざるべからざるが故に、忍ばざるべからず。人の邸内へは這入り込んで差支《さしつか》えなき故込まざるを得ず。この故に吾輩は金田邸へ忍び込むのである。

忍び込む度《ど》が重なるにつけ、探偵をする気はないが自然金田君一家の事情が見たくもない吾輩の眼に映じて覚えたくもない吾輩の脳裏《のうり》に印象を留《とど》むるに至るのはやむを得ない。鼻子夫人が顔を洗うたんびに念を入れて鼻だけ拭く事や、富子令嬢が阿倍川餅《あべかわもち》を無暗《むやみ》に召し上がらるる事や、それから金田君自身が――金田君は妻君に似合わず鼻の低い男である。単に鼻のみではない、顔全体が低い。小供の時分喧嘩をして、餓鬼大将《がきだいしょう》のために頸筋《くびすじ》を捉《つら》まえられて、うんと精一杯に土塀《どべい》へ圧《お》し付けられた時の顔が四十年後の今日《こんにち》まで、因果《いんが》をなしておりはせぬかと怪《あや》しまるるくらい平坦な顔である。至極《しごく》穏かで危険のない顔には相違ないが、何となく変化に乏しい。いくら怒《おこ》っても平《たい》らかな顔である。――その金田君が鮪《まぐろ》の刺身《さしみ》を食って自分で自分の禿頭《はげあたま》をぴちゃぴちゃ叩《たた》く事や、それから顔が低いばかりでなく背が低いので、無暗に高い帽子と高い下駄を穿《は》く事や、それを車夫がおかしがって書生に話す事や、書生がなるほど君の観察は機敏だと感心する事や、――一々数え切れない。

近頃は勝手口の横を庭へ通り抜けて、築山《つきやま》の陰から向うを見渡して障子が立て切って物静かであるなと見極めがつくと、徐々《そろそろ》上り込む。もし人声が賑《にぎや》かであるか、座敷から見透《みす》かさるる恐れがあると思えば池を東へ廻って雪隠《せっいん》の横から知らぬ間《ま》に椽《えん》の下へ出る。悪い事をした覚《おぼえ》はないから何も隠れる事も、恐れる事もないのだが、そこが人間と云う無法者に逢っては不運と諦《あきら》めるより仕方がないので、もし世間が熊坂長範《くまさかちょうはん》ばかりになったらいかなる盛徳の君子もやはり吾輩のような態度に出ずるであろう。金田君は堂々たる実業家であるから固《もと》より熊坂長範のように五尺三寸を振り廻す気遣《きづかい》はあるまいが、承《うけたまわ》る処によれば人を人と思わぬ病気があるそうである。人を人と思わないくらいなら猫を猫とも思うまい。して見れば猫たるものはいかなる盛徳の猫でも彼の邸内で決して油断は出来ぬ訳《わけ》である。しかしその油断の出来ぬところが吾輩にはちょっと面白いので、吾輩がかくまでに金田家の門を出入《しゅつにゅう》するのも、ただこの危険が冒《おか》して見たいばかりかも知れぬ。それは追って篤《とく》と考えた上、猫の脳裏《のうり》を残りなく解剖し得た時改めて御吹聴仕《ごふいちょうつかまつ》ろう。

今日はどんな模様だなと、例の築山の芝生《しばふ》の上に顎《あご》を押しつけて前面を見渡すと十五畳の客間を弥生《やよい》の春に明け放って、中には金田夫婦と一人の来客との御話最中《おはなしさいちゅう》である。生憎《あいにく》鼻子夫人の鼻がこっちを向いて池越しに吾輩の額の上を正面から睨《にら》め付けている。鼻に睨まれたのは生れて今日が始めてである。金田君は幸い横顔を向けて客と相対しているから例の平坦な部分は半分かくれて見えぬが、その代り鼻の在所《ありか》が判然しない。ただ胡麻塩《ごましお》色の口髯《くちひげ》が好い加減な所から乱雑に茂生《もせい》しているので、あの上に孔《あな》が二つあるはずだと結論だけは苦もなく出来る。春風《はるかぜ》もああ云う滑《なめら》かな顔ばかり吹いていたら定めて楽《らく》だろうと、ついでながら想像を逞《たくま》しゅうして見た。御客さんは三人の中《うち》で一番普通な容貌《ようぼう》を有している。ただし普通なだけに、これぞと取り立てて紹介するに足るような雑作《ぞうさく》は一つもない。普通と云うと結構なようだが、普通の極《きょく》平凡の堂に上《のぼ》り、庸俗の室に入《い》ったのはむしろ憫然《びんぜん》の至りだ。かかる無意味な面構《つらがまえ》を有すべき宿命を帯びて明治の昭代《しょうだい》に生れて来たのは誰だろう。例のごとく椽の下まで行ってその談話を承わらなくては分らぬ。

「……それで妻《さい》がわざわざあの男の所まで出掛けて行って容子《ようす》を聞いたんだがね……」と金田君は例のごとく横風《おうふう》な言葉使である。横風ではあるが毫《ごう》も峻嶮《しゅんけん》なところがない。言語も彼の顔面のごとく平板尨大《へいばんぼうだい》である。

「なるほどあの男が水島さんを教えた事がございますので——なるほど、よい御思い付きで——なるほど」となるほどずくめのは御客さんである。

「ところが何だか要領を得んので」

「ええ苦沙弥《くしゃみ》じゃ要領を得ない訳《わけ》で——あの男は私がいっしょに下宿をしている時分から実に煮《に》え切らない——そりゃ御困りでございましたろう」と御客さんは鼻子夫人の方を向く。

「困るの、困らないのってあなた、私《わた》しゃこの年になるまで人のうちへ行って、あんな不取扱《ふとりあつかい》を受けた事はありゃしません」と鼻子は例によって鼻嵐を吹く。

「何か無礼な事でも申しましたか、昔《むか》しから頑固《がんこ》な性分で——何しろ十年一日のごとくリードル専門の教師をしているのでも大体御分りになりましょう」と御客さんは体《てい》よく調子を合せている。

「いや御話しにもならんくらいで、妻《さい》が何か聞くとまるで剣もほろろの挨拶だそうで……」

「それは怪《け》しからん訳で——一体少し学問をしているとかく慢心が萌《きざ》すもので、その上貧乏をすると負け惜しみが出ますから——いえ世の中には随分無法な奴がおりますよ。自分の働きのないのにゃ気が付かないで、無暗《むやみ》に財産のあるものに喰って掛るなんてえのが——まるで彼等の財産でも捲《ま》き上げたような気分ですから驚きますよ、あははは」と御客さんは大恐悦の体《てい》である。

「いや、まことに言語同断《ごんごどうだん》で、ああ云うのは必竟《ひっきょう》世間見ずの我儘《わがまま》から起るのだから、ちっと懲《こ》らしめのためにいじめてやるが好かろうと思って、少し当ってやったよ」

「なるほどそれでは大分《だいぶ》答えましたろう、全く本人のためにもなる事ですから」と御客さんはいかなる当り方か承《うけたまわ》らぬ先からすでに金田君に同意している。

「ところが鈴木さん、まあなんて頑固な男なんでしょう。学校へ出ても福地《ふくち》さんや、津木《つき》さんには口も利《き》かないんだそうです。恐れ入って黙っているのかと思ったらこの間は罪もない、宅《たく》の書生をステッキを持って追っ懸けたってんです――三十面《づら》さげて、よく、まあ、そんな馬鹿な真似が出来たもんじゃありませんか、全くやけで少し気が変になってるんですよ」

「へえどうしてまたそんな乱暴な事をやったんで……」とこれには、さすがの御客さんも少し不審を起したと見える。

「なあに、ただあの男の前を何とか云って通ったんだそうです、すると、いきなり、ステッキを持って跣足《はだし》で飛び出して来たんだそうです。よしんば、ちっとやそっと、何か云ったって小供じゃありませんか、髯面《ひげづら》の大僧《おおぞう》の癖にしかも教師じゃありませんか」

「さよう教師ですからな」と御客さんが云うと、金田君も「教師だからな」と云う。教師たる以上はいかなる侮辱を受けても木像のようにおとなしくしておらねばならぬとはこの三人の期せずして一致した論点と見える。

「それに、あの迷亭って男はよっぽど酔興人《すいきょうじん》ですね。役にも立たない嘘《うそ》八百を並べ立てて。私《わた》しゃあんな変梃《へんてこ》な人にゃ初めて逢いましたよ」

「ああ迷亭ですか、あいかわらず法螺《ほら》を吹くと見えますね。やはり苦沙弥の所で御逢いになったんですか。

あれに掛っちゃたまりません。あれも昔《むか》し自炊の仲間でしたがあんまり人を馬鹿にするものですから能《よ》く喧嘩をしましたよ」

「誰だって怒りまさあね、あんなじゃ。そりゃ嘘をつくのも宜《よ》うござんしょうさ、ね、義理が悪るいとか、ばつを合せなくっちゃあならないとか――そんな時には誰しも心にない事を云うもんでさあ。しかしあの男のは吐《つ》かなくってすむのに矢鱈《やたら》に吐くんだから始末に了《お》えないじゃありませんか。何が欲しくって、あんな出鱈目《でたらめ》を――よくまあ、しらじらしく云えると思いますよ」

「ごもっともで、全く道楽からくる嘘だから困ります」

「せっかくあなた真面目に聞きに行った水島の事も滅茶滅茶《めちゃめちゃ》になってしまいました。私《わたし》ゃ剛腹《ごうはら》で忌々《いまいま》しくって――それでも義理は義理でさあ、人のうちへ物を聞きに行って知らん顔の半兵衛もあんまりですから、後《あと》で車夫にビールを一ダース持たせてやったんです。ところがあなたどうでしょう。こんなものを受取る理由がない、持って帰れって云うんだそうで。いえ御礼だから、どうか御取り下さいって車夫が云ったら――悪《に》くいじゃありませんか、俺はジャムは毎日舐《な》めるがビールのような苦《にが》い者は飲んだ事がないって、ふいと奥へ這入《はい》ってしまったって――言い草に事を欠いて、まあどうでしょう、失礼じゃありませんか」

「そりゃ、ひどい」と御客さんも今度は本気に苛《ひど》いと感じたらしい。

「そこで今日わざわざ君を招いたのだがね」としばらく途切れて金田君の声が聞える。「そんな馬鹿者は陰から、からかってさえいればすむようなものの、少々それでも困る事があるじゃて……」と鮪《まぐろ》の刺身を食う時のごとく禿頭《はげあたま》をぴちゃぴちゃ叩《たた》く。もっとも吾輩は椽《えん》の下にいるから実際叩いたか叩かないか見えようはずがないが、この禿頭の音は近来大分《だいぶ》聞馴れている。比丘尼《びくに》が木魚の音を聞き分けるごとく、椽の下からでも音さえたしかであればすぐ禿頭だなと出所《しゅっしょ》を鑑定する事が出来る。「そこでちょっと君を煩《わずら》わしたいと思ってな……」

「私に出来ます事なら何でも御遠慮なくどうか――今度東京勤務と云う事になりましたのも全くいろいろ御心配を掛けた結果にほかならん訳でありますから」と御客さんは快よく金田君の依頼を承諾する。この口調《くちょう》で見るとこの御客さんはやはり金田君の世話になる人と見える。いやだんだん事件が面白く発展してくるな、今日はあまり天気が宜《い》いので、来る気もなしに来たのであるが、こう云う好材料を得《え》ようとは全く思い掛《が》けなんだ。御彼岸《おひがん》にお寺詣《てらまい》りをして偶然方丈《ほうじょう》で牡丹餅《ぼたもち》の御馳走になるような者だ。金田君はどんな事を客人に依頼するかなと、椽の下から耳を澄して聞いている。

「あの苦沙弥と云う変物《へんぶつ》が、どう云う訳か水島に入《い》れ智慧《ぢえ》をするので、あの金田の娘を貰っては行《い》かんなどとほのめかすそうだ――なあ鼻子そうだな」

「ほのめかすどころじゃないんです。あんな奴の娘を貰う馬鹿がどこの国にあるものか、寒月君決して貰っちゃいかんよって云うんです」

「あんな奴とは何だ失敬な、そんな乱暴な事を云ったのか」

「云ったどころじゃありません、ちゃんと車屋の神さんが知らせに来てくれたんです」

「鈴木君どうだい、御聞の通りの次第さ、随分厄介だろうが?」

「困りますね、ほかの事と違って、こう云う事には他人が妄《みだ》りに容喙《ようかい》するべきはずの者ではありませんからな。そのくらいな事はいかな苦沙弥でも心得ているはずですが。一体どうした訳なんでしょう」

「それでの、君は学生時代から苦沙弥と同宿をしていて、今はとにかく、昔は親密な間柄であったそうだから御依頼するのだが、君当人に逢ってな、よく利害を諭《さと》して見てくれんか。何か怒《おこ》っているかも知れんが、怒るのは向《むこう》が悪《わ》るいからで、先方がおとなしくしてさえいれば一身上の便宜も充分計ってやるし、気に障《さ》わるような事もやめてやる。しかし向が向ならこっちもこっちと云う気になるからな――つまりそんな我《が》を張るのは当人の損だからな」

「ええ全くおっしゃる通り愚《ぐ》な抵抗をするのは本人の損になるばかりで何の益もない事ですから、善く申し聞けましょう」

「それから娘はいろいろと申し込もある事だから、必ず水島にやると極《き》める訳にも行かんが、だんだん聞いて見ると学問も人物も悪くもないようだから、もし当人が勉強して近い内に博士にでもなったらあいはもらう事が出来るかも知れんくらいはそれとなくほのめかしても構わん」

「そう云ってやったら当人も励《はげ》みになって勉強する事でしょう。宜《よろ》しゅうございます」

「それから、あの妙な事だが――水島にも似合わん事だと思うが、あの変物《へんぶつ》の苦沙弥を先生先生と云って苦沙弥の云う事は大抵聞く様子だから困る。なにそりゃ何も水島に限る訳では無論ないのだから苦沙弥が何と云って邪魔をしようと、わしの方は別に差支《さしつか》えもせんが……」

「水島さんが可哀そうですからね」と鼻子夫人が口を出す。

「水島と云ぅ人には逢った事もございませんが、とにかくこちらと御縁組が出来れば生涯《しょうがい》の幸福で、本人は無論異存はないのでしょう」

「ええ水島さんは貰いたがっているんですが、苦沙弥だの迷亭だのって変り者が何だとか、かんだとか云うものですから」

「そりゃ、善くない事で、相当の教育のあるものにも似合わん所作《しょさ》ですな。よく私が苦沙弥の所へ参って談じましょう」

「ああ、どうか、御面倒でも、一つ願いたい。それから実は水島の事も苦沙弥が一番詳《くわ》しいのだがせんだって妻《さい》が行った時は今の始末で碌々《ろくろく》聞く事も出来なかった訳だから、君から今一応本人の性行学才等をよく聞いて貰いたいて」

「かしこまりました。今日は土曜ですからこれから廻ったら、もう帰っておりましょう。近頃はどこに住んでおりますか知らん」

「ここの前を右へ突き当って、左へ一丁ばかり行くと崩れかかった黒塀のあるうちです」と鼻子が教える。

「それじゃ、つい近所ですな。訳はありません。帰りにちょっと寄って見ましょう。なあに、大体分りましょう標札《ひょうさつ》を見れば」

「標札はあるときと、ないときとありますよ。名刺を御饌粒《ごぜんつぶ》で門へ貼《は》り付けるのでしょう。雨がふると剥《は》がれてしまいましょう。すると御天気の日にまた貼り付けるのです。だから標札は当《あて》にゃなりませんよ。あんな面倒臭い事をするよりせめて木札《きふだ》でも懸けたらよさそうなもんですがねえ。ほんとうにどこまでも気の知れない人ですよ」

「どうも驚きますな。しかし崩れた黒塀のうちと聞いたら大概分るでしょう」

「ええあんな汚ないうちは町内に一軒しかないから、すぐ分りますよ。あ、そうそれで分らなければ、好い事がある。何でも屋根に草が生《は》えたうちを探して行けば間違っこありませんよ」

「よほど特色のある家《いえ》ですなアハハハハ」

　鈴木君が御光来になる前に帰らないと、少し都合が悪い。談話もこれだけ聞けば大丈夫沢山である。椽《えん》の下を伝わって雪隠《せついん》を西へ廻って築山《つきやま》の陰から往来へ出て、急ぎ足で屋根に草の生えているうちへ帰って来て何喰わぬ顔をして座敷の椽へ廻る。

　主人は椽側へ白毛布《しろげっと》を敷いて、腹這《はらばい》になって麗《うらら》かな春日《はるび》に甲羅《こうら》を干している。太陽の光線は存外公平なもので屋根にペンペン草の目標のある陋屋《ろうおく》でも、金田君の客間のごとく陽気に暖かそうであるが、気の毒な事には毛布《けっと》だけが春らしくない。製造元では白のつもりで織り出して、唐物屋《とうぶつや》でも白の気で売り捌《さば》いたのみならず、主人も白と云う注文で買って来たのであるが――何しろ十二三年以前の事だから白の時代はとくに通り越してただ今は濃灰色《のうかいしょく》なる変色の時期に遭遇《そうぐう》しつつある。この時期を経過して他の暗黒色に化けるまで毛布の命が続くかどうだかは、疑問である。今でもすでに万遍なく擦《す》り切れて、竪横《たてよこ》の筋は明かに読まれるくらいだから、毛布と称するのはもはや僭上《せんじょう》の沙汰であって、毛の字は省《はぶ》いて単にットとでも申すのが適当である。しかし主人の考えでは一年持ち、二年持ち、五年持ち十年持った以上は生涯《しょうがい》持たねばならぬと思っているらしい。随分呑気《のんき》な事である。さてその因縁《いんねん》のある毛布《けっと》の上へ前《ぜん》申す通り腹這になって何をしているかと思うと両手で出張った顋《あご》を支えて、右手の指の股に巻煙草《まきたばこ》を挟んでいる。ただそれだけである。もっとも彼がフケだらけの頭の裏《うち》には宇宙の大真理が火の車のごとく廻転しつつあるかも知れないが、外部から拝見したところでは、そんな事とは夢にも思えない。

煙草の火はだんだん吸口の方へ逼《せま》って、一寸《いっすん》ばかり燃え尽した灰の棒がぱたりと毛布の上に落つるのも構わず主人は一生懸命に煙草から立ち上《のぼ》る煙の行末を見詰めている。その煙りは春風に浮きつ沈みつ、流れる輪を幾重《いくえ》にも描いて、紫深き細君の洗髪《あらいがみ》の根本へ吹き寄せつつある。――おや、細君の事を話しておくはずだった。忘れていた。

細君は主人に尻《しり》を向けて――なに失礼な細君だ？　別に失礼な事はないさ。礼も非礼も相互の解釈次第でどうでもなる事だ。主人は平気で細君の尻のところへ頬杖《ほおづえ》を突き、細君は平気で主人の顔の先へ荘厳《そうごん》なる尻を据《す》えたまでの事で無礼も糸瓜《へちま》もないのである。御両人は結婚後一ヵ年も立たぬ間《ま》に礼儀作法などと窮屈な境遇を脱却せられた超然的夫婦である。――さてかくのごとく主人に尻を向けた細君はどう云う了見《りょうけん》か、今日の天気に乗じて、尺に余る緑の黒髪を、麩海苔《ふのり》と生卵でゴシゴシ洗濯せられた者と見えて癖のない奴を、見よがしに肩から背へ振りかけて、無言のまま小供の袖なしを熱心に縫っている。実はその洗髪を乾かすために唐縮緬《とうちりめん》の布団《ふとん》と針箱を椽側《えんがわ》へ出して、恭《うやうや》しく主人に尻を向けたのである。あるいは主人の方で尻のある見当《けんとう》へ顔を持って来たのかも知れない。そこで先刻御話しをした煙草《たばこ》の煙りが、豊かに靡《なび》く黒髪の間に流れ流れて、時ならぬ陽炎《かげろう》の燃えるところを主人は余念もなく眺めている。しかしながら煙は固《もと》より一所《いっしょ》に停《とど》まるものではない、その性質として上へ上へと立ち登るのだから主人の眼もこの煙りの髪毛《かみげ》と縺《もつ》れ合う奇観を落ちなく見ようとすれば、是非共眼を動かさなければならない。主人はまず腰の辺から観察を始めて徐々《じょじょ》と背中を伝《つた》って、肩から頸筋《くびすじ》に掛ったが、それを通り過ぎてようよう脳天に達した時、覚えずあっと驚いた。――主人が偕老同穴《かいろうどうけつ》を契《ちぎ》った夫人の脳天の真中には真丸《まんまる》な大きな禿《はげ》がある。しかもその禿が暖かい日光を反射して、今や時を得顔に輝いている。思わざる辺《へん》にこの不思議な大発見をなした時の主人の眼は眩《まば》ゆい中に充分の驚きを示して、烈しい光線で瞳孔《どうこう》の開くのも構わず一心不乱に見つめている。主人がこの禿を見た時、第一彼の脳裏《のうり》に浮んだのはかの家《いえ》伝来の仏壇に幾世となく飾り付けられたる御灯明皿《おとうみょうざら》である。彼の一家《いっけ》は真宗で、真宗では仏壇に身分不相応な金を掛けるのが古例である。主人は幼少の時その家の倉の中に、薄暗く飾り付けられたる金箔《きんぱく》厚き厨子《ずし》があって、その厨子の中にはいつでも真鍮《しんちゅう》の灯明皿がぶら下って、その灯明皿には昼でもぼんやりした灯《ひ》がついていた事を記憶している。周囲が暗い中にこの灯明皿が比較的明瞭に輝やいていたので小供心にこの灯を何遍となく見た時の印象が細君の禿に喚《よ》び起されて突然飛び出したものであろう。灯明皿は一分立たぬ間《ま》に消えた。この度《たび》は観音様《かんのんさま》の鳩の事を思い出す。観音様の鳩と細君の禿とは何等の関係もないようであるが、主人の頭では二つの間に密接な聯想がある。同じく小供の時分に浅草へ行くと必ず鳩に豆を買ってやった。豆は一皿が文久《ぶんきゅう》二つで、赤い土器《かわらけ》へ這入《はい》っていた。その土器《かわらけ》が、色と云い大《おお》きさと云いこの禿によく似ている。

「なるほど似ているな」と主人が、さも感心したらしく云うと「何がです」と細君は見向きもしない。

「何だって、御前の頭にゃ大きな禿があるぜ。知ってるか」

「ええ」と細君は依然として仕事の手をやめずに答える。別段露見を恐れた様子もない。超然たる模範妻君である。

「嫁にくるときからあるのか、結婚後新たに出来たのか」と主人が聞く。もし嫁にくる前から禿げているなら欺《だま》されたのであると口へは出さないが心の中《うち》で思う。

「いつ出来たんだか覚えちゃいませんわ、禿なんざどうだって宜《い》いじゃありませんか」と大《おお》に悟ったものである。

「どうだって宜いって、自分の頭じゃないか」と主人は少々怒気を帯びている。

「自分の頭だから、どうだって宜《い》いんだわ」と云ったが、さすが少しは気になると見えて、右の手を頭に乗せて、くるくる禿を撫《な》でて見る。「おや大分《だいぶ》大きくなった事、こんなじゃ無いと思っていた」と言ったところをもって見ると、年に合わして禿があまり大き過ぎると云う事をようやく自覚したらしい。

「女は髷《まげ》に結《ゆ》うと、ここが釣れますから誰でも禿げるんですわ」と少しく弁護しだす。

「そんな速度で、みんな禿げたら、四十くらいになれば、から薬缶《やかん》ばかり出来なければならん。そりゃ病気に違いない。伝染するかも知れん、今のうち早く甘木さんに見て貰え」と主人はしきりに自分の頭を撫《な》で廻して見る。

「そんなに人の事をおっしゃるが、あなただって鼻の孔《あな》へ白髪《しらが》が生《は》えてるじゃありませんか。禿が伝染するなら白髪だって伝染しますわ」と細君少々ぷりぷりする。

「鼻の中の白髪は見えんから害はないが、脳天が——ことに若い女の脳天がそんなに禿げちゃ見苦しい。

「不具《かたわ》なら、なぜ御貰いになったのです。御自分が好きで貰っておいて不具《かたわ》だなんて……」

不具《かたわ》だ」

「知らなかったからさ。全く今日《きょう》まで知らなかったんだ。そんなに威張るなら、なぜ嫁に来る時頭を見せなかったんだ」

「馬鹿な事を！　どこの国に頭の試験をして及第したら嫁にくるなんて、ものが在るもんですか」

「禿はまあ我慢もするが、御前は背《せ》いが人並外《はず》れて低い。はなはだ見苦しくていかん」

「背いは見ればすぐ分るじゃありませんか、背《せい》の低いのは最初から承知で御貰いになったんじゃありませんか」

「それは承知さ、承知には相違ないがまだ延びるかと思ったから貰ったのさ」

「廿《はたち》にもなって背《せ》いが延びるなんて――あなたもよっぽど人を馬鹿になさるのね」と細君は袖《そで》なしを抛《ほう》り出して主人の方に捩《ね》じ向く。返答次第ではその分にはすまさんと云う権幕《けんまく》である。

「廿《はたち》になったって背いが延びてならんと云う法はあるまい。嫁に来てから滋養分でも食わしたら、少しは延びる見込みがあると思ったんだ」と真面目な顔をして妙な理窟《りくつ》を述べていると門口《かどぐち》のベルが勢《いきお》よく鳴り立てて頼むと云う大きな声がする。いよいよ鈴木君がペンペン草を目的《めあて》に苦沙弥《くしゃみ》先生の臥竜窟《がりょうくつ》を尋ねあてたと見える。

　細君は喧嘩を後日に譲って、倉皇《そうこう》針箱と袖なしを抱《かか》えて茶の間へ逃げ込む。主人は鼠色の毛布《けっと》を丸めて書斎へ投げ込む。やがて下女が持って来た名刺を見て、主人はちょっと驚ろいたような顔付であったが、こちらへ御通し申してと言い棄てて、名刺を握ったまま後架《こうか》へ這入《はい》った。何のために後架へ急に這入ったか一向要領を得ん、何のために鈴木藤十郎《すずきとうじゅうろう》君の名刺を後架まで持って行ったのかなおさら説明に苦しむ。とにかく迷惑なのは臭い所へ随行を命ぜられた名刺君である。

下女が更紗《さらさ》の座布団を床《とこ》の前へ直して、どうぞこれへと引き下がった、跡《あと》で、鈴木君は一応室内を見廻わす。床に掛けた花開万国春《はなひらくばんこくのはる》とある木菴《もくあん》の贋物《にせもの》や、京製の安青磁《やすせいじ》に活《い》けた彼岸桜《ひがんざくら》などを一々順番に点検したあとで、ふと下女の勧めた布団の上を見るといつの間《ま》にか一疋《ぴき》の猫がすまして坐っている。申すまでもなくそれはかく申す吾輩である。この時鈴木君の胸のうちにちょっとの間顔色にも出ぬほどの風波が起った。この布団は疑いもなく鈴木君のために敷かれたものである。自分のために敷かれた布団の上に自分が乗らぬ先から、断りもなく妙な動物が平然と蹲踞《そんきょ》している。これが鈴木君の心の平均を破る第一の条件である。もしこの布団が勧められたまま、主《ぬし》なくして春風の吹くに任せてあったなら、鈴木君はわざと謙遜《けんそん》の意を表《ひょう》して、主人がさあどうぞと云うまでは堅い畳の上で我慢していたかも知れない。しかし早晩自分の所有すべき布団の上に挨拶もなく乗ったものは誰であろう。人間なら譲る事もあろうが猫とは怪《け》しからん。乗り手が猫であると云うのが一段と不愉快を感ぜしめる。これが鈴木君の心の平均を破る第二の条件である。最後にその猫の態度がもっとも癪《しゃく》に障る。少しは気の毒そうにでもしている事か、乗る権利もない布団の上に、傲然《ごうぜん》と構えて、丸い無愛嬌《ぶあいきょう》な眼をぱちつかせて、御前は誰だいと云わぬばかりに鈴木君の顔を見つめている。これが平均を破壊する第三の条件である。これほど不平があるなら、吾輩の頸根《くびね》っこを捉《とら》えて引きずり卸したら宜《よ》さそうなものだが、鈴木君はだまって見ている。

堂々たる人間が猫に恐れて手出しをせぬと云う事は有ろうはずがないのに、なぜ早く吾輩を処分して自分の不平を洩《も》らさないかと云うと、これは全く鈴木君が一個の人間として自己の体面を維持する自重心の故であると察せらるる。もし腕力に訴えたなら三尺の童子も吾輩を自由に上下し得るであろうが、体面を重んずる点より考えるといかに金田君の股肱《ここう》たる鈴木藤十郎その人もこの二尺四方の真中に鎮座まします猫大明神を如何《いかん》ともする事が出来ぬのである。いかに人の見ていぬ場所でも、猫と座席争いをしたとあってはいささか人間の威厳に関する。真面目に猫を相手にして曲直《きょくちょく》を争うのはいかにも大人気《おとなげ》ない。滑稽である。この不名誉を避けるためには多少の不便は忍ばねばならぬ。しかし忍ばねばならぬだけそれだけ猫に対する憎悪《ぞうお》の念は増す訳であるから、鈴木君は時々吾輩の顔を見ては苦《にが》い顔をする。吾輩は鈴木君の不平な顔を拝見するのが面白いから滑稽の念を抑《おさ》えてなるべく何喰わぬ顔をしている。

吾輩と鈴木君の間に、かくのごとき無言劇が行われつつある間に主人は衣紋《えもん》をつくろって後架《こうか》から出て来て「やあ」と席に着いたが、手に持っていた名刺の影さえ見えぬところをもって見ると、鈴木藤十郎君の名前は臭い所へ無期徒刑に処せられたものと見える。名刺こそ飛んだ厄運《やくうん》に際会したものだと思う間《ま》もなく、主人はこの野郎と吾輩の襟《えり》がみを攫《つか》んでえいとばかりに椽側《えんがわ》へ擲《たた》きつけた。

「さあ敷きたまえ。珍らしいな。いつ東京へ出て来た」と主人は旧友に向って布団を勧める。鈴木君はちょっとこれを裏返した上で、それへ坐る。

「ついまだ忙がしいものだから報知もしなかったが、実はこの間から東京の本社の方へ帰るようになってね……」

「それは結構だ、大分《だいぶ》長く逢わなかったな。君が田舎《いなか》へ行ってから、始めてじゃないか」

「うん、もう十年近くになるね。なにその後時々東京へは出て来る事もあるんだが、つい用事が多いもんだから、いつでも失敬するような訳さ。悪《わ》るく思ってくれたもうな。会社の方は君の職業とは違って随分忙がしいんだから」

「十年立つうちには大分違うもんだな」と主人は鈴木君を見上げたり見下ろしたりしている。鈴木君は頭を美麗《きれい》に分けて、英国仕立のトウィードを着て、派手な襟飾《えりかざ》りをして、胸に金鎖りさえピカつかせている体裁、どうしても苦沙弥《くしゃみ》君の旧友とは思えない。

「うん、こんな物までぶら下げなくちゃ、ならんようになってね」と鈴木君はしきりに金鎖りを気にして見せる。

「そりゃ本ものかい」と主人は無作法《ぶさほう》な質問をかける。

「十八金だよ」と鈴木君は笑いながら答えたが「君も大分年を取ったね。たしか小供があるはずだったが一人かい」

「いいや」

「二人？」

「いいや」

「まだあるのか、じゃ三人か」

「うん三人ある。この先幾人《いくにん》出来るか分らん」

「相変らず気楽な事を云ってるぜ。一番大きいのはいくつになるかね、もうよっぽどだろう」

「うん、いくつか能《よ》く知らんが大方《おおかた》六つか、七つかだろう」

「ハハハ教師は呑気《のんき》でいいな。僕も教員にでもなれば善かった」

「なって見ろ、三日で嫌《いや》になるから」

「そうかな、何だか上品で、気楽で、閑暇《ひま》があって、すきな勉強が出来て、よさそうじゃないか。実業家も悪くもないが我々のうちは駄目だ。実業家になるならずっと上にならなくっちゃいかん。下の方になるとやはりつまらん御世辞を振り撒《ま》いたり、好かん猪口《ちょこ》をいただきに出たり随分愚《ぐ》なもんだよ」

「僕は実業家は学校時代から大嫌だ。金さえ取れれば何でもする、昔で云えば素町人《すちょうにん》だからな」と実業家を前に控《ひか》えて太平楽を並べる。

「まさか――そうばかりも云えんがね、少しは下品なところもあるのさ、とにかく金《かね》と情死《しんじゅう》をする覚悟でなければやり通せないから――ところがその金と云う奴が曲者《くせもの》で、――今もある実業家の所へ行って聞いて来たんだが、金を作るにも三角術を使わなくちゃいけないと云うのさ――義理をかく、人情をかく、恥をかくこれで三角になるそうだ面白いじゃないかアハハハハ」

「誰だそんな馬鹿は」

「馬鹿じゃない、なかなか利口な男なんだよ、実業界でちょっと有名だがね、君知らんかしら、ついこの先の横丁にいるんだが」

「金田か？　何《な》んだあんな奴」

「大変怒ってるね。なあに、そりゃ、ほんの冗談《じょうだん》だろうがね、そのくらいにせんと金は溜らんと云う喩《たとえ》さ。君のようにそう真面目に解釈しちゃ困る」

「三角術は冗談でもいいが、あすこの女房の鼻はなんだ。君行ったんなら見て来たろう、あの鼻を」

「細君か、細君はなかなかさばけた人だ」

「鼻だよ、大きな鼻の事を云ってるんだ。せんだって僕はあの鼻について俳体詩《はいたいし》を作ったがね」

「何だい俳体詩と云うのは」

「俳体詩を知らないのか、君も随分時勢に暗いな」

「ああ僕のように忙がしいと文学などは到底《とうてい》駄目さ。それに以前からあまり数奇《すき》でない方だから」

「君シャーレマンの鼻の恰好《かっこう》を知ってるか」

「アハハハハ随分気楽だな。知らんよ」

「エルリントンは部下のものから鼻々と異名《いみょう》をつけられていた。君知ってるか」

「鼻の事ばかり気にして、どうしたんだい。好いじゃないか鼻なんか丸くても尖《と》んがってても」

「決してそうでない。君パスカルの事を知ってるか」

「また知ってるかか、まるで試験を受けに来たようなものだ。パスカルがどうしたんだい」

「パスカルがこんな事を云っている」

「どんな事を」

「もしクレオパトラの鼻が少し短かかったならば世界の表面に大変化を来《きた》したろうと」

「なるほど」

「それだから君のようにそう無雑作《むぞうさ》に鼻を馬鹿にしてはいかん」

「まあいいさ、これから大事にするから。そりゃそうとして、今日来たのは、少し君に用事があって来たんだがね——あの元《もと》君の教えたとか云う、水島——ええ水島ええちょっと思い出せない。——そら君の所へ始終来ると云うじゃないか」

「寒月《かんげつ》か」

「そうそう寒月寒月。あの人の事についてちょっと聞きたい事があって来たんだがね」

「結婚事件じゃないか」

「まあ多少それに類似の事さ。今日金田へ行ったら……」

「この間鼻が自分で来た」

「そうか。そうだって、細君もそう云っていたよ。苦沙弥さんに、よく伺おうと思って上ったら、生憎《あいにく》迷亭が来ていて茶々を入れて何が何だか分らなくしてしまったって」

「あんな鼻をつけて来るから悪るいや」

「いえ君の事を云うんじゃないよ。あの迷亭君がおったもんだから、そう立ち入った事を聞く訳にも行かなかったので残念だったから、もう一遍僕に行ってよく聞いて来てくれないかって頼まれたものだからね。僕も今までこんな世話はした事はないが、もし当人同士が嫌《い》やでないなら中へ立って纏《まと》めるのも、決して悪い事はないからね——それでやって来たのさ」

「御苦労様」と主人は冷淡に答えたが、腹の内では当人同士と云う語《ことば》を聞いて、どう云う訳か分らんが、ちょっと心を動かしたのである。蒸《む》し熱い夏の夜に一縷《いちる》の冷風《れいふう》が袖口《そでぐち》を潜《くぐ》ったような気分になる。元来この主人はぶっ切ら棒の、頑固光沢《がんこつや》消しを旨《むね》として製造された男であるが、さればと云って冷酷不人情な文明の産物とは自《おのず》からその撰《せん》を異《こと》にしている。彼が何《なん》ぞと云うと、むかっ腹をたててぷんぷんするのでも這裏《しゃり》の消息は会得《えとく》できる。先日鼻と喧嘩をしたのは鼻が気に食わぬからで鼻の娘には何の罪もない話しである。実業家は嫌いだから、実業家の片割れなる金田某も嫌《きらい》に相違ないがこれも娘その人とは没交渉の沙汰と云わねばならぬ。娘には恩も恨《うら》みもなくて、寒月は自分が実の弟よりも愛している門下生である。もし鈴木君の云うごとく、当人同志が好いた仲なら、間接にもこれを妨害するのは君子のなすべき所作《しょさ》でない。――苦沙弥先生はこれでも自分を君子と思っている。――もし当人同志が好いているなら――しかしそれが問題である。この事件に対して自己の態度を改めるには、まずその真相から確めなければならん。

「君その娘は寒月の所へ来たがってるのか。金田や鼻はどうでも構わんが、娘自身の意向はどうなんだ」

「そりゃ、その――何だね――何でも――え、来たがってるんだろうじゃないか」鈴木君の挨拶は少々曖昧《あいまい》である。実は寒月君の事だけ聞いて復命さえすればいいつもりで、御嬢さんの意向までは確かめて来なかったのである。従って円転滑脱《かつだつ》の鈴木君もちょっと狼狽《ろうばい》の気味に見える。

「だろうた判然しない言葉だ」と主人は何事によらず、正面から、どやし付けないと気がすまない。

「いや、これゃちょっと僕の云いようがわるかった。令嬢の方でもたしかに意《い》があるんだよ。いえ全くだよ——え？——細君が僕にそう云ったよ。何でも時々は寒月君の悪口を云う事もあるそうだがね」

「あの娘がか」

「ああ」

「怪《け》しからん奴だ、悪口を云うなんて。第一それじゃ寒月に意《い》がないんじゃないか」

「そこがさ、世の中は妙なもので、自分の好いている人の悪口などは殊更《ことさら》云って見る事もあるからね」

「そんな愚《ぐ》な奴がどこの国にいるものか」と主人は斯様《かよう》な人情の機微に立ち入った事を云われても頓《とん》と感じがない。

「その愚な奴が随分世の中にゃあるから仕方がない。現に金田の妻君もそう解釈しているのさ。戸惑《とまど》いをした糸瓜《へちま》のようだなんて、時々寒月さんの悪口を云いますから、よっぽど心の中《うち》では思ってるに相違ありませんと」

　主人はこの不可思議な解釈を聞いて、あまり思い掛けないものだから、眼を丸くして、返答もせず、鈴木君の顔を、大道易者《だいどうえきしゃ》のように昵《じっ》と見つめている。鈴木君はこいつ、この様子では、ことによるとやり損なうなと疳《かん》づいたと見えて、主人にも判断の出来そうな方面へと話頭を移す。

「君考えても分るじゃないか、あれだけの財産があってあれだけの器量なら、どこへだって相応の家《うち》へやれるだろうじゃないか。寒月だってえらいかも知れんが身分から云や——いや身分と云っちゃ失礼かも知れない。——財産と云う点から云や、まあ、だれが見たって釣り合わんのだからね。それを僕がわざわざ出張するくらい両親が気を揉《も》んでるのは本人が寒月君に意があるからの事じゃあないか」と鈴木君はなかなかうまい理窟をつけて説明を与える。今度は主人にも納得が出来たらしいのでようやく安心したが、こんなところにまごまごしているとまた吶喊《とっかん》を喰う危険があるから、早く話しの歩を進めて、一刻も早く使命を完《まっと》うする方が万全の策と心付いた。

「それでね。今云う通りの訳であるから、先方で云うには何も金銭や財産はいらんからその代り当人に附属した資格が欲しい――資格と云うと、まあ肩書だね、――博士になったらやってもいいなんて威張ってる次第じゃない――誤解しちゃいかん。せんだって細君の来た時は迷亭君がいて妙な事ばかり云うものだから――いえ君が悪いのじゃない。細君も君の事を御世辞のない正直ないい方《かた》だと賞《ほ》めていたよ。全く迷亭君がわるかったんだろう。――それでさ本人が博士にでもなってくれれば先方でも世間へ対して肩身が広い、面目《めんぼく》があると云うんだがね、どうだろう、近々《きんきん》の内水島君は博士論文でも呈出して、博士の学位を受けるような運びには行くまいか。なあに――金田だけなら博士も学士もいらんのさ、ただ世間と云う者があるとね、そう手軽にも行かんからな」

こう云われて見ると、先方で博士を請求するのも、あながち無理でもないように思われて来る。無理ではないように思われて来れば、鈴木君の依頼通りにしてやりたくなる。主人を活《い》かすのも殺すのも鈴木君の意のままである。なるほど主人は単純で正直な男だ。

「それじゃ、今度寒月が来たら、博士論文をかくように僕から勧めて見よう。しかし当人が金田の娘を貰うつもりかどうだか、それからまず問い正《ただ》して見なくちゃいかんからな」

「問い正すなんて、君そんな角張《かどば》った事をして物が纏《まと》まるものじゃない。やっぱり普通の談話の際にそれるもんだよ」

「うん、気を引くと云うと語弊があるかも知れん。——なに気を引かんでもね。話しをしていると自然分となく気を引いて見るのが一番近道だよ」

「気を引いて見る?」

「君にゃ分るかも知れんが、僕にゃ判然と聞かん事は分らん」

「分らなけりゃ、まあ好いさ。しかし迷亭君見たように余計な茶々を入れて打《ぶ》ち壊《こ》わすのは善くないと思う。仮令《たとい》勧めないまでも、こんな事は本人の随意にすべきはずのものだからね。今度寒月君が来たらなるべくどうか邪魔をしないようにしてくれ給え。——いえ君の事じゃない、あの迷亭君の事さ。あの男の口にかかると到底助かりっこないんだから」と主人の代理に迷亭の悪口をきいていると、噂《うわさ》をすれば陰の喩《たとえ》に洩《も》れず迷亭先生例のごとく勝手口から飄然《ひょうぜん》と春風《しゅんぷう》に乗じて舞い込んで来る。

「いやー珍客だね。僕のような狎客《こうかく》になると苦沙弥《くしゃみ》はとかく粗略にしたがっていかん。何でも苦沙弥のうちへは十年に一遍くらいくるに限る。この菓子はいつもより上等じゃないか」と藤村《ふじむら》の羊羹《ようかん》を無雑作《むぞうさ》に頬張《ほおば》る。鈴木君はもじもじしている。主人はにやにやしている。迷亭は口をもがもがさしている。吾輩はこの瞬時の光景を椽側《えんがわ》から拝見して無言劇と云うものは優に成立し得ると思った。禅家《ぜんけ》で無言の問答をやるのが以心伝心であるなら、この無言の芝居も明かに以心伝心の幕である。すこぶる短かいけれどもすこぶる鋭どい幕である。

「君は一生旅烏《たびがらす》かと思ってたら、いつの間《ま》にか舞い戻ったね。長生《ながいき》はしたいもんだな。どんな僥倖《ぎょうこう》に廻《めぐ》り合わんとも限らんからね」と迷亭は鈴木君に対しても主人に対するごとく毫《ごう》も遠慮と云う事を知らぬ。いかに自炊の仲間でも十年も逢わなければ、何となく気のおけるものだが迷亭君に限って、そんな素振《そぶり》も見えぬのは、えらいのだか馬鹿なのかちょっと見当がつかぬ。

「可哀そうに、そんなに馬鹿にしたものでもない」と鈴木君は当らず障《さわ》らずの返事はしたが、何となく落ちつきかねて、例の金鎖を神経的にいじっている。

「君電気鉄道へ乗ったか」と主人は突然鈴木君に対して奇問を発する。

「今日は諸君からひやかされに来たようなものだ。なんぼ田舎者だって――これでも街鉄《がいてつ》を六十株持ってるよ」

「そりゃ馬鹿に出来ないな。僕は八百八十八株半持っていたが、惜しい事に大方《おおかた》虫が喰ってしまって、今じゃ半株ばかりしかない。もう少し早く君が東京へ出てくれれば、虫の喰わないところを十株ばかりやるところだったが惜しい事をした」

「相変らず口が悪るい。しかし冗談は冗談として、ああ云う株は持ってて損はないよ、年々《ねんねん》高くなるばかりだから」

「そうだ仮令《たとい》半株だって千年も持ってるうちにゃ倉が三つくらい建つからな。君も僕もその辺にぬかりはない当世の才子だが、そこへ行くと苦沙弥などは憐れなものだ。株と云えば大根の兄弟分くらいに考えているんだから」とまた羊羹《ようかん》をつまんで主人の方を見ると、主人も迷亭の食《く》い気《け》が伝染して自《おの》ずから菓子皿の方へ手が出る。世の中では万事積極的のものが人から真似らるる権利を有している。

「株などはどうでも構わんが、僕は曾呂崎《そろさき》に一度でいいから電車へ乗らしてやりたかった」と主人は喰い欠けた羊羹の歯痕《はあと》を撫然《ぶぜん》として眺める。

「曾呂崎が電車へ乗ったら、乗るたんびに品川まで行ってしまうは、それよりやっぱり天然居士《てんねんこじ》で沢庵石《たくあんいし》へ彫《ほ》り付けられてる方が無事でいい」

「曾呂崎と云えば死んだそうだな。気の毒だねえ、いい頭の男だったが惜しい事をした」と鈴木君が云うと、迷亭は直《ただ》ちに引き受けて

「頭は善かったが、飯を焚《た》く事は一番下手だったぜ。曾呂崎の当番の時には、僕あいつでも外出をして蕎麦《そば》で凌《しの》いでいた」

「ほんとに曾呂崎の焚いた飯は焦《こ》げくさくって心《しん》があって僕も弱った。御負けに御菜《おかず》に必ず豆腐をなまで食わせるんだから、冷たくて食われやせん」と鈴木君も十年前の不平を記憶の底から喚《よ》び起す。

「苦沙弥はあの時代から曾呂崎の親友で毎晩いっしょに汁粉《しるこ》を食いに出たが、その祟《たた》りで今じゃ慢性胃弱になって苦しんでいるんだ。実を云うと苦沙弥の方が汁粉の数を余計食ってるから曾呂崎より先へ死んで宜《い》い訳なんだ」

「そんな論理がどこの国にあるものか。俺の汁粉より君は運動と号して、毎晩竹刀《しない》を持って裏の卵塔婆《らんとうば》へ出て、石塔を叩《たた》いてるところを坊主に見つかって剣突《けんつく》を食ったじゃないか」と主人も負けぬ気になって迷亭の旧悪を曝《あば》く。

「アハハハそうそう坊主が仏様の頭を叩いては安眠の妨害になるからよしてくれって言ったっけ。しかし

僕のは竹刀だが、この鈴木将軍のは手暴《てあら》だぜ。石塔と相撲をとって大小三個ばかり転がしてしまったんだから」

「あの時の坊主の怒り方は実に烈しかった。是非元のように起せと云うから人足を傭《やと》うまで待ってくれと云ったら人足じゃいかん懺悔《ざんげ》の意を表するためにあなたが自身で起さなくては仏の意に背《そむ》くと云うんだからね」

「その時の君の風采《ふうさい》はなかったぜ、金巾《かなきん》のしゃつに越中褌《えっちゅうふんどし》で雨上りの水溜りの中でうんうん唸《うな》って……」

「それを君がすました顔で写生するんだから苛《ひど》い。僕はあまり腹を立てた事のない男だが、あの時ばかりは失敬だと心《しん》から思ったよ。あの時の君の言草をまだ覚えているが君は知ってるか」

「十年前の言草なんか誰が覚えているものか、しかしあの石塔に帰泉院殿黄鶴大居士《きせんいんでんこうかくだいこじ》安永五年辰《たつ》正月と彫《ほ》ってあったのだけはいまだに記憶している。あの石塔は古雅に出来ていたよ。引き越す時に盗んで行きたかったくらいだ。実に美学上の原理に叶《かな》って、ゴシック趣味な石塔だった」と迷亭はまた好い加減な美学を振り廻す。

「そりゃいいが、君の言草がさ。こうだぜ――吾輩は美学を専攻するつもりだから天地間《てんちかん》の面白い出来事はなるべく写生しておいて将来の参考に供さなければならん、気の毒だの、可哀相《かわいそう》だのと云う私情は学問に忠実なる吾輩ごときものの口にすべきところでないと平気で云うのだろう。僕もあんまりな不人情な男だと思ったから泥だらけの手で君の写生帖を引き裂いてしまった」

「僕の有望な画才が頓挫《とんざ》して一向《いっこう》振わなくなったのも全くあの時からだ。君に機鋒《きほう》を折られたのだね。僕は君に恨《うらみ》がある」

「馬鹿にしちゃいけない。こっちが恨めしいくらいだ」

「迷亭はあの時分から法螺吹《ほらふき》だったな」と主人は羊羹《ようかん》を食い了《おわ》って再び二人の話の中に割り込んで来る。

「約束なんか履行《りこう》した事がない。それで詰問を受けると決して詫《わ》びた事がない何とか蚊《か》とか云う。あの寺の境内に百日紅《さるすべり》が咲いていた時分、この百日紅が散るまでに美学原論と云う著述をすると云うから、駄目だ、到底出来る気遣《きづかい》はないと云ったのさ。すると迷亭の答えに僕はこう見えても見掛けに寄らぬ意志の強い男である、そんなに疑うなら賭《かけ》をしようと云うから僕は真面目に受けて何でも神田の西洋料理を奢《おご》りっこかなにかに極《き》めた。きっと書物なんか書く気遣はないと思ったから賭をしたようなものの内心は少々恐ろしかった。僕に西洋料理なんか奢る金はないんだからな。ところが先生一向《いっこう》稿を起す景色《けしき》がない。七日《なぬか》立っても二十日《はつか》立っても一枚も書かない。いよいよ百日紅が散って一輪の花もなくなっても当人平気でいるから、いよいよ西洋料理に有りついたなと思って契約履行を逼《せま》ると迷亭すまして取り合わない」

「また何とか理窟《りくつ》をつけたのかね」と鈴木君が相の手を入れる。

「うん、実にずうずうしい男だ。吾輩はほかに能はないが意志だけは決して君方に負けはせんと剛情を張るのさ」

「一枚も書かんのにか」と今度は迷亭君自身が質問をする。

「無論さ、その時君はこう云ったぜ。吾輩は意志の一点においてはあえて何人《なんぴと》にも一歩も譲らん。しかし残念な事には記憶が人一倍無い。美学原論を著わそうとする意志は充分あったのだがその意志を君に発表した翌日から忘れてしまった。それだから百日紅の散るまでに著書が出来なかったのは記憶の罪で意志の罪ではない。意志の罪でない以上は西洋料理などを奢る理由がないと威張っているのさ」

「なるほど迷亭君一流の特色を発揮して面白い」と鈴木君はなぜだか面白がっている。迷亭のおらぬ時の語気とはよほど違っている。これが利口な人の特色かも知れない。

「何が面白いものか」と主人は今でも怒《おこ》っている様子である。

「それは御気の毒様、それだからその埋合《うめあわ》せをするために孔雀《くじゃく》の舌なんかを金と太鼓で探しているじゃないか。まあそう怒《おこ》らずに待っているさ。しかし著書と云えば君、今日は一大珍報を齎《もた》らして来たんだよ」

「君はくるたびに珍報を齎らす男だから油断が出来ん」

「ところが今日の珍報は真の珍報さ。正札付一厘も引けなしの珍報さ。君寒月が博士論文の稿を起したのを知っているか。寒月はあんな妙に見識張った男だから博士論文なんて無趣味な労力はやるまいと思ったら、あれでやっぱり色気があるからおかしいじゃないか。君あの鼻に是非通知してやるがいい、この頃は団栗博士《どんぐりはかせ》の夢でも見ているかも知れない」

鈴木君は寒月の名を聞いて、話してはいけぬ話してはいけぬと顋《あご》と眼で主人に合図する。主人には一向《いっこう》意味が通じない。さっき鈴木君に逢って説法を受けた時は金田の娘の事ばかりが気の毒になったが、今迷亭から鼻々と云われるとまた先日喧嘩をした事を思い出す。思い出すと滑稽でもあり、また少々は悪《にく》らしくもなる。しかし寒月が博士論文を草しかけたのは何よりの御見《おみ》やげで、これぱかりは迷亭先生自賛のごとくまずまず近来の珍報である。啻《ただ》に珍報のみならず、嬉しい快よい珍報である。金田の娘を貰おうが貰うまいがそんな事はまずどうでもよい。とにかく寒月の博士になるのは結構である。自分のように出来損いの木像は仏師屋の隅で虫が喰うまで白木《しらき》のまま燻《くすぶ》っていても遺憾《いかん》はないが、これは旨《うま》く仕上がったと思う彫刻には一日も早く箔《はく》を塗ってやりたい。

「本当に論文を書きかけたのか」と鈴木君の合図はそっち除《の》けにして、熱心に聞く。

「よく人の云う事を疑ぐる男だ。――もっとも問題は団栗《どんぐり》だか首縊《くびくく》りの力学だか確《しか》と分らんがね。とにかく寒月の事だから鼻の恐縮するようなものに違いない」

さっきから迷亭が鼻々と無遠慮に云うのを聞くたんびに鈴木君は不安の様子をする。迷亭は少しも気が付かないから平気なものである。

「その後鼻についてまた研究をしたが、この頃トリストラム・シャンデーの中に鼻論《はなろん》があるのを発見した。金田の鼻などもスターンに見せたら善い材料になったろうに残念な事だ。鼻名《びめい》を千載《せんざい》に垂れる資格は充分ありながら、あのままで朽《く》ち果つるとは不憫千万《ふびんせんばん》だ。今度ここへ来たら美学上の参考のために写生してやろう」と相変らず口から出任《でまか》せに喋《しゃべ》り立てる。

「しかしあの娘は寒月の所へ来たいのだそうだ」と主人が今鈴木君から聞いた通りを述べると、鈴木君はこれは迷惑だと云う顔付をしてしきりに主人に目くばせをするが、主人は不導体のごとく一向《いっこう》電気に感染しない。

「ちょっと乙《おつ》だな、あんな者の子でも恋をするところが、しかし大した恋じゃなかろう、大方鼻恋《はなごい》くらいなところだぜ」

「鼻恋でも寒月が貰えばいいが」

「貰えばいいがって、君は先日大反対だったじゃないか。今日はいやに軟化しているぜ」

「軟化はせん、僕は決して軟化はせんしかし……」

「しかしどうかしたんだろう。ねえ鈴木、君も実業家の末席《ばっせき》を汚《けが》す一人だから参考のために言って聞かせるがね。あの金田某なる者さ。あの某なるものの息女などを天下の秀才水島寒月の令夫人と崇《あが》め奉るのは、少々提灯《ちょうちん》と釣鐘と云う次第で、我々朋友《ほうゆう》たる者が冷々《れいれい》黙過する訳に行かん事だと思うんだが、たとい実業家の君でもこれには異存はあるまい」

「相変らず元気がいいね。結構だ。君は十年前と容子《ようす》が少しも変っていないからえらい」と鈴木君は柳に受けて、胡麻化《ごまか》そうとする。

「えらいと褒《ほ》めるなら、もう少し博学なところを御目にかけるがね。昔《むか》しの希臘人《ギリシャじん》は非常に体育を重んじたものであらゆる競技に貴重なる懸賞を出して百方奨励の策を講じたものだ。しかるに不思議な事には学者の智識に対してのみは何等の褒美《ほうび》も与えたと云う記録がなかったので、今日《こんにち》まで実は大《おおい》に怪しんでいたところさ」

「なるほど少し妙だね」と鈴木君はどこまでも調子を合せる。

「しかるについ両三日前に至って、美学研究の際ふとその理由を発見したので多年の疑団《ぎだん》は一度に氷解。漆桶《しっつう》を抜くがごとく痛快なる悟りを得て歓天喜地《かんてんきち》の至境に達したのさ」

あまり迷亭の言葉が仰山《ぎょうさん》なので、さすが御上手者《おじょうずもの》の鈴木君も、こりゃ手に合わないと云う顔付をする。主人はまた始まったなと云わぬばかりに、象牙《ぞうげ》の箸《はし》で菓子皿の縁《ふち》をかんかん叩いて俯《う》つ向《む》いている。迷亭だけは大得意で弁じつづける。

「そこでこの矛盾なる現象の説明を明記して、暗黒の淵《ふち》から吾人の疑を千載《せんざい》の下《もと》に救い出してくれた者は誰だと思う。学問あって以来の学者と称せらるる彼の希臘《ギリシャ》の哲人、逍遥派《しょうようは》の元祖アリストートルその人である。彼の説明に曰《いわ》くさ――おい菓子皿などを叩かんで謹聴していなくちゃいかん。――彼等希臘人が競技において得るところの賞与は彼等が演ずる技芸その物より貴重なものである。それ故に褒美《ほうび》にもなり、奨励の具ともなる。しかし智識その物に至ってはどうである。もし智識に対する報酬として何物をか与えんとするならば智識以上の価値あるものを与えざるべからず。しかし智識以上の珍宝が世の中にあろうか。無論あるはずがない。下手なものをやれば智識の威厳を損する訳になるばかりだ。彼等は智識に対して千両箱をオリムパスの山ほど積み、クリーサスの富を傾《かたむ》け尽《つく》しても相当の報酬を与えんとしたのであるが、いかに考えても到底《とうてい》釣り合うはずがないと云う事を観破《かんぱ》して、それより以来と云うものは奇麗さっぱり何にもやらない事にしてしまった。黄白青銭《こうはくせいせん》が智識の匹敵《ひってき》でない事はこれで十分理解出来るだろう。さてこの原理を服膺《ふくよう》した上で時事問題に臨《のぞ》んで見るがいい。金田某は何だい紙幣に眼鼻をつけただけの人間じゃないか、奇警なる語をもって形容するならば彼は一個の活動紙幣《かつどうしへい》に過ぎんのである。活動紙幣の娘なら活動切手くらいなところだろう。翻《ひるがえ》って寒月君は如何《いかん》と見ればどうだ。辱《かたじ》けなくも学問最高の府を第一位に卒業して毫《ごう》も倦怠《けんたい》の念なく長州征伐時代の羽織の紐をぶら下げて、日夜団栗《どんぐり》のスタビリチーを研究し、それでもなお満足する様子もなく、近々《きんきん》の中ロード・ケルヴィンを圧倒するほどな大論文を発表しようとしつつあるではないか。たまたま吾妻橋《あずまばし》を通り掛って身投げの芸を仕損じた事はあるが、これも熱誠なる青年に有りがちの発作的所為《ほっさてきしょい》で毫《ごう》も彼が智識の問屋《とんや》たるに煩《わずら》いを及ぼすほどの出来事ではない。迷亭一流の喩《たとえ》をもって寒月君を評すれば彼は活動図書館である。智識をもって捏《こ》ね上げたる二十八珊《サンチ》の弾丸である。この弾丸が一たび時機を得て学界に爆発するなら、――もし爆発して見給え――爆発するだろう――」迷亭はここに至って迷亭一流と自称する形容詞が思うように出て来ないので俗に云う竜頭蛇尾《りゅうとうだび》の感に多少ひるんで見えたがたちまち「活動切手などは何千万枚あったって粉《こ》な微塵《みじん》になってしまうさ。それだから寒月には、あんな釣り合わない女性《にょしょう》は駄目だ。僕が不承知だ、百獣の中《うち》でもっとも聡明なる大象と、もっとも貪婪《たんらん》なる小豚と結婚するようなものだ。そうだろう苦沙弥君」と云って退《の》けると、主人はまた黙って菓子皿を叩き出す。鈴木君は少し凹《へこ》んだ気味で

「そんな事も無かろう」と術《じゅつ》なげに答える。さっきまで迷亭の悪口を随分ついた揚句ここで無暗《むやみ》な事を云うと、主人のような無法者はどんな事を素《す》っ破抜《ぱぬ》くか知れない。なるべくここは好《いい》加減に迷亭の鋭鋒をあしらって無事に切り抜けるのが上分別なのである。鈴木君は利口者である。いらざる抵抗は避けらるるだけ避けるのが当世で、無要の口論は封建時代の遺物と心得ている。人生の目的は口舌《こうぜつ》ではない実行にある。自己の思い通りに着々事件が進捗《しんちょく》すれば、それで人生の目的は達せられたのである。苦労と心配と争論とがなくて事件が進捗すれば人生の目的は極楽流《ごくらくりゅう》に達せられるのである。鈴木君は卒業後この極楽主義によって成功し、この極楽主義によって金時計をぶら下げ、この極楽主義で金田夫婦の依頼

をうけ、同じくこの極楽主義でまんまと首尾よく苦沙弥君を説き落して当該《とうがい》事件が十中八九まで成就《じょうじゅ》したところへ、迷亭なる常規をもって律すべからざる、普通の人間以外の心理作用を有するかと怪まるる風来坊《ふうらいぼう》が飛び込んで来たので少々その突然なるに面喰《めんくら》っているところである。極楽主義を発明したものは明治の紳士で、極楽主義を実行するものは鈴木藤十郎君で、今この極楽主義で困却しつつあるものもまた鈴木藤十郎君である。

「君は何にも知らんからそうでもなかろうなどと澄し返って、例になく言葉寡《ことばずく》なに上品に控《ひか》え込むが、せんだってあの鼻の主が来た時の容子《ようす》を見たらいかに実業家贔負《びいき》の尊公でも辟易《へきえき》するに極《きま》ってるよ、ねえ苦沙弥君、君大《おおい》に奮闘したじゃないか」

「それでも君より僕の方が評判がいいそうだ」

「アハハハなかなか自信が強い男だ。それでなくてはサヴェジ・チーなんて生徒や教師にからかわれてすまして学校へ出ちゃいられん訳だ。僕も意志は決して人に劣らんつもりだが、そんなに図太くは出来ん敬服の至りだ」

「生徒や教師が少々愚図愚図言ったって何が恐ろしいものか、サントブーヴは古今独歩の評論家であるが巴里《パリ》大学で講義をした時は非常に不評判で、彼は学生の攻撃に応ずるため外出の際必ず匕首《あいくち》を袖《そで》の下に持って防禦《ぼうぎょ》の具となした事がある。ブルヌチェルがやはり巴里の大学でゾラの小説を攻撃した時は……」

「だって君ゃ大学の教師でも何でもないじゃないか。高がリードルの先生でそんな大家を例に引くのは雑魚《ざこ》が鯨《くじら》をもって自《みずか》ら喩《たと》えるようなもんだ、そんな事を云うとなおからかわれるぜ」

「黙っていろ。サントブーヴだって俺だって同じくらいな学者だ」
「大変な見識だな。しかし懐剣をもって歩行《ある》くだけはあぶないから真似《まね》ない方がいいよ。大学の教師が懐剣ならリードルの教師はまあ小刀《こがたな》くらいなところだな。しかしそれにしても刃物は剣呑《けんのん》だから仲見世《なかみせ》へ行っておもちゃの空気銃を買って来て背負《しょ》ってあるくがよかろう。愛嬌《あいきょう》があっていい。ねえ鈴木君」と云うと鈴木君はようやく話が金田事件を離れたのでほっと一息つきながら
「相変らず無邪気で愉快だ。十年振りで始めて君等に逢ったんで何だか窮屈な路次《ろじ》から広い野原へ出たような気持がする。どうも我々仲間の談話は少しも油断がならなくてね。何を云うにも気をおかなくちゃならんから心配で窮屈で実に苦しいよ。話は罪がないのがいいね。そして昔しの書生時代の友達と話すのが一番遠慮がなくっていい。ああ今日は図《はか》らず迷亭君に遇《あ》って愉快だった。僕はちと用事があるからこれで失敬する」と鈴木君が立ち懸《か》けると、迷亭も「僕もいこう、僕はこれから日本橋の演芸矯風会《えんげいきょうふうかい》に行かなくっちゃならんから、そこまでいっしょに行こう」「そりゃちょうどいい久し振りでいっしょに散歩しよう」と両君は手を携《たずさ》えて帰る。

五

二十四時間の出来事を洩《も》れなく書いて、洩れなく読むには少なくも二十四時間かかるだろう、いくら写生文を鼓吹《こすい》する吾輩でもこれは到底猫の企《くわだ》て及ぶべからざる芸当と自白せざるを得ない。従っていかに吾輩の主人が、二六時中精細なる描写に価する奇言奇行を弄《ろう》するにも関《かかわ》らず逐一これを読者に報知するの能力と根気のないのははなはだ遺憾《いかん》である。遺憾ではあるがやむを得ない。休養は猫といえども必要である。鈴木君と迷亭君の帰ったあとは木枯《こがら》しのはたと吹き息《や》んで、しんしんと降る雪の夜のごとく静かになった。主人は例のごとく書斎へ引き籠《こも》る。小供は六畳の間《ま》へ枕をならべて寝る。一間半の襖《ふすま》を隔てて南向の室《へや》には細君が数え年三つになる、めん子さんと添乳《そえぢ》して横になる。花曇りに暮れを急いだ日は疾《と》く落ちて、表を通る駒下駄の音さえ手に取るように茶の間へ響く。隣町《となりちょう》の下宿で明笛《みんてき》を吹くのが絶えたり続いたりして眠い耳底《じてい》に折々鈍い刺激を与える。外面《そと》は大方朧《おぼろ》であろう。晩餐に半《はん》ぺんの煮汁《だし》で鮑貝《あわびがい》をからにした腹ではどうしても休養が必要である。

ほのかに承《うけたま》われば世間には猫の恋とか称する俳諧《はいかい》趣味の現象があって、春さきは町内の同族共の夢安からぬまで浮かれ歩《あ》るく夜もあるとか云うが、吾輩はまだかかる心的変化に遭逢《そうほう》した事はない。そもそも恋は宇宙的の活力である。上《かみ》は在天の神ジュピターより下《しも》は土中に鳴く蚯蚓《みみず》、おけらに至るまでこの道にかけて浮身を窶《やつ》すのが万物の習いであるから、吾輩どもが朧《おぼろ》うれしと、物騒な風流気を出すのも無理のない話しである。回顧すればかく云《い》う吾輩も三毛子《みけこ》に思い焦《こ》がれた事もある。三角主義の張本金田君の令嬢阿倍川の富子さえ寒月君に恋慕したと云う噂《うわさ》である。それだから千金の春宵《しゅんしょう》を心も空に満天下の雌猫《めねこ》雄猫《おねこ》が狂い廻るのを煩悩《ぼんのう》の迷《まよい》と軽蔑《けいべつ》する念は毛頭ないのであるが、いかんせん誘われてもそんな心が出ないから仕方がない。吾輩目下の状態はただ休養を欲するのみである。こう眠くては恋も出来ぬ。のそのそと小供の布団《ふとん》の裾《すそ》へ廻って心地《ここち》快く眠る。……

ふと眼を開《あ》いて見ると主人はいつの間《ま》にか書斎から寝室へ来て細君の隣に延べてある布団《ふとん》の中にいつの間にか潜《もぐ》り込んでいる。主人の癖として寝る時は必ず横文字の小本《こほん》を書斎から携《たずさ》えて来る。しかし横になってこの本を二頁《ページ》と続けて読んだ事はない。ある時は持って来て枕元へ置いたなり、まるで手を触れぬ事さえある。一行も読まぬくらいならわざわざ提《さ》げてくる必要もなさそうなものだが、そこが主人の主人たるところでいくら細君が笑っても、止せと云っても、決して承知しない。毎夜読まない本をご苦労千万にも寝室まで運んでくる。ある時は慾張って三四冊も抱えて来る。せんだってじゅうは毎晩ウェブスターの大字典さえ抱えて来たくらいである。思うにこれは主人の病気で贅沢《ぜいたく》な人が竜文堂《りゅうぶんどう》に鳴る松風の音を聞かないと寝つかれないごとく、主人も書物を枕元に置かないと眠れないのであろう、して見ると主人に取っては書物は読む者ではない眠を誘う器械である。活版の睡眠剤である。

今夜も何か有るだろうと覗《のぞ》いて見ると、赤い薄い本が主人の口髯《くちひげ》の先につかえるくらいな地位に半分開かれて転がっている。主人の左の手の拇指《おやゆび》が本の間に挟《はさ》まったままであるところから推《お》すと奇特にも今夜は五六行読んだものらしい。赤い本と並んで例のごとくニッケルの袂時計《たもとどけい》が春に似合わぬ寒き色を放っている。

細君は乳呑児《ちのみご》を一尺ばかり先へ放り出して口を開《あ》いていびきをかいて枕を外《はず》している。およそ人間において何が見苦しいと云って口を開けて寝るほどの不体裁はあるまいと思う。猫などは生涯《しょうがい》こんな恥をかいた事がない。元来口は音を出すため鼻は空気を吐呑《とどん》するための道具である。もっとも北の方へ行くと人間が無精になってなるべく口をあくまいと倹約をする結果鼻で言語を使うようなズーズーもあるが、鼻を閉塞《へいそく》して口ばかりで呼吸の用を弁じているのはズーズーよりも見ともないと思う。第一天井から鼠《ねずみ》の糞《ふん》でも落ちた時危険である。

小供の方はと見るとこれも親に劣らぬ体《てい》たらくで寝そべっている。姉のとん子は、姉の権利はこんなものだと云わぬばかりにうんと右の手を延ばして妹の耳の上へのせている。妹のすん子はその復讐《ふくしゅう》に姉の腹の上に片足をあげて踏反《ふんぞ》り返っている。双方共寝た時の姿勢より九十度はたしかに廻転している。しかもこの不自然なる姿勢を維持しつつ両人とも不平も云わずおとなしく熟睡している。

さすがに春の灯火《ともしび》は格別である。天真爛漫《らんまん》ながら無風流極まるこの光景の裏《うち》に良夜を惜しめとばかり床《ゆか》しげに輝やいて見える。もう何時《なんじ》だろうと室《へや》の中を見廻すと四隣はしんとしてただ聞えるものは柱時計と細君のいびきと遠方で下女の歯軋《はぎし》りをする音のみである。この下女は人から歯軋りをすると云われるといつでもこれを否定する女である。私は生れてから今日《こんにち》に至るまで歯軋りをした覚《おぼえ》はございませんと強情を張って決して直しましょうとも御気の毒でございますとも云わず、ただそんな覚はございませんと主張する。なるほど寝ていてする芸だから覚はないに違ない。しかし事実は覚がなくても存在するものが事があるから困る。世の中には悪い事をしておりながら、自分はどこまでも善人だと考えているものがある。これは自分が罪がないと自信しているのだから無邪気で結構ではあるが、人の困る事実はいかに無邪気でも滅却する訳には行かぬ。こう云う紳士淑女はこの下女の系統に属するのだと思う。——夜《よ》は大分《だいぶ》更《ふ》けたようだ。

台所の雨戸にトントンと二返ばかり軽く中《あた》った者がある。はてな今頃人の来るはずがない。大方例の鼠だろう、鼠なら捕《と》らん事に極めているから勝手にあばれるが宜《よろ》しい。——またトントンと中《あた》る。どうも鼠らしくない。鼠としても大変用心深い鼠である。主人の内の鼠は、主人の出る学校の生徒のごとく日中《にっちゅう》でも夜中《やちゅう》でも乱暴狼藉《ろうぜき》の練修に余念なく、憫然《びんぜん》なる主人の夢を驚破《きょうは》するのを天職のごとく心得ている連中だから、かくのごとく遠慮する訳がない。今のはたしかに鼠ではない。せんだってなどは主人の寝室にまで闖入《ちんにゅう》して高からぬ主人の鼻の頭を囓《か》んで凱歌《がいか》を奏して引き上げたくらいの鼠にしてはあまり臆病すぎる。決して鼠ではない。今度はギーと雨戸を下から上へ持ち上げる音がする、同時に腰障子を出来るだけ緩《ゆる》やかに、溝に添うて滑《すべ》らせる。いよいよ鼠ではない。人間だ。この深夜に人間が案内も乞わず戸締《とじまり》を外《は》ずして御光来になるとすれば迷亭先生や鈴木君ではないに極《きま》っている。御高名だけはかねて承《うけたまわ》っている泥棒陰士《どろぼういんし》ではないか知らん。いよいよ陰士とすれば早く尊顔《そんがん》を拝したいものだ。陰士は今や勝手の上に大いなる泥足を上げて二足《ふたあし》ばかり進んだ模様である。三足目と思う頃揚板《あげいた》に蹶《つまず》いてか、ガタリと夜《よる》に響くような音を立てた。吾輩の背中《せなか》の毛が靴刷毛《くつばけ》で逆に擦《こ》すられたような心持がする。しばらくは足音もしない。細君を見ると未《ま》だ口をあいて太平の空気を夢中に吐呑《とどん》している。主人は赤い本に拇指《おやゆび》を挟《はさ》まれた夢でも見ているのだろう。やがて台所でマチを擦《す》る音が聞える。陰士でも吾輩ほど夜陰に眼は利《き》かぬと見える。勝手がわるくて定めし不都合だろう。

この時吾輩は蹲踞《うずく》まりながら考えた。陰士は勝手から茶の間の方面へ向けて出現するのであろうか、または左へ折れ玄関を通過して書斎へと抜けるであろうか。――足音は襖《ふすま》の音と共に椽側《えんがわ》へ出た。陰士はいよいよ書斎へ這入《はい》った。それぎり音も沙汰もない。

吾輩はこの間《ま》に早く主人夫婦を起してやりたいものだとようやく気が付いたが、さてどうしたら起きるやら、一向《いっこう》要領を得ん考のみが頭の中に水車《みずぐるま》の勢で廻転するのみで、何等の分別も出ない。布団《ふとん》の裾《すそ》を啣《くわ》えて振って見たらと思って、二三度やって見たが少しも効用がない。冷たい鼻を頬に擦《す》り付けたらと思って、主人の顔の先へ持って行ったら、主人は眠ったまま、手をうんと延ばして、吾輩の鼻づらを否《い》やと云うほど突き飛ばした。鼻は猫にとっても急所である。痛む事おびただしい。此度《こんど》は仕方がないからにゃーにゃーと二返ばかり鳴いて起こそうとしたが、どう云うものかこの時ばかりは咽喉《のど》に物が痞《つか》えて思うような声が出ない。やっとの思いで渋りながら低い奴を少々出すと驚いた。肝心《かんじん》の主人は覚《さ》める気色《けしき》もないのに突然陰士の足音がし出した。ミチリミチリと椽側を伝《つた》って近づいて来る。いよいよ来たな、こうなってはもう駄目だと諦《あき》らめて、襖《ふすま》と柳行李《やなぎごうり》の間にしばしの間身を忍ばせて動静を窺《うか》がう。

陰士の足音は寝室の障子の前へ来てぴたりと已《や》む。吾輩は息を凝《こ》らして、この次は何をするだろうと一生懸命になる。あとで考えたが鼠を捕《と》る時は、こんな気分になれば訳はないのだ、魂《たましい》が両方の眼から飛び出しそうな勢《いきおい》である。陰士の御蔭で二度とない悟《さとり》を開いたのは実にありがたい。たちまち障子の桟《さん》の三つ目が雨に濡れたように真中だけ色が変る。それを透《すか》して薄紅《うすくれない》なものがだんだん濃く写ったと思うと、紙はいつか破れて、赤い舌がぺろりと見えた。舌はしばしの間《ま》に暗い中に消える。入れ代って何だか恐しく光るものが一つ、破れた孔《あな》の向側にあらわれる。疑いもなく陰士の眼である。妙な事にはその眼が、部屋の中にある何物をも見ないで、ただ柳行李の後《うしろ》に隠れていた吾輩のみを見つめているように感ぜられた。一分にも足らぬ間ではあったが、こう睨《にら》まれては寿命が縮まると思ったくらいである。もう我慢出来んから行李の影から飛出そうと決心した時、寝室の障子がスーと明いて待ち兼ねた陰士がついに眼前にあらわれた。

吾輩は叙述の順序として、不時の珍客なる泥棒陰士その人をこの際諸君に御紹介するの栄誉を有する訳《わけ》であるが、その前ちょっと卑見を開陳《かいちん》してご高慮を煩《わずら》わしたい事がある。古代の神は全智全能と崇《あが》められている。ことに耶蘇教《ヤソきょう》の神は二十世紀の今日《こんにち》までもこの全智全能の面《めん》を被《かぶ》っている。しかし俗人の考うる全智全能は、時によると無智無能とも解釈が出来る。こう云うのは明かにパラドックスである。しかるにこのパラドックスを道破《どうは》した者は天地開闢《てんちかいびゃく》以来吾輩のみであろうと考えると、自分ながら満更《まんざら》な猫でもないと云う虚栄心も出るから、是非共ここにその理由を申し上げて、猫も馬鹿に出来ないと云う事を、高慢なる人間諸君の脳裏《のうり》に叩き込みたいと考える。天地万有は神が作ったそうな、して見れば人間も神の御製作であろう。現に聖書とか云うものにはその通りと明記してあるそうだ。さてこの人間について、人間自身が数千年来の観察を積んで、大《おお》いに玄妙不思議がると同時に、ますます神の全智全能を承認するように傾いた事実がある。それは外《ほか》でもない、人間もかようにうじゃうじゃいるが同じ顔をしている者は世界中に一人もいない。顔の道具は無論極《きま》っている、大《おお》きさも大概は似たり寄ったりである。

換言すれば彼等は皆同じ材料から作り上げられている、同じ材料で出来ているにも関らず一人も同じ結果に出来上っておらん。よくまああれだけの簡単な材料でかくまで異様な顔を思いついた者だと思うと、製造家の伎倆《ぎりょう》に感服せざるを得ない。よほど独創的な想像力がないとこんな変化は出来んのである。一代の画工が精力を消耗《しょうこう》して変化を求めた顔でも十二三種以外に出る事が出来んのをもって推《お》せば、人間の製造を一手《いって》で受負《うけお》った神の手際《てぎわ》は格別な者だと驚嘆せざるを得ない。到底人間社会において目撃し得ざる底《てい》の伎倆であるから、これを全能的伎倆と云っても差《さ》し支《つか》えないだろう。人間はこの点において大《おお》いに神に恐れ入っているようである、なるほど人間の観察点から云えばもっともな恐れ入り方である。しかし猫の立場から云うと同一の事実がかえって神の無能力を証明しているとも解釈が出来る。もし全然無能でなくとも人間以上の能力は決してない者であると断定が出来るだろうと思う。神が人間の数だけそれだけ多くの顔を製造したと云うが、当初から胸中に成算があってかほどの変化を示したものか、または猫も杓子《しゃくし》も同じ顔に造ろうと思ってやりかけて見たが、とうてい旨《うま》く行かなくて出来るのも出来るのも作り損《そこ》ねてこの乱雑な状態に陥《おちい》ったものか、分らんではないか。彼等顔面の構造は神の成功の紀念と見らるると同時に失敗の痕迹《こんせき》とも判ぜらるるではないか。全能とも云えようが、無能と評したって差し支えはない。彼等人間の眼は平面の上に二つ並んでいるので左右を一時《いちじ》に見る事が出来んから事物の半面だけしか視線内に這入《はい》らんのは気の毒な次第である。立場を換《か》えて見ればこのくらい単純な事実は彼等の社会に日夜間断なく起りつつあるのだが、本人逆《のぼ》せ上がって、神に呑《の》まれているから悟りようがない。製作の上に変化をあらわすのが困難であるならば、その上に徹頭徹尾の模倣《もこう》を示すのも同様に困難である。ラファエルに寸分違わぬ聖母の像を二枚かけと注文するのは、全然似寄らぬマドンナを双幅《そうふく》見せろと逼《せま》ると同じく、ラファエルにとっては迷惑であろう、否同じ物を二枚かく方がかえって困難かも知れぬ。弘法大師に向って昨日《きのう》書いた通りの筆法で空海と願いますと云う方がまるで書体を換《か》えてと注文されるよりも苦しいかも分らん。人間の用うる国語は全然模倣主義《もこうしゅぎ》で伝習するものである。彼等人間が母から、乳母《うば》から、他人から実用上の言語を習う時には、ただ聞いた通りを繰り返すよりほかに毛頭の野心はないのである。出来るだけの能力で人真似をするのである。かように人真似から成立する国語が十年二十年と立つうち、発音に自然と変化を生じてくるのは、彼等に完全なる模倣《もこう》の能力がないと云う事を証明している。純粋の模倣《もこう》はかくのごとく至難なものである。従って神が彼等人間を区別の出来ぬよう、悉皆焼印《しっかい》の御かめのごとく作り得たならばますます神の全能を表明し得るもので、同時に今日《こんにち》のごとく勝手次第な顔を天日《てんぴ》に曝《さ》らさして、目まぐるしきまでに変化を生ぜしめたのはかえってその無能力を推知し得るの具ともなり得るのである。

吾輩は何の必要があってこんな議論をしたか忘れてしまった。本《もと》を忘却するのは人間にさえありがちの事であるから猫には当然の事さと大目に見て貰いたい。とにかく吾輩は寝室の障子をあけて敷居の上にぬっと現われた泥棒陰士を瞥見《べっけん》した時、以上の感想が自然と胸中に湧《わ》き出でたのである。なぜ湧いた？――なぜと云う質問が出れば、今一応考え直して見なければならん。――ええと、その訳はこうである。

吾輩の眼前に悠然《ゆうぜん》とあらわれた陰士の顔を見るとその顔が――平常《ふだん》神の製作についてその出来栄《できばえ》をあるいは無能の結果ではあるまいかと疑っていたのに、それを一時に打ち消すに足るほどな特徴を有していたからである。特徴とはほかではない。彼の眉目《びもく》がわが親愛なる好男子水島寒月君に瓜《うり》二つであると云う事実である。吾輩は無論泥棒に多くの知己《ちき》は持たぬが、その行為の乱暴なところから平常《ふだん》想像して私《ひそ》かに胸中に描《えが》いていた顔はないでもない。小鼻の左右に展開した、一銭銅貨くらいの眼をつけた、毬栗頭《いがぐりあたま》にきまっていると自分で勝手に極《き》めたのであるが、見ると考えるとは天地の相違、想像は決して逞《たくまし》くするものではない。この陰士は背《せい》のすらりとした、色の浅黒い一の字眉の、意気で立派な泥棒である。年は二十六七歳でもあろう、それすら寒月君の写生である。神もこんな似た顔を二個製造し得る手際《てぎわ》があるとすれば、決して無能をもって目する訳には行かぬ。いや実際の事を云うと寒月君自身が気が変になって深夜に飛び出して来たのではあるまいかと、はっと思ったくらいよく似ている。ただ鼻の下に薄黒く髯《ひげ》の芽生《めば》えが植え付けてないのでさては別人だと気が付いた。寒月君は苦味《にがみ》ばしった好男子で、活動小切手と迷亭から称せられたる、金田富子嬢を優に吸収するに足るほどな念入れの製作物である。しかしこの陰士も人相から観察するとその婦人に対する引力上の作用において決して寒月君に一歩も譲らない。もし金田の令嬢が寒月君の眼付や口先に迷ったのなら、同等の熱度をもってこの泥棒君にも惚《ほ》れ込まなくては義理が悪い。義理はとにかく、論理に合わない。ああ云う才気のある、何でも早分りのする性質《たち》だからこのくらいの事は人から聞かんでもきっと分るであろう。して見ると寒月君の代りにこの泥棒を差し出しても必ず満身の愛を捧げて琴瑟《きんしつ》調和の実を挙げらるるに相違ない。万一寒月君が迷亭などの説法に動かされて、この千古の良縁が破れるとしても、この陰士が健在であるうちは大丈夫である。吾輩は未来の事件の発展をここまで予想して、富子嬢のために、やっと安心した。この泥棒君が天地の間に存在するのは富子嬢の生活を幸福ならしむる一大要件である。

陰士は小脇になにか抱えている。見ると先刻《さっき》主人が書斎へ放り込んだ古毛布《ふるげっと》である。唐桟《とうざん》の半纏《はんてん》に、御納戸《おなんど》の博多《はかた》の帯を尻の上にむすんで、生白《なまじろ》い脛《すね》は膝《ひざ》から下むき出しのまま今や片足を挙げて畳の上へ入れる。先刻《さっき》から赤い本に指を噛《か》まれた夢を見ていた、主人はこの時寝返りを堂《どう》と打ちながら「寒月だ」と大きな声を出す。陰士は毛布《けっと》を落して、出した足を急に引き込ます。障子の影に細長い向脛《むこうずね》が二本立ったまま微《かす》かに動くのが見える。主人はうーん、むにゃむにゃと云いながら例の赤本を突き飛ばして、黒い腕を皮癬病《ひぜんやみ》のようにぼりぼり掻《か》く。そのあとは静まり返って、枕をはずしたなり寝てしまう。寒月だと云ったのは全く我知らずの寝言と見える。陰士はしばらく椽側《えんがわ》に立ったまま室内の動静をうかがっていたが、主人夫婦の熟睡しているのを見済《みすま》してまた片足を畳の上に入れる。今度は寒月だと云う声も聞えぬ。やがて残る片足も踏み込む。一穂《いっすい》の春灯《しゅんとう》で豊かに照らされていた六畳の間《ま》は、陰士の影に鋭どく二分せられて柳行李《やなぎごうり》の辺《へん》から吾輩の頭の上を越えて壁の半《なか》ばが真黒になる。振り向いて見ると陰士の顔の影がちょうど壁の高さの三分の二の所に漠然《ばくぜん》と動いている。好男子も影だけ見ると、八《や》つ頭《がしら》の化《ば》け物《もの》のごとくまことに妙な恰好《かっこう》である。陰士は細君の寝顔を上から覗《のぞ》き込んで見たが何のためかにやにやと笑った。笑い方までが寒月君の模写であるには吾輩も驚いた。

細君の枕元には四寸角の一尺五六寸ばかりの釘付《くぎづ》けにした箱が大事そうに置いてある。これは肥前の国は唐津《からつ》の住人多々良三平君《たたらさんぺいくん》が先日帰省した時御土産《おみやげ》に持って来た山の芋《いも》である。山の芋を枕元へ飾って寝るのはあまり例のない話しではあるがこの細君は煮物に使う三盆《さんぼん》を用箪笥《ようだんす》へ入れるくらい場所の適不適と云う観念に乏しい女であるから、細君にとれば、山の芋は愚《おろ》か、沢庵《たくあん》が寝室に在《あ》っても平気かも知れん。しかし神ならぬ陰士はそんな女と知ろうはずがない。かくまで鄭重《ていちょう》に肌身に近く置いてある以上は大切な品物であろうと鑑定するのも無理はない。陰士はちょっと山の芋の箱を上げて見たがその重さが陰士の予期と合して大分《だいぶ》目方が懸《かか》りそうなのですこぶる満足の体《てい》である。いよいよ山の芋を盗むなと思ったら、しかもこの好男子にして山の芋を盗むなと思ったら急におかしくなった。しかし滅多《めった》に声を立てると危険であるからじっと怺《こら》えている。

やがて陰士は山の芋の箱を恭《うやうや》しく古毛布《ふるげっと》にくるみ初めた。なにかからげるものはないかとあたりを見廻す。と、幸い主人が寝る時に解《と》きすてた縮緬《ちりめん》の兵古帯《へこおび》がある。陰士は山の芋の箱をこの帯でしっかり括《くく》って、苦もなく背中へしょう。あまり女が好《す》く体裁ではない。それから小供のちゃんちゃんを二枚、主人のめり安《やす》の股引《ももひき》の中へ押し込むと、股のあたりが丸く膨《ふく》れて青大将《あおだいしょう》が蛙《かえる》を飲んだような――あるいは青大将の臨月《りんげつ》と云う方がよく形容し得るかも知れん。とにかく変な恰好《かっこう》になった。嘘だと思うなら試しにやって見るがよろしい。陰士はめり安をぐるぐる首《くび》っ環《たま》へ捲《ま》きつけた。その次はどうするかと思うと主人の紬《つむぎ》の上着を大風呂敷のように拡《ひろ》げてこれに細君の帯と主人の羽織と繻絆《じゅばん》とその他あらゆる雑物《ぞうもつ》を奇麗に畳んでくるみ込む。その熟練と器用なやり口にもちょっと感心した。それから細君の帯上げとしごきとを続《つ》ぎ合わせてこの包みを括《くく》って片手にさげる。まだ頂戴《ちょうだい》するものは無いかなと、あたりを見廻していたが、主人の頭の先に「朝日」の袋があるのを見付けて、ちょっと袂《たもと》へ投げ込む。またその袋の中から一本出してランプに翳《かざ》して火を点《つ》ける。旨《う》まそうに深く吸って吐き出した煙りが、乳色のホヤを繞《めぐ》ってまだ消えぬ間《ま》に、陰士の足音は椽側《えんがわ》を次第に遠のいて聞えなくなった。主人夫婦は依然として熟睡している。人間も存外迂濶《うかつ》なものである。

吾輩はまた暫時《ざんじ》の休養を要する。のべつに喋舌《しゃべ》っていては身体が続かない。ぐっと寝込んで眼が覚《さ》めた時は弥生《やよい》の空が朗らかに晴れ渡って勝手口に主人夫婦が巡査と対談をしている時であった。

「それでは、ここから這入《はい》って寝室の方へ廻ったんですな。あなた方は睡眠中で一向気《いっこう》がつかなかったのですな」

「ええ」と主人は少し極《きま》りがわるそうである。

「それで盗難に罹《かか》ったのは何時頃《なんじ》ですか」と巡査は無理な事を聞く。時間が分るくらいなら何《な》にも盗まれる必要はないのである。それに気が付かぬ主人夫婦はしきりにこの質問に対して相談をしている。

「何時頃かな」

「そうですね」と細君は考える。考えれば分ると思っているらしい。

「あなたは夕《ゆう》べ何時に御休みになったんですか」

「俺の寝たのは御前よりあとだ」

「ええ私《わたく》しの伏せったのは、あなたより前です」

「眼が覚めたのは何時だったかな」

「七時半でしたろう」

「すると盗賊の這入《はい》ったのは、何時頃になるかな」

「なんでも夜なかでしょう」
「夜中《よなか》は分りきっているが、何時頃かと云うんだ」
「たしかなところはよく考えて見ないと分りませんわ」と細君はまだ考えるつもりでいる。巡査はただ形式的に聞いたのであるから、いつ這入ったところが一向痛痒《いっこうつうよう》を感じないのである。嘘でも何でも、いい加減な事を答えてくれれば宜《よ》いと思っているのに主人夫婦が要領を得ない問答をしているものだから少々焦《じ》れたくなったと見えて
「それじゃ盗難の時刻は不明なんですな」と云うと、主人は例のごとき調子で
「まあ、そうですな」と答える。巡査は笑いもせずに
「じゃあね、明治三十八年何月何日戸締りをして寝たところが盗賊が、どこそこの雨戸を外《はず》してどこそこに忍び込んで品物を何点盗んで行ったから右告訴及候也《みぎこくそにおよびそうろうなり》という書面をお出しなさい。届ではない告訴です。名宛《なあて》はない方がいい」
「品物は一々かくんですか」
「ええ羽織何点代価いくらと云う風に表にして出すんです。——いや這入《はい》って見たって仕方がない。盗《と》られたあとなんだから」と平気な事を云って帰って行く。
主人は筆硯《ふですずり》を座敷の真中へ持ち出して、細君を前に呼びつけて「これから盗難告訴をかくから、盗られたものを一々云え。さあ云え」とあたかも喧嘩でもするような口調で云う。
「あら厭《いや》だ、さあ云えだなんて、そんな権柄《けんぺい》ずくで誰が云うもんですか」と細帯を巻き付けたままどっか

と腰を据《す》える。

「その風はなんだ、宿場女郎の出来損《できそこな》い見たようだ。なぜ帯をしめて出て来ん」

「これで悪るければ買って下さい。宿場女郎でも何でも盗られりゃ仕方がないじゃありませんか」

「帯までとって行ったのか、苛《ひど》い奴だ。それじゃ帯から書き付けてやろう。帯はどんな帯だ」

「どんな帯って、そんなに何本もあるもんですか、黒繻子《くろじゅす》と縮緬《ちりめん》の腹合せの帯です」

「黒繻子と縮緬の腹合せの帯一筋――価《あたい》はいくらくらいだ」

「六円くらいでしょう」

「生意気に高い帯をしめてるな。今度から一円五十銭くらいのにしておけ」

「そんな帯があるものですか。それだからあなたは不人情だと云うんです。女房なんどは、どんな汚ない風をしていても、自分さい宜《よ》けりゃ、構わないんでしょう」

「まあいいや、それから何だ」

「糸織《いとおり》の羽織です、あれは河野《こうの》の叔母さんの形身《かたみ》にもらったんで、同じ糸織でも今の糸織とは、たちが違います」

「そんな講釈は聞かんでもいい。値段はいくらだ」

「十五円」

「十五円の羽織を着るなんて身分不相当だ」

「いいじゃありませんか、あなたに買っていただきゃあしまいし」

「その次は何だ」

「黒足袋が一足」

「御前のか」

「あなたんでさあね。代価が二十七銭」

「それから？」

「山の芋が一箱」

「山の芋まで持って行ったのか。煮て食うつもりか、とろろ汁にするつもりか」

「どうするつもりか知りません。泥棒のところへ行って聞いていらっしゃい」

「いくらするか」

「山の芋のねだんまでは知りません」

「そんなら十二円五十銭くらいにしておこう」

「馬鹿馬鹿しいじゃありませんか、いくら唐津《からつ》から掘って来たって山の芋が十二円五十銭してたまるもんですか」

「しかし御前は知らんと云うじゃないか」

「知りませんわ、知りませんが十二円五十銭なんて法外ですもの」

「知らんけれども十二円五十銭は法外だとは何だ。まるで論理に合わん。それだから貴様はオタンチン・パレオロガスだと云うんだ」

「何ですって」

「オタンチン・パレオロガスだよ」

「何ですそのオタンチン・パレオロガスって云うのは」

「何でもいい。それからあとは――俺の着物は一向《いっこう》出て来んじゃないか」

「あとは何でも宜《よ》うござんす。オタンチン・パレオロガスの意味を聞かして頂戴《ちょうだい》」

「意味も何《な》にもあるもんか」

「教えて下すってもいいじゃありませんか、あなたはよっぽど私を馬鹿にしていらっしゃるのね。きっと人が英語を知らないと思って悪口をおっしゃったんだよ」

「愚《ぐ》な事を言わんで、早くあとを云うが好い。早く告訴をせんと品物が返らんぞ」

「どうせ今から告訴をしたって間に合いやしません。それよりか、オタンチン・パレオロガスを教えて頂戴」

「うるさい女だな、意味も何にも無いと云うに」

「そんなら、品物の方もあとはありません」

「頑愚《がんぐ》だな。それでは勝手にするがいい。俺はもう盗難告訴を書いてやらんから」

「私も品数《しなかず》を教えて上げません。告訴はあなたが御自分でなさるんですから、私は書いていただかないでも困りません」

「それじゃ廃《よ》そう」と主人は例のごとくふいと立って書斎へ這入《はい》る。細君は茶の間へ引き下がって針箱の前へ坐る。両人《ふたり》共十分間ばかりは何にもせずに黙って障子を睨《にら》め付けている。

ところへ威勢よく玄関をあけて、山の芋の寄贈者多々良三平《たたらさんぺい》君が上《あが》ってくる。多々良三平君はもとこの家《や》の書生であったが今では法科大学を卒業してある会社の鉱山部に雇われている。これも実業家の芽生《めばえ》で、鈴木藤十郎君の後進生である。三平君は以前の関係から時々旧先生の草廬《そうろ》を訪問して日曜などには一日遊んで帰るくらい、この家族とは遠慮のない間柄である。

「奥さん。よか天気でござります」と唐津訛《からつなま》りか何かで細君の前にズボンのまま立て膝をつく。

「おや多々良さん」

「先生はどこぞ出なすったか」

「いいえ書斎にいます」

「奥さん、先生のごと勉強しなさると毒ですばい。たまの日曜だもの、あなた」

「わたしに言っても駄目だから、あなたが先生にそうおっしゃい」

「そればってんが……」と言い掛けた三平君は座敷中を見廻わして「今日は御嬢さんも見えんな」と半分妻君に聞いているや否や次の間《ま》からとん子とすん子が駆け出して来る。

「多々良さん、今日は御寿司《おすし》を持って来て?」と姉のとん子は先日の約束を覚えていて、三平君の顔を見るや否や催促する。多々良君は頭を掻《か》きながら

「よう覚えているのう、この次はきっと持って来ます。今日は忘れた」と白状する。

「いやーだ」と姉が云うと妹もすぐ真似をして「いやーだ」とつける。細君はようやく御機嫌が直って少々笑顔になる。

「寿司は持って来んが、山の芋は上げたろう。御嬢さん喰べなさったか」

「山の芋ってなあに?」と姉がきくと妹が今度もまた真似をして「山の芋ってなあに?」と三平君に尋ねる。

「まだ食いなさらんか、早く御母《おか》あさんに煮て御貰い。唐津《からつ》の山の芋は東京のとは違ってうまかあ」と三平君が国自慢をすると、細君はようやく気が付いて
「多々良さんせんだっては御親切に沢山ありがとう」

「どうです、喰べて見なすったか、折れんように箱を誂《あつ》らえて堅くつめて来たから、長いままでありましたろう」

「ところがせっかく下すった山の芋を夕《ゆう》べ泥棒に取られてしまって」

「ぬす盗《と》が? 馬鹿な奴ですなあ。そげん山の芋の好きな男がおりますか?」と三平君大《おおい》に感心している。

「御母《おか》あさま、夕べ泥棒が這入《はい》ったの?」と姉が尋ねる。

「ええ」と細君は軽《かろ》く答える。

「泥棒が這入って――そうして――泥棒が這入って――どんな顔をして這入ったの?」と今度は妹が聞く。

この奇問には細君も何と答えてよいか分らんので
「恐《こわ》い顔をして這入りました」と返事をして多々良君の方を見る。

「恐い顔って多々良さん見たような顔なの」と姉が気の毒そうにもなく、押し返して聞く。

「何ですね。そんな失礼な事を」

「ハハハハ私《わたし》の顔はそんなに恐いですか。困ったな」と頭を掻《か》く。多々良君の頭の後部には直径一寸ばか

りの禿《はげ》がある。一カ月前から出来だして医者に見て貰ったが、まだ容易に癒《なお》りそうもない。この禿を第一番に見付けたのは姉のとん子である。

「あら多々良さんの頭は御母《おかあ》さまのように光《ひ》かってよ」

「だまっていらっしゃいと云うのに」

「御母あさま夕べの泥棒の頭も光かってて」とこれは妹の質問である。細君と多々良君とは思わず吹き出したが、あまり煩《わずら》わしくて話も何も出来ぬので「さあさあ御前さん達は少し御庭へ出て御遊びなさい。今に御母あさまが好い御菓子を上げるから」と細君はようやく子供を追いやって
「多々良さんの頭はどうしたの」と真面目に聞いて見る。

「虫が食いました。なかなか癒りません。奥さんも有んなさるか」

「やだわ、虫が食うなんて、そりゃ髷《まげ》で釣るところは女だから少しは禿げますさ」

「禿はみんなバクテリヤですばい」

「わたしのはバクテリヤじゃありません」

「そりゃ奥さん意地張りたい」

「何でもバクテリヤじゃありません。しかし英語で禿の事を何とか云うでしょう」

「禿はボールドとか云います」

「いいえ、それじゃないの、もっと長い名があるでしょう」

「先生に聞いたら、すぐわかりましょう」

「先生はどうしても教えて下さらないから、あなたに聞くんです」

「私《わたし》はボールドより知りませんが。長かって、どげんですか」

「オタンチン・パレオロガスと云うんです。オタンチンと云うのが禿と云う字で、パレオロガスが頭なんでしょう」

「そうかも知れませんたい。今に先生の書斎へ行ってウェブスターを引いて調べて上げましょう。しかし先生もよほど変っていなさいますな。この天気の好いのに、うちにじっとして――奥さん、あれじゃ胃病は癒りませんな。ちと上野へでも花見に出掛けなさるごと勧めなさい」

「あなたが連れ出して下さい。先生は女の云う事は決して聞かない人ですから」

「この頃でもジャムを舐《な》めなさるか」

「ええ相変らずです」

「せんだって、先生こぼしていなさいました。どうも妻《さい》が俺のジャムの舐め方が烈しいと云って困るが、俺はそんなに舐めるつもりはない。何か勘定違いだろうと云いなさるから、そりゃ御嬢さんや奥さんがいっしょに舐めなさるに違ない――」

「いやな多々良さんだ、何だってそんな事を云うんです」

「しかし奥さんだって舐めそうな顔をしていなさるばい」

「顔でそんな事がどうして分ります」

「分らんばってんが――それじゃ奥さん少しも舐めなさらんか」

のですか」

「そりゃ少しは舐めますさ。舐めたって好いじゃありませんか。うちのものだもの」

「ハハハハそうだろうと思った——しかし本《ほん》の事《こと》、泥棒は飛んだ災難でしたな。山の芋ばかり持って行《い》たのですか」

「山の芋ばかりなら困りゃしませんが、不断着をみんな取って行きました」

「早速困りますか。また借金をしなければならんですか。この猫が犬ならよかったに——惜しい事をしたなあ。奥さん犬の大《ふと》か奴《やつ》を是非一丁飼いなさい。——猫は駄目ですばい、飯を食うばかりで——ちっとは鼠でも捕《と》りますか」

「一匹もとった事はありません。本当に横着な図々《ずうずう》図々しい猫ですよ」

「いやそりゃ、どうもこうもならん。早々棄てなさい。私《わたし》が貰って行って煮て食おうか知らん」

「あら、多々良さんは猫を食べるの」

「食いました。猫は旨《うも》うござります」

「随分豪傑ね」

下等な書生のうちには猫を食うような野蛮人がある由《よし》はかねて伝聞したが、吾輩が平生眷顧《けんこ》を辱《かたじけの》うする多々良君その人もまたこの同類ならんとは今が今まで夢にも知らなかった。いわんや同君はすでに書生ではない、卒業の日は浅きにも係《かか》わらず堂々たる一個の法学士で、六《む》つ井《い》物産会社の役員であるのだから吾輩の驚愕《きょうがく》もまた一と通りではない。人を見たら泥棒と思えと云う格言は寒月第二世の行為によってすでに証拠立てられたが、人を見たら猫食いと思えとは吾輩も多々良君の御蔭によって始めて感得した真理である。世に住めば事を知る、事を知るは嬉しいが日に日に危険が多くて、日に日に油断がならなくなる。狡猾《こうかつ》になるのも卑劣になるのも表裏二枚合せの護身服を着けるのも皆事を知るの結果であって、事を知るのは年を取るの罪である。老人に碌《ろく》なものがいないのはこの理だな、吾輩などもあるいは今のうちに多々良君の鍋《なべ》の中で玉葱《たまねぎ》と共に成仏《じょうぶつ》する方が得策かも知れんと考えて隅《すみ》の方に小さくなっていると、最前《さいぜん》細君と喧嘩をして一反《いったん》書斎へ引き上げた主人は、多々良君の声を聞きつけて、のそのそ茶の間へ出てくる。

「先生泥棒に逢いなさったそうですな。なんちゅ愚《ぐ》な事です」と劈頭《へきとう》一番にやり込める。

「這入《はい》る奴が愚《ぐ》なんだ」と主人はどこまでも賢人をもって自任している。

「這入る方も愚だばってんが、取られた方もあまり賢《かし》こくはなかごたる」

「何にも取られるものの無い多々良さんのようなのが一番賢こいんでしょう」と細君が此度《こんど》は良人《おっと》の肩を持つ。

「しかし一番愚なのはこの猫ですばい。ほんにまあ、どう云う了見じゃろう。鼠は捕《と》らず泥棒が来ても知らん顔をしている。――先生この猫を私《わたし》にくんなさらんか。こうしておいたっちゃ何の役にも立ちませんばい」

「やっても好い。何にするんだ」

「煮て喰べます」

主人は猛烈なるこの一言《いちごん》を聞いて、うふと気味の悪い胃弱性の笑を洩《も》らしたが、別段の返事もしない

ので、多々良君も是非食いたいとも云わなかったのは吾輩にとって望外の幸福である。主人はやがて話頭を転じて、

「猫はどうでも好いが、着物をとられたので寒くていかん」と大《おお》いに銷沈《しょうちん》の体《てい》である。なるほど寒いはずである。昨日《きのう》までは綿入を二枚重ねていたのに今日は袷《あわせ》に半袖《はんそで》のシャツだけで、朝から運動もせず枯坐《こざ》したぎりであるから、不充分な血液はことごとく胃のために働いて手足の方へは少しも巡回して来ない。

「先生教師などをしておったちゃとうていあかんですばい。ちょっと泥棒に逢っても、すぐ困る――一丁《いっちょう》今から考を換《か》えて実業家にでもなんなさらんか」

「先生は実業家は嫌《きらい》だから、そんな事を言ったって駄目よ」

と細君が傍《そば》から多々良君に返事をする。細君は無論実業家になって貰いたいのである。

「先生学校を卒業して何年になんなさるか」

「今年で九年目でしょう」と細君は主人を顧《かえり》みる。主人はそうだとも、そうで無いとも云わない。

「九年立っても月給は上がらず。いくら勉強しても人は褒《ほ》めちゃくれず、郎君独寂寞《ろうくんひとりせきばく》ですたい」と中学時代で覚えた詩の句を細君のために朗吟すると、細君はちょっと分りかねたものだから返事をしない。

「教師は無論嫌《きらい》だが、実業家はなお嫌いだ」と主人は何が好きだか心の裏《うち》で考えているらしい。

「先生は何でも嫌なんだから……」

「嫌でないのは奥さんだけですか」と多々良君柄《がら》に似合わぬ冗談《じょうだん》を云う。

「一番嫌だ」主人の返事はもっとも簡明である。細君は横を向いてちょっと澄《す》したが再び主人の方を見て、

「生きていらっしゃるのも御嫌《おきらい》なんでしょう」と充分主人を凹《へこ》ましたつもりで云う。

「あまり好いてはおらん」と存外呑気《のんき》な返事をする。これでは手のつけようがない。

「先生ちっと活溌《かっぱつ》に散歩でもしなさらんと、からだを壊《こわ》してしまいますばい。――そうして実業家になんなさい。金なんか儲《もう》けるのは、ほんに造作《ぞうさ》もない事でござります」

「少しも儲けもせん癖に」

「まだあなた、去年やっと会社へ這入《はい》ったばかりですもの。それでも先生より貯蓄があります」

「どのくらい貯蓄したの？」と細君は熱心に聞く。

「もう五十円になります」

「一体あなたの月給はどのくらいなの」これも細君の質問である。

「三十円ですたい。その内を毎月五円宛《ずつ》会社の方で預って積んでおいて、いざと云う時にやります。――奥さん小遣銭で外濠線《そとぼりせん》の株を少し買いなさらんか、今から三四個月すると倍になります。ほんに少し金さえあれば、すぐ二倍にでも三倍にでもなります」

「そんな御金があれば泥棒に逢ったって困りゃしないわ」

「それだから実業家に限ると云うんです。先生も法科でもやって会社か銀行へでも出なされば、今頃は月に三四百円の収入はありますのに、惜しい事でござんしたな。――先生あの鈴木藤十郎と云う工学士を知ってなさるか」

「うん昨日《きのう》来た」

「そうでござんすか、せんだってある宴会で逢いました時先生の御話をしたら、そうか君は苦沙弥《くしゃみ》君のところの書生をしていたのか、僕も苦沙弥君とは昔《むか》し小石川の寺でいっしょに自炊をしておった事がある、今度行ったら宜《よろ》しく云うてくれ、僕もその内尋ねるからと云っていました」

「近頃東京へ来たそうだな」

「ええ今まで九州の炭坑におりましたが、こないだ東京詰《づめ》になりました。なかなか旨《うま》いです。私《わたし》なぞにでも朋友のように話します。――先生あの男がいくら貰ってると思いなさる」

「知らん」

「月給が二百五十円で盆暮に配当がつきますから、何でも平均四五百円になりますばい。あげな男が、よかしこ取っておるのに、先生はリーダー専門で十年一狐裘《いちこきゅう》じゃ馬鹿気ておりますなあ」

「実際馬鹿気ているな」と主人のような超然主義の人でも金銭の観念は普通の人間と異《こと》なるところはない。否困窮するだけに人一倍金が欲しいのかも知れない。多々良君は充分実業家の利益を吹聴《ふいちょう》してもう云う事が無くなったものだから

「奥さん、先生のところへ水島寒月と云う人《じん》が来ますか」

「ええ、善くいらっしゃいます」

「どげんな人物ですか」

「大変学問の出来る方だそうです」

「好男子ですか」

「ホホホホ多々良さんくらいなものでしょう」

「そうですか、私《わたし》くらいなものですか」と多々良君真面目である。

「どうして寒月の名を知っているのかい」と主人が聞く。

「せんだって或る人から頼まれました。そんな事を聞くだけの価値のある人物でしょうか」多々良君は聞かぬ先からすでに寒月以上に構えている。

「君よりよほどえらい男だ」

「そうでございますか、私《わたし》よりえらいですか」と笑いもせず怒《おこ》りもせぬ。これが多々良君の特色である。

「近々《きんきん》博士になりますか」

「今論文を書いてるそうだ」

「やっぱり馬鹿ですな。博士論文をかくなんて、もう少し話せる人物かと思ったら」

「相変らず、えらい見識ですね」と細君が笑いながら云う。

「博士になったら、だれとかの娘をやるとかやらんとか云うていましたから、そんな馬鹿があろうか、娘を貰うために博士になるなんて、そんな人物にくれるより僕にくれる方がよほどましだと云ってやりました」

「だれに」

「私《わたし》に水島の事を聞いてくれと頼んだ男です」

「鈴木じゃないか」

「いいえ、あの人にゃ、まだそんな事は云い切りません。向うは大頭ですから」

「多々良さんは蔭弁慶《かげべんけい》ね。うちへなんぞ来ちゃ大変威張っても鈴木さんなどの前へ出ると小さくなってるんでしょう」

「ええ。そうせんと、あぶないです」

「多々良、散歩をしようか」と突然主人が云う。先刻《さっき》から袷《あわせ》一枚であまり寒いので少し運動でもしたら暖かになるだろうと云う考から主人はこの先例のない動議を呈出したのである。行き当りばったりの多々良君は無論逡巡《しゅんじゅん》する訳がない。

「行きましょう。上野にしますか。芋坂《いもざか》へ行って団子を食いましょうか。先生あすこの団子を食った事がありますか。奥さん一返行って食って御覧。柔らかくて安いです。酒も飲ませます」と例によって秩序のない駄弁を揮《ふる》ってるうちに主人はもう帽子を被って沓脱《くつぬぎ》へ下りる。

　吾輩はまた少々休養を要する。主人と多々良君が上野公園でどんな真似をして、芋坂で団子を幾皿食ったかその辺の逸事は探偵の必要もなし、また尾行《びこう》する勇気もないからずっと略してその間《あいだ》休養せんければならん。休養は万物の旻天《びんてん》から要求してしかるべき権利である。この世に生息すべき義務を有して蠢動《しゅんどう》する者は、生息の義務を果すために休養を得ねばならぬ。もし神ありて汝《なんじ》は働くために生れたり寝るために生れたるに非ずと云わば吾輩はこれに答えて云わん、吾輩は仰せのごとく働くために生れたり故に働くために休養を乞うと。主人のごとく器械に不平を吹き込んだまでの木強漢《ぼくきょうかん》ですら、時々は日曜以外に自弁休養をやるではないか。多感多恨にして日夜心神を労する吾輩ごとき者は仮令《たとい》猫といえども主人以上に休養を要するは勿論の事である。ただ先刻《さっき》多々良君が吾輩を目して休養以外に何等の能もない贅物《ぜいぶつ》のごとくに罵《ののし》ったのは少々気掛りである。とかく物象《ぶっしょう》にのみ使役せらるる俗人は、五感の刺激以外に何等の活動もないので、他を評価するのでも形骸以外に渉《わた》らんのは厄介である。何でも尻でも端折《はしょ》って、汗でも出さないと働らいていないように考えている。達磨《だるま》と云う坊さんは足の腐るまで座禅をして澄ましていたと云うが、仮令《たとい》壁の隙《すき》から蔦《つた》が這い込んで大師の眼口を塞《ふさ》ぐまで動かないにしろ、寝ているんでも死んでいるんでもない。頭の中は常に活動して、廓然無聖《かくねんむしょう》などと乙な理窟を考え込んでいる。儒家にも静坐の工夫と云うのがあるそうだ。これだって一室の中《うち》に閉居して安閑と躄《いざり》の修行をするのではない。脳中の活力は人一倍熾《さかん》に燃えている。ただ外見上は至極沈静端粛の態《てい》であるから、天下の凡眼はこれらの知識巨匠をもって昏睡仮死《こんすいかし》の庸人《ようじん》と見做《みな》して無用の長物とか穀潰《ごくつぶ》しとか入らざる誹謗《ひぼう》の声を立てるのである。これらの凡眼は皆形を見て心を見ざる不具なる視覚を有して生れついた者で、――しかも彼《か》の多々良三平君のごときは形を見て心を見ざる第一流の人物であるから、この三平君が吾輩を目して乾屎橛《かんしけつ》同等に心得るのももっともだが、恨むらくは少しく古今の書籍を読んで、やや事物の真相を解し得たる主人までが、浅薄なる三平君に一も二もなく同意して、猫鍋《ねこなべ》に故障を挟《さしはさ》む景色《けしき》のない事である。しかし一歩退いて考えて見ると、かくまでに彼等が吾輩を軽蔑《けいべつ》するのも、あながち無理ではない。大声は俚耳《りじ》に入らず、陽春白雪の詩には和するもの少なしの喩《たとえ》も古い昔からある事だ。形体以外の活動を見る能《あた》わざる者に向って己霊《これい》の光輝を見よと強《し》ゆるは、坊主に髪を結《い》えと逼《せま》るがごとく、鮪《まぐろ》に演説をして見ろと云うがごとく、電鉄に脱線を要求するがごとく、主人に辞職を勧告するごとく、三平に金の事を考えるなと云うがごときものである。必竟《ひっきょう》無理な注文に過ぎん。しかしながら猫といえども社会的動物である。社会的動物である以上はいかに高く自《みずか》ら標置するとも、或る程度までは社会と調和して行かねばならん。主人や細君や乃至《ないし》御《お》さん、三平連《づれ》が吾輩を吾輩相当に評価してくれんのは残念ながら致し方がないとして、不明の結果皮を剥《は》いで三味線屋に売り飛ばし、肉を刻んで多々良君の膳に上《のぼ》すような無分別をやられては由々《ゆゆ》しき大事である。吾輩は頭をもって活動すべき天命を受けてこの娑婆《しゃば》に出現したほどの古今来《ここんらい》の猫であれば、非常に大事な身体である。千金の子《し》は堂陲《どうすい》に坐せずとの諺《ことわざ》もある事なれば、好んで超邁《ちょうまい》を宗《そう》として、徒《いたず》らに吾身の危険を求むるのは単に自己の災《わざわい》なるのみならず、また大いに天意に背《そむ》く訳である。猛虎も動物園に入れば糞豚《ふんとん》の隣りに居を占め、鴻雁《こうがん》も鳥屋に生擒《いけど》らるれば雛鶏《すうけい》と俎《まないた》を同《おな》じゅうす。庸人《ようじん》と相互《あいご》する以上は下《くだ》って庸猫《ようびょう》と化せざるべからず。庸猫たらんとすれば鼠を捕《と》らざるべからず。——吾輩はとうとう鼠をとる事に極《き》めた。

　せんだってじゅうから日本は露西亜《ロシア》と大戦争をしているそうだ。吾輩は日本の猫だから無論日本贔負《びいき》である。出来得べくんば混成猫旅団《こんせいねこりょだん》を組織して露西亜兵を引っ掻《か》いてやりたいと思うくらいである。かくまでに元気旺盛《おうせい》な吾輩の事であるから鼠の一疋や二疋はとろうとする意志さえあれば、寝ていても訳なく捕《と》れる。昔《むか》しある人当時有名な禅師に向って、どうしたら悟れましょうと聞いたら、猫が鼠を覘《ねら》うようにさしゃれと答えたそうだ。猫が鼠をとるようにとは、かくさえすれば外《は》ずれっこはござらぬと云う意味である。女賢《さか》しゅうしてと云う諺はあるが猫賢《さか》しゅうして鼠捕《と》り損《そこな》うと云う格言はまだ無いはずだ。して見ればいかに賢《かし》こい吾輩のごときものでも鼠の捕れんはずはあるまい。とれんはずはあるまいどころか捕り損うはずはあるまい。今まで捕らんのは、捕りたくないからの事さ。春の日はきのうのごとく暮れて、折々の風に誘わるる花吹雪《はなふぶき》が台所の腰障子の破れから飛び込んで手桶《ておけ》の中に浮ぶ影が、薄暗き勝手用のランプの光りに白く見える。今夜こそ大手柄をして、うちじゅう驚かしてやろうと決心した吾輩は、あらかじめ戦場を見廻って地形を飲み込んでおく必要がある。戦闘線は勿論《もちろん》あまり広かろうはずがない。畳数にしたら四畳敷もあろうか、その一畳を仕切って半分は流し、半分は酒屋八百屋の御用を聞く土間である。へっついは貧乏勝手に似合わぬ立派な者で赤の銅壺《どうこ》がぴかぴかして、後《うし》ろは羽目板の間《ま》を二尺遺《のこ》して吾輩の鮑貝《あわびがい》の所在地である。茶の間に近き六尺は膳椀皿小鉢《ぜんわんさらこばち》を入れる戸棚となって狭《せま》き台所をいとど狭く仕切って、横に差し出すむき出しの棚とすれすれの高さになっている。その下に擂鉢《すりばち》が仰向《あおむ》けに置かれて、擂鉢の中には小桶の尻が吾輩の方を向いている。大根卸し、擂小木《すりこぎ》が並んで懸《か》けてある傍《かたわ》らに火消壺だけが悄然《しょうぜん》と控《ひか》えている。真黒になった樽木《たるき》の交叉した真中から一本の自在《じざい》を下ろして、先へは平たい大きな籠《かご》をかける。その籠が時々風に揺れて鷹揚《おうよう》に動いている。この籠は何のために釣るすのか、この家《うち》へ来たてには一向《いっこう》要領を得なかったが、猫の手の届かぬためわざと食物をここへ入れると云う事を知ってから、人間の意地の悪い事をしみじみ感じた。

これから作戦計画だ。どこで鼠と戦争するかと云えば無論鼠の出る所でなければならぬ。いかにこっちに便宜《べんぎ》な地形だからと云って一人で待ち構えていてはてんで戦争にならん。ここにおいてか鼠の出口を研究する必要が生ずる。どの方面から来るかなと台所の真中に立って四方を見廻わす。何だか東郷大将のような心持がする。下女はさっき湯に行って戻って来《こ》ん。小供はとくに寝ている。主人は芋坂《いもざか》の団子を喰って帰って来て相変らず書斎に引き籠《こも》っている。細君は――細君は何をしているか知らない。大方居眠りをして山芋の夢でも見ているのだろう。時々門前を人力《じんりき》が通るが、通り過ぎた後《あと》は一段と淋しい。わが決心と云い、わが意気と云い台所の光景と云い、四辺《しへん》の寂寞《せきばく》と云い、全体の感じが悉《ことごと》く悲壮である。どうしても猫中《ねこちゅう》の東郷大将としか思われない。こう云う境界《きょうがい》に入ると物凄《ものすご》い内に一種の愉快を覚えるのは誰しも同じ事であるが、吾輩はこの愉快の底に一大心配が横《よこた》わっているのを発見した。鼠と戦争をするのは覚悟の前だから何疋来ても恐《こわ》くはないが、出てくる方面が明瞭でないのは不都合である。周密なる観察から得た材料を綜合《そうごう》して見ると鼠賊《そぞく》の逸出《いっしゅつ》するのには三つの行路がある。彼らがもしどぶ鼠であるならば土管を沿うて流しから、へっついの裏手へ廻るに相違ない。その時は火消壺の影に隠れて、帰り道を絶ってやる。あるいは溝《みぞ》へ湯を抜く漆喰《しっくい》の穴より風呂場を迂回《うかい》して勝手へ不意に飛び出すかも知れない。そうしたら釜の蓋《ふた》の上に陣取って眼の下に来た時上から飛び下りて一攫《ひとつか》みにする。それからとまたあたりを見廻すと戸棚の戸の右の下隅が半月形《はんげつけい》に喰い破られて、彼等の出入《しゅつにゅう》に便なるかの疑がある。鼻を付けて臭《か》いで見ると少々鼠臭《くさ》い。もしここから吶喊《とっかん》して出たら、柱を楯《たて》にやり過ごしておいて、横合からあっと爪をかける。もし天井から来たらと上を仰ぐと真黒な煤《すす》がランプの光で輝やいて、地獄を裏返しに釣るしたごとくちょっと吾輩の手際《てぎわ》では上《のぼ》る事も、下《くだ》る事も出来ん。まさかあんな高い処から落ちてくる事もなかろうからとこの方面だけは警戒を解《と》く事にする。それにしても三方から攻撃される懸念《けねん》がある。一口なら片眼でも退治して見せる。二口ならどうにか、こうにかやってのける自信がある。しかし三口となるといかに本能的に鼠を捕《と》るべく予期せらるる吾輩も手の付けようがない。さればと云って車屋の黒ごときものを助勢に頼んでくるのも吾輩の威厳に関する。どうしたら好かろう。どうしたら好かろうと考えて好い智慧《ちえ》が出ない時は、そんな事は起る気遣《きづかい》はないと決めるのが一番安心を得る近道である。また法のつかない者は起らないと考えたくなるものである。まず世間を見渡して見給え。きのう貰った花嫁も今日死なんとも限らんではないか、しかし聟殿《むこどの》は玉椿千代も八千代もなど、おめでたい事を並べて心配らしい顔もせんではないか。心配せんのは、心配する価値がないからではない。いくら心配したって法が付かんからである。吾輩の場合でも三面攻撃は必ず起らぬと断言すべき相当の論拠はないのであるが、起らぬとする方が安心を得るに便利である。安心は万物に必要である。吾輩も安心を欲する。よって三面攻撃は起らぬと極《き》める。

それでもまだ心配が取れぬから、どう云うものかとだんだん考えて見るとようやく分った。三個の計略のうちいずれを選んだのがもっとも得策であるかの問題に対して、自《みずか》ら明瞭なる答弁を得るに苦しむからの煩悶《はんもん》である。戸棚から出るときには吾輩これに応ずる策がある、風呂場から現われる時はこれに対する計《はかりごと》がある、また流しから這い上るときはこれを迎うる成算もあるが、そのうちどれか一つに極《き》めねばならぬとなると大《おおい》に当惑する。東郷大将はバルチック艦隊が対馬海峡《つしまかいきょう》を通るか、津軽海峡《つがるかいきょう》へ出るか、あるいは遠く宗谷海峡《そうやかいきょう》を廻るかについて大《おおい》に心配されたそうだが、今吾輩が吾輩自身の境遇から想像して見て、ご困却の段実に御察し申す。吾輩は全体の状況において東郷閣下に似ているのみならず、この格段なる地位においてもまた東郷閣下とよく苦心を同じゅうする者である。

吾輩がかく夢中になって智謀をめぐらしていると、突然破れた腰障子が開《あ》いて御三《おさん》の顔がぬうと出る。

顔だけ出ると云うのは、手足がないと云う訳ではない。ほかの部分は夜目《よめ》でよく見えんのに、顔だけが著るしく強い色をして判然眸底《ぼうてい》に落つるからである。御三はその平常より赤き頬をますます赤くして洗湯から帰ったついでに、昨夜《ゆうべ》に懲《こ》りてか、早くから勝手の戸締《とじまり》をする。書斎で主人が俺のステッキを枕元へ出しておけと云う声が聞える。何のために枕頭にステッキを飾るのか吾輩には分らなかった。まさか易水《えきすい》の壮士を気取って、竜鳴《りゅうめい》を聞こうと云う酔狂でもあるまい。きのうは山の芋、今日《きょう》はステッキ、明日《あす》は何になるだろう。

夜はまだ浅い鼠はなかなか出そうにない。吾輩は大戦の前に一と休養を要する。

主人の勝手には引窓がない。座敷なら欄間《らんま》と云うような所が幅一尺ほど切り抜かれて夏冬吹き通しに引窓の代理を勤めている。惜し気もなく散る彼岸桜《ひがんざくら》を誘うて、颯《さっ》と吹き込む風に驚ろいて眼を覚《さ》ますと、朧月《おぼろづき》さえいつの間《ま》に差してか、竈《へっつい》の影は斜めに揚板《あげいた》の上にかかる。寝過ごしはせぬかと二三度耳を振って家内の容子《ようす》を窺《うかが》うと、しんとして昨夜のごとく柱時計の音のみ聞える。もう鼠の出る時分だ。どこから出るだろう。

戸棚の中でことことと音がしだす。小皿の縁《ふち》を足で抑えて、中をあらしているらしい。ここから出るわいと穴の横へすくんで待っている。なかなか出て来る景色《けしき》はない。皿の音はやがてやんだが今度はどんぶりか何かに掛ったらしい、重い音が時々ごとごととする。しかも戸を隔ててすぐ向う側でやっている、吾輩の鼻づらと距離にしたら三寸も離れておらん。時々はちょろちょろと穴の口まで足音が近寄るが、また遠のいて一匹も顔を出すものはない。戸一枚向うに現在敵が暴行を逞《たくま》しくしているのに、吾輩はじっと穴の出口で待っておらねばならん随分気の長い話だ。鼠は旅順椀《りょじゅんわん》の中で盛に舞踏会を催うしている。せめて吾輩の這入《はい》れるだけ御三がこの戸を開けておけば善いのに、気の利かぬ山出しだ。

今度はへっついの影で吾輩の鮑貝《あわびがい》がことりと鳴る。敵はこの方面へも来たなと、そーっと忍び足で近寄ると手桶《ておけ》の間から尻尾《しっぽ》がちらと見えたぎり流しの下へ隠れてしまった。しばらくすると風呂場でうがい茶碗が金盥《かなだらい》にかちりと当る。今度は後方《うしろ》だと振りむく途端に、五寸近くある大《おおき》な奴がひらりと歯磨の袋を落して椽《えん》の下へ馳《か》け込む。逃がすものかと続いて飛び下りたらもう影も姿も見えぬ。鼠を捕《と》るのは思ったよりむずかしい者である。吾輩は先天的鼠を捕る能力がないのか知らん。

吾輩が風呂場へ廻ると、敵は戸棚から馳け出し、戸棚を警戒すると流しから飛び上り、台所の真中に頑張《がんば》っていると三方面共少々ずつ騒ぎ立てる。小癪《こしゃく》と云おうか、卑怯《ひきょう》と云おうかとうてい彼等は君子の敵でない。吾輩は十五六回はあちら、こちらと気を疲らし心《しん》を労《つか》らして奔走努力して見たがついに一度も成功しない。残念ではあるがかかる小人《しょうじん》を敵にしてはいかなる東郷大将も施《ほど》こすべき策がない。始めは勇気もあり敵愾心《てきがいしん》もあり悲壮と云う崇高な美感さえあったがついには面倒と馬鹿気ているのと眠いのと疲れたので台所の真中へ坐ったなり動かない事になった。しかし動かんでも八方睨《はっぽうにら》みを極《き》め込んでいれば敵は小人だから大した事は出来んのである。目ざす敵と思った奴が、存外けちな野郎だと、戦争が名誉だと云う感じが消えて悪《に》くいと云う念だけ残る。悪《に》くいと云う念を通り過すと張り合が抜けてぼーとする。ぼーとしたあとは勝手にしろ、どうせ気の利《き》いた事は出来ないのだからと軽蔑《けいべつ》の極眠《きょくねむ》たくなる。吾輩は以上の径路をたどって、ついに眠くなった。吾輩は眠る。休養は敵中に在《あ》っても必要である。

横向に庇《ひさし》を向いて開いた引窓から、また花吹雪《はなふぶき》を一塊《ひとかたま》りなげ込んで、烈しき風の吾を遶《めぐ》ると思えば、戸棚の口から弾丸のごとく飛び出した者が、避くる間《ま》もあらばこそ、風を切って吾輩の左の耳へ喰いつく。これに続く黒い影は後《うし》ろに廻るかと思う間もなく吾輩の尻尾《しっぽ》へぶら下がる。瞬《またた》く間の出来事である。吾輩は何の目的もなく器械的に跳上《はねあが》る。満身の力を毛穴に込めてこの怪物を振り落とそうとする。耳に喰い下がったのは中心を失ってだらりと吾が横顔に懸る。護謨管《ゴムかん》のごとき柔かき尻尾の先が思い掛なく吾輩の口に這入る。屈竟《くっきょう》の手懸《てがか》りに、砕《くだ》けよとばかり尾を啣《くわ》えながら左右にふると、尾のみは前歯の間に残って胴体は古新聞で張った壁に当って、揚板の上に跳《は》ね返る。起き上がるところを隙間《すきま》なく乗《の》し掛《かか》れば、毬《まり》を蹴《け》たるごとく、吾輩の鼻づらを掠《かす》めて釣り段の縁《ふち》に足を縮めて立つ。彼は棚の上から吾輩を見おろす、吾輩は板の間から彼を見上ぐる。距離は五尺。その中に月の光りが、大幅《おおはば》の帯を空《くう》に張るごとく横に差し込む。吾輩は前足に力を込めて、やっとばかり棚の上に飛び上がろうとした。前足だけは首尾よく棚の縁《ふち》にかかったが後足《あとあし》は宙にもがいている。尻尾には最前の黒いものが、死ぬとも離るまじき勢で喰い下っている。吾輩は危《あや》うい。前足を懸《か》け易《か》えて足懸《あしがか》りを深くしようとする。懸け易える度に尻尾の重みで浅くなる。二三分《にさんぶ》滑れば落ちねばならぬ。吾輩はいよいよ危うい。棚板を爪で掻《か》きむしる音ががりがりと聞える。これではならぬと左の前足を抜き易える拍子に、爪を見事に懸け損じたので吾輩は右の爪一本で棚からぶら下った。自分と尻尾に喰いつくものの重みで吾輩のからだがぎりぎりと廻わる。この時まで身動きもせずに覘《ねら》いをつけていた棚の上の怪物は、ここぞと吾輩の額を目懸けて棚の上から石を投ぐるがごとく飛び下りる。吾輩の爪は一縷《いちる》のかかりを失う。三つの塊《かた》まりが一つとなって月の光を竪《たて》に切って下へ落ちる。次の段に乗せてあった擂鉢《すりばち》と、擂鉢の中の小桶《こおけ》とジャムの空缶《あきかん》が同じく一塊《ひとかたまり》となって、下にある火消壺を誘って、半分は水甕《みずがめ》の中、半分は板の間の上へ転がり出す。すべてが深夜にただならぬ物音を立てて死物狂いの吾輩の魂をさえ寒からしめた。

「泥棒！」と主人は胴間声《どうまごえ》を張り上げて寝室から飛び出して来る。見ると片手にはランプを提《さ》げ、片手にはステッキを持って、寝ぼけ眼《まなこ》よりは身分相応の炯々《けいけい》たる光を放っている。吾輩は鮑貝《あわびがい》の傍《そば》におとなしくして蹲踞《うずくま》る。二疋の怪物は戸棚の中へ姿をかくす。主人は手持無沙汰に「何だ誰だ、大きな音をさせたのは」と怒気を帯びて相手もいないのに聞いている。月が西に傾いたので、白い光りの一帯は半切《はんきれ》ほどに細くなった。

六

こう暑くては猫といえどもやり切れない。皮を脱いで、肉を脱いで骨だけで涼みたいものだと英吉利《イギリス》のシドニー・スミスとか云う人が苦しがったと云う話があるが、たとい骨だけにならなくとも好いから、せめてこの淡灰色の斑入《ふいり》の毛衣《けごろも》だけはちょっと洗い張りでもするか、もしくは当分の中《うち》質にでも入れたいような気がする。人間から見たら猫などは年が年中同じ顔をして、春夏秋冬一枚看板で押し通す、至って単純な無事な銭《ぜに》のかからない生涯《しょうがい》を送っているように思われるかも知れないが、いくら猫だって相応に暑さ寒さの感じはある。たまには行水《ぎょうずい》の一度くらいあびたくない事もないが、何しろこの毛衣の上から湯を使った日には乾かすのが容易な事でないから汗臭いのを我慢してこの年になるまで洗湯の暖簾《のれん》を潜《くぐ》った事はない。折々は団扇《うちわ》でも使って見ようと云う気も起らんではないが、とにかく握る事が出来ないのだから仕方がない。それを思うと人間は贅沢《ぜいたく》なものだ。なまで食ってしかるべきものをわざわざ煮て見たり、焼いて見たり、酢《す》に漬《つ》けて見たり、味噌《みそ》をつけて見たり好んで余計な手数《てすう》を懸けて御互に恐悦している。着物だってそうだ。猫のように一年中同じ物を着通せと云うのは、不完全に生れついた彼等にとって、ちと無理かも知れんが、なにもあんなに雑多なものを皮膚の上へ載《の》せて暮さなくてもの事だ。羊の御厄介になったり、蚕《かいこ》の御世話になったり、綿畠の御情《おなさ》けさえ受けるに至っては贅沢《ぜいたく》は無能の結果だと断言しても好いくらいだ。衣食はまず大目に見て勘弁するとしたところで、生存上直接の利害もないところまでこの調子で押して行くのは毫《ごう》も合点《がてん》が行かぬ。第一頭の毛などと云うものは自然に生えるものだから、放《ほう》っておく方がもっとも簡便で当人のためになるだろうと思うのに、彼等は入らぬ算段をして種々雑多な恰好《かっこう》をこしらえて得意である。坊主とか自称するものはいつ見ても頭を青くしている。暑いとその上へ日傘をかぶる。寒いと頭巾《ずきん》で包む。これでは何のために青い物を出しているのか主意が立たんではないか。そうかと思うと櫛《くし》とか称する無意味な鋸様《のこぎりよう》の道具を用いて頭の毛を左右に等分して嬉しがってるのもある。等分にしないと七分三分の割合で頭蓋骨《ずがいこつ》の上へ人為的の区劃《くかく》を立てる。中にはこの仕切りがつむじを通り過して後《うし》ろまで食《は》み出しているのがある。まるで贋造《がんぞう》の芭蕉葉《ばしょうは》のようだ。その次には脳天を平らに刈って左右は真直に切り落す。丸い頭へ四角な枠《わく》をはめているから、植木屋を入れた杉垣根の写生としか受け取れない。このほか五分刈、三分刈、一分刈さえあると云う話だから、しまいには頭の裏まで刈り込んでマイナス一分刈、マイナス三分刈などと云う新奇な奴が流行するかも知れない。とにかくそんなに憂身《うきみ》を窶《やつ》してどうするつもりか分らん。第一、足が四本あるのに二本しか使わないと云うのから贅沢だ。四本であるけばそれだけはかも行く訳だのに、いつでも二本ですまして、残る二本は到来の棒鱈《ぼうだら》のように手持無沙汰にぶら下げているのは馬鹿馬鹿しい。これで見ると人間はよほど猫より閑《ひま》なもので退屈のあまりかようないたずらを考案して楽んでいるものと察せられる。ただおかしいのはこの閑人《ひまじん》がよると障《さ》わると多忙だ多忙だと触れ廻わるのみならず、その顔色がいかにも多忙らしい、わるくすると多忙に食い殺されはしまいかと思われるほどこせついている。彼等のあるものは吾輩を見て時々あんなになったら気楽でよかろうなどと云うが、気楽でよければなるが好い。そんなにこせこせしてくれと誰も頼んだ訳でもなかろう。自分で勝手な用事を手に負えぬほど製造して苦しい苦しいと云うのは自分で火をかんかん起して暑い暑いと云うようなものだ。猫だって頭の刈り方を二十通りも考え出す日には、こう気楽にしてはおられんさ。気楽になりたければ吾輩のように夏でも毛衣《けごろも》を着て通されるだけの修業をするがよろしい。――とは云うものの少々熱い。毛衣では全く熱《あ》つ過ぎる。

これでは一手専売の昼寝も出来ない。何かないかな、永らく人間社会の観察を怠《おこた》ったから、今日は久し振りで彼等が酔興に齷齪《あくせく》する様子を拝見しようかと考えて見たが、生憎《あいにく》主人はこの点に関してすこぶる猫に近い性分《しょうぶん》である。昼寝は吾輩に劣らぬくらいやるし、ことに暑中休暇後になってからは何一つ人間らしい仕事をせんので、いくら観察をしても一向《いっこう》観察する張合がない。こんな時に迷亭でも来ると胃弱性の皮膚も幾分か反応を呈して、しばらくでも猫に遠ざかるだろうに、先生もう来ても好い時だと思っていると、誰とも知らず風呂場でざあざあ水を浴びるものがある。水を浴びる音ばかりではない、折々大きな声で相の手を入れている。「いや結構」「どうも良い心持ちだ」「もう一杯」などと家中《うちじゅう》に響き渡るような声を出す。主人のうちへ来てこんな大きな声と、こんな無作法《ぶさほう》な真似をやるものはほかにはない。迷亭に極《きま》っている。

いよいよ来たな、これで今日半日は潰《つぶ》せると思っていると、先生汗を拭《ふ》いて肩を入れて例のごとく座敷までずかずか上って来て「奥さん、苦沙弥《くしゃみ》君はどうしました」と呼ばわりながら帽子を畳の上へ抛《ほう》り出す。細君は隣座敷で針箱の側《そば》へ突っ伏して好い心持ちに寝ている最中にワンワンと何だか鼓膜へ答えるほどの響がしたのではっと驚ろいて、醒《さ》めぬ眼をわざと睜《みは》って座敷へ出て来ると迷亭が薩摩上布《さつまじょうふ》を着て勝手な所へ陣取ってしきりに扇使いをしている。

「おやいらしゃいまし」と云ったが少々狼狽《ろうばい》の気味で「ちっとも存じませんでした」と鼻の頭へ汗をかいたまま御辞儀をする。「いいえ、今来たばかりなんですよ。今風呂場で御三《おさん》に水を掛けて貰ってね。ようやく生き帰ったところで――どうも暑いじゃありませんか」「この両三日《りょうさんち》は、ただじっとしておりましても汗が出るくらいで、大変御暑うございます。――でも御変りもございませんで」と細君は依然として鼻の汗をとらない。「ええありがとう。なに暑いくらいでそんなに変りゃしませんや。しかしこの暑さは別物ですよ。どうも体がだるくってね」「私《わたく》しなども、ついに昼寝などを致した事がないんでございますが、こう暑いとつい――」「やりますかね。好いですよ。昼寝られて、夜寝られりゃ、こんな結構な事はないでさあ」とあいかわらず呑気《のんき》な事を並べて見たがそれだけでは不足と見えて「私《わたし》なんざ、寝たくない、質《たち》でね。苦沙弥君などのように来るたんびに寝ている人を見ると羨《うらやま》しいですよ。もっとも胃弱にこの暑さは答えるからね。丈夫な人でも今日なんかは首を肩の上に載《の》せてるのが退儀でさあ。さればと云って載ってる以上はもぎとる訳にも行かずね」と迷亭君いつになく首の処置に窮している。「奥さんなんざ首の上へまだ載っけておくものがあるんだから、坐っちゃいられないはずだ。髷《まげ》の重みだけでも横になりたくなりますよ」と云うと細君は今まで寝ていたのが髷の恰好《かっこう》から露見したと思って「ホホホ口の悪い」と云いながら頭をいじって見る。

迷亭はそんな事には頓着なく「奥さん、昨日《きのう》はね、屋根の上で玉子のフライをして見ましたよ」と妙な事を云う。「フライをどうなさったんでございます」「屋根の瓦があまり見事に焼けていましたから、ただ置くのも勿体ないと思ってね。バタを溶かして玉子を落したんでさあ」「あらまあ」「ところがやっぱり天日《てんぴ》は思うように行きませんや。なかなか半熟にならないから、下へおりて新聞を読んでいると客が来たもんだからつい忘れてしまって、今朝になって急に思い出して、もう大丈夫だろうと上って見たらね」「どうなっておりました」「半熟どころか、すっかり流れてしまいました」「おやおや」と細君は八の字を寄せながら感嘆した。

「しかし土用中あんなに涼しくって、今頃から暑くなるのは不思議ですね」「ほんとでございますよ。せんだってじゅうは単衣《ひとえ》では寒いくらいでございましたのに、一昨日《おととい》から急に暑くなりましてね」「蟹《かに》なら横に這《は》うところだが今年の気候はあとびさりをするんですよ。倒行《とうこう》して逆施《げきし》すまた可ならずやと云うような事を言っているかも知れない」「なんでござんす、それは」「いえ、何でもないのです。どうもこの気候の逆戻りをするところはまるでハーキュリスの牛ですよ」と図に乗っていよいよ変ちきりんな事を言うと、果せるかな細君は分らない。しかし最前の倒行して逆施すで少々懲《こ》りているから、今度はただ「へえー」と云ったのみで問い返さなかった。これを問い返されないと迷亭はせっかく持ち出した甲斐《かい》がない。「奥さん、ハーキュリスの牛を御存じですか」「そんな牛は存じませんわ」「御存じないですか、ちょっと講釈をしましょうか」と云うと細君もそれには及びませんとも言い兼ねたものだから「ええ」と云った。「昔《むか》しハーキュリスが牛を引っ張って来たんです」「そのハーキュリスと云うのは牛飼でもござんすか」「牛飼じゃありませんよ。牛飼やいろはの亭主じゃありません。その節は希臘《ギリシヤ》にまだ牛肉屋が一軒もない時分の事ですからね」「あら希臘のお話しなの？　そんなら、そうおっしゃればいいのに」と細君は希臘と云う国名だけは心得ている。「だってハーキュリスじゃありませんか」「ハーキュリスなら希臘なんですか」「ええハーキュリスは希臘の英雄でさあ」「どうりで、知らないと思いました。それでその男がどうしたんで――」「その男がね奥さん見たように眠くなってぐうぐう寝ている――」「あらいやだ」「寝ている間《ま》に、ヴァルカンの子が来ましてね」「ヴァルカンて何です」「ヴァルカンは鍛冶屋《かじや》ですよ。この鍛冶屋のせがれがその牛を盗んだんでさあ。ところがね。牛の尻尾《しっぽ》を持ってぐいぐい引いて行ったもんだからハーキュリスが眼を覚《さ》まして牛やーい牛やーいと尋ねてあるいても分らないんです。分らないはずでさあ。牛の足跡をつけたって前の方へあるかして連れて行ったんじゃありませんもの、後《うし》ろへ後《うし》ろへと引きずって行ったんですからね。鍛冶屋のせがれにしては大出来ですよ」と迷亭先生はすでに天気の話は忘れている。

「時に御主人はどうしました。相変らず午睡《ひるね》ですかね。午睡も支那人の詩に出てくると風流だが、苦沙弥君のように日課としてやるのは少々俗気がありますね。何の事あない毎日少しずつ死んで見るようなものですぜ、奥さん御手数《おてすう》だがちょっと起していらっしゃい」と催促すると細君は同感と見えて「ええ、ほんとにあれでは困ります。第一あなた、からだが悪るくなるばかりですから。今御飯をいただいたばかりだのに」と立ちかけると迷亭先生は「奥さん、御飯と云やあ、僕はまだ御飯をいただかないんですがね」と平気な顔をして聞きもせぬ事を吹聴《ふいちょう》する。「おやまあ、時分どきだのにちっとも気が付きませんで――それじゃ何もございませんが御茶漬でも」「いえ御茶漬なんか頂戴しなくっても好いですよ」「それでも、あなた、どうせ御口に合うようなものはございませんが」と細君少々厭味を並べる。迷亭は悟ったもので「いえ御茶漬でも御湯漬でも御免蒙るんです。今途中で御馳走を誂《あつ》らえて来ましたから、そいつを一つここでいただきますよ」ととうてい素人《しろうと》には出来そうもない事を述べる。細君はたった一言《ひとこと》「まあ！」と云ったがそのままあの中《うち》には驚ろいたままあと、気を悪るくしたままあと、手数《てすう》が省けてありがたいと云うままあが合併している。

　ところへ主人が、いつになくあまりやかましいので、寝つき掛った眠をさかに扱《こ》かれたような心持で、ふらふらと書斎から出て来る。「相変らずやかましい男だ。せっかく好い心持に寝ようとしたところを」と欠伸《あくび》交《まじ》りに仏頂面《ぶっちょうづら》をする。「いや御目覚《おめざめ》かね。鳳眠《ほうみん》を驚かし奉ってはなはだ相済まん。しかしたまには好かろう。さあ坐りたまえ」とどっちが客だか分らぬ挨拶をする。主人は無言のまま座に着いて寄木細工《よせぎざいく》の巻煙草《まきたばこ》入から「朝日」を一本出してすぱすぱ吸い始めたが、ふと向《むこう》の隅《すみ》に転がっている迷亭の帽子に眼をつけて「君帽子を買ったね」と云った。迷亭はすぐさま「どうだい」と自慢らしく主人と細君の前に差し出す。「まあ奇麗だ事。大変目が細かくって柔らかいんですね」と細君はしきりに撫で廻わす。「奥さんこの帽子は重宝《ちょうほう》ですよ、どうでも言う事を聞きますからね」と拳骨《げんこつ》をかためてパナマの横ッ腹をぽかりと張り付けると、なるほど意のごとく拳《こぶし》ほどな穴があいた。細君が「へえ」と驚く間《ま》もなく、この度《たび》は拳骨を裏側へ入れてうんと突ッ張ると釜《かま》の頭がぽかりと尖《と》んがる。次には帽子を取って鍔《つば》と鍔とを両側から圧《お》し潰《つぶ》して見せる。潰れた帽子は麺棒《めんぼう》で延《の》した蕎麦《そば》のように平たくなる。それを片端から蓆《むしろ》でも巻くごとくぐるぐる畳む。「どうですこの通り」と丸めた帽子を懐中へ入れて見せる。「不思議です事ねえ」と細君は帰天斎正一《きてんさいしょういち》の手品でも見物しているように感嘆すると、迷亭もその気になったものと見えて、右から懐中に収めた帽子をわざと左の袖口《そでぐち》から引っ張り出して「どこにも傷はありません」

と元のごとくに直して、人さし指の先へ釜の底を載《の》せてくるくると廻す。もう休《や》めるかと思ったら最後にぽんと後《うし》ろへ放《な》げてその上へ堂《ど》っさりと尻餅を突いた。「君大丈夫かい」と主人さえ懸念《けねん》らしい顔をする。細君は無論の事心配そうに「せっかく見事な帽子をもし壊《こ》わしでもしちゃあ大変ですから、もう好い加減になすったら宜《よ》うござんしょう」と注意をする。得意なのは持主だけで「ところが壊われないから妙でしょう」と、くちゃくちゃになったのを尻の下から取り出してそのまま頭へ載せると、不思議な事には、頭の恰好《かっこう》にたちまち回復する。「実に丈夫な帽子です事ねえ、どうしたんでしょう」と細君がいよいよ感心すると「なにどうもしたんじゃありません、元からこう云う帽子なんです」と迷亭は帽子を被ったまま細君に返事をしている。

「あなたも、あんな帽子を御買になったら、いいでしょう」としばらくして細君は主人に勧めかけた。「だって苦沙弥君は立派な麦藁《むぎわら》の奴を持ってるじゃありませんか」「ところがあなた、せんだって小供があれを踏み潰《つぶ》してしまいまして」「おやおやそりゃ惜しい事をしましたね」「だから今度はあなたのような丈夫で奇麗なのを買ったら善かろうと思いますんで」と細君はパナマの価段《ねだん》を知らないものだから「これになさいよ、ねえ、あなた」としきりに主人に勧告している。

迷亭君は今度は右の袂《たもと》の中から赤いケース入りの鋏《はさみ》を取り出して細君に見せる。「奥さん、帽子はそのくらいにしてこの鋏を御覧なさい。これがまたすこぶる重宝《ちょうほう》な奴で、これで十四通りに使えるんです」この鋏が出ないと主人は細君のためにパナマ責めになるところであったが、幸に細君が女として持って生れた好奇心のために、この厄運《やくうん》を免《まぬ》かれたのは迷亭の機転と云わんよりむしろ僥倖《ぎょうこう》の仕合せだと吾輩は看破した。「その鋏がどうして十四通りに使えます」と聞くや否や迷亭君は大得意な調子で「今一々説明しますから聞いていらっしゃい。いいですか。ここに三日月形《みかづきがた》の欠け目がありましょう、ここへ葉巻を入れてぷつりと口を切るんです。それからこの根にちょと細工がありましょう、これで針金をぽつぽつやりますね。次には平たくして紙の上へ横に置くと定規《じょうぎ》の用をする。また刃《は》の裏には度盛《どもり》がしてあるから物指《ものさし》の代用も出来る。こちらの表にはヤスリが付いているこれで爪を磨《す》りまさあ。ようがすか。この先《さ》きを螺旋鋲《らせんびょう》の頭へ刺し込んでぎりぎり廻すと金槌《かなづち》にも使える。うんと突き込んでこじ開けると大抵の釘付《くぎづけ》の箱なんざあ苦もなく蓋《ふた》がとれる。まった、こちらの刃の先は錐《きり》に出来ている。ここん所《とこ》は書き損いの字を削《けず》る場所で、ばらばらに離すと、ナイフとなる。一番しまいに――さあ奥さん、この一番しまいが大変面白いんです、ここに蠅《はえ》の眼玉くらいな大きさの球《たま》がありましょう、ちょっと、覗《のぞ》いて御覧なさい」「いやですわまたきっと馬鹿になさるんだから」「そう信用がなくっちゃ困ったね。だが欺《だま》されたと思って、ちょいと覗いて御覧なさいな。え？　厭《いや》ですか、ちょっとでいいから」と鋏《はさみ》を細君に渡す。細君は覚束《おぼつか》なげに鋏を取りあげて、例の蠅の眼玉の所へ自分の眼玉を付けてしきりに覘《ねらい》をつけている。「どうです」「何だか真黒ですわ」「真黒じゃいけませんね。も少し障子の方へ向いて、そう鋏を寝かさずに――そうそれなら見えるでしょう」「おやまあ写真ですねえ。どうしてこんな小さな写真を張り付けたんでしょう」「そこが面白いところでさあ」と細君と迷亭はしきりに問答をしている。最前から黙っていた主人はこの時急に写真が見たくなったものと見えて「おい俺にもちょっと覧《み》せろ」と云うと細君は鋏を顔へ押し付けたまま「実に奇麗です事、裸体の美人ですね」と云ってなかなか離さない。「おいちょっと御見せと云うのに」「まあ待っていらっしゃいよ。美くしい髪ですね。腰までありますよ。少し仰向《あおむ》いて恐ろしい背《せい》の高い女だ事、しかし美人ですね」「おい御見せと云ったら、大抵にして見せるがいい」と主人は大《おおい》に急《せ》き込んで細君に食って掛る。「へえ御待遠さま、たんと御覧遊ばせ」と細君が鋏を主人に渡す時に、勝手から御三《おさん》が御客さまの御誂《おあつらえ》が参りましたと、二個の笊蕎麦《ざるそば》を座敷へ持って来る。「奥さんこれが僕の自弁《じべん》の御馳走ですよ。ちょっと御免蒙って、ここでぱくつく事に致しますから」と叮嚀《ていねい》に御辞儀をする。真面目なような巫山戯《ふざけ》たような動作だから細君も応対に窮したと見えて「さあどうぞ」と軽く返事をしたぎり拝見している。主人はようやく写真から眼を放して「君この暑いのに蕎麦《そば》は毒だぜ」と云った。「なあに大丈夫、好きなものは滅多《めった》に中《あた》るもんじゃない」と蒸籠《せいろ》の蓋《ふた》をとる。「打ち立てはありがたいな。蕎麦《そば》の延びたのと、人間の間《ま》が抜けたのは由来たのもしくないもんだよ」と薬味《やくみ》をツユの中へ入れて無茶苦茶に掻《か》き廻わす。「君そんなに山葵《わさび》を入れると辛《か》らいぜ」と主人は心配そうに注意した。「蕎麦はツユと山葵で食うもんだあね。君は蕎麦が嫌いなんだろう」「僕は饂飩《うどん》が好きだ」「饂飩は馬子《まご》が食うもんだ。蕎麦の味を解しない人ほど気の毒な事はない」と云いながら杉箸《すぎばし》をむざと突き込んで出来るだけ多くの分量を二寸ばかりの高さにしゃくい上げた。「奥さん蕎麦を食うにもいろいろ流儀がありますがね。初心《しょしん》の者に限って、無暗《むやみ》にツユを着けて、そうして口の内でくちゃくちゃやっていますね。あれじゃ蕎麦の味はないですよ。何でも、こう、一《ひ》としゃくいに引っ掛けてね」と云いつつ箸を上げると、長い奴が勢揃《せいぞろ》いをして一尺ばかり空中に釣るし上げられる。迷亭先生もう善かろうと思って下を見ると、まだ十二三本の尾が蒸籠の底を離れないで簀垂《すだ》れの上に纏綿《てんめん》している。「こいつは長いな、どうです奥さん、この長さ加減は」とまた奥さんに相の手を要求する。奥さんは「長いものでございますね」とさも感心したらしい返事をする。「この長い奴へツユを三分一《さんぶいち》つけて、一口に飲んでしまうんだね。噛《か》んじゃいけない。噛んじゃ蕎麦の味がなくなる。つるつると咽喉《のど》を滑《すべ》り込むところがねうちだよ」と思い切って箸《はし》を高く上げると蕎麦はようやくの事で地を離れた。左手《ゆんで》に受ける茶碗の中へ、箸を少しずつ落して、尻尾の先からだんだんに浸《ひた》すと、アーキミジスの理論によって、蕎麦の浸《つか》った分量だけツユの嵩《かさ》が増してくる。ところが茶碗の中には元からツユが八分目這入《はい》っているから、迷亭の箸にかかった蕎麦の四半分《しはんぶん》も浸《つか》らない先に茶碗はツユで一杯になってしまった。迷亭の箸は茶碗を去《さ》る五寸の上に至ってぴたりと留まったきりしばらく動かない。動かないのも無理はない。少しでも卸《おろ》せばツユが溢《こぼ》れるばかりである。迷亭もここに至って少し躊躇《ちゅうちょ》の体《てい》であったが、たちまち脱兎《だっと》の勢を以て、口を箸の方へ持って行ったなと思う間《ま》もなく、つるつるちゅうと音がして咽喉笛《のどぶえ》が一二度上下《じょうげ》へ無理に動いたら箸の先の蕎麦は消えてなくなっておった。見ると迷亭君の両眼から涙のようなものが一二滴眼尻《めじり》から頬へ流れ出した。山葵《わさび》が利《き》いたものか、飲み込むのに骨が折れたものかこれはいまだに判然しない。「感心だなあ。よくそんなに一どきに飲み込めたものだ」と主人が敬服すると「御見事です事ねえ」と細君も迷亭の手際《てぎわ》を激賞した。迷亭は何にも云わないで箸を置いて胸を二三度敲《たた》いたが「奥さん笊《ざる》は大抵三口半か四口で食うんですね。それより手数《てすう》を掛けちゃ旨《うま》く食えませんよ」とハンケチで口を拭いてちょっと一息入れている。

ところへ寒月君が、どう云う了見《りょうけん》かこの暑いのに御苦労にも冬帽を被《かぶ》って両足を埃《ほこり》だらけにしてやってくる。「いや好男子の御入来《ごにゅうらい》だが、喰い掛けたものだからちょっと失敬しますよ」と迷亭君は衆人環座《しゅうじんかんざ》の裏《うち》にあって臆面《おくめん》もなく残った蒸籠を平《たいら》げる。今度は先刻《さっき》のように目覚《めざま》しい食方もしなかった代りに、ハンケチを使って、中途で息を入れると云う不体裁もなく、蒸籠《せいろ》二つを安々とやってのけたのは結構だった。

「寒月君博士論文はもう脱稿するのかね」と主人が聞くと迷亭もその後《あと》から「金田令嬢がお待ちかねだから早々呈出《そうそうていしゅつ》したまえ」と云う。寒月君は例のごとく薄気味の悪い笑を洩《も》らして「罪ですからなるべく早く出して安心させてやりたいのですが、何しろ問題が問題で、よほど労力の入《い》る研究を要するのですから」と本気の沙汰とも思われない事を本気の沙汰らしく云う。「そうさ問題が問題だから、そう鼻の言う通りにもならないね。もっともあの鼻なら充分鼻息をうかがうだけの価値はあるがね」と迷亭も寒月流な挨拶をする。比較的に真面目なのは主人である。「君の論文の問題は何とか云ったっけな」「蛙の眼球《めだま》の電動作用に対する紫外光線《しがいこうせん》の影響と云うのです」「そりゃ奇だね。さすがは寒月先生だ、蛙の眼球は振《ふる》ってるよ。どうだろう苦沙弥君、論文脱稿前にその問題だけでも金田家へ報知しておいては」主人は迷亭の云う事には取り合わないで「君そんな事が骨の折れる研究かね」と寒月君に聞く。「ええ、なかなか複雑な問題です、第一蛙の眼球のレンズの構造がそんな単簡《たんかん》なものでありませんからね。それでいろいろ実験もしなくちゃなりませんがまず丸い硝子《ガラス》の球《たま》をこしらえてそれからやろうと思っています」「硝子の球なんかガラス屋へ行けば訳ないじゃないか」「どうして――どうして」と寒月先生少々反身《そりみ》になる。「元来円《えん》とか直線とか云うのは幾何学的のもので、あの定義に合ったような理想的な円や直線は現実世界にはないもんです」「ないもんなら、廃《よ》したらよかろう」と迷亭が口を出す。「それでまず実験上差《さ》し支《つか》えないくらいな球を作って見ようと思いましてね。せんだってからやり始めたのです」「出来たかい」と主人が訳のないようにきく。「出来るものですか」と寒月君が云ったが、これでは少々矛盾だと気が付いたと見えて「どうもむずかしいです。だんだん磨《す》って少しこっち側の半径が長過ぎるからと思ってそっちを心持落すと、さあ大変今度は向側《むこうがわ》が長くなる。そいつを骨を折ってようやく磨《す》り潰《つぶ》したかと思うと全体の形がいびつになるんです。やっとの思いでこのいびつを取るとまた直径に狂いが出来ます。始めは林檎《りんご》ほどな大きさのものがだんだん小さくなって苺《いちご》ほどになります。それでも根気よくやっていると大豆《だいず》ほどになります。大豆ほどになってもまだ完全な円は出来ませんよ。私も随分熱心に磨りましたが――この正月からガラス玉を大小六個磨り潰しましたよ」と嘘だか本当だか見当のつかぬところを喋々《ちょうちょう》と述べる。「どこでそんなに磨っているんだい」「やっぱり学校の実験室です、朝磨り始めて、昼飯のときちょっと休んでそれから暗くなるまで磨るんですが、なかなか楽じゃありません」「それじゃ君が近頃忙がしい忙がしいと云って毎日日曜でも学校へ行くのはその珠を磨りに行くんだね」「全く目下のところは朝から晩まで珠ばかり磨っています」「珠作りの博士となって入り込みしは――と云うところだね。しかしその熱心を聞かせたら、いかな鼻でも少しはありがたがるだろう。実は先日僕がある用事があって図書館へ行って帰りに門を出ようとしたら偶然老梅《ろうばい》君に出逢ったのさ。あの男が卒業後図書館に足が向くとはよほど不思議な事だと思って感心に勉強するねと云ったら先生妙な顔をして、なに本を読みに来たんじゃない、今門前を通り掛ったらちょっと小用《こよう》がしたくなったから拝借に立ち寄ったんだと云ったんで大笑をしたが、老梅君と君とは反対の好例として新撰蒙求《しんせんもうぎゅう》に是非入れたいよ」と迷亭君例のごとく長たらしい註釈をつける。主人は少し真面目になって「君そう毎日毎日珠ばかり磨ってるのもよかろうが、元来いつ頃出来上るつもりかね」と聞く。「まあこの容子《ようす》じゃ十年くらいかかりそうです」と寒月君は主人より呑気《のんき》に見受けられる。「十年じゃ――もう少し早く磨り上げたらよかろう」「十年じゃ早い方です、事によると廿年くらいかかります」「そいつは大変だ、それじゃ容易に博士にゃなれないじゃないか」「ええ一日も早くなって安心さしてやりたいのですがとにかく珠を磨り上げなくっちゃ肝心の実験が出来ませんから……」

寒月君はちょっと句を切って「何、そんなにご心配には及びませんよ。金田でも私の珠ばかり磨ってる事はよく承知しています。実は二三日《にさんち》前行った時にもよく事情を話して来ました」としたり顔に述べ立てる。すると今まで三人の談話を分らぬながら傾聴していた細君が「それでも金田さんは家族中残らず、先月から大磯へ行っていらっしゃるじゃありませんか」と不審そうに尋ねる。寒月君もこれには少し辟易《へきえき》の体《てい》であったが「そりゃ妙ですな、どうしたんだろう」ととぼけている。こう云う時に重宝なのは迷亭君で、話の途切《とぎ》れた時、極《きま》りの悪い時、眠くなった時、困った時、どんな時でも必ず横合から飛び出してくる。「先月大磯へ行ったものに両三日《りょうさんち》前東京で逢うなどは神秘的でいい。いわゆる霊の交換だね。相思の情の切な時にはよくそう云う現象が起るものだ。ちょっと聞くと夢のようだが、夢にしても現実よりたしかな夢だ。奥さんのように別に思いも思われもしない苦沙弥君の所へ片付いて生涯《しょうがい》恋の何物たるを御解しにならん方には、御不審ももっともだが……」「あら何を証拠にそんな事をおっしゃるの。

随分軽蔑《けいべつ》なさるのね」と細君は中途から不意に迷亭に切り付ける。「君だって恋煩《こいわずら》いなんかした事はなさそうじゃないか」と主人も正面から細君に助太刀をする。「そりゃ僕の艶聞《えんぶん》などは、いくら有ってもみんな七十五日以上経過しているから、君方《きみがた》の記憶には残っていないかも知れないが——実はこれでも失恋の結果、この歳になるまで独身で暮らしているんだよ」と一順列座の顔を公平に見廻わす。「ホホホホ面白い事」と云ったのは細君で、「馬鹿にしていらあ」と庭の方を向いたのは主人である。ただ寒月君だけは「どうかその懐旧談を後学《こうがく》のために伺いたいもので」と相変らずにやにやする。

「僕のも大分《だいぶ》神秘的で、故小泉八雲先生に話したら非常に受けるのだが、惜しい事に先生は永眠されたから、実のところ話す張合もないんだが、せっかくだから打ち開けるよ。その代りしまいまで謹聴しなくっちゃいけないよ」と念を押していよいよ本文に取り掛る。「回顧すると今を去る事——ええと——何年前だったかな——面倒だからほぼ十五六年前としておこう」「冗談《じょうだん》じゃない」と主人は鼻からフンと息をした。「大変物覚えが御悪いのね」と細君がひやかした。寒月君だけは約束を守って一言《いちごん》も云わずに、早くあとが聴きたいと云う風をする。「何でもある年の冬の事だが、僕が越後の国は蒲原郡筍谷《かんばらごおりたけのこだに》を通って、蛸壺峠《たこつぼとうげ》へかかって、これからいよいよ会津領《あいづりょう》へ出ようとするところだ」「妙なところだな」と主人がまた邪魔をする。「だまって聴いていらっしゃいよ。面白いから」と細君が制する。「ところが日は暮れる、路は分らず、腹は減る、仕方がないから峠の真中にある一軒屋を敲《たた》いて、これこれかようかようしかじかの次第だから、どうか留めてくれと云うと、御安い御用です、さあ御上がんなさいと裸蝋燭《はだかろうそく》を僕の顔に差しつけた娘の顔を見て僕はぶるぶると悸《ふる》えたがね。僕はその時から恋と云う曲者《くせもの》の魔力を切実に自覚したね」「おやいやだ。そんな山の中にも美しい人があるんでしょうか」「山だって海だって、奥さん、その娘を一目あなたに見せたいと思うくらいですよ、文金《ぶんきん》の高島田《たかしまだ》に髪を結《い》いましてね」「へえー」と細君はあっけに取られている。「這入《はい》って見ると八畳の真中に大きな囲炉裏《いろり》が切ってあって、その周《まわ》りに娘と娘の爺《じい》さんと婆《ばあ》さんと僕と四人坐ったんですがね。さぞ御腹《おなか》が御減《おへ》りでしょうと云いますから、何でも善いから早く食わせ給えと請求したんです。すると爺さんがせっかくの御客さまだから蛇飯《へびめし》でも炊《た》いて上げようと云うんです。さあこれからがいよいよ失恋に取り掛るところだからしっかりして聴きたまえ」「先生しっかりして聴く事は聴きますが、なんぼ越後の国だって冬、蛇がいやしますまい」「うん、そりゃ一応もっともな質問だよ。しかしこんな詩的な話しになるとそう理窟《りくつ》にばかり拘泥《こうでい》してはいられないからね。鏡花の小説にゃ雪の中から蟹《かに》が出てくるじゃないか」と云ったら寒月君は「なるほど」と云ったきりまた謹聴の態度に復した。

「その時分の僕は随分悪《あく》もの食いの隊長で、蝗《いなご》、なめくじ、赤蛙などは食い厭《あ》きていたくらいなところだから、蛇飯は乙《おつ》だ。早速御馳走になろうと爺さんに返事をした。そこで爺さん囲炉裏の上へ鍋《なべ》をかけて、その中へ米を入れてぐずぐず煮出したものだね。不思議な事にはその鍋《なべ》の蓋《ふた》を見ると大小十個ばかりの穴があいている。その穴から湯気がぷうぷう吹くから、旨《うま》い工夫をしたものだ、田舎《いなか》にしては感心だと見ていると、爺さんふと立って、どこかへ出て行ったがしばらくすると、大きな笊《ざる》を小脇に抱《か》い込んで帰って来た。何気なくこれを囲炉裏の傍《そば》へ置いたから、その中を覗《のぞ》いて見ると――いたね。長い奴が、寒いもんだから御互にとぐろの捲《ま》きくらをやって塊《かた》まっていましたね」「もうそんな御話しは廃《よ》しになさいよ。厭らしい」と細君は眉に八の字を寄せる。「どうしてこれが失恋の大源因になるんだからなかなか廃せませんや。爺さんはやがて左手に鍋の蓋をとって、右手に例の塊まった長い奴を無雑作《むぞうさ》につかまえて、いきなり鍋の中へ放《ほう》り込んで、すぐ上から蓋をしたが、さすがの僕もその時ばかりははっと息の穴が塞《ふさが》ったかと思ったよ」「もう御やめになさいよ。気味《きび》の悪るい」と細君しきりに怖《こわ》がっている。「もう少しで失恋になるからしばらく辛抱《しんぼう》していらっしゃい。すると一分立つか立たないうちに蓋の穴から鎌首《かまくび》がひょいと一つ出ましたのには驚ろきましたよ。やあ出たなと思うと、隣の穴からもまたひょいと顔を出した。また出たよと云ううち、あちらからも出る。こちらからも出る。とうとう鍋中蛇《なべじゅう》の面《つら》だらけになってしまった」「なんで、そんなに首を出すんだい」「鍋の中が熱いから、苦しまぎれに這い出そうとするのさ。やがて爺さんは、もうよかろう、引っ張らっしとか何とか云うと、婆さんははあーと答える、娘はあいと挨拶をして、名々《めいめい》に蛇の頭を持ってぐいと引く。肉は鍋の中に残るが、骨だけは奇麗に離れて、頭を引くと共に長いのが面白いように抜け出してくる」「蛇の骨抜きですね」と寒月君が笑いながら聞くと「全くの事骨抜だ、器用な事をやるじゃないか。それから蓋を取って、杓子《しゃくし》でもって飯と肉を矢鱈《やたら》に掻《か》き交《ま》ぜて、さあ召し上がれと来た」「食ったのかい」と主人が冷淡に尋ねると、細君は苦《にが》い顔をして「もう廃《よ》しになさいよ、胸が悪るくって御飯も何もたべられやしない」と愚痴をこぼす。「奥さんは蛇飯を召し上がらんから、そんな事をおっしゃるが、まあ一遍たべてご覧なさい、あの味ばかりは生涯《しょうがい》忘れられませんぜ」「おお、いやだ、誰が食べるもんですか」「そこで充分御饌《ごぜん》も頂戴し、寒さも忘れるし、娘の顔も遠慮なく見るし、もう思いおく事はないと考えていると、御休みなさいましと云うので、旅の労《つか》れもある事だから、仰《おおせ》に従って、ごろりと横になると、すまん訳だが前後を忘却して寝てしまった」「それからどうなさいました」と今度は細君の方から催促する。「それから明朝《あくるあさ》になって眼を覚《さま》してからが失恋でさあ」「どうかなさったんですか」「いえ別にどうもしやしませんがね。朝起きて巻煙草《まきたばこ》をふかしながら裏の窓から見ていると、向うの筧《かけひ》の傍《そば》で、薬缶頭《やかんあたま》が顔を洗っているんでさあ」「爺さんか婆さんか」と主人が聞く。「それがさ、僕にも識別しにくかったから、しばらく拝見していて、その薬缶がこちらを向く段になって驚ろいたね。それが僕の初恋をした昨夜《ゆうべ》の娘なんだもの」「だって娘は島田に結《い》っていると さっき云ったじゃないか」「前夜は島田さ、しかも見事な島田さ。ところが翌朝は丸薬缶さ」「人を馬鹿にしていらあ」と主人は例によって天井の方へ視線をそらす。「僕も不思議の極《きょく》内心少々怖《こわ》くなったから、なお余所《よそ》ながら容子《ようす》を窺《うかが》っていると、薬缶はようやく顔を洗い了《おわ》って、傍《かた》えの石の上に置いてあった高島田の鬘《かずら》を無雑作に被《かぶ》って、すましてうちへ這入《はい》ったんでなるほどと思った。なるほどとは思ったようなもののその時から、とうとう失恋の果敢《はか》なき運命をかこつ身となってしまった」「くだらない失恋もあったもんだ。ねえ、寒月君、それだから、失恋でも、こんなに陽気で元気がいいんだよ」と主人が寒月君に向って迷亭君の失恋を評すると、寒月君は「しかしその娘が丸薬缶でなくってめでたく東京へでも連れて御帰りになったら、先生はなお元気かも知れませんよ、とにかくせっかくの娘が禿《はげ》であったのは千秋《せんしゅう》の恨事《こんじ》ですねえ。それにしても、そんな若い女がどうして、毛が抜けてしまったんでしょう」「僕もそれについてはだんだん考えたんだが全く蛇飯を食い過ぎたせいに相違ないと思う。蛇飯てえ奴はのぼせるからね」「しかしあなたは、どこも何ともなくて結構でございましたね」「僕は禿にはならずにすんだが、その代りにこの通りその時から近眼《きんがん》になりました」と金縁の眼鏡をとってハンケチで叮嚀《ていねい》に拭《ふ》いている。しばらくして主人は思い出したように「全体どこが神秘的なんだい」と念のために聞いて見る。「あの鬘はどこで買ったのか、拾ったのかどう考えても未《いま》だに分らないからそこが神秘さ」と迷亭君はまた眼鏡を元のごとく鼻の上へかける。「まるで噺《はな》し家《か》の話を聞くようでござんすね」とは細君の批評であった。

迷亭の駄弁もこれで一段落を告げたから、もうやめるかと思いのほか、先生は猿轡《さるぐつわ》でも嵌《は》められないうちはとうてい黙っている事が出来ぬ性《たち》と見えて、また次のような事をしゃべり出した。

「僕の失恋も苦《にが》い経験だが、あの時あの薬缶《やかん》を知らずに貰ったが最後生涯の目障《めざわ》りになるんだから、よく考えないと険呑《けんのん》だよ。結婚なんかは、いざと云う間際になって、飛んだところに傷口が隠れているのを見出《みいだ》す事がある者だから。寒月君などもそんなに憧憬《しょうけい》したり惝怳《しょうきょ》したり独《ひと》りでむずかしがらないで、篤《とく》と気を落ちつけて珠《たま》を磨《す》るがいいよ」といやに異見めいた事を述べると、寒月君は「ええなるべく珠ばかり磨っていたいんですが、向うでそうさせないんだから弱り切ります」とわざと辟易《へきえき》したような顔付をする。「そうさ、君などは先方が騒ぎ立てるんだが、中には滑稽なのがあるよ。あの図書館へ小便をしに来た老梅《ろうばい》君などになるとすこぶる奇だからね」「どんな事をしたんだい」と主人が調子づいて承《うけたま》わる。「なあに、こう云う訳さ。先生その昔静岡の東西館へ泊った事があるのさ。――たった一と晩だぜ――それでその晩すぐにそこの下女に結婚を申し込んだのさ。僕も随分呑気《のんき》だが、まだあれほどには進化しない。もっともその時分には、あの宿屋に御夏《おなつ》さんと云う有名な別嬪《べっぴん》がいて老梅君の座敷へ出たのがちょうどその御夏さんなのだから無理はないがね」「無理がないどころか君の何とか峠とまるで同じじゃないか」「少し似ているね、実を云うと僕と老梅とはそんなに差異はないからな。とにかく、その御夏さんに結婚を申し込んで、まだ返事を聞かないうちに水瓜《すいか》が食いたくなったんだがね」「何だって？」と主人が不思議な顔をする。主人ばかりではない、細君も寒月も申し合せたように首をひねってちょっと考えて見る。迷亭は構わずどんどん話を進行させる。「御夏さんを呼んで静岡に水瓜はあるまいかと聞くと、御夏さんが、なんぼ静岡だって水瓜くらいはありますよと、御盆に水瓜を山盛りにして持ってくる。そこで老梅君食ったそうだ。山盛りの水瓜をことごとく平らげて、御夏さんの返事を待っていると、返事の来ないうちに腹が痛み出してね、うーんうーんと唸《うな》ったが少しも利目《ききめ》がないからまた御夏さんを呼んで今度は静岡に医者はあるまいかと聞いたら、御夏さんがまた、なんぼ静岡だって医者くらいはありますよと云って、天地玄黄《てんちげんこう》とかいう千字文《せんじもん》を盗んだような名前のドクトルを連れて来た。翌朝《あくるあさ》になって、腹の痛みも御蔭でとれてありがたいと、出立する十五分前に御夏さんを呼んで、昨日《きのう》申し込んだ結婚事件の諾否を尋ねると、御夏さんは笑いながら静岡には水瓜もあります、御医者もありますが一夜作りの御嫁はありませんよと出て行ったきり顔を見せなかったそうだ。それから老梅君も僕同様失恋になって、図書館へは小便をするほか来なくなったんだって、考えると女は罪な者だよ」と云うと主人がいつになく引き受けて「本当にそうだ。せんだってミュッセの脚本を読んだらそのうちの人物が羅馬《ローマ》の詩人を引用してこんな事を云っていた。——羽より軽い者は塵《ちり》である。塵より軽いものは風である。風より軽いものは女である。女より軽いものは無《む》である。——よく穿《うが》ってるだろう。女なんか仕方がない」と妙なところで力味《りき》んで見せる。これを承《うけたまわ》った細君は承知しない。「女の軽いのがいけないとおっしゃるけれども、男の重いんだって好い事はないでしょう」「重いた、どんな事だ」「重いと云うな重い事ですわ、あなたのようなのです」「俺がなんで重い」「重いじゃありませんか」と妙な議論が始まる。迷亭は面白そうに聞いていたが、やがて口を開いて「そう赤くなって互に弁難攻撃をするところが夫婦の真相と云うものかな。どうも昔の夫婦なんてものはまるで無意味なものだったに違いない」とひやかすのだか賞《ほ》めるのだか曖昧《あいまい》な事を言ったが、それでやめておいても好い事をまた例の調子で布衍《ふえん》して、下《しも》のごとく述べられた。

「昔は亭主に口返答なんかした女は、一人もなかったんだって云うが、それなら唖《おし》を女房にしていると同じ事で僕などは一向《いっこう》ありがたくない。やっぱり奥さんのようにあなたは重いじゃありませんかとか何とか云われて見たいね。同じ女房を持つくらいなら、たまには喧嘩の一つ二つしなくっちゃ退屈でしょうがないからな。僕の母などと来たら、おやじの前へ出てはいとへいで持ち切っていたものだ。そうして二十年もいっしょになっているうちに寺参りよりほかに外へ出た事がないと云うんだから情けないじゃないか。もっとも御蔭で先祖代々の戒名《かいみょう》はことごとく暗記している。男女間の交際だってそうさ、僕の小供の時分などは寒月君のように意中の人と合奏をしたり、霊の交換をやって朦朧体《もうろうたい》で出合って見たりする事はとうてい出来なかった」「御気の毒様で」と寒月君が頭を下げる。「実に御気の毒さ。しかもその時分の女が必《かなら》ずしも今の女より品行がいいと限らんからね。奥さん近頃は女学生が堕落したの何だのとやかましく云いますがね。なに昔はこれより烈《はげ》しかったんですよ」「そうでしょうか」と細君は真面目である。「そうですとも、出鱈目《でたらめ》じゃない、ちゃんと証拠があるから仕方がありませんや。苦沙弥君、君も覚えているかも知れんが僕等の五六歳の時までは女の子を唐茄子《とうなす》のように籠《かご》へ入れて天秤棒《てんびんぼう》で担《かつ》いで売ってあるいたもんだ、ねえ君」「僕はそんな事は覚えておらん」「君の国じゃどうだか知らないが、静岡じゃたしかにそうだった」「まさか」と細君が小さい声を出すと、「本当ですか」と寒月君が本当らしからぬ様子で聞く。

「本当さ。現に僕のおやじが価《ね》を付けた事がある。その時僕は何でも六つくらいだったろう。おやじといっしょに油町《あぶらまち》から通町《とおりちょう》へ散歩に出ると、向うから大きな声をして女の子はよしかな、女の子はよしかなと怒鳴《どな》ってくる。僕等がちょうど二丁目の角へ来ると、伊勢源《いせげん》と云う呉服屋の前でその男に出っ食わした。伊勢源と云うのは間口が十間で蔵《くら》が五つ戸前《とまえ》あって静岡第一の呉服屋だ。今度行ったら見て来給え。今でも歴然と残っている。立派なうちだ。その番頭が甚兵衛と云ってね。いつでも御袋《おふくろ》が三日前に亡《な》くなりましたと云うような顔をして帳場の所へ控《ひか》えている。甚兵衛君の隣りには初《はつ》さんという二十四五の若い衆《しゅ》が坐っているが、この初さんがまた雲照律師《うんしょうりっし》に帰依《きえ》して三七二十一日の間蕎麦湯《そばゆ》だけで通したと云うような青い顔をしている。初さんの隣りが長《ちょう》どんでこれは昨日《きのう》火事で焚《や》き出されたかのごとく愁然《しゅうぜん》と算盤《そろばん》に身を凭《もた》している。長どんと併《なら》んで……」「君は呉服屋の話をするのか、人売りの話をするのか」「そうそう人売りの話しをやっていたんだっけ。実はこの伊勢源についてもすこぶる奇譚《きだん》があるんだが、それは割愛《かつあい》して今日は人売りだけにしておこう」「人売りもついでにやめるがいい」「どうしてこれが二十世紀の今日《こんにち》と明治初年頃の女子の品性の比較について大《だい》なる参考になる材料だから、そんなに容易《たやす》くやめられるものか——それで僕がおやじと伊勢源の前までくると、例の人売りがおやじを見て旦那女の子の仕舞物《しまいもの》はどうです、安く負けておくから買っておくんなさいと云いながら天秤棒《てんびんぼう》をおろして汗を拭《ふ》いているのさ。見ると籠の中には前に一人後《うし》ろに一人両方とも二歳ばかりの女の子が入れてある。おやじはこの男に向って安ければ買ってもいいが、もうこれぎりかいと聞くと、へえ生憎《あいにく》今日はみんな売り尽《つく》してたった二つになっちまいました。どっちでも好いから取っとくんなさいなと女の子を両手で持って唐茄子《とうなす》か何ぞのようにおやじの鼻の先へ出すと、おやじはぽんぽんと頭を叩《たた》いて見て、ははあかなりな音だと云った。それからいよいよ談判が始まって散々《さんざ》価切《ねぎ》った末おやじが、買っても好いが品はたしかだろうなと聞くと、ええ前の奴は始終見ているから間違はありませんがね後《うし》ろに担《かつ》いでる方は、何しろ眼がないんですから、ことによるとひびが入ってるかも知れません。こいつの方なら受け合えない代りに価段《ねだん》を引いておきますと云った。僕はこの問答を未《いま》だに記憶しているんだがその時小供心に女と云うものはなるほど油断のならないものだと思ったよ。——しかし明治三十八年の今日《こんにち》こんな馬鹿な真似をして女の子を売ってあるくものもなし、眼を放して後《うし》ろへ担《かつ》いだ方は険呑《けんのん》だなどと云う事も聞かないようだ。だから、僕の考ではやはり泰西《たいせい》文明の御蔭で女の品行もよほど進歩したものだろうと断定するのだが、どうだろう寒月君」

寒月君は返事をする前にまず鷹揚《おうよう》な咳払《せきばらい》を一つして見せたが、それからわざと落ちついた低い声で、こんな観察を述べられた。「この頃の女は学校の行き帰りや、合奏会や、慈善会や、園遊会で、ちょいと買って頂戴な、あらおいや？　などと自分で自分を売りにあるいていますから、そんな八百屋《やおや》のお余りを雇って、女の子はよしか、なんて下品な依托販売《いたくはんばい》をやる必要はないですよ。人間に独立心が発達してくると自然こんな風になるものです。老人なんぞはいらぬ取越苦労をして何とかかとか云いますが、実際を云うとこれが文明の趨勢《すうせい》ですから、私などは大《おお》いに喜ばしい現象だと、ひそかに慶賀の意を表しているのです。買う方だって頭を敲《たた》いて品物は確かかなんて聞くような野暮《やぼ》は一人もいないんですからその辺は安心なものでさあ。またこの複雑な世の中に、そんな手数《てすう》をする日にゃあ、際限がありませんからね。五十になったって六十になったって亭主を持つ事も嫁に行く事も出来やしません」寒月君は二十世紀の青年だけあって、大《おお》いに当世流の考を開陳《かいちん》しておいて、敷島《しきしま》の煙をふうーと迷亭先生の顔の方へ吹き付けた。迷亭は敷島の煙くらいで辟易《へきえき》する男ではない。「仰せの通り方今《ほうこん》の女生徒、令嬢などは自尊自信の念から骨も肉も皮まで出来ていて、何でも男子に負けないところが敬服の至りだ。僕の近所の女学校の生徒などと来たらえらいものだぜ。筒袖《つつそで》を穿《は》いて鉄棒《かなぼう》へぶら下がるから感心だ。僕は二階の窓から彼等の体操を目撃するたんびに古代希臘《ギリシャ》の婦人を追懐するよ」「また希臘か」と主人が冷笑するように云い放つと「どうも美な感じのするものは大抵希臘から源を発しているから仕方がない。美学者と希臘とはとうてい離れられないやね。——ことにあの色の黒い女学生が一心不乱に体操をしているところを拝見すると、僕はいつでも Agnodice の逸話を思い出すのさ」と物知り顔にしゃべり立てる。「またむずかしい名前が出て来ましたね」と寒月君は依然としてにやにやする。「Agnodice はえらい女だよ、僕は実に感心したね。当時亜典《アテン》の法律で女が産婆を営業する事を禁じてあった。不便な事さ。Agnodice だってその不便を感ずるだろうじゃないか」「何だい、その——何とか云うのは」「女さ、女の名前だよ。この女がつらつら考えるには、どうも女が産婆になれないのは情けない、不便極まる。どうかして産婆になりたいもんだ、産婆になる工夫はあるまいかと三日三晩手を拱《こまぬ》いて考え込んだね。ちょうど三日目の暁方《あけがた》に、隣の家で赤ん坊がおぎゃあと泣いた声を聞いて、うんそうだと豁然大悟《かつぜんたいご》して、それから早速長い髪を切って男の着物をきてHierophilus の講義をききに行った。首尾よく講義をきき終《おお》せて、もう大丈夫と云うところでもって、いよいよ産婆を開業した。ところが、奥さん流行《はや》りましたね。あちらでもおぎゃあと生れるこちらでもおぎゃあと生れる。それがみんなAgnodice の世話なんだから大変儲《もう》かった。ところが人間万事塞翁《さいおう》の馬、七転《ななころ》び八起《やお》き、弱り目に祟《たた》り目で、ついこの秘密が露見に及んでついに御上《おかみ》の御法度《ごはっと》を破ったと云うところで、重き御仕置《しおき》に仰せつけられそうになりました」「まるで講釈見たようです事」「なかなか旨《うま》いでしょう。ところが亜典《アテン》の女連が一同連署して嘆願に及んだから、時の御奉行もそう木で鼻を括《くく》ったような挨拶も出来ず、ついに当人は無罪放免、これからはたとい女たりとも産婆営業勝手たるべき事と云う御布令《おふれ》さえ出てめでたく落着を告げました」「よくいろいろな事を知っていらっしゃるのね、感心ねえ」「ええ大概の事は知っていますよ。知らないのは自分の馬鹿な事くらいなものです。しかしそれも薄々は知ってます」「ホホホホ面白い事ばかり……」と細君相形《そうごう》を崩して笑っていると、格子戸《こうしど》のベルが相変らず着けた時と同じような音を出して鳴る。「おやまた御客様だ」と細君は茶の間へ引き下がる。細君と入れ違いに座敷へ這入《はい》って来たものは誰かと思ったらご存じの越智東風《おちとうふう》君であった。

　ここへ東風君さえくれば、主人の家《うち》へ出入《でいり》する変人はことごとく網羅し尽《つく》したとまで行かずとも、少なくとも吾輩の無聊《ぶりょう》を慰むるに足るほどの頭数《あたまかず》は御揃《おそろい》になったと云わねばならぬ。これで不足を云っては勿体《もったい》ない。運悪るくほかの家へ飼われたが最後、生涯人間中にかかる先生方が一人でもあろうとさえ気が付かずに死んでしまうかも知れない。幸《さいわい》にして苦沙弥先生門下の猫児《びょうじ》となって朝夕虎皮《ちょうせきこひ》の前に侍《はん》べるので先生は無論の事迷亭、寒月乃至《ないし》東風などと云う広い東京にさえあまり例のない一騎当千の豪傑連の挙止動作を寝ながら拝見するのは吾輩にとって千載一遇の光栄である。御蔭様でこの暑いのに毛袋でつつまれていると云う難儀も忘れて、面白く半日を消光する事が出来るのは感謝の至りである。どうせこれだけ集まれば只事《ただごと》ではすまない。何か持ち上がるだろうと襖《ふすま》の陰から謹《つつし》んで拝見する。

「どうもご無沙汰を致しました。しばらく」と御辞儀をする東風君の顔を見ると、先日のごとくやはり奇麗に光っている。頭だけで評すると何か緞帳役者《どんちょうやくしゃ》のようにも見えるが、白い小倉《こくら》の袴《はかま》のゴワゴワするのを御苦労にも鹿爪《しかつめ》らしく穿《は》いているところは榊原健吉《さかきばらけんきち》の内弟子としか思えない。従って東風君の身体で普通の人間らしいところは肩から腰までの間だけである。「いや暑いのに、よく御出掛だね。さあずっと、こっちへ通りたまえ」と迷亭先生は自分の家《うち》らしい挨拶をする。「先生には大分《だいぶ》久しく御目にかかりません」「そうさ、たしかこの春の朗読会ぎりだったね。朗読会と云えば近頃はやはり御盛《おさかん》かね。その後御宮《おみや》にゃなりませんか。あれは旨《うま》かったよ。僕は大《おお》に拍手したぜ、君気が付いてたかい」「ええ御蔭で大きに勇気が出まして、とうとうしまいまで漕《こ》ぎつけました」「今度はいつ御催しがありますか」と主人が口を出す。「七八両月《ふたつき》は休んで九月には何か賑《にぎ》やかにやりたいと思っております。何か面白い趣向はございますまいか」「さよう」と主人が気のない返事をする。「東風君僕の創作を一つやらないか」と今度は寒月君が相手になる。「君の創作なら面白いものだろうが、一体何かね」「脚本さ」と寒月君がなるべく押しを強く出ると、案のごとく、三人はちょっと毒気をぬかれて、申し合せたように本人の顔を見る。「脚本はえらい。喜劇かい悲劇かい」と東風君が歩を進めると、寒月先生なお澄し返って「なに喜劇でも悲劇でもないさ。近頃は旧劇とか新劇とか大部《だいぶ》やかましいから、僕も一つ新機軸を出して俳劇《はいげき》と云うのを作って見たのさ」「俳劇たどんなものだい」「俳句趣味の劇と云うのを詰めて俳劇の二字にしたのさ」と云うと主人も迷亭も多少煙《けむ》に捲《ま》かれて控《ひか》えている。「それでその趣向と云うのは?」と聞き出したのはやはり東風君である。「根が俳句趣味からくるのだから、あまり長たらしくって、毒悪なのはよくないと思って一幕物にしておいた」「なるほど」「まず道具立てから話すが、これも極《ごく》簡単なのがいい。舞台の真中へ大きな柳を一本植え付けてね。それからその柳の幹から一本の枝を右の方へヌッと出させて、その枝へ烏《からす》を一羽とまらせる」「烏がじっとしていればいいが」と主人が独り言《ひとりごと》のように心配した。「何わけは有りません、烏の足を糸で枝へ縛《しば》り付けておくんです。でその下へ行水盥《ぎょうずいだらい》を出しましてね。美人が横向きになって手拭を使っているんです」「そいつは少しデカダンだね。第一誰がその女になるんだい」と迷亭が聞く。「何これもすぐ出来ます。美術学校のモデルを雇ってくるんです」「そりゃ警視庁がやかましく云いそうだな」と主人はまた心配している。「だって興行さえしなければ構わんじゃありませんか。そんな事をとやかく云った日にゃ学校で裸体画の写生なんざ出来っこありません」「しかしあれは稽古のためだから、ただ見ているのとは少し違うよ」「先生方がそんな事を云った日には日本もまだ駄目です。絵画だって、演劇だって、おんなじ芸術です」と寒月君大いに気焔《きえん》を吹く。「まあ議論はいいが、それからどうするのだい」と東風君、ことによると、やる了見《りょうけん》と見えて筋を聞きたがる。「ところへ花道から俳人高浜虚子《たかはまきょし》がステッキを持って、白い灯心《とうしん》入りの帽子を被《かぶ》って、透綾《すきや》の羽織に、薩摩飛白《さつまがすり》の尻端折《しりっぱしょ》りの半靴と云うこしらえで出てくる。着付けは陸軍の御用達《ごようたし》見たようだけれども俳人だからなるべく悠々《ゆうゆう》として腹の中では句案に余念のない体《てい》であるかなくっちゃいけない。それで虚子が花道を行き切っていよいよ本舞台に懸った時、ふと句案の眼をあげて前面を見ると、大きな柳があって、柳の影で白い女が湯を浴びている、はっと思って上を見ると長い柳の枝に烏が一羽とまって女の行水を見下ろしている。そこで虚子先生大《おおい》に俳味に感動したと云う思い入れが五十秒ばかりあって、行水の女に惚れる烏かなと大きな声で一句朗吟するのを合図に、拍子木《ひょうしぎ》を入れて幕を引く。——どうだろう、こう云う趣向は。御気に入りませんかね。君御宮《おみや》になるより虚子になる方がよほどいいぜ」東風君は何だか物足らぬと云う顔付で「あんまり、あっけないようだ。もう少し人情を加味した事件が欲しいようだ」と真面目に答える。今まで比較的おとなしくしていた迷亭はそういつまでもだまっているような男ではない。「たったそれだけで俳劇はすさまじいね。上田敏《うえだびん》君の説によると俳味とか滑稽とか云うものは消極的で亡国の音《いん》だそうだが、敏君だけあってうまい事を云ったよ。そんなつまらない物をやって見給え。それこそ上田君から笑われるばかりだ。第一劇だか茶番だか何だかあまり消極的で分らないじゃないか。失礼だが寒月君はやはり実験室で珠《たま》を磨いてる方がいい。俳劇なんぞ百作ったって二百作ったって、亡国の音《いん》じゃ駄目だ」寒月君は少々憤《むっ》として、「そんなに消極的でしょうか。私はなかなか積極的なつもりなんですが」どっちでも構わん事を弁解しかける。「虚子がですね。虚子先生が女に惚れる烏かなと烏を捕《とら》えて女に惚れさしたところが大《おおい》に積極的だろうと思います」「こりゃ新説だね。是非御講釈を伺がいましょう」「理学士として考えて見ると烏が女に惚れるなどと云うのは不合理でしょう」「ごもっとも」「その不合理な事を無雑作《むぞうさ》に言い放って少しも無理に聞えません」「そうかしら」と主人が疑った調子で割り込んだが寒月は一向頓着しない。「なぜ無理に聞えないかと云うと、これは心理的に説明するとよく分ります。実を云うと惚れるとか惚れないとか云うのは俳人その人に存する感情で烏とは没交渉の沙汰であります。しかるところあの烏は惚れてるなと感じるのは、つまり烏がどうのこうのと云う訳じゃない、必竟《ひっきょう》自分が惚れているんでさあ。虚子自身が美しい女の行水《ぎょうずい》しているところを見てはっと思う途端にずっと惚れ込んだに相違ないです。さあ自分が惚れた眼で烏が枝の上で動きもしないで下を見つめているのを見たものだから、ははあ、あいつも俺と同じく参ってるなと癇違《かんちが》いをしたのです。癇違いには相違ないですがそこが文学的でかつ積極的なところなんです。自分だけ感じた事を、断りもなく烏の上に拡張して知らん顔をしてすましているところなんぞは、よほど積極主義じゃありませんか。どうです先生」「なるほど御名論だね、虚子に聞かしたら驚くに違いない。説明だけは積極だが、実際あの劇をやられた日には、見物人はたしかに消極になるよ。ねえ東風君」「へえどうも消極過ぎるように思います」と真面目な顔をして答えた。

主人は少々談話の局面を展開して見たくなったと見えて、「どうです、東風さん、近頃は傑作もありませんか」と聞くと東風君は「いえ、別段これと云って御目にかけるほどのものも出来ませんが、近日詩集を出して見ようと思いまして――稿本《こうほん》を幸い持って参りましたから御批評を願いましょう」と懐から紫の袱紗包《ふくさづつみ》を出して、その中から五六十枚ほどの原稿紙の帳面を取り出して、主人の前に置く。主人はもっともらしい顔をして拝見と云って見ると第一頁に

世の人に似ずあえかに見え給う

富子嬢に捧ぐ

と二行にかいてある。主人はちょっと神秘的な顔をしてしばらく一頁を無言のまま眺《なが》めているので、迷亭は横合から「何だい新体詩かね」と云いながら覗《のぞ》き込んで「やあ、捧げたね。東風君、思い切って富子嬢に捧げたのはえらい」としきりに賞《ほ》める。主人はなお不思議そうに「東風さん、この富子と云うのは本当に存在している婦人なのですか」と聞く。「へえ、この前迷亭先生とごいっしょに朗読会へ招待した婦人の一人です。ついこの御近所に住んでおります。実はただ今詩集を見せようと思ってちょっと寄って参りましたが、生憎《あいにく》先月から大磯へ避暑に行って留守でした」と真面目くさって述べる。「苦沙弥君、これが二十世紀なんだよ。そんな顔をしないで、早く傑作でも朗読するさ。しかし東風君この捧げ方は少しまずかったね。このあえかにと云う雅言《がげん》は全体何と言う意味だと思ってるかね」「蚊弱《かよわ》いとかたよわくと云う字だと思います」「なるほどそうも取れん事はないが本来の字義を云うと危う気にと云う事だぜ。だから僕ならこうは書かないね」「どう書いたらもっと詩的になりましょう」「僕ならこうさ。世の人に似ずあえかに見え給う富子嬢の鼻の下に捧ぐとするね。わずかに三字のゆきさつだが鼻の下があるのとないのとでは大変感じに相違があるよ」「なるほど」と東風君は解《げ》しかねたところを無理に納得《なっとく》した体《てい》にもてなす。

主人は無言のままようやく一頁をはぐっていよいよ巻頭第一章を読み出す。

倦《う》んじて薫《くん》ずる香裏《こうり》に君の

霊か相思の煙のたなびき
おお我、ああ我、辛《から》きこの世に
あまく得てしか熱き口づけ

「これは少々僕には解しかねる」と主人は嘆息しながら迷亭に渡す。「これは少々振い過ぎてる」と迷亭は寒月に渡す。寒月は「なああるほど」と云って東風君に返す。

「先生御分りにならんのはごもっともで、十年前の詩界と今日《こんにち》の詩界とは見違えるほど発達しておりますから。この頃の詩は寝転んで読んだり、停車場で読んではとうてい分りようがないので、作った本人ですら質問を受けると返答に窮する事がよくあります。全くインスピレーションで書くので詩人はその他には何等の責任もないのです。註釈や訓義《くんぎ》は学究のやる事で私共の方では頓《とん》と構いません。せんだっても私の友人で送籍《そうせき》と云う男が一夜という短篇をかきましたが、誰が読んでも朦朧《もうろう》として取り留《と》めがつかないので、当人に逢って篤《とく》と主意のあるところを糺《ただ》して見たのですが、当人もそんな事は知らないよと云って取り合わないのです。全くその辺が詩人の特色かと思います」「詩人かも知れないが随分妙な男ですね」と主人が云うと、迷亭が「馬鹿だよ」と単簡《たんかん》に送籍君を打ち留めた。東風君はこれだけではまだ弁じ足りない。「送籍は吾々仲間のうちでも取除《とりの》けですが、私の詩もどうか心持ちその気で読んでいただきたいので。ことに御注意を願いたいのはからきこの世と、あまき口づけと対《つい》をとったところが私の苦心です」「よほど苦心をなすった痕迹《こんせき》が見えます」「あまいとからいと反照するところなんか十七味調《じゅうしちみちょう》唐辛子調《とうがらしちょう》で面白い。全く東風君独特の伎倆で敬々服々の至りだ」としきりに正直な人をまぜ返して喜んでいる。

　主人は何と思ったか、ふいと立って書斎の方へ行ったがやがて一枚の半紙を持って出てくる。「東風君の御作も拝見したから、今度は僕が短文を読んで諸君の御批評を願おう」といささか本気の沙汰である。「天然居士《てんねんこじ》の墓碑銘《ぼひめい》ならもう二三遍拝聴したよ」「まあ、だまっていなさい。東風さん、これは決して得意のものではありませんが、ほんの座興ですから聴いて下さい」「是非伺がいましょう」「寒月君もついでに聞き給え」「ついでなくても聴きますよ。長い物じゃないでしょう」「僅々六十余字さ」と苦沙弥先生いよいよ手製の名文を読み始める。

「大和魂《やまとだましい》！　と叫んで日本人が肺病やみのような咳《せき》をした」

「起し得て突兀《とっこつ》ですね」と寒月君がほめる。

「大和魂！　と新聞屋が云う。大和魂！　と掏摸《すり》が云う。大和魂が一躍して海を渡った。英国で大和魂の演説をする。独逸《ドイツ》で大和魂の芝居をする」

「なるほどこりゃ天然居士《てんねんこじ》以上の作だ」と今度は迷亭先生がそり返って見せる。

「東郷大将が大和魂を有《も》っている。肴屋《さかなや》の銀さんも大和魂を有っている。詐偽師《さぎし》、山師《やまし》、人殺しも大和魂を有っている」

「先生そこへ寒月も有っているとつけて下さい」

「大和魂はどんなものかと聞いたら、大和魂さと答えて行き過ぎた。五六間行ってからエヘンと云う声が聞こえた」

「その一句は大出来だ。君はなかなか文才があるね。それから次の句は」

「三角なものが大和魂か、四角なものが大和魂か。大和魂は名前の示すごとく魂である。魂であるから常にふらふらしている」

「先生だいぶ面白うございますが、ちと大和魂が多過ぎはしませんか」と東風君が注意する。「賛成」と云ったのは無論迷亭である。

「誰も口にせぬ者はないが、誰も見たものはない。誰も聞いた事はあるが、誰も遇《あ》った者がない。大和魂はそれ天狗《てんぐ》の類《たぐい》か」

主人は一結杳然《いっけつようぜん》と云うつもりで読み終ったが、さすがの名文もあまり短か過ぎるのと、主意がどこにあるのか分りかねるので、三人はまだあとがある事と思って待っている。いくら待っていても、うんとも、すんとも、云わないので、最後に寒月が「それぎりですか」と聞くと主人は軽《かろ》く「うん」と答えた。うんは少し気楽過ぎる。

不思議な事に迷亭はこの名文に対して、いつものようにあまり駄弁を振わなかったが、やがて向き直って、「君も短篇を集めて一巻として、そうして誰かに捧げてはどうだ」と聞いた。主人は事もなげに「君に捧げてやろうか」と聴くと迷亭は「真平《まっぴら》だ」と答えたぎり、先刻《さっき》細君に見せびらかした鋏《はさみ》をちょきちょき云わして爪をとっている。寒月君は東風君に向って「君はあの金田の令嬢を知ってるのかい」と尋ねる。「この春朗読会へ招待してから、懇意になってそれからは始終交際をしている。僕はあの令嬢の前へ出ると、何となく一種の感に打たれて、当分のうちは詩を作っても歌を詠《よ》んでも愉快に興が乗って出て来る。

この集中にも恋の詩が多いのは全くああ云う異性の朋友《ほうゆう》からインスピレーションを受けるからだろうと思う。それで僕はあの令嬢に対しては切実に感謝の意を表しなければならんからこの機を利用して、わが集を捧げる事にしたのさ。昔《むか》しから婦人に親友のないもので立派な詩をかいたものはないそうだ」「そうかなあ」と寒月君は顔の奥で笑いながら答えた。いくら駄弁家の寄合でもそう長くは続かんものと見えて、談話の火の手は大分《だいぶ》下火になった。吾輩も彼等の変化なき雑談を終日聞かねばならぬ義務もないから、失敬して庭へ蟷螂《かまきり》を探しに出た。梧桐《あおぎり》の緑を綴《つづ》る間から西に傾く日が斑《まだ》らに洩《も》れて、幹にはつくつく法師《ぼうし》が懸命にないている。晩はことによると一雨かかるかも知れない。

七

吾輩は近頃運動を始めた。猫の癖に運動なんて利《き》いた風だと一概に冷罵《れいば》し去る手合《てあい》にちょっと申し聞けるが、そう云《い》う人間だってつい近年までは運動の何者たるを解せずに、食って寝るのを天職のように心得ていたではないか。無事是貴人《ぶじこれきにん》とか称《とな》えて、懐手《ふところで》をして座布団《ざぶとん》から腐れかかった尻を離さざるをもって旦那の名誉と脂下《やにさが》って暮したのは覚えているはずだ。運動をしろの、牛乳を飲めの冷水を浴びろの、海の中へ飛び込めの、夏になったら山の中へ籠《こも》って当分霞を食《くら》えのとくだらぬ注文を連発するようになったのは、西洋から神国へ伝染した輓近《ばんきん》の病気で、やはりペスト、肺病、神経衰弱の一族と心得ていいくらいだ。もっとも吾輩は去年生れたばかりで、当年とって一歳だから人間がこんな病気に罹《かか》り出した当時の有様は記憶に存しておらん、のみならずその砌《みぎ》りは浮世の風中《かざなか》にふわついておらなかったに相違ないが、猫の一年は人間の十年に懸《か》け合うと云ってもよろしい。吾等の寿命は人間より二倍も三倍も短いに係《かかわ》らず、その短日月の間に猫一疋の発達は十分仕《つかまつ》るところをもって推論すると、人間の年月と猫の星霜《せいそう》を同じ割合に打算するのははなはだしき誤謬《ごびゅう》である。第一、一歳何ヵ月に足らぬ吾輩がこのくらいの見識を有しているのでも分るだろう。主人の第三女などは数え年で三つだそうだが、智識の発達から云うと、いやはや鈍いものだ。泣く事と、寝小便をする事と、おっぱいを飲む事よりほかに何にも知らない。世を憂い時を憤《いきどお》る吾輩などに較《くら》べると、からたわいのない者だ。それだから吾輩が運動、海水浴、転地療養の歴史を方寸のうちに畳み込んでいたって毫《ごう》も驚くに足りない。これしきの事をもし驚ろく者があったなら、それは人間と云う足の二本足りない野呂間《のろま》に極《きま》っている。人間は昔から野呂間である。であるから近頃に至って漸々《ようよう》運動の功能を吹聴《ふいちょう》したり、海水浴の利益を喋々《ちょうちょう》して大発明のように考えるのである。吾輩などは生れない前からそのくらいな事はちゃんと心得ている。第一海水がなぜ薬になるかと云えばちょっと海岸へ行けばすぐ分る事じゃないか。あんな広い所に魚が何疋《びき》おるか分らないが、あの魚が一疋も病気をして医者にかかった試《ため》しがない。みんな健全に泳いでいる。病気をすれば、からだが利《き》かなくなる。死ねば必ず浮く。それだから魚の往生をあがると云って、鳥の薨去《こうきょ》を、落ちると唱《とな》え、人間の寂滅《じゃくめつ》をごねると号している。洋行をして印度洋を横断した人に君、魚の死ぬところを見た事がありますかと聞いて見るがいい、誰でもいいえと答えるに極っている。それはそう答える訳だ。いくら往復したって一匹も波の上に今呼吸《いき》を引き取った――呼吸《いき》ではいかん、魚の事だから潮《しお》を引き取ったと云わなければならん――潮を引き取って浮いているのを見た者はないからだ。あの渺々《びょうびょう》たる、あの漫々《まんまん》たる、大海《たいかい》を日となく夜となく続けざまに石炭を焚《た》いて探《さ》がしてあるいても古往今来《こんらい》一匹も魚が上がっておらんところをもって推論すれば、魚はよほど丈夫なものに違ないと云う断案はすぐに下す事が出来る。それならなぜ魚がそんなに丈夫なのかと云えばこれまた人間を待ってしかる後《のち》に知らざるなりで、訳《わけ》はない。すぐ分る。全く潮水《しおみず》を呑んで始終海水浴をやっているからだ。海水浴の功能はしかく魚に取って顕著《けんちょ》である。魚に取って顕著である以上は人間に取っても顕著でなくてはならん。一七五〇年にドクトル・リチャード・ラッセルがブライトンの海水に飛込めば四百四病即席《そくせき》全快と大袈裟《おおげさ》な広告を出したのは遅い遅いと笑ってもよろしい。猫といえども相当の時機が到着すれば、みんな鎌倉あたりへ出掛けるつもりでいる。但《ただ》し今はいけない。物には時機がある。御維新前《ごいっしんまえ》の日本人が海水浴の功能を味わう事が出来ずに死んだごとく、今日《こんにち》の猫はいまだ裸体で海の中へ飛び込むべき機会に遭遇《そうぐう》しておらん。せいては事を仕損《しそ》んずる、今日のように築地《つきじ》へ打っちゃられに行った猫が無事に帰宅せん間は無暗《むやみ》に飛び込む訳には行かん。進化の法則で吾等猫輩の機能が狂瀾怒濤《きょうらんどとう》に対して適当の抵抗力を生ずるに至るまでは――換言すれば猫が死んだと云う代りに猫が上がったと云う語が一般に使用せらるるまでは――容易に海水浴は出来ん。

海水浴は追って実行する事にして、運動だけは取りあえずやる事に取り極《き》めた。どうも二十世紀の今日《こんにち》運動せんのはいかにも貧民のようで人聞きがわるい。運動をせんと、運動せんのではない。運動が出来んのである、運動をする時間がないのである、余裕がないのだと鑑定される。昔は運動したものが折助《おりすけ》と笑われたごとく、今では運動をせぬ者が下等と見做《みな》されている。吾人の評価は時と場合に応じ吾輩の眼玉のごとく変化する。吾輩の眼玉はただ小さくなったり大きくなったりするばかりだが、人間の品隲《ひんしつ》とくると真逆《まっさ》かさまにひっくり返る。ひっくり返っても差《さ》し支《つか》えはない。物には両面がある、両端《りょうたん》がある。両端を叩《たた》いて黒白《こくびゃく》の変化を同一物の上に起こすところが人間の融通のきくところである。方寸を逆《さ》かさまにして見ると寸方となるところに愛嬌《あいきょう》がある。天《あま》の橋立《はしだて》を股倉《またぐら》から覗《のぞ》いて見るとまた格別な趣《おもむき》が出る。セクスピヤも千古万古セクスピヤではつまらない。偶《たま》には股倉からハムレットを見て、君こりゃ駄目だよくらいに云う者がないと、文界も進歩しないだろう。だから運動をわるく云った連中が急に運動がしたくなって、女までがラケットを持って往来をあるき廻ったって一向《いっこう》不思議はない。ただ猫が運動するのを利《き》いた風だなどと笑いさえしなければよい。さて吾輩の運動はいかなる種類の運動かと不審を抱《いだ》く者があるかも知れんから一応説明しようと思う。御承知のごとく不幸にして機械を持つ事が出来ん。だからボールもバットも取り扱い方に困窮する。次には金がないから買う訳《わけ》に行かない。この二つの源因からして吾輩の選んだ運動は一文《いちもん》いらず器械なしと名づくべき種類に属する者と思う。そんなら、のそのそ歩くか、あるいは鮪《まぐろ》の切身を啣《くわ》えて馳《か》け出す事と考えるかも知れんが、ただ四本の足を力学的に運動させて、地球の引力に順《したが》って、大地を横行するのは、あまり単簡《たんかん》で興味がない。いくら運動と名がついても、主人の時々実行するような、読んで字のごとき運動はどうも運動の神聖を汚《け》がす者だろうと思う。勿論《もちろん》ただの運動でもある刺激の下《もと》にはやらんとは限らん。鰹節競争《かつぶしきょうそう》、鮭探《しゃけさが》しなどは結構だがこれは肝心《かんじん》の対象物があっての上の事で、この刺激を取り去ると索然《さくぜん》として没趣味なものになってしまう。懸賞的興奮剤がないとすれば何か芸のある運動がして見たい。吾輩はいろいろ考えた。台所の廂《ひさし》から家根《やね》に飛び上がる方、家根の天辺《てっぺん》にある梅花形《ばいかがた》の瓦《かわら》の上に四本足で立つ術、物干竿《ものほしざお》を渡る事――これはとうてい成功しない、竹がつるつる滑《す》べって爪が立たない。後《うし》ろから不意に小供に飛びつく事、――これはすこぶる興味のある運動の一《ひとつ》だが滅多《めった》にやるとひどい目に逢うから、高々《たかだか》月に三度くらいしか試みない。紙袋《かんぶくろ》を頭へかぶせらるる事――これは苦しいばかりではなはだ興味の乏《とぼ》しい方法である。ことに人間の相手がおらんと成功しないから駄目。次には書物の表紙を爪で引き掻《か》く事、――これは主人に見付かると必ずどやされる危険があるのみならず、割合に手先の器用ばかりで総身の筋肉が働かない。これらは吾輩のいわゆる旧式運動なる者である。新式のうちにはなかなか興味の深いのがある。第一に蟷螂狩《とうろうが》り。——蟷螂狩りは鼠狩《ねずみが》りほどの大運動でない代りにそれほどの危険がない。夏の半《なかば》から秋の始めへかけてやる遊戯としてはもっとも上乗のものだ。その方法を云うとまず庭へ出て、一匹の蟷螂《かまきり》をさがし出す。時候がいいと一匹や二匹見付け出すのは雑作《ぞうさ》もない。さて見付け出した蟷螂君の傍《そば》へはっと風を切って馳《か》けて行く。するとすわこそと云う身構《みがまえ》をして鎌首をふり上げる。蟷螂でもなかなか健気《けなげ》なもので、相手の力量を知らんうちは抵抗するつもりでいるから面白い。振り上げた鎌首を右の前足でちょっと参る。振り上げた首は軟かいからぐにゃり横へ曲る。この時の蟷螂君の表情がすこぶる興味を添える。おやと云う思い入れが充分ある。ところを一足飛《いっそくと》びに君《きみ》の後《うし》ろへ廻って今度は背面から君の羽根を軽《かろ》く引き掻《か》く。あの羽根は平生大事に畳《たた》んであるが、引き掻き方が烈《はげ》しいと、ぱっと乱れて中から吉野紙のような薄色の下着があらわれる。君は夏でも御苦労千万に二枚重ねで乙《おつ》に極《き》まっている。この時君の長い首は必ず後ろに向き直る。ある時は向ってくるが、大概の場合には首だけぬっと立てて立っている。こっちから手出しをするのを待ち構えて見える。先方がいつまでもこの態度でいては運動にならんから、あまり長くなるとまたちょいと一本参る。これだけ参ると眼識のある蟷螂なら必ず逃げ出す。それを我無洒落《がむしゃら》に向ってくるのはよほど無教育な野蛮的蟷螂である。もし相手がこの野蛮な振舞をやると、向って来たところを覘《ねら》いすまして、いやと云うほど張り付けてやる。大概は二三尺飛ばされる者である。しかし敵がおとなしく背面に前進すると、こっちは気の毒だから庭の立木を二三度飛鳥のごとく廻ってくる。蟷螂君《かまきりくん》はまだ五六寸しか逃げ延びておらん。もう吾輩の力量を知ったから手向いをする勇気はない。ただ右往左往へ逃げ惑《まど》うのみである。しかし吾輩も右往左往へ追っかけるから、君はしまいには苦しがって羽根を振《ふる》って一大活躍を試みる事がある。元来蟷螂の羽根は彼の首と調和して、すこぶる細長く出来上がったものだが、聞いて見ると全く装飾用だそうで、人間の英語、仏語、独逸語《ドイツご》のごとく毫《ごう》も実用にはならん。だから無用の長物を利用して一大活躍を試みたところが吾輩に対してあまり功能のありよう訳がない。名前は活躍だが事実は地面の上を引きずってあるくと云うに過ぎん。こうなると少々気の毒な感はあるが運動のためだから仕方がない。御免蒙《ごめんこうむ》ってたちまち前面へ馳《か》け抜ける。君は惰性で急廻転が出来ないからやはりやむを得ず前進してくる。その鼻をなぐりつける。この時蟷螂君は必ず羽根を広げたまま仆《たお》れる。その上をうんと前足で抑《おさ》えて少しく休息する。それからまた放して置いてまた抑える。七擒七縦孔明《しちきんしちしょうこうめい》の軍略で攻めつける。約三十分この順序を繰り返して、身動きも出来なくなったところを見すましてちょっと口へ啣《くわ》えて振って見る。それからまた吐き出す。今度は地面の上へ寝たぎり動かないから、こっちの手で突っ付いて、その勢で飛び上がるところをまた抑えつける。これもいやになってから、最後の手段としてむしゃむしゃ食ってしまう。ついでだから蟷螂を食った事のない人に話しておくが、蟷螂はあまり旨《うま》い物ではない。そうして滋養分も存外少ないようである。蟷螂狩《とうろうが》りに次いで蝉取《せみと》りと云う運動をやる。単に蝉と云ったところが同じ物ばかりではない。人間にも油野郎《あぶらやろう》、みんみん野郎、おしいつくつく野郎があるごとく、蝉にも油蝉、みんみん、おしいつくつくがある。油蝉はしつこくて行《い》かん。みんみんは横風《おうふう》で困る。ただ取って面白いのはおしいつくつくである。これは夏の末にならないと出て来ない。八《や》つ口《くち》の綻《ほころ》びから秋風《あきかぜ》が断わりなしに膚《はだ》を撫《な》でてはっくしょ風邪《かぜ》を引いたと云う頃熾《さかん》に尾を掉《ふ》り立ててなく。善《よ》く鳴く奴で、吾輩から見ると鳴くのと猫にとられるよりほかに天職がないと思われるくらいだ。秋の初はこいつを取る。これを称して蝉取り運動と云う。ちょっと諸君に話しておくがいやしくも蝉と名のつく以上は、地面の上に転《ころ》がってはおらん。地面の上に落ちているものには必ず蟻《あり》がついている。吾輩の取るのはこの蟻の領分に寝転んでいる奴ではない。高い木の枝にとまって、おしいつくつくと鳴いている連中を捕《とら》えるのである。これもついでだから博学なる人間に聞きたいがあれはおしいつくつくと鳴くのか、つくつくおしいと鳴くのか、その解釈次第によっては蝉の研究上少なからざる関係があると思う。人間の猫に優《まさ》るところはこんなところに存するので、人間の自《みずか》ら誇る点もまたかような点にあるのだから、今即答が出来ないならよく考えておいたらよかろう。もっとも蝉取り運動上はどっちにしても差《さ》し支《つか》えはない。ただ声をしるべに木を上《のぼ》って行って、先方が夢中になって鳴いているところをうんと捕えるばかりだ。これはもっとも簡略な運動に見えてなかなか骨の折れる運動である。吾輩は四本の足を有しているから大地を行く事においてはあえて他の動物には劣るとは思わない。少なくとも二本と四本の数学的智識から判断して見て人間には負けないつもりである。しかし木登りに至っては大分《だいぶ》吾輩より巧者な奴がいる。本職の猿は別物として、猿の末孫《ばっそん》たる人間にもなかなか侮《あなど》るべからざる手合《てあい》がいる。元来が引力に逆らっての無理な事業だから出来なくても別段の恥辱《ちじょく》とは思わんけれども、蝉取り運動上には少なからざる不便を与える。幸に爪と云う利器があるので、どうかこうか登りはするものの、はたで見るほど楽ではござらん。のみならず蝉は飛ぶものである。蟷螂君《かまきりくん》と違って一たび飛んでしまったが最後、せっかくの木登りも、木登らずと何の択《えら》むところなしと云う悲運に際会する事がないとも限らん。最後に時々蝉から小便をかけられる危険がある。あの小便がややともすると眼を覘《ねら》ってしょぐってくるようだ。逃げるのは仕方がないから、どうか小便ばかりは垂れんように致したい。飛ぶ間際《まぎわ》に溺《いば》りを仕《つかまつ》るのは一体どう云う心理的状態の生理的器械に及ぼす影響だろう。やはりせつなさのあまりかしらん。あるいは敵の不意に出でて、ちょっと逃げ出す余裕を作るための方便か知らん。そうすると烏賊《いか》の墨を吐き、ベランメーの刺物《ほりもの》を見せ、主人が羅甸語《ラテンご》を弄する類《たぐい》と同じ綱目《こうもく》に入るべき事項となる。これも蝉学上忽《ゆる》かせにすべからざる問題である。充分研究すればこれだけでたしかに博士論文の価値はある。それは余事だから、そのくらいにしてまた本題に帰る。

蝉のもっとも集注するのは――集注がおかしければ集合だが、集合は陳腐《ちんぷ》だからやはり集注にする。――蝉のもっとも集注するのは青桐《あおぎり》である。漢名を梧桐《ごとう》と号するそうだ。ところがこの青桐は葉が非常に多い、しかもその葉は皆団扇《うちわ》くらいな大《おおき》さであるから、彼等が生《お》い重なると枝がまるで見えないくらい茂っている。これがはなはだ蝉取り運動の妨害になる。声はすれども姿は見えずと云う俗謡《ぞくよう》はとくに吾輩のために作った者ではなかろうかと怪しまれるくらいである。吾輩は仕方がないからただ声を知るべに行く。下から一間ばかりのところで梧桐は注文通り二叉《ふたまた》になっているから、ここで一休息《ひとやすみ》して葉裏から蝉の所在地を探偵する。もっともここまで来るうちに、がさがさと音を立てて、飛び出す気早な連中がいる。一羽飛ぶともういけない。真似をする点において蝉は人間に劣らぬくらい馬鹿である。あとから続々飛び出す。漸々《ようよう》二叉《ふたまた》に到着する時分には満樹寂《せき》として片声《へんせい》をとどめざる事がある。かつてここまで登って来て、どこをどう見廻わしても、耳をどう振っても蝉気《せみけ》がないので、出直すのも面倒だからしばらく休息しようと、叉《また》の上に陣取って第二の機会を待ち合せていたら、いつの間《ま》にか眠くなって、つい黒甜郷裡《こくてんきょうり》に遊んだ。おやと思って眼が醒《さ》めたら、二叉の黒甜郷裡《こくてんきょうり》から庭の敷石の上へどたりと落ちていた。しかし大概は登る度に一つは取って来る。ただ興味の薄い事には樹の上で口に啣《くわ》えてしまわなくてはならん。だから下へ持って来て吐き出す時は大方《おおかた》死んでいる。いくらじゃらしても引っ掻《か》いても確然たる手答がない。蝉取りの妙味はじっと忍んで行っておしい君《くん》が一生懸命に尻尾《しっぽ》を延ばしたり縮《ちぢ》ましたりしているところを、わっと前足で抑《おさ》える時にある。この時つくつく君《くん》は悲鳴を揚げて、薄い透明な羽根を縦横無尽に振う。その早い事、美事なる事は言語道断、実に蝉世界の一偉観である。余はつくつく君を抑える度《たび》にいつでも、つくつく君に請求してこの美術的演芸を見せてもらう。それがいやになるとご免を蒙《こうむ》って口の内へ頬張《ほおば》ってしまう。蝉によると口の内へ這入《はい》ってまで演芸をつづけているのがある。蝉取りの次にやる運動は松滑《まつすべ》りである。これは長くかく必要もないから、ちょっと述べておく。松滑りと云うと松を滑るように思うかも知れんが、そうではないやはり木登りの一種である。ただ蝉取りは蝉を取るために登り、松滑りは、登る事を目的として登る。これが両者の差である。元来松は常磐《ときわ》にて最明寺《さいみょうじ》の御馳走《ごちそう》をしてから以来今日《こんにち》に至るまで、いやにごつごつしている。従って松の幹ほど滑らないものはない。手懸りのいいものはない。足懸りのいいものはない。——換言すれば爪懸《つまがか》りのいいものはない。その爪懸りのいい幹へ一気呵成《いっきかせい》に馳《か》け上《あが》る。馳け上っておいて馳け下がる。馳け下がるには二法ある。一はさかさになって頭を地面へ向けて下りてくる。一は上《のぼ》ったままの姿勢をくずさずに尾を下にして降りる。人間に問うがどっちがむずかしいか知ってるか。人間のあさはかな了見《りょうけん》では、どうせ降りるのだから下向《したむき》に馳け下りる方が楽だと思うだろう。それが間違ってる。君等は義経が鵯越《ひよどりごえ》を落《お》としたことだけを心得て、義経でさえ下を向いて下りるのだから猫なんぞは無論下《し》た向きでたくさんだと思うのだろう。そう軽蔑《けいべつ》するものではない。猫の爪はどっちへ向いて生《は》えていると思う。みんな後《うし》ろへ折れている。それだから鳶口《とびぐち》のように物をかけて引き寄せる事は出来るが、逆に押し出す力はない。今吾輩が松の木を勢よく馳け登ったとする。すると吾輩は元来地上の者であるから、自然の傾向から云えば吾輩が長く松樹の巓《いただき》に留《とど》まるを許さんに相違ない、ただおけば必ず落ちる。しかし手放しで落ちては、あまり早過ぎる。だから何等かの手段をもってこの自然の傾向を幾分かゆるめなければならん。これ即《すなわ》ち降りるのである。落ちるのと降りるのは大変な違のようだが、その実思ったほどの事ではない。落ちるのを遅くすると降りるので、降りるのを早くすると落ちる事になる。落ちると降りるのは、ちとりの差である。吾輩は松の木の上から落ちるのはいやだから、落ちるのを緩《ゆる》めて降りなければならない。即《すなわ》ちあるものをもって落ちる速度に抵抗しなければならん。吾輩の爪は前《ぜん》申す通り皆後《うし》ろ向きであるから、もし頭を上にして爪を立てればこの爪の力は悉《ことごと》く、落ちる勢に逆《さか》って利用出来る訳である。従って落ちるが変じて降りるになる。実に見易《みやす》き道理である。しかるにまた身を逆《さか》にして義経流に松の木越《ごえ》をやって見給え。爪はあっても役には立たん。ずるずる滑って、どこにも自分の体量を持ち答える事は出来なくなる。ここにおいてかせっかく降りようと企《くわだ》てた者が変化して落ちる事になる。この通り鵯越《ひよどりごえ》はむずかしい。猫のうちでこの芸が出来る者は恐らく吾輩のみであろう。それだから吾輩はこの運動を称して松滑りと云うのである。最後に垣巡《かきめぐ》りについて一言《いちげん》する。主人の庭は竹垣をもって四角にしきられている。椽側《えんがわ》と平行している一片《いっぺん》は八九間もあろう。左右は双方共四間に過ぎん。今吾輩の云った垣巡りと云う運動はこの垣の上を落ちないように一周するのである。これはやり損《そこな》う事もままあるが、首尾よく行くとお慰《なぐさみ》になる。ことに所々に根を焼いた丸太が立っているから、ちょっと休息に便宜《べんぎ》がある。今日は出来がよかったので朝から昼までに三返《べん》やって見たが、やるたびにうまくなる。うまくなる度《たび》に面白くなる。とうとう四返繰り返したが、四返目に半分ほど巡《まわ》りかけたら、隣の屋根から烏が三羽飛んで来て、一間ばかり向うに列を正してとまった。これは推参な奴だ。人の運動の妨《さまたげ》をする、ことにどこの烏だか籍《せき》もない分在《ぶんざい》で、人の塀へとまるという法があるもんかと思ったから、通るんだおい除《の》きたまえと声をかけた。真先の烏はこっちを見てにやにや笑っている。次のは主人の庭を眺《なが》めている。三羽目は嘴《くちばし》を垣根の竹で拭《ふ》いている。何か食って来たに違ない。吾輩は返答を待つために、彼等に三分間の猶予《ゆうよ》を与えて、垣の上に立っていた。烏は通称を勘左衛門と云うそうだが、なるほど勘左衛門だ。吾輩がいくら待っても挨拶もしなければ、飛びもしない。吾輩は仕方がないから、そろそろ歩き出した。すると真先の勘左衛門がちょいと羽を広げた。やっと吾輩の威光に恐れて逃げるなと思ったら、右向から左向に姿勢をかえただけである。この野郎！　地面の上ならその分に捨てておくのではないが、いかんせん、たださえ骨の折れる道中に、勘左衛門などを相手にしている余裕がない。といってまた立留まって三羽が立ち退《の》くのを待つのもいやだ。第一そう待っていては足がつづかない。先方は羽根のある身分であるから、こんな所へはとまりつけている。従って気に入ればいつまでも逗留《とうりゅう》するだろう。こっちはこれで四返目だただでさえ大分労《だいぶつか》れている。いわんや綱渡りにも劣らざる芸当兼運動をやるのだ。何等の障害物がなくてさえ落ちんとは保証が出来んのに、こんな黒装束《くろしょうぞく》が、三個も前途を遮《さえぎ》っては容易ならざる不都合だ。いよいよとなれば自《みずか》ら運動を中止して垣根を下りるより仕方がない。面倒だから、いっそさよう仕ろうか、敵は大勢の事ではあるし、ことにはあまりこの辺には見馴れぬ人体《にんてい》である。口嘴《くちばし》が乙《おつ》に尖《とん》がって何だか天狗《てんぐ》の啓《もう》し子《ご》のようだ。どうせ質《たち》のいい奴でないには極《きま》っている。退却が安全だろう、あまり深入りをして万一落ちでもしたらなおさら恥辱だ。と思っていると左向《ひだりむけ》をした烏が阿呆《あほう》と云った。次のも真似をして阿呆と云った。最後の奴は御鄭寧《ごていねい》にも阿呆阿呆と二声叫んだ。いかに温厚なる吾輩でもこれは看過《かんか》出来ない。第一自己の邸内で烏輩《からすはい》に侮辱されたとあっては、吾輩の名前にかかわる。名前はまだないから係わりようがなかろうと云うなら体面に係わる。決して退却は出来ない。諺《ことわざ》にも烏合《うごう》の衆と云うから三羽だって存外弱いかも知れない。進めるだけ進めと度胸を据《す》えて、のそのそ歩き出す。烏は知らん顔をして何か御互に話をしている様子だ。いよいよ肝癪《かんしゃく》に障《さわ》る。垣根の幅がもう五六寸もあったらひどい目に合せてやるんだが、残念な事にはいくら怒《おこ》っても、のそのそとしかあるかれない。ようやくの事先鋒《せんぽう》を去る事約五六寸の距離まで来てもう一息だと思うと、勘左衛門は申し合せたように、いきなり羽搏《はばたき》をして一二尺飛び上がった。その風が突然余の顔を吹いた時、はっと思ったら、つい踏み外《はず》して、すとんと落ちた。これはしくじったと垣根の下から見上げると、三羽共元の所にとまって上から嘴《くちばし》を揃《そろ》えて吾輩の顔を見下している。図太い奴だ。睨《にら》めつけてやったが一向《いっこう》利《き》かない。背を丸くして、少々唸《うな》ったが、ますます駄目だ。俗人に霊妙なる象徴詩がわからぬごとく、吾輩が彼等に向って示す怒りの記号も何等の反応を呈出しない。考えて見ると無理のないところだ。吾輩は今まで彼等を猫として取り扱っていた。それが悪るい。猫ならこのくらいやればたしかに応《こた》えるのだが生憎《あいにく》相手は烏だ。烏の勘公とあって見れば致し方がない。実業家が主人苦沙弥《くしゃみ》先生を圧倒しようとあせるごとく、西行《さいぎょう》に銀製の吾輩を進呈するがごとく、西郷隆盛君の銅像に勘公が糞《ふん》をひるようなものである。機を見るに敏なる吾輩はとうてい駄目と見て取ったから、奇麗さっぱりと椽側へ引き上げた。もう晩飯の時刻だ。運動もいいが度を過ごすと行《い》かぬ者で、からだ全体が何となく緊《しま》りがない、ぐたぐたの感がある。のみならずまだ秋の取り付きで運動中に照り付けられた毛ごろもは、西日を思う存分吸収したと見えて、ほてってたまらない。毛穴から染《し》み出す汗が、流れればと思うのに毛の根に膏《あぶら》のようにねばり付く。背中《せなか》がむずむずする。汗でむずむずするのと蚤《のみ》が這《は》ってむずむずするのは判然と区別が出来る。口の届く所なら噛《か》む事も出来る、足の達する領分は引き掻《か》く事も心得にあるが、脊髄《せきずい》の縦に通う真中と来たら自分の及ぶ限《かぎり》でない。こう云う時には人間を見懸けて矢鱈《やたら》にこすり付けるか、松の木の皮で充分摩擦術を行うか、二者その一を択《えら》ばんと不愉快で安眠も出来兼ねる。人間は愚《ぐ》なものであるから、猫なで声で――猫なで声は人間の吾輩に対して出す声だ。吾輩を目安《めやす》にして考えれば猫なで声ではない、なでられ声である――よろしい、とにかく人間は愚なものであるから撫《な》でられ声で膝の傍《そば》へ寄って行くと、大抵の場合において彼もしくは彼女を愛するものと誤解して、わが為《な》すままに任せるのみか折々は頭さえ撫《な》でてくれるものだ。しかるに近来吾輩の毛中《もうちゅう》にのみと号する一種の寄生虫が繁殖したので滅多《めった》に寄り添うと、必ず頸筋《くびすじ》を持って向うへ抛《ほう》り出される。わずかに眼に入《い》るか入《い》らぬか、取るにも足らぬ虫のために愛想《あいそ》をつかしたと見える。手を翻《ひるがえ》せば雨、手を覆《くつがえ》せば雲とはこの事だ。高がのみの千疋《びき》や二千疋でよくまあこんなに現金な真似が出来たものだ。人間世界を通じて行われる愛の法則の第一条にはこうあるそうだ。――自己の利益になる間は、すべからく人を愛すべし。――人間の取り扱が俄然豹変《がぜんひょうへん》したので、いくら痒《か》ゆくても人力を利用する事は出来ん。だから第二の方法によって松皮摩擦法《しょうひまさつほう》をやるよりほかに分別はない。しからばちょっとこすって参ろうかとまた椽側《えんがわ》から降りかけたが、いやこれも利害相償わぬ愚策だと心付いた。と云うのはほかでもない。松には脂《やに》がある。この脂《やに》たるすこぶる執着心の強い者で、もし一たび、毛の先へくっ付けようものなら、雷が鳴ってもバルチック艦隊が全滅しても決して離れない。しかのみならず五本の毛へこびりつくが早いか、十本に蔓延《まんえん》する。十本やられたなと気が付くと、もう三十本引っ懸っている。吾輩は淡泊《たんぱく》を愛する茶人的猫《ちゃじんてきねこ》である。こんな、しつこい、毒悪な、ねちねちした、執念深《しゅうねんぶか》い奴は大嫌だ。たとい天下の美猫《びみょう》といえどもご免蒙る。いわんや松脂《まつやに》においてをやだ。車屋の黒の両眼から北風に乗じて流れる目糞と択《えら》ぶところなき身分をもって、この淡灰色《たんかいしょく》の毛衣《けごろも》を大《だい》なしにするとは怪《け》しからん。少しは考えて見るがいい。といったところできゃつなかなか考える気遣《きづかい》はない。あの皮のあたりへ行って背中をつけるが早いか必ずべたりとおいでになるに極《きま》っている。こんな無分別な頓痴奇《とんちき》を相手にしては吾輩の顔に係わるのみならず、引いて吾輩の毛並に関する訳だ。いくら、むずむずしたって我慢するよりほかに致し方はあるまい。しかしこの二方法共実行出来んとなるとはなはだ心細い。今において一工夫《ひとくふう》しておかんとしまいにはむずむず、ねちねちの結果病気に罹《かか》るかも知れない。何か分別はあるまいかなと、後《あ》と足《あし》を折って思案したが、ふと思い出した事がある。うちの主人は時々手拭と石鹸《シャボン》をもって飄然《ひょうぜん》といずれへか出て行く事がある、三四十分して帰ったところを見ると彼の朦朧《もうろう》たる顔色《がんしょく》が少しは活気を帯びて、晴れやかに見える。主人のような汚苦《むさくる》しい男にこのくらいな影響を与えるなら吾輩にはもう少し利目《ききめ》があるに相違ない。吾輩はただでさえこのくらいな器量だから、これより色男になる必要はないようなものの、万一病気に罹《かか》って一歳何《なん》が月《げつ》で夭折《ようせつ》するような事があっては天下の蒼生《そうせい》に対して申し訳がない。聞いて見るとこれも人間のひま潰《つぶ》しに案出した洗湯《せんとう》なるものだそうだ。どうせ人間の作ったものだから碌《ろく》なものでないには極《きま》っているがこの際の事だから試しに這入《はい》って見るのもよかろう。やって見て功験がなければよすまでの事だ。しかし人間が自己のために設備した浴場へ異類の猫を入れるだけの洪量《こうりょう》があるだろうか。これが疑問である。主人がすまして這入《はい》るくらいのところだから、よもや吾輩を断わる事もなかろうけれども万一お気の毒様を食うような事があっては外聞がわるい。これは一先《ひとま》ず容子《ようす》を見に行くに越した事はない。見た上でこれならよいと当りが付いたら、手拭を啣《くわ》えて飛び込んで見よう。とここまで思案を定めた上でのそのそと洗湯へ出掛けた。

横町を左へ折れると向うに高いとよ竹のようなものが屹立《きつりつ》して先から薄い煙を吐いている。これ即《すなわ》ち洗湯である。吾輩はそっと裏口から忍び込んだ。裏口から忍び込むのを卑怯《ひきょう》とか未練とか云うが、あれは表からでなくては訪問する事が出来ぬものが嫉妬《しっと》半分に囃《はや》し立てる繰《く》り言《ごと》である。昔から利口な人は裏口から不意を襲う事にきまっている。紳士養成方《ほう》の第二巻第一章の五ページにそう出ているそうだ。その次のページには裏口は紳士の遺書にして自身徳を得るの門なりとあるくらいだ。吾輩は二十世紀の猫だからこのくらいの教育はある。あんまり軽蔑《けいべつ》してはいけない。さて忍び込んで見ると、左の方に松を割って八寸くらいにしたのが山のように積んであって、その隣りには石炭が岡のように盛ってある。なぜ松薪《まつまき》が山のようで、石炭が岡のようかと聞く人があるかも知れないが、別に意味も何もない、ただちょっと山と岡を使い分けただけである。人間も米を食ったり、鳥を食ったり、肴《さかな》を食ったり、獣《けもの》を食ったりいろいろの悪《あく》もの食いをしつくしたあげくついに石炭まで食うように堕落したのは不憫《ふびん》である。行き当りを見ると一間ほどの入口が明け放しになって、中を覗《のぞ》くとがんがらがんのがあんと物静かである。その向側《むこうがわ》で何かしきりに人間の声がする。いわゆる洗湯はこの声の発する辺《へん》に相違ないと断定したから、松薪と石炭の間に出来てる谷あいを通り抜けて左へ廻って、前進すると右手に硝子窓《ガラスまど》があって、そのそとに丸い小桶《こおけ》が三角形即《すなわ》ちピラミッドのごとく積みかさねてある。丸いものが三角に積まれるのは不本意千万だろうと、ひそかに小桶諸君の意を諒《りょう》とした。小桶の南側は四五尺の間《あいだ》板が余って、あたかも吾輩を迎うるもののごとく見える。板の高さは地面を去る約一メートルだから飛び上がるには御誂《おあつら》えの上等である。よろしいと云いながらひらりと身を躍《おど》らすといわゆる洗湯は鼻の先、眼の下、顔の前にぶらついている。天下に何が面白いと云って、未《いま》だ食わざるものを食い、未だ見ざるものを見るほどの愉快はない。諸君もうちの主人のごとく一週三度くらい、この洗湯界に三十分乃至《ないし》四十分を暮すならいいが、もし吾輩のごとく風呂と云うものを見た事がないなら、早く見るがいい。親の死目《しにめ》に逢《あ》わなくてもいいから、これだけは是非見物するがいい。世界広しといえどもこんな奇観《きかん》はまたとあるまい。

　何が奇観だ？　何が奇観だって吾輩はこれを口にするを憚《はば》かるほどの奇観だ。この硝子窓《ガラスまど》の中にうじゃうじゃ、があがあ騒いでいる人間はことごとく裸体である。台湾の生蕃《せいばん》である。二十世紀のアダムである。そもそも衣装《いしょう》の歴史を繙《ひもと》けば——長い事だからこれはトイフェルスドレック君に譲って、繙くだけはやめてやるが、——人間は全く服装で持ってるのだ。十八世紀の頃大英国バスの温泉場においてボー・

ナッシが厳重な規則を制定した時などは浴場内で男女共肩から足まで着物でかくしたくらいである。今を去る事六十年前《ぜん》これも英国の去る都で図案学校を設立した事がある。図案学校の事であるから、裸体画、裸体像の模写、模型を買い込んで、ここ、かしこに陳列したのはよかったが、いざ開校式を挙行する一段になって当局者を初め学校の職員が大困却をした事がある。開校式をやるとすれば、市の淑女を招待しなければならん。ところが当時の貴婦人方の考によると人間は服装の動物である。皮を着た猿の子分ではないと思っていた。人間として着物をつけないのは象の鼻なきがごとく、学校の生徒なきがごとく、兵隊の勇気なきがごとく全くその本体を失《しっ》している。いやしくも本体を失している以上は人間としては通用しない、獣類である。仮令《たとい》模写模型にせよ獣類の人間と伍するのは貴女の品位を害する訳である。でありますから妾等《しょうら》は出席御断わり申すと云われた。そこで職員共は話せない連中だとは思ったが、何しろ女は東西両国を通じて一種の装飾品である。米春《こめつき》にもなれん志願兵にもなれないが、開校式には欠くべからざる化装道具《けしょうどうぐ》である。と云うところから仕方がない、呉服屋へ行って黒布《くろぬの》を三十五反八分七《はちぶんのしち》買って来て例の獣類の人間にことごとく着物をきせた。失礼があってはならんと念に念を入れて顔まで着物をきせた。かようにしてようやくの事滞《とどこお》りなく式をすましたと云う話がある。そのくらい衣服は人間にとって大切なものである。近頃は裸体画裸体画と云ってしきりに裸体を主張する先生もあるがあれはあやまっている。生れてから今日《こんにち》に至るまで一日も裸体になった事がない吾輩から見ると、どうしても間違っている。裸体は希臘《ギリシャ》、羅馬《ローマ》の遺風が文芸復興時代の淫靡《いんび》の風《ふう》に誘われてから流行《はや》りだしたもので、希臘人や、羅馬人は平常《ふだん》から裸体を見做《みな》れていたのだから、これをもって風教上の利害の関係があるなどとは毫《ごう》も思い及ばなかったのだろうが北欧は寒い所だ。日本でさえ裸で道中がなるものかと云うくらいだから独逸《ドイツ》や英吉利《イギリス》で裸になっておれば死んでしまう。死んでしまってはつまらないから着物をきる。みんなが着物をきれば人間は服装の動物になる。一たび服装の動物となった後《のち》に、突然裸体動物に出逢えば人間とは認めない、獣《けだもの》と思う。それだから欧洲人ことに北方の欧洲人は裸体画、裸体像をもって獣として取り扱っていいのである。猫に劣る獣と認定していいのである。美しい？　美しくても構わんから、美しい獣と見做《みな》せばいいのである。こう云うと西洋婦人の礼服を見たかと云うものもあるかも知れないが、猫の事だから西洋婦人の礼服を拝見した事はない。聞くところによると彼等は胸をあらわし、肩をあらわし、腕をあらわしてこれを礼服と称しているそうだ。怪《け》しからん事だ。十四世紀頃までは彼等の出《い》で立《た》ちはしかく滑稽ではなかった、やはり普通の人間の着るものを着ておった。それがなぜこんな下等な軽術師《かるわざし》流に転化してきたかは面倒だから述べない。知る人ぞ知る、知らぬものは知らん顔をしておればよろしかろう。歴史はとにかく彼等はかかる異様な風態をして夜間だけは得々《とくとく》たるにも係わらず内心は少々人間らしいところもあると見えて、日が出ると、肩をすぼめる、胸をかくす、腕を包む、どこもかしこもことごとく見えなくしてしまうのみならず、足の爪一本でも人に見せるのを非常に恥辱と考えている。これで考えても彼等の礼服なるものは一種の頓珍漢的作用《とんちんかんてきさよう》によって、馬鹿と馬鹿の相談から成立したものだと云う事が分る。それが口惜《くや》しければ日中《にっちゅう》でも肩と胸と腕を出していて見るがいい。裸体信者だってその通りだ。それほど裸体がいいものなら娘を裸体にして、ついでに自分も裸になって上野公園を散歩でもするがいい、できない？　出来ないのではない、西洋人がやらないから、自分もやらないのだろう。現にこの不合理極まる礼服を着て威張って帝国ホテルなどへ出懸《でか》けるではないか。その因縁《いんねん》を尋ねると何にもない。ただ西洋人がきるから、着ると云うまでの事だろう。西洋人は強いから無理でも馬鹿気ていても真似なければやり切れないのだろう。長いものには捲《ま》かれろ、強いものには折れろ、重いものには圧《お》されろと、そうれろ尽しでは気が利《き》かんではないか。気が利《き》かんでも仕方がないと云うなら勘弁するから、あまり日本人をえらい者と思ってはいけない。学問といえどもその通りだがこれは服装に関係がない事だから以下略とする。

　衣服はかくのごとく人間にも大事なものである。人間が衣服か、衣服が人間かと云うくらい重要な条件である。人間の歴史は肉の歴史にあらず、骨の歴史にあらず、血の歴史にあらず、単に衣服の歴史であると申したいくらいだ。だから衣服を着けない人間を見ると人間らしい感じがしない。まるで化物《ばけもの》に邂逅《かいこう》したようだ。化物でも全体が申し合せて化物になれば、いわゆる化物は消えてなくなる訳だから構わんが、それでは人間自身が大《おおい》に困却する事になるばかりだ。その昔《むか》し自然は人間を平等なるものに製造して世の中に抛《ほう》り出した。だからどんな人間でも生れるときは必ず赤裸《あかはだか》である。もし人間の本性《ほんせい》が平等に安んずるものならば、よろしくこの赤裸のままで生長してしかるべきだろう。しかるに赤裸の一人が云うにはこう誰も彼も同じでは勉強する甲斐《かい》がない。骨を折った結果が見えぬ。どうかして、おれはおれだ誰が見てもおれだと云うところが目につくようにしたい。それについては何か人が見てあっと魂《たま》消《げ》る物をからだにつけて見たい。何か工夫はあるまいかと十年間考えてようやく猿股《さるまた》を発明してすぐさまこれを穿《は》いて、どうだ恐れ入ったろうと威張ってそこいらを歩いた。これが今日《こんにち》の車夫の先祖である。単簡《たんかん》なる猿股を発明するのに十年の長日月を費《つい》やしたのはいささか異《い》な感もあるが、それは今日から古代に溯《さかのぼ》って身を蒙昧《もうまい》の世界に置いて断定した結論と云うもので、その当時にこれくらいな大発明はなかったのである。デカルトは「余は思考す、故に余は存在す」という三《み》つ子《ご》にでも分るような真理を考え出すのに十何年か懸ったそうだ。すべて考え出す時には骨の折れるものであるから猿股の発明に十年を費やしたって車夫の智慧《ちえ》には出来過ぎると云わねばなるまい。さあ猿股が出来ると世の中で幅のきくのは車夫ばかりである。あまり車夫が猿股をつけて天下の大道を我物顔に横行濶歩《かっぽ》するのを憎らしいと思って負けん気の化物が六年間工夫して羽織と云う無用の長物を発明した。すると猿股の勢力は頓《とみ》に衰えて、羽織全盛の時代となった。八百屋、生薬屋《きぐすりや》、呉服屋は皆この大発明家の末流《ばつりゅう》である。猿股期、羽織期の後《あと》に来るのが袴《はかま》期である。これは、何だ羽織の癖にと癇癪《かんしゃく》を起した化物の考案になったもので、昔の武士今の官員などは皆この種属である。かように化物共がわれもわれもと異《い》を衒《てら》い新《しん》を競《きそ》って、ついには燕《つばめ》の尾にかたどった畸形《きけい》まで出現したが、退いてその由来を案ずると、何も無理矢理に、出鱈目《でたらめ》に、偶然に、漫然に持ち上がった事実では決してない。皆勝ちたい勝ちたいの勇猛心の凝《こ》ってさまざまの新形《しんがた》となったもので、おれは手前じゃないぞと振れてあるく代りに被《かぶ》っているのである。して見るとこの心理からして一大発見が出来る。それはほかでもない。自然は真空を忌《い》むごとく、人間は平等を嫌うと云う事だ。すでに平等を嫌ってやむを得ず衣服を骨肉のごとくかようにつけ纏《まと》う今日において、この本質の一部分たる、これ等を打ちやって、元の杢阿弥《もくあみ》の公平時代に帰るのは狂人の沙汰である。よし狂人の名称を甘んじても帰る事は到底出来ない。帰った連中を開明人《かいめいじん》の目から見れば化物である。仮令《たとい》世界何億万の人口を挙《あ》げて化物の域に引ずりおろしてこれなら平等だろう、みんなが化物だから恥ずかしい事はないと安心してもやっぱり駄目である。世界が化物になった翌日からまた化物の競争が始まる。着物をつけて競争が出来なければ化物なりで競争をやる。赤裸《あかはだか》は赤裸でどこまでも差別を立ててくる。この点から見ても衣服はとうてい脱ぐ事は出来ないものになっている。

しかるに今吾輩が眼下《がんか》に見下《みおろ》した人間の一団体は、この脱ぐべからざる猿股も羽織も乃至袴《ないしはかま》もことごとく棚の上に上げて、無遠慮にも本来の狂態を衆目環視《しゅうもくかんし》の裡《うち》に露出して平々然《へいへいぜん》と談笑を縦《ほしいま》まにしている。吾輩が先刻《さっき》一大奇観と云ったのはこの事である。吾輩は文明の諸君子のためにここに謹《つつし》んでその一般を紹介するの栄を有する。

何だかごちゃごちゃしていて何《な》にから記述していいか分らない。化物のやる事には規律がないから秩序立った証明をするのに骨が折れる。まず湯槽《ゆぶね》から述べよう。湯槽だか何だか分らないが、大方《おおかた》湯槽というものだろうと思うばかりである。幅が三尺くらい、長《ながさ》は一間半もあるか、それを二つに仕切って一つには白い湯が這入《はい》っている。何でも薬湯《くすりゆ》とか号するのだそうで、石灰《いしばい》を溶かし込んだような色に濁っている。もっともただ濁っているのではない。膏《あぶら》ぎって、重た気《げ》に濁っている。よく聞くと腐って見えるのも不思議はない、一週間に一度しか水を易《か》えないのだそうだ。その隣りは普通一般の湯の由《よし》だがこれまたもって透明、瑩徹《えいてつ》などとは誓って申されない。天水桶《てんすいおけ》を攪《か》き混《ま》ぜたくらいの価値はその色の上において充分あらわれている。これからが化物の記述だ。大分《だいぶ》骨が折れる。天水桶の方に、突っ立っている若造《わかぞう》が二人いる。立ったまま、向い合って湯をざぶざぶ腹の上へかけている。いい慰《なぐさ》みだ。双方共色の黒い点において間然《かんぜん》するところなきまでに発達している。この化物は大分《だいぶ》逞ましいなと見ていると、やがて一人が手拭で胸のあたりを撫《な》で廻しながら「金さん、どうも、ここが痛んでいけねえが何だろう」と聞くと金さんは「そりゃ胃さ、胃て云う奴は命をとるからね。用心しねえとあぶないよ」と熱心に忠告を加える。「だってこの左の方だぜ」た左肺《さはい》の方を指す。「そこが胃だあな。左が胃で、右が肺だよ」「そうかな、おらあまた胃はここいらかと思った」と今度は腰の辺を叩《たた》いて見せると、金さんは「そりゃ疝気《せんき》だあね」と云った。ところへ二十五六の薄い髯《ひげ》を生《は》やした男がどぶんと飛び込んだ。すると、からだに付いていた石鹸《シャボン》が垢《あか》と共に浮きあがる。鉄気《かなけ》のある水を透《す》かして見た時のようにきらきらと光る。その隣りに頭の禿《は》げた爺さんが五分刈を捕《とら》えて何か弁じている。双方共頭だけ浮かしているのみだ。「いやこう年をとっては駄目さね。人間もやきが廻っちゃ若い者には叶《かな》わないよ。しかし湯だけは今でも熱いのでないと心持が悪くてね」「旦那なんか丈夫なものですぜ。そのくらい元気がありゃ結構だ」「元気もないのさ。ただ病気をしないだけさ。人間は悪い事さえしなけりゃあ百二十までは生きるもんだからね」「へえ、そんなに生きるもんですか」「生きるとも百二十までは受け合う。御維新前《ごいっしんまえ》牛込に曲淵《まがりぶち》と云う旗本《はたもと》があって、そこにいた下男は百三十だったよ」「そいつは、よく生きたもんですね」「ああ、あんまり生き過ぎてつい自分の年を忘れてね。百までは覚えていましたがそれから忘れてしまいましたと云ってたよ。それでわしの知っていたのが百三十の時だったが、それで死んだんじゃない。それからどうなったか分らない。事によるとまだ生きてるかも知れない」と云いながら槽《ふね》から上《あが》る。髯《ひげ》を生《は》やしている男は雲母《きらら》のようなものを自分の廻りに蒔《ま》き散らしながら独《ひと》りでにやにや笑っていた。入れ代って飛び込んで来たのは普通一般の化物とは違って背中《せなか》に模様画をほり付けている。岩見重太郎《いわみじゅうたろう》が大刀《だいとう》を振り翳《かざ》して蟒《うわばみ》を退治《たいじ》るところのようだが、惜しい事に未《ま》だ竣功《しゅんこう》の期に達せんので、蟒はどこにも見えない。従って重太郎先生いささか拍子抜けの気味に見える。飛び込みながら「箆棒《べらぼう》に温《ぬ》るいや」と云った。するとまた一人続いて乗り込んだのが「こりゃどうも……もう少し熱くなくっちゃあ」と顔をしかめながら熱いのを我慢する気色《けしき》とも見えたが、重太郎先生と顔を見合せて「やあ親方」と挨拶《あいさつ》をする。重太郎は「やあ」と云ったが、やがて「民さんはどうしたね」と聞く。「どうしたか、じゃんじゃんが好きだからね」「じゃんじゃんばかりじゃねえ……」「そうかい、あの男も腹のよくねえ男だからね。――どう云うもんか人に好かれねえ、――どう云うものだか、――どうも人が信用しねえ。職人てえものは、あんなもんじゃねえが」「そうよ。民さんなんざあ腰が低いんじゃねえ、頭《ず》が高《た》けえんだ。それだからどうも信用されねえんだね」「本当によ。あれで一《い》っぱし腕があるつもりだから、――つまり自分の損だあな」「白銀町《しろかねちょう》にも古い人が亡《な》くなってね、今じゃ桶屋《おけや》の元さんと煉瓦屋《れんがや》の大将と親方ぐれえな者だあな。こちとらあこうしてここで生れたもんだが、民さんなんざあ、どこから来たんだか分りゃしねえ」「そうよ。しかしよくあれだけになったよ」「うん。どう云うもんか人に好かれねえ。人が交際《つきあ》わねえからね」と徹頭徹尾民さんを攻撃する。

　天水桶はこのくらいにして、白い湯の方を見るとこれはまた非常な大入《おおいり》で、湯の中に人が這入《はい》ってると云わんより人の中に湯が這入ってると云う方が適当である。しかも彼等はすこぶる悠々閑々《ゆうゆうかんかん》たる物で、先刻《さっき》から這入るものはあるが出る物は一人もない。こう這入った上に、一週間もとめておいたら湯もよごれるはずだと感心してなおよく槽《おけ》の中を見渡すと、左の隅に圧《お》しつけられて苦沙弥先生が真赤《まっか》になってすくんでいる。可哀《かわい》そうに誰か路をあけて出してやればいいのにと思うのに誰も動きそうにもしなければ、主人も出ようとする気色《けしき》も見せない。ただじっとして赤くなっているばかりである。これはご苦労な事だ。なるべく二銭五厘の湯銭を活用しようと云う精神からして、かように赤くなるのだろうが、早く上がらんと湯気《ゆけ》にあがるがと主思《しゅうおも》いの吾輩は窓の棚《たな》から少なからず心配した。すると主人の一軒置いて隣りに浮いてる男が八の字を寄せながら「これはちと利《き》き過ぎるようだ、どうも背中《せなか》の方から熱い奴がじりじり湧《わ》いてくる」と暗に列席の化物に同情を求めた。「なあにこれがちょうどいい加減です。薬湯はこのくらいでないと利《き》きません。わたしの国なぞではこの倍も熱い湯へ這入ります」と自慢らしく説き立てるものがある。「一体この湯は何に利くんでしょう」と手拭を畳《たた》んで凸凹頭《でこぼこあたま》をかくした男が一同に聞いて見る。「いろいろなものに利きますよ。何でもいいてえんだからね。豪気《ごうぎ》だあね」と云ったのは瘠《や》せた黄瓜《きゅうり》のような色と形とを兼ね得たる顔の所有者である。そんなに利く湯なら、もう少しは丈夫そうになれそうなものだ。「薬を入れ立てより、三日目か四日目がちょうどいいようです。今日等《きょうなど》は這入り頃ですよ」と物知り顔に述べたのを見ると、膨《ふく》れ返った男である。これは多分垢肥《あかぶと》りだろう。「飲んでも利きましょうか」とどこからか知らないが黄色い声を出す者がある。「冷《ひ》えた後《あと》などは一杯飲んで寝ると、奇体《きたい》に小便に起きないから、まあやって御覧なさい」と答えたのは、どの顔から出た声か分らない。

　湯槽《ゆぶね》の方はこれぐらいにして板間《いたま》を見渡すと、いるわいるわ絵にもならないアダムがずらりと並んで各《おのおの》勝手次第な姿勢で、勝手次第なところを洗っている。その中にもっとも驚ろくべきのは仰向《あおむ》けに寝て、高い明《あ》かり取《とり》を眺《なが》めているのと、腹這《はらば》いになって、溝《みぞ》の中を覗《のぞ》き込んでいる両アダムである。これはよほど閑《ひま》なアダムと見える。坊主が石壁を向いてしゃがんでいると後《うし》ろから、小坊主がしきりに肩を叩《たた》いている。これは師弟の関係上三介《さんすけ》の代理を務《つと》めるのであろう。本当の三介もいる。風邪《かぜ》を引いたと見えて、このあついのにちゃんちゃんを着て、小判形《こばんなり》の桶《おけ》からざあと旦那の肩へ湯をあびせる。右の足を見ると親指の股に呉絽《ごろ》の垢《あか》擦りを挟《はさ》んでいる。こちらの方では小桶《こおけ》を慾張って三つ抱え込んだ男が、隣りの人に石鹸《シャボン》を使え使えと云いながらしきりに長談議をしている。何だろうと聞いて見るとこんな事を言っていた。「鉄砲は外国から渡ったもんだね。昔は斬り合いばかりさ。外国は卑怯だからね、それであんなものが出来たんだ。どうも支那じゃねえようだ、やっぱり外国のようだ。和唐内《わとうない》の時にゃ無かったね。和唐内はやはり清和源氏さ。なんでも義経が蝦夷《えぞ》から満洲へ渡った時に、蝦夷の男で大変学《がく》のできる人がくっ付いて行ったてえ話しだね。それでその義経のむすこが大明《たいみん》を攻めたんだが大明じゃ困るから、三代将軍へ使をよこして三千人の兵隊を借《か》してくれろと云うと、三代様《さんだいさま》がそいつを留めておいて帰さねえ。——何とか云ったっけ。——何でも何とか云う使だ。——それでその使を二年とめておいてしまいに長崎で女郎《じょろう》を見せたんだがね。その女郎に出来た子が和唐内さ。それから国へ帰って見ると大明は国賊に亡ぼされていた。……」何を云うのかさっぱり分らない。その後《うし》ろに二十五六の陰気な顔をした男が、ぼんやりして股の所を白い湯でしきりにたでている。腫物《はれもの》か何かで苦しんでいると見える。その横に年の頃は十七八で君とか僕とか生意気な事をべらべら喋《しゃべ》舌ってるのはこの近所の書生だろう。そのまた次に妙な背中《せなか》が見える。尻の中から寒竹《かんちく》を押し込んだように背骨《せぼね》の節が歴々《ありあり》と出ている。そうしてその左右に十六むさしに似たる形が四個ずつ行儀よく並んでいる。その十六むさしが赤く爛《ただ》れて周囲《まわり》に膿《うみ》をもっているのもある。こう順々に書いてくると、書く事が多過ぎて到底吾輩の手際《てぎわ》にはその一斑《いっぱん》さえ形容する事が出来ん。これは厄介な事をやり始めた者だと少々辟易《へきえき》していると入口の方に浅黄木綿《あさぎもめん》の着物をきた七十ばかりの坊主がぬっと見《あら》われた。坊主は恭《うやうや》しくこれらの裸体の化物に一礼して「へい、どなた様も、毎日相変らずありがとう存じます。今日は少々御寒うございますから、どうぞ御緩《ごゆっ》くり——どうぞ白い湯へ出たり這入《はい》ったりして、ゆるりと御あったまり下さい。——番頭さんや、どうか湯加減をよく見て上げてな」とよどみなく述べ立てた。番頭さんは「おーい」と答えた。和唐内は「愛嬌《あいきょう》ものだね。あれでなくては商買《しょうばい》は出来ないよ」と大《おお》いに爺さんを激賞した。吾輩は突然この異《い》な爺さんに逢ってちょっと驚ろいたからこっちの記述はそのままにして、しばらく爺さんを専門に観察する事にした。爺さんはやがて今上《あが》り立《た》ての四つばかりの男の子を見て「坊ちゃん、こちらへおいで」と手を出す。小供は大福を踏み付けたような爺さんを見て大変だと思ったか、わーっと悲鳴を揚《あ》げてなき出す。爺さんは少しく不本意の気味で「いや、御泣きか、なに？　爺さんが恐《こわ》い？　いや、これはこれは」と感嘆した。仕方がないものだからたちまち機鋒《きほう》を転じて、小供の親に向った。「や、これは源さん。今日は少し寒いな。ゆうべ、近江屋《おうみや》へ這入った泥棒は何と云う馬鹿な奴じゃの。あの戸の潜《くぐ》りの所を四角に切り破っての。そうしてお前の。何も取らずに行《い》んだげな。御巡《おまわ》りさんか夜番でも見えたものであろう」と大《おお》いに泥棒の無謀を憫笑《びんしょう》したがまた一人を捉《つ》らまえて「はいはい御寒う。あなた方は、御若いから、あまりお感じにならんかの」と老人だけにただ一人寒がっている。

しばらくは爺さんの方へ気を取られて他の化物の事は全く忘れていたのみならず、苦しそうにすくんでいた主人さえ記憶の中《うち》から消え去った時突然流しと板の間の中間で大きな声を出すものがある。見ると紛《まぎ》れもなき苦沙弥先生である。主人の声の図抜けて大いなるのと、その濁って聴き苦しいのは今日に始まった事ではないが場所が場所だけに吾輩は少からず驚ろいた。これは正《まさ》しく熱湯の中《うち》に長時間のあいだ我慢をして浸《つか》っておったため逆上《ぎゃくじょう》したに相違ないと咄嗟《とっさ》の際に吾輩は鑑定をつけた。それも単に病気の所為《せい》なら咎《とが》むる事もないが、彼は逆上しながらも充分本心を有しているに相違ない事は、何のためにこの法外の胴間声《どうまごえ》を出したかを話せばすぐわかる。彼は取るにも足らぬ生意気《なまいき》書生を相手に大人気《おとなげ》もない喧嘩を始めたのである。「もっと下がれ、おれの小桶に湯が這入《はい》っていかん」と怒鳴るのは無論主人である。物は見ようでどうでもなるものだから、この怒号をただ逆上の結果とばかり判断する必要はない。万人のうちに一人くらいは高山彦九郎《たかやまひこくろう》が山賊を叱《しっ》したようだくらいに解釈してくれるかも知れん。当人自身もそのつもりでやった芝居かも分らんが、相手が山賊をもって自《みずか》らおらん以上は予期する結果は出て来ないに極《きま》っている。書生は後《うし》ろを振り返って「僕はもとからここにいたのです」とおとなしく答えた。これは尋常の答で、ただその地を去らぬ事を示しただけが主人の思い通りにならんので、その態度と云い言語と云い、山賊として罵《のの》り返すべきほどの事でもないのは、いかに逆上の気味の主人でも分っているはずだ。しかし主人の怒号は書生の席そのものが不平なのではない、先刻《さっき》からこの両人は少年に似合わず、いやに高慢ちきな、利《き》いた風の事ばかり併《なら》べていたので、始終それを聞かされた主人は、全くこの点に立腹したものと見える。だから先方でおとなしい挨拶をしても黙って板の間へ上がりはせん。今度は「何だ馬鹿野郎、人の桶《おけ》へ汚ない水をぴちゃぴちゃ跳《は》ねかす奴があるか」と喝《かっ》し去った。吾輩もこの小僧を少々心憎く思っていたから、この時心中にはちょっと快哉《かいさい》を呼んだが、学校教員たる主人の言動としては穏《おだや》かならぬ事と思うた。元来主人はあまり堅過ぎていかん。石炭のたき殻《がら》見たようにかさかさしてしかもいやに硬い。むかしハンニバルがアルプス山を超《こ》える時に、路の真中に当って大きな岩があって、どうしても軍隊が通行上の不便邪魔をする。そこでハンニバルはこの大きな岩へ醋《す》をかけて火を焚《た》いて、柔かにしておいて、それから鋸《のこぎり》でこの大岩を蒲鉾《かまぼこ》のように切って滞《とどこお》りなく通行をしたそうだ。主人のごとくこんな利目《ききめ》のある薬湯へ煮《う》だるほど這入《はい》っても少しも功能のない男はやはり醋をかけて火炙《ひあぶ》りにするに限ると思う。しからずんば、こんな書生が何百人出て来て、何十年かかったって主人の頑固《がんこ》は癒《なお》りっこない。この湯槽《ゆぶね》に浮いているもの、この流しにごろごろしているものは文明の人間に必要な服装を脱ぎ棄てる化物の団体であるから、無論常規常道をもって律する訳にはいかん。何をしたって構わない。肺の所に胃が陣取って、和唐内が清和源氏になって、民さんが不信用でもよかろう。しかし一たび流しを出て板の間に上がれば、もう化物ではない。普通の人類の生息《せいそく》する娑婆《しゃば》へ出たのだ、文明に必要なる着物をきるのだ。従って人間らしい行動をとらなければならんはずである。今主人が踏んでいるところは敷居である。流しと板の間の境にある敷居の上であって、当人はこれから歓言愉色《かんげんゆしょく》、円転滑脱《えんてんかつだつ》の世界に逆戻りをしようと云う間際《まぎわ》である。その間際ですらかくのごとく頑固《がんこ》であるなら、この頑固は本人にとって牢《ろう》として抜くべからざる病気に相違ない。病気なら容易に矯正《きょうせい》する事は出来まい。この病気を癒《なお》す方法は愚考によるとただ一つある。校長に依頼して免職して貰う事即《すなわ》ちこれなり。免職になれば融通の利《き》かぬ主人の事だからきっと路頭に迷うに極《きま》ってる。路頭に迷う結果はのたれ死にをしなければならない。換言すると免職は主人にとって死の遠因になるのである。主人は好んで病気をして喜こんでいるけれど、死ぬのは大嫌《だいきらい》である。死なない程度において病気と云う一種の贅沢《ぜいたく》がしていたいのである。それだからそんなに病気をしていると殺すぞと嚇《おど》かせば臆病なる主人の事だからびりびりと悸《ふる》え上がるに相違ない。この悸え上がる時に病気は奇麗に落ちるだろうと思う。それでも落ちなければそれまでの事さ。

いかに馬鹿でも病気でも主人に変りはない。一飯《いっぱん》君恩を重んずと云う詩人もある事だから猫だって主人の身の上を思わない事はあるまい。気の毒だと云う念が胸一杯になったため、ついそちらに気が取られて、流しの方の観察を怠《おこ》たっていると、突然白い湯槽《ゆぶね》の方面に向って口々に罵《ののし》る声が聞える。ここにも喧嘩が起ったのかと振り向くと、狭い柘榴口《ざくろぐち》に一寸《いっすん》の余地もないくらいに化物が取りついて、毛のある脛と、毛のない股と入り乱れて動いている。折から初秋《はつあき》の日は暮るるになんなんとして流しの上は天井まで一面の湯気が立て籠《こ》める。かの化物の犇《ひしめ》く様《さま》がその間から朦朧《もうろう》と見える。熱い熱いと云う声が吾輩の耳を貫《つら》ぬいて左右へ抜けるように頭の中で乱れ合う。その声には黄なのも、青いのも、赤いのも、黒いのもあるが互に畳《かさ》なりかかって一種名状すべからざる音響を浴場内に漲《みなぎ》らす。ただ混雑と迷乱とを形容するに適した声と云うのみで、ほかには何の役にも立たない声である。吾輩は茫然《ぼうぜん》としてこの光景に魅入《みい》られたばかり立ちすくんでいた。やがてわーわーと云う声が混乱の極度に達して、これよりはもう一歩も進めぬと云う点まで張り詰められた時、突然無茶苦茶に押し寄せ押し返している群《むれ》の中から一大長漢がぬっと立ち上がった。彼の身《み》の丈《たけ》を見ると他《ほか》の先生方よりはたしかに三寸くらいは高い。のみならず顔から髯《ひげ》が生《は》えているのか髯の中に顔が同居しているのか分らない赤つらを反《そ》り返して、日盛りに破《わ》れ鐘《がね》をつくような声を出して「うめろうめろ、熱い熱い」と叫ぶ。この声とこの顔ばかりは、かの紛々《ふんぷん》と縺《もつ》れ合う群衆の上に高く傑出して、その瞬間には浴場全体がこの男一人になったと思わるるほどである。超人だ。ニーチェのいわゆる超人だ。魔中の大王だ。化物の頭梁《とうりょう》だ。と思って見ていると湯槽《ゆぶね》の後《うし》ろでおーいと答えたものがある。おやとまたもそちらに眸《ひとみ》をそらすと、暗憺《あんたん》として物色も出来ぬ中に、例のちゃんちゃん姿の三介《さんすけ》が砕けよと一塊《ひとかたま》りの石炭を竈《かまど》の中に投げ入れるのが見えた。竈の蓋《ふた》をくぐって、この塊りがぱちぱちと鳴るときに、三介の半面がぱっと明るくなる。同時に三介の後《うし》ろにある煉瓦《れんが》の壁が暗《やみ》を通して燃えるごとく光った。吾輩は少々物凄《ものすご》くなったから早々《そうそう》窓から飛び下りて家《いえ》に帰る。帰りながらも考えた。羽織を脱ぎ、猿股を脱ぎ、袴《はかま》を脱いで平等になろうと力《つと》める赤裸々の中には、また赤裸々の豪傑が出て来て他の群小を圧倒してしまう。平等はいくらはだかになったって得られるものではない。

帰って見ると天下は太平なもので、主人は湯上がりの顔をテラテラ光らして晩餐《ばんさん》を食っている。吾輩が椽側《えんがわ》から上がるのを見て、のんきな猫だなあ、今頃どこをあるいているんだろうと云った。膳の上を見ると、銭《ぜに》のない癖に二三品御菜《おかず》をならべている。そのうちに肴《さかな》の焼いたのが一疋《ぴき》ある。これは何と称する肴か知らんが、何でも昨日《きのう》あたり御台場《おだいば》近辺でやられたに相違ない。肴は丈夫なものだと説明しておいたが、いくら丈夫でもこう焼かれたり煮られたりしてはたまらん。多病にして残喘《ざんぜん》を保《たも》つ方がよほど結構だ。こう考えて膳の傍《そば》に坐って、隙《すき》があったら何か頂戴しようと、見るごとく見ざるごとく装《よそお》っていた。こんな装い方を知らないものはとうていうまい肴は食えないと諦《あきら》めなければいけない。主人は肴をちょっと突っついたが、うまくないと云う顔付をして箸《はし》を置いた。正面に控《ひか》えたる妻君はこれまた無言のまま箸の上下《じょうげ》に運動する様子、主人の両顎《りょうがく》の離合開闔《りごうかいこう》の具合を熱心に研究している。

「おい、その猫の頭をちょっと撲《ぶ》って見ろ」と主人は突然細君に請求した。

「撲てば、どうするんですか」

「どうしてもいいからちょっと撲って見ろ」

こうですかと細君は平手《ひらて》で吾輩の頭をちょっと敲《たた》く。痛くも何ともない。

「鳴かんじゃないか」

「ええ」

「もう一返《ぺん》やって見ろ」

「何返やったって同じ事じゃありませんか」と細君また平手でぽかと参《まい》る。やはり何ともないから、じっとしていた。しかしその何のためたるやは智慮深き吾輩には頓《とん》と了解し難い。これが了解出来れば、どうかこうか方法もあろうがただ撲って見ろだから、撲つ細君も困るし、撲たれる吾輩も困る。主人は二度まで思い通りにならんので、少々焦れ気味《じぎみ》で「おい、ちょっと鳴くようにぶって見ろ」と云った。

細君は面倒な顔付で「鳴かして何になさるんですか」と問いながら、またぴしゃりとおいでになった。こう先方の目的がわかれば訳はない、鳴いてさえやれば主人を満足させる事は出来るのだ。主人はかくのごとく愚物《ぐぶつ》だから厭《いや》になる。鳴かせるためなら、ためと早く云えば二返も三返も余計な手数《てすう》はしなくてもすむし、吾輩も一度で放免になる事を二度も三度も繰り返えされる必要はないのだ。ただ打《ぶ》って見ろと云う命令は、打つ事それ自身を目的とする場合のほかに用うべきものでない。打つのは向うの事、鳴くのはこっちの事だ。鳴く事を始めから予期して懸って、ただ打つと云う命令のうちに、こっちの随意たるべき鳴く事さえ含まってるように考えるのは失敬千万だ。他人の人格を重んぜんと云うものだ。猫を馬鹿にしている。主人の蛇蝎《だかつ》のごとく嫌う金田君ならやりそうな事だが、赤裸々をもって誇る主人としてはすこぶる卑劣である。しかし実のところ主人はこれほどけちな男ではないのである。だから主人のこの命令は狡猾《こうかつ》の極《きょく》に出《い》でたのではない。つまり智慧《ちえ》の足りないところから湧《わ》いた孑孑《ぼうふら》のようなものと思惟《しい》する。飯を食えば腹が張るに極《き》まっている。切れば血が出るに極っている。殺せば死ぬに極まっている。それだから打《ぶ》てば鳴くに極っていると速断をやったんだろう。しかしそれはお気の毒だが少し論理に合わない。その格で行くと川へ落ちれば必ず死ぬ事になる。天麩羅《てんぷら》を食えば必ず下痢《げり》する事になる。月給をもらえば必ず出勤する事になる。書物を読めば必ずえらくなる事になる。必ずそうなっては少し困る人が出来てくる。打てば必ずなかなければならんとなると吾輩は迷惑である。目白の時の鐘と同一に見傚《みな》されては猫と生れた甲斐《かい》がない。まず腹の中でこれだけ主人を凹《へこ》ましておいて、しかる後にゃーと注文通り鳴いてやった。

　すると主人は細君に向って「今鳴いた、にゃあと云う声は感投詞か、副詞か何だか知ってるか」と聞いた。

細君はあまり突然な問なので、何にも云わない。実を云うと吾輩もこれは洗湯の逆上がまださめないためだろうと思ったくらいだ。元来この主人は近所合壁《きんじょがっぺき》有名な変人で現にある人はたしかに神経病だとまで断言したくらいである。ところが主人の自信はえらいもので、おれが神経病じゃない、世の中の奴が神経病だと頑張《がんば》っている。近辺のものが主人を犬々と呼ぶと、主人は公平を維持するため必要だとか号して彼等を豚々《ぶたぶた》と呼ぶ。実際主人はどこまでも公平を維持するつもりらしい。困ったものだ。こう云う男だからこんな奇問を細君に対《むか》って呈出するのも、主人に取っては朝食前《あさめしまえ》の小事件かも知れないが、聞く方から云わせるとちょっと神経病に近い人の云いそうな事だ。だから細君は煙《けむ》に捲《ま》かれた気味で何とも云わない。吾輩は無論何とも答えようがない。すると主人はたちまち大きな声で

「おい」と呼びかけた。

細君は吃驚《びっくり》して「はい」と答えた。

「そのはいは感投詞か副詞か、どっちだ」

「どっちですか、そんな馬鹿気た事はどうでもいいじゃありませんか」

「いいものか、これが現に国語家の頭脳を支配している大問題だ」

「あらまあ、猫の鳴き声がですか、いやな事ねえ。だって、猫の鳴き声は日本語じゃあないじゃありませんか」

「それだからさ。それがむずかしい問題なんだよ。比較研究と云うんだ」

「そう」と細君は利口だから、こんな馬鹿な問題には関係しない。「それで、どっちだか分ったんですか」

「重要な問題だからそう急には分らんさ」と例の肴《さかな》をむしゃむしゃ食う。ついでにその隣にある豚と芋《いも》の

にころばしを食う。「これは豚だな」「ええ豚でござんす」「ふん」と大軽蔑《だいけいべつ》の調子をもって飲み込んだ。「酒をもう一杯飲もう」と杯《さかずき》を出す。

「今夜はなかなかあがるのね。もう大分《だいぶ》赤くなっていらっしゃいますよ」

「飲むとも——御前世界で一番長い字を知ってるか」

「ええ、前《さき》の関白太政大臣でしょう」

「それは名前だ。長い字を知ってるか」

「字って横文字ですか」

「うん」

「知らないわ、——御酒はもういいでしょう、これで御飯になさいな、ねえ」

「いや、まだ飲む。一番長い字を教えてやろうか」

「ええ。そうしたら御飯ですよ」

「Archaiomelesidonophrunicherata と云う字だ」

「出鱈目《でたらめ》でしょう」

「出鱈目なものか、希臘語《ギリシャご》だ」

「何という字なの、日本語にすれば」

「意味はしらん。ただ綴《つづ》りだけ知ってるんだ。長く書くと六寸三分くらいにかける」

他人なら酒の上で云うべき事を、正気で云っているところがすこぶる奇観である。もっとも今夜に限って酒を無暗《むやみ》にのむ。平生なら猪口《ちょこ》に二杯ときめているのを、もう四杯飲んだ。二杯でも随分赤くなるところを倍飲んだのだから顔が焼火箸《やけひばし》のようにほてって、さも苦しそうだ。それでもまだやめない。「もう一杯」と出す。細君はあまりの事に
「もう御よしになったら、いいでしょう。苦しいばかりですわ」と苦々《にがにが》しい顔をする。

「なに苦しくってもこれから少し稽古するんだ。大町桂月《おおまちけいげつ》が飲めと云った」

「桂月って何です」さすがの桂月も細君に逢っては一文《いちもん》の価値もない。

「桂月は現今一流の批評家だ。それが飲めと云うのだからいいに極《きま》っているさ」

「馬鹿をおっしゃい。桂月だって、梅月だって、苦しい思をして酒を飲めなんて、余計な事ですわ」

「酒ばかりじゃない。交際をして、道楽をして、旅行をしろといった」

「なおわるいじゃありませんか。そんな人が第一流の批評家なの。まああきれた。妻子のあるものに道楽をすすめるなんて……」

「道楽もいいさ。桂月が勧めなくっても金さえあればやるかも知れない」

「なくって仕合せだわ。今から道楽なんぞ始められちゃあ大変ですよ」

「大変だと云うならよしてやるから、その代りもう少し夫《おっと》を大事にして、そうして晩に、もっと御馳走を食わせろ」

「これが精一杯のところですよ」

「そうかしらん。それじゃ道楽は追って金が這入《はい》り次第やる事にして、今夜はこれでやめよう」と飯茶椀

を出す。何でも茶漬を三ぜん食ったようだ。吾輩はその夜《よ》豚肉三片《みきれ》と塩焼の頭を頂戴した。

八

垣巡《かきめぐ》りと云《い》う運動を説明した時に、主人の庭を結《ゆ》い繞《めぐ》らしてある竹垣の事をちょっと述べたつもりであるが、この竹垣の外がすぐ隣家、即ち南隣《みなみどなり》の次郎《じろ》ちゃんとこと思っては誤解である。家賃は安いがそこは苦沙弥《くしゃみ》先生である。与《よ》っちゃんや次郎ちゃんなどと号する、いわゆるちゃん付きの連中と、薄っ片《ぺら》な垣一重を隔てて御隣り同志の親密なる交際は結んでおらぬ。この垣の外は五六間の空地《あきち》であって、その尽くるところに檜《ひのき》が蓊然《こんもり》と五六本併《なら》んでいる。椽側《えんがわ》から拝見すると、向うは茂った森で、ここに往む先生は野中の一軒家に、無名の猫を友にして日月《じつげつ》を送る江湖《こうこ》の処士《しょし》であるかのごとき感がある。但《ただ》し檜の枝は吹聴《ふいちょう》するごとく密生しておらんので、その間《あいだ》から群鶴館《ぐんかくかん》という、名前だけ立派な安下宿の安屋根が遠慮なく見えるから、しかく先生を想像するのにはよほど骨の折れるのは無論である。しかしこの下宿が群鶴館なら先生の居《きょ》はたしかに臥竜窟《がりょうくつ》くらいな価値はある。名前に税はかからんから御互にえらそうな奴を勝手次第に付ける事として、この幅五六間の空地が竹垣を添うて東西に走る事約十間、それから、たちまち鉤《かぎ》の手に屈曲して、臥竜窟の北面を取り囲んでいる。この北面が騒動の種である。本来なら空地を行き尽してまたあき地、とか何とか威張ってもいいくらいに家の二側《ふたがわ》を包んでいるのだが、臥竜窟《がりょうくつ》の主人は無論窟内の霊猫《れいびょう》たる吾輩すらこのあき地には手こずっている。南側に檜《ひのき》が幅を利《き》かしているごとく、北側には桐《きり》の木が七八本行列している。もう周囲一尺くらいにのびているから下駄屋さえ連れてくればいい価《ね》になるんだが、借家《しゃくや》の悲しさには、いくら気が付いても実行は出来ん。主人に対しても気の毒である。せんだって学校の小使が来て枝を一本切って行ったが、そのつぎに来た時は新らしい桐の俎下駄《まないたげた》を穿《は》いて、この間の枝でこしらえましたと、聞きもせんのに吹聴《ふいちょう》していた。ずるい奴だ。桐はあるが吾輩及び主人家族にとっては一文にもならない桐である。玉を抱《いだ》いて罪ありと云う古語があるそうだが、これは桐を生《は》やして銭《ぜに》なしと云ってもしかるべきもので、いわゆる宝の持ち腐《ぐさ》れである。愚《ぐ》なるものは主人にあらず、吾輩にあらず、家主《やぬし》の伝兵衛である。いないかな、いないかな、下駄屋はいないかなと桐の方で催促しているのに知らん面《かお》をして屋賃《やちん》ばかり取り立てにくる。吾輩は別に伝兵衛に恨《うらみ》もないから彼の悪口《あっこう》をこのくらいにして、本題に戻ってこの空地《あきち》が騒動の種であると云う珍譚《ちんだん》を紹介仕《つかまつ》るが、決して主人にいってはいけない。これぎりの話しである。そもそもこの空地に関して第一の不都合なる事は垣根のない事である。吹き払い、吹き通し、抜け裏、通行御免天下晴れての空地である。あると云うと嘘をつくようでよろしくない。実を云うとあったのである。しかし話しは過去へ溯《さかのぼ》らんと源因が分からない。源因が分からないと、医者でも処方《しょほう》に迷惑する。だからここへ引き越して来た当時からゆっくりと話し始める。吹き通しも夏はせいせいして心持ちがいいものだ、不用心だって金のないところに盗難のあるはずはない。だから主人の家に、あらゆる塀《へい》、垣、乃至《ないし》は乱杭《らんぐい》、逆茂木《さかもぎ》の類は全く不要である。しかしながらこれは空地の向うに住居《すまい》する人間もしくは動物の種類如何《いかん》によって決せらるる問題であろうと思う。従ってこの問題を決するためには勢い向う側に陣取っている君子の性質を明かにせんければならん。人間だか動物だか分らない先に君子と称するのははなはだ早計のようではあるが大抵君子で間違はない。梁上《りょうじょう》の君子などと云って泥棒さえ君子と云う世の中である。但《ただ》しこの場合における君子は決して警察の厄介になるような君子ではない。警察の厄介にならない代りに、数でこなした者と見えて沢山いる。うじゃうじゃいる。落雲館《らくうんかん》と称する私立の中学校――八百の君子をいやが上に君子に養成するために毎月二円の月謝を徴集する学校である。名前が落雲館だから風流な君子ばかりかと思うと、それがそもそもの間違になる。その信用すべからざる事は群鶴館《ぐんかくかん》に鶴の下りざるごとく、臥竜窟に猫がいるようなものである。学士とか教師とか号するものに主人苦沙弥君のごとき気違のある事を知った以上は落雲館の君子が風流漢ばかりでないと云う事がわかる訳《わけ》だ。それがわからんと主張するならまず三日ばかり主人のうちへ宿《とま》りに来て見るがいい。

前申《ぜん》すごとく、ここへ引き越しの当時は、例の空地《あきち》に垣がないので、落雲館の君子は車屋の黒のごとく、のそのそと桐畠《きりばたけ》に這入《はい》り込んできて、話をする、弁当を食う、笹《ささ》の上に寝転《ねころ》ぶ――いろいろの事をやったものだ。それからは弁当の死骸即《すなわ》ち竹の皮、古新聞、あるいは古草履《ふるぞうり》、古下駄、ふると云う名のつくものを大概ここへ棄てたようだ。無頓着なる主人は存外平気に構えて、別段抗議も申し込まずに打ち過ぎたのは、知らなかったのか、知っても咎《とが》めんつもりであったのか分らない。ところが彼等諸君子は学校で教育を受くるに従って、だんだん君子らしくなったものと見えて、次第に北側から南側の方面へ向けて蚕食《さんしょく》を企だてて来た。蚕食と云う語が君子に不似合ならやめてもよろしい。但《ただ》しほかに言葉がないのである。彼等は水草《すいそう》を追うて居を変ずる沙漠《さばく》の住民のごとく、桐《きり》の木を去って檜《ひのき》の方に進んで来た。檜のある所は座敷の正面である。よほど大胆なる君子でなければこれほどの行動は取れんはずである。一両日の後《のち》彼等の大胆はさらに一層の大を加えて大々胆《だいだいたん》となった。教育の結果ほど恐しいものはない。彼等は単に座敷の正面に逼《せま》るのみならず、この正面において歌をうたいだした。何と云う歌か忘れてしまったが、決して三十一文字《みそひともじ》の類《たぐい》ではない、もっと活溌《かっぱつ》で、もっと俗耳《ぞくじ》に入り易《やす》い歌であった。驚ろいたのは主人ばかりではない、吾輩までも彼等君子の才芸に嘆服《たんぷく》して覚えず耳を傾けたくらいである。しかし読者もご案内であろうが、嘆服と云う事と邪魔と云う事は時として両立する場合がある。この両者がこの際図《はか》らずも合して一となったのは、今から考えて見ても返す返す残念である。主人も残念であったろうが、やむを得ず書斎から飛び出して行って、ここは君等の這入《はい》る所ではない、出給えと云って、二三度追い出したようだ。ところが教育のある君子の事だから、こんな事でおとなしく聞く訳がない。追い出されればすぐ這入る。這入れば活溌なる歌をうたう。高声《こうせい》に談話をする。しかも君子の談話だから一風《いっぷう》違って、おめえだの知らねえのと云う。そんな言葉は御維新前《ごいっしんまえ》は折助《おりすけ》と雲助《くもすけ》と三助《さんすけ》の専門的知識に属していたそうだが、二十世紀になってから教育ある君子の学ぶ唯一の言語であるそうだ。一般から軽蔑《けいべつ》せられたる運動が、かくのごとく今日《こんにち》歓迎せらるるようになったのと同一の現象だと説明した人がある。主人はまた書斎から飛び出してこの君子流の言葉にもっとも堪能《かんのう》なる一人を捉《つら》まえて、なぜここへ這入るかと詰問したら、君子はたちまち「おめえ、知らねえ」の上品な言葉を忘れて「ここは学校の植物園かと思いました」とすこぶる下品な言葉で答えた。主人は将来を戒《いまし》めて放してやった。放してやるのは亀の子のようでおかしいが、実際彼は君子の袖《そで》を捉《とら》えて談判したのである。このくらいやかましく云ったらもうよかろうと主人は思っていたそうだ。ところが実際は女媧氏《じょかし》の時代から予期と違うもので、主人はまた失敗した。今度は北側から邸内を横断して表門から抜ける、表門をがらりとあけるから御客かと思うと桐畠の方で笑う声がする。形勢はますます不穏である。教育の功果はいよいよ顕著になってくる。気の毒な主人はこいつは手に合わんと、それから書斎へ立て籠《こも》って、恭《うやうや》しく一書を落雲館校長に奉って、少々御取締をと哀願した。校長も鄭重《ていちょう》なる返書を主人に送って、垣をするから待ってくれと云った。しばらくすると二三人の職人が来て半日ばかりの間に主人の屋敷と、落雲館の境に、高さ三尺ばかりの四つ目垣が出来上がった。これでようよう安心だと主人は喜こんだ。主人は愚物である。このくらいの事で君子の挙動の変化する訳がない。

　全体人にからかうのは面白いものである。吾輩のような猫ですら、時々は当家の令嬢にからかって遊ぶくらいだから、落雲館の君子が、気の利《き》かない苦沙弥先生にからかうのは至極《しごく》もっともなところで、これに不平なのは恐らく、からかわれる当人だけであろう。からかうと云う心理を解剖して見ると二つの要素がある。第一からかわれる当人が平気ですましていてはならん。第二からかう者が勢力において人数において相手より強くなくてはいかん。この間主人が動物園から帰って来てしきりに感心して話した事がある。聞いて見ると駱駝《らくだ》と小犬の喧嘩を見たのだそうだ。小犬が駱駝の周囲を疾風のごとく廻転して吠《ほ》え立てると、駱駝は何の気もつかずに、依然として背中《せなか》へ瘤《こぶ》をこしらえて突っ立ったままであるそうだ。いくら吠えても狂っても相手にせんので、しまいには犬も愛想《あいそ》をつかしてやめる、実に駱駝は無神経だと笑っていたが、それがこの場合の適例である。いくらからかうものが上手でも相手が駱駝と来ては成立しない。さればと云って獅子《しし》や虎《とら》のように先方が強過ぎても者にならん。からかいかけるや否や八つ裂きにされてしまう。からかうと歯をむき出して怒《おこ》る、怒る事は怒るが、こっちをどうする事も出来ないと云う安心のある時に愉快は非常に多いものである。なぜこんな事が面白いと云うとその理由はいろいろある。まずひまつぶしに適している。退屈な時には髯《ひげ》の数さえ勘定して見たくなる者だ。昔《むか》し獄に投ぜられた囚人の一人は無聊《ぶりょう》のあまり、房《へや》の壁に三角形を重ねて画《か》いてその日をくらしたと云う話がある。世の中に退屈ほど我慢の出来にくいものはない、何か活気を刺激する事件がないと生きているのがつらいものだ。からかうと云うのもつまりこの刺激を作って遊ぶ一種の娯楽である。但《ただ》し多少先方を怒らせるか、じらせるか、弱らせるかしなくては刺激にならんから、昔しからからかうと云う娯楽に耽《ふけ》るものは人の気を知らない馬鹿大名のような退屈の多い者、もしくは自分のなぐさみ以外は考うるに暇《いとま》なきほど頭の発達が幼稚で、しかも活気の使い道に窮する少年かに限っている。次には自己の優勢な事を実地に証明するものにはもっとも簡便な方法である。人を殺したり、人を傷《きず》つけたり、または人を陥《おとしい》れたりしても自己の優勢な事は証明出来る訳であるが、これらはむしろ殺したり、傷けたり、陥れたりするのが目的のときによるべき手段で、自己の優勢なる事はこの手段を遂行《すいこう》した後《のち》に必然の結果として起る現象に過ぎん。だから一方には自分の勢力が示したくって、しかもそんなに人に害を与えたくないと云う場合には、からかうのが一番御恰好《おかっこう》である。多少人を傷けなければ自己のえらい事は事実の上に証拠だてられない。事実になって出て来ないと、頭のうちで安心していても存外快楽のうすいものである。人間は自己を恃《たの》むものである。否恃み難い場合でも恃みたいものである。それだから自己はこれだけ恃める者だ、これなら安心だと云う事を、人に対して実地に応用して見ないと気がすまない。しかも理窟《りくつ》のわからない俗物や、あまり自己が恃みになりそうもなくて落ちつきのない者は、あらゆる機会を利用して、この証券を握ろうとする。柔術使が時々人を投げて見たくなるのと同じ事である。柔術の怪しいものは、どうか自分より弱い奴に、ただの一返《ぺん》でいいから出逢って見たい、素人《しろうと》でも構わないから抛《な》げて見たいと至極危険な了見を抱《いだ》いて町内をあるくのもこれがためである。その他にも理由はいろいろあるが、あまり長くなるから略する事に致す。聞きたければ鰹節《かつぶし》の一折《ひとおり》も持って習いにくるがいい、いつでも教えてやる。以上に説くところを参考して推論して見ると、吾輩の考《かんがえ》では奥山《おくやま》の猿《さる》と、学校の教師がからかうには一番手頃である。学校の教師をもって、奥山の猿に比較しては勿体《もったい》ない。――猿に対して勿体ないのではない、教師に対して勿体ないのである。しかしよく似ているから仕方がない、御承知の通り奥山の猿は鎖《くさり》で繋《つな》がれている。いくら歯をむき出しても、きゃっきゃっ騒いでも引き掻《か》かれる気遣《きづかい》はない。教師は鎖で繋がれておらない代りに月給で縛られている。いくらからかったって大丈夫、辞職して生徒をぶんなぐる事はない。辞職をする勇気のあるようなものなら最初から教師などをして生徒の御守《おも》りは勤めないはずである。主人は教師である。落雲館の教師ではないが、やはり教師に相違ない。からかうには至極《しごく》適当で、至極安直《あんちょく》で、至極無事な男である。落雲館の生徒は少年である。からかう事は自己の鼻を高くする所以《ゆえん》で、教育の功果として至当に要求してしかるべき権利とまで心得ている。のみならずからかいでもしなければ、活気に充《み》ちた五体と頭脳を、いかに使用してしかるべきか十分《じっぷん》の休暇中持《も》てあまして困っている連中である。これらの条件が備われば主人は自《おのず》からからかわれ、生徒は自からからかう、誰から云わしても毫《ごう》も無理のないところである。それを怒《おこ》る主人は野暮《やぼ》の極、間抜の骨頂でしょう。これから落雲館の生徒がいかに主人にからかったか、これに対して主人がいかに野暮を極めたかを逐一かいてご覧に入れる。

　諸君は四つ目垣とはいかなる者であるか御承知であろう。風通しのいい、簡便な垣である。吾輩などは目の間から自由自在に往来する事が出来る。こしらえたって、こしらえなくたって同じ事だ。然し落雲館の校長は猫のために四つ目垣を作ったのではない、自分が養成する君子が潜《くぐ》られんために、わざわざ職人を入れて結《ゆ》い繞《めぐ》らせたのである。なるほどいくら風通しがよく出来ていても、人間には潜《くぐ》れそうにない。この竹をもって組み合せたる四寸角の穴をぬける事は、清国《しんこく》の奇術師張世尊《ちょうせいそん》その人といえどもむずかしい。だから人間に対しては充分垣の功能をつくしているに相違ない。主人がその出来上ったのを見て、これならよかろうと喜んだのも無理はない。しかし主人の論理には大《おお》いなる穴がある。この垣よりも大いなる穴がある。呑舟《どんしゅう》の魚をも洩《も》らすべき大穴がある。彼は垣は踰《こ》ゆべきものにあらずとの仮定から出立している。いやしくも学校の生徒たる以上はいかに粗末の垣でも、垣と云う名がついて、分界線の区域さえ判然すれば決して乱入される気遣はないと仮定したのである。次に彼はその仮定をしばらく打ち崩《くず》して、よし乱入する者があっても大丈夫と論断したのである。四つ目垣の穴を潜《くぐ》り得る事は、いかなる小僧といえどもとうてい出来る気遣はないから乱入の虞《おそれ》は決してないと速定《そくてい》してしまったのである。なるほど彼等が猫でない限りはこの四角の目をぬけてくる事はしまい、したくても出来まいが、乗り踰《こ》える事、飛び越える事は何の事もない。かえって運動になって面白いくらいである。

　垣の出来た翌日から、垣の出来ぬ前と同様に彼等は北側の空地へぽかりぽかりと飛び込む。但《ただ》し座敷の正面までは深入りをしない。もし追い懸けられたら逃げるのに、少々ひまがいるから、予《あらかじ》め逃げる時間を勘定に入《い》れて、捕《とら》えらるる危険のない所で遊弋《ゆうよく》をしている。彼等が何をしているか東の離れにいる主人には無論目に入《い》らない。北側の空地《あきち》に彼等が遊弋している状態は、木戸をあけて反対の方角から鉤《かぎ》の手に曲って見るか、または後架《こうか》の窓から垣根越しに眺《なが》めるよりほかに仕方がない。窓から眺める時はどこに何がいるか、一目《いちもく》明瞭に見渡す事が出来るが、よしや敵を幾人《いくたり》見出したからと云って捕える訳には行かぬ。ただ窓の格子《こうし》の中から叱りつけるばかりである。もし木戸から迂回《うかい》して敵地を突こうとすれば、足音を聞きつけて、ぽかりぽかりと捉《つら》まる前に向う側へ下りてしまう。膃肭臍《おっとせい》がひなたぼっこをしているところへ密猟船が向ったような者だ。主人は無論後架で張り番をしている訳ではない。と云って木戸を開いて、音がしたら直ぐ飛び出す用意もない。もしそんな事をやる日には教師を辞職して、その方専門にならなければ追っつかない。主人方の不利を云うと書斎からは敵の声だけ聞えて姿が見えないのと、窓からは姿が見えるだけで手が出せない事である。この不利を看破したる敵はこんな軍略を講じた。主人が書斎に立て籠《こも》っていると探偵した時には、なるべく大きな声を出してわあわあ云う。その中には主人をひやかすような事を聞こえよがしに述べる。しかもその声の出所を極めて不分明にする。ちょっと聞くと垣の内で騒いでいるのか、あるいは向う側であばれているのか判定しにくいようにする。もし主人が出懸けて来たら、逃げ出すか、または始めから向う側にいて知らん顔をする。また主人が後架へ——吾輩は最前からしきりに後架後架ときたない字を使用するのを別段の光栄とも思っておらん、実は迷惑千万であるが、この戦争を記述する上において必要であるからやむを得ない。——即《すなわ》ち主人が後架へまかり越したと見て取るときは、必ず桐の木の附近を徘徊《はいかい》してわざと主人の眼につくようにする。主人がもし後架から四隣《しりん》に響く大音を揚げて怒鳴りつければ敵は周章《あわ》てる気色《けしき》もなく悠然《ゆうぜん》と根拠地へ引きあげる。この軍略を用いられると主人ははなはだ困却する。たしかに這入《はい》っているなと思ってステッキを持って出懸けると寂然《せきぜん》として誰もいない。いないかと思って窓からのぞくと必ず一二人這入っている。主人は裏へ廻って見たり、後架から覗《のぞ》いて見たり、後架から覗いて見たり、裏へ廻って見たり、何度言っても同じ事だが、何度云っても同じ事を繰り返している。奔命《ほんめい》に疲れるとはこの事である。教師が職業であるか、戦争が本務であるかちょっと分らないくらい逆上《ぎゃくじょう》して来た。この逆上の頂点に達した時に下《しも》の事件が起ったのである。

事件は大概逆上から出る者だ。逆上とは読んで字のごとく逆《さ》かさに上《のぼ》るのである、この点に関してはゲーレンもパラセルサスも旧弊なる扁鵲《へんじゃく》も異議を唱《とな》うる者は一人もない。ただどこへ逆《さ》かさに上《のぼ》るかが問題である。また何が逆かさに上るかが議論のあるところである。古来欧洲人の伝説によると、吾人の体内には四種の液が循環しておったそうだ。第一に怒液《どえき》と云う奴《やつ》がある。これが逆かさに上ると怒《おこ》り出す。第二に鈍液《どんえき》と名づくるのがある。これが逆かさに上ると神経が鈍《にぶ》くなる。次には憂液《ゆうえき》、これは人間を陰気にする。最後が血液《けつえき》、これは四肢《しし》を壮《さか》んにする。その後人文が進むに従って鈍液、怒液、憂液はいつの間《ま》にかなくなって、現今に至っては血液だけが昔のように循環していると云う話しだ。だからもし逆上する者があらば血液よりほかにはあるまいと思われる。しかるにこの血液の分量は個人によってちゃんと極《き》まっている。性分によって多少の増減はあるが、まず大抵一人前に付五升五合の割合である。だによって、この五升五合が逆かさに上ると、上ったところだけは熾《さか》んに活動するが、その他の局部は欠乏を感じて冷たくなる。ちょうど交番焼打の当時巡査がことごとく警察署へ集って、町内には一人もなくなったようなものだ。あれも医学上から診断をすると警察の逆上と云う者である。でこの逆上を癒《い》やすには血液を従前のごとく体内の各部へ平均に分配しなければならん。そうするには逆かさに上った奴を下へ降《おろ》さなくてはならん。その方にはいろいろある。今は故人となられたが主人の先君などは濡《ぬ》れ手拭《てぬぐい》を頭にあてて炬燵《こたつ》にあたっておられたそうだ。頭寒足熱《ずかんそくねつ》は延命息災の徴と傷寒論《しょうかんろん》にも出ている通り、濡れ手拭は長寿法において一日も欠くべからざる者である。それでなければ坊主の慣用する手段を試みるがよい。一所不住《いっしょふじゅう》の沙門雲水行脚《しゃもんうんすいあんぎゃ》の衲僧《のうそう》は必ず樹下石上を宿《やど》とすとある。樹下石上とは難行苦行のためではない。全くのぼせを下《さ》げるために六祖《ろくそ》が米を舂《つ》きながら考え出した秘法である。試みに石の上に坐ってご覧、尻が冷えるのは当り前だろう。尻が冷える、のぼせが下がる、これまた自然の順序にして毫《ごう》も疑を挟《さしはさ》むべき余地はない。かようにいろいろな方法を用いてのぼせを下げる工夫は大分《だいぶ》発明されたが、まだのぼせを引き起す良方が案出されないのは残念である。一概に考えるとのぼせは損あって益なき現象であるが、そうばかり速断してならん場合がある。職業によると逆上はよほど大切な者で、逆上せんと何にも出来ない事がある。その中《うち》でももっとも逆上を重んずるのは詩人である。詩人に逆上が必要なる事は汽船に石炭が欠くべからざるような者で、この供給が一日でも途切れると彼れ等は手を拱《こまぬ》いて飯を食うよりほかに何等の能もない凡人になってしまう。もっとも逆上は気違の異名《いみょう》で、気違にならないと家業《かぎょう》が立ち行かんとあっては世間体《せけんてい》が悪いから、彼等の仲間では逆上を呼ぶに逆上の名をもってしない。申し合せてインスピレーション、インスピレーションとさも勿体《もったい》そうに称《とな》えている。これは彼等が世間を瞞着《まんちゃく》するために製造した名でその実は正に逆上である。プレートーは彼等の肩を持ってこの種の逆上を神聖なる狂気と号したが、いくら神聖でも狂気では人が相手にしない。やはりインスピレーションと云う新発明の売薬のような名を付けておく方が彼等のためによかろうと思う。しかし蒲鉾《かまぼこ》の種が山芋《やまいも》であるごとく、観音《かんのん》の像が一寸八分の朽木《くちき》であるごとく、鴨南蛮《かもなんばん》の材料が烏であるごとく、下宿屋の牛鍋《ぎゅうなべ》が馬肉であるごとくインスピレーションも実は逆上である。逆上であって見れば臨時の気違である。巣鴨へ入院せずに済むのは単に臨時気違であるからだ。ところがこの臨時の気違を製造する事が困難なのである。一生涯《いっしょうがい》の狂人はかえって出来安いが、筆を執《と》って紙に向う間《あいだ》だけ気違にするのは、いかに巧者《こうしゃ》な神様でもよほど骨が折れると見えて、なかなか拵《こしら》えて見せない。神が作ってくれん以上は自力で拵えなければならん。そこで昔から今日《こんにち》まで逆上術もまた逆上とりのけ術と同じく大《おおい》に学者の頭脳を悩ました。ある人はインスピレーションを得るために毎日渋柿を十二個ずつ食った。これは渋柿を食えば便秘する、便秘すれば逆上は必ず起るという理論から来たものだ。またある人はかん徳利を持って鉄砲風呂《てっぽうぶろ》へ飛び込んだ。湯の中で酒を飲んだら逆上するに極《きま》っていると考えたのである。その人の説によるとこれで成功しなければ葡萄酒《ぶどうしゅ》の湯をわかして這入《はい》れば一返《ぺん》で功能があると信じ切っている。しかし金がないのでついに実行する事が出来なくて死んでしまったのは気の毒である。最後に古人の真似をしたらインスピレーションが起るだろうと思いついた者がある。これはある人の態度動作を真似ると心的状態もその人に似てくると云う学説を応用したのである。酔っぱらいのように管《くだ》を捲《ま》いていると、いつの間《ま》にか酒飲みのような心持になる、坐禅をして線香一本の間我慢しているとどことなく坊主らしい気分になれる。だから昔からインスピレーションを受けた有名の大家の所作《しょさ》を真似れば必ず逆上するに相違ない。聞くところによればユーゴーは快走船《ヨット》の上へ寝転《ねころ》んで文章の趣向を考えたそうだから、船へ乗って青空を見つめていれば必ず逆上受合《うけあい》である。スチーヴンソンは腹這《はらばい》に寝て小説を書いたそうだから、打《う》つ伏《ぶ》しになって筆を持てばきっと血が逆《さ》かさに上《のぼ》ってくる。かようにいろいろな人がいろいろの事を考え出したが、まだ誰も成功しない。まず今日《こんにち》のところでは人為的逆上は不可能の事となっている。残念だが致し方がない。早晩随意にインスピレーションを起し得る時機の到来するは疑《うたがい》もない事で、吾輩は人文のためにこの時機の一日も早く来らん事を切望するのである。

逆上の説明はこのくらいで充分だろうと思うから、これよりいよいよ事件に取りかかる。しかしすべての大事件の前には必ず小事件が起るものだ。大事件のみを述べて、小事件を逸するのは古来から歴史家の常に陥《おちい》る弊竇《へいとう》である。主人の逆上も小事件に逢う度に一層の劇甚《げきじん》を加えて、ついに大事件を引き起したのであるからして、幾分かその発達を順序立てて述べないと主人がいかに逆上しているか分りにくい。分りにくいと主人の逆上は空名に帰して、世間からはよもやそれほどでもなかろうと見くびられるかも知れない。せっかく逆上しても人から天晴《あっぱれ》な逆上と謡《うた》われなくては張り合がないだろう。これから述べる事件は大小に係《かかわ》らず主人に取って名誉な者ではない。事件その物が不名誉であるならば、責《せ》めて逆上なりとも、正銘《しょうめい》の逆上であって、決して人に劣るものでないと云う事を明かにしておきたい。主人は他に対して別にこれと云って誇るに足る性質を有しておらん。逆上でも自慢しなくてはほかに骨を折って書き立ててやる種がない。

落雲館に群がる敵軍は近日に至って一種のダムダム弾を発明して、十分《じっぷん》の休暇、もしくは放課後に至って熾《さかん》に北側の空地《あきち》に向って砲火を浴びせかける。このダムダム弾は通称をボールと称《とな》えて、擂粉木《すりこぎ》の大きな奴をもって任意これを敵中に発射する仕掛である。いくらダムダム弾だって落雲館の運動場から発射するのだから、書斎に立て籠《こも》ってる主人に中《あた》る気遣《きづかい》はない。敵といえども弾道のあまり遠過ぎるのを自覚せん事はないのだけれど、そこが軍略である。旅順の戦争にも海軍から間接射撃を行って偉大な功を奏したと云う話であれば、空地へころがり落つるボールといえども相当の功果を収め得ぬ事はない。いわんや一発を送る度《たび》に総軍力を合せてわーと威嚇性大音声《いかくせいだいおんじょう》を出《いだ》すにおいてをやである。主人は恐縮の結果として手足に通う血管が収縮せざるを得ない。煩悶《はんもん》の極《きょく》そこいらを迷付《まごつ》いている血が逆《さか》さに上《のぼ》るはずである。敵の計《はかりごと》はなかなか巧妙と云うてよろしい。昔《むか》し希臘《ギリシャ》にイスキラスと云う作家があったそうだ。この男は学者作家に共通なる頭を有していたと云う。吾輩のいわゆる学者作家に共通なる頭とは禿《はげ》と云う意味である。なぜ頭が禿げるかと云えば頭の営養不足で毛が生長するほど活気がないからに相違ない。学者作家はもっとも多く頭を使うものであって大概は貧乏に極《きま》っている。だから学者作家の頭はみんな営養不足でみんな禿げている。さてイスキラスも作家であるから自然の勢《いきおい》禿げなくてはならん。彼はつるつる然たる金柑頭《きんかんあたま》を有しておった。ところがある日の事、先生例の頭――頭に外行《よそゆき》も普段着《ふだんぎ》もないから例の頭に極ってるが――その例の頭を振り立て振り立て、太陽に照らしつけて往来をあるいていた。これが間違いのもとである。禿げ頭を日にあてて遠方から見ると、大変よく光るものだ。高い木には風があたる、光かる頭にも何かあたらなくてはならん。この時イスキラスの頭の上に一羽の鷲《わし》が舞っていたが、見るとどこかで生捕《いけど》った一疋《ぴき》の亀を爪の先に攫《つか》んだままである。亀、スッポンなどは美味に相違ないが、希臘時代から堅い甲羅《こうら》をつけている。いくら美味でも甲羅つきではどうする事も出来ん。海老《えび》の鬼殻焼《おにがらやき》はあるが亀の子の甲羅煮は今でさえないくらいだから、当時は無論なかったに極っている。さすがの鷲《わし》も少々持て余した折柄《おりから》、遥《はる》かの下界にぴかと光った者がある。その時鷲はしめたと思った。あの光ったものの上へ亀の子を落したなら、甲羅は正《まさ》しく砕けるに極《き》わまった。砕けたあとから舞い下りて中味《なかみ》を頂戴《ちょうだい》すれば訳はない。そうだそうだと覘《ねらい》を定めて、かの亀の子を高い所から挨拶も無く頭の上へ落した。生憎《あいにく》作家の頭の方が亀の甲より軟らかであったものだから、禿はめちゃめちゃに砕けて有名なるイスキラスはここに無惨《むざん》の最後を遂げた。それはそうと、解《げ》しかねるのは鷲の了見である。例の頭を、作家の頭と知って落したのか、または禿岩と間違えて落したものか、解決しよう次第で、落雲館の敵とこの鷲とを比較する事も出来るし、また出来なくもなる。主人の頭はイスキラスのそれのごとく、また御歴々《おれきれき》の学者のごとくぴかぴか光ってはおらん。しかし六畳敷にせよいやしくも書斎と号する一室を控《ひか》えて、居眠りをしながらも、むずかしい書物の上へ顔を翳《かざ》す以上は、学者作家の同類と見做《みな》さなければならん。そうすると主人の頭の禿げておらんのは、まだ禿げるべき資格がないからで、その内に禿げるだろうとは近々《きんきん》この頭の上に落ちかかるべき運命であろう。して見れば落雲館の生徒がこの頭を目懸けて例のダムダム丸《がん》を集注するのは策のもっとも時宜《じぎ》に適したものと云わねばならん。もし敵がこの行動を二週間継続するならば、主人の頭は畏怖《いふ》と煩悶《はんもん》のため必ず営養の不足を訴えて、金柑《きんかん》とも薬缶《やかん》とも銅壺《どうこ》とも変化するだろう。なお二週間の砲撃を食《く》らえば金柑は潰《つぶ》れるに相違ない。薬缶は洩《も》るに相違ない。

銅壺ならひびが入るにきまっている。この睹易《みやす》き結果を予想せんで、あくまでも敵と戦闘を継続しようと苦心するのは、ただ本人たる苦沙弥先生のみである。

ある日の午後、吾輩は例のごとく椽側《えんがわ》へ出て午睡《ひるね》をして虎になった夢を見ていた。主人に鶏肉《けいにく》を持って来いと云うと、主人がへえと恐る恐る鶏肉を持って出る。迷亭が来たから、迷亭に雁《がん》が食いたい、雁鍋《がんなべ》へ行って誂《あつ》らえて来いと云うと、蕪《かぶ》の香《こう》の物《もの》と、塩煎餅《しおせんべい》といっしょに召し上がりますと雁の味が致しますと例のごとく茶羅《ちゃら》ッ鉾《ぽこ》を云うから、大きな口をあいて、うーと唸《うな》って嚇《おどか》してやったら、迷亭は蒼《あお》くなって山下《やました》の雁鍋は廃業致しましたがいかが取り計《はから》いましょうかと云った。それなら牛肉で勘弁するから早く西川へ行ってロースを一斤取って来い、早くせんと貴様から食い殺すぞと云ったら、迷亭は尻を端折《はしょ》って馳《か》け出した。吾輩は急にからだが大きくなったので、椽側一杯に寝そべって、迷亭の帰るのを待ち受けていると、たちまち家中《うちじゅう》に響く大きな声がしてせっかくの牛《ぎゅう》も食わぬ間《ま》に夢がさめて吾に帰った。すると今まで恐る恐る吾輩の前に平伏していたと思いのほかの主人が、いきなり後架《こうか》から飛び出して来て、吾輩の横腹をいやと云うほど蹴《け》たから、おやと思ううち、たちまち庭下駄をつっかけて木戸から廻って、落雲館の方へかけて行く。吾輩は虎から急に猫と収縮したのだから何となく極《きま》りが悪くもあり、おかしくもあったが、主人のこの権幕と横腹を蹴られた痛さとで、虎の事はすぐ忘れてしまった。同時に主人がいよいよ出馬して敵と交戦するな面白いわいと、痛いのを我慢して、後《あと》を慕って裏口へ出た。同時に主人がぬすっとうと怒鳴る声が聞える、見ると制帽をつけた十八九になる倔強《くっきょう》な奴が一人、四ツ目垣を向うへ乗り越えつつある。やあ遅かったと思ううち、彼《か》の制帽は馳け足の姿勢をとって根拠地の方へ韋駄天《いだてん》のごとく逃げて行く。主人はぬすっとうが大《おおい》に成功したので、またもぬすっとうと高く叫びながら追いかけて行く。しかしかの敵に追いつくためには主人の方で垣を越さなければならん。深入りをすれば主人自《みずか》らが泥棒になるはずである。前《ぜん》申す通り主人は立派なる逆上家である。こう勢《いきおい》に乗じてぬすっとうを追い懸ける以上は、夫子《ふうし》自身がぬすっとうに成っても追い懸けるつもりと見えて、引き返す気色《けしき》もなく垣の根元まで進んだ。今一歩で彼はぬすっとうの領分に入《はい》らなければならんと云う間際《まぎわ》に、敵軍の中から、薄い髯《ひげ》を勢なく生《は》やした将官がのこのこと出馬して来た。両人《ふたり》は垣を境に何か談判している。聞いて見るとこんなつまらない議論である。

「あれは本校の生徒です」

「生徒たるべきものが、何で他《ひと》の邸内へ侵入するのですか」

「いやボールがつい飛んだものですから」

「なぜ断って、取りに来ないのですか」

「これから善《よ》く注意します」

「そんなら、よろしい」

竜騰虎闘《りゅうとうこことう》の壮観があるだろうと予期した交渉はかくのごとく散文的なる談判をもって無事に迅速に結了した。主人の壮《さか》んなるはただ意気込みだけである。いざとなると、いつでもこれでおしまいだ。あたかも吾輩が虎の夢から急に猫に返ったような観がある。吾輩の小事件と云うのは即《すなわ》ちこれである。小事件を記述したあとには、順序として是非大事件を話さなければならん。

主人は座敷の障子を開いて腹這《はらばい》になって、何か思案している。恐らく敵に対して防禦策《ぼうぎょさく》を講じているのだろう。落雲館は授業中と見えて、運動場は存外静かである。ただ校舎の一室で、倫理の講義をしているのが手に取るように聞える。朗々たる音声でなかなかうまく述べ立てているのを聴くと、全く昨日《きのう》敵中から出馬して談判の衝《しょう》に当った将軍である。

「……で公徳と云うものは大切な事で、あちらへ行って見ると、仏蘭西《フランス》でも独逸《ドイツ》でも英吉利《イギリス》でも、どこへ行っても、この公徳の行われておらん国はない。またどんな下等な者でもこの公徳を重んぜぬ者はない。悲しいかな、我が日本に在《あ》っては、未《ま》だこの点において外国と拮抗《きっこう》する事が出来んのである。で公徳と申すと何か新しく外国から輸入して来たように考える諸君もあるかも知れんが、そう思うのは大《だい》なる誤りで、昔人《せきじん》も夫子《ふうし》の道一以《みちいつもっ》て之《これ》を貫《つらぬ》く、忠恕《ちゅうじょ》のみ矣《い》と云われた事がある。この恕《じょ》と申すのが取りも直さず公徳の出所《しゅっしょ》である。私も人間であるから時には大きな声をして歌などうたって見たくなる事がある。しかし私が勉強している時に隣室のものなどが放歌するのを聴くと、どうしても書物の読めぬのが私の性分である。であるからして自分が唐詩選《とうしせん》でも高声《こうせい》に吟じたら気分が晴々《せいせい》してよかろうと思う時ですら、もし自分のように迷惑がる人が隣家に住んでおって、知らず知らずその人の邪魔をするような事があってはすまんと思うて、そう云う時はいつでも控《ひか》えるのである。こう云う訳だから諸君もなるべく公徳を守って、いやしくも人の妨害になると思う事は決してやってはならんのである。……」

主人は耳を傾けて、この講話を謹聴していたが、ここに至ってにやりと笑った。ちょっとこのにやりの意味を説明する必要がある。皮肉家がこれをよんだらこのにやりの裏《うち》には冷評的分子が交っていると思うだろう。しかし主人は決して、そんな人の悪い男ではない。悪いと云うよりそんなに智慧《ちえ》の発達した男ではない。主人はなぜ笑ったかと云うと全く嬉しくって笑ったのである。倫理の教師たる者がかように痛切なる訓戒を与えるからはこの後《のち》は永久ダムダム弾の乱射を免《まぬ》がれるに相違ない。当分のうち頭も禿げずにすむ、逆上は一時に直らんでも時機さえくれば漸次《ぜんじ》回復するだろう、濡《ぬ》れ手拭《てぬぐい》を頂いて、炬燵《こたつ》にあたらなくとも、樹下石上を宿《やど》としなくとも大丈夫だろうと鑑定したから、にやにやと笑ったのである。借金は必ず返す者と二十世紀の今日《こんにち》にもやはり正直に考えるほどの主人がこの講話を真面目に聞くのは当然であろう。

やがて時間が来たと見えて、講話はぱたりとやんだ。他の教室の課業も皆一度に終った。すると今まで室内に密封された八百の同勢は鬨《とき》の声をあげて、建物を飛び出した。その勢《いきおい》と云うものは、一尺ほどな蜂《はち》の巣を敲《たた》き落したごとくである。ぶんぶん、わんわん云うて窓から、戸口から、開きから、いやしくも穴の開《あ》いている所なら何の容赦もなく我勝ちに飛び出した。これが大事件の発端である。

まず蜂の陣立てから説明する。こんな戦争に陣立ても何もあるものかと云うのは間違っている。普通の人は戦争とさえ云えば沙河《しゃか》とか奉天《ほうてん》とかまた旅順《りょじゅん》とかそのほかに戦争はないもののごとくに考えている。少し詩がかった野蛮人になると、アキリスがヘクトーの死骸を引きずって、トロイの城壁を三匝《さんそう》したとか、燕《えん》ぴと張飛が長坂橋《ちょうはんきょう》に丈八《じょうはち》の蛇矛《だぼう》を横《よこた》えて、曹操《そうそう》の軍百万人を睨《にら》め返したとか大袈裟《おおげさ》な事ばかり連想する。連想は当人の随意だがそれ以外の戦争はないものと心得るのは不都合だ。太古蒙昧《たいこもうまい》の時代に在《あ》ってこそ、そんな馬鹿気た戦争も行われたかも知れん、しかし太平の今日《こんにち》、大日本国帝都の中心においてかくのごとき野蛮的行動はあり得べからざる奇蹟に属している。いかに騒動が持ち上がっても交番の焼打以上に出る気遣《きづかい》はない。して見ると臥竜窟《がりょうくつ》主人の苦沙弥先生と落雲館裏八百《り》の健児との戦争は、まず東京市あって以来の大戦争の一として数えてもしかるべきものだ。左氏《さし》が鄢陵《えんりょう》の戦《たたかい》を記するに当ってもまず敵の陣勢から述べている。古来から叙述に巧みなるものは皆この筆法を用いるのが通則になっている。だによって吾輩が蜂の陣立てを話すのも仔細《しさい》なかろう。それでまず蜂の陣立ていかんと見てあると、四つ目垣の外側に縦列を形《かた》ちづくった一隊がある。これは主人を戦闘線内に誘致する職務を帯びた者と見える。「降参しねえか」「しねえしねえ」「駄目だ駄目だ」「出てこねえ」「落ちねえかな」「落ちねえはずはねえ」「吠えて見ろ」「わんわん」「わんわん」「わんわんわんわん」これから先は縦隊総がかりとなって吶喊《とっかん》の声を揚げる。縦隊を少し右へ離れて運動場の方面には砲隊が形勝の地を占めて陣地を布《し》いている。臥竜窟《がりょうくつ》に面して一人の将官が擂粉木《すりこぎ》の大きな奴を持って控《ひか》える。これと相対して五六間の間隔をとってまた一人立つ、擂粉木のあとにまた一人、これは臥竜窟に顔をむけて突っ立っている。かくのごとく一直線にならんで向い合っているのが砲手である。ある人の説によるとこれはベースボールの練習であって、決して戦闘準備ではないそうだ。吾輩はベースボールの何物たるを解せぬ文盲漢《もんもうかん》である。しかし聞くところによればこれは米国から輸入された遊戯で、今日《こんにち》中学程度以上の学校に行わるる運動のうちでもっとも流行するものだそうだ。米国は突飛《とっぴ》な事ばかり考え出す国柄であるから、砲隊と間違えてもしかるべき、近所迷惑の遊戯を日本人に教うべくだけそれだけ親切であったかも知れない。また米国人はこれをもって真に一種の運動遊戯と心得ているのだろう。しかし純粋の遊戯でもかように四隣を驚かすに足る能力を有している以上は使いようで砲撃の用には充分立つ。吾輩の眼をもって観察したところでは、彼等はこの運動術を利用して砲火の功を収めんと企てつつあるとしか思われない。物は云いようでどうでもなるものだ。慈善の名を借りて詐偽《さぎ》を働らき、インスピレーションと号して逆上をうれしがる者がある以上はベースボールなる遊戯の下《もと》に戦争をなさんとも限らない。或る人の説明は世間一般のベースボールの事であろう。今吾輩が記述するベースボールはこの特別の場合に限らるるベースボール即《すなわ》ち攻城的砲術である。これからダムダム弾を発射する方法を紹介する。直線に布《し》かれたる砲列の中の一人が、ダムダム弾を右の手に握って擂粉木の所有者に抛《ほう》りつける。ダムダム弾は何で製造したか局外者には分らない。堅い丸い石の団子のようなものを御鄭寧《ごていねい》に皮でくるんで縫い合せたものである。前《ぜん》申す通りこの弾丸が砲手の一人の手中を離れて、風を切って飛んで行くと、向うに立った一人が例の擂粉木をやっと振り上げて、これを敲《たた》き返す。たまには敲き損《そこ》なった弾丸が流れてしまう事もあるが、大概はポカンと大きな音を立てて弾《は》ね返る。その勢は非常に猛烈なものである。神経性胃弱なる主人の頭を潰《つぶ》すくらいは容易に出来る。砲手はこれだけで事足るのだが、その周囲附近には弥次馬《やじうま》兼援兵が雲霞《うんか》のごとく付き添うている。ポカーンと擂粉木が団子に中《あた》るや否やわー、ぱちぱちぱちと、わめく、手を拍《う》つ、やれやれと云う。中《あた》ったろうと云う。これでも利《き》かねえかと云う。恐れ入らねえかと云う。降参かと云う。これだけならまだしもであるが、敲《たた》き返された弾丸は三度に一度必ず臥竜窟邸内へころがり込む。これがころがり込まなければ攻撃の目的は達せられんのである。ダムダム弾は近来諸所で製造するが随分高価なものであるから、いかに戦争でもそう充分な供給を仰ぐ訳に行かん。大抵一隊の砲手に一つもしくは二つの割である。ポンと鳴る度にこの貴重な弾丸を消費する訳には行かん。そこで彼等はたま拾《ひろい》と称する一部隊を設けて落弾《おちだま》を拾ってくる。落ち場所がよければ拾うのに骨も折れないが、草原とか人の邸内へ飛び込むとそう容易《たやす》くは戻って来ない。だから平生なるべく労力を避けるため、拾い易《やす》い所へ打ち落すはずであるが、この際は反対に出る。目的が遊戯にあるのではない、戦争に存するのだから、わざとダムダム弾を主人の邸内に降らせる。邸内に降らせる以上は、邸内へ這入《はい》って拾わなければならん。邸内に這入るもっとも簡便な方法は四つ目垣を越えるにある。四つ目垣のうちで騒動すれば主人が怒《おこ》り出さなければならん。しからずんば兜《かぶと》を脱いで降参しなければならん。苦心のあまり頭がだんだん禿げて来なければならん。

今しも敵軍から打ち出した一弾は、照準誤《しょうじゅんあやま》たず、四つ目垣を通り越して桐《きり》の下葉を振い落して、第二の城壁即《すなわ》ち竹垣に命中した。随分大きな音である。ニュートンの運動律第一に曰《いわ》くもし他の力を加うるにあらざれば、一度《ひとた》び動き出したる物体は均一の速度をもって直線に動くものとす。もしこの律のみによって物体の運動が支配せらるるならば主人の頭はこの時にイスキラスと運命を同じくしたであろう。幸《さいわい》にしてニュートンは第一則を定むると同時に第二則も製造してくれたので主人の頭は危うきうちに一命を取りとめた。運動の第二則に曰く運動の変化は、加えられたる力に比例す、しかしてその力の働く直線の方向において起るものとす。これは何の事だか少しくわかり兼ねるが、かのダムダム弾が竹垣を突き通して、障子《しょうじ》を裂き破って主人の頭を破壊しなかったところをもって見ると、ニュートンの御蔭《おかげ》に相違ない。しばらくすると案のごとく敵は邸内に乗り込んで来たものと覚しく、「ここか」「もっと左の方か」などと棒でもって笹《ささ》の葉を敲き廻わる音がする。すべて敵が主人の邸内へ乗り込んでダムダム弾を拾う場合には必ず特別な大きな声を出す。こっそり這入って、こっそり拾っては肝心《かんじん》の目的が達せられん。ダムダム弾は貴重かも知れないが、主人にからかうのはダムダム弾以上に大事である。この時のごときは遠くから弾の所在地は判然している。竹垣に中《あた》った音も知っている。中った場所も分っている、しかしてその落ちた地面も心得ている。だからおとなしくして拾えば、いくらでもおとなしく拾える。ライプニッツの定義によると空間は出来得べき同在現象の秩序である。いゝろゝはゝにゝほゝへゝとはいつでも同じ順にあらわれてくる。柳の下には必ず鰌《どじょう》がいる。蝙蝠《こうもり》に夕月はつきものである。垣根にボールは不似合かも知れぬ。しかし毎日毎日ボールを人の邸内に抛《ほう》り込む者の眼に映ずる空間はたしかにこの排列に慣《な》れている。一眼《ひとめ》見ればすぐ分る訳だ。それをかくのごとく騒ぎ立てるのは必竟《ひっきょう》ずるに主人に戦争を挑《いど》む策略である。

こうなってはいかに消極的なる主人といえども応戦しなければならん。さっき座敷のうちから倫理の講義をきいてにやにやしていた主人は奮然として立ち上がった。猛然として馳《か》け出した。驀然《ばくぜん》として敵の一人を生捕《いけど》った。主人にしては大出来である。大出来には相違ないが、見ると十四五の小供である。髯《ひげ》の生《は》えている主人の敵として少し不似合だ。けれども主人はこれで沢山だと思ったのだろう。詫《わ》び入るのを無理に引っ張って椽側《えんがわ》の前まで連れて来た。ここにちょっと敵の策略について一言《いちげん》する必要がある、敵は主人が昨日《きのう》の権幕《けんまく》を見てこの様子では今日も必ず自身で出馬するに相違ないと察した。その時万一逃げ損じて大僧《おおぞう》がつらまっては事面倒になる。ここは一年生か二年生くらいな小供を玉拾いにやって危険を避けるに越した事はない。よし主人が小供をつらまえて愚図愚図理窟《ぐずぐずりくつ》を捏《こ》ね廻したって、落雲館の名誉には関係しない、こんなものを大人気《おとなげ》もなく相手にする主人の恥辱《ちじょく》になるばかりだ。敵の考はこうであった。これが普通の人間の考で至極《しごく》もっともなところである。ただ敵は相手が普通の人間でないと云う事を勘定のうちに入れるのを忘れたばかりである。主人にこれくらいの常識があれば昨日だって飛び出しはしない。逆上は普通の人間を、普通の人間の程度以上に釣るし上げて、常識のあるものに、非常識を与える者である。女だの、小供だの、車引きだの、馬子だのと、そんな見境《みさか》いのあるうちは、まだ逆上を以て人に誇るに足らん。主人のごとく相手にならぬ中学一年生を生捕《いけど》って戦争の人質とするほどの了見でなくては逆上家の仲間入りは出来ないのである。可哀《かわい》そうなのは捕虜である。単に上級生の命令によって玉拾いなる雑兵《ぞうひょう》の役を勤めたるところ、運わるく非常識の敵将、逆上の天才に追い詰められて、垣越える間《ま》もあらばこそ、庭前に引き据《す》えられた。こうなると敵軍は安閑と味方の恥辱を見ている訳に行かない。我も我もと四つ目垣を乗りこして木戸口から庭中に乱れ入る。その数は約一ダースばかり、ずらりと主人の前に並んだ。大抵は上衣《うわぎ》もちょっ着《き》もつけておらん。白シャツの腕をまくって、腕組をしたのがある。綿《めん》ネルの洗いざらしを申し訳に背中だけへ乗せているのがある。そうかと思うと白の帆木綿《ほもめん》に黒い縁《ふち》をとって胸の真中に花文字を、同じ色に縫いつけた洒落者《しゃれもの》もある。いずれも一騎当千の猛将と見えて、丹波《たんば》の国は笹山から昨夜着し立てでござると云わぬばかりに、黒く逞《たくま》しく筋肉が発達している。中学などへ入れて学問をさせるのは惜しいものだ。漁師《りょうし》か船頭にしたら定めし国家のためになるだろうと思われるくらいである。彼等は申し合せたごとく、素足に股引《ももひき》を高くまくって、近火の手伝にでも行きそうな風体《ふうてい》に見える。彼等は主人の前にならんだぎり黙然《もくねん》として一言《いちごん》も発しない。主人も口を開《ひら》かない。しばらくの間双方共睨《にら》めくらをしているなかにちょっと殺気がある。

「貴様等はぬすっとうか」と主人は尋問した。大気焔《だいきえん》である。奥歯で噛《か》み潰《つぶ》した癇癪玉《かんしゃくだま》が炎となって鼻の穴から抜けるので、小鼻が、いちじるしく怒《いか》って見える。越後獅子《えちごじし》の鼻は人間が怒《おこ》った時の恰好《かっこう》を形《かた》どって作ったものであろう。それでなくてはあんなに恐しく出来るものではない。

「いえ泥棒ではありません。落雲館の生徒です」

「うそをつけ。落雲館の生徒が無断で人の庭宅に侵入する奴があるか」

「しかしこの通りちゃんと学校の徽章《きしょう》のついている帽子を被《かぶ》っています」

「にせものだろう。落雲館の生徒ならなぜむやみに侵入した」

「ボールが飛び込んだものですから」

「なぜボールを飛び込ました」

「つい飛び込んだんです」

「怪《け》しからん奴だ」

「以後注意しますから、今度だけ許して下さい」

「どこの何者かわからん奴が垣を越えて邸内に闖入《ちんにゅう》するのを、そう容易《たやす》く許されると思うか」

「それでも落雲館の生徒に違ないんですから」

「落雲館の生徒なら何年生だ」

「三年生です」

「きっとそうか」

「ええ」

主人は奥の方を顧《かえり》みながら、おいこらこらと云う。

埼玉生れの御三《おさん》が襖《ふすま》をあけて、へえと顔を出す。

「落雲館へ行って誰か連れてこい」

「誰を連れて参ります」

「誰でもいいから連れてこい」

下女は「へえ」と答えたが、あまり庭前の光景が妙なのと、使の趣《おもむき》が判然しないのと、さっきからの事件の発展が馬鹿馬鹿しいので、立ちもせず、坐りもせずにやにや笑っている。主人はこれでも大戦争をしているつもりである。逆上的敏腕を大《おおい》に振《ふる》っているつもりである。しかるところ自分の召し使たる当然こっちの肩を持つべきものが、真面目な態度をもって事に臨まんのみか、用を言いつけるのを聞きながらにやにや笑っている。ますます逆上せざるを得ない。

「誰でも構わんから呼んで来いと云うのに、わからんか。校長でも幹事でも教頭でも……」

「あの校長さんを……」下女は校長と云う言葉だけしか知らないのである。

「校長でも、幹事でも教頭でもと云っているのにわからんか」

「誰もおりませんでしたら小使でもよろしゅうございますか」

「馬鹿を云え。小使などに何が分かるものか」

ここに至って下女もやむを得んと心得たものか、「へえ」と云って出て行った。使の主意はやはり飲み込めんのである。小使でも引張って来はせんかと心配していると、あに計らんや例の倫理の先生が表門から乗り込んで来た。平然と座に就《つ》くを待ち受けた主人は直ちに談判にとりかかる。

「ただ今邸内にこの者共が乱入致して……」と忠臣蔵のような古風な言葉を使ったが「本当に御校《おんこう》の生徒でしょうか」と少々皮肉に語尾を切った。

倫理の先生は別段驚いた様子もなく、平気で庭前にならんでいる勇士を一通り見廻わした上、もとのごとく瞳《ひとみ》を主人の方にかえして、下《しも》のごとく答えた。

「さようみんな学校の生徒であります。こんな事のないように始終訓戒を加えておきますが……どうも困ったもので……なぜ君等は垣などを乗り越すのか」

さすがに生徒は生徒である、倫理の先生に向っては一言《いちごん》もないと見えて何とも云うものはない。おとなしく庭の隅にかたまって羊の群《むれ》が雪に逢ったように控《ひか》えている。

「丸《たま》が這入《はい》るのも仕方がないでしょう。こうして学校の隣りに住んでいる以上は、時々はボールも飛んで来ましょう。しかし……あまり乱暴ですからな。仮令《たとい》垣を乗り越えるにしても知れないように、そっと拾って行くなら、まだ勘弁のしようもありますが……」

「ごもっともで、よく注意は致しますが何分多人数《たにんず》の事で……よくこれから注意をせんといかんぜ。もしボールが飛んだら表から廻って、御断りをして取らなければいかん。いいか。——広い学校の事ですからどうも世話ばかりやけて仕方がないです。で運動は教育上必要なものでありますから、どうもこれを禁ずる訳には参りかねるので。これを許すとつい御迷惑になるような事が出来ますが、これは是非御容赦を願いたいと思います。その代り向後《こうご》はきっと表門から廻って御断りを致した上で取らせますから」
「いや、そう事が分かればよろしいです。球《たま》はいくら御投げになっても差支《さしつか》えはないです。表からきてちょっと断わって下されば構いません。ではこの生徒はあなたに御引き渡し申しますからお連れ帰りを願います。いやわざわざ御呼び立て申して恐縮です」と主人は例によって例のごとく竜頭蛇尾《りゅうとうだび》の挨拶をする。倫理の先生は丹波の笹山を連れて表門から落雲館へ引き上げる。吾輩のいわゆる大事件はこれで一とまず落着を告げた。何のそれが大事件かと笑うなら、笑うがいい。そんな人には大事件でないまでだ。吾輩は主人の大事件を写したので、そんな人の大事件を記《しる》したのではない。尻が切れて強弩《きょうど》の末勢《ばっせい》だなどと悪口するものがあるなら、これが主人の特色である事を記憶して貰いたい。主人が滑稽文の材料になるのもまたこの特色に存する事を記憶して貰いたい。十四五の小供を相手にするのは馬鹿だと云うなら吾輩も馬鹿に相違ないと同意する。だから大町桂月は主人をつらまえて未《いま》だ稚気《ちき》を免がれずと云うている。

　吾輩はすでに小事件を叙し了《おわ》り、今また大事件を述べ了ったから、これより大事件の後《あと》に起る余瀾《よらん》を描《えが》き出だして、全篇の結びを付けるつもりである。すべて吾輩のかく事は、口から出任《でまか》せのいい加減と思う読者もあるかも知れないが決してそんな軽率な猫ではない。一字一句の裏《うち》に宇宙の一大哲理を包含するは無論の事、その一字一句が層々《そうそう》連続すると首尾相応じ前後相照らして、瑣談繊話《さだんせんわ》と思ってうっかりと読んでいたものが忽然豹変《こつぜんひょうへん》して容易ならざる法語となるんだから、決して寝ころんだり、足を出して五行ごとに一度に読むのだなどと云う無礼を演じてはいけない。柳宗元《りゅうそうげん》は韓退之《かんたいし》の文を読むごとに薔薇《しょうび》の水《みず》で手を清めたと云うくらいだから、吾輩の文に対してもせめて自腹《じばら》で雑誌を買って来て、友人の御余りを借りて間に合わすと云う不始末だけはない事に致したい。これから述べるのは、吾輩自《みずか》ら余瀾と号するのだけれど、余瀾ならどうせつまらんに極《きま》っている、読まんでもよかろうなどと思うと飛んだ後悔をする。是非しまいまで精読しなくてはいかん。

大事件のあった翌日、吾輩はちょっと散歩がしたくなったから表へ出た。すると向う横町へ曲がろうと云う角で金田の旦那と鈴木の藤《とう》さんがしきりに立ちながら話をしている。金田君は車で自宅《うち》へ帰るところ、鈴木君は金田君の留守を訪問して引き返す途中で両人《ふたり》がばったりと出逢ったのである。近来は金田の邸内も珍らしくなくなったから、滅多《めった》にあちらの方角へは足が向かなかったが、こう御目に懸って見ると、何となく御懐《おなつ》かしい。鈴木にも久々《ひさびさ》だから余所《よそ》ながら拝顔の栄を得ておこう。こう決心してのそのそ御両君の佇立《ちょりつ》しておらるる傍《そば》近く歩み寄って見ると、自然両君の談話が耳に入《い》る。これは吾輩の罪ではない。先方が話しているのがわるいのだ。金田君は探偵さえ付けて主人の動静を窺《うか》がうくらいの程度の良心を有している男だから、吾輩が偶然君の談話を拝聴したって怒《おこ》らるる気遣《きづかい》はあるまい。もし怒られたら君は公平と云う意味を御承知ないのである。とにかく吾輩は両君の談話を聞いたのである。聞きたくて聴いたのではない。聞きたくもないのに談話の方で吾輩の耳の中へ飛び込んで来たのである。

「只今御宅へ伺いましたところで、ちょうどよい所で御目にかかりました」と藤《とう》さんは鄭寧《ていねい》に頭をぴょこつかせる。

「うむ、そうかえ。実はこないだから、君にちょっと逢いたいと思っていたがね。それはよかった」

「へえ、それは好都合でございました。何かご用で」

「いや何、大した事でもないのさ。どうでもいいんだが、君でないと出来ない事なんだ」

「私に出来る事なら何でもやりましょう。どんな事で」

「ええ、そう……」と考えている。

「何なら、御都合のとき出直して伺いましょう。いつが宜《よろ》しゅう、ございますか」

「なあに、そんな大した事じゃ無いのさ。――それじゃせっかくだから頼もうか」

「どうか御遠慮なく……」

「あの変人ね。そら君の旧友さ。苦沙弥とか何とか云うじゃないか」

「ええ苦沙弥がどうかしましたか」

「いえ、どうもせんがね。あの事件以来胸糞《むなくそ》がわるくってね」

「ごもっともで、全く苦沙弥は剛慢ですから……少しは自分の社会上の地位を考えているといいのですけれども、まるで一人天下ですから」

「そこさ。金に頭はさげん、実業家なんぞ――とか何とか、いろいろ小生意気な事を云うから、そんなら実業家の腕前を見せてやろう、と思ってね。こないだから大分《だいぶ》弱らしているんだが、やっぱり頑張《がんば》っているんだ。どうも剛情な奴だ。驚ろいたよ」

「どうも損得と云う観念の乏《とぼ》しい奴ですから無暗《むやみ》に痩我慢を張るんでしょう。昔からああ云う癖のある男で、つまり自分の損になる事に気が付かないんですから度《ど》し難《がた》いです」

「あはははほんとに度《ど》し難《がた》い。いろいろ手を易《か》え品を易《か》えてやって見るんだがね。とうとうしまいに学校の生徒にやらした」

「そいつは妙案ですな。利目《ききめ》がございましたか」

「これにゃあ、奴も大分《だいぶ》困ったようだ。もう遠からず落城するに極《きま》っている」

「そりゃ結構です。いくら威張っても多勢《たぜい》に無勢《ぶぜい》ですからな」

「そうさ、一人じゃあ仕方がねえ。それで大分《だいぶ》弱ったようだが、まあどんな様子か君に行って見て来てもらおうと云うのさ」

「はあ、そうですか。なに訳はありません。すぐ行って見ましょう。容子《ようす》は帰りがけに御報知を致す事にして。面白いでしょう、あの頑固《がんこ》なのが意気銷沈《いきしょうちん》しているところは、きっと見物《みもの》ですよ」

「ああ、それじゃ帰りに御寄り、待っているから」

「それでは御免蒙《ごめんこうむ》ります」

おや今度もまた魂胆《こんたん》だ、なるほど実業家の勢力はえらいものだ、石炭の燃殻《もえがら》のような主人を逆上させるのも、苦悶《くもん》の結果主人の頭が蠅滑《はえすべ》りの難所となるのも、その頭がイスキラスと同様の運命に陥《おちい》るのも皆実業家の勢力である。地球が地軸を廻転するのは何の作用かわからないが、世の中を動かすものはたしかに金である。この金の功力《くりき》を心得て、この金の威光を自由に発揮するものは実業家諸君をおいてほかに一人もない。太陽が無事に東から出て、無事に西へ入るのも全く実業家の御蔭である。今まではわからずやの窮措大《きゅうそだい》の家に養なわれて実業家の御利益《ごりやく》を知らなかったのは、我ながら不覚である。それにしても冥頑不霊《めいがんふれい》の主人も今度は少し悟らずばなるまい。これでも冥頑不霊で押し通す了見だと危《あぶ》ない。主人のもっとも貴重する命があぶない。彼は鈴木君に逢ってどんな挨拶をするのか知らん。その模様で彼の悟り具合も自《おのず》から分明《ぶんみょう》になる。愚図愚図してはおられん、猫だって主人の事だから大《おおい》に心配になる。早々鈴木君をすり抜けて御先へ帰宅する。

鈴木君はあいかわらず調子のいい男である。今日は金田の事などはおくびにも出さない、しきりに当り障《さわ》りのない世間話を面白そうにしている。

「君少し顔色が悪いようだぜ、どうかしやせんか」

「別にどこも何ともないさ」

「でも蒼《あお》いぜ、用心せんといかんよ。時候がわるいからね。よるは安眠が出来るかね」

「うん」

「何か心配でもありゃしないか、僕に出来る事なら何でもするぜ。遠慮なく云い給え」

「心配って、何を?」

「いえ、なければいいが、もしあればと云う事さ。心配が一番毒だからな。世の中は笑って面白く暮すのが得だよ。どうも君はあまり陰気過ぎるようだ」

「笑うのも毒だからな。無暗に笑うと死ぬ事があるぜ」

「冗談《じょうだん》云っちゃいけない。笑う門《かど》には福来《きた》るさ」

「昔《むか》し希臘《ギリシャ》にクリシッパスと云う哲学者があったが、君は知るまい」

「知らない。それがどうしたのさ」

「その男が笑い過ぎて死んだんだ」

「へえー、そいつは不思議だね、しかしそりゃ昔の事だから……」

「昔しだって今だって変りがあるものか。驢馬《ろば》が銀の丼《どんぶり》から無花果《いちじゅく》を食うのを見て、おかしくってたまらなくって無暗《むやみ》に笑ったんだ。ところがどうしても笑いがとまらない。とうとう笑い死にに死んだんだあね」

「ははははしかしそんなに留め度《とど》もなく笑わなくってもいいさ。少し笑う――適宜《てきぎ》に、――そうするといい心持ちだ」

鈴木君がしきりに主人の動静を研究していると、表の門ががらがらとあく、客来《きゃくらい》かと思うとそうでない。

「ちょっとボールが這入《はい》りましたから、取らして下さい」

下女は台所から「はい」と答える。書生は裏手へ廻る。鈴木は妙な顔をして何だいと聞く。

「裏の書生がボールを庭へ投げ込んだんだ」

「裏の書生？　裏に書生がいるのかい」

「落雲館と云う学校さ」

「ああそうか、学校か。随分騒々しいだろうね」

「騒々しいの何のって。碌々《ろくろく》勉強も出来やしない。僕が文部大臣なら早速閉鎖を命じてやる」

「ハハハ大分怒《だいぶおこ》ったね。何か癪《しゃく》に障《さわ》る事でも有るのかい」

「あるのないのって、朝から晩まで癪に障り続けだ」

「そんなに癪に障るなら越せばいいじゃないか」

「誰が越すもんか、失敬千万な」

「僕に怒ったって仕方がない。なあに小供だあね、打《うっ》ちゃっておけばいいさ」

「君はよかろうが僕はよくない。昨日《きのう》は教師を呼びつけて談判してやった」

「それは面白かったね。恐れ入ったろう」

「うん」

この時また門口《かどぐち》をあけて「ちょっとボールが這入《はい》りましたから取らして下さい」と云う声がする。

「いや大分《だいぶ》来るじゃないか、またボールだぜ君」

「うん、表から来るように契約したんだ」

「なるほどそれであんなにくるんだね。そうーか、分った」

「何が分ったんだい」

「なに、ボールを取りにくる源因がさ」

「今日はこれで十六返目だ」

「君うるさくないか。来ないようにしたらいいじゃないか」

「来ないようにするったって、来るから仕方がないさ」

「仕方がないと云えばそれまでだが、そう頑固《がんこ》にしていないでもよかろう。人間は角《かど》があると世の中を転《ころ》がって行くのが骨が折れて損だよ。丸いものはごろごろどこへでも苦《く》なしに行けるが四角なものはころがるに骨が折れるばかりじゃない、転がるたびに角がすれて痛いものだ。どうせ自分一人の世の中じゃなし、そう自分の思うように人はならないさ。まあ何だね。どうしても金のあるものに、たてを突いちゃ損だね。ただ神経ばかり痛めて、からだは悪くなる、人は褒《ほ》めてくれず。向うは平気なものさ。坐って人を使いさえすればすむんだから。多勢《たぜい》に無勢《ぶぜい》どうせ、叶《かな》わないのは知れているさ。頑固もいいが、立て通すつもりでいるうちに、自分の勉強に障ったり、毎日の業務に煩《はん》を及ぼしたり、とどのつまりが骨折り損の草臥《くたびれ》儲《もう》けだからね」

「ご免なさい。今ちょっとボールが飛びましたから、裏口へ廻って、取ってもいいですか」

「そらまた来たぜ」と鈴木君は笑っている。

「失敬な」と主人は真赤《まっか》になっている。

鈴木君はもう大概訪問の意を果したと思ったから、それじゃ失敬ちと来《き》たまえと帰って行く。

入れ代ってやって来たのが甘木《あまき》先生である。逆上家が自分で逆上家だと名乗る者は昔《むか》しから例が少ない、これは少々変だなと覚《さと》った時は逆上の峠《とうげ》はもう越している。主人の逆上は昨日《きのう》の大事件の際に最高度に達したのであるが、談判も竜頭蛇尾たるに係《かかわ》らず、どうかこうか始末がついたのでその晩書斎でつくづく考えて見ると少し変だと気が付いた。もっとも落雲館が変なのか、自分が変なのか疑《うたがい》を存する余地は充分あるが、何しろ変に違ない。いくら中学校の隣に居を構えたって、かくのごとく年が年中肝癪《かんしゃく》を起しつづけはちと変だと気が付いた。変であって見ればどうかしなければならん。どうするったって仕方がない、やはり医者の薬でも飲んで肝癪《かんしゃく》の源《みなもと》に賄賂《わいろ》でも使って慰撫《いぶ》するよりほかに道はない。こう覚《さと》ったから平生かかりつけの甘木先生を迎えて診察を受けて見ようと云う量見を起したのである。賢か愚か、その辺は別問題として、とにかく自分の逆上に気が付いただけは殊勝《しゅしょう》の志、奇特《きどく》の心得と云わなければならん。甘木先生は例のごとくにこにこと落ちつき払って、「どうです」と云う。医者は大抵どうですと云うに極《き》まってる。吾輩は「どうです」と云わない医者はどうも信用をおく気にならん。

「先生どうも駄目ですよ」

「え、何そんな事があるものですか」

「一体医者の薬は利《き》くものでしょうか」

甘木先生も驚ろいたが、そこは温厚の長者《ちょうじゃ》だから、別段激した様子もなく、

「利かん事もないです」と穏《おだ》かに答えた。

「私《わたし》の胃病なんか、いくら薬を飲んでも同じ事ですぜ」

「決して、そんな事はない」

「ないですかな。少しは善くなりますかな」と自分の胃の事を人に聞いて見る。

「そう急には、癒《なお》りません、だんだん利きます。今でももとより大分《だいぶ》よくなっています」

「そうですかな」

「やはり肝癪《かんしゃく》が起りますか」

「起りますとも、夢にまで肝癪を起します」

「運動でも、少しなさったらいいでしょう」

「運動すると、なお肝癪が起ります」

甘木先生もあきれ返ったものと見えて、

「どれ一つ拝見しましょうか」と診察を始める。診察を終るのを待ちかねた主人は、突然大きな声を出して、

「先生、せんだって催眠術のかいてある本を読んだら、催眠術を応用して手癖のわるいんだの、いろいろな病気だのを直す事が出来ると書いてあったですが、本当でしょうか」と聞く。

「ええ、そう云う療法もあります」

「今でもやるんですか」

「ええ」

「催眠術をかけるのはむずかしいものでしょうか」

「なに訳はありません、私《わたし》などもよく懸けます」

「先生もやるんですか」

「ええ、一つやって見ましょうか。誰でも懸《かか》らなければならん理窟《りくつ》のものです。あなたさえ善《よ》ければ懸けて見ましょう」

「そいつは面白い、一つ懸けて下さい。私《わたし》もとうから懸かって見たいと思ったんです。しかし懸かりきりで眼が覚《さ》めないと困るな」

「なに大丈夫です。それじゃやりましょう」

相談はたちまち一決して、主人はいよいよ催眠術を懸けらるる事となった。吾輩は今までこんな事を見た事がないから心ひそかに喜んでその結果を座敷の隅から拝見する。先生はまず、主人の眼からかけ始めた。その方法を見ていると、両眼《りょうがん》の上瞼《うわまぶた》を上から下へと撫《な》でて、主人がすでに眼を眠《ねむ》っているにも係《かか》わらず、しきりに同じ方向へくせを付けたがっている。しばらくすると先生は主人に向って「こうやって、瞼《まぶた》を撫でていると、だんだん眼が重たくなるでしょう」と聞いた。主人は「なるほど重くなりますな」と答える。先生はなお同じように撫でおろし、撫でおろし「だんだん重くなりますよ、ようござんすか」と云う。主人もその気になったものか、何とも云わずに黙っている。同じ摩擦法はまた三四分繰り返される。最後に甘木先生は「さあもう開《あ》きませんぜ」と云われた。可哀想《かわいそう》に主人の眼はとうとう潰《つぶ》れてしまった。「もう開かんのですか」「ええもうあきません」主人は黙然《もくねん》として目を眠っている。吾輩は主人がもう盲目《めくら》になったものと思い込んでしまった。しばらくして先生は「あけるなら開いて御覧なさい。とうていあけないから」と云われる。「そうですか」と云うが早いか主人は普通の通り両眼《りょうがん》を開いていた。主人はにやにや笑いながら「懸かりませんな」と云うと甘木先生も同じく笑いながら「ええ、懸りません」と云う。催眠術はついに不成功に了《おわ》る。甘木先生も帰る。

その次に来たのが――主人のうちへこのくらい客の来た事はない。交際の少ない主人の家にしてはまるで嘘《うそ》のようである。しかし来たに相違ない。しかも珍客が来た。吾輩がこの珍客の事を一言《いちごん》でも記述するのは単に珍客であるがためではない。吾輩は先刻申す通り大事件の余瀾《よらん》を描《えが》きつつある。しかしてこの珍客はこの余瀾を描くに方《あた》って逸すべからざる材料である。何と云う名前か知らん、ただ顔の長い上に、山羊《やぎ》のような髯《ひげ》を生《は》やしている四十前後の男と云えばよかろう。迷亭の美学者たるに対して、吾輩はこの男を哲学者と呼ぶつもりである。なぜ哲学者と云うと、何も迷亭のように自分で振り散らすからではない、ただ主人と対話する時の様子を拝見しているといかにも哲学者らしく思われるからである。これも昔《むか》しの同窓と見えて両人共《ふたりとも》応対振りは至極《しごく》打ち解《と》けた有様だ。

「うん迷亭か、あれは池に浮いてる金魚麩《きんぎょふ》のようにふわふわしているね。せんだって友人を連れて一面識もない華族の門前を通行した時、ちょっと寄って茶でも飲んで行こうと云って引っ張り込んだそうだが随分呑気《のんき》だね」

「それでどうしたい」

「どうしたか聞いても見なかったが、――そうさ、まあ天稟《てんぴん》の奇人だろう、その代り考も何もない全く金魚麩だ。鈴木か、――あれがくるのかい、へえー、あれは理窟《りくつ》はわからんが世間的には利口な男だ。金時計は下げられるたちだ。しかし奥行きがないから落ちつきがなくって駄目だ。円滑円滑《えんかつ》と云うが、円滑の意味も何もわかりはせんよ。迷亭が金魚麩ならあれは藁《わら》で括《くく》った蒟蒻《こんにゃく》だね。ただわるく滑《なめら》かでぶるぶる振《ふる》えているばかりだ」

主人はこの奇警《きけい》な比喩《ひゆ》を聞いて、大《おお》いに感心したものらしく、久し振りでハハハと笑った。

「そんなら君は何だい」

「僕か、そうさな僕なんかは――まあ自然薯《じねんじょ》くらいなところだろう。長くなって泥の中に埋《うま》ってるさ」

「君は始終泰然として気楽なようだが、羨《うらや》ましいな」

「なに普通の人間と同じようにしているばかりさ。別に羨まれるに足るほどの事もない。ただありがたい事に人を羨む気も起らんから、それだけいいね」

「会計は近頃豊かかね」

「なに同じ事さ。足るや足らずさ。しかし食うているから大丈夫。驚かないよ」

「僕は不愉快で、肝癪《かんしゃく》が起ってたまらん。どっちを向いても不平ばかりだ」

「不平もいいさ。不平が起ったら起してしまえば当分はいい心持ちになれる。人間はいろいろだから、そう自分のように人にもなれと勧めたって、なれるものではない。箸《はし》は人と同じように持たんと飯が食いにくいが、自分の麺麭《パン》は自分の勝手に切るのが一番都合がいいようだ。上手《じょうず》な仕立屋で着物をこしらえれば、着たてから、からだに合ったのを持ってくるが、下手《へた》の裁縫屋《したてや》に誂《あつら》えたら当分は我慢しないと駄目さ。しかし世の中はうまくしたもので、着ているうちには洋服の方で、こちらの骨格に合わしてくれるから。今の世に合うように上等な両親が手際《てぎわ》よく生んでくれれば、それが幸福なのさ。しかし出来損《できそ》こなったら世の中に合わないで我慢するか、または世の中で合わせるまで辛抱するよりほかに道はなかろう」

「しかし僕なんか、いつまで立っても合いそうにないぜ、心細いね」

「あまり合わない背広《せびろ》を無理にきると綻《ほころ》びる。喧嘩《けんか》をしたり、自殺をしたり騒動が起るんだね。しかし君なんかただ面白くないと云うだけで自殺は無論しやせず、喧嘩だってやった事はあるまい。まあまあいい方だよ」

「ところが毎日喧嘩ばかりしているさ。相手が出て来なくっても怒っておれば喧嘩だろう」

「なるほど一人喧嘩《ひとりげんか》だ。面白いや、いくらでもやるがいい」

「それがいやになった」

「そんならよすさ」

「君の前だが自分の心がそんなに自由になるものじゃない」

「まあ全体何がそんなに不平なんだい」

　主人はここにおいて落雲館事件を始めとして、今戸焼《いまどやき》の狸《たぬき》から、ぴん助、きしゃごそのほかあらゆる不平を挙げて滔々《とうとう》と哲学者の前に述べ立てた。哲学者先生はだまって聞いていたが、ようやく口を開《ひら》いて、かように主人に説き出した。

「ぴん助やきしゃごが何を云ったって知らん顔をしておればいいじゃないか。どうせ下らんのだから。中学の生徒なんか構う価値があるものか。なに妨害になる。だって談判しても、喧嘩をしてもその妨害はとれんのじゃないか。僕はそう云う点になると西洋人より昔《むか》しの日本人の方がよほどえらいと思う。西洋人のやり方は積極的積極的と云って近頃大分流行《だいぶはや》るが、あれは大《だい》なる欠点を持っているよ。第一積極的と云ったって際限がない話しだ。いつまで積極的にやり通したって、満足と云う域とか完全と云う境《さかい》にいけるものじゃない。向《むこう》に檜《ひのき》があるだろう。あれが目障《めざわ》りになるから取り払う。とその向うの下宿屋がまた邪魔になる。下宿屋を退去させると、その次の家が癪《しゃく》に触る。どこまで行っても際限のない話しさ。西洋人の遣《や》り口《くち》はみんなこれさ。ナポレオンでも、アレキサンダーでも勝って満足したものは一人もないんだよ。人が気に喰わん、喧嘩をする、先方が閉口しない、法庭《ほうてい》へ訴える、法庭で勝つ、それで落着と思うのは間違さ。心の落着は死ぬまで焦《あせ》ったって片付く事があるものか。寡人政治《かじんせいじ》がいかんから、代議政体《だいぎせいたい》にする。代議政体がいかんから、また何かにしたくなる。川が生意気だって橋をかける、山が気に喰わんと云って隧道《トンネル》を掘る。交通が面倒だと云って鉄道を布《し》く。それで永久満足が出来るものじゃない。さればと云って人間だものどこまで積極的に我意を通す事が出来るものか。西洋の文明は積極的、進取的かも知れないがつまり不満足で一生をくらす人の作った文明さ。日本の文明は自分以外の状態を変化させて満足を求めるのじゃない。西洋と大《おお》いに違うところは、根本的に周囲の境遇は動かすべからざるものと云う一大仮定の下《もと》に発達しているのだ。親子の関係が面白くないと云って欧洲人のようにこの関係を改良して落ちつきをとろうとするのではない。親子の関係は在来のままでとうてい動かす事が出来んものとして、その関係の下《もと》に安心を求むる手段を講ずるにある。夫婦君臣の間柄もその通り、武士町人の区別もその通り、自然その物を観《み》るのもその通り。——山があって隣国へ行かれなければ、山を崩すと云う考を起す代りに隣国へ行かんでも困らないと云う工夫をする。山を越さなくとも満足だと云う心持ちを養成するのだ。それだから君見給え。禅家《ぜんけ》でも儒家《じゅか》でもきっと根本的にこの問題をつらまえる。いくら自分がえらくても世の中はとうてい意のごとくなるものではない、落日《らくじつ》を回《めぐ》らす事も、加茂川を逆《さか》に流す事も出来ない。ただ出来るものは自分の心だけだからね。心さえ自由にする修業をしたら、落雲館の生徒がいくら騒いでも平気なものではないか、今戸焼の狸でも構わんでおられそうなものだ。ぴん助なんか愚《ぐ》な事を云ったらこの馬鹿野郎とすましておれば仔細《しさい》なかろう。何でも昔しの坊主は人に斬《き》り付けられた時電光影裏《でんこうえいり》に春風《しゅんぷう》を斬るとか、何とか洒《しゃ》落れた事を云ったと云う話だぜ。心の修業がつんで消極の極に達するとこんな霊活な作用が出来るのじゃないかしらん。僕なんか、そんなむずかしい事は分らないが、とにかく西洋人風の積極主義ばかりがいいと思うのは少々誤まっているようだ。現に君がいくら積極主義に働いたって、生徒が君をひやかしにくるのをどうする事も出来ないじゃないか。君の権力であの学校を閉鎖するか、または先方が警察に訴えるだけのわるい事をやれば格別だが、さもない以上は、どんなに積極的に出たったて勝てっこないよ。もし積極的に出るとすれば金の問題になる。多勢《たぜい》に無勢《ぶぜい》の問題になる。換言すると君が金持に頭を下げなければならんと云う事になる。衆を恃《たの》む小供に恐れ入らなければならんと云う事になる。君のような貧乏人でしかもたった一人で積極的に喧嘩をしようと云うのがそもそも君の不平の種さ。どうだい分ったかい」

主人は分ったとも、分らないとも言わずに聞いていた。珍客が帰ったあとで書斎へ這入《はい》って書物も読まずに何か考えていた。

鈴木の藤《とう》さんは金と衆とに従えと主人に教えたのである。甘木先生は催眠術で神経を沈めろと助言《じょごん》したのである。最後の珍客は消極的の修養で安心を得ろと説法したのである。主人がいずれを択《えら》ぶかは主人の随意である。ただこのままでは通されないに極《き》まっている。

九

主人は痘痕面《あばたづら》である。御維新前《ごいっしんまえ》はあばたも大分流行《だいぶはや》ったものだそうだが日英同盟の今日《こんにち》から見ると、こんな顔はいささか時候後《おく》れの感がある。あばたの衰退は人口の増殖と反比例して近き将来には全くその迹《あと》を絶つに至るだろうとは医学上の統計から精密に割り出されたる結論であって、吾輩のごとき猫といえども毫《ごう》も疑を挟《さしはさ》む余地のないほどの名論である。現今地球上にあばたっ面《つら》を有して生息している人間は何人くらいあるか知らんが、吾輩が交際の区域内において打算して見ると、猫には一匹もない。人間にはたった一人ある。しかしてその一人が即《すなわ》ち主人である。はなはだ気の毒である。

吾輩は主人の顔を見る度に考える。まあ何の因果でこんな妙な顔をして臆面《おくめん》なく二十世紀の空気を呼吸しているのだろう。昔なら少しは幅も利《き》いたか知らんが、あらゆるあばたが二の腕へ立ち退《の》きを命ぜられた昨今、依然として鼻の頭や頬の上へ陣取って頑《がん》として動かないのは自慢にならんのみか、かえってあばたの体面に関する訳だ。出来る事なら今のうち取り払ったらよさそうなものだ。あばた自身だって心細いに違いない。それとも党勢不振の際、誓って落日を中天《ちゅうてん》に挽回《ばんかい》せずんばやまずと云う意気込みで、あんなに横風《おうふう》に顔一面を占領しているのか知らん。そうするとこのあばたは決して軽蔑《けいべつ》の意をもって視《み》るべきものでない。滔々《とうとう》たる流俗に抗する万古不磨《ばんこふま》の穴の集合体であって、大《おおい》に吾人の尊敬に値する凸凹《でこぼこ》と云って宜《よろ》しい。ただきたならしいのが欠点である。

主人の小供のときに牛込の山伏町に浅田宗伯《あさだそうはく》と云う漢法の名医があったが、この老人が病家を見舞うときには必ずかごに乗ってそろりそろりと参られたそうだ。ところが宗伯老が亡くなられてその養子の代になったら、かごがたちまち人力車に変じた。だから養子が死んでそのまた養子が跡を続《つ》いだら葛根湯《かっこんとう》がアンチピリンに化けるかも知れない。かごに乗って東京市中を練りあるくのは宗伯老の当時ですらあまり見っともいいものでは無かった。こんな真似をして澄《すま》していたものは旧弊な亡者《もうじゃ》と、汽車へ積み込まれる豚と、宗伯老とのみであった。

　主人のあばたもその振わざる事においては宗伯老のかごと一般で、はたから見ると気の毒なくらいだが、漢法医にも劣らざる頑固《がんこ》な主人は依然として孤城落日のあばたを天下に曝露《ばくろ》しつつ毎日登校してリードルを教えている。

　かくのごとき前世紀の紀念を満面に刻《こく》して教壇に立つ彼は、その生徒に対して授業以外に大《だい》なる訓戒を垂れつつあるに相違ない。彼は「猿が手を持つ」を反覆するよりも「あばたの顔面に及ぼす影響」と云う大問題を造作《ぞうさ》もなく解釈して、不言《ふげん》の間《かん》にその答案を生徒に与えつつある。もし主人のような人間が教師として存在しなくなった暁《あかつき》には彼等生徒はこの問題を研究するために図書館もしくは博物館へ馳けつけて、吾人がミイラによって埃及人《エジプトじん》を髣髴《ほうふつ》すると同程度の労力を費《つい》やさねばならぬ。この点《てん》から見ると主人の痘痕《あばた》も冥々《めいめい》の裡《うち》に妙な功徳《くどく》を施こしている。

　もっとも主人はこの功徳を施こすために顔一面に疱瘡《ほうそう》を種《う》え付けたのではない。これでも実は種え疱瘡をしたのである。不幸にして腕に種えたと思ったのが、いつの間《ま》にか顔へ伝染していたのである。その頃は小供の事で今のように色気《いろけ》もなにもなかったものだから、痒《かゆ》い痒いと云いながら無暗《むやみ》に顔中引き掻《か》いたのだそうだ。ちょうど噴火山が破裂してラヴァが顔の上を流れたようなもので、親が生んでくれた顔を台なしにしてしまった。主人は折々細君に向って疱瘡をせぬうちは玉のような男子であったと云っている。浅草の観音様《かんのんさま》で西洋人が振り反《かえ》って見たくらい奇麗だったなどと自慢する事さえある。なるほどそうかも知れない。ただ誰も保証人のいないのが残念である。

いくら功徳になっても訓戒になっても、きたない者はやっぱりきたないものだから、物心《ものごころ》がついて以来と云うもの主人は大《おおい》にあばたについて心配し出して、あらゆる手段を尽してこの醜態を揉《も》み潰《つぶ》そうとした。ところが宗伯老のかごと違って、いやになったからと云うてそう急に打ちやられるものではない。今だに歴然と残っている。この歴然が多少気にかかると見えて、主人は往来をあるく度毎にあばた面《づら》を勘定してあるくそうだ。今日何人あばたに出逢って、その主《ぬし》は男か女か、その場所は小川町の勧工場《かんこうば》であるか、上野の公園であるか、ことごとく彼の日記につけ込んである。彼はあばたに関する智識においては決して誰にも譲るまいと確信している。せんだってある洋行帰りの友人が来た折なぞは、「君西洋人にはあばたがあるかな」と聞いたくらいだ。するとその友人が「そうだな」と首を曲げながらよほど考えたあとで「まあ滅多《めった》にないね」と云ったら、主人は「滅多になくっても、少しはあるかい」と念を入れて聞き返えした。友人は気のない顔で「あっても乞食か立《たち》ん坊《ぼう》だよ。教育のある人にはないようだ」と答えたら、主人は「そうかなあ、日本とは少し違うね」と云った。

哲学者の意見によって落雲館との喧嘩を思い留った主人はその後書斎に立て籠《こも》ってしきりに何か考えている。彼の忠告を容《い》れて静坐の裡《うち》に霊活なる精神を消極的に修養するつもりかも知れないが、元来が気の小さな人間の癖に、ああ陰気な懐手《ふところで》ばかりしていては碌《ろく》な結果の出ようはずがない。それより英書でも質に入れて芸者から喇叭節《らっぱぶし》でも習った方が遥《はる》かにましだとまでは気が付いたが、あんな偏屈《へんくつ》な男はとうてい猫の忠告などを聴く気遣《きづかい》はないから、まあ勝手にさせたらよかろうと五六日は近寄りもせずに暮した。

今日はあれからちょうど七日目《なぬかめ》である。禅家などでは一七日《いちしちにち》を限って大悟して見せるなどと凄《すさま》じい勢《いきおい》で結跏《けっか》する連中もある事だから、うちの主人もどうかなったろう、死ぬか生きるか何とか片付いたろうと、のそのそ椽側《えんがわ》から書斎の入口まで来て室内の動静を偵察《ていさつ》に及んだ。

書斎は南向きの六畳で、日当りのいい所に大きな机が据《す》えてある。ただ大きな机ではわかるまい。長さ六尺、幅三尺八寸高さこれにかなうと云う大きな机である。無論出来合のものではない。近所の建具屋に談判して寝台兼《けん》机として製造せしめたる稀代《きたい》の品物である。何の故にこんな大きな机を新調して、また何の故にその上に寝て見ようなどという了見《りょうけん》を起したものか、本人に聞いて見ない事だから頓《とん》とわからない。ほんの一時の出来心で、かかる難物を担《かつ》ぎ込んだのかも知れず、あるいはことによると一種の精神病者において吾人がしばしば見出《みいだ》すごとく、縁もゆかりもない二個の観念を連想して、机と寝台を勝手に結び付けたものかも知れない。とにかく奇抜な考えである。ただ奇抜だけで役に立たないのが欠点である。吾輩はかつて主人がこの机の上へ昼寝をして寝返りをする拍子《ひょうし》に椽側へ転げ落ちたのを見た事がある。それ以来この机は決して寝台に転用されないようである。

机の前には薄っぺらなメリンスの座布団《ざぶとん》があって、煙草《たばこ》の火で焼けた穴が三つほどかたまってる。中から見える綿は薄黒い。この座布団の上に後《うし》ろ向きにかしこまっているのが主人である。鼠色によごれた兵児帯《へこおび》をこま結びにむすんだ左右がだらりと足の裏へ垂れかかっている。この帯へじゃれ付いて、いきなり頭を張られたのはこないだの事である。滅多《めった》に寄り付くべき帯ではない。

まだ考えているのか下手《へた》の考と云う喩《たとえ》もあるのにと後《うし》ろから覗《のぞ》き込んで見ると、机の上でいやにぴかぴかと光ったものがある。吾輩は思わず、続け様に二三度瞬《まばたき》をしたが、こいつは変だとまぶしいのを我慢してじっと光るものを見つめてやった。するとこの光りは机の上で動いている鏡から出るものだと云う事が分った。しかし主人は何のために書斎で鏡などを振り舞わしているのであろう。鏡と云えば風呂場にあるに極《き》まっている。現に吾輩は今朝風呂場でこの鏡を見たのだ。この鏡ととくに云うのは主人のうちにはこれよりほかに鏡はないからである。主人が毎朝顔を洗ったあとで髪を分けるときにもこの鏡を用いる。——主人のような男が髪を分けるのかと聞く人もあるかも知れぬが、実際彼は他《ほか》の事に無精《ぶしょう》なるだけそれだけ頭を叮嚀《ていねい》にする。吾輩が当家に参ってから今に至るまで主人はいかなる炎熱の日といえども五分刈に刈り込んだ事はない。必《かなら》ず二寸くらいの長さにして、それを御大《ごたい》そうに左の方で分けるのみか、右の端《はじ》をちょっと跳《は》ね返して澄《すま》している。これも精神病の徴候かも知れない。こんな気取った分け方はこの机と一向《いっこう》調和しないと思うが、あえて他人に害を及ぼすほどの事でないから、誰も何とも云わない。本人も得意である。分け方のハイカラなのはさておいて、なぜあんなに髪を長くするのかと思ったら実はこう云う訳《わけ》である。彼のあばたは単に彼の顔を侵蝕《しんしょく》せるのみならず、とくの昔《むか》しに脳天まで食い込んでいるのだそうだ。だからもし普通の人のように五分刈や三分刈にすると、短かい毛の根本から何十となくあばたがあらわれてくる。いくら撫《な》でても、さすってもぽつぽつがとれない。枯野に蛍《ほたる》を放ったようなもので風流かも知れないが、細君の御意《ぎょい》に入らんのは勿論《もちろん》の事である。髪さえ長くしておけば露見しないですむところを、好んで自己の非を曝《あば》くにも当らぬ訳だ。なろう事なら顔まで毛を生やして、こっちのあばたも内済《ないさい》にしたいくらいなところだから、ただで生《は》える毛を銭《ぜに》を出して刈り込ませて、私は頭蓋骨《ずがいこつ》の上まで天然痘《てんねんとう》にやられましたよと吹聴《ふいちょう》する必要はあるまい。——これが主人の髪を長くする理由で、髪を長くするのが、彼の髪をわける原因で、その原因が鏡を見る訳で、その鏡が風呂場にある所以《ゆえん》で、しこうしてその鏡が一つしかないと云う事実である。

　風呂場にあるべき鏡が、しかも一つしかない鏡が書斎に来ている以上は鏡が離魂病《りこんびょう》に罹《かか》ったのかまたは主人が風呂場から持って来たに相違ない。持って来たとすれば何のために持って来たのだろう。あるいは例の消極的修養に必要な道具かも知れない。昔《むか》し或る学者が何とかいう智識を訪《と》うたら、和尚《おしょう》両肌を抜いで甎《かわら》を磨《ま》しておられた。何をこしらえなさると質問をしたら、なにさ今鏡を造ろうと思うて一生懸命にやっておるところじゃと答えた。そこで学者は驚ろいて、なんぼ名僧でも甎を磨して鏡とする事は出来まいと云うたら、和尚からからと笑いながらそうか、それじゃやめよ、いくら書物を読んでも道はわからぬのもそんなものじゃろと罵《ののし》ったと云うから、主人もそんな事を聞き噛《かじ》って風呂場から鏡でも持って来て、したり顔に振り廻しているのかも知れない。大分《だいぶ》物騒になって来たなと、そっと窺《うかが》っている。

　かくとも知らぬ主人ははなはだ熱心なる容子《ようす》をもって一張来《いっちょうらい》の鏡を見つめている。元来鏡というものは気味の悪いものである。深夜蝋燭《ろうそく》を立てて、広い部屋のなかで一人鏡を覗《のぞ》き込むにはよほどの勇気がいるそうだ。吾輩などは始めて当家の令嬢から鏡を顔の前へ押し付けられた時に、はっと仰天《ぎょうてん》して屋敷のまわりを三度馳《か》け回ったくらいである。いかに白昼といえども、主人のようにかく一生懸命に見つめている以上は自分で自分の顔が怖《こわ》くなるに相違ない。ただ見てさえあまり気味のいい顔じゃない。ややあって主人は「なるほどきたない顔だ」と独《ひと》り言《ごと》を云った。自己の醜を自白するのはなかなか見上げたものだ。様子から云うとたしかに気違の所作《しょさ》だが言うことは真理である。これがもう一歩進むと、己《おの》れの醜悪な事が怖《こわ》くなる。人間は吾身が怖ろしい悪党であると云う事実を徹骨徹髄に感じた者でないと苦労人とは云えない。苦労人でないととうてい解脱《げだつ》は出来ない。主人もここまで来たらついでに「おお怖《こわ》い」とでも云いそうなものであるがなかなか云わない。「なるほどきたない顔だ」と云ったあとで、何を考え出したか、ぷうっと頬《ほ》っぺたを膨《ふく》らました。そうしてふくれた頬っぺたを平手《ひらて》で二三度叩《たた》いて見る。何のまじないだか分らない。この時吾輩は何だかこの顔に似たものがあるらしいと云う感じがした。よくよく考えて見るとそれは御三《おさん》の顔である。ついでだから御三の顔をちょっと紹介するが、それはそれはふくれたものである。この間さる人が穴守稲荷《あなもりいなり》から河豚《ふぐ》の提灯《ちょうちん》をみやげに持って来てくれたが、ちょうどあの河豚提灯《ふぐちょうちん》のようにふくれている。あまりふくれ方が残酷なので眼は両方共紛失している。もっとも河豚のふくれるのは万遍なく真丸《まんまる》にふくれるのだが、お三とくると、元来の骨格が多角性であって、その骨格通りにふくれ上がるのだから、まるで水気《すいき》になやんでいる六角時計のようなものだ。御三が聞いたらさぞ怒《おこ》るだろうから、御三はこのくらいにしてまた主人の方に帰るが、かくのごとくあらん限りの空気をもって頬《ほ》っぺたをふくらませたる彼は前《ぜん》申す通り手のひらで頬《ほっ》ぺたを叩きながら「このくらい皮膚が緊張するとあばたも眼につかん」とまた独《ひと》り語《ごと》をいった。

　こんどは顔を横に向けて半面に光線を受けた所を鏡にうつして見る。「こうして見ると大変目立つ。やっぱりまともに日の向いてる方が平《たいら》に見える。奇体な物だなあ」と大分《だいぶ》感心した様子であった。それから右の手をうんと伸《のば》して、出来るだけ鏡を遠距離に持って行って静かに熟視している。「このくらい離れるとそんなでもない。やはり近過ぎるといかん。——顔ばかりじゃない何でもそんなものだ」と悟ったようなことを云う。次に鏡を急に横にした。そうして鼻の根を中心にして眼や額や眉《まゆ》を一度にこの中心に向ってくしゃくしゃとあつめた。見るからに不愉快な容貌《ようぼう》が出来上ったと思ったら「いやこれは駄目だ」と当人も気がついたと見えて早々《そうそう》やめてしまった。「なぜこんなに毒々しい顔だろう」と少々不審の体《てい》で鏡を眼を去る三寸ばかりの所へ引き寄せる。右の人指しゆびで小鼻を撫《な》でて、撫でた指の頭を机の上にあった吸取《すいと》り紙《がみ》の上へ、うんと押しつける。吸い取られた鼻の膏《あぶら》が丸《ま》るく紙の上へ浮き出した。いろいろな芸をやるものだ。それから主人は鼻の膏を塗抹《とまつ》した指頭《しとう》を転じてぐいと右眼《うがん》の下瞼《したまぶた》を裏返して、俗に云うべっかんこうを見事にやって退《の》けた。あばたを研究しているのか、鏡と睨《にら》め競《くら》をしているのかその辺は少々不明である。気の多い主人の事だから見ているうちにいろいろになると見える。それどころではない。もし善意をもって蒟蒻問答的《こんにゃくもんどうてき》に解釈してやれば主人は見性自覚《けんしょうじかく》の方便《ほうべん》としてかように鏡を相手にいろいろな仕草《しぐさ》を演じているのかも知れない。すべて人間の研究と云うものは自己を研究するのである。天地と云い山川《さんせん》と云い日月《じつげつ》と云い星辰《せいしん》と云うも皆自己の異名《いみょう》に過ぎぬ。自己を措《お》いて他に研究すべき事項は誰人《たれびと》にも見出《みいだ》し得ぬ訳だ。もし人間が自己以外に飛び出す事が出来たら、飛び出す途端に自己はなくなってしまう。しかも自己の研究は自己以外に誰もしてくれる者はない。いくら仕てやりたくても、貰いたくても、出来ない相談である。それだから古来の豪傑はみんな自力で豪傑になった。人のお蔭で自己が分るくらいなら、自分の代理に牛肉を喰わして、堅いか柔かいか判断の出来る訳だ。朝《あした》に法を聴き、夕《ゆうべ》に道を聴き、梧前灯下《ごぜんとうか》に書巻を手にするのは皆この自証《じしょう》を挑撥《ちょうはつ》するの方便《ほうべん》の具《ぐ》に過ぎぬ。人の説く法のうち、他の弁ずる道のうち、乃至《ないし》は五車《ごしゃ》にあまる蠹紙堆裏《としたいり》に自己が存在する所以《ゆえん》がない。あれば自己の幽霊である。もっともある場合において幽霊は無霊《むれい》より優るかも知れない。影を追えば本体に逢着《ほうちゃく》する時がないとも限らぬ。多くの影は大抵本体を離れぬものだ。この意味で主人が鏡をひねくっているなら大分《だいぶ》話せる男だ。エピクテタスなどを鵜呑《うのみ》にして学者ぶるよりも遥《はる》かにましだと思う。

鏡は己惚《うぬぼれ》の醸造器であるごとく、同時に自慢の消毒器である。もし浮華虚栄の念をもってこれに対する時はこれほど愚物を煽動《せんどう》する道具はない。昔から増上慢《ぞうじょうまん》をもって己《おのれ》を害し他を戕《そこな》うた事蹟《じせき》の三分の二はたしかに鏡の所作《しょさ》である。仏国革命の当時物好きな御医者さんが改良首きり器械を発明して飛んだ罪をつくったように、始めて鏡をこしらえた人も定めし寝覚《ねざめ》のわるい事だろう。しかし自分に愛想《あいそ》の尽きかけた時、自我の萎縮した折は鏡を見るほど薬になる事はない。妍醜瞭然《けんしゅうりょうぜん》だ。こんな顔でよくまあ人で候《そうろう》と反《そ》りかえって今日《こんにち》まで暮らされたものだと気がつくにきまっている。そこへ気がついた時が人間の生涯《しょうがい》中もっともありがたい期節である。自分で自分の馬鹿を承知しているほど尊《たっ》とく見える事はない。この自覚性馬鹿《じかくせいばか》の前にはあらゆるえらがり屋がことごとく頭を下げて恐れ入らねばならぬ。当人は昂然《こうぜん》として吾を軽侮嘲笑《けいぶちょうしょう》しているつもりでも、こちらから見るとその昂然たるところが恐れ入って頭を下げている事になる。主人は鏡を見て己《おの》れの愚を悟るほどの賢者ではあるまい。しかし吾が顔に印せられる痘痕《とうこん》の銘《めい》くらいは公平に読み得る男である。顔の醜いのを自認するのは心の賤《いや》しきを会得《えとく》する楷梯《かいてい》にもなろう。たのもしい男だ。これも哲学者からやり込められた結果かも知れぬ。

かように考えながらなお様子をうかがっていると、それとも知らぬ主人は思う存分あかんべえをしたあとで「大分《だいぶ》充血しているようだ。やっぱり慢性結膜炎だ」と言いながら、人さし指の横つらでぐいぐい充血した瞼《まぶた》をこすり始めた。大方痒《おおかたかゆ》いのだろうけれども、たださえあんなに赤くなっているものを、こう擦《こす》ってはたまるまい。遠からぬうちに塩鯛《しおだい》の眼玉のごとく腐爛《ふらん》するにきまってる。やがて眼を開《ひら》いて鏡に向ったところを見ると、果せるかなどんよりとして北国の冬空のように曇っていた。もっとも平常《ふだん》からあまり晴れ晴れしい眼ではない。誇大な形容詞を用いると混沌《こんとん》として黒眼と白眼が剖判《ほうはん》しないくらい漠然《ばくぜん》としている。彼の精神が朦朧《もうろう》として不得要領底《てい》に一貫しているごとく、彼の眼も曖々然昧々然《あいあいぜんまいまいぜん》として長《とこし》えに眼窩《がんか》の奥に漂《ただよ》うている。これは胎毒《たいどく》のためだとも云うし、あるいは疱瘡《ほうそう》の余波だとも解釈されて、小さい時分はだいぶ柳の虫や赤蛙の厄介になった事もあるそうだが、せっかく母親の丹精もあるにその甲斐《かい》あらばこそ、今日《こんにち》まで生れた当時のままでぼんやりしている。吾輩ひそかに思うにこの状態は決して胎毒や疱瘡のためではない。彼の眼玉がかように晦渋溷濁《かいじゅうこんだく》の悲境に彷徨《ほうこう》しているのは、とりも直さず彼の頭脳が不透不明《ふとうふめい》の実質から構成されていて、その作用が暗憺溟濛《あんたんめいもう》の極に達しているから、自然とこれが形体の上にあらわれて、知らぬ母親にいらぬ心配を掛けたんだろう。煙たって火あるを知り、まなこ濁って愚《ぐ》なるを証す。して見ると彼の眼は彼の心の象徴で、彼の心は天保銭《てんぽうせん》のごとく穴があいているから、彼の眼もまた天保銭と同じく、大きな割合に通用しないに違ない。

今度は髯《ひげ》をねじり始めた。元来から行儀のよくない髯でみんな思い思いの姿勢をとって生《は》えている。いくら個人主義が流行《はや》る世の中だって、こう町々《まちまち》に我儘《わがまま》を尽くされては持主の迷惑はさこそと思いやられる、主人もここに鑑《かんが》みるところあって近頃は大《おおい》に訓練を与えて、出来る限り系統的に按排《あんばい》するように尽力している。その熱心の功果《こうか》は空《むな》しからずして昨今ようやく歩調が少しととのうようになって来た。今までは髯が生《は》えておったのであるが、この頃は髯を生やしているのだと自慢するくらいになった。熱心は成効の度に応じて鼓舞《こぶ》せられるものであるから、吾が髯の前途有望なりと見てとって主人は朝な夕な、手がすいておれば必ず髯《ひげ》に向って鞭撻《べんたつ》を加える。彼のアムビションは独逸《ドイツ》皇帝陛下のように、向上の念の熾《さかん》な髯を蓄《たくわ》えるにある。それだから毛孔《けあな》が横向であろうとも、下向であろうとも聊《いささ》か頓着なく十把一《じっぱひ》とからげに握《にぎ》っては、上の方へ引っ張り上げる。髯もさぞかし難儀であろう、所有主たる主人すら時々は痛い事もある。がそこが訓練である。否《いや》でも応でもさかに扱《こ》き上げる。門外漢から見ると気の知れない道楽のようであるが、当局者だけは至当の事と心得ている。教育者がいたずらに生徒の本性《ほんせい》を撓《た》めて、僕の手柄を見給えと誇るようなもので毫《ごう》も非難すべき理由はない。

主人が満腔《まんこう》の熱誠をもって髯を調練していると、台所から多角性の御三《おさん》が郵便が参りましたと、例のごとく赤い手をぬっと書斎の中《うち》へ出した。右手《みぎ》に髯をつかみ、左手《ひだり》に鏡を持った主人は、そのまま入口の方を振りかえる。八の字の尾に逆《さ》か立《だ》ちを命じたような髯を見るや否や御多角《おたかく》はいきなり台所へ引き戻して、ハハハハと御釜《おかま》の蓋《ふた》へ身をもたして笑った。主人は平気なものである。悠々《ゆうゆう》と鏡をおろして郵

便を取り上げた。第一信は活版ずりで何だかいかめしい文字が並べてある。読んで見ると

拝啓　愈《いよいよ》御多祥奉《がしたてまつりそろ》賀候回顧すれば日露の戦役は連戦連勝の勢《いきおい》に乗じて平和克復を告げ吾忠勇義烈なる将士は今や過半万歳声裡《り》に凱歌を奏し国民の歓喜何ものか之《これ》に若かん曩《さき》に宣戦の大詔《たいしょう》煥発《かんぱつ》せらるるや義勇公に奉じたる将士は久しく万里の異境に在《あ》りて克《よ》く寒暑の苦難を忍び一意戦闘に従事し命《めい》を国家に捧げたるの至誠は永く銘して忘るべからざる所なり而《しこう》して軍隊の凱旋は本月を以て殆《ほと》んど終了を告げんとす依って本会は来る二十五日を期し本区内一千有余の出征将校下士卒に対し本区民一般を代表し以て一大凱旋祝賀会を開催し兼て軍人遺族を慰藉《いしゃ》せんが為め熱誠之《これ》を迎え聊《いささか》感謝の微衷《びちゅう》を表し度就《たくつい》ては各位の御協賛を仰ぎ此盛典を挙行するの幸《さいわい》を得ば本会の面目不過之《これにすぎず》と存候《そろ》間何卒《なにとぞ》御賛成奮《ふる》って義捐《ぎえん》あらんことを只管《ひたすら》希望の至に堪《た》えず候《そろ》敬具

とあって差し出し人は華族様である。主人は黙読一過の後《のち》直ちに封の中へ巻き納めて知らん顔をしている。義捐などは恐らくしそうにない。せんだって東北凶作の義捐金を二円とか三円とか出してから、逢う人毎《ごと》に義捐をとられた、とられたと吹聴《ふいちょう》しているくらいである。義捐とある以上は差し出すもので、とられるものでないには極《きま》っている。泥棒にあったのではあるまいし、とられたとは不穏当である。しかるにも関せず、盗難にでも罹《かか》ったかのごとくに思ってるらしい主人がいかに軍隊の歓迎だと云って、いかに華族様の勧誘だと云って、強談《ごうだん》で持ちかけたらいざ知らず、活版の手紙くらいで金銭を出すような人間とは思われない。主人から云えば軍隊を歓迎する前にまず自分を歓迎したいのである。自分を歓迎した後《あと》なら大抵のものは歓迎しそうであるが、自分が朝夕《ちょうせき》に差《さ》し支《つか》える間は、歓迎は華族様に任《まか》せて

おく了見らしい。主人は第二信を取り上げたが「ヤ、これも活版だ」と云った。

時下秋冷の候《こう》に候《そろ》処貴家益々御隆盛の段奉賀上《がしあげたてまつり》候《そろ》陳《のぶ》れば本校儀も御承知の通り一昨々年以来二三野心家の為めに妨げられ一時其極に達し候得共《そうらえども》是れ皆不肖針作《ふしょうしんさく》が足らざる所に起因すと存じ深く自《みずか》ら警《いまし》むる所あり臥薪嘗胆《がしんしょうたん》其の苦辛《くしん》の結果漸《よう》く茲《ここ》に独力以て我が理想に適するだけの校舎新築費を得るの途を講じ候《そろ》其《そ》は別義にも御座なく別冊裁縫秘術綱要と命名せる書冊出版の義に御座候《そろ》本書は不肖針作《しんさく》が多年苦心研究せる工芸上の原理原則に法《のっ》とり真に肉を裂き血を絞るの思を為《な》して著述せるものに御座候《そろ》因《よ》って本書を普《あまね》く一般の家庭へ製本実費に些少《さしょう》の利潤を附して御購求《ごこうきゅう》を願い一面斯道《しどう》発達の一助となすと同時に又一面には僅少《きんしょう》の利潤を蓄積して校舎建築費に当つる心算《つもり》に御座候《そろ》依っては近頃何共《なんとも》恐縮の至りに存じ候えども本校建築費中へ御寄附被成下《なしくださる》と御思召《おぼしめ》し茲《ここ》に呈供仕候《そろ》秘術綱要一部を御購求の上御侍女の方へなりとも御分与被成下候《なしくだされそろ》て御賛同の意を御表章被成下度《なしくだされたく》伏して懇願仕候《そろ》匆々《そうそう》敬具

大日本女子裁縫最高等大学院

校長　縫田針作《ぬいだしんさく》　九拝

とある。主人はこの鄭重《ていちょう》なる書面を、冷淡に丸めてぽんと屑籠《くずかご》の中へ抛《ほう》り込んだ。せっかくの針作君の九拝も臥薪嘗胆も何の役にも立たなかったのは気の毒である。第三信にかかる。第三信はすこぶる風変りの光彩を放っている。状袋が紅白のだんだらで、飴《あめ》ん棒《ぼう》の看板のごとくはなやかなる真中に珍野苦沙弥《ちんのくしゃみ》先生虎皮下《こひか》と八分体《はっぷんたい》で肉太に認《したた》めてある。中からお太《た》さんが出るかどうだか受け合わないが表《おもて》だけはすこぶる立派なものだ。

若《も》し我を以て天地を律すれば一口《ひとくち》にして西江《せいこう》の水を吸いつくすべく、若《も》し天地を以て我を律すれば我は則《すなわ》ち陌上《はくじょう》の塵のみ。すべからく道《い》え、天地と我と什麼《いんも》の交渉かある。……始めて海鼠《なまこ》を食い出《いだ》せる人は其胆力に於て敬すべく、始めて河豚《ふぐ》を喫《きつ》せる漢《おとこ》は其勇気に於《お》て重んずべし。海鼠を食《くら》えるものは親鸞《しんらん》の再来にして、河豚《ふぐ》を喫せるものは日蓮《にちれん》の分身なり。苦沙弥先生の如きに至っては只《ただ》干瓢《かんぴょう》の酢味噌《すみそ》を知るのみ。干瓢の酢味噌を食《くら》って天下の士たるものは、われ未《いま》だ之《これ》を見ず。……親友も汝《なんじ》を売るべし。父母《ふぼ》も汝に私《わたくし》あるべし。愛人も汝を棄つべし。富貴《ふっき》は固《もと》より頼みがたかるべし。爵禄《しゃくろく》は一朝《いっちょう》にして失うべし。汝の頭中に秘蔵する学問には黴《かび》が生《は》えるべし。汝何を恃《たの》まんとするか。天地の裡《うち》に何をたのまんとするか。神？ 神は人間の苦しまぎれに捏造《でつぞう》せる土偶《どぐう》のみ。人間のせつな糞《ぐそ》の凝結せる臭骸のみ。恃《たの》むまじきを恃んで安しと云う。咄々《とつとつ》、酔漢漫《みだ》りに胡乱《うろん》の言辞を弄して、蹣跚《まんさん》として墓に向う。油尽きて灯《とう》自《おのずか》ら滅す。業尽きて何物をか遺《のこ》す。苦沙弥先生よろしく御茶でも上がれ。……

人を人と思わざれば畏《おそ》るる所なし。人を人と思わざるものが、吾を吾と思わざる世を憤《いきどお》るは如何《いかん》。権貴栄達の士は人を人と思わざるに於て得たるが如し。只他《ただひと》の吾を吾と思わぬ時に於て怫然《ふつぜん》として色を作《な》す。任意に色を作し来れ。馬鹿野郎。……

吾の人を人と思うとき、他《ひと》の吾を吾と思わぬ時、不平家は発作的《ほっさてき》に天降《あまくだ》る。此発作的活動を名づけて革命という。革命は不平家の所為にあらず。権貴栄達の士が好んで産する所なり。朝鮮に人参《にんじん》多し先生何が故に服せざる。

在巣鴨　天道公平《てんどうこうへい》　再拝

針作君は九拝であったが、この男は単に再拝だけである。寄附金の依頼でないだけに七拝ほど横風《おうふう》に構えている。寄附金の依頼ではないがその代りすこぶる分りにくいものだ。どこの雑誌へ出しても没書になる価値は充分あるのだから、頭脳の不透明をもって鳴る主人は必ず寸断寸断《ずたずた》に引き裂いてしまうだろうと思《おも》いのほか、打ち返し打ち返し読み直している。こんな手紙に意味があると考えて、あくまでその意味を究《きわ》めようという決心かも知れない。およそ天地の間《かん》にわからんものは沢山あるが意味をつけてつかないものは一つもない。どんなむずかしい文章でも解釈しようとすれば容易に解釈の出来るものだ。人間は馬鹿であると云おうが、人間は利口であると云おうが手もなくわかる事だ。それどころではない。人間は犬であると云っても豚であると云っても別に苦しむほどの命題ではない。山は低いと云っても構わん、宇宙は狭いと云っても差《さ》し支《つか》えはない。烏が白くて小町が醜婦で苦沙弥先生が君子でも通らん事はない。だからこんな無意味な手紙でも何とか蚊《か》とか理窟《りくつ》さえつければどうとも意味はとれる。ことに主人のように知らぬ英語を無理矢理にこじ附けて説明し通して来た男はなおさら意味をつけたがるので ある。天気の悪るいのになぜグード・モーニングですかと生徒に問われて七日間《なぬかかん》考えたり、コロンバスと云う名は日本語で何と云いますかと聞かれて三日三晩かかって答を工夫するくらいな男には、干瓢《かんぴょう》の酢味噌《すみそ》が天下の士であろうと、朝鮮の仁参《にんじん》を食って革命を起そうと随意な意味は随処に湧《わ》き出る訳である。主人はしばらくしてグード・モーニング流にこの難解な言句《ごんく》を呑み込んだと見えて「なかなか意味深長だ。何でもよほど哲理を研究した人に違ない。天晴《あっぱれ》な見識だ」と大変賞賛した。この一言《いちごん》でも主人の愚《ぐ》なところはよく分るが、翻《ひるがえ》って考えて見るといささかもっともな点もある。主人は何に寄らずわからぬものをありがたがる癖を有している。これはあながち主人に限った事でもなかろう。分らぬところには馬鹿に出来ないものが潜伏して、測るべからざる辺には何だか気高《けだか》い心持が起るものだ。それだから俗人はわからぬ事をわかったように吹聴《ふいちょう》するにも係《かかわ》らず、学者はわかった事をわからぬように講釈する。大学の講義でもわからん事を喋舌《しゃべ》る人は評判がよくってわかる事を説明する者は人望がないのでもよく知れる。主人がこの手紙に敬服したのも意義が明瞭であるからではない。その主旨が那辺《なへん》に存するかほとんど捕《とら》え難いからである。急に海鼠《なまこ》が出て来たり、せつな糞《ぐそ》が出てくるからである。だから主人がこの文章を尊敬する唯一の理由は、道家《どうけ》で道徳経を尊敬し、儒家《じゅか》で易経《えききょう》を尊敬し、禅家《ぜんけ》で臨済録《りんざいろく》を尊敬すると一般で全く分らんからである。但《ただ》し全然分らんでは気がすまんから勝手な註釈をつけてわかった顔だけはする。わからんものをわかったつもりで尊敬するのは昔から愉快なものである。――主人は恭《うやうや》しく八分体《はっぷんたい》の名筆を巻き納めて、これを机上に置いたまま懐手《ふところで》をして冥想《めいそう》に沈んでいる。

ところへ「頼む頼む」と玄関から大きな声で案内を乞う者がある。声は迷亭のようだが、迷亭に似合わずしきりに案内を頼んでいる。主人は先から書斎のうちでその声を聞いているのだが懐手のまま毫《ごう》も動こうとしない。取次に出るのは主人の役目でないという主義か、この主人は決して書斎から挨拶をした事がない。下女は先刻《さっき》洗濯石鹸《せんたくシャボン》を買いに出た。細君は憚《はばか》りである。すると取次に出べきものは吾輩だけになる。吾輩だって出るのはいやだ。すると客人は沓脱《くつぬぎ》から敷台へ飛び上がって障子を開け放ってつかつか上り込んで来た。主人も主人だが客も客だ。座敷の方へ行ったなと思うと襖《ふすま》を二三度あけたり閉《た》てたりして、今度は書斎の方へやってくる。

「おい冗談《じょうだん》じゃない。何をしているんだ、御客さんだよ」

「おや君か」

「おや君かもないもんだ。そこにいるなら何とか云えばいいのに、まるで空家《あきや》のようじゃないか」

「うん、ちと考え事があるもんだから」

「考えていたって通れくらいは云えるだろう」

「云えん事もないさ」

「相変らず度胸がいいね」

「せんだってから精神の修養を力《つと》めているんだもの」

「物好きだな。精神を修養して返事が出来なくなった日には来客は御難だね。そんなに落ちつかれちゃ困るんだぜ。実は僕一人来たんじゃないよ。大変な御客さんを連れて来たんだよ。ちょっと出て逢ってくれ給え」

「誰を連れて来たんだい」

「誰でもいいからちょっと出て逢ってくれたまえ。是非君に逢いたいと云うんだから」

「誰だい」

「誰でもいいから立ちたまえ」

主人は懐手《ふところで》のままぬっと立ちながら「また人を担《かつ》ぐつもりだろう」と椽側《えんがわ》へ出て何の気もつかずに客間へ這入《はい》り込んだ。すると六尺の床を正面に一個の老人が粛然《しゅくぜん》と端坐《たんざ》して控《ひか》えている。主人は思わず懐から両手を出してぺたりと唐紙《からかみ》の傍《そば》へ尻を片づけてしまった。これでは老人と同じく西向きであるから双方共挨拶のしようがない。昔堅気《むかしかたぎ》の人は礼義はやかましいものだ。

「さあどうぞあれへ」と床の間の方を指して主人を促《うな》がす。主人は両三年前までは座敷はどこへ坐っても構わんものと心得ていたのだが、その後《ご》ある人から床の間の講釈を聞いて、あれは上段の間《ま》の変化したもので、上使《じょうし》が坐わる所だと悟って以来決して床の間へは寄りつかない男である。ことに見ず知らずの年長者が頑《がん》と構えているのだから上座《じょうざ》どころではない。挨拶さえ碌《ろく》には出来ない。一応頭をさげて
「さあどうぞあれへ」と向うの云う通りを繰り返した。

「いやそれでは御挨拶が出来かねますから、どうぞあれへ」

「いえ、それでは……どうぞあれへ」と主人はいい加減に先方の口上を真似ている。

「どうもそう、御謙遜《ごけんそん》では恐れ入る。かえって手前が痛み入る。どうか御遠慮なく、さあどうぞ」

「御謙遜では……恐れますから……どうか」主人は真赤《まっか》になって口をもごもご云わせている。精神修養もあまり効果がないようである。迷亭君は襖《ふすま》の影から笑いながら立見をしていたが、もういい時分だと思って、後《うし》ろから主人の尻を押しやりながら
「まあ出たまえ。そう唐紙《からかみ》へくっついては僕が坐る所がない。遠慮せずに前へ出たまえ」と無理に割り込

んでくる。主人はやむを得ず前の方へすり出る。

「苦沙弥君これが毎々君に噂をする静岡の伯父だよ。伯父さんこれが苦沙弥君です」

「いや始めて御目にかかります、毎度迷亭が出て御邪魔を致すそうで、いつか参上の上御高話を拝聴致そうと存じておりましたところ、幸い今日《こんにち》は御近所を通行致したもので、御礼旁《かたがた》伺った訳で、どうぞ御見知りおかれまして今後共宜《よろ》しく」と昔《むか》し風な口上を淀《よど》みなく述べたてる。主人は交際の狭い、無口な人間である上に、こんな古風な爺《じい》さんとはほとんど出会った事がないのだから、最初から多少場《ば》うての気味で辟易《へきえき》していたところへ、滔々《とうとう》と浴びせかけられたのだから、朝鮮仁参《ちょうせんにんじん》も飴《あめ》ん棒の状袋もすっかり忘れてしまってただ苦しまぎれに妙な返事をする。

「私も……私も……ちょっと伺がうはずでありましたところ……何分よろしく」と云い終って頭を少々畳から上げて見ると老人は未《いま》だに平伏しているので、はっと恐縮してまた頭をぴたりと着けた。

老人は呼吸を計って首をあげながら「私ももとはこちらに屋敷も在《あ》って、永らく御膝元でくらしたものでがすが、瓦解《がかい》の折にあちらへ参ってからとんと出てこんのでな。今来て見るとまるで方角も分らんくらいで、――迷亭にでも伴《つ》れてあるいてもらわんと、とても用達《ようたし》も出来ません。滄桑《そうそう》の変《へん》とは申しながら、御入国《ごにゅうこく》以来三百年も、あの通り将軍家の……」と云いかけると迷亭先生面倒だと心得て
「伯父さん将軍家もありがたいかも知れませんが、明治の代《よ》も結構ですぜ。昔は赤十字なんてものもなかったでしょう」

「それはない。赤十字などと称するものは全くない。ことに宮様の御顔を拝むなどと云う事は明治の御代《みよ》

でなくては出来ぬ事だ。わしも長生きをした御蔭でこの通り今日《こんにち》の総会にも出席するし、宮殿下の御声もきくし、もうこれで死んでもいい」

「まあ久し振りで東京見物をするだけでも得ですよ。苦沙弥君、伯父はね。今度赤十字の総会があるのでわざわざ静岡から出て来てね、今日いっしょに上野へ出掛けたんだが今その帰りがけなんだよ。それだからこの通り先日僕が白木屋へ注文したフロックコートを着ているのさ」と注意する。なるほどフロックコートを着ている。フロックコートは着ているがすこしもからだに合わない。袖《そで》が長過ぎて、襟《えり》がおっ開《ぴら》いて、背中《せなか》へ池が出来て、腋《わき》の下が釣るし上がっている。いくら不恰好《ぶかっこう》に作ろうと云ったって、こうまで念を入れて形を崩《くず》す訳にはゆかないだろう。その上白シャツと白襟《しろえり》が離れ離れになって、仰《あお》むくと間から咽喉仏《のどぼとけ》が見える。第一黒い襟飾りが襟に属しているのか、シャツに属しているのか判然《はんぜん》しない。フロックはまだ我慢が出来るが白髪《しらが》のチョン髷《まげ》ははなはだ奇観である。評判の鉄扇《てっせん》はどうかと目を注《つ》けると膝の横にちゃんと引きつけている。主人はこの時ようやく本心に立ち返って、精神修養の結果を存分に老人の服装に応用して少々驚いた。まさか迷亭の話ほどではなかろうと思っていたが、逢って見ると話以上である。もし自分のあばたが歴史的研究の材料になるならば、この老人のチョン髷《まげ》や鉄扇はたしかにそれ以上の価値がある。主人はどうかしてこの鉄扇の由来を聞いて見たいと思ったが、まさか、打ちつけに質問する訳には行かず、と云って話を途切らすのも礼に欠けると思って

「だいぶ人が出ましたろう」と極《きわ》めて尋常な問をかけた。

「いや非常な人で、それでその人が皆わしをじろじろ見るので——どうも近来は人間が物見高くなったよ

うでがすな。昔《むか》しはあんなではなかったが」

「ええ、さよう、昔はそんなではなかったですな」と老人らしい事を云う。これはあながち主人が知《し》った高振《たかぶ》りをした訳ではない。ただ朦朧《もうろう》たる頭脳から好い加減に流れ出す言語と見れば差《さ》し支《つか》えない。

「それにな。皆この甲割《かぶとわ》りへ目を着けるので」

「その鉄扇は大分《だいぶ》重いものでございましょう」

「苦沙弥君、ちょっと持って見たまえ。なかなか重いよ。伯父さん持たして御覧なさい」

老人は重たそうに取り上げて「失礼でがすが」と主人に渡す。京都の黒谷《くろだに》で参詣人《さんけいにん》が蓮生坊《れんしょうぼう》の太刀《たち》を戴《いただ》くようなかたで、苦沙弥先生しばらく持っていたが「なるほど」と云ったまま老人に返却した。

「みんながこれを鉄扇鉄扇と云うが、これは甲割《かぶとわり》と称《とな》えて鉄扇とはまるで別物で……」

「へえ、何にしたものでございましょう」

「兜を割るので、――敵の目がくらむ所を撃《う》ちとったものでがす。楠正成《くすのきまさしげ》時代から用いたようで……」

「伯父さん、そりゃ正成の甲割ですかね」

「いえ、これは誰のかわからん。しかし時代は古い。建武時代《けんむじだい》の作かも知れない」

「建武時代かも知れないが、寒月君は弱っていましたぜ。苦沙弥君、今日帰りにちょうどいい機会だから大学を通り抜けるついでに理科へ寄って、物理の実験室を見せて貰ったところがね。この甲割が鉄だものだから、磁力の器械が狂って大騒ぎさ」

「いや、そんなはずはない。これは建武時代の鉄で、性《しょう》のいい鉄だから決してそんな虞《おそ》れはない」

「いくら性のいい鉄だってそうはいきませんよ。現に寒月がそう云ったから仕方がないです」

「寒月というのは、あのガラス球《だま》を磨《す》っている男かい。今の若さに気の毒な事だ。もう少し何かやる事がありそうなものだ」

「可愛想《かわいそう》に、あれだって研究でさあ。あの球を磨り上げると立派な学者になれるんですからね」

「玉を磨《す》りあげて立派な学者になれるなら、誰にでも出来る。わしにでも出来る。ビードロやの主人にでも出来る。ああ云う事をする者を漢土《かんど》では玉人《きゅうじん》と称したもので至って身分の軽いものだ」と云いながら主人の方を向いて暗に賛成を求める。

「なるほど」と主人はかしこまっている。

「すべて今の世の学問は皆形而下《けいじか》の学でちょっと結構なようだが、いざとなるとすこしも役には立ちませんてな。昔はそれと違って侍《さむらい》は皆命懸《いのちが》けの商買《しょうばい》だから、いざと云う時に狼狽《ろうばい》せぬように心の修業を致したもので、御承知でもあらっしゃろうがなかなか玉を磨ったり針金を綯《よ》ったりするような容易《たやす》いものではなかったのでがすよ」

「なるほど」とやはりかしこまっている。

「伯父さん心の修業と云うものは玉を磨る代りに懐手《ふところで》をして坐り込んでるんでしょう」

「それだから困る。決してそんな造作《ぞうさ》のないものではない。孟子《もうし》は求放心《きゅうほうしん》と云われたくらいだ。邵康節《しょうこうせつ》は心要放《しんようほう》と説いた事もある。また仏家《ぶっか》では中峯和尚《ちゅうほうおしょう》と云うのが具不退転《ぐふたいてん》と云う事を教えている。なかなか容易には分らん」

「とうてい分りっこありませんね。全体どうすればいいんです」

「御前は沢菴禅師《たくあんぜんじ》の不動智神妙録《ふどうちしんみょうろく》というものを読んだ事があるかい」

「いいえ、聞いた事もありません」

「心をどこに置こうぞ。敵の身の働《はたらき》に心を置けば、敵の身の働に心を取らるるなり。敵の太刀《たち》に心を置けば、敵の太刀に心を取らるるなり。敵を切らんと思うところに心を置けば、敵を切らんと思うところに心を取らるるなり。わが太刀に心を置けば、我太刀に心を取らるるなり。われ切られじと思うところに心を置けば、切られじと思うところに心を取らるるなり。人の構《かまえ》に心を置けば、人の構に心を取らるるなり。とかく心の置きどころはないとある」

「よく忘れずに暗誦《あんしょう》したものですね。伯父さんもなかなか記憶がいい。長いじゃありませんか。苦沙弥君分ったかい」

「なるほど」と今度もなるほどですましてしまった。

「なあ、あなた、そうでござりましょう。心をどこに置こうぞ、敵の身の働に心を置けば、敵の身の働に心を取らるるなり。敵の太刀に心を置けば……」

「伯父さん苦沙弥君はそんな事は、よく心得ているんですよ。近頃は毎日書斎で精神の修養ばかりしているんですから。客があっても取次に出ないくらい心を置き去りにしているんだから大丈夫ですよ」

「や、それは御奇特《ごきどく》な事で――御前などもちとごいっしょにやったらよかろう」

「へへへそんな暇はありませんよ。伯父さんは自分が楽なからだだもんだから、人も遊んでると思っていらっしゃるんでしょう」

「実際遊んでるじゃないかの」

「ところが閑中自《かんちゅうおのず》から忙《ぼう》ありでね」

「そう、粗忽《そこつ》だから修業をせんといかないと云うのよ、忙中自《おのずか》ら閑《かん》ありと云う成句《せいく》はあるが、閑中自ら忙ありと云うのは聞いた事がない。なあ苦沙弥さん」

「ええ、どうも聞きませんようで」

「ハハハハそうなっちゃあ敵《かな》わない。時に伯父さんどうです。久し振りで東京の鰻《うなぎ》でも食っちゃあ。竹葉《ちくよう》でも奢《おご》りましょう。これから電車で行くとすぐです」

「鰻も結構だが、今日はこれからすい原《はら》へ行く約束があるから、わしはこれで御免を蒙《こうむ》ろう」

「ああ杉原《すぎはら》ですか、あの爺《じい》さんも達者ですね」

「杉原《すぎはら》ではない、すい原《はら》さ。御前はよく間違ばかり云って困る。他人の姓名を取り違えるのは失礼だ。よく気をつけんといけない」

「だって杉原《すぎはら》とかいてあるじゃありませんか」

「杉原《すぎはら》と書いてすい原《はら》と読むのさ」

「妙ですね」

「なに妙な事があるものか。名目読《みょうもくよ》みと云って昔からある事さ。蚯蚓《きゅういん》を和名《わみょう》でみみずと云う。あれは目見ずの名目よみで。蝦蟆《がま》の事をかいると云うのと同じ事さ」

「へえ、驚ろいたな」

「蝦蟆を打ち殺すと仰向《あおむ》きにかえる。それを名目読みにかいると云う。透垣《すきがき》をすい垣《がき》、茎立《くきたち》をくく立、皆同じ事だ。杉原《すいはら》をすぎ原などと云うのは田舎《いなか》ものの言葉さ。少し気を付けないと人に笑われる」

「じゃ、その、すい原へこれから行くんですか。困ったな」

「なに厭《いや》なら御前は行かんでもいい。わし一人で行くから」

「一人で行けますかい」

「あるいてはむずかしい。車を雇って頂いて、ここから乗って行こう」

　主人は畏《かしこ》まって直ちに御三《おさん》を車屋へ走らせる。老人は長々と挨拶をしてチョン髷頭《まげあたま》へ山高帽をいただいて帰って行く。迷亭はあとへ残る。

「あれが君の伯父さんか」

「あれが僕の伯父さんさ」

「なるほど」と再び座蒲団《ざぶとん》の上に坐ったなり懐手《ふところで》をして考え込んでいる。

「ハハハ豪傑だろう。僕もああ云う伯父さんを持って仕合せなものさ。どこへ連れて行ってもあの通りなんだぜ。君驚ろいたろう」と迷亭君は主人を驚ろかしたつもりで大《おおい》に喜んでいる。

「なにそんなに驚きゃしない」

「あれで驚かなけりゃ、胆力の据《すわ》ったもんだ」

「しかしあの伯父さんはなかなかえらいところがあるようだ。精神の修養を主張するところなぞは大《おおい》に敬服していい」

「敬服していいかね。君も今に六十くらいになるとやっぱりあの伯父見たように、時候おくれになるかも知れないぜ。しっかりしてくれたまえ。時候おくれの廻り持ちなんか気が利《き》かないよ」

「君はしきりに時候おくれを気にするが、時と場合によると、時候おくれの方がえらいんだぜ。第一今の学問と云うものは先へ先へと行くだけで、どこまで行ったって際限はありゃしない。とうてい満足は得られやしない。そこへ行くと東洋流の学問は消極的で大に味《あじわい》がある。心そのものの修業をするのだから」とせんだって哲学者から承わった通りを自説のように述べ立てる。

「えらい事になって来たぜ。何だか八木独仙《やぎどくせん》君のような事を云ってるね」

八木独仙と云う名を聞いて主人ははっと驚ろいた。実はせんだって臥竜窟《がりょうくつ》を訪問して主人を説服に及んで悠然《ゆうぜん》と立ち帰った哲学者と云うのが取も直さずこの八木独仙君であって、今主人が鹿爪《しかつめ》らしく述べ立てている議論は全くこの八木独仙君の受売なのであるから、知らんと思った迷亭がこの先生の名を間不容髪《かんふようはつ》の際に持ち出したのは暗に主人の一夜作りの仮鼻《かりばな》を挫《くじ》いた訳になる。

「君独仙の説を聞いた事があるのかい」と主人は剣呑《けんのん》だから念を推《お》して見る。

「聞いたの、聞かないのって、あの男の説ときたら、十年前学校にいた時分と今日《こんにち》と少しも変りゃしない」

「真理はそう変るものじゃないから、変らないところがたのもしいかも知れない」

「まあそんな贔負《ひいき》があるから独仙もあれで立ち行くんだね。第一八木と云う名からして、よく出来てるよ。あの髯《ひげ》が君全く山羊《やぎ》だからね。そうしてあれも寄宿舎時代からあの通りの恰好《かっこう》で生えていたんだ。名前の独仙なども振《ふ》ったものさ。昔《むか》し僕のところへ泊りがけに来て例の通り消極的の修養と云う議論をしてね。いつまで立っても同じ事を繰り返してやめないから、僕が君もう寝《ね》ようじゃないかと云うと、先生気楽なものさ、いや僕は眠くないとすまし切って、やっぱり消極論をやるには迷惑したね。仕方がないから君は眠くなかろうけれども、僕の方は大変眠いのだから、どうか寝てくれたまえと頼むようにして寝かしたまではよかったが――その晩鼠《ねずみ》が出て独仙君の鼻のあたまを噛《かじ》ってね。夜なかに大騒ぎさ。先生悟ったような事を云うけれども命は依然として惜しかったと見えて、非常に心配するのさ。鼠の毒が総身《そうしん》にまわると大変だ、君どうかしてくれと責めるには閉口したね。それから仕方がないから台所へ行って紙片《かみぎれ》へ飯粒を貼《は》ってごまかしてやったあね」

「どうして」

「これは舶来の膏薬《こうやく》で、近来独逸《ドイツ》の名医が発明したので、印度人《インドじん》などの毒蛇に噛《か》まれた時に用いると即効があるんだから、これさえ貼っておけば大丈夫だと云ってね」

「君はその時分からごまかす事に妙を得ていたんだね」

「……すると独仙君はああ云う好人物だから、全くだと思って安心してぐうぐう寝てしまったのさ。あくる日起きて見ると膏薬の下から糸屑《いとくず》がぶらさがって例の山羊髯《やぎひげ》に引っかかっていたのは滑稽《こっけい》だったよ」

「しかしあの時分より大分《だいぶ》えらくなったようだよ」

「君近頃逢ったのかい」

「一週間ばかり前に来て、長い間話しをして行った」

「どうりで独仙流の消極説を振り舞わすと思った」

「実はその時大《おおい》に感心してしまったから、僕も大に奮発して修養をやろうと思ってるところなんだ」

「奮発は結構だがね。あんまり人の云う事を真《ま》に受けると馬鹿を見るぜ。一体君は人の言う事を何でもかでも正直に受けるからいけない。独仙も口だけは立派なものだがね、いざとなると御互と同じものだよ。君九年前の大地震を知ってるだろう。あの時寄宿の二階から飛び降りて怪我をしたものは独仙君だけなんだからな」

「あれには当人大分《だいぶ》説があるようじゃないか」

「そうさ、当人に云わせるとすこぶるありがたいものさ。禅の機鋒《きほう》は峻峭《しゅんしょう》なもので、いわゆる石火《せっか》の機《き》となると怖《こわ》いくらい早く物に応ずる事が出来る。ほかのものが地震だと云って狼狽《うろた》えているところを自分だけは二階の窓から飛び下りたところに修業の効があらわれて嬉しいと云って、跛《びっこ》を引きながらうれしがっていた。負惜みの強い男だ。一体禅《ぜん》とか仏《ぶっ》とか云って騒ぎ立てる連中ほどあやしいのはないぜ」

「そうかな」と苦沙弥先生少々腰が弱くなる。

「この間来た時禅宗坊主の寝言《ねごと》見たような事を何か云ってったろう」

「うん電光影裏《でんこうえいり》に春風《しゅんぷう》をきるとか云う句を教えて行ったよ」

「その電光さ。あれが十年前からの御箱《おはこ》なんだからおかしいよ。無覚禅師《むかくぜんじ》の電光ときたら寄宿舎中誰も知らないものはないくらいだった。それに先生時々せき込むと間違えて電光影裏を逆《さか》さまに春風影裏に電光をきると云うから面白い。今度ためして見たまえ。向《むこう》で落ちつき払って述べたてているところを、こっちでいろいろ反対するんだね。するとすぐ顛倒《てんとう》して妙な事を云うよ」

「君のようないたずらものに逢っちゃ叶《かな》わない」

「どっちがいたずら者だか分りゃしない。僕は禅坊主だの、悟ったのは大嫌だ。僕の近所に南蔵院《なんぞういん》と云う寺があるが、あすこに八十ばかりの隠居がいる。それでこの間の白雨《ゆうだち》の時寺内《じない》へ雷《らい》が落ちて隠居のいる庭先の松の木を割《さ》いてしまった。ところが和尚《おしょう》泰然として平気だと云うから、よく聞き合わせて見ると から聾《つんぼ》なんだね。それじゃ泰然たる訳さ。大概そんなものさ。独仙も一人で悟っていればいいのだが、ややともすると人を誘い出すから悪い。現に独仙の御蔭で二人ばかり気狂《きちがい》にされているからな」

「誰が」

「誰がって。一人は理野陶然《りのとうぜん》さ。独仙の御蔭で大《おお》いに禅学に凝《こ》り固まって鎌倉へ出掛けて行って、とうとう出先で気狂になってしまった。円覚寺《えんがくじ》の前に汽車の踏切りがあるだろう、あの踏切り内《うち》へ飛び込んでレールの上で座禅をするんだね。それで向うから来る汽車をとめて見せると云う大気焔《だいきえん》さ。もっとも汽車の方で留ってくれたから一命だけはとりとめたが、その代り今度は火に入《い》って焼けず、水に入って溺《おぼ》れぬ金剛不壊《こんごうふえ》のからだだと号して寺内《じない》の蓮池《はすいけ》へ這入《はい》ってぶくぶくあるき廻ったもんだ」

「死んだかい」

「その時も幸《さいわい》、道場の坊主が通りかかって助けてくれたが、その後《ご》東京へ帰ってから、とうとう腹膜炎で死んでしまった。死んだのは腹膜炎だが、腹膜炎になった原因は僧堂で麦飯や万年漬《まんねんづけ》を食ったせいだから、つまるところは間接に独仙が殺したようなものさ」

「むやみに熱中するのも善《よ》し悪《あ》ししだね」と主人はちょっと気味のわるいという顔付をする。

「本当にさ。独仙にやられたものがもう一人同窓中にある」

「あぶないね。誰だい」

「立町老梅君《たちまちろうばいくん》さ。あの男も全く独仙にそそのかされて鰻《うなぎ》が天上するような事ばかり言っていたが、とうとう君本物になってしまった」

「本物たあ何だい」

「とうとう鰻が天上して、豚が仙人になったのさ」

「何の事だい、それは」

「八木が独仙なら、立町は豚仙《ぶたせん》さ、あのくらい食い意地のきたない男はなかったが、あの食意地と禅坊主のわる意地が併発《へいはつ》したのだから助からない。始めは僕らも気がつかなかったが今から考えると妙な事ばかり並べていたよ。僕のうちなどへ来て君あの松の木へカツレツが飛んできやしませんかの、僕の国では蒲鉾《かまぼこ》が板へ乗って泳いでいますのって、しきりに警句を吐いたものさ。ただ吐いているうちはよかったが君表のどぶへ金《きん》とんを掘りに行きましょうと促《うな》がすに至っては僕も降参したね。それから二三日《にさんち》するとついに豚仙になって巣鴨へ収容されてしまった。元来豚なんぞが気狂になる資格はないんだが、全く独仙の御蔭であすこまで漕ぎ付けたんだね。独仙の勢力もなかなかえらいよ」

「へえ、今でも巣鴨にいるのかい」

「いるだんじゃない。自大狂《じだいきょう》で大気焔《だいきえん》を吐いている。近頃は立町老梅なんて名はつまらないと云うので、自《みずか》ら天道公平《てんどうこうへい》と号して、天道の権化《ごんげ》をもって任じている。すさまじいものだよ。まあちょっと行って見たまえ」

「天道公平？」

「天道公平だよ。気狂の癖にうまい名をつけたものだね。時々は孔平《こうへい》とも書く事がある。それで何でも世人が迷ってるからぜひ救ってやりたいと云うので、むやみに友人や何かへ手紙を出すんだね。僕も四五通貰ったが、中にはなかなか長い奴があって不足税を二度ばかりとられたよ」

「それじゃ僕の所《とこ》へ来たのも老梅から来たんだ」

「君の所へも来たかい。そいつは妙だ。やっぱり赤い状袋だろう」

「うん、真中が赤くて左右が白い。一風変った状袋だ」

「あれはね、わざわざ支那から取り寄せるのだそうだよ。天の道は白なり、地の道は白なり、人は中間に在《あ》って赤しと云う豚仙の格言を示したんだって……」

「なかなか因縁《いんねん》のある状袋だね」

「気狂だけに大《おおい》に凝《こ》ったものさ。そうして気狂になっても食意地だけは依然として存しているものと見えて、毎回必ず食物の事がかいてあるから奇妙だ。君の所へも何とか云って来たろう」

「うん、海鼠《なまこ》の事がかいてある」

「老梅は海鼠が好きだったからね。もっともだ。それから？」

「それから河豚《ふぐ》と朝鮮仁参《ちょうせんにんじん》か何か書いてある」

「河豚と朝鮮仁参の取り合せは旨《うま》いね。おおかた河豚を食って中《あた》ったら朝鮮仁参を煎《せん》じて飲めとでも云うつもりなんだろう」

「そうでもないようだ」

「そうでなくても構わないさ。どうせ気狂だもの。それっきりかい」

「まだある。苦沙弥先生御茶でも上がれと云う句がある」

「アハハハ御茶でも上がれはきびし過ぎる。それで大《おお》いに君をやり込めたつもりに違ない。大出来だ。天道公平君万歳だ」と迷亭先生は面白がって、大に笑い出す。主人は少からざる尊敬をもって反覆読誦《どくしょう》した書翰《しょかん》の差出人が金箔《きんぱく》つきの狂人であると知ってから、最前の熱心と苦心が何だか無駄骨のような気がして腹立たしくもあり、また瘋癲病《ふうてんびょう》者の文章をさほど心労して翫味《がんみ》したかと思うと恥ずかしくもあり、最後に狂人の作にこれほど感服する以上は自分も多少神経に異状がありはせぬかとの疑念もあるので、立腹と、慚愧《ざんき》と、心配の合併した状態で何だか落ちつかない顔付をして控《ひか》えている。

折から表格子をあらかに開けて、重い靴の音が二た足ほど沓脱《くつぬぎ》に響いたと思ったら「ちょっと頼みます、ちょっと頼みます」と大きな声がする。主人の尻の重いに反して迷亭はまたすこぶる気軽な男であるから、御三《おさん》の取次に出るのも待たず、通れと云いながら隔ての中の間《ま》を二た足ばかりに飛び越えて玄関に躍《おど》り出した。人のうちへ案内も乞わずにつかつか這入《はい》り込むところは迷惑のようだが、人のうちへ這入った以上は書生同様取次を務《つと》めるからはなはだ便利である。いくら迷亭でも御客さんには相違ない、その御客さんが玄関へ出張するのに主人たる苦沙弥先生が座敷へ構え込んで動かん法はない。普通の男ならあとから引き続いて出陣すべきはずであるが、そこが苦沙弥先生である。平気に座布団の上へ尻を落ちつけている。但《ただ》し落ちつけているのと、落ちついているのとは、その趣は大分《だいぶ》似ているが、その実質はよほど違う。

玄関へ飛び出した迷亭は何かしきりに弁じていたが、やがて奥の方を向いて「おい御主人ちょっと御足労だが出てくれたまえ。君でなくっちゃ、間に合わない」と大きな声を出す。主人はやむを得ず懐手《ふところで》のままのそりのそりと出てくる。見ると迷亭君は一枚の名刺を握ったまましゃがんで挨拶をしている。すこぶる威厳のない腰つきである。その名刺には警視庁刑事巡査吉田虎蔵《よしだとらぞう》とある。虎蔵君と並んで立っているのは二十五六の背《せい》の高い、いなせな唐桟《とうざん》ずくめの男である。妙な事にこの男は主人と同じく懐手をしたまま、無言で突立《つった》っている。何だか見たような顔だと思ってよくよく観察すると、見たようなどころじゃない。この間深夜御来訪になって山《やま》の芋《いも》を持って行かれた泥棒君である。おや今度は白昼公然と玄関からおいでになったな。

「おいこの方《かた》は刑事巡査でせんだっての泥棒をつらまえたから、君に出頭しろと云うんで、わざわざおいでになったんだよ」

主人はようやく刑事が踏み込んだ理由が分ったと見えて、頭をさげて泥棒の方を向いて鄭寧《ていねい》に御辞儀をした。泥棒の方が虎蔵君より男振りがいいので、こっちが刑事だと早合点《はやがてん》をしたのだろう。泥棒も驚ろいたに相違ないが、まさか私《わたし》が泥棒ですよと断わる訳にも行かなかったと見えて、すまして立っている。やはり懐手のままである。もっとも手錠《てじょう》をはめているのだから、出そうと云っても出る気遣《きづかい》はない。

通例のものならこの様子でたいていはわかるはずだが、この主人は当世の人間に似合わず、むやみに役人や警察をありがたがる癖がある。御上《おかみ》の御威光となると非常に恐しいものと心得ている。もっとも理論上から云うと、巡査なぞは自分達が金を出して番人に雇っておくのだくらいの事は心得ているのだが、実際に臨むといやにへえへえする。主人のおやじはその昔場末の名主であったから、上の者にぴょこぴょこ頭を下げて暮した習慣が、因果となってかように子に酬《むく》ったのかも知れない。まことに気の毒な至りである。

巡査はおかしかったと見えて、にやにや笑いながら「あしたね、午前九時までに日本堤《にほんづつみ》の分署まで来て下さい。――盗難品は何と何でしたかね」

「盗難品は……」と云いかけたが、あいにく先生たいがい忘れている。ただ覚えているのは多々良三平《たたらさんぺい》の山の芋だけである。山の芋などはどうでも構わんと思ったが、盗難品は……と云いかけてあとが出ないのはいかにも与太郎《よたろう》のようで体裁《ていさい》がわるい。人が盗まれたのならいざ知らず、自分が盗まれておきながら、明瞭の答が出来んのは一人前《いちにんまえ》ではない証拠だと、思い切って「盗難品は……山の芋一箱」とつけた。

泥棒はこの時よほどおかしかったと見えて、下を向いて着物の襟《えり》へあごを入れた。迷亭はアハハハと笑いながら「山の芋がよほど惜しかったと見えるね」と云った。巡査だけは存外真面目である。

「山の芋は出ないようだがほかの物件はたいがい戻ったようです。――まあ来て見たら分るでしょう。それでね、下げ渡したら請書《うけしょ》が入るから、印形《いんぎょう》を忘れずに持っておいでなさい。――九時までに来なくってはいかん。日本堤分署《にほんづつみぶんしょ》です。――浅草警察署の管轄内《かんかつない》の日本堤分署です。――それじゃ、さようなら」

と独《ひと》りで弁じて帰って行く。泥棒君も続いて門を出る。手が出せないので、門をしめる事が出来ないから開け放しのまま行ってしまった。恐れ入りながらも不平と見えて、主人は頬をふくらして、ぴしゃりと立て切った。

「アハハハ君は刑事を大変尊敬するね。つねにああ云う恭謙《きょうけん》な態度を持ってるといい男だが、君は巡査だけに鄭寧《ていねい》なんだから困る」

「だってせっかく知らせて来てくれたんじゃないか」

「知らせに来るったって、先は商売だよ。当り前にあしらってりゃ沢山だ」

「しかしただの商売じゃない」

「無論ただの商売じゃない。探偵と云ういけすかない商売さ。あたり前の商売より下等だね」

「君そんな事を云うと、ひどい目に逢うぜ」

「ハハハそれじゃ刑事の悪口《わるくち》はやめにしよう。しかし刑事を尊敬するのは、まだしもだが、泥棒を尊敬するに至っては、驚かざるを得んよ」

「誰が泥棒を尊敬したい」

「君がしたのさ」

「僕が泥棒に近付きがあるもんか」

「あるもんかって君は泥棒にお辞儀をしたじゃないか」

「いつ？」

「たった今平身低頭《へいしんていとう》したじゃないか」

「馬鹿あ云ってら、あれは刑事だね」

「刑事があんななりをするものか」

「刑事だからあんななりをするんじゃないか」

「頑固《がんこ》だな」

「君こそ頑固だ」

「まあ第一、刑事が人の所へ来てあんなに懐手《ふところで》なんかして、突立《つった》っているものかね」

「刑事だって懐手をしないとは限るまい」

「そう猛烈にやって来ては恐れ入るがね。君がお辞儀をする間あいつは始終あのままで立っていたのだぜ」

「刑事だからそのくらいの事はあるかも知れんさ」

「どうも自信家だな。いくら云っても聞かないね」

「聞かないさ。君は口先ばかりで泥棒だ泥棒だと云ってるだけで、その泥棒がはいるところを見届けた訳じゃないんだから。ただそう思って独《ひと》りで強情を張ってるんだ」

　迷亭もここにおいてとうてい済度《さいど》すべからざる男と断念したものと見えて、例に似ず黙ってしまった。主人は久し振りで迷亭を凹《へこ》ましたと思って大得意である。迷亭から見ると主人の価値は強情を張っただけ下落したつもりであるが、主人から云うと強情を張っただけ迷亭よりえらくなったのである。世の中にはこんな頓珍漢《とんちんかん》な事はままある。強情さえ張り通せば勝った気でいるうちに、当人の人物としての相場は遥《はる》かに下落してしまう。不思議な事に頑固の本人は死ぬまで自分は面目《めんぼく》を施したつもりかなにかで、その時以後人が軽蔑《けいべつ》して相手にしてくれないのだとは夢にも悟り得ない。幸福なものである。こんな幸福を豚的幸福と名づけるのだそうだ。

「ともかくもあした行くつもりかい」

「行くとも、九時までに来いと云うから、八時から出て行く」

「学校はどうする」

「休むさ。学校なんか」と擲《たた》きつけるように云ったのは壮《さかん》なものだった。

「えらい勢《いきおい》だね。休んでもいいのかい」

「いいとも僕の学校は月給だから、差し引かれる気遣《きづかい》はない、大丈夫だ」と真直に白状してしまった。ずるい事もずるいが、単純なことも単純なものだ。

「君、行くのはいいが路を知ってるかい」

「知るものか。車に乗って行けば訳はないだろう」とぷんぷんしている。

「静岡の伯父に譲らざる東京通なるには恐れ入る」

「いくらでも恐れ入るがいい」

「ハハハ日本堤分署と云うのはね、君ただの所じゃないよ。吉原《よしわら》だよ」

「何だ?」

「吉原だよ」

かける。

「あの遊廓のある吉原か?」

「そうさ、吉原と云やあ、東京に一つしかないやね。どうだ、行って見る気かい」と迷亭君またからかいかける。

主人は吉原と聞いて、そいつはと少々逡巡《しゅんじゅん》の体《てい》であったが、たちまち思い返して「吉原だろうが、遊廓だろうが、いったん行くと云った以上はきっと行く」と入らざるところに力味《りきん》で見せた。愚人は得てこんなところに意地を張るものだ。

迷亭君は「まあ面白かろう、見て来たまえ」と云ったのみである。一波瀾《ひとはらん》を生じた刑事事件はこれで一先《ひとま》ず落着《らくちゃく》を告げた。迷亭はそれから相変らず駄弁を弄《ろう》して日暮れ方、あまり遅くなると伯父に怒《おこ》られると云って帰って行った。

迷亭が帰ってから、そこそこに晩飯をすまして、また書斎へ引き揚げた主人は再び拱手《きょうしゅ》して下《しも》のように考え始めた。

「自分が感服して、大《おお》いに見習おうとした八木独仙君も迷亭の話しによって見ると、別段見習うにも及ばない人間のようである。のみならず彼の唱道するところの説は何だか非常識で、迷亭の云う通り多少瘋癲的《ふうてんてき》系統に属してもおりそうだ。いわんや彼は歴乎《れっき》とした二人の気狂《きちがい》の子分を有している。はなはだ危険である。滅多《めった》に近寄ると同系統内に引《ひ》き摺《ず》り込まれそうである。自分が文章の上において驚嘆の余《よ》、これこそ大見識を有している偉人に相違ないと思い込んだ天道公平事実名立町老梅《てんどうこうへいことじつみょうたちまちろうばい》は純然たる狂人であって、現に巣鴨の病院に起居している。迷亭の記述が棒大のざれ言にもせよ、彼が瘋癲院《ふうてんいん》中に盛名を擅《ほしい》ままにして天道の主宰をもって自《みずか》ら任ずるは恐らく事実であろう。こう云う自分もことによると少々ござっているかも知れない。同気相求め、同類相集まると云うから、気狂の説に感服する以上は——少なくともその文章言辞に同情を表する以上は——自分もまた気狂に縁の近い者であるだろう。よし同型中に鋳化《ちゅうか》せられんでも軒を比《なら》べて狂人と隣り合せに居《きょ》を卜《ぼく》するとすれば、境の壁を一重打ち抜いていつの間《ま》にか同室内に膝を突き合せて談笑する事がないとも限らん。こいつは大変だ。なるほど考えて見るとこのほどじゅうから自分の脳の作用は我ながら驚くくらい奇上《きじょう》に妙《みょう》を点じ変傍《へんぼう》に珍《ちん》を添えている。脳漿一勺《のうしょういっせき》の化学的変化はとにかく意志の動いて行為となるところ、発して言辞と化する辺《あたり》には不思議にも中庸を失した点が多い。舌上《ぜつじょう》に竜泉《りゅうせん》なく、腋下《えきか》に清風《せいふう》を生《しょう》ぜざるも、歯根《しこん》に狂臭《きょうしゅう》あり、筋頭《きんとう》に瘋味《ふうみ》あるをいかんせん。いよいよ大変だ。ことによるともうすでに立派な患者になっているのではないかしらん。まだ幸《さいわい》に人を傷《きずつ》けたり、世間の邪魔になる事をし出かさんからやはり町内を追払われずに、東京市民として存在しているのではなかろうか。こいつは消極の積極のと云う段じゃない。まず脈搏《みゃくはく》からして検査しなくてはならん。しかし脈には変りはないようだ。頭は熱いかしらん。これも別に逆上の気味でもない。しかしどうも心配だ。」

「こう自分と気狂《きちがい》ばかりを比較して類似の点ばかり勘定していては、どうしても気狂の領分を脱する事は出来そうにもない。これは方法がわるかった。気狂を標準にして自分をそっちへ引きつけて解釈するからこんな結論が出るのである。もし健康な人を本位にしてその傍《そば》へ自分を置いて考えて見たらあるいは反対の結果が出るかも知れない。それにはまず手近から始めなくてはいかん。第一に今日来たフロックコートの伯父さんはどうだ。心をどこに置こうぞ……あれも少々怪しいようだ。第二に寒月はどうだ。朝から晩まで弁当持参で球《たま》ばかり磨いている。これも棒組《ぼうぐみ》だ。第三にと……迷亭？　あれはふざけ廻るのを天職のように心得ている。全く陽性の気狂に相違ない。第四はと……金田の妻君。あの毒悪な根性《こんじょう》は全く常識をはずれている。純然たる気じるしに極《きま》ってる。第五は金田君の番だ。金田君には御目に懸った事はないが、まずあの細君を恭《うやうや》しくおっ立てて、琴瑟《きんしつ》調和しているところを見ると非凡の人間と見立てて差支《さしつか》えあるまい。非凡は気狂の異名《いみょう》であるから、まずこれも同類にしておいて構わない。それからと、――まだあるある。落雲館の諸君子だ、年齢から云うとまだ芽生えだが、躁狂《そうきょう》の点においては一世を空《むな》しゅうするに足る天晴《あっぱれ》な豪《ごう》のものである。こう数え立てて見ると大抵のものは同類のようである。案外心丈夫になって来た。ことによると社会はみんな気狂の寄り合かも知れない。気狂が集合して鎬《しのぎ》を削《けず》ってつかみ合い、いがみ合い、罵《のの》り合い、奪い合って、その全体が団体として細胞のように崩《くず》れたり、持ち上ったり、持ち上ったり、崩れたりして暮して行くのを社会と云うのではないか知らん。その中で多少理窟《りくつ》がわかって、分別のある奴はかえって邪魔になるから、瘋癲院《ふうてんいん》というものを作って、ここへ押し込めて出られないようにするのではないかしらん。すると瘋癲院に幽閉されているものは普通の人で、院外にあばれているものはかえって気狂である。気狂も孤立している間はどこまでも気狂にされてしまうが、団体となって勢力が出ると、健全の人間になってしまうのかも知れない。大きな気狂が金力や威力を濫用《らんよう》して多くの小気狂《しょうきちがい》を使役《しえき》して乱暴を働いて、人から立派な男だと云われている例は少なくない。何が何だか分らなくなった」

以上は主人が当夜煢々《けいけい》たる孤灯の下《もと》で沈思熟慮した時の心的作用をありのままに描《えが》き出したものである。彼の頭脳の不透明なる事はここにも著るしくあらわれている。彼はカイゼルに似た八字髯《はちじひげ》を蓄《たくわ》うるにもかかわらず狂人と常人の差別さえなし得ぬくらいの凡倉《ぼんくら》である。のみならず彼はせっかくこの問題を提供して自己の思索力に訴えながら、ついに何等の結論に達せずしてやめてしまった。何事によらず彼は徹底的に考える脳力のない男である。彼の結論の茫漠《ぼうばく》として、彼の鼻孔から迸出《ほうしゅつ》する朝日の煙のごとく、捕捉《ほそく》しがたきは、彼の議論における唯一の特色として記憶すべき事実である。

吾輩は猫である。猫の癖にどうして主人の心中をかく精密に記述し得るかと疑うものがあるかも知れんが、このくらいな事は猫にとって何でもない。吾輩はこれで読心術を心得ている。いつ心得たなんて、そんな余計な事は聞かんでもいい。ともかくも心得ている。人間の膝《ひざ》の上へ乗って眠っているうちに、吾輩は吾輩の柔かな毛衣《けごろも》をそっと人間の腹にこすり付ける。すると一道の電気が起って彼の腹の中のいきさつが手にとるように吾輩の心眼に映ずる。せんだってなどは主人がやさしく吾輩の頭を撫《な》で廻しながら、突然この猫の皮を剥《は》いでちゃんちゃんにしたらさぞあたたかでよかろうと飛んでもない了見《りょうけん》をむらむらと起したのを即座に気取《けど》って覚えずひやっとした事さえある。怖《こわ》い事だ。当夜主人の頭のなかに起った以上の思想もそんな訳合《わけあい》で幸《さいわい》にも諸君にご報道する事が出来るように相成ったのは吾輩の大《おお》に栄誉とするところである。但《ただ》し主人は「何が何だか分らなくなった」まで考えてそのあとはぐうぐう寝てしまったのである、あすになれば何をどこまで考えたかまるで忘れてしまうに違ない。向後《こうご》もし主人が気狂《きちがい》について考える事があるとすれば、もう一返《ぺん》出直して頭から考え始めなければならぬ。そうすると果してこんな径路《けいろ》を取って、こんな風に「何が何だか分らなくなる」かどうだか保証出来ない。しかし何返考え直しても、何条《なんじょう》の径路をとって進もうとも、ついに「何が何だか分らなくなる」だけはたしかである。

十

「あなた、もう七時ですよ」と襖越《ふすまご》しに細君が声を掛けた。主人は眼がさめているのだか、寝ているのだか、向うむきになったぎり返事もしない。返事をしないのはこの男の癖である。ぜひ何とか口を切らなければならない時はうんと云《い》う。このうんも容易な事では出てこない。人間も返事がうるさくなるくらい無精《ぶしょう》になると、どことなく趣《おもむき》があるが、こんな人に限って女に好かれた試しがない。現在連れ添う細君ですら、あまり珍重しておらんようだから、その他は推《お》して知るべしと云ってもたいした間違はなかろう。親兄弟に見離され、あかの他人の傾城《けいせい》に、可愛がらりょうはずがない、とある以上は、細君にさえ持てない主人が、世間一般の淑女に気に入るはずがない。何も異性間に不人望な主人をこの際ことさらに暴露《ばくろ》する必要もないのだが、本人において存外な考え違をして、全く年廻りのせいで細君に好かれないのだなどと理窟をつけていると、迷《まよい》の種であるから、自覚の一助にもなろうかと親切心からちょっと申し添えるまでである。

言いつけられた時刻に、時刻がきたと注意しても、先方がその注意を無にする以上は、向《むこう》をむいてうんさえ発せざる以上は、その曲《きょく》は夫にあって、妻にあらずと論定したる細君は、遅くなっても知りませんよと云う姿勢で箒《ほうき》とはたきを担《かつ》いで書斎の方へ行ってしまった。やがてぱたぱた書斎中を叩《たた》き散らす音がするのは例によって例のごとき掃除を始めたのである。一体掃除の目的は運動のためか、遊戯のためか、掃除の役目を帯びぬ吾輩の関知するところでないから、知らん顔をしていれば差《さ》し支《つか》えないようなものの、ここの細君の掃除法のごときに至ってはすこぶる無意義のものと云わざるを得ない。何が無意義であるかと云うと、この細君は単に掃除のために掃除をしているからである。はたきを一通り障子《しょうじ》へかけて、箒を一応畳の上へ滑《すべ》らせる。それで掃除は完成した者と解釈している。掃除の源因及び結果に至っては微塵《みじん》の責任だに背負っておらん。かるが故に奇麗な所は毎日奇麗だが、ごみのある所、ほこりの積っている所はいつでもごみが溜《たま》ってほこりが積っている。告朔《こくさく》の餼羊《きよう》と云う故事《こじ》もある事だから、これでもやらんよりはましかも知れない。しかしやっても別段主人のためにはならない。ならないところを毎日毎日御苦労にもやるところが細君のえらいところである。細君と掃除とは多年の習慣で、器械的の連想をかたちづくって頑《がん》として結びつけられているにもかかわらず、掃除の実《じつ》に至っては、妻君がいまだ生れざる以前のごとく、はたきと箒が発明せられざる昔のごとく、毫《ごう》も挙《あが》っておらん。思うにこの両者の関係は形式論理学の命題における名辞のごとくその内容のいかんにかかわらず結合せられたものであろう。

　吾輩は主人と違って、元来が早起の方だから、この時すでに空腹になって参った。とうていうちのものさえ膳《ぜん》に向わぬさきから、猫の身分をもって朝めしに有りつける訳のものではないが、そこが猫の浅ましさで、もしや煙の立った汁の香《におい》が鮑貝《あわびがい》の中から、うまそうに立ち上っておりはすまいかと思うと、じっとしていられなくなった。はかない事を、はかないと知りながら頼みにするときは、ただその頼みだけを頭の中に描いて、動かずに落ちついている方が得策であるが、さてそうは行かぬ者で、心の願と実際が、合うか合わぬか是非とも試験して見たくなる。試験して見れば必ず失望するにきまってる事ですら、最後の失望を自《みずか》ら事実の上に受取るまでは承知出来んものである。吾輩はたまらなくなって台所へ這出《はいだ》した。まずへっついの影にある鮑貝《あわびがい》の中を覗《のぞ》いて見ると案に違《たが》わず、夕《ゆう》べ舐《な》め尽したまま、闃然《げきぜん》として、怪しき光が引窓を洩《も》る初秋《はつあき》の日影にかがやいている。御三《おさん》はすでに炊《た》き立《たて》の飯を、御櫃《おはち》に移して、今や七輪《しちりん》にかけた鍋《なべ》の中をかきまぜつつある。釜《かま》の周囲には沸《わ》き上がって流れだした米の汁が、かさかさに幾条《いくすじ》となくこびりついて、あるものは吉野紙を貼《は》りつけたごとくに見える。もう飯も汁も出来ているのだから食わせてもよさそうなものだと思った。こんな時に遠慮するのはつまらない話だ、よしんば自分の望通りにならなくったって元々で損は行かないのだから、思い切って朝飯の催促をしてやろう、いくら居候《いそうろう》の身分だってひもじいに変りはない。と考え定めた吾輩はにゃあにゃあと甘えるごとく、訴うるがごとく、あるいはまた怨《えん》ずるがごとく泣いて見た。御三はいっこう顧みる景色《けしき》がない。生れついてのお多角《たかく》だから人情に疎《うと》いのはとうから承知の上だが、そこをうまく泣き立てて同情を起させるのが、こっちの手際《てぎわ》である。今度はにゃごにゃごとやって見た。その泣き声は吾ながら悲壮の音《おん》を帯びて天涯《てんがい》の遊子《ゆうし》をして断腸の思あらしむるに足ると信ずる。御三は恬《てん》として顧《かえり》みない。この女は聾《つんぼ》なのかも知れない。聾では下女が勤まる訳《わけ》がないが、ことによると猫の声だけには聾なのだろう。世の中には色盲《しきもう》というのがあって、当人は完全な視力を具えているつもりでも、医者から云わせると片輪《かたわ》だそうだが、この御三は声盲《せいもう》なのだろう。声盲だって片輪に違いない。片輪のくせにいやに横風《おうふう》なものだ。夜中なぞでも、いくらこっちが用があるから開けてくれろと云っても決して開けてくれた事がない。たまに出してくれたと思うと今度はどうしても入れてくれない。夏だって夜露は毒だ。いわんや霜《しも》においてをやで、軒下に立ち明かして、日の出を待つのは、どんなに辛《つら》いかとうてい想像が出来るものではない。この間しめ出しを食った時なぞは野良犬の襲撃を蒙《こうむ》って、すでに危うく見えたところを、ようやくの事で物置の家根《やね》へかけ上《あが》って、終夜顫《ふる》えつづけた事さえある。これ等は皆御三の不人情から胚胎《はいたい》した不都合である。こんなものを相手にして鳴いて見せたって、感応《かんのう》のあるはずはないのだが、そこが、ひもじい時の神頼み、貧のぬすみに恋のふみと云うくらいだから、たいていの事ならやる気になる。にゃごおうにゃごおうと三度目には、注意を喚起するためにことさらに複雑なる泣き方をして見た。自分ではベトヴェンのシンフォニーにも劣らざる美妙の音《おん》と確信しているのだが御三には何等の影響も生じないようだ。御三は突然膝をついて、揚げ板を一枚はね除《の》けて、中から堅炭の四寸ばかり長いのを一本つかみ出した。それからその長い奴を七輪《しちりん》の角でぽんぽんと敲《たた》いたら、長いのが三つほどに砕けて近所は炭の粉で真黒くなった。少々は汁の中へも這入《はい》ったらしい。御三はそんな事に頓着する女ではない。直ちにくだけたる三個の炭を鍋《なべ》の尻から七輪の中へ押し込んだ。とうてい吾輩のシンフォニーには耳を傾けそうにもない。仕方がないから悄然《しょうぜん》と茶の間の方へ引きかえそうとして風呂場の横を通り過ぎると、ここは今女の子が三人で顔を洗ってる最中で、なかなか繁昌《はんじょう》している。

顔を洗うと云ったところで、上の二人が幼稚園の生徒で、三番目は姉の尻についてさえ行かれないくらい小さいのだから、正式に顔が洗えて、器用に御化粧が出来るはずがない。一番小さいのがバケツの中から濡《ぬ》れ雑巾《ぞうきん》を引きずり出してしきりに顔中撫《な》で廻わしている。雑巾で顔を洗うのは定めし心持ちがわるかろうけれども、地震がゆるたびにおもちろい、わと云う子だからこのくらいの事はあっても驚ろくに足らん。ことによると八木独仙君より悟っているかも知れない。さすがに長女は長女だけに、姉をもって自《みずか》ら任じているから、うがい茶碗をからからかんと抛出《ほうりだ》して「坊やちゃん、それは雑巾よ」と雑巾をとりにかかる。坊やちゃんもなかなか自信家だから容易に姉の云う事なんか聞きそうにしない。「いやーよ、ばぶ」と云いながら雑巾を引っ張り返した。このばぶなる語はいかなる意義で、いかなる語源を有しているか、誰も知ってるものがない。ただこの坊やちゃんが癇癪《かんしゃく》を起した時に折々ご使用になるばかりだ。雑巾はこの時姉の手と、坊やちゃんの手で左右に引っ張られるから、水を含んだ真中からぽたぽた雫《しずく》が垂《た》れて、容赦なく坊やの足にかかる。足だけなら我慢するが膝のあたりがしたたか濡れる。坊やはこれでも元禄《げんろく》を着ているのである。元禄とは何の事だとだんだん聞いて見ると、中形《ちゅうがた》の模様なら何でも元禄だそうだ。一体だれに教わって来たものか分らない。「坊やちゃん、元禄が濡れるから御よしなさい、ね」と姉が洒《しゃ》落れた事を云う。その癖《くせ》この姉はついこの間まで元禄と双六《すごろく》とを間違えていた物識《ものし》りである。

元禄で思い出したからついでに喋舌《しゃべ》ってしまうが、この子供の言葉ちがいをやる事は夥《おびただ》しいもので、折々人を馬鹿にしたような間違を云ってる。火事で茸《きのこ》が飛んで来たり、御茶《おちゃ》の味噌《みそ》の女学校へ行ったり、恵比寿《えびす》、台所《だいどこ》と並べたり、或る時などは「わたしゃ藁店《わらだな》の子じゃないわ」と云うから、よくよく聞き糺《ただ》して見ると裏店《うらだな》と藁店を混同していたりする。主人はこんな間違を聞くたびに笑っているが、自分が学校へ出て英語を教える時などは、これよりも滑稽な誤謬《ごびゅう》を真面目になって、生徒に聞かせるのだろう。

坊やは——当人は坊やとは云わない。いつでも坊ばと云う——元禄が濡れたのを見て「元《げん》どこがべたいと云って泣き出した。元禄が冷たくては大変だから、御三が台所から飛び出して来て、雑巾を取上げて着物を拭《ふ》いてやる。この騒動中比較的静かであったのは、次女のすん子嬢である。すん子嬢は向うむきになって棚の上からころがり落ちた、お白粉《しろい》の瓶《びん》をあけて、しきりに御化粧を施《ほどこ》している。第一に突っ込んだ指をもって鼻の頭をキューと撫《な》でたから竪《たて》に一本白い筋が通って、鼻のありかがいささか分明《ぶんみょう》になって来た。次に塗りつけた指を転じて頬の上を摩擦したから、そこへもってきて、これまた白いかたまりが出来上った。これだけ装飾がととのったところへ、下女がはいって来て坊ばの着物を拭いたついでに、すん子の顔もふいてしまった。すん子は少々不満の体《てい》に見えた。

吾輩はこの光景を横に見て、茶の間から主人の寝室まで来てもう起きたかとひそかに様子をうかがって見ると、主人の頭がどこにも見えない。その代り十文半《ともんはん》の甲の高い足が、夜具の裾《すそ》から一本食《は》み出している。頭が出ていては起こされる時に迷惑だと思って、かくもぐり込んだのであろう。亀の子のような男である。ところへ書斎の掃除をしてしまった妻君がまた箒《ほうき》とはたきを担《かつ》いでやってくる。最前《さいぜん》のように襖《ふすま》の入口から

「まだお起きにならないのですか」と声をかけたまま、しばらく立って、首の出ない夜具を見つめていた。今度も返事がない。細君は入口から二歩《ふたあし》ばかり進んで、箒をとんと突きながら「まだなんですか、あなた」と重ねて返事を承わる。この時主人はすでに目が覚《さ》めている。覚めているから、細君の襲撃にそなうるため、あらかじめ夜具の中に首もろとも立て籠《こも》ったのである。首さえ出さなければ、見逃《みのが》してくれる事もあろうかと、詰まらない事を頼みにして寝ていたところ、なかなか許しそうもない。しかし第一回の声は敷居の上で、少くとも一間の間隔があったから、まず安心と腹のうちで思っていると、とんと突い

た箒が何でも三尺くらいの距離に追っていたにはちょっと驚ろいた。のみならず第二の「まだなんですか、あなた」が距離においても音量においても前よりも倍以上の勢を以て夜具のなかまで聞えたから、こいつは駄目だと覚悟をして、小さな声でうんと返事をした。

「九時までにいらっしゃるのでしょう。早くなさらないと間に合いませんよ」

「そんなに言わなくても今起きる」と夜着《よぎ》の袖口《そでぐち》から答えたのは奇観である。妻君はいつでもこの手を食って、起きるかと思って安心していると、また寝込まれつけているから、油断は出来ないと「さあお起きなさい」とせめ立てる。起きると云うのに、なお起きろと責めるのは気に食わんものだ。主人のごとき我儘者《わがままもの》にはなお気に食わん。ここにおいてか主人は今まで頭から被《かぶ》っていた夜着を一度に跳《は》ねのけた。見ると大きな眼を二つとも開《あ》いている。

「何だ騒々しい。起きると云えば起きるのだ」

「起きるとおっしゃってもお起きなさらんじゃありませんか」

「誰がいつ、そんな嘘《うそ》をついた」

「いつでもですわ」

「馬鹿を云え」

「どっちが馬鹿だか分りゃしない」と妻君ぷんとして箒を突いて枕元に立っているところは勇ましかった。この時裏の車屋の子供、八っちゃんが急に大きな声をしてワーと泣き出す。八っちゃんは主人が怒《おこ》り出しさえすれば必ず泣き出すべく、車屋のかみさんから命ぜられるのである。かみさんは主人が怒るたんびに八っちゃんを泣かして小遣《こづかい》になるかも知れんが、八っちゃんこそいい迷惑だ。こんな御袋《おふくろ》を持ったが最後朝から晩まで泣き通しに泣いていなくてはならない。少しはこの辺の事情を察して主人も少々怒るのを差し控《ひか》えてやったら、八っちゃんの寿命が少しは延びるだろうに、いくら金田君から頼まれたって、こんな愚《ぐ》な事をするのは、天道公平君よりもはげしくおいでになっている方だと鑑定してもよかろう。怒るたんびに泣かせられるだけなら、まだ余裕もあるけれども、金田君が近所のゴロツキを傭《やと》って今戸焼《いまどやき》をきめ込むたびに、八っちゃんは泣かねばならんのである。主人が怒るか怒らぬか、まだ判然しないうちから、必ず怒るべきものと予想して、早手廻しに八っちゃんは泣いているのである。こうなると主人が八っちゃんだか、八っちゃんが主人だか判然しなくなる。主人にあてつけるに手数《てすう》は掛らない、ちょっと八っちゃんに剣突《けんつく》を食わせれば何の苦もなく、主人の横っ面《よこっつら》を張った訳になる。昔《むか》し西洋で犯罪者を所刑にする時に、本人が国境外に逃亡して、捕《とら》えられん時は、偶像をつくって人間の代りに火《ひ》あぶりにしたと云うが、彼等のうちにも西洋の故事に通暁《つうぎょう》する軍師があると見えて、うまい計略を授けたものである。落雲館と云い、八っちゃんの御袋と云い、腕のきかぬ主人にとっては定めし苦手《にがて》であろう。そのほか苦手はいろいろある。あるいは町内中ことごとく苦手かも知れんが、ただいまは関係がないから、だんだん成し崩しに紹介致す事にする。

八っちゃんの泣き声を聞いた主人は、朝っぱらからよほど癇癪《かんしゃく》が起ったと見えて、たちまちがばと布団《ふとん》の上に起き直った。こうなると精神修養も八木独仙も何もあったものじゃない。起き直りながら両方の手でゴシゴシゴシと表皮のむけるほど、頭中引き掻《か》き廻す。一ヵ月も溜っているフケは遠慮なく、頸筋《くびすじ》やら、寝巻の襟《えり》へ飛んでくる。非常な壮観である。髯《ひげ》はどうだと見るとこれはまた驚ろくべく、ぴん然とおっ立っている。持主が怒《おこ》っているのに髯だけ落ちついていてはすまないとでも心得たものか、一本一本に癇癪《かんしゃく》を起して、勝手次第の方角へ猛烈なる勢をもって突進している。これとてもなかなかの見物《みもの》である。昨日《きのう》は鏡の手前もある事だから、おとなしく独乙《ドイツ》皇帝陛下の真似をして整列したのであるが、一晩寝れば訓練も何もあった者ではない、直ちに本来の面目に帰って思い思いの出《い》で立《たち》に戻るのである。あたかも主人の一夜作りの精神修養が、あくる日になると拭《ぬぐ》うがごとく奇麗に消え去って、生れついての野猪的《やちょてき》本領が直ちに全面を暴露し来《きた》るのと一般である。こんな乱暴な髯をもっている、こんな乱暴な男が、よくまあ今まで免職にもならずに教師が勤まったものだと思うと、始めて日本の広い事がわかる。広ければこそ金田君や金田君の犬が人間として通用しているのでもあろう。彼等が人間として通用する間は主人も免職になる理由がないと確信しているらしい。いざとなれば巣鴨へ端書《はがき》を飛ばして天道公平君に聞き合せて見れば、すぐ分る事だ。

この時主人は、昨日《きのう》紹介した混沌《こんとん》たる太古の眼を精一杯に見張って、向うの戸棚をきっと見た。これは高さ一間を横に仕切って上下共各《おのおの》二枚の袋戸をはめたものである。下の方の戸棚は、布団《ふとん》の裾《すそ》とすれすれの距離にあるから、起き直った主人が眼をあきさえすれば、天然自然ここに視線がむくように出来ている。見ると模様を置いた紙がところどころ破れて妙な腸《はらわた》があからさまに見える。腸にはいろいろなのがある。あるものは活版摺《かっぱんずり》で、あるものは肉筆である。あるものは裏返しで、あるものは逆さまである。主人はこの腸を見ると同時に、何がかいてあるか読みたくなった。今までは車屋のかみさんでも捕《つらま》えて、鼻づらを松の木へこすりつけてやろうくらいにまで怒《おこ》っていた主人が、突然この反古紙《ほごがみ》を読んで見たくなるのは不思議のようであるが、こう云う陽性の癇癪持ちには珍らしくない事だ。小供が泣くときに最中《もなか》の一つもあてがえばすぐ笑うと一般である。主人が昔《むか》し去る所の御寺に下宿していた時、襖《ふすま》一《ひ》と重《え》を隔てて尼が五六人いた。尼などと云うものは元来意地のわるい女のうちでもっとも意地のわるいものであるが、この尼が主人の性質を見抜いたものと見えて自炊の鍋《なべ》をたたきながら、今泣いた烏がもう笑った、今泣いた烏がもう笑ったと拍子を取って歌ったそうだ、主人が尼が大嫌になったのはこの時からだと云うが、尼は嫌《きらい》にせよ全くそれに違ない。主人は泣いたり、笑ったり、嬉しがったり、悲しがったり人一倍もする代りにいずれも長く続いた事がない。よく云えば執着がなくて、心機《しんき》がむやみに転ずるのだろうが、これを俗語に翻訳してやさしく云えば奥行のない、薄《うす》っ片《ぺら》の、鼻《はな》っ張《ぱり》だけ強いだだっ子である。すでにだだっ子である以上は、喧嘩をする勢で、むっくと刎《は》ね起きた主人が急に気をかえて袋戸《ふくろど》の腸を読みにかかるのももっともと云わねばなるまい。第一に眼にとまったのが伊藤博文の逆《さ》か立《だ》ちである。上を見ると明治十一年九月廿八日とある。韓国統監《かんこくとうかん》もこの時代から御布令《おふれ》の尻尾《しっぽ》を追っ懸けてあるいていたと見える。大将この時分は何をしていたんだろうと、読めそうにないところを無理によむと大蔵卿《おおくらきょう》とある。なるほどえらいものだ、いくら逆か立ちしても大蔵卿である。少し左の方を見ると今度は大蔵卿横になって昼寝をしている。もっともだ。逆か立ちではそう長く続く気遣《きづかい》はない。下の方に大きな木板《もくばん》で汝はと二字だけ見える、あとが見たいがあいにく露出しておらん。次の行には早くの二字だけ出ている。こいつも読みたいがそれぎれで手掛りがない。もし主人が警視庁の探偵であったら、人のものでも構わずに引っぺがすかも知れない。探偵と云うものには高等な教育を受けたものがないから事実を挙げるためには何でもする。あれは始末に行《ゆ》かないものだ。願《ねがわ》くばもう少し遠慮をしてもらいたい。遠慮をしなければ事実は決して挙げさせない事にしたらよかろう。聞くところによると彼等は羅織虚構《らしききょこう》をもって良民を罪に陥《おとし》いれる事さえあるそうだ。良民が金を出して雇っておく者が、雇主を罪にするなどときてはこれまた立派な気狂《きちがい》である。次に眼を転じて真中を見ると真中には大分県《おおいたけん》が宙返りをしている。伊藤博文でさえ逆か立ちをするくらいだから、大分県が宙返りをするのは当然である。主人はここまで読んで来て、双方へ握《にぎ》り拳《こぶし》をこしらえて、これを高く天井に向けて突きあげた。あくびの用意である。

このあくびがまた鯨《くじら》の遠吠《とおぼえ》のようにすこぶる変調を極《きわ》めた者であったが、それが一段落を告げると、主人はのそのそと着物をきかえて顔を洗いに風呂場へ出掛けて行った。待ちかねた細君はいきなり布団《ふとん》をまくって夜着《よぎ》を畳んで、例の通り掃除をはじめる。掃除が例の通りであるごとく、主人の顔の洗い方も十年一日のごとく例の通りである。先日紹介をしたごとく依然としてがーがー、げーげーを持続している。やがて頭を分け終って、西洋手拭《てぬぐい》を肩へかけて、茶の間へ出御《しゅつぎょ》になると、超然として長火鉢の横に座を占めた。長火鉢と云うと欅《けやき》の如輪木《じょりんもく》か、銅《あか》の総落《そうおと》しで、洗髪《あらいがみ》の姉御が立膝で、長煙管《ながぎせる》を黒柿《くろがき》の縁《ふち》へ叩きつける様を想見する諸君もないとも限らないが、わが苦沙弥《くしゃみ》先生の長火鉢に至っては決して、そんな意気なものではない、何で造ったものか素人《しろうと》には見当《けんとう》のつかんくらい古雅なものである。長火鉢は拭き込んでてらてら光るところが身上《しんしょう》なのだが、この代物《しろもの》は欅か桜か桐《きり》か元来不明瞭な上に、ほとんど布巾《ふきん》をかけた事がないのだから陰気で引き立たざる事夥《おびただ》しい。こんなものをどこから買って来たかと云うと、決して買った覚《おぼえ》はない。そんなら貰ったかと聞くと、誰もくれた人はないそうだ。しからば盗んだのかと糺《ただ》して見ると、何だかその辺が曖昧《あいまい》である。昔し親類に隠居がおって、その隠居が死んだ時、当分留守番を頼まれた事がある。ところがその後一戸を構えて、隠居所を引き払う際に、そこで自分のもののように使っていた火鉢を何の気もなく、つい持って来てしまったのだそうだ。少々たちが悪いようだ。考えるとたちが悪いようだがこんな事は世間に往々ある事だと思う。銀行家などは毎日人の金をあつかいつけているうちに人の金が、自分の金のように見えてくるそうだ。役人は人民の召使である。用事を弁じさせるために、ある権限を委託した代理人のようなものだ。ところが委任された権力を笠《かさ》に着て毎日事務を処理していると、これは自分が所有している権力で、人民などはこれについて何らの喙《くちばし》を容《い》るる理由がないものだなどと狂ってくる。こんな人が世の中に充満している以上は長火鉢事件をもって主人に泥棒根性があると断定する訳には行かぬ。もし主人に泥棒根性があるとすれば、天下の人にはみんな泥棒根性がある。

　長火鉢の傍《そば》に陣取って、食卓を前に控《ひか》えたる主人の三面には、先刻《さっき》雑巾《ぞうきん》で顔を洗った坊ばと御茶《おちゃ》の味噌の学校へ行くとん子と、お白粉罎《しろいびん》に指を突き込んだすん子が、すでに勢揃《せいぞろい》をして朝飯を食っている。主人は一応この三女子の顔を公平に見渡した。とん子の顔は南蛮鉄《なんばんてつ》の刀の鍔《つば》のような輪廓《りんかく》を有している。すん子も妹だけに多少姉の面影《おもかげ》を存して琉球塗《りゅうきゅうぬり》の朱盆《しゅぼん》くらいな資格はある。ただ坊ばに至っては独《ひと》り異彩を放って、面長《おもなが》に出来上っている。但《ただ》し竪《たて》に長いのなら世間にその例もすくなくないが、この子のは横に長いのである。いかに流行が変化し易《やす》くったって、横に長い顔がはやる事はなかろう。主人は自分の子ながらも、つくづく考える事がある。これでも生長しなければならぬ。生長するどころではない、その生長の速《すみや》かなる事は禅寺《ぜんでら》の筍《たけのこ》が若竹に変化する勢で大きくなる。主人はまた大きくなったなと思うたんびに、後《うし》ろから追手《おって》にせまられるような気がしてひやひやする。いかに空漠《くうばく》なる主人でもこの三令嬢が女であるくらいは心得ている。女である以上はどうにか片付けなくてはならんくらいも承知している。承知しているだけで片付ける手腕のない事も自覚している。そこで自分の子ながらも少しく持て余しているところである。持て余すくらいなら製造しなければいいのだが、そこが人間である。人間の定義を云うとほかに何にもない。ただ入《い》らざる事を捏造《ねつぞう》して自《みずか》ら苦しんでいる者だと云えば、それで充分だ。

さすがに子供はえらい。これほどおやじが処置に窮しているとは夢にも知らず、楽しそうにご飯をたべる。ところが始末におえないのは坊ばである。坊ばは当年とって三歳であるから、細君が気を利《き》かして、食事のときには、三歳然たる小形の箸《はし》と茶碗をあてがうのだが、坊ばは決して承知しない。必ず姉の茶碗を奪い、姉の箸を引ったくって、持ちあつかい悪《にく》い奴を無理に持ちあつかっている。世の中を見渡すと無能無才の小人ほど、いやにのさばり出て柄《がら》にもない官職に登りたがるものだが、あの性質は全くこの坊ば時代から萌芽《ほうが》しているのである。その因《よ》って来《きた》るところはかくのごとく深いのだから、決して教育や薫陶《くんとう》で癒《なお》せる者ではないと、早くあきらめてしまうのがいい。

坊ばは隣りから分捕《ぶんど》った偉大なる茶碗と、長大なる箸を専有して、しきりに暴威を擅《ほしいまま》にしている。使いこなせない者をむやみに使おうとするのだから、勢《いきおい》暴威を逞《たくま》しくせざるを得ない。坊ばはまず箸の根元を二本いっしょに握ったままうんと茶碗の底へ突込んだ。茶碗の中は飯が八分通り盛り込まれて、その上に味噌汁が一面に漲《みなぎ》っている。箸の力が茶碗へ伝わるやいなや、今までどうか、こうか、平均を保っていたのが、急に襲撃を受けたので三十度ばかり傾いた。同時に味噌汁は容赦なくだらだらと胸のあたりへこぼれだす。坊ばはそのくらいな事で辟易《へきえき》する訳がない。坊ばは暴君である。今度は突き込んだ箸を、うんと力一杯茶碗の底から刎《は》ね上げた。同時に小さな口を縁《ふち》まで持って行って、刎《は》ね上げられた米粒を這入《はい》るだけ口の中へ受納した。打ち洩《も》らされた米粒は黄色な汁と相和して鼻のあたまと頬《ほ》っぺたと顋《あご》とへ、やっと掛声をして飛びついた。飛びつき損じて畳の上へこぼれたものは打算《ださん》の限りでない。随分無分別な飯の食い方である。吾輩は謹《つつし》んで有名なる金田君及び天下の勢力家に忠告する。公等《こうら》の他をあつかう事、坊ばの茶碗と箸をあつかうがごとくんば、公等《こうら》の口へ飛び込む米粒は極めて僅少《きんしょう》のものである。必然の勢をもって飛び込むにあらず、戸迷《とまどい》をして飛び込むのである。どうか御再考を煩《わずら》わしたい。世故《せこ》にたけた敏腕家にも似合しからぬ事だ。

姉のとん子は、自分の箸と茶碗を坊ばに掠奪《りゃくだつ》されて、不相応に小さな奴をもってさっきから我慢していたが、もともと小さ過ぎるのだから、一杯にもった積りでも、あんとあけると三口ほどで食ってしまう。したがって頻繁《ひんぱん》に御はちの方へ手が出る。もう四膳かえて、今度は五杯目である。とん子は御はちの蓋《ふた》をあけて大きなしゃもじを取り上げて、しばらく眺《なが》めていた。これは食おうか、よそうかと迷っていたものらしいが、ついに決心したものと見えて、焦《こ》げのなさそうなところを見計って一掬《ひとしゃく》いしゃもじの上へ乗せたまでは無難《ぶなん》であったが、それを裏返して、ぐいと茶碗の上をこいたら、茶碗に入《はい》りきらん飯は塊《かた》まったまま畳の上へ転《ころ》がり出した。とん子は驚ろく景色《けしき》もなく、こぼれた飯を鄭寧《ていねい》に拾い始めた。拾って何にするかと思ったら、みんな御はちの中へ入れてしまった。少しきたないようだ。

坊ばが一大活躍を試みて箸を刎《は》ね上げた時は、ちょうどとん子が飯をよそい了《おわ》った時である。さすがに姉は姉だけで、坊ばの顔のいかにも乱雑なのを見かねて「あら坊ばちゃん、大変よ、顔が御《ご》ぜん粒だらけよ」と云いながら、早速《さっそく》坊ばの顔の掃除にとりかかる。第一に鼻のあたまに寄寓《きぐう》していたのを取払う。取払って捨てると思のほか、すぐ自分の口のなかへ入れてしまったのには驚ろいた。それから頬《ほ》っぺたにかかる。ここには大分《だいぶ》群《ぐん》をなして数《かず》にしたら、両方を合せて約二十粒もあったろう。姉は丹念に一粒ずつ取っては食い、取っては食い、とうとう妹の顔中にある奴を一つ残らず食ってしまった。この時ただ今まではおとなしく沢庵《たくあん》をかじっていたすん子が、急に盛り立ての味噌汁の中から薩摩芋《さつまいも》のくずれたのをしゃくい出して、勢よく口の内へ抛《ほう》り込んだ。諸君も御承知であろうが、汁にした薩摩芋の熱したのほど口中《こうちゅう》にこたえる者はない。大人《おとな》ですら注意しないと火傷《やけど》をしたような心持ちがする。ましてすん子のごとき、薩摩芋に経験の乏《とぼ》しい者は無論狼狽《ろうばい》する訳である。すん子はワッと云いながら口中《こうちゅう》の芋を食卓の上へ吐き出した。その二三片《ぺん》がどう云う拍子か、坊ばの前まですべって来て、ちょうどいい加減な距離でとまる。坊ばは固《もと》より薩摩芋が大好きである。大好きな薩摩芋が眼の前へ飛んで来たのだから、早速箸を抛《ほう》り出して、手攫《てづか》みにしてむしゃむしゃ食ってしまった。

先刻《さっき》からこの体《てい》たらくを目撃していた主人は、一言《いちごん》も云わずに、専心自分の飯を食い、自分の汁を飲んで、この時はすでに楊枝《ようじ》を使っている最中であった。主人は娘の教育に関して絶体的放任主義を執《と》るつもりと見える。今に三人が海老茶式部《えびちゃしきぶ》か鼠式部《ねずみしきぶ》かになって、三人とも申し合せたように情夫《じょうふ》をこしらえて出奔《しゅっぽん》しても、やはり自分の飯を食って、自分の汁を飲んで澄まして見ているだろう。働きのない事だ。しかし今の世の働きのあると云う人を拝見すると、嘘をついて人を釣る事と、先へ廻って馬の眼玉を抜く事と、虚勢を張って人をおどかす事と、鎌《かま》をかけて人を陥《おとしい》れる事よりほかに何も知らないようだ。中学などの少年輩までが見様見真似《みようみまね》に、こうしなくては幅が利《き》かないと心得違いをして、本来なら赤面してしかるべきのを得々《とくとく》と履行《りこう》して未来の紳士だと思っている。これは働き手と云うのではない。ごろつき手と云うのである。吾輩も日本の猫だから多少の愛国心はある。こんな働き手を見るたびに撲《なぐ》ってやりたくなる。こんなものが一人でも殖《ふ》えれば国家はそれだけ衰える訳である。こんな生徒のいる学校は、学校の恥辱であって、こんな人民のいる国家は国家の恥辱である。恥辱であるにも関らず、ごろごろ世間にごろついているのは心得がたいと思う。日本の人間は猫ほどの気概もないと見える。情《なさけ》ない事だ。こんなごろつき手に比べると主人などは遥《はる》かに上等な人間と云わなくてはならん。意気地のないところが上等なのである。無能なところが上等なのである。猪口才《ちょこざい》でないところが上等なのである。

かくのごとく働きのない食い方をもって、無事に朝食《あさめし》を済ましたる主人は、やがて洋服を着て、車へ乗って、日本堤分署へ出頭に及んだ。格子《こうし》をあけた時、車夫に日本堤という所を知ってるかと聞いたら、車夫はへへへと笑った。あの遊廓のある吉原の近辺の日本堤だぜと念を押したのは少々滑稽《こっけい》であった。

主人が珍らしく車で玄関から出掛けたあとで、妻君は例のごとく食事を済ませて「さあ学校へおいで。遅くなりますよ」と催促すると、小供は平気なもので「あら、でも今日は御休みよ」と支度《したく》をする景色《けしき》がない。「御休みなもんですか、早くなさい」と叱《しか》るように言って聞かせると「それでも昨日《きのう》、先生が御休だって、おっしゃってよ」と姉はなかなか動じない。妻君もここに至って多少変に思ったものか、戸棚から暦《こよみ》を出して繰り返して見ると、赤い字でちゃんと御祭日と出ている。主人は祭日とも知らずに学校へ欠勤届を出したのだろう。細君も知らずに郵便箱へ抛《ほう》り込んだのだろう。ただし迷亭に至っては実際知らなかったのか、知って知らん顔をしたのか、そこは少々疑問である。この発明におやと驚ろいた妻君はそれじゃ、みんなでおとなしく御遊びなさいと平生《いつも》の通り針箱を出して仕事に取りかかる。

その後《ご》三十分間は家内平穏、別段吾輩の材料になるような事件も起らなかったが、突然妙な人が御客に来た。十七八の女学生である。踵《かかと》のまがった靴を履《は》いて、紫色の袴《はかま》を引きずって、髪を算盤珠《そろばんだま》のようにふくらまして勝手口から案内も乞《こ》わずに上《あが》って来た。これは主人の姪《めい》である。学校の生徒だそうだが、折々日曜にやって来て、よく叔父さんと喧嘩をして帰って行く雪江《ゆきえ》とか云う奇麗な名のお嬢さんである。もっとも顔は名前ほどでもない、ちょっと表へ出て一二町あるけば必ず逢える人相である。

「叔母さん今日は」と茶の間へつかつか這入《はい》って来て、針箱の横へ尻をおろした。

「おや、よく早くから……」

「今日は大祭日ですから、朝のうちにちょっと上がろうと思って、八時半頃から家《うち》を出て急いで来たの」

「そう、何か用があるの?」

「いいえ、ただあんまり御無沙汰をしたから、ちょっと上がったの」

「ちょっとでなくっていいから、緩《ゆっ》くり遊んでいらっしゃい。今に叔父さんが帰って来ますから」

「叔父さんは、もう、どこへかいらしったの。珍らしいのね」

「ええ今日はね、妙な所へ行ったのよ。……警察へ行ったの、妙でしょう」

「あら、何で?」

「この春這入《はい》った泥棒がつらまったんだって」

「それで引き合に出されるの? いい迷惑ね」

「なあに品物が戻るのよ。取られたものが出たから取りに来いって、昨日《きのう》巡査がわざわざ来たもんですから」

「おや、そう、それでなくっちゃ、こんなに早く叔父さんが出掛ける事はないわね。いつもなら今時分はまだ寝ていらっしゃるんだわ」

「叔父さんほど、寝坊はないんですから……そうして起こすとぷんぷん怒《おこ》るのよ。今朝なんかも七時までに是非おこせと云うから、起こしたんでしょう。すると夜具の中へ潜《もぐ》って返事もしないんですもの。こっちは心配だから二度目にまたおこすと、夜着《よぎ》の袖《そで》から何か云うのよ。本当にあきれ返ってしまうの」

「なぜそんなに眠いんでしょう。きっと神経衰弱なんでしょう」

「何ですか」

「本当にむやみに怒る方《かた》ね。あれでよく学校が勤まるのね」

「なに学校じゃおとなしいんですって」

「じゃなお悪るいわ。まるで蒟蒻閻魔《こんにゃくえんま》ね」

「なぜ？」

「なぜでも蒟蒻閻魔なの。だって蒟蒻閻魔のようじゃありませんか」

「ただ怒るばかりじゃないのよ。人が右と云えば左、左と云えば右で、何でも人の言う通りにした事がない、――そりゃ強情ですよ」

「天探女《あまのじゃく》でしょう。叔父さんはあれが道楽なのよ。だから何かさせようと思ったら、うらを云うと、こっちの思い通りになるのよ。こないだ蝙蝠《こうもり》傘を買ってもらう時にも、いらない、いらないって、わざと云ったら、いらない事があるものかって、すぐ買って下すったの」

「ホホホホ旨《うま》いのね。わたしもこれからそうしよう」

「そうなさいよ。それでなくっちゃ損だわ」

「こないだ保険会社の人が来て、是非御這入《おはい》んなさいって、勧めているんでしょう、――いろいろ訳《わけ》を言って、こう云う利益があるの、ああ云う利益があるのって、何でも一時間も話をしたんですが、どうしても這入らないの。うちだって貯蓄はなし、こうして小供は三人もあるし、せめて保険へでも這入ってくれるとよっぽど心丈夫なんですけれども、そんな事は少しも構わないんですもの」

「そうね、もしもの事があると不安心だわね」と十七八の娘に似合しからん世帯染《しょたいじ》みたことを云う。

「その談判を蔭で聞いていると、本当に面白いのよ。なるほど保険の必要も認めないではない。必要なものだから会社も存在しているのだろう。しかし死なない以上は保険に這入《はい》る必要はないじゃないかって強情を張っているんです」

「叔父さんが？」

「ええ、すると会社の男が、それは死ななければ無論保険会社はいりません。しかし人間の命と云うものは丈夫なようで脆《もろ》いもので、知らないうちに、いつ危険が逼《せま》っているか分りませんと云うとね、叔父さんは、大丈夫僕は死なない事に決心をしているって、まあ無法な事を云うんですよ」

「決心したって、死ぬわねえ。わたしなんか是非及第《きゅうだい》するつもりだったけれども、とうとう落第してしまったわ」

「保険社員もそう云うのよ。寿命は自分の自由にはなりません。決心で長《な》が生《い》きが出来るものなら、誰も死ぬものはございませんって」

「保険会社の方が至当《しとう》ですわ」

「至当でしょう。それがわからないの。いえ決して死なない。誓って死なないって威張るの」

「妙ね」

「妙ですとも、大妙《おおみょう》ですわ。保険の掛金を出すくらいなら銀行へ貯金する方が遥《はる》かにましだってすまし切っているんですよ」

「貯金があるの？」

「あるもんですか。自分が死んだあとなんか、ちっとも構う考なんかないんですよ」

「本当に心配ね。なぜ、あんなんでしょう、ここへいらっしゃる方《かた》だって、叔父さんのようなのは一人もいないわね」

「いるものですか。無類ですよ」

「ちっと鈴木さんにでも頼んで意見でもして貰うといいんですよ。ああ云う穏《おだ》やかな人だとよっぽど楽《らく》ですがねえ」

「ところが鈴木さんは、うちじゃ評判がわるいのよ」

「みんな逆《さか》なのね。それじゃ、あの方《かた》がいいでしょう——ほらあの落ちついてる——」

「八木さん？」

「ええ」

「八木さんには大分《だいぶ》閉口しているんですがね。昨日《きのう》迷亭さんが来て悪口をいったものだから、思ったほど利《き》かないかも知れない」

「だっていいじゃありませんか。あんな風に鷹揚《おうよう》に落ちついていれば、——こないだ学校で演説をなすったわ」

「八木さんが？」

「ええ」

「八木さんは雪江さんの学校の先生なの」

「いいえ、先生じゃないけども、淑徳婦人会《しゅくとくふじんかい》のときに招待して、演説をして頂いたの」

「面白かって？」

「そうね、そんなに面白くもなかったわ。だけども、あの先生が、あんな長い顔なんでしょう。そうして天神様のような髯《ひげ》を生やしているもんだから、みんな感心して聞いていてよ」

「御話しって、どんな御話なの？」と妻君が聞きかけていると椽側《えんがわ》の方から、雪江さんの話し声をききつけて、三人の子供がどたばた茶の間へ乱入して来た。今までは竹垣の外の空地《あきち》へ出て遊んでいたものであろう。

「あら雪江さんが来た」と二人の姉さんは嬉しそうに大きな声を出す。妻君は「そんなに騒がないで、みんな静かにして御坐わりなさい。雪江さんが今面白い話をなさるところだから」と仕事を隅へ片付ける。

「雪江さん何の御話し、わたし御話しが大好き」と云ったのはとん子で「やっぱりかちかち山の御話し？」と聞いたのはすん子である。「坊ばも御はなち」と云い出した三女は姉と姉の間から膝を前の方に出す。ただしこれは御話を承《うけたま》わると云うのではない、坊ばもまた御話を仕《つかまつ》ると云う意味である。「あら、また坊ばちゃんの話だ」と姉さんが笑うと、妻君は「坊ばはあとでなさい。雪江さんの御話がすんでから」と賺《す》かして見る。坊ばはなかなか聞きそうにない。「いやーよ、ばぶ」と大きな声を出す。「おお、よしよし坊ばちゃんからなさい。何と云うの？」と雪江さんは謙遜《けんそん》した。

「あのね。坊たん、坊たん、どこ行くのって」

「面白いのね。それから？」

「わたちは田圃《たんぼ》へ稲刈いに」

「そう、よく知ってる事」

「御前がくうと邪魔《だま》になる」

「あら、くうとじゃないわ、くるとだわね」ととん子が口を出す。坊ばは相変らず「ばぶ」と一喝《いっかつ》して直ちに姉を辟易《へきえき》させる。しかし中途で口を出されたものだから、続きを忘れてしまって、あとが出て来ない。

「坊ばちゃん、それぎりなの?」と雪江さんが聞く。

「あのね。あとでおならは御免《ごめん》だよ。ぷぅ、ぷぅぷぅって」

「ホホホホ、いやだ事、誰にそんな事を、教わったの?」

「御三《おたん》に」

「わるい御三《おさん》ね、そんな事を教えて」と妻君は苦笑をしていたが「さあ今度は雪江さんの番だ。坊やはおとなしく聞いているのですよ」と云うと、さすがの暴君も納得《なっとく》したと見えて、それぎり当分の間は沈黙した。

「八木先生の演説はこんなのよ」と雪江さんがとうとう口を切った。「昔ある辻《つじ》の真中に大きな石地蔵があったんですってね。ところがそこがあいにく馬や車が通る大変賑《にぎ》やかな場所だもんだから邪魔になって仕様がないんでね、町内のものが大勢寄って、相談をして、どうしてこの石地蔵を隅の方へ片づけたらよかろうって考えたんですって」

「そりゃ本当にあった話なの?」

「どうですか、そんな事は何ともおっしゃらなくってよ。――でみんながいろいろ相談をしたら、その町内で一番強い男が、そりゃ訳はありません、わたしがきっと片づけて見せますって、一人でその辻へ行って、両肌《もろはだ》を抜いで汗を流して引っ張ったけれども、どうしても動かないんですって」

「よっぽど重い石地蔵なのね」

「ええ、それでその男が疲れてしまって、うちへ帰って寝てしまったから、町内のものはまた相談をしたんですね。すると今度は町内で一番利口な男が、私《わたし》に任せて御覧なさい、一番やって見ますからって、重箱のなかへ牡丹餅《ぼたもち》を一杯入れて、地蔵の前へ来て、『ここまでおいで』と云いながら牡丹餅を見せびらかしたんだって、地蔵だって食意地《くいいじ》が張ってるから牡丹餅で釣れるだろうと思ったら、少しも動かないんだって。利口な男はこれではいけないと思ってね。今度は瓢箪《ひょうたん》へお酒を入れて、その瓢箪を片手へぶら下げて、片手へ猪口《ちょこ》を持ってまた地蔵さんの前へ来て、さあ飲みたくはないかね、飲みたければここまでおいでと三時間ばかり、からかって見たがやはり動かないんですって」

「雪江さん、地蔵様は御腹《おなか》が減《へ》らないの」ととん子がきくと「牡丹餅が食べたいな」とすん子が云った。

「利口な人は二度共しくじったから、その次には贋札《にせさつ》を沢山こしらえて、さあ欲しいだろう、欲しければ取りにおいでと札を出したり引っ込ましたりしたがこれもまるで益《やく》に立たないんですって。よっぽど頑固《がんこ》な地蔵様なのよ」

「そうね。すこし叔父さんに似ているわ」

「ええまるで叔父さんよ、しまいに利口な人も愛想《あいそ》をつかしてやめてしまったんですとさ。それでそのあとからね、大きな法螺《ほら》を吹く人が出て、私《わたし》ならきっと片づけて見せますからご安心なさいとさも容易《たやす》い事のように受合ったそうです」

「その法螺を吹く人は何をしたんです」

「それが面白いのよ。最初にはね巡査の服をきて、付《つ》け髯《ひげ》をして、地蔵様の前へきて、こらこら、動かんとその方のためにならんぞ、警察で棄てておかんぞと威張って見せたんですとさ。今の世に警察の仮声《こわいろ》なんか使ったたって誰も聞きゃしないわね」

「本当ね、それで地蔵様は動いたの？」

「動くもんですか、叔父さんですもの」

「でも叔父さんは警察には大変恐れ入っているのよ」

「あらそう、あんな顔をして？　それじゃ、そんなに怖《こわ》い事はないわね。けれども地蔵様は動かないんですって、平気でいるんですとさ。それで法螺吹は大変怒《おこ》って、巡査の服を脱いで、付け髯を紙屑籠《かみくずかご》へ抛《ほう》り込んで、今度は大金持ちの服装《なり》をして出て来たそうです。今の世で云うと岩崎男爵のような顔をするんですとさ。おかしいわね」

「岩崎のような顔ってどんな顔なの？」

「ただ大きな顔をするんでしょう。そうして何もしないで、また何も云わないで地蔵の周《まわ》りを、大きな巻煙草《まきたばこ》をふかしながら歩行《ある》いているんですとさ」

「それが何になるの？」

「地蔵様を煙《けむ》に捲《ま》くんです」

「まるで噺《はな》し家《か》の洒落《しゃれ》のようね。首尾よく煙《けむ》に捲《ま》いたの？」

「駄目ですわ、相手が石ですもの。ごまかしもたいていにすればいいのに、今度は殿下さまに化けて来たんだって。馬鹿ね」

「へえ、その時分にも殿下さまがあるの?」

「有るんでしょう。八木先生はそうおっしゃってよ。たしかに殿下様に化けたんだって、恐れ多い事だが化けて来たって——第一不敬じゃありませんか、法螺吹《ほらふ》きの分際《ぶんざい》で」

「殿下って、どの殿下さまなの」

「どの殿下さまですか、どの殿下さまだって不敬ですわ」

「そうね」

「殿下さまでも利《き》かないでしょう。法螺吹きもしようがないから、とても私《わたし》の手際《てぎわ》では、あの地蔵はどうする事も出来ませんと降参をしたそうです」

「いい気味ね」

「ええ、ついでに懲役《ちょうえき》にやればいいのに。——でも町内のものは大層気を揉《も》んで、また相談を開いたんですが、もう誰も引き受けるものがないんで弱ったそうです」

「それでおしまい?」

「まだあるのよ。一番しまいに車屋とゴロツキを大勢雇って、地蔵様の周《まわ》りをわいわい騒いであるいたんです。ただ地蔵様をいじめて、いたたまれないようにすればいいと云って、夜昼交替《こうたい》で騒ぐんだって」

「御苦労様ですこと」

「それでも取り合わないんですとさ。地蔵様の方も随分強情ね」

「それから、どうして?」ととん子が熱心に聞く。

「それからね、いくら毎日毎日騒いでも験《げん》が見えないので、大分《だいぶ》みんなが厭《いや》になって来たんですが、車夫やゴロツキは幾日《いくんち》でも日当《にっとう》になる事だから喜んで騒いでいましたとさ」

「雪江さん、日当ってなに?」とすん子が質問をする。

「日当と云うのはね、御金の事なの」

「御金をもらって何にするの?」

「御金を貰ってね。……ホホホホいやなすん子さんだ。——それで叔母さん、毎日毎晩から騒ぎをしていますとね。その時町内に馬鹿竹《ばかたけ》と云って、何《なんに》も知らない、誰も相手にしない馬鹿がいたんですってね。その馬鹿がこの騒ぎを見て御前方《おまえがた》は何でそんなに騒ぐんだ、何年かかっても地蔵一つ動かす事が出来ないのか、可哀想《かわいそう》なものだ、と云ったそうですって——」

「馬鹿の癖にえらいのね」

「なかなかえらい馬鹿なのよ。みんなが馬鹿竹《ばかたけ》の云う事を聞いて、物はためしだ、どうせ駄目だろうが、まあ竹にやらして見ようじゃないかとそれから竹に頼むと、竹は一も二もなく引き受けたが、そんな邪魔な騒ぎをしないでまあ静かにしろと車引やゴロツキを引き込まして飄然《ひょうぜん》と地蔵様の前へ出て来ました」

「雪江さん飄然て、馬鹿竹のお友達?」ととん子が肝心《かんじん》なところで奇問を放ったので、細君と雪江さんはどっと笑い出した。

「いいえお友達じゃないのよ」

「じゃ、なに？」

「飄然と云うのはね。——云いようがないわ」

「飄然て、云いようがないの？」

「そうじゃないのよ、飄然と云うのはね——」

「ええ」

「そら多々良三平《たたらさんぺい》さんを知ってるでしょう」

「ええ、山の芋をくれてよ」

「あの多々良さん見たようなを云うのよ」

「多々良さんは飄然なの？」

「ええ、まあそうよ。——それで馬鹿竹が地蔵様の前へ来て懐手《ふところで》をして、地蔵様、町内のものが、あなたに動いてくれと云うから動いてやんなさいと云ったら、地蔵様はたちまちそうか、そんなら早くそう云えばいいのに、とのこのこ動き出したそうです」

「妙な地蔵様ね」

「それからが演説よ」

「まだあるの？」

「ええ、それから八木先生がね、今日《こんにち》は御婦人の会でありますが、私がかような御話をわざわざ致したのは少々考があるので、こう申すと失礼かも知れませんが、婦人というものはとかく物をするのに正面から近道を通って行かないで、かえって遠方から廻りくどい手段をとる弊《へい》がある。もっともこれは御婦人に限った事でない。明治の代《よ》は男子といえども、文明の弊を受けて多少女性的になっているから、よくいらざる手数《てすう》と労力を費《つい》やして、これが本筋である、紳士のやるべき方針であると誤解しているものが多いようだが、これ等は開化の業に束縛された畸形児《きけいじ》である。別に論ずるに及ばん。ただ御婦人に在《あ》ってはなるべくただいま申した昔話を御記憶になって、いざと云う場合にはどうか馬鹿竹のような正直な了見で物事を処理していただきたい。あなた方が馬鹿竹になれば夫婦の間、嫁姑《よめしゅうと》の間に起る忌《いま》わしき葛藤《かっとう》の三分一《さんぶいち》はたしかに減ぜられるに相違ない。人間は魂胆《こんたん》があればあるほど、その魂胆が祟《たた》って不幸の源《みなもと》をなすので、多くの婦人が平均男子より不幸なのは、全くこの魂胆があり過ぎるからである。どうか馬鹿竹になって下さい、と云う演説なの」

「へえ、それで雪江さんは馬鹿竹になる気なの」

「やだわ、馬鹿竹だなんて。そんなものになりたくはないわ。金田の富子さんなんぞは失敬だって大変怒《おこ》ってよ」

「金田の富子さんて、あの向横町《むこうよこちょう》の？」

「ええ、あのハイカラさんよ」

「あの人も雪江さんの学校へ行くの？」

「いいえ、ただ婦人会だから傍聴に来たの。本当にハイカラね。どうも驚ろいちまうわ」

「でも大変いい器量だって云うじゃありませんか」

「並ですわ。御自慢ほどじゃありませんよ。あんなに御化粧をすればたいていの人はよく見えるわ」

「それじゃ雪江さんなんぞはそのかたのように御化粧をすれば金田さんの倍くらい美しくなるでしょう」

「あらいやだ。よくってよ。知らないわ。だけど、あの方《かた》は全くつくり過ぎるのね。なんぼ御金があったって――」

「つくり過ぎても御金のある方がいいじゃありませんか」

「それもそうだけれども――あの方《かた》こそ、少し馬鹿竹になった方がいいでしょう。無暗《むやみ》に威張るんですもの。この間もなんとか云う詩人が新体詩集を捧げたって、みんなに吹聴《ふいちょう》しているんですもの」

「東風さんでしょう」

「あら、あの方が捧げたの、よっぽど物数奇《ものずき》ね」

「でも東風さんは大変真面目なんですよ。自分じゃ、あんな事をするのが当前《あたりまえ》だとまで思ってるんですもの」

「そんな人があるから、いけないんですよ。――それからまだ面白い事があるの。此間《こないだ》だれか、あの方の所《とこ》へ艶書《えんしょ》を送ったものがあるんだって」

「おや、いやらしい。誰なの、そんな事をしたのは」

「誰だかわからないんだって」

「名前はないの?」

「名前はちゃんと書いてあるんだけれども聞いた事もない人だって、そうしてそれが長い長い一間ばかりもある手紙でね。いろいろな妙な事がかいてあるんですとさ。私《わたし》があなたを恋《おも》っているのは、ちょうど宗教家が神にあこがれているようなものだの、あなたのためならば祭壇に供える小羊となって屠《ほふ》られるのが無上の名誉であるの、心臓の形《かた》ちが三角で、三角の中心にキューピッドの矢が立って、吹き矢なら大当りであるの……」

「そりゃ真面目なの？」

「真面目なんですとさ。現にわたしの御友達のうちでその手紙を見たものが三人あるんですもの」

「いやな人ね、そんなものを見せびらかして。あの方は寒月さんのとこへ御嫁に行くつもりなんだから、そんな事が世間へ知れちゃ困るでしょうにね」

「困るどころですか大得意よ。こんだ寒月さんが来たら、知らして上げたらいいでしょう。寒月さんはまるで御存じないんでしょう」

「どうですか、あの方は学校へ行って球《たま》ばかり磨いていらっしゃるから、大方知らないでしょう」

「寒月さんは本当にあの方を御貰《おもらい》になる気なんでしょうかね。御気の毒だわね」

「なぜ？　御金があって、いざって時に力になって、いいじゃありませんか」

「叔母さんは、じきに金、金って品《ひん》がわるいのね。金より愛の方が大事じゃありませんか。愛がなければ夫婦の関係は成立しやしないわ」

「そう、それじゃ雪江さんは、どんなところへ御嫁に行くの？」

「そんな事知るもんですか、別に何もないんですもの」

雪江さんと叔母さんは結婚事件について何か弁論を逞《たくま》しくしていると、さっきから、分らないなりに謹聴しているとん子が突然口を開いて「わたしも御嫁に行きたいな」と云いだした。この無鉄砲な希望には、さすが青春の気に満ちて、大《おおい》に同情を寄すべき雪江さんもちょっと毒気を抜かれた体《てい》であったが、細君の方は比較的平気に構えて「どこへ行きたいの」と笑ながら聞いて見た。

「わたしねえ、本当はね、招魂社《しょうこんしゃ》へ御嫁に行きたいんだけれども、水道橋を渡るのがいやだから、どうしようかと思ってるの」

細君と雪江さんはこの名答を得て、あまりの事に問い返す勇気もなく、どっと笑い崩れた時に、次女のすん子が姉さんに向ってかような相談を持ちかけた。

「御ねえ様も招魂社がすき？　わたしも大すき。いっしょに招魂社へ御嫁に行きましょう。ね？　いや？いやなら好《い》いわ。わたし一人で車へ乗ってさっさと行っちまうわ」

「坊ばも行くの」とついには坊ばさんまでが招魂社へ嫁に行く事になった。かように三人が顔を揃《そろ》えて招魂社へ嫁に行けたら、主人もさぞ楽であろう。

ところへ車の音ががらがらと門前に留ったと思ったら、たちまち威勢のいい御帰りと云う声がした。主人は日本堤分署から戻ったと見える。車夫が差出す大きな風呂敷包を下女に受け取らして、主人は悠然《ゆうぜん》と茶の間へ這入《はい》って来る。「やあ、来たね」と雪江さんに挨拶しながら、例の有名なる長火鉢の傍《そば》へ、ぽかりと手に携《たずさ》えた徳利様《とっくりよう》のものを抛《ほう》り出した。徳利様と云うのは純然たる徳利では無論ない、と云って花活《はない》けとも思われない、ただ一種異様の陶器であるから、やむを得ずしばらくかように申したのである。

「妙な徳利ね、そんなものを警察から貰っていらしったの」と雪江さんが、倒れた奴を起しながら叔父さんに聞いて見る。叔父さんは、雪江さんの顔を見ながら、「どうだ、いい恰好《かっこう》だろう」と自慢する。

「いい恰好なの？　それが？　あんまりよかあないわ？　油壺《あぶらつぼ》なんか何で持っていらっしったの？」

「油壺なものか。そんな趣味のない事を云うから困る」

「じゃ、なあに？」

「花活《はないけ》さ」

「花活にしちゃ、口が小《ち》いさ過ぎて、いやに胴が張ってるわ」

「そこが面白いんだ。御前も無風流だな。まるで叔母さんと択《えら》ぶところなしだ。困ったものだな」と独《ひと》りで油壺を取り上げて、障子《しょうじ》の方へ向けて眺《なが》めている。

「どうせ無風流ですわ。油壺を警察から貰ってくるような真似は出来ないわ。ねえ叔母さん」叔母さんはそれどころではない、風呂敷包を解《と》いて皿眼《さらまなこ》になって、盗難品を検《しら》べている。「おや驚ろいた。泥棒も進歩したのね。みんな、解いて洗い張をしてあるわ。ねえちょいと、あなた」

「誰が警察から油壺を貰ってくるものか。待ってるのが退屈だから、あすこいらを散歩しているうちに堀り出して来たんだ。御前なんぞには分るまいがそれでも珍品だよ」

「珍品過ぎるわ。一体叔父さんはどこを散歩したの」

「どこって日本堤界隈《にほんづつみかいわい》さ。吉原へも這入《はい》って見た。なかなか盛《さかん》な所だ。あの鉄の門を観《み》た事があるかい。ないだろう」

「だれが見るもんですか。吉原なんて賤業婦《せんぎょうふ》のいる所へ行く因縁《いんねん》がありませんわ。叔父さんは教師の身で、よくまあ、あんな所へ行かれたものねえ。本当に驚ろいてしまうわ。ねえ叔母さん、叔母さん」

「ええ、そうね。どうも品数《しなかず》が足りないようだ事。これでみんな戻ったんでしょうか」

「戻らんのは山の芋ばかりさ。元来九時に出頭しろと云いながら十一時まで待たせる法があるものか、これだから日本の警察はいかん」

「日本の警察がいけないって、吉原を散歩しちゃなおいけないわ。そんな事が知れると免職になってよ。ねえ叔母さん」

「ええ、なるでしょう。あなた、私の帯の片側《かたかわ》がないんです。何だか足りないと思ったら」

「帯の片側くらいあきらめるさ。こっちは三時間も待たされて、大切の時間を半日潰《つぶ》してしまった」と日本服に着代えて平気に火鉢へもたれて油壺を眺《なが》めている。細君も仕方がないと諦《あきら》めて、戻った品をそのまま戸棚へしまい込《こ》んで座に帰る。

「叔母さん、この油壺が珍品ですとさ。きたないじゃありませんか」

「それを吉原で買っていらしったの？　まあ」

「何がまあだ。分りもしない癖に」

「それでもそんな壺なら吉原へ行かなくっても、どこにだってあるじゃありませんか」

「ところがないんだよ。滅多《めった》に有る品ではないんだよ」

「叔父さんは随分石地蔵《いしじぞう》ね」

「また小供の癖に生意気を云う。どうもこの頃の女学生は口が悪るくっていかん。ちと女大学でも読むがいい」

「叔父さんは保険が嫌《きらい》でしょう。女学生と保険とどっちが嫌なの？」

「保険は嫌ではない。あれは必要なものだ。未来の考のあるものは、誰でも這入《はい》る。女学生は無用の長物だ」

「無用の長物でもいい事よ。保険へ這入ってもいない癖に」

「来月から這入るつもりだ」

「きっと？」

「きっとだとも」

「およしなさいよ、保険なんか。それよりかその懸金《かけきん》で何か買った方がいいわ。ねえ、叔母さん」叔母さんはにやにや笑っている。主人は真面目になって
「お前などは百も二百も生きる気だから、そんな呑気《のんき》な事を云うのだが、もう少し理性が発達して見ろ、保険の必要を感ずるに至るのは当前《あたりまえ》だ。ぜひ来月から這入るんだ」

「そう、それじゃ仕方がない。だけどこないだのように蝙蝠傘《こうもり》を買って下さる御金があるなら、保険に這入る方がましかも知れないわ。ひとがいりません、いりませんと云うのを無理に買って下さるんですもの」

「そんなにいらなかったのか？」

「ええ、蝙蝠傘なんか欲しかないわ」

「そんなら還《かえ》すがいい。ちょうどとん子が欲しがってるから、あれをこっちへ廻してやろう。今日持って

来たか」

「あら、そりゃ、あんまりだわ。だって苛《ひど》いじゃありませんか、せっかく買って下すっておきながら、還せなんて」

「いらないと云うから、還せと云うのさ。ちっとも苛くはない」

「いらない事はいらないんですけれども、苛いわ」

「分らん事を言う奴だな。いらないと云うから還せと云うのに苛い事があるものか」

「だって」

「だって、どうしたんだ」

「だって苛いわ」

「愚《ぐ》だな、同じ事ばかり繰り返している」

「叔父さんだって同じ事ばかり繰り返しているじゃありませんか」

「御前が繰り返すから仕方がないさ。現にいらないと云ったじゃないか」

「そりゃ云いましたわ。いらない事はいらないんですけれども、還すのは厭《いや》ですもの」

「驚ろいたな。没分暁《わからずや》で強情なんだから仕方がない。御前の学校じゃ論理学を教えないのか」

「よくってよ、どうせ無教育なんですから、何とでもおっしゃい。人のものを還せだなんて、他人だってそんな不人情な事は云やしない。ちっと馬鹿竹《ばかたけ》の真似でもなさい」

「何の真似をしろ?」

「ちと正直に淡泊《たんぱく》になさいと云うんです」

「お前は愚物の癖にやに強情だよ。それだから落第するんだ」

「落第したって叔父さんに学資は出して貰やしないわ」

雪江さんは言《げん》ここに至って感に堪《た》えざるもののごとく、潸然《さんぜん》として一掬《いっきく》の涙《なんだ》を紫の袴《はかま》の上に落した。主人は茫乎《ぼうこ》として、その涙がいかなる心理作用に起因するかを研究するもののごとく、袴の上と、俯《う》つ向いた雪江さんの顔を見つめていた。ところへ御三《おさん》が台所から赤い手を敷居越に揃《そろ》えて「お客さまがいらっしゃいました」と云う。「誰が来たんだ」と主人が聞くと「学校の生徒さんでございます」と御三は雪江さんの泣顔を横目に睨《にら》めながら答えた。主人は客間へ出て行く。吾輩も種取り兼《けん》人間研究のため、主人に尾《び》して忍びやかに椽《えん》へ廻った。人間を研究するには何か波瀾がある時を択《えら》ばないと一向《いっこう》結果が出て来ない。平生は大方の人が大方の人であるから、見ても聞いても張合のないくらい平凡である。しかしいざとなるとこの平凡が急に霊妙なる神秘的作用のためにむくむくと持ち上がって奇なもの、変なもの、妙なもの、異《い》なもの、一と口に云えば吾輩猫共から見てすこぶる後学になるような事件が至るところに横風《おうふう》にあらわれてくる。雪江さんの紅涙《こうるい》のごときはまさしくその現象の一つである。かくのごとく不可思議、不可測《ふかそく》の心を有している雪江さんも、細君と話をしているうちはさほどとも思わなかったが、主人が帰ってきて油壺を抛《ほう》り出すやいなや、たちまち死竜《しりゅう》に蒸汽喞筒《じょうきポンプ》を注ぎかけたるごとく、勃然《ぼつぜん》としてその深奥《しんおう》にして窺知《きち》すべからざる、巧妙なる、美妙なる、奇妙なる、霊妙なる、麗質を、惜気もなく発揚し了《おわ》った。しかしてその麗質は天下の女性《にょしょう》に共通なる麗質である。ただ惜しい事には容易にあらわれて来ない。否《いや》あらわれる事は二六時中間断なくあらわれているが、かくのごとく顕著に灼然炳乎《しゃくぜんへいこ》として遠慮なくはあらわれて来ない。幸にして主人のように吾輩の毛をややともすると逆さに撫《な》でたがる旋毛曲《つむじまが》りの奇特家《きどくか》がおったから、かかる狂言も拝見が出来たのであろう。主人のあとさえついてあるけば、どこへ行っても舞台の役者は吾知らず動くに相違ない。面白い男を旦那様に戴《いただ》いて、短かい猫の命のうちにも、大分《だいぶ》多くの経験が出来る。ありがたい事だ。今度のお客は何者であろう。

見ると年頃は十七八、雪江さんと追《お》っつ、返《か》っつの書生である。大きな頭を地《じ》の隙《す》いて見えるほど刈り込んで団子《だんご》っ鼻《ぱな》を顔の真中にかためて、座敷の隅の方に控《ひか》えている。別にこれと云う特徴もないが頭蓋骨《ずがいこつ》だけはすこぶる大きい。青坊主に刈ってさえ、ああ大きく見えるのだから、主人のように長く延ばしたら定めし人目を惹《ひ》く事だろう。こんな顔にかぎって学問はあまり出来ない者だとは、かねてより主人の持説である。事実はそうかも知れないがちょっと見るとナポレオンのようですこぶる偉観である。着物は通例の書生のごとく、薩摩絣《さつまがすり》か、久留米《くるめ》がすりかまた伊予《いよ》絣か分らないが、ともかくも絣《かすり》と名づけられたる袷《あわせ》を袖短かに着こなして、下には襯衣《シャツ》も襦袢《じゅばん》もないようだ。素袷《すあわせ》や素足《すあし》は意気なものだそうだが、この男のはなはだむさ苦しい感じを与える。ことに畳の上に泥棒のような親指を歴然と三つまで印《いん》しているのは全く素足の責任に相違ない。彼は四つ目の足跡の上へちゃんと坐って、さも窮屈そうに畏《か》しこまっている。一体かしこまるべきものがおとなしく控《ひか》えるのは別段気にするにも及ばんが、毬栗頭《いがぐりあたま》のつんつるてんの乱暴者が恐縮しているところは何となく不調和なものだ。途中で先生に逢ってさえ礼をしないのを自慢にするくらいの連中が、たとい三十分でも人並に坐るのは苦しいに違ない。ところを生れ得て恭謙《きょうけん》の君子、盛徳の長者《ちょうしゃ》であるかのごとく構えるのだから、当人の苦しいにかかわらず傍《はた》から見ると大分《だいぶ》おかしいのである。教場もしくは運動場であんなに騒々しいものが、どうしてかように自己を箝束《かんそく》する力を具《そな》えているかと思うと、憐れにもあるが滑稽《こっけい》でもある。こうやって一人ずつ相対《あいたい》になると、いかに愚騃《ぐがい》なる主人といえども生徒に対して幾分かの重みがあるように思われる。主人も定めし得意であろう。塵《ちり》積って山をなすと云うから、微々たる一生徒も多勢《たぜい》が聚合《しゅうごう》すると侮《あなど》るべからざる団体となって、排斥《はいせき》運動やストライキをしでかすかも知れない。これはちょうど臆病者が酒を飲んで大胆になるような現象であろう。衆を頼んで騒ぎ出すのは、人の気に酔っ払った結果、正気を取り落したるものと認めて差支《さしつか》えあるまい。それでなければかように恐れ入ると云わんよりむしろ悄然《しょうぜん》として、自《みずか》ら襖《ふすま》に押し付けられているくらいな薩摩絣が、いかに老朽だと云って、苟《かりそ》めにも先生と名のつく主人を軽蔑《けいべつ》しようがない。馬鹿に出来る訳がない。

主人は座布団《ざぶとん》を押しやりながら、「さあお敷き」と云ったが毬栗先生はかたくなったまま「へえ」と云って動かない。鼻の先に剥《は》げかかった更紗《さらさ》の座布団が「御乗んなさい」とも何とも云わずに着席している後《うし》ろに、生きた大頭がつくねんと着席しているのは妙なものだ。布団は乗るための布団で見詰めるために細君が勧工場から仕入れて来たのではない。布団にして敷かれずんば、布団はまさしくその名誉を毀損《きそん》せられたるもので、これを勧めたる主人もまた幾分か顔が立たない事になる。主人の顔を潰《つぶ》してまで、布団と睨《にら》めくらをしている毬栗君は決して布団その物が嫌《きらい》なのではない。実を云うと、正式に坐ったた事は祖父《じい》さんの法事の時のほかは生れてから滅多《めった》にないので、先《さ》っきからすでにしびれが切れかかって少々足の先は困難を訴えているのである。それにもかかわらず敷かない。布団が手持無沙汰に控《ひか》えているにもかかわらず敷かない。主人がさあお敷きと云うのに敷かない。厄介な毬栗坊主だ。このくらい遠慮するなら多人数《たにんず》集まった時もう少し遠慮すればいいのに、学校でもう少し遠慮すればいいのに、下宿屋でもう少し遠慮すればいいのに。すまじきところへ気兼《きがね》をして、すべき時には謙遜《けんそん》しない、否大《おおい》に狼藉《ろうぜき》を働らく。たちの悪るい毬栗坊主だ。

ところへ後《うし》ろの襖《ふすま》をすうと開けて、雪江さんが一碗の茶を恭《うやうや》しく坊主に供した。平生なら、そらサヴェジ・チーが出たと冷《ひ》やかすのだが、主人一人に対してすら痛み入《い》っている上へ、妙齢の女性《にょしょう》が学校で覚え立ての小笠原流《おがさわらりゅう》で、乙《おつ》に気取った手つきをして茶碗を突きつけたのだから、坊主は大《おおい》に苦悶《くもん》の体《てい》に見える。雪江さんは襖《ふすま》をしめる時に後ろからにやにやと笑った。して見ると女は同年輩でもなかなかえらいものだ。坊主に比すれば遥《はる》かに度胸が据《す》わっている。ことに先刻《さっき》の無念にはらはらと流した一滴の紅涙《こうるい》のあとだから、このにやにやがさらに目立って見えた。

雪江さんの引き込んだあとは、双方無言のまま、しばらくの間は辛防《しんぼう》していたが、これでは業《ぎょう》をするようなものだと気がついた主人はようやく口を開いた。

「君は何とか云ったけな」

「古井《ふるい》……」

「古井？　古井何とかだね。名は」

「古井武右衛門《ぶえもん》」

「古井武右衛門――なるほど、だいぶ長い名だな。今の名じゃない、昔の名だ。四年生だったね」

「いいえ」

「三年生か?」

「いいえ、二年生です」

「甲の組かね」

「乙です」

「乙なら、わたしの監督だね。そうか」と主人は感心している。実はこの大頭は入学の当時から、主人の眼についているんだから、決して忘れるどころではない。のみならず、時々は夢に見るくらい感銘した頭である。しかし呑気《のんき》な主人はこの頭とこの古風な姓名とを連結して、その連結したものをまた二年乙組に連結する事が出来なかったのである。だからこの夢に見るほど感心した頭が自分の監督組の生徒であると聞いて、思わずそうかと心の裏《うち》で手を拍《う》ったのである。しかしこの大きな頭の、古い名の、しかも自分の監督する生徒が何のために今頃やって来たのか頓《とん》と推諒《すいりょう》出来ない。元来不人望な主人の事だから、学校の生徒などは正月だろうが暮だろうがほとんど寄りついた事がない。寄りついたのは古井武右衛門君をもって嚆矢《こうし》とするくらいな珍客であるが、その来訪の主意がわからんには主人も大《おおい》に閉口しているらしい。こんな面白くない人の家《うち》へただ遊びにくる訳もなかろうし、また辞職勧告ならもう少し昂然《こうぜん》と構え込みそうだし、と云って武右衛門君などが一身上の用事相談があるはずがないし、どっちから、どう考えても主人には分らない。武右衛門君の様子を見るとあるいは本人自身にすら何で、ここまで参ったのか判然しないかも知れない。仕方がないから主人からとうとう表向に聞き出した。

「君遊びに来たのか」

「そうじゃないんです」

「それじゃ用事かね」

「ええ」

「学校の事かい」

「ええ、少し御話ししようと思って……」

「うむ。どんな事かね。さあ話したまえ」と云うと武右衛門君下を向いたぎり何《なん》にも言わない。元来武右衛門君は中学の二年生にしてはよく弁ずる方で、頭の大きい割に脳力は発達しておらんが、喋舌《しゃべ》る事においては乙組中鏘々《そうそう》たるものである。現にせんだってコロンバスの日本訳を教えろと云って大《おお》いに主人を困らしたはまさにこの武右衛門君である。その鏘々たる先生が、最前《さいぜん》から吃《どもり》の御姫様のようにもじもじしているのは、何か云《い》わくのある事でなくてはならん。単に遠慮のみとはとうてい受け取られない。主人も少々不審に思った。

「話す事があるなら、早く話したらいいじゃないか」

「少し話しにくい事で……」

「話しにくい?」と云いながら主人は武右衛門君の顔を見たが、先方は依然として俯向《うつむき》になってるから、何事とも鑑定が出来ない。やむを得ず、少し語勢を変えて「いいさ。何でも話すがいい。ほかに誰も聞いていやしない。わたしも他言《たごん》はしないから」と穏《おだ》やかにつけ加えた。

「話してもいいでしょうか？」と武右衛門君はまだ迷っている。

「いいだろう」と主人は勝手な判断をする。

「では話しますが」といいかけて、毬栗頭《いがぐりあたま》をむくりと持ち上げて主人の方をちょっとまぼしそうに見た。その眼は三角である。主人は頬をふくらまして朝日の煙を吹き出しながらちょっと横を向いた。

「実はその……困った事になっちまって……」

「何が？」

「何がって、はなはだ困るもんですから、来たんです」

「だからさ、何が困るんだよ」

「そんな事をする考はなかったんですけれども、浜田《はまだ》が借せ借せと云うもんですから……」

「浜田と云うのは浜田平助《へいすけ》かい」

「ええ」

「浜田に下宿料でも借したのかい」

「何そんなものを借したんじゃありません」

「じゃ何を借したんだい」

「名前を借したんです」

「浜田が君の名前を借りて何をしたんだい」

「艶書《えんしょ》を送ったんです」

「何を送った？」

「だから、名前は廃《よ》して、投函役《とうかんやく》になると云ったんです」

「何だか要領を得んじゃないか。一体誰が何をしたんだい」

「艶書《えんしょ》を送ったんです」

「艶書を送った？　誰に？」

「だから、話しにくいと云うんです」

「じゃ君が、どこかの女に艶書を送ったのか」

「いいえ、僕じゃないんです」

「浜田が送ったのかい」

「浜田でもないんです」

「じゃ誰が送ったんだい」

「誰だか分らないんです」

「ちっとも要領を得ないな。では誰も送らんのかい」

「名前だけは僕の名なんです」

「名前だけは君の名だって、何の事だかちっとも分らんじゃないか。もっと条理を立てて話すがいい。元来その艶書を受けた当人はだれか」

「金田って向横丁《むこうよこちょう》にいる女です」

「あの金田という実業家か」

「ええ」

「で、名前だけ借したとは何の事だい」

「あすこの娘がハイカラで生意気だから艶書を送ったんです。――浜田が名前がなくちゃいけないって云いますから、君の名前をかけって云ったら、僕のじゃつまらない。古井武右衛門の方がいいって――それで、とうとう僕の名を借してしまったんです」

「で、君はあすこの娘を知ってるのか。交際でもあるのか」

「交際も何もありゃしません。顔なんか見た事もありません」

「乱暴だな。顔も知らない人に艶書をやるなんて、まあどう云う了見で、そんな事をしたんだい」

「ただみんながあいつは生意気で威張ってるて云うから、からかってやったんです」

「ますます乱暴だな。じゃ君の名を公然とかいて送ったんだな」

「ええ、文章は浜田が書いたんです。僕が名前を借して遠藤が夜あすこのうちまで行って投函して来たんです」

「じゃ三人で共同してやったんだね」

「ええ、ですけれども、あとから考えると、もしあらわれて退学にでもなると大変だと思って、非常に心配して二三日《にさんち》は寝られないんで、何だか茫《ぼん》やりしてしまいました」

「そりゃまた飛んでもない馬鹿をしたもんだ。それで文明中学二年生古井武右衛門とでもかいたのかい」

「いいえ、学校の名なんか書きゃしません」

「学校の名を書かないだけまあよかった。これで学校の名が出て見るがいい。それこそ文明中学の名誉に関する」

「どうでしょう退校になるでしょうか」

「そうさな」

「先生、僕のおやじさんは大変やかましい人で、それにお母《つか》さんが継母《ままはは》ですから、もし退校にでもなろうもんなら、僕あ困っちまうです。本当に退校になるでしょうか」

「だから滅多《めった》な真似をしないがいい」

「する気でもなかったんですが、ついやってしまったんです。退校にならないように出来ないでしょうか」と武右衛門君は泣き出しそうな声をしてしきりに哀願に及んでいる。襖《ふすま》の蔭では最前《さいぜん》から細君と雪江さんがくすくす笑っている。主人は飽《あ》くまでももったいぶって「そうさな」を繰り返している。なかなか面白い。


吾輩が面白いというと、何がそんなに面白いと聞く人があるかも知れない。聞くのはもっともだ。人間にせよ、動物にせよ、己《おのれ》を知るのは生涯《しょうがい》の大事である。己《おのれ》を知る事が出来さえすれば人間も人間として猫より尊敬を受けてよろしい。その時は吾輩もこんないたずらを書くのは気の毒だからすぐさまやめてしまうつもりである。しかし自分で自分の鼻の高さが分らないと同じように、自己の何物かはなかなか見当《けんとう》がつき悪《に》くいと見えて、平生から軽蔑《けいべつ》している猫に向ってさえかような質問をかけるのであろう。人間は生意気なようでもやはり、どこか抜けている。万物の霊だなどとどこへでも万物の霊を担《かつ》いであるくかと思うと、これしきの事実が理解出来ない。しかも恬《てん》として平然たるに至ってはちと一噱《いっきゃく》を催したくなる。彼は万物の霊を背中《せなか》へ担《かつ》いで、おれの鼻はどこにあるか教えてくれ、教えてくれと騒ぎ立てている。それなら万物の霊を辞職するかと思うと、どう致して死んでも放しそうにしない。このくらい公然と矛盾をして平気でいられれば愛嬌《あいきょう》になる。愛嬌になる代りには馬鹿をもって甘《あまん》じなくてはならん。

吾輩がこの際武右衛門君と、主人と、細君及雪江嬢を面白がるのは、単に外部の事件が鉢合《はちあわ》せをして、その鉢合せが波動を乙《おつ》なところに伝えるからではない。実はその鉢合の反響が人間の心に個々別々の音色《ねいろ》を起すからである。第一主人はこの事件に対してむしろ冷淡である。武右衛門君のおやじさんがいかにやかましくって、おっかさんがいかに君を継子《ままこ》あつかいにしようとも、あんまり驚ろかない。驚ろくはずがない。武右衛門君が退校になるのは、自分が免職になるのとは大《おおい》に趣《おもむき》が違う。千人近くの生徒がみんな退校になったら、教師も衣食の途《みち》に窮するかも知れないが、古井武右衛門君一人《いちにん》の運命がどう変化しようと、主人の朝夕《ちょうせき》にはほとんど関係がない。関係の薄いところには同情も自《おの》ずから薄い訳である。見ず知らずの人のために眉《まゆ》をひそめたり、鼻をかんだり、嘆息をするのは、決して自然の傾向ではない。人間がそんなに情深《なさけぶか》い、思いやりのある動物であるとははなはだ受け取りにくい。ただ世の中に生れて来た賦税《ふぜい》として、時々交際のために涙を流して見たり、気の毒な顔を作って見せたりするばかりである。云わばごまかし性《せい》表情で、実を云うと大分骨《だいぶ》が折れる芸術である。このごまかしをうまくやるものを芸術的良心の強い人と云って、これは世間から大変珍重される。だから人から珍重される人間ほど怪しいものはない。試して見ればすぐ分る。この点において主人はむしろ拙《せつ》な部類に属すると云ってよろしい。拙だから珍重されない。珍重されないから、内部の冷淡を存外隠すところもなく発表している。彼が武右衛門君に対して「そうさな」を繰り返しているのでも這裏《しゃり》の消息はよく分る。諸君は冷淡だからと云って、けっして主人のような善人を嫌ってはいけない。冷淡は人間の本来の性質であって、その性質をかくそうと力《つと》めないのは正直な人である。もし諸君がかかる際に冷淡以上を望んだら、それこそ人間を買い被《かぶ》ったと云わなければならない。正直ですら払底《ふってい》な世にそれ以上を予期するのは、馬琴《ばきん》の小説から志乃《しの》や小文吾《こぶんご》が抜けだして、向う三軒両隣へ八犬伝《はっけんでん》が引き越した時でなくては、あてにならない無理な注文である。主人はまずこのくらいにして、次には茶の間で笑ってる女連《おんなれん》に取りかかるが、これは主人の冷淡を一歩向《むこう》へ跨《また》いで、滑稽《こっけい》の領分に躍《おど》り込んで嬉しがっている。この女連には武右衛門君が頭痛に病んでいる艶書事件が、仏陀《ぶっだ》の福音《ふくいん》のごとくありがたく思われる。理由はないただありがたい。強いて解剖すれば武右衛門君が困るのがありがたいのである。諸君女に向って聞いて御覧、「あなたは人が困るのを面白がって笑いますか」と。聞かれた人はこの問を呈出した者を馬鹿と云うだろう、馬鹿と云わなければ、わざとこんな問をかけて淑女の品性を侮辱したと云うだろう。侮辱したと思うのは事実かも知れないが、人の困るのを笑うのも事実である。であるとすれば、これから私《わたし》の品性を侮辱するような事を自分でしてお目にかけますから、何とか云っちゃいやよと断わるのと一般である。僕は泥棒をする。しかしけっして不道徳と云ってはならん。もし不道徳だなどと云えば僕の顔へ泥を塗ったものである。僕を侮辱したものである。と主張するようなものだ。女はなかなか利口だ、考えに筋道が立っている。いやしくも人間に生れる以上は踏んだり、蹴《け》たり、どやされたりして、しかも人が振りむきもせぬ時、平気でいる覚悟が必用であるのみならず、唾を吐きかけられ、糞をたれかけられた上に、大きな声で笑われるのを快よく思わなくてはならない。それでなくてはかように利口な女と名のつくものと交際は出来ない。武右衛門先生もちょっとしたはずみから、とんだ間違をして大《おおい》に恐れ入ってはいるようなものの、かように恐れ入ってるものを蔭で笑うのは失敬だとくらいは思うかも知れないが、それは年が行かない稚気《ちき》というもので、人が失礼をした時に怒《おこ》るのを気が小さいと先方では名づけるそうだから、そう云われるのがいやならおとなしくするがよろしい。最後に武右衛門君の心行きをちょっと紹介する。君は心配の権化《ごんげ》である。かの偉大なる頭脳はナポレオンのそれが功名心をもって充満せるがごとく、まさに心配をもってはちきれんとしている。時々その団子っ鼻がぴくぴく動くのは心配が顔面神経に伝《つたわ》って、反射作用のごとく無意識に活動するのである。彼は大きな鉄砲丸《てっぽうだま》を飲み下《くだ》したごとく、腹の中にいかんともすべからざる塊《かた》まりを抱《いだ》いて、この両三日《りょうさんち》処置に窮している。その切なさの余り、別に分別の出所《でどころ》もないから監督と名のつく先生のところへ出向いたら、どうか助けてくれるだろうと思って、いやな人の家《うち》へ大きな頭を下げにまかり越したのである。彼は平生学校で主人にからかったり、同級生を煽動《せんどう》して、主人を困らしたりした事はまるで忘れている。いかにからかおうとも困らせようとも監督と名のつく以上は心配してくれるに相違ないと信じているらしい。随分単純なものだ。監督は主人が好んでなった役ではない。校長の命によってやむを得ずいただいている、云わば迷亭の叔父さんの山高帽子の種類である。ただ名前である。ただ名前だけではどうする事も出来ない。名前がいざと云う場合に役に立つなら雪江さんは名前だけで見合が出来る訳だ。武右衛門君はただに我儘《わがまま》なるのみならず、他人は己《おの》れに向って必ず親切でなくてはならんと云う、人間を買い被《かぶ》った仮定から出立している。笑われるなどとは思も寄らなかったろう。武右衛門君は監督の家《うち》へ来て、きっと人間について、一の真理を発明したに相違ない。彼はこの真理のために将来ますます本当の人間になるだろう。人の心配には冷淡になるだろう、人の困る時には大きな声で笑うだろう。かくのごとくにして天下は未来の武右衛門君をもって充《み》たされるであろう。金田君及び金田令夫人をもって充たされるであろう。吾輩は切に武右衛門君のために瞬時も早く自覚して真人間《まにんげん》になられん事を希望するのである。しからずんばいかに心配するとも、いかに後悔するとも、いかに善に移るの心が切実なりとも、とうてい金田君のごとき成功は得られんのである。いな社会は遠からずして君を人間の居住地以外に放逐するであろう。文明中学の退校どころではない。

かように考えて面白いなと思っていると、格子《こうし》ががらがらとあいて、玄関の障子《しょうじ》の蔭から顔が半分ぬうと出た。

「先生」

主人は武右衛門君に「そうさな」を繰り返していたところへ、先生と玄関から呼ばれたので、誰だろうとそっちを見ると半分ほど筋違《すじかい》に障子から食《は》み出している顔はまさしく寒月君である。「おい、御這入《おはい》り」と云ったぎり坐っている。

「御客ですか」と寒月君はやはり顔半分で聞き返している。

「なに構わん、まあ御上《おあ》がり」

「実はちょっと先生を誘いに来たんですがね」

「どこへ行くんだい。また赤坂かい。あの方面はもう御免だ。せんだっては無闇《むやみ》にあるかせられて、足が棒のようになった」

「今日は大丈夫です。久し振りに出ませんか」

「どこへ出るんだい。まあ御上がり」

「上野へ行って虎の鳴き声を聞こうと思うんです」

「つまらんじゃないか、それよりちょっと御上り」

寒月君はとうてい遠方では談判不調と思ったものか、靴を脱いでのそのそ上がって来た。例のごとく鼠色《ねずみいろ》の、尻につぎの中《あた》ったずぼんを穿《は》いているが、これは時代のため、もしくは尻の重いために破れたのではない、本人の弁解によると近頃自転車の稽古を始めて局部に比較的多くの摩擦を与えるからである。未来の細君をもって矚目《しょくもく》された本人へ文《ふみ》をつけた恋の仇《あだ》とは夢にも知らず、「やあ」と云って武右衛門君に軽く会釈《えしゃく》をして椽側《えんがわ》へ近い所へ座をしめた。

「虎の鳴き声を聞いたって詰らないじゃないか」

「ええ、今じゃいけません、これから方々散歩して夜十一時頃になって、上野へ行くんです」

「へえ」

「すると公園内の老木は森々《しんしん》として物凄《ものすご》いでしょう」

「そうさな、昼間より少しは淋《さみ》しいだろう」

「それで何でもなるべく樹《き》の茂った、昼でも人の通らない所を択《よ》ってあるいていると、いつの間《ま》にか紅塵万丈《こうじんばんじょう》の都会に住んでる気はなくなって、山の中へ迷い込んだような心持ちになるに相違ないです」

「そんな心持ちになってどうするんだい」

「そんな心持ちになって、しばらく佇《たたず》んでいるとたちまち動物園のうちで、虎が鳴くんです」

「そう旨《うま》く鳴くかい」

「大丈夫鳴きます。あの鳴き声は昼でも理科大学へ聞えるくらいなんですから、深夜闃寂《げきせき》として、四望《しぼう》人なく、鬼気肌《はだえ》に逼《せま》って、魑魅《ちみ》鼻を衝《つ》く際《さい》に……」

「魑魅鼻を衝くとは何の事だい」

「そんな事を云うじゃありませんか、怖《こわ》い時に」

「そうかな。あんまり聞かないようだが。それで」

「それで虎が上野の老杉《ろうさん》の葉をことごとく振い落すような勢で鳴くでしょう。物凄いでさあ」

「そりゃ物凄いだろう」

「どうです冒険に出掛けませんか。きっと愉快だろうと思うんです。どうしても虎の鳴き声は夜なかに聞かなくっちゃ、聞いたとはいわれないだろうと思うんです」

「そうさな」と主人は武右衛門君の哀願に冷淡であるごとく、寒月君の探検にも冷淡である。

この時まで黙然《もくねん》として虎の話を羨《うらや》ましそうに聞いていた武右衛門君は主人の「そうさな」で再び自分

の身の上を思い出したと見えて、「先生、僕は心配なんですが、どうしたらいいでしょう」とまた聞き返す。寒月君は不審な顔をしてこの大きな頭を見た。吾輩は思う仔細《しさい》あってちょっと失敬して茶の間へ廻る。

茶の間では細君がくすくす笑いながら、京焼の安茶碗に番茶を浪々《なみなみ》と注《つ》いで、アンチモニーの茶托《ちゃたく》の上へ載せて、

「雪江さん、憚《はばか》りさま、これを出して来て下さい」

「わたし、いやよ」

「どうして」と細君は少々驚ろいた体《てい》で笑いをはたと留める。

「どうしてでも」と雪江さんはやにすました顔を即席にこしらえて、傍《そば》にあった読売新聞の上にのしかかるように眼を落した。細君はもう一応協商《きょうしょう》を始める。

「あら妙な人ね。寒月さんですよ。構やしないわ」

「でも、わたし、いやなんですもの」と読売新聞の上から眼を放さない。こんな時に一字も読めるものではないが、読んでいないなどとあばかれたらまた泣き出すだろう。

「ちっとも恥かしい事はないじゃありませんか」と今度は細君笑いながら、わざと茶碗を読売新聞の上へ押しやる。雪江さんは「あら人の悪るい」と新聞を茶碗の下から、抜こうとする拍子に茶托《ちゃたく》に引きかかって、番茶は遠慮なく新聞の上から畳の目へ流れ込む。「それ御覧なさい」と細君が云うと、雪江さんは「あら大変だ」と台所へ馳《か》け出して行った。雑巾《ぞうきん》でも持ってくる了見《りょうけん》だろう。吾輩にはこの狂言がちょっと面白かった。

寒月君はそれとも知らず座敷で妙な事を話している。

「先生障子《しょうじ》を張り易《か》えましたね。誰が張ったんです」

「女が張ったんだ。よく張れているだろう」

「ええなかなかうまい。あの時々おいでになる御嬢さんが御張りになったんですか」

「うんあれも手伝ったのさ。このくらい障子が張れれば嫁に行く資格はあると云って威張ってるぜ」

「へえ、なるほど」と云いながら寒月君障子を見つめている。

「こっちの方は平《たいら》ですが、右の端《はじ》は紙が余って波が出来ていますね」

「あすこが張りたてのところで、もっとも経験の乏《とぼ》しい時に出来上ったところさ」

「なるほど、少し御手際《おてぎわ》が落ちますね。あの表面は超絶的曲線《ちょうぜつてききょくせん》でとうてい普通のファンクションではあらわせないです」と、理学者だけにむずかしい事を云うと、主人は
「そうさね」と好い加減な挨拶をした。

　この様子ではいつまで嘆願をしていても、とうてい見込がないと思い切った武右衛門君は突然かの偉大なる頭蓋骨《ずがいこつ》を畳の上に圧《お》しつけて、無言の裡《うち》に暗に訣別《けつべつ》の意を表した。主人は「帰るかい」と云った。武右衛門君は悄然《しょうぜん》として薩摩下駄を引きずって門を出た。可愛想《かわいそう》に。打ちゃって置くと巌頭《がんとう》の吟《ぎん》でも書いて華厳滝《けごんのたき》から飛び込むかも知れない。元を糺《ただ》せば金田令嬢のハイカラと生意気から起った事だ。もし武右衛門君が死んだら、幽霊になって令嬢を取り殺してやるがいい。あんなものが世界から一人や二人消えてなくなったって、男子はすこしも困らない。寒月君はもっと令嬢らしいのを貰うがいい。

「先生ありゃ生徒ですか」

「うん」

「大変大きな頭ですね。学問は出来ますか」

「頭の割には出来ないがね、時々妙な質問をするよ。こないだコロンバスを訳して下さいって大《おおい》に弱った」

「全く頭が大き過ぎますからそんな余計な質問をするんでしょう。先生何とおっしゃいました」

「ええ？　なあに好《い》い加減な事を云って訳してやった」

「それでも訳す事は訳したんですか、こりゃえらい」

「小供は何でも訳してやらないと信用せんからね」

「先生もなかなか政治家になりましたね。しかし今の様子では、何だか非常に元気がなくって、先生を困らせるようには見えないじゃありませんか」

「今日は少し弱ってるんだよ。馬鹿な奴だよ」

「どうしたんです。何だかちょっと見たばかりで非常に可哀想《かわいそう》になりました。全体どうしたんです」

「なに愚《ぐ》な事さ。金田の娘に艶書《えんしょ》を送ったんだ」

「え？　あの大頭がですか。近頃の書生はなかなかえらいもんですね。どうも驚ろいた」

「君も心配だろうが……」

「何ちっとも心配じゃありません。かえって面白いです。いくら、艶書が降り込んだって大丈夫です」

「そう君が安心していれば構わないが……」

「構わんですとも私はいっこう構いません。しかしあの大頭が艶書をかいたと云うには、少し驚ろきますね」

「それがさ。冗談《じょうだん》にしたんだよ。あの娘がハイカラで生意気だから、からかってやろうって、三人が共同して……」

「三人が一本の手紙を金田の令嬢にやったんですか。ますます奇談ですね。一人前の西洋料理を三人で食うようなものじゃありませんか」

「ところが手分けがあるんだ。一人が文章をかく、一人が投函《とうかん》する、一人が名前を借す。で今来たのが名前を借した奴なんだがね。これが一番愚《ぐ》だね。しかも金田の娘の顔も見た事がないって云うんだぜ。どうしてそんな無茶な事が出来たものだろう」

「そりゃ、近来の大出来ですよ。傑作ですね。どうもあの大頭が、女に文《ふみ》をやるなんて面白いじゃありませんか」

「飛んだ間違にならあね」

「なになったって構やしません、相手が金田ですもの」

「だって君が貰うかも知れない人だぜ」

「貰うかも知れないから構わないんです。なあに、金田なんか、構やしません」

「君は構わなくっても……」

「なに金田だって構やしません、大丈夫です」

「それならそれでいいとして、当人があとになって、急に良心に責められて、恐ろしくなったものだから、大《おお》に恐縮して僕のうちへ相談に来たんだ」

「へえ、それであんなに悄《しお》々《しお》としているんですか、気の小さい子と見えますね。先生何とか云っておやんなすったんでしょう」

「本人は退校になるでしょうかって、それを一番心配しているのさ」

「何で退校になるんです」

「そんな悪るい、不道徳な事をしたから」

「何、不道徳と云うほどでもありませんやね。構やしません。金田じゃ名誉に思ってきっと吹聴《ふいちょう》していますよ」

「まさか」

「とにかく可愛想《かわいそう》ですよ。そんな事をするのがわるいとしても、あんなに心配させちゃ、若い男を一人殺してしまいますよ。ありゃ頭は大きいが人相はそんなにわるくありません。鼻なんかぴくぴくさせて可愛いです」

「君も大分《だいぶ》迷亭見たように呑気《のんき》な事を云うね」

「何、これが時代思潮です、先生はあまり昔《むか》し風《ふう》だから、何でもむずかしく解釈なさるんです」

「しかし愚《ぐ》じゃないか、知りもしないところへ、いたずらに艶書《えんしょ》を送るなんて、まるで常識をかいてるじゃないか」

「いたずらは、たいがい常識をかいていまさあ。救っておやんなさい。功徳《くどく》になりますよ。あの容子《ようす》じゃ華厳《けごん》の滝へ出掛けますよ」

「そうだな」

「そうなさい。もっと大きな、もっと分別のある大僧《おおぞう》共がそれどころじゃない、わるいいたずらをして知らん面《かお》をしていますよ。あんな子を退校させるくらいなら、そんな奴らを片《かた》っ端《ぱし》から放逐でもしなくっちゃ不公平でさあ」

「それもそうだね」

「それでどうです上野へ虎の鳴き声をききに行くのは」

「虎かい」

「ええ、聞きに行きましょう。実は二三日中《にさんちゅうち》にちょっと帰国しなければならない事が出来ましたから、当分どこへも御伴《おとも》は出来ませんから、今日は是非いっしょに散歩をしようと思って来たんです」

「そうか帰るのかい、用事でもあるのかい」

「ええちょっと用事が出来たんです。——ともかくも出ようじゃありませんか」

「そう。それじゃ出ようか」

「さあ行きましょう。今日は私が晩餐《ばんさん》を奢《おご》りますから、——それから運動をして上野へ行くとちょうど好い刻限です」としきりに促《うな》がすものだから、主人もその気になって、いっしょに出掛けて行った。あとでは細君と雪江さんが遠慮のない声でげらげらけらけらからからと笑っていた。

十一

床の間の前に碁盤を中に据《す》えて迷亭君と独仙君が対坐している。

「ただはやらない。負けた方が何か奢《おご》るんだぜ。いいかい」と迷亭君が念を押すと、独仙君は例のごとく山羊髯《やぎひげ》を引っ張りながら、こう云《い》った。

「そんな事をすると、せっかくの清戯《せいぎ》を俗了《ぞくりょう》してしまう。かけなどで勝負に心を奪われては面白くない。成敗《せいはい》を度外において、白雲の自然に岫《しゅう》を出て冉々《ぜんぜん》たるごとき心持ちで一局を了してこそ、個中《こちゅう》の味《あじわい》はわかるものだよ」

「また来たね。そんな仙骨を相手にしちゃ少々骨が折れ過ぎる。宛然《えんぜん》たる列仙伝中の人物だね」

「無絃《むげん》の素琴《そきん》を弾じさ」

「無線の電信をかけかね」

「とにかく、やろう」

「君が白を持つのかい」

「どっちでも構わない」

「さすがに仙人だけあって鷹揚《おうよう》だ。君が白なら自然の順序として僕は黒だね。さあ、来たまえ。どこからでも来たまえ」

「黒から打つのが法則だよ」

「なるほど。しからば謙遜《けんそん》して、定石《じょうせき》にここいらから行こう」

「定石にそんなのはないよ」

「なくっても構わない。新奇発明の定石だ」

吾輩は世間が狭いから碁盤と云うものは近来になって始めて拝見したのだが、考えれば考えるほど妙に出来ている。広くもない四角な板を狭苦しく四角に仕切って、目が眩《くら》むほどごたごたと黒白《こくびゃく》の石をならべる。そうして勝ったとか、負けたとか、死んだとか、生きたとか、あぶら汗を流して騒いでいる。高が一尺四方くらいの面積だ。猫の前足で掻《か》き散らしても滅茶滅茶になる。引き寄せて結べば草の庵《いおり》にて、解くればもとの野原なりけり。入らざるいたずらだ。懐手《ふところで》をして盤を眺めている方が遥《はる》かに気楽である。それも最初の三四十目《もく》は、石の並べ方では別段目障《めざわ》りにもならないが、いざ天下わけ目と云う間際《まぎわ》に覗《のぞ》いて見ると、いやはや御気の毒な有様だ。白と黒が盤から、こぼれ落ちるまでに押し合って、御互にギューギュー云っている。窮屈だからと云って、隣りの奴にどいて貰う訳にも行かず、邪魔だと申して前の先生に退去を命ずる権利もなし、天命とあきらめて、じっとして身動きもせず、すくんでいるよりほかに、どうする事も出来ない。碁を発明したものは人間で、人間の嗜好《しこう》が局面にあらわれるものとすれば、窮屈なる碁石の運命はせせこましい人間の性質を代表していると云っても差支《さしつか》えない。人間の性質が碁石の運命で推知《すいち》する事が出来るものとすれば、人間とは天空海濶《てんくうかいかつ》の世界を、我からと縮めて、己《おの》れの立つ両足以外には、どうあっても踏み出せぬように、小刀細工《こがたなざいく》で自分の領分に縄張りをするのが好きなんだと断言せざるを得ない。人間とはしいて苦痛を求めるものであると一言《いちごん》に評してもよかろう。

呑気《のんき》なる迷亭君と、禅機《ぜんき》ある独仙君とは、どう云う了見か、今日に限って戸棚から古碁盤を引きずり出して、この暑苦しいいたずらを始めたのである。さすがに御両人御揃《おそろ》いの事だから、最初のうちは各自任意の行動をとって、盤の上を白石と黒石が自由自在に飛び交わしていたが、盤の広さには限りがあって、横竪《よこたて》の目盛りは一手《ひとて》ごとに埋《うま》って行くのだから、いかに呑気でも、いかに禅機があっても、苦しくなるのは当り前である。

「迷亭君、君の碁は乱暴だよ。そんな所へ這入《はい》ってくる法はない」

「禅坊主の碁にはこんな法はないかも知れないが、本因坊《ほんいんぼう》の流儀じゃ、あるんだから仕方がないさ」

「しかし死ぬばかりだぜ」

「臣死をだも辞せず、いわんや彘肩《ていけん》をやと、一つ、こう行くかな」

「そうおいでになったと、よろしい。薫風南《みんなみ》より来って、殿閣微涼《びりょう》を生ず。こう、ついでおけば大丈夫なものだ」

「おや、ついだのは、さすがにえらい。まさか、つぐ気遣《きづかい》はなかろうと思った。ついで、くりゃるな八幡鐘《はちまんがね》をと、こうやったら、どうするかね」

「どうするも、こうするもないさ。一剣天に倚《よ》って寒し――ええ、面倒だ。思い切って、切ってしまえ」

「やや、大変大変。そこを切られちゃ死んでしまう。おい冗談《じょうだん》じゃない。ちょっと待った」

「それだから、さっきから云わん事じゃない。こうなってるところへは這入《はい》れるものじゃないんだ」

「這入って失敬仕《つかまつ》り候。ちょっとこの白をとってくれたまえ」

「それも待つのかい」

「ついでにその隣りのも引き揚げて見てくれたまえ」

「ずうずうしいぜ、おい」

「Do you see the boy か。――なに君と僕の間柄じゃないか。そんな水臭い事を言わずに、引き揚げてくれたまえな。死ぬか生きるかと云う場合だ。しばらく、しばらくって花道《はなみち》から馳《か》け出してくるところだよ」

「そんな事は僕は知らんよ」

「知らなくってもいいから、ちょっとどけたまえ」

「君さっきから、六返《ぺん》待ったをしたじゃないか」

「記憶のいい男だな。向後《こうご》は旧に倍し待ったを仕《つかまつ》り候。だからちょっとどけたまえと云うのだあね。君もよッぽど強情だね。座禅なんかしたら、もう少し捌《さば》けそうなものだ」

「しかしこの石でも殺さなければ、僕の方は少し負けになりそうだから……」

「君は最初から負けても構わない流じゃないか」

「僕は負けても構わないが、君には勝たしたくない」

「飛んだ悟道だ。相変らず春風影裏《しゅんぷうえいり》に電光《でんこう》をきってるね」

「春風影裏じゃない、電光影裏だよ。君のは逆《さかさ》だ」

「ハハハハもうたいてい逆《さ》かになっていい時分だと思ったら、やはりたしかなところがあるね。それじゃ仕方がないあきらめるかな」

「生死事大《しょうじだい》、無常迅速《むじょうじんそく》、あきらめるさ」

「アーメン」と迷亭先生今度はまるで関係のない方面へぴしゃりと一石《いっせき》を下《くだ》した。

床の間の前で迷亭君と独仙君が一生懸命に輸贏《しゅえい》を争っていると、座敷の入口には、寒月君と東風君が相ならんでその傍《そば》に主人が黄色い顔をして坐っている。寒月君の前に鰹節《かつぶし》が三本、裸のまま畳の上に行儀よく排列してあるのは奇観である。

この鰹節の出処《しゅっしょ》は寒月君の懐《ふところ》で、取り出した時は暖《あっ》たかく、手のひらに感じたくらい、裸ながらぬくもっていた。主人と東風君は妙な眼をして視線を鰹節の上に注いでいると、寒月君はやがて口を開いた。

「実は四日ばかり前に国から帰って来たのですが、いろいろ用事があって、方々馳《か》けあるいていたものですから、つい上がられなかったのです」

「そう急いでくるには及ばないさ」と主人は例のごとく無愛嬌《ぶあいきょう》な事を云う。

「急いで来んでもいいのですけれども、このおみやげを早く献上《けんじょう》しないと心配ですから」

「鰹節じゃないか」

「ええ、国の名産です」

「名産だって東京にもそんなのは有りそうだぜ」と主人は一番大きな奴を一本取り上げて、鼻の先へ持って行って臭《にお》いをかいで見る。

「かいだって、鰹節の善悪《よしあし》はわかりませんよ」

「少し大きいのが名産たる所以《ゆえん》かね」

「まあ食べて御覧なさい」

「食べる事はどうせ食べるが、こいつは何だか先が欠けてるじゃないか」

「それだから早く持って来ないと心配だと云うのです」

「なぜ？」

「なぜって、そりゃ鼠《ねずみ》が食ったのです」

「そいつは危険だ。滅多《めった》に食うとペストになるぜ」

「なに大丈夫、そのくらいかじったって害はありません」

「全体どこで噛《かじ》ったんだい」

「船の中でです」

「船の中？　どうして」

「入れる所がなかったから、ヴァイオリンといっしょに袋のなかへ入れて、船へ乗ったら、その晩にやられました。鰹節《かつぶし》だけなら、いいのですけれども、大切なヴァイオリンの胴を鰹節と間違えてやはり少々噛《かじ》りました」

「そそっかしい鼠だね。船の中に住んでると、そう見境《みさかい》がなくなるものかな」と主人は誰にも分らん事を云って依然として鰹節を眺《なが》めている。

「なに鼠だから、どこに住んでてもそそっかしいのでしょう。だから下宿へ持って来てもまたやられそうでね。剣呑《けんのん》だから夜《よ》るは寝床の中へ入れて寝ました」

「少しきたないようだぜ」

「だから食べる時にはちょっとお洗いなさい」

「ちょっとくらいじゃ奇麗にゃなりそうもない」

「それじゃ灰汁《あく》でもつけて、ごしごし磨いたらいいでしょう」

「ヴァイオリンも抱いて寝たのかい」

「ヴァイオリンは大き過ぎるから抱いて寝る訳には行かないんですが……」と云いかけると
「なんだって？　ヴァイオリンを抱いて寝たって？　それは風流だ。行く春や重たき琵琶《びわ》のだき心と云う句もあるが、それは遠きその上《かみ》の事だ。明治の秀才はヴァイオリンを抱いて寝なくっちゃ古人を凌《しの》ぐ訳には行かないよ。かい巻《まき》に長き夜守《よも》るやヴァイオリンはどうだい。東風君、新体詩でそんな事が云えるかい」と向うの方から迷亭先生大きな声でこっちの談話にも関係をつける。

東風君は真面目で「新体詩は俳句と違ってそう急には出来ません。しかし出来た暁にはもう少し生霊《せいれい》の機微《きび》に触れた妙音が出ます」

「そうかね、生霊《しょうりょう》はおがらを焚《た》いて迎え奉るものと思ってたが、やっぱり新体詩の力でも御来臨になるかい」と迷亭はまだ碁をそっちのけにして調戯《からか》っている。

「そんな無駄口を叩《たた》くとまた負けるぜ」と主人は迷亭に注意する。迷亭は平気なもので
「勝ちたくても、負けたくても、相手が釜中《ふちゅう》の章魚《たこ》同然手も足も出せないのだから、僕も無聊《ぶりょう》でやむを得ずヴァイオリンの御仲間を仕《つかまつ》るのさ」と云うと、相手の独仙君はいささか激した調子で

「今度は君の番だよ。こっちで待ってるんだ」と云い放った。

「え？　もう打ったのかい」

「打ったとも、とうに打ったさ」

「どこへ」

「この白をはすに延ばした」

「なあるほど。この白をはすに延ばして負けにけりか、そんならこっちはと――こっちは――こっちはとて暮れにけりと、どうもいい手がないね。君もう一返打たしてやるから勝手なところへ一目《いちもく》打ちたまえ」

「そんな碁があるものか」

「そんな碁があるものかなら打ちましょう。――それじゃこのかど地面へちょっと曲がって置くかな。――寒月君、君のヴァイオリンはあんまり安いから鼠が馬鹿にして噛《かじ》るんだよ、もう少しいいのを奮発して買うさ、僕が以太利亜《イタリア》から三百年前の古物《こぶつ》を取り寄せてやろうか」

「どうか願います。ついでにお払いの方も願いたいもので」

「そんな古いものが役に立つものか」と何にも知らない主人は一喝《いっかつ》にして迷亭君を極《き》めつけた。

「君は人間の古物《こぶつ》とヴァイオリンの古物《こぶつ》と同一視しているんだろう。人間の古物でも金田某のごときものは今だに流行しているくらいだから、ヴァイオリンに至っては古いほどがいいのさ。――さあ、独仙君どうか御早く願おう。けいまさのせりふじゃないが秋の日は暮れやすいからね」

「君のようなせわしない男と碁を打つのは苦痛だよ。考える暇も何もありゃしない。仕方がないから、ここへ一目《いちもく》入れて目《め》にしておこう」

「おやおや、とうとう生かしてしまった。惜しい事をしたね。まさかそこへは打つまいと思って、いささか駄弁を振《ふ》って肝胆《かんたん》を砕いていたが、やッぱり駄目か」

「当り前さ。君のは打つのじゃない。ごまかすのだ」

「それが本因坊流、金田流、当世紳士流さ。――おい苦沙弥先生、さすがに独仙君は鎌倉へ行って万年漬を食っただけあって、物に動じないね。どうも敬々服々だ。碁はまずいが、度胸は据《すわ》ってる」

「だから君のような度胸のない男は、少し真似をするがいい」と主人が後《うし》ろ向《むき》のままで答えるやいなや、迷亭君は大きな赤い舌をぺろりと出した。独仙君は毫《ごう》も関せざるもののごとく、「さあ君の番だ」とまた相手を促《うなが》した。

「君はヴァイオリンをいつ頃から始めたのかい。僕も少し習おうと思うのだが、よっぽどむずかしいものだそうだね」と東風君が寒月君に聞いている。

「うむ、一と通りなら誰にでも出来るさ」

「同じ芸術だから詩歌《しいか》の趣味のあるものはやはり音楽の方でも上達が早いだろうと、ひそかに恃《たの》むところがあるんだが、どうだろう」

「いいだろう。君ならきっと上手になるよ」

「君はいつ頃から始めたのかね」

「高等学校時代さ。――先生私《わたく》しのヴァイオリンを習い出した顛末《てんまつ》をお話しした事がありましたかね」

「いいえ、まだ聞かない」

「高等学校時代に先生でもあってやり出したのかい」

「なあに先生も何もありゃしない。独習さ」

「全く天才だね」

「独習なら天才と限った事もなかろう」と寒月君はつんとする。天才と云われてつんとするのは寒月君だけだろう。

「そりゃ、どうでもいいが、どう云う風に独習したのかちょっと聞かしたまえ。参考にしたいから」

「話してもいい。先生話しましょうかね」

「ああ話したまえ」

「今では若い人がヴァイオリンの箱をさげて、よく往来などをあるいておりますが、その時分は高等学校生で西洋の音楽などをやったものはほとんどなかったのです。ことに私のおった学校は田舎《いなか》の田舎で麻裏草履《あさうらぞうり》さえないと云うくらいな質朴な所でしたから、学校の生徒でヴァイオリンなどを弾《ひ》くものはもちろん一人もありません。……」

「何だか面白い話が向うで始まったようだ。独仙君いい加減に切り上げようじゃないか」

「まだ片づかない所が二三箇所ある」

「あってもいい。大概な所なら、君に進上する」

「そう云ったって、貰う訳にも行かない」

「禅学者にも似合わん几帳面《きちょうめん》な男だ。それじゃ一気呵成《いっきかせい》にやっちまおう。——寒月君何だかよっぽど面白そうだね。——あの高等学校だろう、生徒が裸足《はだし》で登校するのは……」

「そんな事はありません」

「でも、皆《みん》なはだしで兵式体操をして、廻れ右をやるんで足の皮が大変厚くなってると云う話だぜ」

「まさか。だれがそんな事を云いました」

「だれでもいいよ。そうして弁当には偉大なる握り飯を一個、夏蜜柑《なつみかん》のように腰へぶら下げて来て、それを食うんだって云うじゃないか。食うと云うよりむしろ食いつくんだね。すると中心から梅干が一個出て来るそうだ。この梅干が出るのを楽しみに塩気のない周囲を一心不乱に食い欠いて突進するんだと云うが、なるほど元気旺盛《おうせい》なものだね。独仙君、君の気に入りそうな話だぜ」

「質朴剛健でたのもしい気風だ」

「まだたのもしい事がある。あすこには灰吹《はいふ》きがないそうだ。僕の友人があすこへ奉職をしている頃吐月峰《とげっぽう》の印《いん》のある灰吹きを買いに出たところが、吐月峰どころか、灰吹と名づくべきものが一個もない。不思議に思って、聞いて見たら、灰吹きなどは裏の藪《やぶ》へ行って切って来れば誰にでも出来るから、売る必要はないと澄まして答えたそうだ。これも質朴剛健の気風をあらわす美譚《びだん》だろう、ねえ独仙君」

「うむ、そりゃそれでいいが、ここへ駄目を一つ入れなくちゃいけない」

「よろしい。駄目、駄目、駄目と。それで片づいた。——僕はその話を聞いて、実に驚いたね。そんなところで君がヴァイオリンを独習したのは見上げたものだ。惸独《けいどく》にして不羣《ふぐん》なりと楚辞《そじ》にあるが寒月君は全く明治の屈原《くつげん》だよ」

「屈原はいやですよ」

「それじゃ今世紀のウェルテルさ。――なに石を上げて勘定をしろ？　やに物堅《ものがた》い性質《たち》だね。勘定しなくっても僕は負けてるからたしかだ」

「しかし極《きま》りがつかないから……」

「それじゃ君やってくれたまえ。僕は勘定所じゃない。一代の才人ウェルテル君がヴァイオリンを習い出した逸話を聞かなくっちゃ、先祖へ済まないから失敬する」と席をはずして、寒月君の方へすり出して来た。独仙君は丹念に白石を取っては白の穴を埋《う》め、黒石を取っては黒の穴を埋めて、しきりに口の内で計算をしている。寒月君は話をつづける。

「土地柄がすでに土地柄だのに、私の国のものがまた非常に頑固《がんこ》なので、少しでも柔弱なものがおっては、他県の生徒に外聞がわるいと云って、むやみに制裁を厳重にしましたから、ずいぶん厄介でした」

「君の国の書生と来たら、本当に話せないね。元来何だって、紺《こん》の無地の袴《はかま》なんぞ穿《は》くんだい。第一《だいち》あれからして乙《おつ》だね。そうして塩風に吹かれつけているせいか、どうも、色が黒いね。男だからあれで済むが女があれじゃさぞかし困るだろう」と迷亭君が一人這入《はい》ると肝心《かんじん》の話はどっかへ飛んで行ってしまう。

「女もあの通り黒いのです」

「それでよく貰い手があるね」

「だって一国中《いっこくじゅう》ことごとく黒いのだから仕方がありません」

「因果《いんが》だね。ねえ苦沙弥君」

「黒い方がいいだろう。生《なま》じ白いと鏡を見るたんびに己惚《おのぼれ》が出ていけない。女と云うものは始末におえない物件だからなあ」と主人は喟然《きぜん》として大息《たいそく》を洩《も》らした。

「だって一国中ことごとく黒ければ、黒い方で己惚《うぬぼ》れはしませんか」と東風君がもっともな質問をかけた。

「ともかくも女は全然不必要な者だ」と主人が云うと、

「そんな事を云うと妻君が後でご機嫌がわるいぜ」と笑いながら迷亭先生が注意する。

「なに大丈夫だ」

「いないのかい」

「小供を連れて、さっき出掛けた」

「どうれで静かだと思った。どこへ行ったのだい」

「どこだか分らない。勝手に出てあるくのだ」

「そうして勝手に帰ってくるのかい」

「まあそうだ。君は独身でいいなあ」と云うと東風君は少々不平な顔をする。寒月君はにやにやと笑う。迷亭君は
「妻《さい》を持つとみんなそう云う気になるのさ。ねえ独仙君、君なども妻君難の方だろう」

「ええ？　ちょっと待った。四六二十四、二十五、二十六、二十七と。狭いと思ったら、四十六目《もく》あるか。

もう少し勝ったつもりだったが、こしらえて見ると、たった十八目の差か。——何だって？」

「君も妻君難だろうと云うのさ」

「アハハハハ別段難でもないさ。僕の妻《さい》は元来僕を愛しているのだから」

「そいつは少々失敬した。それでこそ独仙君だ」

「独仙君ばかりじゃありません。そんな例はいくらでもありますよ」と寒月君が天下の妻君に代ってちょっと弁護の労を取った。

「僕も寒月君に賛成する。僕の考では人間が絶対の域《いき》に入《い》るには、ただ二つの道があるばかりで、その二つの道とは芸術と恋だ。夫婦の愛はその一つを代表するものだから、人間は是非結婚をして、この幸福を完《まっと》うしなければ天意に背《そむ》く訳だと思うんだ。——がどうでしょう先生」と東風君は相変らず真面目で迷亭君の方へ向き直った。

「御名論だ。僕などはとうてい絶対の境《きょう》に這入《はい》れそうもない」

「妻《さい》を貰えばなお這入れやしない」と主人はむずかしい顔をして云った。

「ともかくも我々未婚の青年は芸術の霊気にふれて向上の一路を開拓しなければ人生の意義が分からないですから、まず手始めにヴァイオリンでも習おうと思って寒月君にさっきから経験譚《けいけんだん》をきいているのです」

「そうそう、ウェルテル君のヴァイオリン物語を拝聴するはずだったね。さあ話し給え。もう邪魔はしないから」と迷亭君がようやく鋒鋩《ほうぼう》を収めると、

「向上の一路はヴァイオリンなどで開ける者ではない。そんな遊戯三昧《ゆうぎざんまい》で宇宙の真理が知れては大変だ。這裡《しゃり》の消息を知ろうと思えばやはり懸崖《けんがい》に手を撒《さっ》して、絶後《ぜつご》に再び蘇《よみが》える底《てい》の気魄《きはく》がなければ駄目だ」と独仙君はもったい振って、東風君に訓戒じみた説教をしたのはよかったが、東風君は禅宗のぜの字も知らない男だから頓《とん》と感心したようすもなく

「へえ、そうかも知れませんが、やはり芸術は人間の渇仰《かつごう》の極致を表わしたものだと思いますから、どうしてもこれを捨てる訳には参りません」

「捨てる訳に行かなければ、お望み通り僕のヴァイオリン談をして聞かせる事にしよう、で今話す通りの次第だから僕もヴァイオリンの稽古をはじめるまでには大分《だいぶ》苦心をしたよ。第一買うのに困りましたよ先生」

「そうだろう麻裏草履《あさうらぞうり》がない土地にヴァイオリンがあるはずがない」

「いえ、ある事はあるんです。金も前から用意して溜めたから差支《さしつか》えないのですが、どうも買えないのです」

「なぜ?」

「狭い土地だから、買っておればすぐ見つかります。見つかれば、すぐ生意気だと云うので制裁を加えられます」

「天才は昔から迫害を加えられるものだからね」と東風君は大《おお》いに同情を表した。

「また天才か、どうか天才呼ばわりだけは御免蒙《ごめんこうむ》りたいね。それでね毎日散歩をしてヴァイオリンのある店先を通るたびにあれが買えたら好かろう、あれを手に抱《かか》えた心持ちはどんなだろう、ああ欲しい、あ

あ欲しいと思わない日は一日《いちんち》もなかったのです」

「もっともだ」と評したのは迷亭で、「妙に凝《こ》ったものだね」と解《げ》しかねたのが主人で、「やはり君、天才だよ」と敬服したのは東風君である。ただ独仙君ばかりは超然として髯《ひげ》を撚《ねん》している。

「そんな所にどうしてヴァイオリンがあるかが第一ご不審かも知れないですが、これは考えて見ると当り前の事です。なぜと云うとこの地方でも女学校があって、女学校の生徒は課業として毎日ヴァイオリンを稽古しなければならないのですから、あるはずです。無論いいのはありません。ただヴァイオリンと云う名が辛《かろ》うじてつくくらいのものであります。だから店でもあまり重きをおいていないので、二三梃いっしょに店頭へ吊《つ》るしておくのです。それがね、時々散歩をして前を通るときに風が吹きつけたり、小僧の手が障《さわ》ったりして、そら音《ね》を出す事があります。その音《ね》を聞くと急に心臓が破裂しそうな心持で、いても立ってもいられなくなるんです」

「危険だね。水癲癇《みずてんかん》、人癲癇《ひとてんかん》と癲癇にもいろいろ種類があるが君のはウェルテルだけあって、ヴァイオリン癲癇だ」と迷亭君が冷やかすと、

「いやそのくらい感覚が鋭敏でなければ真の芸術家にはなれないですよ。どうしても天才肌だ」と東風君はいよいよ感心する。

「ええ実際癲癇《てんかん》かも知れませんが、しかしあの音色《ねいろ》だけは奇体ですよ。その後今日《ごこんにち》まで随分ひきましたがあのくらい美しい音《ね》が出た事がありません。そうさ何と形容していいでしょう。とうてい言いあらわせないです」

「琳琅璆鏘《りんろうきゅうそう》として鳴るじゃないか」とむずかしい事を持ち出したのは独仙君であったが、誰も取り合わなかったのは気の毒である。

「私が毎日毎日店頭を散歩しているうちにとうとうこの霊異な音《ね》を三度ききました。三度目にどうあってもこれは買わなければならないと決心しました。仮令《たとい》国のものから譴責《けんせき》されても、他県のものから軽蔑《けいべつ》されても――よし鉄拳《てっけん》制裁のために絶息《ぜっそく》しても――まかり間違って退校の処分を受けても――、こればかりは買わずにいられないと思いました」

「それが天才だよ。天才でなければ、そんなに思い込める訳のものじゃない。羨《うらやま》しい。僕もどうかして、それほど猛烈な感じを起して見たいと年来心掛けているが、どうもいけないね。音楽会などへ行って出来るだけ熱心に聞いているが、どうもそれほどに感興が乗らない」と東風君はしきりに羨《うら》やましがっている。

「乗らない方が仕合せだよ。今でこそ平気で話すようなもののその時の苦しみはとうてい想像が出来るような種類のものではなかった。――それから先生とうとう奮発して買いました」

「ふむ、どうして」

「ちょうど十一月の天長節の前の晩でした。国のものは揃《そろ》って泊りがけに温泉に行きましたから、一人もいません。私は病気だと云って、その日は学校も休んで寝ていました。今晩こそ一つ出て行って兼《かね》て望みのヴァイオリンを手に入れようと、床の中でその事ばかり考えていました」

「偽病《けびょう》をつかって学校まで休んだのかい」

「全くそうです」

「なるほど少し天才だね、こりゃ」と迷亭君も少々恐れ入った様子である。

「夜具の中から首を出していると、日暮れが待遠《まちどお》でたまりません。仕方がないから頭からもぐり込んで、眼を眠《ねむ》って待って見ましたが、やはり駄目です。首を出すと烈しい秋の日が、六尺の障子《しょうじ》へ一面にあたって、かんかんするには癇癪《かんしゃく》が起りました。上の方に細長い影がかたまって、時々秋風にゆすれるのが眼につきます」

「何だい、その細長い影と云うのは」

「渋柿の皮を剥《む》いて、軒へ吊《つ》るしておいたのです」

「ふん、それから」

「仕方がないから、床《とこ》を出て障子をあけて椽側《えんがわ》へ出て、渋柿の甘干《あまぼ》しを一つ取って食いました」

「うまかったかい」と主人は小供みたような事を聞く。

「うまいですよ、あの辺の柿は。とうてい東京などじゃあの味はわかりませんね」

「柿はいいがそれから、どうしたい」と今度は東風君がきく。

「それからまたもぐって眼をふさいで、早く日が暮れればいいがと、ひそかに神仏に念じて見た。約三四時間も立ったと思う頃、もうよかろうと、首を出すとあにはからんや烈しい秋の日は依然として六尺の障子を照らしてかんかんする、上の方に細長い影がかたまって、ふわふわする」

「そりゃ、聞いたよ」

「何返《なんべん》もあるんだよ。それから床を出て、障子をあけて、甘干しの柿を一つ食って、また寝床へ這入《はい》って、早く日が暮れればいいと、ひそかに神仏に祈念をこらした」

「やっぱりもとのところじゃないか」

「まあ先生そう焦《せ》かずに聞いて下さい。それから約三四時間夜具の中で辛抱《しんぼう》して、今度こそもうよかろうとぬっと首を出して見ると、烈しい秋の日は依然として六尺の障子へ一面にあたって、上の方に細長い影がかたまって、ふわふわしている」

「いつまで行っても同じ事じゃないか」

「それから床を出て障子を開けて、椽側《えんがわ》へ出て甘干しの柿を一つ食って……」

「また柿を食ったのかい。どうもいつまで行っても柿ばかり食ってて際限がないね」

「私もじれったくてね」

「君より聞いてる方がよっぽどじれったいぜ」

「先生はどうも性急《せっかち》だから、話がしにくくって困ります」

「聞く方も少しは困るよ」と東風君も暗《あん》に不平を洩《も》らした。

「そう諸君が御困りとある以上は仕方がない。たいていにして切り上げましょう。要するに私は甘干しの柿を食ってはもぐり、もぐっては食い、とうとう軒端《のきば》に吊《つ》るした奴をみんな食ってしまいました」

「みんな食ったら日も暮れたろう」

「ところがそう行かないので、私が最後の甘干しを食って、もうよかろうと首を出して見ると、相変らず烈しい秋の日が六尺の障子へ一面にあたって……」

「僕あ、もう御免だ。いつまで行っても果《は》てしがない」

「話す私も飽《あ》き飽きします」

「しかしそのくらい根気があればたいていの事業は成就《じょうじゅ》するよ。だまってたら、あしたの朝まで秋の日がかんかんするんだろう。全体いつ頃にヴァイオリンを買う気なんだい」とさすがの迷亭君も少し辛抱《しんぼう》し切れなくなったと見える。ただ独仙君のみは泰然として、あしたの朝までも、あさっての朝までも、いくら秋の日がかんかんしても動ずる気色《けしき》はさらにない。寒月君も落ちつき払ったもので
「いつ買う気だとおっしゃるが、晩になりさえすれば、すぐ買いに出掛けるつもりなのです。ただ残念な事には、いつ頭を出して見ても秋の日がかんかんしているものですから――いえその時の私《わたく》しの苦しみと云ったら、とうてい今あなた方の御じれになるどころの騒ぎじゃないです。私は最後の甘干を食っても、まだ日が暮れないのを見て、泫然《げんぜん》として思わず泣きました。東風君、僕は実に情《なさ》けなくって泣いたよ」

「そうだろう、芸術家は本来多情多恨だから、泣いた事には同情するが、話はもっと早く進行させたいものだね」と東風君は人がいいから、どこまでも真面目で滑稽《こっけい》な挨拶をしている。

「進行させたいのは山々だが、どうしても日が暮れてくれないものだから困るのさ」

「そう日が暮れなくちゃ聞く方も困るからやめよう」と主人がとうとう我慢がし切れなくなったと見えて云い出した。

「やめちゃなお困ります。これからがいよいよ佳境に入《い》るところですから」

「それじゃ聞くから、早く日が暮れた事にしたらよかろう」

「では、少しご無理なご注文ですが、先生の事ですから、枉《ま》げて、ここは日が暮れた事に致しましょう」

「それは好都合だ」と独仙君が澄まして述べられたので一同は思わずどっと噴き出した。

「いよいよ夜《よ》に入ったので、まず安心とほっと一息ついて鞍懸村《くらかけむら》の下宿を出ました。私は性来騒々《しょうらいそうぞう》しい所が嫌《きらい》ですから、わざと便利な市内を避けて、人迹稀《じんせきまれ》な寒村の百姓家にしばらく蝸牛《かぎゅう》の庵《いおり》を結んでいたのです……」

「人迹の稀なはあんまり大袈裟《おおげさ》だね」と主人が抗議を申し込むと「蝸牛の庵も仰山《ぎょうさん》だよ。床の間なしの四畳半くらいにしておく方が写生的で面白い」と迷亭君も苦情を持ち出した。東風君だけは「事実はどうでも言語が詩的で感じがいい」と褒《ほ》めた。独仙君は真面目な顔で「そんな所に住んでいては学校へ通うのが大変だろう。何里くらいあるんですか」と聞いた。

「学校まではたった四五丁です。元来学校からして寒村にあるんですから……」

「それじゃ学生はその辺にだいぶ宿をとってるんでしょう」と独仙君はなかなか承知しない。

「ええ、たいていな百姓家には一人や二人は必ずいます」

「それで人迹稀なんですか」と正面攻撃を喰《くら》わせる。

「ええ学校がなかったら、全く人迹は稀ですよ。……で当夜の服装と云うと、手織木綿《ており もめん》の綿入の上へ金釦《きんボタン》の制服外套《がいとう》を着て、外套の頭巾《ずきん》をすぽりと被《かぶ》ってなるべく人の目につかないような注意をしました。折柄《おりから》柿落葉の時節で宿から南郷街道《なんごうかいどう》へ出るまでは木《こ》の葉で路が一杯です。一歩運《ひとあし》ぶごとにがさがさするのが気にかかります。誰かあとをつけて来そうでたまりません。振り向いて見ると東嶺寺《とうれいじ》の森がこんもりと黒く、暗い中に暗く写っています。この東嶺寺と云うのは松平家《まつだいらけ》の菩提所《ぼだいしょ》で、庚申山《こうしんやま》の麓《ふもと》にあって、私の宿とは一丁くらいしか隔《へだた》っていない、すこぶる幽邃《ゆうすい》な梵刹《ぼんせつ》です。森から上はのべつ幕なしの星月夜で、例の天の河が長瀬川を筋違《すじかい》に横切って末は――末は、そうですね、まず布哇《ハワイ》の方へ流れています……」

「布哇は突飛だね」と迷亭君が云った。

「南郷街道をついに二丁来て、鷹台町《たかのだいまち》から市内に這入って、古城町《こじょうまち》を通って、仙石町《せんごくまち》を曲って、喰代町《くいしろちょう》を横に見て、通町《とおりちょう》を一丁目、二丁目、三丁目と順に通り越して、それから尾張町《おわりちょう》、名古屋町《なごやちょう》、鯱鉾町《しゃちほこちょう》、蒲鉾町《かまぼこちょう》……」

「そんなにいろいろな町を通らなくてもいい。要するにヴァイオリンを買ったのか、買わないのか」と主人がじれったそうに聞く。

「楽器のある店は金善《かねぜん》即ち金子善兵衛方ですから、まだなかなかです」

「なかなかでもいいから早く買うがいい」

「かしこまりました。それで金善方へ来て見ると、店にはランプがかんかんともって……」

「またかんかんか、君のかんかんは一度や二度で済まないんだから難渋《なんじゅう》するよ」と今度は迷亭が予防線を張った。

「いえ、今度のかんかんは、ほんの通り一返のかんかんですから、別段御心配には及びません。……灯影《ほかげ》にすかして見ると例のヴァイオリンが、ほのかに秋の灯《ひ》を反射して、くり込んだ胴の丸みに冷たい光を帯びています。つよく張った琴線《きんせん》の一部だけがきらきらと白く眼に映《うつ》ります。……」

「なかなか叙述がうまいや」と東風君がほめた。

「あれだな。あのヴァイオリンだなと思うと、急に動悸《どうき》がして足がふらふらします……」

「ふふん」と独仙君が鼻で笑った。

「思わず馳《か》け込んで、隠袋《かくし》から蝦蟇口《がまぐち》を出して、蝦蟇口の中から五円札を二枚出して……」

「とうとう買ったかい」と主人がきく。

「買おうと思いましたが、まてしばし、ここが肝心《かんじん》のところだ。滅多《めった》な事をしては失敗する。まあよそうと、際《きわ》どいところで思い留まりました」

「なんだ、まだ買わないのかい。ヴァイオリン一梃でなかなか人を引っ張るじゃないか」

「引っ張る訳じゃないんですが、どうも、まだ買えないんですから仕方がありません」

「なぜ」

「なぜって、まだ宵《よい》の口で人が大勢通るんですもの」

「構わんじゃないか、人が二百や三百通ったって、君はよっぽど妙な男だ」と主人はぷんぷんしている。

「ただの人なら千が二千でも構いませんがね、学校の生徒が腕まくりをして、大きなステッキを持って徘徊《はいかい》しているんだから容易に手を出せませんよ。中には沈澱党《ちんでんとう》などと号して、いつまでもクラスの底に溜まって喜んでるのがありますからね。そんなのに限って柔道は強いのですよ。滅多《めった》にヴァイオリンなどに手出しは出来ません。どんな目に逢《あ》うかわかりません。私だってヴァイオリンは欲しいに相違ないですけれども、命はこれでも惜しいですからね。ヴァイオリンを弾《ひ》いて殺されるよりも、弾かずに生きてる方が楽ですよ」

「それじゃ、とうとう買わずにやめたんだね」と主人が念を押す。

「いえ、買ったのです」

「じれったい男だな。買うなら早く買うさ。いやならいやでいいから、早くかたをつけたらよさそうなものだ」

「えへへへへ、世の中の事はそう、こっちの思うように埒《らち》があくもんじゃありませんよ」と云いながら寒月君は冷然と「朝日」へ火をつけてふかし出した。

主人は面倒になったと見えて、ついと立って書斎へ這入《はい》ったと思ったら、何だか古ぼけた洋書を一冊持ち出して来て、ごろりと腹這《はらばい》になって読み始めた。独仙君はいつの間《ま》にやら、床の間の前へ退去して、独《ひと》りで碁石を並べて一人相撲《ひとりずもう》をとっている。せっかくの逸話もあまり長くかかるので聴手が一人減り二人減って、残るは芸術に忠実なる東風君と、長い事にかつて辟易《へきえき》した事のない迷亭先生のみとなる。

長い煙をふうと世の中へ遠慮なく吹き出した寒月君は、やがて前同様《ぜんどうよう》の速度をもって談話をつづける。

「東風君、僕はその時こう思ったね。とうていこりゃ宵の口は駄目だ、と云って真夜中に来れば金善は寝てしまうからなお駄目だ。何でも学校の生徒が散歩から帰りつくして、そうして金善がまだ寝ない時を見計らって来なければ、せっかくの計画が水泡に帰する。けれどもその時間をうまく見計うのがむずかしい」

「なるほどこりゃむずかしかろう」

「で僕はその時間をまあ十時頃と見積ったね。それで今から十時頃までどこかで暮さなければならない。うちへ帰って出直すのは大変だ。友達のうちへ話しに行くのは何だか気が咎《とが》めるようで面白くなし、仕方がないから相当の時間がくるまで市中を散歩する事にした。ところが平生ならば二時間や三時間はぶらぶらあるいているうちに、いつの間《ま》にか経ってしまうのだがその夜《よ》に限って、時間のたつのが遅いの何のって、――千秋《せんしゅう》の思とはあんな事を云うのだろうと、しみじみ感じました」とさも感じたらしい風をしてわざと迷亭先生の方を向く。

「古人を待つ身につらき置炬燵《おきごたつ》と云われた事があるからね、また待たるる身より待つ身はつらいともあって軒に吊られたヴァイオリンもつらかったろうが、あてのない探偵のようにうろうろ、まごついている君はなおさらつらいだろう。累々《るいるい》として喪家《そうか》の犬のごとし。いや宿のない犬ほど気の毒なものは実際ないよ」

「犬は残酷ですね。犬に比較された事はこれでもまだありませんよ」

「僕は何だか君の話をきくと、昔《むか》しの芸術家の伝を読むような気持がして同情の念に堪《た》えない。犬に比較したのは先生の冗談《じょうだん》だから気に掛けずに話を進行したまえ」と東風君は慰藉《いしゃ》した。慰藉されなくても寒月君は無論話をつづけるつもりである。

「それから徒町《おかちまち》から百騎町《ひゃっきまち》を通って、両替町《りょうがえちょう》から鷹匠町《たかじょうまち》へ出て、県庁の前で枯柳の数を勘定して病院の横で窓の灯《ひ》を計算して、紺屋橋《こんやばし》の上で巻煙草《まきたばこ》を二本ふかして、そうして時計を見た。……」

「十時になったかい」

「惜しい事にならないね。——紺屋橋を渡り切って川添に東へ上《のぼ》って行くと、按摩《あんま》に三人あった。そうして犬がしきりに吠《ほ》えましたよ先生……」

「秋の夜長に川端で犬の遠吠をきくのはちょっと芝居がかりだね。君は落人《おちゅうど》と云う格だ」

「何かわるい事でもしたんですか」

「これからしようと云うところさ」

「可哀相《かわいそう》にヴァイオリンを買うのが悪い事じゃ、音楽学校の生徒はみんな罪人ですよ」

「人が認めない事をすれば、どんないい事をしても罪人さ、だから世の中に罪人ほどあてにならないものはない。耶蘇《ヤソ》もあんな世に生れれば罪人さ。好男子寒月君もそんな所でヴァイオリンを買えば罪人さ」

「それじゃ負けて罪人としておきましょう。罪人はいいですが十時にならないのには弱りました」

「もう一返《ぺん》、町の名を勘定するさ。それで足りなければまた秋の日をかんかんさせるさ。それでもおっかなければまた甘干しの渋柿を三ダースも食うさ。いつまでも聞くから十時になるまでやりたまえ」

寒月先生はにやにやと笑った。

「そう先《せん》を越されては降参するよりほかはありません。それじゃ一足飛びに十時にしてしまいましょう。さて御約束の十時になって金善《かねぜん》の前へ来て見ると、夜寒の頃ですから、さすが目貫《めぬき》の両替町《りょうがえちょう》もほとんど人通りが絶えて、向《むこ》うからくる下駄の音さえ淋《さみ》しい心持ちです。金善ではもう大戸をたてて、わずかに潜《くぐ》り戸《と》だけを障子《しょうじ》にしています。私は何となく犬に尾《つ》けられたような心持で、障子をあけて這入《はい》るのに少々薄気味がわるかったです……」

　この時主人はきたならしい本からちょっと眼をはずして、「おいもうヴァイオリンを買ったかい」と聞いた。「これから買うところです」と東風君が答えると「まだ買わないのか、実に永いな」と独り言《ひとごと》のように云ってまた本を読み出した。独仙君は無言のまま、白と黒で碁盤を大半埋《うず》めてしまった。

「思い切って飛び込んで、頭巾《ずきん》を被《かぶ》ったままヴァイオリンをくれと云いますと、火鉢の周囲に四五人小僧や若僧がかたまって話をしていたのが驚いて、申し合せたように私の顔を見ました。私は思わず右の手を挙げて頭巾をぐいと前の方に引きました。おいヴァイオリンをくれと二度目に云うと、一番前にいて、私の顔を覗《のぞ》き込むようにしていた小僧がへえと覚束《おぼつか》ない返事をして、立ち上がって例の店先に吊《つ》るしてあったのを三四梃一度に卸《おろ》して来ました。いくらかと聞くと五円二十銭だと云います……」

「おいそんな安いヴァイオリンがあるのかい。おもちゃじゃないか」

「みんな同価《どうね》かと聞くと、へえ、どれでも変りはございません。みんな丈夫に念を入れて拵《こし》らえてございますと云いますから、蝦蟇口《がまぐち》のなかから五円札と銀貨を二十銭出して用意の大風呂敷を出してヴァイオリンを包みました。この間《あいだ》、店のものは話を中止してじっと私の顔を見ています。顔は頭巾でかくしてあるから分る気遣《きづかい》はないのですけれども何だか気がせいて一刻も早く往来へ出たくて堪《たま》りません。ようやくの事風呂敷包を外套《がいとう》の下へ入れて、店を出たら、番頭が声を揃《そろ》えてありがとうと大きな声を出したのにはひやっとしました。往来へ出てちょっと見廻して見ると、幸《さいわい》誰もいないようですが、一丁ばかり向《むこう》から二三人して町内中に響けとばかり詩吟をして来ます。こいつは大変だと金善の角を西へ折れて濠端《ほりばた》を薬王師道《やくおうじみち》へ出て、はんの木村から庚申山《こうしんやま》の裾《すそ》へ出てようやく下宿へ帰りました。下宿へ帰って見たらもう二時十分前でした」

「夜通しあるいていたようなものだね」と東風君が気の毒そうに云うと「やっと上がった。やれやれ長い道中双六《どうちゅうすごろく》だ」と迷亭君はほっと一と息ついた。

「これからが聞きどころですよ。今までは単に序幕です」

「まだあるのかい。こいつは容易な事じゃない。たいていのものは君に逢っちゃ根気負けをするね」

「根気はとにかく、ここでやめちゃ仏作って魂入れずと一般ですから、もう少し話します」

「話すのは無論随意さ。聞く事は聞くよ」

「どうです苦沙弥先生も御聞きになっては。もうヴァイオリンは買ってしまいましたよ。ええ先生」

「こん度はヴァイオリンを売るところかい。売るところなんか聞かなくってもいい」

「まだ売るどこじゃありません」

「そんならなお聞かなくてもいい」

「どうも困るな、東風君、君だけだね、熱心に聞いてくれるのは。少し張合が抜けるがまあ仕方がない、ざっと話してしまおう」

「ざっとでなくてもいいから緩《ゆっ》くり話したまえ。大変面白い」

「ヴァイオリンはようやくの思で手に入れたが、まず第一に困ったのは置き所だね。僕の所へは大分《だいぶ》人が遊びにくるから滅多《めった》な所へぶらさげたり、立て懸けたりするとすぐ露見してしまう。穴を掘って埋めちゃ掘り出すのが面倒だろう」

「そうさ、天井裏へでも隠したかい」と東風君は気楽な事を云う。

「天井はないさ。百姓家《ひゃくしょうや》だもの」

「そりゃ困ったろう。どこへ入れたい」

「どこへ入れたと思う」

「わからないね。戸袋のなかか」

「いいえ」

「夜具にくるんで戸棚へしまったか」

「いいえ」

東風君と寒月君はヴァイオリンの隠《かく》れ家《が》についてかくのごとく問答をしているうちに、主人と迷亭君も何かしきりに話している。

「こりゃ何と読むのだい」と主人が聞く。

「どれ」

「この二行さ」

「何だって？〔Quid aliud est mulier nisi amicitiae & inimica〕……こりゃ君羅甸語《ラテンご》じゃないか」

「羅甸語は分ってるが、何と読むのだい」

「だって君は平生羅甸語が読めると云ってるじゃないか」と迷亭君も危険だと見て取って、ちょっと逃げた。

「無論読めるさ。読める事は読めるが、こりゃ何だい」

「読める事は読めるが、こりゃ何だは手ひどいね」

「何でもいいからちょっと英語に訳して見ろ」

「見ろは烈しいね。まるで従卒のようだね」

「従卒でもいいから何だ」

「まあ羅甸語などはあとにして、ちょっと寒月君のご高話を拝聴仕《つかまつ》ろうじゃないか。今大変なところだよ。いよいよ露見するか、しないか危機一髪と云う安宅《あたか》の関《せき》へかかってるんだ。——ねえ寒月君それからどうしたい」と急に乗気になって、またヴァイオリンの仲間入りをする。主人は情《なさ》けなくも取り残された。寒月君はこれに勢を得て隠し所を説明する。

「とうとう古つづらの中へ隠しました。このつづらは国を出る時御祖母《おばあ》さんが餞別にくれたものですが、何でも御祖母さんが嫁にくる時持って来たものだそうです」

「そいつは古物《こぶつ》だね。ヴァイオリンとは少し調和しないようだ。ねえ東風君」

「ええ、ちと調和せんです」

「天井裏だって調和しないじゃないか」と寒月君は東風先生をやり込めた。

「調和はしないが、句にはなるよ、安心し給え。秋淋《あきさび》しつづらにかくすヴァイオリンはどうだい、両君」

「先生今日は大分《だいぶ》俳句が出来ますね」

「今日に限った事じゃない。いつでも腹の中で出来てるのさ。僕の俳句における造詣《ぞうけい》と云ったら、故子規子《こしきし》も舌を捲《ま》いて驚ろいたくらいのものさ」

「先生、子規さんとは御つき合でしたか」と正直な東風君は真率《しんそつ》な質問をかける。

「なにつき合わなくっても始終無線電信で肝胆相照らしていたもんだ」と無茶苦茶を云うので、東風先生あきれて黙ってしまった。寒月君は笑いながらまた進行する。

「それで置き所だけは出来た訳だが、今度は出すのに困った。ただ出すだけなら人目を掠《かす》めて眺《なが》めるくらいはやれん事はないが、眺めたばかりじゃ何にもならない。弾《ひ》かなければ役に立たない。弾けば音が出る。出ればすぐ露見する。ちょうど木槿垣《むくげがき》を一重隔てて南隣りは沈澱組《ちんでんぐみ》の頭領が下宿しているんだから剣呑《けんのん》だあね」

「困るね」と東風君が気の毒そうに調子を合わせる。

「なるほど、こりゃ困る。論より証拠音が出るんだから、小督《こごう》の局《つぼね》も全くこれでしくじったんだからね。これがぬすみ食をするとか、贋札《にせさつ》を造るとか云うなら、まだ始末がいいが、音曲《おんぎょく》は人に隠しちゃ出来ないものだからね」

「音さえ出なければどうでも出来るんですが……」

「ちょっと待った。音さえ出なけりゃと云うが、音が出なくても隠《かく》し了《おお》せないのがあるよ。昔《むか》し僕等が小石川の御寺で自炊をしている時分に鈴木の藤《とう》さんと云う人がいてね、この藤さんが大変味淋《みりん》がすきで、ビールの徳利《とっくり》へ味淋を買って来ては一人で楽しみに飲んでいたのさ。ある日藤《とう》さんが散歩に出たあとで、よせばいいのに苦沙弥君がちょっと盗んで飲んだところが……」

「おれが鈴木の味淋などをのむものか、飲んだのは君だぜ」と主人は突然大きな声を出した。

「おや本を読んでるから大丈夫かと思ったら、やはり聞いてるね。油断の出来ない男だ。耳も八丁、目も八丁とは君の事だ。なるほど云われて見ると僕も飲んだ。僕も飲んだには相違ないが、発覚したのは君の方だよ。――両君まあ聞きたまえ。苦沙弥先生元来酒は飲めないのだよ。ところを人の味淋だと思って一生懸命に飲んだものだから、さあ大変、顔中真赤《まっか》にはれ上ってね。いやもう二目《ふため》とは見られないありさまさ……」

「黙っていろ。羅甸語《ラテンご》も読めない癖に」

「ハハハハ、それで藤《とう》さんが帰って来てビールの徳利をふって見ると、半分以上足りない。何でも誰か飲んだに相違ないと云うので見廻して見ると、大将隅の方に朱泥《しゅでい》を練りかためた人形のようにかたくなっていらあね……」

三人は思わず哄然《こうぜん》と笑い出した。主人も本をよみながら、くすくすと笑った。独《ひと》り独仙君に至っては機外《きがい》の機《き》を弄《ろう》し過ぎて、少々疲労したと見えて、碁盤の上へのしかかって、いつの間《ま》にやら、ぐうぐう寝ている。

「まだ音がしないもので露見した事がある。僕が昔し姥子《うばこ》の温泉に行って、一人のじじいと相宿になった事がある。何でも東京の呉服屋の隠居か何かだったがね。まあ相宿だから呉服屋だろうが、古着屋だろうが構う事はないが、ただ困った事が一つ出来てしまった。と云うのは僕は姥子《うばこ》へ着いてから三日目に煙草《たばこ》を切らしてしまったのさ。諸君も知ってるだろうが、あの姥子と云うのは山の中の一軒屋でただ温泉に這入《はい》って飯を食うよりほかにどうもこうも仕様のない不便の所さ。そこで煙草を切らしたのだから御難だね。物はないとなるとなお欲しくなるもので、煙草がないなと思うやいなや、いつもそんなでないのが急に呑みたくなり出してね。意地のわるい事に、そのじじいが風呂敷に一杯煙草を用意して登山しているのさ。それを少しずつ出しては、人の前で胡坐《あぐら》をかいて呑みたいだろうと云わないばかりに、すぱすぱふかすのだね。ただふかすだけなら勘弁のしようもあるが、しまいには煙を輪に吹いて見たり、竪《たて》に吹いたり、横に吹いたり、乃至《ないし》は邯鄲夢《かんたんゆめ》の枕《まくら》と逆《ぎゃく》に吹いたり、または鼻から獅子の洞入《ほらい》り、洞返《ほらがえ》りに吹いたり。つまり呑みびらかすんだね……」

「何です、呑みびらかすと云うのは」

「衣装道具《いしょうどうぐ》なら見せびらかすのだが、煙草だから呑みびらかすのさ」

「へえ、そんな苦しい思いをなさるより貰ったらいいでしょう」

「ところが貰わないね。僕も男子だ」

「へえ、貰っちゃいけないんですか」

「いけるかも知れないが、貰わないね」

「それでどうしました」

「貰わないで偸《ぬす》んだ」

「おやおや」

「奴さん手拭《てぬぐい》をぶらさげて湯に出掛けたから、呑むならここだと思って一心不乱立てつづけに呑んで、ああ愉快だと思う間《ま》もなく、障子《しょうじ》がからりとあいたから、おやと振り返ると煙草の持ち主さ」

「湯には這入らなかったのですか」

「這入ろうと思ったら巾着《きんちゃく》を忘れたのに気がついて、廊下から引き返したんだ。人が巾着でもとりゃしまいし第一それからが失敬さ」

「何とも云えませんね。煙草の御手際《おてぎわ》じゃ」

「ハハハハじじいもなかなか眼識があるよ。巾着はとにかくだが、じいさんが障子をあけると二日間の溜め呑みをやった煙草の煙りがむっとするほど室《へや》のなかに籠《こも》ってるじゃないか、悪事千里とはよく云ったものだね。たちまち露見してしまった」

「じいさん何とかいいましたか」

「さすが年の功だね、何にも言わずに巻煙草《まきたばこ》を五六十本半紙にくるんで、失礼ですが、こんな粗葉《そは》でよろしければどうぞお呑み下さいましと云って、また湯壺《ゆつぼ》へ下りて行ったよ」

「そんなのが江戸趣味と云うのでしょうか」

「江戸趣味だか、呉服屋趣味だか知らないが、それから僕は爺さんと大《おおい》に肝胆相照《かんたんあいて》らして、二週間の間面白く逗留《とうりゅう》して帰って来たよ」

「煙草は二週間中爺さんの御馳走になったんですか」

「まあそんなところだね」

「もうヴァイオリンは片ついたかい」と主人はようやく本を伏せて、起き上りながらついに降参を申し込んだ。

「まだです。これからが面白いところです、ちょうどいい時ですから聞いて下さい。ついでにあの碁盤の上で昼寝をしている先生――何とか云いましたね、え、独仙先生、――独仙先生にも聞いていただきたいな。どうですあんなに寝ちゃ、からだに毒ですぜ。もう起してもいいでしょう」

「おい、独仙君、起きた起きた。面白い話がある。起きるんだよ。そう寝ちゃ毒だとさ。奥さんが心配だとさ」

「え」と云いながら顔を上げた独仙君の山羊髯《やぎひげ》を伝わって垂涎《よだれ》が一筋長々と流れて、蝸牛《かたつむり》の這った迹《あと》のように歴然と光っている。

「ああ、眠かった。山上の白雲わが懶《ものう》きに似たりか。ああ、いい心持ちに寝《ね》たよ」

「寝たのはみんなが認めているのだがね。ちっと起きちゃどうだい」

「もう、起きてもいいね。何か面白い話があるかい」

「これからいよいよヴァイオリンを――どうするんだったかな、苦沙弥君」

「どうするのかな、とんと見当《けんとう》がつかない」

「これからいよいよ弾くところです」

「これからいよいよヴァイオリンを弾くところだよ。こっちへ出て来て、聞きたまえ」

「まだヴァイオリンかい。困ったな」

「君は無絃《むげん》の素琴《そきん》を弾ずる連中だから困らない方なんだが、寒月君のは、きいきいぴいぴい近所合壁《きんじょがっぺき》へ聞えるのだから大《おおい》に困ってるところだ」

「そうかい。寒月君近所へ聞えないようにヴァイオリンを弾く方《ほう》を知らんですか」

「知りませんね、あるなら伺いたいもので」

「伺わなくても露地《ろじ》の白牛《びゃくぎゅう》を見ればすぐ分るはずだが」と、何だか通じない事を云う。寒月君はねぼけてあんな珍語《ろう》を弄するのだろうと鑑定したから、わざと相手にならないで話頭を進めた。

「ようやくの事で一策を案出しました。あくる日は天長節だから、朝からうちにいて、つづらの蓋《ふた》をとって見たり、かぶせて見たり一日《いちんち》そわそわして暮らしてしまいましたがいよいよ日が暮れて、つづらの底で蟀《こおろぎ》が鳴き出した時思い切って例のヴァイオリンと弓を取り出しました」

「いよいよ出たね」と東風君が云うと「滅多《めった》に弾くとあぶないよ」と迷亭君が注意した。

「まず弓を取って、切先《きっさき》から鍔元《つばもと》までしらべて見る……」

「下手な刀屋じゃあるまいし」と迷亭君が冷評《ひやか》した。

「実際これが自分の魂だと思うと、侍《さむらい》が研《と》ぎ澄した名刀を、長夜《ちょうや》の灯影《ほかげ》で鞘払《さやばらい》をする時のような心持ちがするものですよ。私は弓を持ったままぶるぶるとふるえました」

「全く天才だ」と云う東風君について「全く癲癇《てんかん》だ」と迷亭君がつけた。主人は「早く弾いたらよかろう」と云う。独仙君は困ったものだと云う顔付をする。

「ありがたい事に弓は無難です。今度はヴァイオリンを同じくランプの傍《そば》へ引き付けて、裏表共よくしらべて見る。この間《あいだ》約五分間、つづらの底では始終蟀《こおろぎ》が鳴いていると思って下さい。……」

「何とでも思ってやるから安心して弾くがいい」

「まだ弾きゃしません。――幸いヴァイオリンも疵《きず》がない。これなら大丈夫とぬっくと立ち上がる……」

「どっかへ行くのかい」

「まあ少し黙って聞いて下さい。そう一句毎に邪魔をされちゃ話が出来ない。……」

「おい諸君、だまるんだとさ。シーシー」

「しゃべるのは君だけだぜ」

「うん、そうか、これは失敬、謹聴謹聴」

「ヴァイオリンを小脇に抱《か》い込んで、草履《ぞうり》を突《つっ》かけたまま二三歩草の戸を出たが、まてしばし……」

「そらおいでなすった。何でも、どっかで停電するに違ないと思った」

「もう帰ったって甘干しの柿はないぜ」

「そう諸先生が御まぜ返しになってははなはだ遺憾《いかん》の至りだが、東風君一人を相手にするより致し方がない。――いいかね東風君、二三歩出たがまた引き返して、国を出るとき三円二十銭で買った赤毛布《あかげっと》を頭から被《かぶ》ってね、ふっとランプを消すと君真暗闇《まっくらやみ》になって今度は草履《ぞうり》の所在地《ありか》が判然しなくなった」

「一体どこへ行くんだい」

「まあ聞いてたまい。ようやくの事草履を見つけて、表へ出ると星月夜に柿落葉、赤毛布にヴァイオリン。右へ右へと爪先上《つまさきあが》りに庚申山《こうしんやま》へ差しかかってくると、東嶺寺《とうれいじ》の鐘がボーンと毛布《けっと》を通して、耳を通して、頭の中へ響き渡った。何時《なんじ》だと思う、君」

「九時だよ。これから秋の夜長をたった一人、山道八丁を大平《おおだいら》と云う所まで登るのだが、平生なら臆病な僕の事だから、恐しくってたまらないところだけれども、一心不乱となると不思議なもので、怖《こわ》いにも怖くないにも、毛頭そんな念はてんで心の中に起らないよ。ただヴァイオリンが弾きたいばかりで胸が一杯になってるんだから妙なものさ。この大平と云う所は庚申山の南側で天気のいい日に登って見ると赤松の間から城下が一目に見下《みおろ》せる眺望佳絶の平地で――そうさ広さはまあ百坪もあろうかね、真中に八畳敷ほどな一枚岩があって、北側は鵜《う》の沼《ぬま》と云う池つづきで、池のまわりは三抱えもあろうと云う樟《くすのき》ばかりだ。山のなかだから、人の住んでる所は樟脳《しょうのう》を採《と》る小屋が一軒あるばかり、池の近辺は昼でもあまり心持ちのいい場所じゃない。幸い工兵が演習のため道を切り開いてくれたから、登るのに骨は折れない。ようやく一枚岩の上へ来て、毛布《けっと》を敷いて、ともかくもその上へ坐った。こんな寒い晩に登ったのは始めてなんだから、岩の上へ坐って少し落ち着くと、あたりの淋《さみ》しさが次第次第に腹の底へ沁《し》み渡る。こう云う場合に人の心を乱すものはただ怖《こわ》いと云う感じばかりだから、この感じさえ引き抜くと、余るところは皎々冽々《こうこうれつれつ》たる空霊の気だけになる。二十分ほど茫然《ぼうぜん》としているうちに何だか水晶で造った御殿のなかに、たった一人住んでるような気になった。しかもその一人住んでる僕のからだが――いやからだばかりじゃない、心も魂もことごとく寒天か何かで製造されたごとく、不思議に透《す》き徹《とお》ってしまって、自分が水晶の御殿の中にいるのだか、自分の腹の中に水晶の御殿があるのだか、わからなくなって来た……」

「知らないね」

「飛んだ事になって来たね」と迷亭君が真面目にからかうあとに付いて、独仙君が「面白い境界《きょうがい》だ」と少しく感心したようすに見えた。

「もしこの状態が長くつづいたら、私はあすの朝まで、せっかくのヴァイオリンも弾かずに、茫《ぼん》やり一枚岩の上に坐ってたかも知れないです……」

「狐でもいる所かい」と東風君がきいた。

「こう云う具合で、自他の区別もなくなって、生きているか死んでいるか方角のつかない時に、突然後《うし》ろの古沼の奥でギャーと云う声がした。……」

「いよいよ出たね」

「その声が遠く反響を起して満山の秋の梢《こずえ》を、野分《のわき》と共に渡ったと思ったら、はっと我に帰った……」

「やっと安心した」と迷亭君が胸を撫《な》でおろす真似をする。

「大死一番乾坤新《たいしいちばんけんこんあらた》なり」と独仙君は目くばせをする。寒月君にはちっとも通じない。

「それから、我に帰ってあたりを見廻わすと、庚申山《こうしんやま》一面はしんとして、雨垂れほどの音もしない。はてな今の音は何だろうと考えた。人の声にしては鋭すぎるし、鳥の声にしては大き過ぎるし、猿の声にしては――この辺によもや猿はおるまい。何だろう？　何だろうと云う問題が頭のなかに起ると、これを解釈しようと云うので今まで静まり返っていたやからが、紛然雑然糅然《ふんぜんざつぜんじゅうぜん》としてあたかもコンノート殿下歓迎の当時における都人士狂乱の態度を以《もっ》て脳裏をかけ廻る。そのうちに総身《そうしん》の毛穴が急にあいて、焼酎《しょうちゅう》を吹きかけた毛脛《けずね》のように、勇気、胆力、分別、沈着などと号するお客様がすうすうと蒸発して行く。

心臓が肋骨の下でステテコを踊り出す。両足が紙鳶《たこ》のうなりのように震動をはじめる。これはたまらん。いきなり、毛布《けっと》を頭からかぶって、ヴァイオリンを小脇に掻《か》い込んでひょろひょろと一枚岩を飛び下りて、一目散に山道八丁を麓《ふもと》の方へかけ下りて、宿へ帰って布団《ふとん》へくるまって寝てしまった。今考えてもあんな気味のわるかった事はないよ、東風君」

「それから」

「それでおしまいさ」

「ヴァイオリンは弾かないのかい」

「弾きたくっても、弾かれないじゃないか。ギャーだもの。君だってきっと弾かれないよ」

「何だか君の話は物足りないような気がする」

「気がしても事実だよ。どうです先生」と寒月君は一座を見廻わして大得意のようすである。

「ハハハハこれは上出来。そこまで持って行くにはだいぶ苦心惨憺たるものがあったのだろう。僕は男子のサンドラ・ベロニが東方君子の邦《くに》に出現するところかと思って、今が今まで真面目に拝聴していたんだよ」と云った迷亭君は誰かサンドラ・ベロニの講釈でも聞くかと思のほか、何にも質問が出ないので「サンドラ・ベロニが月下に竪琴《たてごと》を弾いて、以太利亜風《イタリアふう》の歌を森の中でうたってるところは、君の庚申山《こうしんやま》へヴァイオリンをかかえて上《のぼ》るところと同曲にして異巧なるものだね。惜しい事に向うは月中《げっちゅう》の嫦娥《じょうが》を驚ろかし、君は古沼《ふるぬま》の怪狸《かいり》におどろかされたので、際《きわ》どいところで滑稽《こっけい》と崇高の大差を来たした。さぞ遺憾《いかん》だろう」と一人で説明すると、

「そんなに遺憾ではありません」と寒月君は存外平気である。

「全体山の上でヴァイオリンを弾こうなんて、ハイカラをやるから、おどかされるんだ」と今度は主人が酷評を加えると、

「好漢《こうかん》この鬼窟裏《きくつり》に向って生計を営む。惜しい事だ」と独仙君は嘆息した。すべて独仙君の云う事は決して寒月君にわかったためしがない。寒月君ばかりではない、おそらく誰にでもわからないだろう。

「そりゃ、そうと寒月君、近頃でも矢張り学校へ行って珠《たま》ばかり磨いてるのかね」と迷亭先生はしばらくして話頭を転じた。

「いえ、こないだうちから国へ帰省していたもんですから、暫時《ざんじ》中止の姿です。珠ももうあきましたから、実はよそうかと思ってるんです」

「だって珠が磨けないと博士にはなれんぜ」と主人は少しく眉をひそめたが、本人は存外気楽で、

「博士ですか、エヘヘヘへ。博士ならもうならなくってもいいんです」

「でも結婚が延びて、双方困るだろう」

「結婚って誰の結婚です」

「君のさ」

「私が誰と結婚するんです」

「金田の令嬢さ」

「へええ」

「へえって、あれほど約束があるじゃないか」

「約束なんかありゃしません、そんな事を言い触《ふ》らすなあ、向うの勝手です」

「こいつは少し乱暴だ。ねえ迷亭、君もあの一件は知ってるだろう」

「あの一件た、鼻事件かい。あの事件なら、君と僕が知ってるばかりじゃない、公然の秘密として天下一般に知れ渡ってる。現に万朝《まんちょう》なぞでは花聟花嫁と云う表題で両君の写真を紙上に掲ぐるの栄はいつだろう、いつだろうって、うるさく僕のところへ聞きにくるくらいだ。東風君なぞはすでに鴛鴦歌《えんおうか》と云う一大長篇を作って、三箇月前《ぜん》から待ってるんだが、寒月君が博士にならないばかりで、せっかくの傑作も宝の持ち腐れになりそうで心配でたまらないそうだ。ねえ、東風君そうだろう」

「まだ心配するほど持ちあつかってはいませんが、とにかく満腹の同情をこめた作を公けにするつもりです」

「それ見たまえ、君が博士になるかならないかで、四方八方へ飛んだ影響が及んでくるよ。少ししっかりして、珠を磨いてくれたまえ」

「へへへへいろいろ御心配をかけて済みませんが、もう博士にはならないでもいいのです」

「なぜ」

「なぜって、私にはもう歴然《れっき》とした女房があるんです」

「いや、こりゃえらい。いつの間《ま》に秘密結婚をやったのかね。油断のならない世の中だ。苦沙弥さんただ今御聞き及びの通り寒月君はすでに妻子があるんだとさ」

「子供はまだですよ。そう結婚して一と月もたたないうちに子供が生れちゃ事でさあ」

「元来いつどこで結婚したんだ」と主人は予審判事見たような質問をかける。

「いつって、国へ帰ったら、ちゃんと、うちで待ってたのです。今日先生の所へ持って来た、この鰹節《かつぶし》は結婚祝に親類から貰ったんです」

「たった三本祝うのはけちだな」

「なに沢山のうちを三本だけ持って来たのです」

「じゃ御国の女だね、やっぱり色が黒いんだね」

「ええ、真黒です。ちょうど私には相当です」

「それで金田の方はどうする気だい」

「どうする気でもありません」

「そりゃ少し義理がわるかろう。ねえ迷亭」

「わるくもないさ。ほかへやりゃ同じ事だ。どうせ夫婦なんてものは闇の中で鉢合せをするようなものだ。要するに鉢合せをしないでもすむところをわざわざ鉢合せるんだから余計な事さ。すでに余計な事なら誰と誰の鉢が合ったって構いっこないよ。ただ気の毒なのは鴛鴦歌《えんおうか》を作った東風君くらいなものさ」

「なに鴛鴦歌は都合によって、こちらへ向け易《か》えてもよろしゅうございます。金田家の結婚式にはまた別に作りますから」

「さすが詩人だけあって自由自在なものだね」

「金田の方へ断わったかい」と主人はまだ金田を気にしている。

「いいえ。断わる訳がありません。私の方でくれとも、貰いたいとも、先方へ申し込んだ事はありませんから、黙っていれば沢山です。――なあに黙ってても沢山ですよ。今時分は探偵が十人も二十人もかかって一部始終残らず知れていますよ」

探偵と云う言語《ことば》を聞いた、主人は、急に苦《にが》い顔をして

「ふん、そんなら黙っていろ」と申し渡したが、それでも飽《あ》き足らなかったと見えて、なお探偵について下《しも》のような事をさも大議論のように述べられた。

「不用意の際に人の懐中を抜くのがスリで、不用意の際に人の胸中を釣るのが探偵だ。知らぬ間《ま》に雨戸をはずして人の所有品を偸《ぬす》むのが泥棒で、知らぬ間に口を滑《すべ》らして人の心を読むのが探偵だ。ダンビラを畳の上へ刺して無理に人の金銭を着服するのが強盗で、おどし文句をいやに並べて人の意志を強《し》うるのが探偵だ。だから探偵と云う奴はスリ、泥棒、強盗の一族でとうてい人の風上《かざかみ》に置けるものではない。そんな奴の云う事を聞くと癖になる。決して負けるな」

「なに大丈夫です、探偵の千人や二千人、風上に隊伍を整えて襲撃したって怖《こわ》くはありません。珠磨《たます》りの名人理学士水島寒月でさあ」

「ひやひや見上げたものだ。さすが新婚学士ほどあって元気旺盛《おうせい》なものだね。しかし苦沙弥さん。探偵がスリ、泥棒、強盗の同類なら、その探偵を使う金田君のごときものは何の同類だろう」

「熊坂長範《くまさかちょうはん》くらいなものだろう」

「熊坂はよかったね。一つと見えたる長範が二つになってぞ失《う》せにけりと云うが、あんな烏金《からすがね》で身代《しんだい》をつくった向横丁《むこうよこちょう》の長範なんかは業《ごう》つく張りの、慾張り屋だから、いくつになっても失せる気遣《きづかい》はないぜ。あんな奴につかまったら因果だよ。生涯《しょうがい》たたるよ、寒月君用心したまえ」

「なあに、いいですよ。ああら物々し盗人《ぬすびと》よ。手並はさきにも知りつらん。それにも懲《こ》りず打ち入るかって、ひどい目に合せてやりまさあ」と寒月君は自若として宝生流《ほうしょうりゅう》に気焔《きえん》を吐《は》いて見せる。

「探偵と云えば二十世紀の人間はたいてい探偵のようになる傾向があるが、どう云う訳だろう」と独仙君は独仙君だけに時局問題には関係のない超然たる質問を呈出した。

「物価が高いせいでしょう」と寒月君が答える。

「芸術趣味を解しないからでしょう」と東風君が答える。

「人間に文明の角《つの》が生えて、金米糖《こんぺいとう》のようにいらいらするからさ」と迷亭君が答える。

　今度は主人の番である。主人はもったい振《ぶ》った口調で、こんな議論を始めた。

「それは僕が大分《だいぶ》考えた事だ。僕の解釈によると当世人の探偵的傾向は全く個人の自覚心の強過ぎるのが原因になっている。僕の自覚心と名づけるのは独仙君の方で云う、見性成仏《けんしょうじょうぶつ》とか、自己は天地と同一体だとか云う悟道の類《たぐい》ではない。……」

「おや大分《だいぶ》むずかしくなって来たようだ。苦沙弥君、君にしてそんな大議論を舌頭《ぜっとう》に弄《ろう》する以上は、かく申す迷亭も憚《はばか》りながら御あとで現代の文明に対する不平を堂々と云うよ」

「勝手に云うがいい、云う事もない癖に」

「ところがある。大《おお》にある。君なぞはせんだっては刑事巡査を神のごとく敬《うやま》い、また今日は探偵をスリ泥棒に比し、まるで矛盾の変怪《へんげ》だが、僕などは終始一貫父母未生以前《ふもみしょういぜん》からただ今に至るまで、かつて自説を変じた事のない男だ」

「刑事は刑事だ。探偵は探偵だ。せんだってはせんだってで今日は今日だ。自説が変らないのは発達しない証拠だ。下愚《かぐ》は移らずと云うのは君の事だ。……」

「これはきびしい。探偵もそうまともにくると可愛いところがある」

「おれが探偵」

「探偵でないから、正直でいいと云うのだよ。喧嘩はおやめおやめ。さあ。その大議論のあとを拝聴しよう」

「今の人の自覚心と云うのは自己と他人の間に截然《せつぜん》たる利害の鴻溝《こうこう》があると云う事を知り過ぎていると云う事だ。そうしてこの自覚心なるものは文明が進むにしたがって一日一日と鋭敏になって行くから、しまいには一挙手一投足も自然天然とは出来ないようになる。ヘンレーと云う人がスチーヴンソンを評して彼は鏡のかかった部屋に入《はい》って、鏡の前を通る毎《ごと》に自己の影を写して見なければ気が済まぬほど瞬時も自己を忘るる事の出来ない人だと評したのは、よく今日《こんにち》の趨勢《すうせい》を言いあらわしている。寝ても覚《さ》めてもおれ、このおれが至るところにつけまつわっているから、人間の行為言動が人工的にコセつくばかり、自分で窮屈になるばかり、世の中が苦しくなるばかり、ちょうど見合をする若い男女の心持ちで朝から晩までくらさなければならない。悠々《ゆうゆう》とか従容《しょうよう》とか云う字は劃《かく》があって意味のない言葉になってしまう。この点において今代《きんだい》の人は探偵的である。泥棒的である。探偵は人の目を掠《かす》めて自分だけうまいまい事をしようと云う商売だから、勢《いきおい》自覚心が強くならなくては出来ん。泥棒も捕《つか》まるか、見つかるかと云う心配が念頭を離れる事がないから、勢自覚心が強くならざるを得ない。今の人はどうしたら己《おの》れの利になるか、損になるかと寝ても醒《さ》めても考えつづけだから、勢探偵泥棒と同じく自覚心が強くならざるを得ない。二六時中キョトキョト、コソコソして墓に入《い》るまで一刻の安心も得ないのは今の人の心だ。文明の咒詛《じゅそ》だ。馬鹿馬鹿しい」

「なるほど面白い解釈だ」と独仙君が云い出した。こんな問題になると独仙君はなかなか引込《ひっこ》んでいない男である。「苦沙弥君の説明はよく我意《わがい》を得ている。昔《むか》しの人は己れを忘れろと教えたものだ。今の人は己れを忘れるなと教えるからまるで違う。二六時中己れと云う意識をもって充満している。それだから二六時中太平の時はない。いつでも焦熱地獄だ。天下に何が薬だと云って己れを忘れるより薬な事はない。三更月下入無我《さんこうげつかむがにいる》とはこの至境を咏《えい》じたものさ。今の人は親切をしても自然をかいている。英吉利《イギリス》のナイスなどと自慢する行為も存外自覚心が張り切れそうになっている。英国の天子が印度《インド》へ遊びに行って、印度の王族と食卓を共にした時に、その王族が天子の前とも心づかずに、つい自国の我流を出して馬鈴薯《じゃがいも》を手攫《てづか》みで皿へとって、あとから真赤《まっか》になって愧《は》じ入ったら、天子は知らん顔をしてやはり二本指で馬鈴薯を皿へとったそうだ……」

「それが英吉利趣味ですか」これは寒月君の質問であった。

「僕はこんな話を聞いた」と主人が後《あと》をつける。「やはり英国のある兵営で聯隊の士官が大勢して一人の下士官を御馳走した事がある。御馳走が済んで手を洗う水を硝子鉢《ガラスばち》へ入れて出したら、この下士官は宴会になれんと見えて、硝子鉢を口へあてて中の水をぐうと飲んでしまった。すると聯隊長が突然下士官の健康を祝すと云いながら、やはりフヒンガー・ボールの水を一息に飲み干したそうだ。そこで並《な》みいる士官も我劣らじと水盃《みずさかずき》を挙げて下士官の健康を祝したと云うぜ」

「こんな噺《はなし》もあるよ」とだまってる事の嫌《きらい》な迷亭君が云った。「カーライルが始めて女皇《じょこう》に謁した時、宮廷の礼に嫻《なら》わぬ変物《へんぶつ》の事だから、先生突然どうですと云いながら、どさりと椅子へ腰をおろした。ところが女皇の後《うし》ろに立っていた大勢の侍従や官女がみんなくすくす笑い出した――出したのではない、出そうとしたのさ、すると女皇が後ろを向いて、ちょっと何か相図をしたら、多勢《おおぜい》の侍従官女がいつの間《ま》にかみんな椅子へ腰をかけて、カーライルは面目を失わなかったと云うんだが随分御念の入った親切もあったもんだ」

「カーライルの事なら、みんなが立ってても平気だったかも知れませんよ」と寒月君が短評を試みた。

「親切の方の自覚心はまあいいがね」と独仙君は進行する。「自覚心があるだけ親切をするにも骨が折れる訳になる。気の毒な事さ。文明が進むに従って殺伐の気がなくなる、個人と個人の交際がおだやかになるなどと普通云うが大間違いさ。こんなに自覚心が強くって、どうしておだやかになれるものか。なるほどちょっと見るとごくしずかで無事なようだが、御互の間は非常に苦しいのさ。ちょうど相撲が土俵の真中で四《よ》つに組んで動かないようなものだろう。はたから見ると平穏至極だが当人の腹は波を打っているじゃないか」

「喧嘩《けんか》も昔《むか》しの喧嘩は暴力で圧迫するのだからかえって罪はなかったが、近頃じゃなかなか巧妙になってるからなお自覚心が増してくるんだね」と番が迷亭先生の頭の上に廻って来る。「ベーコンの言葉に自然の力に従って始めて自然に勝つとあるが、今の喧嘩は正にベーコンの格言通りに出来上ってるから不思議だ。ちょうど柔術のようなものさ。敵の力を利用して敵を斃《たお》す事を考える……」

「または水力電気のようなものですね。水の力に逆らわないでかえってこれを電力に変化して立派に役に立たせる……」と寒月君が言いかけると、独仙君がすぐそのあとを引き取った。「だから貧時《ひんじ》には貧《ひん》に縛《ばく》せられ、富時《ふじ》には富《ふ》に縛せられ、憂時《ゆうじ》には憂《ゆう》に縛せられ、喜時《きじ》には喜《き》に縛せられるのさ。才人は才に斃《たお》れ、智者は智に敗れ、苦沙弥君のような癇癪《かんしゃく》持ちは癇癪を利用さえすればすぐに飛び出して敵のぺてんに罹《かか》る……」

「ひやひや」と迷亭君が手をたたくと、苦沙弥君はにやにや笑いながら「これでなかなかそう甘《うま》くは行かないのだよ」と答えたら、みんな一度に笑い出した。

「時に金田のようなのは何で斃れるだろう」

「女房は鼻で斃れ、主人は因業《いんごう》で斃れ、子分は探偵で斃れか」

「娘は?」

「娘は——娘は見た事がないから何とも云えないが——まず着倒れか、食い倒れ、もしくは呑んだくれの類《たぐい》だろう。よもや恋い倒れにはなるまい。ことによると卒塔婆小町《そとばこまち》のように行き倒れになるかも知れない」

「それは少しひどい」と新体詩を捧げただけに東風君が異議を申し立てた。

「だから応無所住而生其心《おうむしょじゅうにしょうごしん》と云うのは大事な言葉だ、そう云う境界《きょうがい》に至らんと人間は苦しくてならん」と独仙君しきりに独《ひと》り悟ったような事を云う。

「そう威張るもんじゃないよ。君などはことによると電光影裏《でんこうえいり》にさか倒れをやるかも知れないぜ」

「とにかくこの勢で文明が進んで行った日にゃ僕は生きてるのはいやだ」と主人がいい出した。

「遠慮はいらないから死ぬさ」と迷亭が言下《ごんか》に道破《どうは》する。

「死ぬのはなおいやだ」と主人がわからん強情を張る。

「生れる時には誰も熟考して生れるものは有りませんが、死ぬ時には誰も苦にすると見えますね」と寒月君がよそよそしい格言をのべる。

「金を借りるときには何の気なしに借りるが、返す時にはみんな心配するのと同じ事さ」とこんな時にすぐ返事の出来るのは迷亭君である。

「借りた金を返す事を考えないものは幸福であるごとく、死ぬ事を苦にせんものは幸福さ」と独仙君は超然として出世間的《しゅっせけんてき》である。

「君のように云うとつまり図太《ずぶと》いのが悟ったのだね」

「そうさ、禅語に鉄牛面《てつぎゅうめん》の鉄牛心《てつぎゅうしん》、牛鉄面の牛鉄心と云うのがある」

「そうして君はその標本と云う訳かね」

「そうでもない。しかし死ぬのを苦にするようになったのは神経衰弱と云う病気が発明されてから以後の事だよ」

「なるほど君などはどこから見ても神経衰弱以前の民だよ」

迷亭と独仙が妙な掛合《かけあい》をのべつにやっていると、主人は寒月東風二君を相手にしてしきりに文明の不平を述べている。

「どうして借りた金を返さずに済ますかが問題である」

「そんな問題はありませんよ。借りたものは返さなくちゃなりませんよ」

「まあさ。議論だから、だまって聞くがいい。どうして借りた金を返さずに済ますかが問題であるごとく、どうしたら死なずに済むかが問題である。いな問題であった。錬金術《れんきんじゅつ》はこれである。すべての錬金術は失敗した。人間はどうしても死ななければならん事が分明《ぶんみょう》になった」

「錬金術以前から分明ですよ」

「まあさ、議論だから、だまって聞いていろ。いいかい。どうしても死ななければならん事が分明になった時に第二の問題が起る」

「へえ」

「どうせ死ぬなら、どうして死んだらよかろう。これが第二の問題である。自殺クラブはこの第二の問題と共に起るべき運命を有している」

「なるほど」

「死ぬ事は苦しい、しかし死ぬ事が出来なければなお苦しい。神経衰弱の国民には生きている事が死よりもはなはだしき苦痛である。したがって死を苦にする。死ぬのが厭《いや》だから苦にするのではない、どうして死ぬのが一番よかろうと心配するのである。ただたいていのものは智慧《ちえ》が足りないから自然のままに放擲《ほうてき》しておくうちに、世間がいじめ殺してくれる。しかし一と癖あるものは世間からなし崩しにいじめ殺されて満足するものではない。必《かなら》ずや死に方に付いて種々考究の結果、嶄新《ざんしん》な名案を呈出するに違ない。だからして世界向後《こうご》の趨勢《すうせい》は自殺者が増加して、その自殺者が皆独創的な方法をもってこの世を去るに違ない」

「大分物騒《だいぶぶっそう》な事になりますね」

「なるよ。たしかになるよ。アーサー・ジョーンスと云う人のかいた脚本のなかにしきりに自殺を主張する哲学者があって……」

「自殺するんですか」

「ところが惜しい事にしないのだがね。しかし今から千年も立てばみんな実行するに相違ないよ。万年の後《のち》には死と云えば自殺よりほかに存在しないもののように考えられるようになる」

「大変な事になりますね」

「なるよきっとなる。そうなると自殺も大分研究が積んで立派な科学になって、落雲館のような中学校で倫理の代りに自殺学を正科として授けるようになる」

「妙ですな、傍聴に出たいくらいのものですね。迷亭先生御聞きになりましたか。苦沙弥先生の御名論を」

「聞いたよ。その時分になると落雲館の倫理の先生はこう云うね。諸君公徳などと云う野蛮の遺風を墨守《ぼくしゅ》してはなりません。世界の青年として諸君が第一に注意すべき義務は自殺である。しかして己《おの》れの好むところはこれを人に施《ほど》こして可なる訳だから、自殺を一歩展開して他殺にしてもよろしい。ことに表の窮措大《きゅうそだい》珍野苦沙弥氏のごときものは生きてござるのが大分苦痛のように見受けらるるから、一刻も早く殺して進ぜるのが諸君の義務である。もっとも昔と違って今日は開明の時節であるから槍《やり》、薙刀《なぎなた》もしくは飛道具の類《たぐい》を用いるような卑怯《ひきょう》な振舞をしてはなりません。ただあてこすりの高尚なる技術によって、からかい殺すのが本人のため功徳《くどく》にもなり、また諸君の名誉にもなるのであります。……」

「なるほど面白い講義をしますね」

「まだ面白い事があるよ。現代では警察が人民の生命財産を保護するのを第一の目的としている。ところがその時分になると巡査が犬殺しのような棍棒《こんぼう》をもって天下の公民を撲殺《ぼくさつ》してあるく。……」

「なぜです」

「なぜって今の人間は生命《いのち》が大事だから警察で保護するんだが、その時分の国民は生きてるのが苦痛だから、巡査が慈悲のために打《ぶ》ち殺してくれるのさ。もっとも少し気の利《き》いたものは大概自殺してしまうから、巡査に打殺《ぶちころ》されるような奴はよくよく意気地なしか、自殺の能力のない白痴もしくは不具者に限るのさ。それで殺されたい人間は門口《かどぐち》へ張札をしておくのだね。なにただ、殺されたい男ありとか女ありとか、はりつけておけば巡査が都合のいい時に巡《まわ》ってきて、すぐ志望通り取計ってくれるのさ。死骸かね。死骸はやっぱり巡査が車を引いて拾ってあるくのさ。まだ面白い事が出来てくる。……」

「どうも先生の冗談《じょうだん》は際限がありませんね」と東風君は大《おお》に感心している。すると独仙君は例の通り山羊髯《やぎひげ》を気にしながら、のそのそ弁じ出した。

「冗談と云えば冗談だが、予言と云えば予言かも知れない。真理に徹底しないものは、とかく眼前の現象世界に束縛せられて泡沫《ほうまつ》の夢幻《むげん》を永久の事実と認定したがるものだから、少し飛び離れた事を云うと、すぐ冗談にしてしまう」

「燕雀《えんじゃく》焉《いずく》んぞ大鵬《たいほう》の志《こころざし》を知らんやですね」と寒月君が恐れ入ると、独仙君はそうさと云わぬばかりの顔付で話を進める。

「昔《むか》しスペインにコルドヴァと云う所があった……」

「今でもありゃしないか」

「あるかも知れない。今昔の問題はとにかく、そこの風習として日暮れの鐘がお寺で鳴ると、家々の女がことごとく出て来て河へ這入《はい》って水泳をやる……」

「冬もやるんですか」

「その辺はたしかに知らんが、とにかく貴賤老若《きせんろうにゃく》の別なく河へ飛び込む。但《ただ》し男子は一人も交らない。ただ遠くから見ている。遠くから見ていると暮色蒼然《ぼしょくそうぜん》たる波の上に、白い肌《はだえ》が模糊《もこ》として動いている……」

「詩的ですね。新体詩になりますね。なんと云う所ですか」と東風君は裸体《らたい》が出さえすれば前へ乗り出してくる。

「コルドヴァさ。そこで地方の若いものが、女といっしょに泳ぐ事も出来ず、さればと云って遠くから判然その姿を見る事も許されないのを残念に思って、ちょっといたずらをした……」

「へえ、どんな趣向だい」といたずらと聞いた迷亭君は大《おお》に嬉しがる。

「お寺の鐘つき番に賄賂《わいろ》を使って、日没を合図に撞《つ》く鐘を一時間前に鳴らした。すると女などは浅墓《あさはか》なものだから、そら鐘が鳴ったと云うので、めいめい河岸《かし》へあつまって半襦袢《はんじゅばん》、半股引《はんももひき》の服装でざぶりざぶりと水の中へ飛び込んだ。飛び込みはしたものの、いつもと違って日が暮れない」

「烈《はげ》しい秋の日がかんかんしやしないか」

「橋の上を見ると男が大勢立って眺《なが》めている。恥ずかしいがどうする事も出来ない。大に赤面したそうだ」

「それで」

「それでさ、人間はただ眼前の習慣に迷わされて、根本の原理を忘れるものだから気をつけないと駄目だと云う事さ」

「なるほどありがたい御説教だ。眼前の習慣に迷わされの御話しを僕も一つやろうか。この間ある雑誌をよんだら、こう云う詐欺師《さぎし》の小説があった。僕がまあここで書画骨董店《こっとうてん》を開くとする。で店頭に大家の幅《ふく》や、名人の道具類を並べておく。無論贋物《にせもの》じゃない、正直正銘《しょうじきしょうめい》、うそいつわりのない上等品ばかり並べておく。上等品だからみんな高価にきまってる。そこへ物数奇《ものずき》な御客さんが来て、この元信《もとのぶ》の幅はいくらだねと聞く。六百円なら六百円と僕が云うと、その客が欲しい事はほしいが、六百円では手元に持ち合せがないから、残念だがまあ見合せよう」

「そう云うときまってるかい」と主人は相変らず芝居気《しばいぎ》のない事を云う。迷亭君はぬからぬ顔で、

「まあさ、小説だよ。云うとしておくんだ。そこで僕がなに代《だい》は構いませんから、お気に入ったら持っていらっしゃいと云う。客はそうも行かないからと躊躇《ちゅうちょ》する。それじゃ月賦《げっぷ》でいただきましょう、月賦も細く、長く、どうせこれから御贔屓《ごひいき》になるんですから——いえ、ちっとも御遠慮には及びません。どう

です月に十円くらいじゃ。何なら月に五円でも構いませんと僕が極《ごく》、、、きさくに云うんだ。それから僕と客の間に二三の問答があって、とど僕が狩野法眼《かのうほうげん》元信の幅を六百円ただし月賦十円払込の事で売渡す」

「タイムスの百科全書見たようですね」

「タイムスはたしかだが、僕のはすこぶる不慥《ふたしか》だよ。これからがいよいよ巧妙なる詐偽に取りかかるのだぜ。よく聞きたまえ月十円ずつで六百円なら何年で皆済《かいさい》になると思う、寒月君」

「無論五年でしょう」

「無論五年。で五年の歳月は長いと思うか短かいと思うか、独仙君」

「一念万年《いちねんばんねん》、万年一念《ばんねんいちねん》。短かくもあり、短かくもなしだ」

「何だそりゃ道歌《どうか》か、常識のない道歌だね。そこで五年の間毎月十円ずつ払うのだから、つまり先方では六十回払えばいいのだ。しかしそこが習慣の恐ろしいところで、六十回も同じ事を毎月繰り返していると、六十一回にもやはり十円払う気になる。六十二回にも十円払う気になる。六十二回六十三回、回を重ねるにしたがってどうしても期日がくれば十円払わなくては気が済まないようになる。人間は利口のようだが、習慣に迷って、根本を忘れると云う大弱点がある。その弱点に乗じて僕が何度でも十円ずつ毎月得をするのさ」

「ハハハハまさか、それほど忘れっぽくもならないでしょう」と寒月君が笑うと、主人はいささか真面目で、

「いやそう云う事は全くあるよ。僕は大学の貸費《たいひ》を毎月毎月勘定せずに返して、しまいに向《むこう》から断わられた事がある」と自分の恥を人間一般の恥のように公言した。

「そら、そう云う人が現にここにいるからたしかなものだ。だから僕の先刻《さっき》述べた文明の未来記を聞いて冗談だなどと笑うものは、六十回でいい月賦を生涯《しょうがい》払って正当だと考える連中だ。ことに寒月君や、東風君のような経験の乏《とぼ》しい青年諸君は、よく僕らの云う事を聞いてだまされないようにしなくっちゃいけない」

「かしこまりました。月賦は必ず六十回限りの事に致します」

「いや冗談のようだが、実際参考になる話ですよ、寒月君」と独仙君は寒月君に向いだした。「たとえばですね。今苦沙弥君か迷亭君が、君が無断で結婚したのが穏当《おんとう》でないから、金田とか云う人に謝罪しろと忠告したら君どうです。謝罪する了見ですか」

「謝罪は御容赦にあずかりたいですね。向うがあやまるなら特別、私の方ではそんな慾はありません」

「警察が君にあやまれと命じたらどうです」

「なおなお御免蒙《ごめんこうむ》ります」

「大臣とか華族ならどうです」

「いよいよもって御免蒙ります」

「それ見たまえ。昔と今とは人間がそれだけ変ってる。昔は御上《おかみ》の御威光なら何でも出来た時代です。その次には御上の御威光でも出来ないものが出来てくる時代です。今の世はいかに殿下でも閣下でも、ある程度以上に個人の人格の上にのしかかる事が出来ない世の中です。はげしく云えば先方に権力があればあるほど、のしかかられるものの方では不愉快を感じて反抗する世の中です。だから今の世は昔《むか》しと違って、御上の御威光だから出来ないのだと云う新現象のあらわれる時代です、昔しのものから考えると、ほとんど考えられないくらいな事柄が道理で通る世の中です。世態人情の変遷と云うものは実に不思議なもので、迷亭君の未来記も冗談だと云えば冗談に過ぎないのだが、その辺の消息を説明したものとすれば、なかなか味《あじわい》があるじゃないですか」

「そう云う知己《ちき》が出てくると是非未来記の続きが述べたくなるね。独仙君の御説のごとく今の世に御上の御威光を笠《かさ》にきたり、竹槍の二三百本を恃《たのみ》にして無理を押し通そうとするのは、ちょうどカゴへ乗って何でも蚊《か》でも汽車と競争しようとあせる、時代後れの頑物《がんぶつ》——まあわからずやの張本《ちょうほん》、烏金《からすがね》の長範先生《ちょうはんせんせい》くらいのものだから、黙って御手際《おてぎわ》を拝見していればいいが——僕の未来記はそんな当座間に合せの小問題じゃない。人間全体の運命に関する社会的現象だからね。つらつら目下文明の傾向を達観して、遠き将来の趨勢《すうせい》を卜《ぼく》すると結婚が不可能の事になる。驚ろくなかれ、結婚の不可能。訳はこうさ。前《ぜん》申す通り今の世は個性中心の世である。一家を主人が代表し、一郡を代官が代表し、一国を領主が代表した時分には、代表者以外の人間には人格はまるでなかった。あっても認められなかった。それががらりと変ると、あらゆる生存者がことごとく個性を主張し出して、だれを見ても君は君、僕は僕だよと云わぬばかりの風をするようになる。ふたりの人が途中で逢えばうぬが人間なら、おれも人間だぞと心の中《うち》で喧嘩《けんか》を買いながら行き違う。それだけ個人が強くなった。個人が平等に強くなったから、個人が平等に弱くなった訳になる。人がおのれを害する事が出来にくくなった点において、たしかに自分は強くなったのだが、滅多《めった》に人の身の上に手出しがならなくなった点においては、明かに昔より弱くなったんだろい。強くなるのは嬉しいが、弱くなるのは誰もありがたくないから、人から一毫《いちごう》も犯《おか》されまいと、強い点をあくまで固守すると同時に、せめて半毛《はんもう》でも人を侵《おか》してやろうと、弱いところは無理にも拡《ひろ》げたくなる。こうなると人と人の間に空間がなくなって、生きてるのが窮屈になる。出来るだけ自分を張りつめて、はち切れるばかりにふくれ返って苦しがって生存している。苦しいから色々の方法で個人と個人との間に余裕を求める。かくのごとく人間が自業自得で苦しんで、その苦し紛《まぎ》れに案出した第一の方案は親子別居の制さ。日本でも山の中へ這入って見給え。一家一門《いっけいちもん》ことごとく一軒のうちにごろごろしている。主張すべき個性もなく、あっても主張しないから、あれで済むのだが文明の民はたとい親子の間でもお互に我儘《わがまま》を張れるだけ張らなければ損になるから勢《いきお》い両者の安全を保持するためには別居しなければならない。欧洲は文明が進んでいるから日本より早くこの制度が行われている。たまたま親子同居するものがあっても、息子《むすこ》がおやじから利息のつく金を借りたり、他人のように下宿料を払ったりする。親が息子の個性を認めてこれに尊敬を払えばこそ、こんな美風が成立するのだ。この風は早晩日本へも是非輸入しなければならん。親類はとくに離れ、親子は今日《こんにち》に離れて、やっと我慢しているようなものの個性の発展と、発展につれてこれに対する尊敬の念は無制限にのびて行くから、まだ離れなくては楽が出来ない。しかし親子兄弟の離れたる今日、もう離れるものはない訳だから、最後の方案として夫婦が分れる事になる。今の人の考ではいっしょにいるから夫婦だと思ってる。それが大きな了見違いさ。いっしょにいるためにはいっしょにいるに充分なるだけ個性が合わなければならないだろう。昔しなら文句はないさ、異体同心とか云って、目には夫婦二人に見えるが、内実は一人前《いちにんまえ》なんだからね。それだから偕老同穴《かいろうどうけつ》とか号して、死んでも一つ穴の狸に化ける。野蛮なものさ。今はそうは行かないやね。夫はあくまでも夫で妻はどうしたって妻だからね。その妻が女学校で行灯袴《あんどんばかま》を穿《は》いて牢乎《ろうこ》たる個性を鍛《きた》え上げて、束髪姿で乗り込んでくるんだから、とても夫の思う通りになる訳がない。また夫の思い通りになるような妻なら妻じゃない人形だからね。賢夫人になればなるほど個性は凄《すご》いほど発達する。発達すればするほど夫と合わなくなる。合わなければ自然の勢《いきおい》夫と衝突する。だから賢妻と名がつく以上は朝から晩まで夫と衝突している。まことに結構な事だが、賢妻を迎えれば迎えるほど双方共苦しみの程度が増してくる。水と油のように夫婦の間には截然《せつぜん》たるしきりがあって、それも落ちついて、しきりが水平線を保っていればまだしもだが、水と油が双方から働らきかけるのだから家のなかは大地震のように上がったり下がったりする。ここにおいて夫婦雑居はお互の損だと云う事が次第に人間に分ってくる。……」

「それで夫婦がわかれるんですか。心配だな」と寒月君が云った。

「わかれる。きっとわかれる。天下の夫婦はみんな分れる。今まではいっしょにいたのが夫婦であったが、これからは同棲《どうせい》しているものは夫婦の資格がないように世間から目《もく》されてくる」

「すると私なぞは資格のない組へ編入される訳ですね」と寒月君は際《きわ》どいところでのろけを云った。

「明治の御代《みよ》に生れて幸さ。僕などは未来記を作るだけあって、頭脳が時勢より一二歩ずつ前へ出ているからちゃんと今から独身でいるんだよ。人は失恋の結果だなどと騒ぐが、近眼者の視《み》るところは実に憐れなほど浅薄なものだ。それはとにかく、未来記の続きを話すとこうさ。その時一人の哲学者が天降《あまくだ》って破天荒《はてんこう》の真理を唱道する。その説に曰《いわ》くさ。人間は個性の動物である。個性を滅すれば人間を滅すると同結果に陥《おちい》る。いやしくも人間の意義を完《まった》からしめんためには、いかなる価《あたい》を払うとも構わないからこの個性を保持すると同時に発達せしめなければならん。かの陋習《ろうしゅう》に縛せられて、いやいやながら結婚を執行するのは人間自然の傾向に反した蛮風であって、個性の発達せざる蒙昧《もうまい》の時代はいざ知らず、文明の今日《こんにち》なおこの弊竇《へいとう》に陥《おちい》って恬《てん》として顧《かえり》みないのははなはだしき謬見《びゅうけん》である。開化の高潮度に達せる今代《きんだい》において二個の個性が普通以上に親密の程度をもって連結され得べき理由のあるべきはずがない。この観易《みやす》き理由はあるにも関らず無教育の青年男女が一時の劣情に駆られて、漫《みだり》に合巹《ごうきん》の式を挙ぐるは悖徳没倫《はいとくぼつりん》のはなはだしき所為である。吾人は人道のため、文明のため、彼等青年男女の個性保護のため、全力を挙げこの蛮風に抵抗せざるべからず……」

「先生私はその説には全然反対です」と東風君はこの時思い切った調子でぴたりと平手《ひらて》で膝頭《ひざがしら》を叩いた。「私の考では世の中に何が尊《たっと》いと云って愛と美ほど尊いものはないと思います。吾々を慰藉《いしゃ》し、吾々を完全にし、吾々を幸福にするのは全く両者の御蔭であります。吾人の情操を優美にし、品性を高潔にし、同情を洗錬するのは全く両者の御蔭であります。だから吾人はいつの世いずくに生れてもこの二つのものを忘れることが出来ないです。この二つの者が現実世界にあらわれると、愛は夫婦と云う関係になります。美は詩歌《しいか》、音楽の形式に分れます。それだからいやしくも人類の地球の表面に存在する限りは夫婦と芸術は決して滅する事はなかろうと思います」

「なければ結構だが、今哲学者が云った通りちゃんと滅してしまうから仕方がないと、あきらめるさ。なに芸術だ？　芸術だって夫婦と同じ運命に帰着するのさ。個性の発展というのは個性の自由と云う意味だろう。個性の自由と云う意味はおれはおれ、人は人と云う意味だろう。その芸術なんか存在出来る訳がないじゃないか。芸術が繁昌するのは芸術家と享受者《きょうじゅしゃ》の間に個性の一致があるからだろう。君がいくら新体詩家だって踏張《ふんば》っても、君の詩を読んで面白いと云うものが一人もなくっちゃ、君の新体詩も御気の毒だが君よりほかに読み手はなくなる訳だろう。鴛鴦《えんおう》歌をいく篇作ったって始まらないやね。幸いに明治の今日《こんにち》に生れたから、天下が挙《こぞ》って愛読するのだろうが……」

「いえそれほどでもありません」

「今でさえそれほどでなければ、人文《じんぶん》の発達した未来即《すなわ》ち例の一大哲学者が出て非結婚論を主張する時分には誰もよみ手はなくなるぜ。いや君のだから読まないのじゃない。人々個々《にんにんここ》おのおの特別の個性をもってるから、人の作った詩文などは一向《いっこう》面白くないのさ。現に今でも英国などではこの傾向がちゃんとあらわれている。現今英国の小説家中でもっとも個性のいちじるしい作品にあらわれた、メレジスを見給え、ジェームスを見給え。読み手は極《きわ》めて少ないじゃないか。少ない訳《わけ》さ。あんな作品はあんな個性のある人でなければ読んで面白くないんだから仕方がない。この傾向がだんだん発達して婚姻が不道徳になる時分には芸術も完《まった》く滅亡さ。そうだろう君のかいたものは僕にわからなくなる、僕のかいたものは君にわからなくなった日にゃ、君と僕の間には芸術も糞もないじゃないか」

「そりゃそうですけれども私はどうも直覚的にそう思われないんです」

「君が直覚的にそう思われなければ、僕は曲覚的《きょっかくてき》にそう思うまでさ」

「曲覚的かも知れないが」と今度は独仙君が口を出す。「とにかく人間に個性の自由を許せば許すほど御互の間が窮屈になるに相違ないよ。ニーチェが超人なんか担《かつ》ぎ出すのも全くこの窮屈のやりどころがなくなって仕方なしにあんな哲学に変形したものだね。ちょっと見るとあれがあの男の理想のように見えるが、ありゃ理想じゃない、不平さ。個性の発展した十九世紀にすくんで、隣りの人には心置なく滅多《めった》に寝返りも打てないから、大将少しやけになってあんな乱暴をかき散らしたのだね。あれを読むと壮快と云うよりむしろ気の毒になる。あの声は勇猛精進《ゆうもうしょうじん》の声じゃない、どうしても怨恨痛憤《えんこんつうふん》の音《おん》だ。それもそのはずさ昔は一人えらい人があれば天下翕然《きゅうぜん》としてその旗下にあつまるのだから、愉快なものさ。こんな愉快が事実に出てくれれば何もニーチェ見たように筆と紙の力でこれを書物の上にあらわす必要がない。だからホーマーでもチェヴィ・チェーズでも同じく超人的な性格を写しても感じがまるで違うからね。陽気ださ。愉快にかいてある。愉快な事実があって、この愉快な事実を紙に写しかえたのだから、苦味《にがみ》はないはずだ。ニーチェの時代はそうは行かないよ。英雄なんか一人も出やしない。出たって誰も英雄と立てやしない。昔は孔子《こうし》がたった一人だったから、孔子も幅を利《き》かしたのだが、今は孔子が幾人もいる。ことによると天下がことごとく孔子かも知れない。だからおれは孔子だよと威張っても圧《おし》が利かない。利かないから不平だ。不平だから超人などを書物の上だけで振り廻すのさ。吾人は自由を欲して自由を得た。自由を得た結果不自由を感じて困っている。それだから西洋の文明などはちょっといいようでもつまり駄目なものさ。これに反して東洋じゃ昔しから心の修行をした。その方が正しいのさ。見給え個性発展の結果みんな神経衰弱を起して、始末がつかなくなった時、王者《おうしゃ》の民蕩々《たみとうとう》たりと云う句の価値を始めて発見するから。無為《むい》にして化《か》すと云う語の馬鹿に出来ない事を悟るから。しかし悟ったってその時はもうしようがない。アルコール中毒に罹《かか》って、ああ酒を飲まなければよかったと考えるようなものさ」

「先生方は大分《だいぶ》厭世的な御説のようだが、私は妙ですね。いろいろ伺っても何とも感じません。どう云うものでしょう」と寒月君が云う。

「そりゃ妻君を持ち立てだからさ」と迷亭君がすぐ解釈した。すると主人が突然こんな事を云い出した。

「妻《さい》を持って、女はいいものだなどと思うと飛んだ間違になる。参考のためだから、おれが面白い物を読んで聞かせる。よく聴くがいい」と最前《さいぜん》書斎から持って来た古い本を取り上げて「この本は古い本だが、この時代から女のわるい事は歴然と分ってる」と云うと、寒月君が

「少し驚きましたな。元来いつ頃の本ですか」と聞く。「タマス・ナッシと云って十六世紀の著書だ」

「いよいよ驚ろいた。その時分すでに私の妻《さい》の悪口を云ったものがあるんですか」

「いろいろ女の悪口があるが、その内には是非君の妻《さい》も這入る訳だから聞くがいい」

「ええ聞きますよ。ありがたい事になりましたね」

「まず古来の賢哲が女性観を紹介すべしと書いてある。いいかね。聞いてるかね」

「みんな聞いてるよ。独身の僕まで聞いてるよ」

「アリストートル曰《いわ》く女はどうせ碌《ろく》でなしなれば、嫁をとるなら、大きな嫁より小さな嫁をとるべし。大きな碌でなしより、小さな碌でなしの方が災《わざわい》少なし……」

「寒月君の妻君は大きいかい、小さいかい」

「大きな碌でなしの部ですよ」

「ハハハハ、こりゃ面白い本だ。さああとを読んだ」

「或る人問う、いかなるかこれ最大奇蹟《さいだいきせき》。賢者答えて曰く、貞婦……」

「賢者ってだれですか」

「名前は書いてない」

「どうせ振られた賢者に相違ないね」

「次にはダイオジニスが出ている。或る人問う、妻を娶《めと》るいずれの時においてすべきか。ダイオジニス答えて曰く青年は未《いま》だし、老年はすでに遅し。とある」

「先生樽《たる》の中で考えたね」

「ピサゴラス曰《いわ》く天下に三の恐るべきものあり曰く火、曰く水、曰く女」

「希臘《ギリシャ》の哲学者などは存外迂濶《うかつ》な事を云うものだね。僕に云わせると天下に恐るべきものなし。火に入《い》って焼けず、水に入って溺れず……」だけで独仙君ちょっと行き詰る。

「女に逢ってとろけずだろう」と迷亭先生が援兵に出る。主人はさっさとあとを読む。

「ソクラチスは婦女子を御《ぎょ》するは人間の最大難事と云えり。デモスセニス曰く人もしその敵を苦しめんとせば、わが女を敵に与うるより策の得たるはあらず。家庭の風波に日となく夜《よ》となく彼を困憊《こんぱい》起つあたわざるに至らしむるを得ればなりと。セネカは婦女と無学をもって世界における二大厄とし、マーカス・オーレリアスは女子は制御し難き点において船舶に似たりと云い、プロータスは女子が綺羅《きら》を飾るの性癖をもってその天稟《てんぴん》の醜を蔽《おお》うの陋策《ろうさく》にもとづくものとせり。ヴァレリアスかつて書をその友某におくって告げて曰く天下に何事も女子の忍んでなし得ざるものあらず。願わくは皇天憐《あわれみ》を垂れて、君をして彼等の術中に陥《おちい》らしむるなかれと。彼また曰く女子とは何ぞ。友愛の敵にあらずや。避くべからざる苦しみにあらずや、必然の害にあらずや、自然の誘惑にあらずや、蜜《みつ》に似たる毒にあらずや。もし女子を棄つるが不徳ならば、彼等を棄てざるは一層の呵責《かしゃく》と云わざるべからず。……」

「もう沢山です、先生。そのくらい愚妻のわる口を拝聴すれば申し分はありません」

「まだ四五ページあるから、ついでに聞いたらどうだ」

「もうたいていにするがいい。もう奥方の御帰りの刻限だろう」と迷亭先生がからかい掛けると、茶の間の方で
「清や、清や」と細君が下女を呼ぶ声がする。

「こいつは大変だ。奥方はちゃんといるぜ、君」

「ウフフフフ」と主人は笑いながら「構うものか」と云った。

「奥さん、奥さん。いつの間《ま》に御帰りですか」

茶の間ではしんとして答がない。

「奥さん、今のを聞いたんですか。え？」

答はまだない。

「今のはね、御主人の御考ではないですよ。十六世紀のナッシ君の説ですから御安心なさい」

「存じません」と妻君は遠くで簡単な返事をした。寒月君はくすくすと笑った。

「私も存じませんで失礼しましたアハハハハ」と迷亭君は遠慮なく笑ってると、門口《かどぐち》をあらあらしくあけて、頼むとも、御免とも云わず、大きな足音がしたと思ったら、座敷の唐紙が乱暴にあいて、多々良三平《たたらさんぺい》君の顔がその間からあらわれた。

三平君今日はいつに似ず、真白なシャツに卸立《おろした》てのフロックを着て、すでに幾分か相場《そうば》を狂わせてる上へ、右の手へ重そうに下げた四本の麦酒《ビール》を縄ぐるみ、鰹節《かつぶし》の傍《そば》へ置くと同時に挨拶もせず、どっかと腰を下ろして、かつ膝を崩したのは目覚《めざま》しい武者振《むしゃぶり》である。

「先生胃病は近来いいですか。こうやって、うちにばかりいなさるから、いかんたい」

「まだ悪いとも何ともいやしない」

「いわんばってんが、顔色はよかなかごたる。先生顔色が黄《きい》ですばい。近頃は釣がいいです。品川から舟を一艘雇うて——私はこの前の日曜に行きました」

「何か釣れたかい」

「何も釣れません」

「釣れなくっても面白いのかい」

「浩然《こうぜん》の気を養うたい、あなた。どうですあなたがた。釣に行った事がありますか。面白いですよ釣は。大きな海の上を小舟で乗り廻わしてあるくのですからね」と誰彼の容赦なく話しかける。

「僕は小さな海の上を大船で乗り廻してあるきたいんだ」と迷亭君が相手になる。

「どうせ釣るなら、鯨《くじら》か人魚でも釣らなくっちゃ、詰らないです」と寒月君が答えた。

「そんなものが釣れますか。文学者は常識がないですね。……」

「僕は文学者じゃありません」

「そうですか、何ですかあなたは。私のようなビジネス・マンになると常識が一番大切ですからね。先生私は近来よっぽど常識に富んで来ました。どうしてもあんな所にいると、傍《はた》が傍だから、おのずから、そうなってしまうです」

「どうなってしまうのだ」

「煙草《たばこ》でもですね、朝日や、敷島《しきしま》をふかしていては幅が利《き》かんです」と云いながら、吸口に金箔《きんぱく》のついた埃及《エジプト》煙草を出して、すぱすぱ吸い出した、

「そんな贅沢《ぜいたく》をする金があるのかい」

「金はなかばってんが、今にどうかなるたい。この煙草を吸ってると、大変信用が違います」

「寒月君が珠を磨くよりも楽な信用でいい、手数《てすう》がかからない。軽便信用だね」と迷亭が寒月にいうと、寒月が何とも答えない間に、三平君は
「あなたが寒月さんですか。博士にゃ、とうとうならんですか。あなたが博士にならんものだから、私が貰う事にしました」

「博士をですか」

「いいえ、金田家の令嬢をです。実は御気の毒と思うたですたい。しかし先方で是非貰うてくれ貰うてくれと云うから、とうとう貰う事に極《き》めました、先生。しかし寒月さんに義理がわるいと思って心配して

います」

「どうか御遠慮なく」と寒月君が云うと、主人は

「貰いたければ貰ったら、いいだろう」と曖昧《あいまい》な返事をする。

「そいつはおめでたい話だ。だからどんな娘を持っても心配するがものはないんだよ。だれか貰うと、さっき僕が云った通り、ちゃんとこんな立派な紳士の御聟《むこ》さんが出来たじゃないか。東風君新体詩の種が出来た。早速とりかかりたまえ」と迷亭君が例のごとく調子づくと三平君は

「あなたが東風君ですか、結婚の時に何か作ってくれませんか。すぐ活版にして方々へくばります。太陽へも出してもらいます」

「ええ何か作りましょう、いつ頃《ごろ》御入用《にゅうよう》ですか」

「いつでもいいです。今まで作ったうちでもいいです。その代りです。披露《ひろう》のとき呼んで御馳走《ごちそう》するです。シャンパンを飲ませるです。君シャンパンを飲んだ事がありますか。シャンパンは旨《うま》いです。――先生披露会のときに楽隊を呼ぶつもりですが、東風君の作を譜にして奏したらどうでしょう」

「勝手にするがいい」

「先生、譜にして下さらんか」

「馬鹿云え」

「だれか、このうちに音楽の出来るものはおらんですか」

「落第の候補者寒月君はヴァイオリンの妙手だよ。しっかり頼んで見たまえ。しかしシャンパンくらいじゃ

承知しそうもない男だ」

「シャンパンもですね。一瓶《ひとびん》四円や五円のじゃよくないです。私の御馳走するのはそんな安いのじゃないですが、君一つ譜を作ってくれませんか」

「ええ作りますとも、一瓶二十銭のシャンパンでも作ります。なんならただでも作ります」

「ただは頼みません、御礼はするです。シャンパンがいやなら、こう云う御礼はどうです」と云いながら上着の隠袋《かくし》のなかから七八枚の写真を出してばらばらと畳の上へ落す。半身がある。全身がある。立ってるのがある。坐ってるのがある。袴《はかま》を穿《は》いてるがある。振袖《ふりそで》がある。高島田がある。ことごとく妙齢の女子ばかりである。

「先生候補者がこれだけあるです。寒月君と東風君にこのうちどれか御礼に周旋してもいいです。こりゃどうです」と一枚寒月君につき付ける。

「いいですね。是非周旋を願いましょう」

「これでもいいですか」とまた一枚つきつける。

「それもいいですね。是非周旋して下さい」

「どれをです」

「どれでもいいです」

「君なかなか多情ですね。先生、これは博士の姪《めい》です」

「そうか」

「この方は性質が極《ごく》いいです。年も若いです。これで十七です。――これなら持参金が千円あります。――こっちのは知事の娘です」と一人で弁じ立てる。

「それをみんな貰う訳にゃいかないでしょうか」

「みんなですか、それはあまり欲張りたい。君一夫多妻主義《いっぷたさいしゅぎ》ですか」

「多妻主義じゃないですが、肉食論者《にくしょくろんしゃ》です」

「何でもいいから、そんなものは早くしまったら、よかろう」と主人は叱りつけるように言い放ったので、三平君は
「それじゃ、どれも貰わんですね」と念を押しながら、写真を一枚一枚にポッケットへ収めた。

「何だいそのビールは」

「お見やげでござります。前祝《まえいわい》に角《かど》の酒屋で買うて来ました。一つ飲んで下さい」

主人は手を拍《う》って下女を呼んで栓《せん》を抜かせる。主人、迷亭、独仙、寒月、東風の五君は恭《うやうや》しくコップを捧げて、三平君の艶福《えんぷく》を祝した。三平君は大《おおい》に愉快な様子で
「ここにいる諸君を披露会に招待しますが、みんな出てくれますか、出てくれるでしょうね」と云う。

「おれはいやだ」と主人はすぐ答える。

「なぜですか。私の一生に一度の大礼《たいれい》ですばい。出てくんなさらんか。少し不人情のごたるな」

「不人情じゃないが、おれは出ないよ」

「着物がないですか。羽織と袴《はかま》くらいどうでもしますたい。ちと人中《ひとなか》へも出るがよかたい先生。有名な人

に紹介して上げます」

「真平《まっぴら》ご免《めん》だ」

「胃病が癒《なお》りますばい」

「癒らんでも差支《さしつか》えない」

「そげん頑固《がんこ》張りなさるならやむを得ません。あなたはどうです来てくれますか」

「僕かね、是非行くよ。出来るなら媒酌人《ばいしゃくにん》たるの栄を得たいくらいのものだ。シャンパンの三々九度や春の宵。――なに仲人《なこうど》は鈴木の藤《とう》さんだって？　なるほどそこいらだろうと思った。これは残念だが仕方がない。仲人が二人出来ても多過ぎるだろう、ただの人間としてまさに出席するよ」

「あなたはどうです」

「僕ですか、一竿風月閑生計《いっかんのふうげつかんせいけい》、人釣白蘋紅蓼間《ひとはつりすはくひんこうりょうのかん》」

「何ですかそれは、唐詩選ですか」

「何だかわからんです」

「わからんですか、困りますな。寒月君は出てくれるでしょうね。今までの関係もあるから」

「きっと出る事にします、僕の作った曲を楽隊が奏するのを、きき落すのは残念ですからね」

「そうですとも。君はどうです東風君」

「そうですね。出て御両人《ごりょうにん》の前で新体詩を朗読したいです」

「そりゃ愉快だ。先生私は生れてから、こんな愉快な事はないです。だからもう一杯ビールを飲みます」

と自分で買って来たビールを一人でぐいぐい飲んで真赤《まっか》になった。

短かい秋の日はようやく暮れて、巻煙草の死骸《しがい》が算を乱す火鉢のなかを見れば火はとくの昔に消えている。さすが呑気《のんき》の連中も少しく興が尽きたと見えて、「大分《だいぶ》遅くなった。もう帰ろうか」とまず独仙君が立ち上がる。つづいて「僕も帰る」と口々に玄関に出る。寄席《よせ》がはねたあとのように座敷は淋しくなった。

主人は夕飯《ゆうはん》をすまして書斎に入る。妻君は肌寒《はださむ》の襦袢《じゅばん》の襟《えり》をかき合せて、洗《あら》い晒《ざら》しの不断着を縫う。小供は枕を並べて寝る。下女は湯に行った。

呑気《のんき》と見える人々も、心の底を叩いて見ると、どこか悲しい音がする。悟ったようでも独仙君の足はやはり地面のほかは踏まぬ。気楽かも知れないが迷亭君の世の中は絵にかいた世の中ではない。寒月君は珠《たま》磨《す》りをやめてとうとうお国から奥さんを連れて来た。これが順当だ。しかし順当が永く続くと定めし退屈だろう。東風君も今十年したら、無暗に新体詩を捧げる事の非を悟るだろう。三平君に至っては水に住む人か、山に住む人かちと鑑定がむずかしい。生涯《しょうがい》三鞭酒《シャンパン》を御馳走して得意と思う事が出来れば結構だ。鈴木の藤《とう》さんはどこまでも転《ころ》がって行く。転がれば泥がつく。泥がついても転がれぬものよりも幅が利《き》く。猫と生れて人の世に住む事ももはや二年越しになる。自分ではこれほどの見識家はまたとあるまいと思うていたが、先達《せんだつ》てカーテル・ムルと云う見ず知らずの同族が突然大気燄《たいきえん》を揚《あ》げたので、ちょっと吃驚《びっくり》した。よくよく聞いて見たら、実は百年前《ぜん》に死んだのだが、ふとした好奇心からわざと幽霊になって吾輩を驚かせるために、遠い冥土《めいど》から出張したのだそうだ。この猫は母と対面をするとき、挨拶のしるしとして、一匹の肴《さかな》を啣《くわ》えて出掛けたところ、途中でとうとう我慢がし切れなくなって、自分で食ってしまったと云うほどの不孝ものだけあって、才気もなかなか人間に負けぬほどで、ある時などは詩を作って主人を驚かした事もあるそうだ。こんな豪傑がすでに一世紀も前に出現しているなら、吾輩のような碌《ろく》でなしはとうに御暇《おいとま》を頂戴して無何有郷《むかうのきょう》に帰臥《きが》してもいいはずであった。

主人は早晩胃病で死ぬ。金田のじいさんは慾でもう死んでいる。秋の木《こ》の葉は大概落ち尽した。死ぬのが万物の定業《じょうごう》で、生きていてもあんまり役に立たないなら、早く死ぬだけが賢こいかも知れない。諸先生の説に従えば人間の運命は自殺に帰するそうだ。油断をすると猫もそんな窮屈な世に生れなくてはならなくなる。恐るべき事だ。何だか気がくさくさして来た。三平君のビールでも飲んでちと景気をつけてやろう。

勝手へ廻る。秋風にがたつく戸が細目にあいてる間から吹き込んだと見えてランプはいつの間《ま》にか消えているが、月夜と思われて窓から影がさす。コップが盆の上に三つ並んで、その二つに茶色の水が半分ほどたまっている。硝子《ガラス》の中のものは湯でも冷たい気がする。まして夜寒の月影に照らされて、静かに火消壺《ひけしつぼ》とならんでいるこの液体の事だから、唇をつけぬ先からすでに寒くて飲みたくもない。しかしものは試しだ。三平などはあれを飲んでから、真赤《まっか》になって、熱苦《あつくる》しい息遣《いきづか》いをした。猫だって飲めば陽気にならん事もあるまい。どうせいつ死ぬか知れぬ命だ。何でも命のあるうちにしておく事だ。死んでからああ残念だと墓場の影から悔《く》やんでもおっつかない。思い切って飲んで見ろと、勢よく舌を入れてぴちゃぴちゃやって見ると驚いた。何だか舌の先を針でさされたようにぴりりとした。人間は何の酔興《すいきょう》でこんな腐ったものを飲むのかわからないが、猫にはとても飲み切れない。どうしても猫とビールは性《しょう》が合わない。これは大変だと一度は出した舌を引込《ひっこ》めて見たが、また考え直した。人間は口癖のように良薬口に苦《にが》しと言って風邪《かぜ》などをひくと、顔をしかめて変なものを飲む。飲むから癒《なお》るのか、癒るのに飲むのか、今まで疑問であったがちょうどいい幸《さいわい》だ。この問題をビールで解決してやろう。飲んで腹の中までにがくなったらそれまでの事、もし三平のように前後を忘れるほど愉快になれば空前の儲《もう》け者《もの》で、近所の猫へ教えてやってもいい。まあどうなるか、運を天に任せて、やっつけると決心して再び舌を出した。眼をあいていると飲みにくいから、しっかり眠って、またぴちゃぴちゃ始めた。

吾輩は我慢に我慢を重ねて、ようやく一杯のビールを飲み干した時、妙な現象が起った。始めは舌がぴりぴりして、口中が外部から圧迫されるように苦しかったのが、飲むに従ってようやく楽《らく》になって、一杯目を片付ける時分には別段骨も折れなくなった。もう大丈夫と二杯目は難なくやっつけた。ついでに盆の上にこぼれたのも拭《ぬぐ》うがごとく腹内《ふくない》に収めた。

それからしばらくの間は自分で自分の動静を伺うため、じっとすくんでいた。次第にからだが暖かになる。眼のふちがぽうっとする。耳がほてる。歌がうたいたくなる。猫じゃ猫じゃが踊りたくなる。主人も迷亭も独仙も糞を食《くら》えと云う気になる。金田のじいさんを引掻《ひっか》いてやりたくなる。妻君の鼻を食い欠きたくなる。いろいろになる。最後にふらふらと立ちたくなる。起《た》ったらよたよたあるきたくなる。こいつは面白いとそとへ出たくなる。出ると御月様今晩はと挨拶したくなる。どうも愉快だ。

陶然とはこんな事を云うのだろうと思いながら、あてもなく、そこかしこと散歩するような、しないような心持でしまりのない足をいい加減に運ばせてゆくと、何だかしきりに眠い。寝ているのだか、あるいてるのだか判然しない。眼はあけるつもりだが重い事夥《おびただ》しい。こうなればそれまでだ。海だろうが、山だろうが驚ろかないんだと、前足をぐにゃりと前へ出したと思う途端ぼちゃんと音がして、はっと云ううち、――やられた。どうやられたのか考える間《ま》がない。ただやられたなと気がつくか、つかないのにあとは滅茶苦茶になってしまった。

我に帰ったときは水の上に浮いている。苦しいから爪でもって矢鱈《やたら》に掻《か》いたが、掻けるものは水ばかりで、掻くとすぐもぐってしまう。仕方がないから後足《あとあし》で飛び上っておいて、前足で掻いたら、がりりと音がしてわずかに手応《てごたえ》があった。ようやく頭だけ浮くからどこだろうと見廻わすと、吾輩は大きな甕《かめ》の中に落ちている。この甕《かめ》は夏まで水葵《みずあおい》と称する水草《みずくさ》が茂っていたがその後烏の勘公が来て葵を食い尽した上に行水《ぎょうずい》を使う。行水を使えば水が減る。減れば来なくなる。近来は大分《だいぶ》減って烏が見えないなと先刻《さっき》思ったが、吾輩自身が烏の代りにこんな所で行水を使おうなどとは思いも寄らなかった。

水から縁《ふち》までは四寸余《よ》もある。足をのばしても届かない。飛び上っても出られない。呑気《のんき》にしていれば沈むばかりだ。もがけばがりがりと甕に爪があたるのみで、あたった時は、少し浮く気味だが、すべればたちまちぐっともぐる。もぐれば苦しいから、すぐがりがりをやる。そのうちからだが疲れてくる。気は焦《あせ》るが、足はさほど利《き》かなくなる。ついにはもぐるために甕を掻くのか、掻くためにもぐるのか、自分でも分りにくくなった。

その時苦しいながら、こう考えた。こんな呵責《かしゃく》に逢うのはつまり甕から上へあがりたいばかりの願である。あがりたいのは山々であるが上がれないのは知れ切っている。吾輩の足は三寸に足らぬ。よし水の面《おもて》にからだが浮いて、浮いた所から思う存分前足をのばしたって五寸にあまる甕の縁に爪のかかりようがない。甕のふちに爪のかかりようがなければいくらも掻《が》いても、あせっても、百年の間身を粉《こ》にしても出られっこない。出られないと分り切っているものを出ようとするのは無理だ。無理を通そうとするから苦しいのだ。つまらない。自《みず》ら求めて苦しんで、自ら好んで拷問《ごうもん》に罹《かか》っているのは馬鹿気ている。

「もうよそう。勝手にするがいい。がりがりはこれぎりご免蒙《めんこうむ》るよ」と、前足も、後足も、頭も尾も自然の力に任せて抵抗しない事にした。

次第に楽になってくる。苦しいのだかありがたいのだか見当がつかない。水の中にいるのだか、座敷の上にいるのだか、判然しない。どこにどうしていても差支《さしつか》えはない。ただ楽である。否《いな》楽そのものすらも感じ得ない。日月《じつげつ》を切り落し、天地を粉韲《ふんせい》して不可思議の太平に入る。吾輩は死ぬ。死んでこの太平を得る。太平は死ななければ得られぬ。南無阿弥陀仏《なむあみだぶつ》南無阿弥陀仏。ありがたいありがたい。

吾輩は猫である

二〇二三年六月五日　初版第一刷発行

原作者：夏目漱石
発行者：山口和男
発行所：虹色社
一六九〇〇七一　東京都新宿区戸塚町一−一〇二−五　江原ビル一階
電話：〇三−六三〇二−一二四〇／ＦＡＸ：〇三−六三〇二−一二四一